D1065725

À L'OMBRE DES JEUNES FILLES EN FLEURS

MARCEL PROUST

À LA RECHERCHE DU TEMPS PERDU

À l'ombre
des jeunes filles
en fleurs

MARCEL PROUST
(1871-1922)

Marcel Proust naît le 10 juillet 1871 à Auteuil. Son père est un professeur de médecine réputé (ses travaux ont permis de vaincre le choléra), sa mère est la fille d'un agent de change. Deux ans plus tard naîtra Robert, qui sera un gynécologue éminent. Marcel a une enfance heureuse, même si, très tôt, il se montre d'une sensibilité maladive. Il a 9 ans quand, lors d'une promenade familiale au Bois de Boulogne, il est pris d'une crise de suffocation telle que son père croit qu'il va mourir : la première manifestation de l'asthme dont il souffrira toute sa vie. Bavard, charmeur, il serait un excellent élève du lycée Condorcet s'il n'était nul en mathématiques. En français, ce passionné de George Sand et de Musset déconcerte ses professeurs par ses audaces de style. Les critiques de ses pédagogues sur la longueur de ses phrases — parfois des centaines de mots — et sur sa prose enchevêtrée le mortifient.

Après son baccalauréat, il reste un an sous les drapeaux. Réformé pour raisons de santé, il entreprend des études de droit tout en fréquentant les salons, notamment celui de Madame de Caillavet, l'égérie d'Anatole France. Rapidement, il devient un personnage du Tout-Paris. Il écrit, pour des revues, des nouvelles qui seront rassemblées sous le titre *Les Plaisirs et les Jours*. Très lié avec le musicien Reynaldo Hahn et Lucien, l'un des fils d'Alphonse Daudet, il participe à la vie mondaine et aux fêtes, écoutant ces conversations, étudiant ces caractères, enregistrant tous ces détails d'une société « fin de siècle » qu'il ressuscitera dans son œuvre. Au moment de l'affaire Dreyfus, Proust, dont la mère est juive, signe une pétition en faveur de Zola. « Attaché honoraire non rétribué » à la bibliothèque Mazarine, il s'y signale par son absence. Ce sera le seul

« métier » de ce licencié es lettres qui a suivi les cours de Bergson à la Sorbonne.

La fortune familiale lui permet de vivre selon son bon plaisir. Il organise de fastueux dîners, à l'étiquette compliquée où il invite ses amis aristocrates. Quand il ne séjourne pas dans les grands hôtels de la côte normande, il collabore à des journaux (notamment au *Figaro*), traduit les œuvres de l'historien anglais John Ruskin.

Son père, qui a toujours accepté et payé ses frasques, meurt en 1903. Sa mère en 1905. Pour Marcel Proust, le choc est tel qu'il reste alité un mois, sans cesser de pleurer. Ce gentleman frileux — toujours la hantise d'une crise d'asthme — hésite dès lors à quitter la capitale. Il vit de plus en plus la nuit, se reposant le jour. Sa chambre est devenue son refuge. Il en a couvert les murs de liège pour écrire dans un silence total. Il veut désormais se consacrer à son œuvre.

Du côté de chez Swann, achevé en 1912, est publié à compte d'auteur. L'accueil de la critique est mitigé. Proust, à cause de ses crises d'asthme, vit de plus en plus seul. La Première Guerre mondiale fauche nombre de ses amis. Il déménage plusieurs fois, fait du Ritz son second domicile, enquêtant auprès des maîtres d'hôtels, toujours à la recherche de ce temps perdu, qu'il veut réinventer.

En 1919, c'est enfin la consécration avec *A l'ombre des jeunes filles en fleurs*. En 1920, il reçoit, avec Colette et Anna de Noailles, la Légion d'honneur. Cachant une santé de plus en plus défaillante, il recommence à sortir, tout en travaillant d'arrache-pied. Il sait que le temps lui est compté. Terré dans sa chambre, dont il a condamné la fenêtre et muré la cheminée, il s'obstine à écrire, bien qu'en proie à des cauchemars et à des maux de tête. Se nourrissant mal, épuisé, il contracte une pneumonie fin octobre 1922.

Le 18 novembre, à 51 ans, il s'éteint. Ses amis, qui ignoraient la gravité de son mal, défilent à son chevet. On ouvre enfin la fenêtre. Man Ray photographie le visage émacié, mangé par une barbe noire, de celui qui a été l'un des derniers dandys de la Belle Époque, et en qui la postérité va très vite reconnaître le plus grand romancier français du XXe siècle grâce à *A la recherche du temps perdu* (*Du côté de chez Swann*, *A l'ombre des jeunes filles en fleurs*, *le Côté des Guermantes*, *Sodome et Gomorrhe*, *la Prisonnière*, *Albertine disparue*, *Le Temps retrouvé*) œuvre-clé de la littérature, à la fois chronique mondaine d'un siècle finissant, vaste et cruelle analyse psychologique, et formidable exercice de style.

PREMIÈRE PARTIE

Autour de Mme Swann

Ma mère, quand il fut question d'avoir pour la première fois M. de Norpois à dîner, ayant exprimé le regret que le professeur Cottard fût en voyage et qu'elle-même eût entièrement cessé de fréquenter Swann, car l'un et l'autre eussent sans doute intéressé l'ancien ambassadeur, mon père répondit qu'un convive éminent, un savant illustre, comme *Cottard*, ne pouvait jamais mal faire dans un dîner, mais que Swann, avec son ostentation, avec sa manière de crier sur les toits ses moindres relations, était un vulgaire esbroufeur que le marquis de Norpois eût sans doute trouvé, selon son expression, « puant ». Or cette réponse de mon père demande quelques mots d'explication, certaines personnes se souvenant peut-être d'un Cottard bien médiocre et d'un Swann poussant jusqu'à la plus extrême délicatesse, en matière mondaine, la modestie et la discrétion. Mais pour ce qui regarde celui-ci, il était arrivé qu'au « fils Swann » et aussi au Swann du Jockey, l'ancien ami de mes parents avait ajouté une personnalité nouvelle (et qui ne devait pas être la dernière), celle de mari d'Odette. Adaptant aux humbles ambitions de cette femme l'instinct, le désir, l'industrie, qu'il avait toujours eus, il s'était ingénié à se bâtir, fort au-dessous de l'ancienne, une position nouvelle et appropriée à la compagne qui l'occuperait avec lui. Or il s'y montrait un autre homme. Puisque (tout en continuant à fréquenter seul ses amis personnels, à qui il ne voulait pas imposer Odette quand ils ne lui demandaient pas spontanément à la connaître) c'était une seconde vie qu'il commençait, en commun avec sa femme, au milieu d'êtres nouveaux, on eût encore compris que pour mesurer le rang de ceux-ci, et par conséquent le plaisir d'amour-propre qu'il pouvait éprouver à les recevoir, il se fût servi, comme point de comparaison, non pas des gens les plus brillants qui formaient sa société avant son mariage, mais des relations antérieures d'Odette. Mais, même quand on savait que c'était avec d'inélégants fonctionnaires, avec des femmes tarées, parure des bals de ministères, qu'il désirait de se lier, on était étonné de l'entendre, lui qui autrefois et même encore aujourd'hui dissimulait si gracieusement une invitation de Twickenham ou de Buckingham Palace, faire sonner bien haut que la femme d'un sous-chef de cabinet était venue rendre sa visite à Mme Swann. On dira peut-être que cela tenait à ce que la simplicité du Swann élégant n'avait été chez lui qu'une forme plus raffinée de la vanité et que, comme certains israélites, l'ancien ami de mes parents avait pu présenter tour à tour les états successifs par où avaient passé ceux de sa race, depuis le snobisme le plus naïf et la plus grossière goujaterie jusqu'à la plus fine politesse. Mais la principale raison, et celle-là applicable à l'humanité en général, était que nos vertus elles-mêmes ne sont pas quelque chose de libre, de flottant, de quoi nous gardions la disponibilité permanente ; elles finissent par s'associer si étroitement dans notre esprit avec les actions à l'occasion desquelles nous nous sommes fait un devoir de les exercer, que si surgit pour nous une activité d'un autre ordre, elle nous prend au dépourvu et sans que nous ayons seulement l'idée qu'elle pourrait comporter la mise en œuvre de ces mêmes vertus. Swann empressé avec ces nouvelles relations et les citant avec fierté, était comme ces grands artistes modestes ou généreux qui, s'ils se mettent à la fin de leur vie à se mêler de cuisine ou de jardinage, étalent une satisfaction naïve des louanges qu'on donne à leurs plats ou à leurs plates-bandes pour lesquels ils n'admettent pas la critique qu'ils acceptent aisément s'il s'agit de leurs chefs-d'œuvre ; ou bien qui, donnant une de leurs toiles pour rien, ne peuvent en revanche sans mauvaise humeur perdre quarante sous aux dominos.

Quant au professeur Cottard, on le reverra, longuement, beaucoup plus loin, chez la Patronne, au château de la Raspelière. Qu'il suffise actuellement, à son égard, de faire observer d'abord ceci : pour Swann, à la rigueur le changement peut surprendre puisqu'il était accompli et non soupçonné de moi quand je voyais le père de Gilberte aux Champs-Élysées, où d'ailleurs ne m'adressant pas la parole il ne pouvait faire étalage devant moi de ses relations politiques (il est vrai que s'il l'eût fait, je ne me fusse peut-être pas aperçu tout de suite de sa vanité, car l'idée qu'on s'est faite longtemps d'une personne bouche les yeux

et les oreilles ; ma mère pendant trois ans ne distingua pas
plus le fard qu'une de ses nièces se mettait aux lèvres que
s'il eût été invisiblement dissous dans un liquide ; jusqu'au
jour où une parcelle supplémentaire, ou bien quelque
autre cause amena le phénomène appelé sursaturation ;
tout le fard non aperçu cristallisa et ma mère devant cette
débauche soudaine de couleurs déclara comme on eût fait
à Combray que c'était une honte et cessa presque toute
relation avec sa nièce). Mais pour Cottard au contraire,
l'époque où on l'a vu assister aux débuts de Swann chez les
Verdurin était déjà assez lointaine ; or les honneurs, les
titres officiels viennent avec les années ; deuxièmement,
on peut être illettré, faire des calembours stupides, et
posséder un don particulier qu'aucune culture générale ne
remplace, comme le don du grand stratège ou du grand
clinicien. Ce n'est pas seulement en effet comme un prati-
cien obscur, devenu, à la longue, notoriété européenne,
que ses confrères considéraient Cottard. Les plus intelligents d'entre les jeunes médecins déclarèrent — au
moins pendant quelques années, car les modes changent
étant nées elles-mêmes du besoin de changement — que si
jamais ils tombaient malades, Cottard était le seul maître
auquel ils confieraient leur peau. Sans doute ils préféraient le commerce de certains chefs plus lettrés, plus
artistes, avec lesquels ils pouvaient parler de Nietzsche, de
Wagner. Quand on faisait de la musique chez Mme Cottard, aux soirées où elle recevait, avec l'espoir qu'il devînt
un jour doyen de la Faculté, les collègues et les élèves de
son mari, celui-ci, au lieu d'écouter, préférait jouer aux
cartes dans un salon voisin. Mais on vantait la prompti-
tude, la profondeur, la sûreté de son coup d'œil, de son
diagnostic. En troisième lieu, en ce qui concerne
l'ensemble de façons que le professeur Cottard montrait à
un homme comme mon père, remarquons que la nature
que nous faisons paraître dans la seconde partie de notre
vie n'est pas toujours, si elle l'est souvent, notre nature
première développée ou flétrie, grossie ou atténuée ; elle
est quelquefois une nature inverse, un véritable vêtement
retourné. Sauf chez les Verdurin qui s'étaient engoués de
lui, l'air hésitant de Cottard, sa timidité son amabilité
excessives, lui avaient, dans sa jeunesse, valu de perpé-
tuels brocards. Quel ami charitable lui conseilla l'air
glacial ? L'importance de sa situation lui rendit plus aisé
de le prendre. Partout, sinon chez les Verdurin où il
redevenait instinctivement lui-même, il se rendit froid,
volontiers silencieux, péremptoire quand il fallait parler,
n'oubliait pas de dire des choses désagréables. Il put faire

l'essai de cette nouvelle attitude devant des clients qui ne l'ayant pas encore vu, n'étaient pas à même de faire des comparaisons et eussent été bien étonnés d'apprendre qu'il n'était pas un homme d'une rudesse naturelle. C'est surtout à l'impassibilité qu'il s'efforçait et même dans son service d'hôpital, quand il débitait quelques-uns de ces calembours qui faisaient rire tout le monde, du chef de clinique au plus récent externe, il le faisait toujours sans qu'un muscle bougeât dans sa figure d'ailleurs méconnaissable depuis qu'il avait rasé barbe et moustaches.

Disons pour finir qui était le marquis de Norpois. Il avait été ministre plénipotentiaire avant la guerre et ambassadeur au Seize Mai, et, malgré cela, au grand étonnement de beaucoup, chargé plusieurs fois, depuis, de représenter la France dans des missions extraordinaires — et même comme contrôleur de la Dette, en Égypte, où grâce à ses grandes capacités financières il avait rendu d'importants services — par des cabinets radicaux qu'un simple bourgeois réactionnaire se fût refusé à servir, et auxquels le passé de M. de Norpois, ses attaches, ses opinions eussent dû le rendre suspect. Mais ces ministres avancés semblaient se rendre compte qu'ils montraient par une telle désignation quelle largeur d'esprit était la leur dès qu'il s'agissait des intérêts supérieurs de la France, se mettaient hors de pair des hommes politiques en méritant que le *Journal des débats* lui-même les qualifiât d'hommes d'État et bénéficiaient enfin du prestige qui s'attache à un nom aristocratique et de l'intérêt qu'éveille comme un coup de théâtre un choix inattendu. Et ils savaient aussi que ces avantages ils pouvaient en faisant appel à M. de Norpois, les recueillir sans avoir à craindre de celui-ci un manque de loyalisme politique contre lequel la naissance du marquis devait non pas les mettre en garde, mais les garantir. Et en cela le gouvernement de la République ne se trompait pas. C'est d'abord parce qu'une certaine aristocratie, élevée dès l'enfance à considérer son nom comme un avantage intérieur que rien ne peut lui enlever (et dont ses pairs, ou ceux qui sont de naissance plus haute encore, connaissent assez exactement la valeur), sait qu'elle peut s'éviter, car ils ne lui ajouteraient rien, les efforts que sans résultat ultérieur appréciable font tant de bourgeois pour ne professer que des opinions bien portées et ne fréquenter que des gens bien pensants. En revanche, soucieuse de se grandir aux yeux des familles princières ou ducales au-dessous desquelles elle est immédiatement située, cette aristocratie sait qu'elle ne le peut qu'en augmentant son nom de ce qu'il ne contenait pas, de ce qui fait qu'à nom égal, elle prévaudra : une influence politique, une réputation littéraire ou artistique, une grande fortune. Et les frais dont elle se dispense à l'égard de l'inutile hobereau recherché des bourgeois et de la stérile amitié duquel un prince ne lui saurait aucun gré, elle les prodiguera aux hommes politiques, fussent-ils francs-maçons, qui peuvent faire arriver dans les ambassades ou patronner dans les élections, aux artistes ou aux savants dont l'appui aide à « percer » dans la branche où ils priment, à tous ceux enfin qui sont en mesure de conférer une illustration nouvelle ou de faire réussir un riche mariage.

Mais en ce qui concernait M. de Norpois, il y avait surtout que, dans une longue pratique de la diplomatie, il s'était imbu de cet esprit négatif, routinier, conservateur, dit « esprit de gouvernement » et qui est, en effet, celui de tous les gouvernements et, en particulier, sous tous les gouvernements, l'esprit des chancelleries. Il avait puisé dans la Carrière l'aversion, la crainte et le mépris de ces procédés plus ou moins révolutionnaires, et à tout le moins incorrects, que sont les procédés des oppositions. Sauf chez quelques illettrés du peuple et du monde, pour qui la différence des genres est lettre morte, ce qui rapproche, ce n'est pas la communauté des opinions, c'est la consanguinité des esprits. Un académicien du genre de Legouvé et qui serait partisan des classiques, eût applaudi plus volontiers à l'éloge de Victor Hugo par Maxime Du Camp ou Mézières, qu'à celui de Boileau par Claudel. Un même nationalisme suffit à rapprocher Barrès de ses électeurs qui ne doivent pas faire grande différence entre lui et M. Georges Berry, mais non de ceux de ses collègues de l'Académie qui, ayant ses opinions politiques mais un autre genre d'esprit, lui préféreront même des adversaires comme MM. Ribot et Deschanel, dont à leur tour de fidèles monarchistes se sentent beaucoup plus près que de Maurras et de Léon Daudet qui souhaitent cependant aussi le retour du Roi. Avare de ses mots non seulement par pli professionnel de prudence et de réserve, mais aussi parce qu'ils ont plus de prix, offrent plus de nuances aux yeux d'hommes dont les efforts de dix années pour rapprocher deux pays se résument, se traduisent — dans un discours, dans un protocole — par un simple adjectif, banal en apparence, mais où ils voient tout un monde, M. de Norpois passait pour très froid à la Commission, où il siégeait à côté de mon père et où chacun félicitait celui-ci de l'amitié que lui témoignait l'ancien ambassadeur. Elle étonnait mon père tout le premier. Car étant généralement peu aimable, il avait l'habitude de n'être pas recherché en dehors du cercle de ses intimes et l'avouait avec simplicité. Il avait conscience qu'il y avait dans les avances du diplomate un effet de ce point de vue tout individuel où chacun se place pour décider de ses sympathies, et d'où toutes les qualités intellectuelles ou la sensibilité d'une personne ne seront pas auprès de l'un de nous qu'elle ennuie ou agace une aussi bonne recommandation que la rondeur et la gaieté d'une autre qui passerait, aux yeux de beaucoup, pour vide, frivole et nulle. « De Norpois m'a invité de nouveau à dîner ; c'est extraordinaire ; tout le monde en est stupéfait à la Commission où il n'a de relations privées avec personne. Je suis sûr qu'il va encore me raconter des choses palpitantes sur la guerre de 70. » Mon père savait que seul peut-être, M. de Norpois avait averti l'Empereur de la puissance grandissante et des intentions belliqueuses de la Prusse, et que Bismarck avait pour son intelligence une estime particulière. Dernièrement encore, à l'Opéra, pendant le gala offert au roi Théodose, les journaux avaient remarqué l'entretien prolongé que le souverain avait accordé à M. de Norpois. « Il faudra que je sache si cette visite du roi a vraiment de l'importance », nous dit mon père qui s'intéressait beaucoup à la politique étrangère. « Je sais bien que le père Norpois est très boutonné, mais avec moi, il s'ouvre si gentiment. »

Quant à ma mère, peut-être l'ambassadeur n'avait-il pas par lui-même le genre d'intelligence vers lequel elle se sentait le plus attirée. Et je dois dire que la conversation de M. de Norpois était un répertoire si complet des formes surannées du langage particulières à une carrière, à une classe et à un temps — un temps qui, pour cette carrière et cette classe-là, pourrait bien ne pas être tout à fait aboli — que je regrette parfois de n'avoir pas retenu purement et simplement les propos que je lui ai entendu tenir. J'aurais ainsi obtenu un effet de démodé, à aussi bon compte et de la même façon que cet acteur du Palais-Royal à qui on demandait où il pouvait trouver ses surprenants chapeaux et qui répondait : « Je ne trouve pas mes chapeaux. Je les garde. » En un mot, je crois que ma mère jugeait M. de Norpois un peu « vieux jeu », ce qui était loin de lui sembler déplaisant au point de vue des manières, mais la charmait moins dans le domaine, sinon des idées — car celles de M. de Norpois étaient fort modernes — mais des expressions. Seulement, elle sentait que c'était flatter délicatement son mari que de lui parler avec admiration du diplomate qui lui marquait une prédilection si rare. En fortifiant dans l'esprit de mon père la bonne opinion qu'il avait de M. de Norpois, et par là en le conduisant à en inférieure à la diplomatie, lui refusant même le nom de carrière, jusqu'au jour où M. de Norpois, qui n'aimait pas beaucoup les agents diplomatiques des nouvelles couches lui avait assuré qu'on pouvait, comme écrivain, s'attirer autant de considération, exercer autant d'action et garder plus d'indépendance que dans les ambassades.

« Hé bien ! je ne l'aurais pas cru, le père Norpois n'est pas du tout opposé à l'idée que tu fasses de la littérature », m'avait dit mon père. Et comme assez influent lui-même, il croyait qu'il n'y avait rien qui ne s'arrangeât, ne trouvât sa solution favorable dans la conversation des gens importants : « Je le ramènerai dîner un de ces soirs en sortant de la Commission. Tu causeras un peu avec lui, pour qu'il puisse t'apprécier. Écris quelque chose de bien que tu puisses lui montrer ; il est très lié avec le directeur de *La Revue des Deux Mondes*, il t'y fera entrer, il réglera cela, c'est un vieux malin ; et, ma foi, il a l'air de trouver que la diplomatie, aujourd'hui... ! »

Le bonheur que j'aurais à ne pas être séparé de Gilberte me rendait désireux mais non capable d'écrire une belle chose qui pût être montrée à M. de Norpois. Après quelques pages préliminaires, l'ennui me faisant tomber la plume des mains, je pleurais de rage en pensant que je n'aurais jamais de talent, que je n'étais pas doué et ne pourrais même pas profiter de la chance que la prochaine venue de M. de Norpois m'offrait de rester toujours à Paris. Seule, l'idée qu'on allait me laisser entendre la Berma me distrayait de mon chagrin. Mais de même que je ne souhaitais voir des tempêtes que sur les côtes où elles étaient le plus violentes, de même je n'aurais voulu entendre la grande actrice que dans un de ces rôles classiques où Swann m'avait dit qu'elle touchait au sublime. Car quand c'est dans l'espoir d'une découverte précieuse que nous désirons recevoir certaines impressions de nature ou d'art, nous avons quelque scrupule à laisser notre âme accueillir à leur place des impressions moindres qui pourraient nous tromper sur la valeur exacte du Beau. La Berma dans *Andromaque*, dans *Les Caprices de Marianne*, dans *Phèdre*, c'était de ces choses fameuses que mon imagination avait tant désirées. J'aurais le même ravissement que le jour où une gondole m'emmènerait au pied du Titien des Frari ou des Carpaccio de San Giorgio dei Schiavoni, si jamais j'entendais réciter par la Berma les vers :

> On dit qu'un prompt départ vous éloigne de nous,
> Seigneur, etc.

Je les connaissais par la simple reproduction en noir et blanc qu'en donnent les éditions imprimées ; mais mon cœur battait quand je pensais, comme à la réalisation d'un voyage, que je les verrais enfin baigner effectivement dans l'atmosphère et l'ensoleillement de la voix dorée. Un Carpaccio à Venise, la Berma dans *Phèdre*, chefs-d'œuvre d'art pictural ou dramatique que le prestige qui s'attachait à eux rendait en moi si vivants, c'est-à-dire si indivisibles, que, si j'avais été voir des Carpaccio dans une salle du Louvre ou la Berma dans quelque pièce dont je n'aurais jamais entendu parler, je n'aurais plus éprouvé le même étonnement délicieux d'avoir enfin les yeux ouverts devant l'objet inconcevable et unique de tant de milliers de mes rêves. Puis, attendant du jeu de la Berma des révélations sur certains aspects de la noblesse, de la douleur, il me semblait que ce qu'il y avait de grand, de réel dans ce jeu, devait l'être davantage si l'actrice le superposait à une œuvre d'une valeur véritable au lieu de broder en somme du vrai et du beau sur une trame médiocre et vulgaire.

Enfin, si j'allais entendre la Berma dans une pièce nouvelle, il ne me serait pas facile de juger de son art, de sa diction, puisque je ne pourrais pas faire le départ entre un texte que je ne connaîtrais pas d'avance et ce que lui ajouteraient des intonations et des gestes qui me sembleraient faire corps avec lui ; tandis que les œuvres anciennes que je savais par cœur, m'apparaissaient comme de vastes espaces réservés et tout prêts où je pourrais apprécier en pleine liberté les inventions dont la Berma les couvrirait, comme à fresque, des perpétuelles trouvailles de son inspiration. Malheureusement, depuis des années qu'elle avait quitté les grandes scènes et faisait la fortune d'un théâtre de boulevard dont elle était l'étoile, elle ne jouait plus de classique, et j'avais beau consulter les affiches, elles n'annonçaient jamais que des pièces toutes récentes, fabriquées exprès pour elle par des auteurs en vogue ; quand un matin, cherchant sur la colonne des théâtres les matinées de la semaine du jour de l'An, j'y vis pour la première fois — en fin de spectacle, après un lever de rideau probablement insignifiant dont le titre me sembla opaque parce qu'il contenait tout le particulier d'une action que j'ignorais — deux actes de *Phèdre* avec Mme Berma, et aux matinées suivantes *Le Demi-Monde*, *Les Caprices de Marianne*, noms qui, comme celui de *Phèdre*, étaient pour moi transparents, remplis seulement de clarté, tant l'œuvre m'était connue, illuminés jusqu'au fond d'un sourire d'art. Ils me parurent ajouter de la noblesse à Mme Berma elle-même quand je lus dans les journaux, après le programme de ces spectacles, que c'était elle qui avait résolu de se montrer de nouveau au public dans quelques-unes de ses anciennes créations. Donc, l'artiste savait que certains rôles ont un intérêt qui survit à la nouveauté de leur apparition ou au succès de leur reprise, elle les considérait, interprétés par elle, comme des chefs-d'œuvre de musée qu'il pouvait être instructif de remettre sous les yeux de la génération qui l'y avait admirée ou de celle qui ne l'y avait pas vue. En faisant afficher ainsi, au milieu de pièces qui n'étaient destinées qu'à faire passer le temps d'une soirée, *Phèdre*, dont le titre n'était pas plus long que les leurs et n'était pas imprimé en caractères différents, elle y ajoutait comme le sous-entendu d'une maîtresse de maison qui, en vous présentant à ses convives au moment d'aller à table, vous dit au milieu des noms d'invités qui ne sont que des invités, et sur le même ton qu'elle a cité les autres : M. Anatole France.

Le médecin qui me soignait — celui qui m'avait défendu tout voyage — déconseilla à mes parents de me laisser aller au théâtre ; j'en reviendrais malade, pour longtemps peut-être, et j'aurais en fin de compte plus de souffrance que de plaisir. Cette crainte eût pu m'arrêter, si ce que j'avais attendu d'une telle représentation eût été seulement un plaisir qu'en somme une souffrance ultérieure peut annuler, par compensation. Mais — de même qu'au voyage à Balbec, au voyage à Venise que j'avais tant désirés — ce que je demandais à cette matinée c'était tout autre chose qu'un plaisir : des vérités appartenant à un monde plus réel que celui où je vivais, et desquelles l'acquisition une fois faite ne pourrait pas m'être enlevée par des incidents insignifiants, fussent-ils douloureux à mon corps, de mon oiseuse existence. Tout au plus, le plaisir que j'aurais pendant le spectacle m'apparaissait-il comme la forme peut-être nécessaire de la perception de ces vérités ; et c'était assez pour que je souhaitasse que les malaises prédits ne commençassent qu'une fois la représentation finie, afin qu'il ne fût pas par eux compromis et faussé. J'implorais mes parents, qui, depuis la visite du médecin, ne voulaient plus me permettre d'aller à *Phèdre*. Je me récitais sans cesse la tirade :

On dit qu'un prompt départ vous éloigne de nous...

cherchant toutes les intonations qu'on pouvait y mettre, afin de mieux mesurer l'inattendu de celle que la Berma trouverait. Cachée comme le Saint des Saints sous le

rideau qui me la dérobait et derrière lequel je lui prêtais à
chaque instant un aspect nouveau, selon ceux des mots de
Bergotte — dans la plaquette retrouvée par Gilberte — qui
me revenaient à l'esprit : « noblesse plastique, cilice chrétien, pâleur janséniste, princesse de Trézène et de Clèves,
drame mycénien, symbole delphique, mythe solaire », la
divine Beauté que devait me révéler le jeu de la Berma,
nuit et jour, sur un autel perpétuellement allumé, trônait
au fond de mon esprit, de mon esprit dont mes parents
sévères et légers allaient décider s'il enfermerait ou non, et
pour jamais, les perfections de la Déesse dévoilée à cette
même place où se dressait sa forme invisible. Et les yeux
fixés sur l'image inconcevable, je luttais du matin au soir
contre les obstacles que ma famille m'opposait. Mais
quand ils furent tombés, quand ma mère — bien que cette
matinée eût lieu précisément le jour de la séance de la
Commission après laquelle mon père devait ramener dîner
M. de Norpois — m'eut dit : « Hé bien, nous ne voulons pas
te chagriner, si tu crois que tu auras tant de plaisir, il faut y
aller », quand cette journée de théâtre, jusque-là défendue,
ne dépendit plus que de moi, alors, pour la première fois,
n'ayant plus à m'occuper qu'elle cessât d'être impossible,
je me demandai si elle était souhaitable, si d'autres raisons
que la défense de mes parents n'auraient pas dû m'y faire
renoncer. D'abord, après avoir détesté leur cruauté, leur
consentement me les rendait si chers que l'idée de leur
faire de la peine m'en causait à moi-même une, à travers
laquelle la vie ne m'apparaissait plus comme ayant pour
but la vérité, mais la tendresse, et ne me semblait plus
bonne ou mauvaise que selon que mes parents seraient
heureux ou malheureux. « J'aimerais mieux ne pas y aller,
si cela doit vous affliger », dis-je à ma mère qui, au
contraire, s'efforçait de m'ôter cette arrière-pensée qu'elle
pût en être triste, laquelle, disait-elle, gâterait ce plaisir
que j'aurais à *Phèdre* et en considération duquel elle et
mon père étaient revenus sur leur défense. Mais alors cette
sorte d'obligation d'avoir du plaisir me semblait bien
lourde. Puis si je rentrais malade, serais-je guéri assez vite
pour pouvoir aller aux Champs-Élysées, les vacances
finies, aussitôt qu'y retournerait Gilberte ? À toutes ces
raisons, je confrontais, pour décider ce qui devait l'emporter, l'idée invisible derrière son voile, de la perfection de la
Berma. Je mettais dans un des plateaux de la balance
« sentir maman triste, risquer de ne pas pouvoir aller aux
Champs-Élysées », dans l'autre, « pâleur janséniste,
mythe solaire » ; mais ces mots eux-mêmes finissaient par
s'obscurcir devant mon esprit, ne me disaient plus rien,

perdaient tout poids ; peu à peu mes hésitations devenaient si douloureuses que si j'avais maintenant opté pour
le théâtre, ce n'eût plus été que pour les faire cesser et en
être délivré une fois pour toutes. C'eût été pour abréger ma
souffrance et non plus dans l'espoir d'un bénéfice intellectuel et en cédant à l'attrait de la perfection, que je me
serais laissé conduire non vers la Sage Déesse, mais vers
l'implacable Divinité sans visage et sans nom qui lui avait
été subrepticement substituée sous son voile. Mais brusquement tout fut changé, mon désir d'aller entendre la
Berma reçut un coup de fouet nouveau qui me permit
d'attendre dans l'impatience et dans la joie cette « matinée » : étant allé faire devant la colonne des théâtres ma
station quotidienne, depuis peu si cruelle, de stylite,
j'avais vu, tout humide encore, l'affiche détaillée de *Phèdre*
qu'on venait de coller pour la première fois (et où, à vrai
dire, le reste de la distribution ne m'apportait aucun
attrait nouveau qui pût me décider). Mais elle donnait à un
des buts entre lesquels oscillait mon indécision une forme
plus concrète et — comme l'affiche était datée non du jour
où je la lisais mais de celui où la représentation aurait lieu,
et de l'heure même du lever du rideau — presque imminente, déjà en voie de réalisation, si bien que je sautai de
joie devant la colonne en pensant que ce jour-là, exactement à cette heure, je serais prêt à entendre la Berma, assis
à ma place ; et de peur que mes parents n'eussent plus le
temps d'en trouver deux bonnes pour ma grand-mère et
pour moi, je ne fis qu'un bond jusqu'à la maison, cinglé
que j'étais par ces mots magiques qui avaient remplacé
dans ma pensée « pâleur janséniste » et « mythe solaire » :
« Les dames ne seront pas reçues à l'orchestre en chapeau,
les portes seront fermées à deux heures. »

Hélas ! cette première matinée fut une grande déception.
Mon père nous proposa de nous déposer ma grand-mère et
moi au théâtre, en se rendant à sa Commission. Avant de
quitter la maison, il dit à ma mère : « Tâche d'avoir un bon
dîner ; tu te rappelles que je dois ramener de Norpois ? »
Ma mère ne l'avait pas oublié. Et depuis la veille, Françoise, heureuse de s'adonner à cet art de la cuisine pour
lequel elle avait certainement un don, stimulée, d'ailleurs,
par l'annonce d'un convive nouveau, et sachant qu'elle
aurait à composer, selon des méthodes sues d'elle seule, du
bœuf à la gelée, vivait dans l'effervescence de la création ;
comme elle attachait une importance extrême à la qualité
intrinsèque des matériaux qui devaient entrer dans la
fabrication de son œuvre, elle allait elle-même aux Halles
se faire donner les plus beaux carrés de romsteck, de jarret

de bœuf, de pied de veau, comme Michel-Ange passant huit mois dans les montagnes de Carrare à choisir les blocs de marbre les plus parfaits pour le monument de Jules II. Françoise dépensait dans ces allées et venues une telle ardeur que maman voyant sa figure enflammée craignait que notre vieille servante ne tombât malade de surmenage comme l'auteur du tombeau des Médicis dans les carrières de Pietrasanta. Et dès la veille Françoise avait envoyé cuire dans le four du boulanger, protégé de mie de pain comme du marbre rose ce qu'elle appelait du jambon de Nev-York. Croyant la langue moins riche qu'elle n'est et ses propres oreilles peu sûres, sans doute la première fois qu'elle avait entendu parler de jambon d'York avait-elle cru — trouvant d'une prodigalité invraisemblable dans le vocabulaire qu'il pût exister à la fois York et New York — qu'elle avait mal entendu et qu'on avait voulu dire le nom qu'elle connaissait déjà. Aussi, depuis, le mot d'York se faisait précéder dans ses oreilles ou devant ses yeux si elle lisait une annonce de : New qu'elle prononçait Nev'. Et c'est de la meilleure foi du monde qu'elle disait à sa fille de cuisine : « Allez me chercher du jambon chez *Olida*. Madame m'a bien recommandé que ce soit du Nev-York » Ce jour-là, si Françoise avait la brûlante certitude des grands créateurs, mon lot était la cruelle inquiétude du chercheur. Sans doute tant que je n'eus pas entendu la Berma, j'éprouvai du plaisir. J'en éprouvai dans le petit square qui précédait le théâtre et dont, deux heures plus tard, les marronniers dénudés allaient luire avec des reflets métalliques dès que les becs de gaz allumés éclaireraient le détail de leurs ramures ; devant les employés du contrôle, desquels le choix, l'avancement, le sort, dépendaient de la grande artiste — qui seule détenait le pouvoir dans cette administration à la tête de laquelle des directeurs éphémères et purement nominaux se succédaient obscurément — et qui prirent nos billets sans nous regarder, agités qu'ils étaient de savoir si toutes les prescriptions de Mme Berma avaient bien été transmises au personnel nouveau, s'il était bien entendu que la claque ne devait jamais applaudir pour elle, que les fenêtres devaient être ouvertes tant qu'elle ne serait pas en scène et la moindre porte fermée après, un pot d'eau chaude dissimulé près d'elle pour faire tomber la poussière du plateau : et, en effet, dans un moment sa voiture attelée de deux chevaux à longue crinière allait s'arrêter devant le théâtre, elle en descendrait enveloppée dans des fourrures, et répondant d'un geste maussade aux saluts, elle enverrait une de ses suivantes s'informer de l'avant-scène qu'on avait réservée pour ses amis, de la température de la salle, de la composition des loges, de la tenue des ouvreuses, théâtre et public n'étant pour elle qu'un second vêtement plus extérieur dans lequel elle entrerait et le milieu plus ou moins bon conducteur que son talent aurait à traverser. Je fus heureux aussi dans la salle même ; depuis que je me savais que — contrairement à ce que m'avaient si longtemps représenté mes imaginations enfantines — il n'y avait qu'une scène pour tout le monde, je pensais qu'on devait être empêché de bien voir par les autres spectateurs comme on l'est au milieu d'une foule ; or je me rendis compte qu'au contraire, grâce à une disposition qui est comme le symbole de toute perception, chacun se sent le centre du théâtre ; ce qui m'expliqua qu'une fois qu'on avait envoyé Françoise voir un mélodrame aux troisièmes galeries, elle avait assuré en rentrant que sa place était la meilleure qu'on pût avoir, et au lieu de se trouver trop loin, s'était sentie intimidée par la proximité mystérieuse et vivante du rideau. Mon plaisir s'accrut encore quand je commençai à distinguer derrière ce rideau baissé des bruits confus comme on en entend sous la coquille d'un œuf quand le poussin va sortir, qui bientôt grandirent, et tout à coup, de ce monde impénétrable à notre regard, mais qui nous voyait du sien, s'adressèrent indubitablement à nous sous la forme impérieuse de trois coups aussi émouvants que des signaux venus de la planète Mars. Et — ce rideau une fois levé — quand sur la scène une table à écrire et une cheminée, assez ordinaires d'ailleurs, signifièrent que les personnages qui allaient entrer seraient, non pas des acteurs venus pour réciter comme j'en avais vu une fois en soirée, mais des hommes en train de vivre chez eux un jour de leur vie dans laquelle je pénétrais par effraction sans qu'ils pussent me voir, mon plaisir continua de durer ; il fut interrompu par une courte inquiétude : juste comme je dressais l'oreille avant que commençât la pièce, deux hommes entrèrent par la scène, bien en colère, puisqu'ils parlaient assez fort pour que dans cette salle où il y avait plus de mille personnes on distinguât toutes leurs paroles, tandis que dans un petit café on est obligé de demander au garçon ce que disent deux individus qui se collettent ; mais dans le même instant, étonné de voir que le public les entendait sans protester, submergé qu'il était par un unanime silence sur lequel vint bientôt clapoter un rire ici, un autre là, je compris que ces insolents étaient les acteurs et que la petite pièce, dite lever de rideau, venait de commencer. Elle fut suivie d'un entracte si long que les spectateurs revenus à leurs places s'impatientaient, tapaient des pieds. J'en étais effrayé ; car de même que dans le compte rendu d'un procès, quand je lisais qu'un homme d'un noble cœur allait venir, au mépris de ses intérêts, témoigner en faveur d'un innocent, je craignais toujours qu'on ne fût pas assez gentil pour lui, qu'on ne lui marquât pas assez de reconnaissance, qu'on ne le récompensât pas richement, et, qu'écœuré, il se mît du côté de l'injustice ; de même, assimilant en cela le génie à la vertu, j'avais peur que la Berma, dépitée par les mauvaises façons d'un public aussi mal élevé — dans lequel j'aurais voulu au contraire qu'elle pût reconnaître avec satisfaction quelques célébrités au jugement de qui elle eût attaché de l'importance — ne lui exprimât son mécontentement et son dédain en jouant mal. Et je regardais d'un air suppliant ces brutes trépignantes qui allaient briser dans leur fureur l'impression fragile et précieuse que j'étais venu chercher. Enfin, les derniers moments de mon plaisir furent pendant les premières scènes de *Phèdre*. Le personnage de Phèdre ne paraît pas dans ce commencement du second acte ; et, pourtant, dès que le rideau fut levé et qu'un second rideau, en velours rouge celui-là, se fut écarté, qui dédoublait la profondeur de la scène dans toutes les pièces où jouait l'étoile, une actrice entra par le fond, qui avait la figure et la voix qu'on m'avait dit être celles de la Berma. On avait dû changer la distribution, tout le soin que j'avais mis à étudier le rôle de la femme de Thésée devenait inutile. Mais une autre actrice donna la réplique à la première. J'avais dû me tromper en prenant celle-là pour la Berma, car la seconde lui ressemblait davantage encore et, plus que l'autre, avait sa diction. Toutes deux d'ailleurs ajoutaient à leur rôle de nobles gestes — que je distinguais clairement et dont je comprenais la relation avec le texte, tandis qu'elles soulevaient leurs beaux péplums — et aussi des intonations ingénieuses, tantôt passionnées, tantôt ironiques, qui me faisaient comprendre la signification d'un vers que j'avais lu chez moi sans apporter assez d'attention à ce qu'il voulait dire. Mais tout d'un coup, dans l'écartement du rideau rouge du sanctuaire, comme dans un cadre, une femme parut et aussitôt, à la peur que j'eus, bien plus anxieuse que pouvait être celle de la Berma, qu'on la gênât en ouvrant une fenêtre, qu'on altérât le son d'une de ses paroles en froissant un programme, qu'on l'indisposât en applaudissant ses camarades, en ne l'applaudissant pas, elle, assez ; — à ma façon, plus absolue encore que celle de la Berma, de ne considérer, dès cet instant, salle, public, acteurs, pièce, et mon propre corps que comme un milieu acoustique n'ayant d'importance que dans la mesure où il était favorable aux inflexions de cette voix, je compris que les deux actrices que j'admirais depuis quelques minutes n'avaient aucune ressemblance avec celle que j'étais venu entendre. Mais en même temps tout mon plaisir avait cessé ; j'avais beau tendre vers la Berma mes yeux, mes oreilles, mon esprit, pour ne pas laisser échapper une miette des raisons qu'elle me donnerait de l'admirer, je ne parvenais pas à en recueillir une seule. Je ne pouvais même pas, comme pour ses camarades, distinguer dans sa diction et dans son jeu des intonations intelligentes, de beaux gestes. Je l'écoutais comme j'aurais lu *Phèdre*, ou comme si Phèdre elle-même avait dit en ce moment les choses que j'entendais, sans que le talent de la Berma semblât leur avoir rien ajouté. J'aurais voulu — pour pouvoir l'approfondir, pour tâcher d'y découvrir ce qu'elle avait de beau — arrêter, immobiliser longtemps devant moi chaque intonation de l'artiste, chaque expression de sa physionomie ; du moins, je tâchais, à force d'agilité mentale, en ayant avant un vers mon attention tout installée et mise au point, de ne pas distraire en préparatifs une parcelle de la durée de chaque mot, de chaque geste, et, grâce à l'intensité de mon attention, d'arriver à descendre en eux aussi profondément que j'aurais fait si j'avais eu de longues heures à moi. Mais que cette durée était brève ! À peine un son était-il reçu dans mon oreille qu'il était remplacé par un autre. Dans une scène où la Berma reste, immobile un instant, le bras levé, à la hauteur du visage baignée grâce à un artifice d'éclairage dans une lumière verdâtre, devant le décor qui représente la mer, la salle éclata en applaudissements, mais déjà l'actrice avait changé de place et le tableau que j'aurais voulu étudier n'existait plus. Je dis à ma grand-mère que je ne voyais pas bien, elle me passa sa lorgnette. Seulement, quand on croit à la réalité des choses, user d'un moyen artificiel pour se les faire montrer n'équivaut pas tout à fait à se sentir près d'elles. Je pensais que ce n'était plus la Berma que je voyais, mais son image dans le verre grossissant. Je reposai la lorgnette ; mais peut-être l'image que recevait mon œil, diminuée par l'éloignement, n'était pas plus exacte, laquelle des deux Berma était la vraie ? Quant à la déclaration à Hippolyte, j'avais beaucoup compté sur ce morceau où, à en juger par la signification ingénieuse que ses camarades me découvraient à tout moment dans des parties moins belles, elle aurait certainement des intonations plus surprenantes que celles que chez moi, en lisant, j'avais tâché d'imaginer ; mais elle n'atteignit même pas jusqu'à celles qu'Œnone ou Aricie eussent trouvées, elle passa au rabot d'une mélopée uniforme toute la tirade où se trouvèrent confondues ensemble des oppositions, pourtant si tranchées, qu'une tragédienne à peine intelligente, même des élèves de lycée, n'en eussent pas négligé l'effet ; d'ailleurs, elle la débita tellement vite que ce fut seulement quand elle fut arrivée au dernier vers que mon esprit prit conscience de la monotonie voulue qu'elle avait imposée aux premiers.

Enfin éclata mon premier sentiment d'admiration : il fut provoqué par les applaudissements frénétiques des spectateurs. J'y mêlai les miens en tâchant de les prolonger, afin que, par reconnaissance, la Berma se surpassant, je fusse certain de l'avoir entendue dans un de ses meilleurs jours. Ce qui est du reste curieux, c'est que le moment où se déchaîna cet enthousiasme du public fut, je l'ai su depuis, celui où la Berma a une de ses plus belles trouvailles. Il semble que certaines réalités transcendantes émettent autour d'elles des rayons auxquels la foule est sensible. C'est ainsi que, par exemple, quand un événement se produit, quand à la frontière une armée est en danger, ou battue, ou victorieuse, les nouvelles assez obscures qu'on reçoit et d'où l'homme cultivé ne sait pas tirer grand-chose, excitent dans la foule une émotion qui le surprend et dans laquelle, une fois que les experts l'ont mis au courant de la véritable situation militaire, il reconnaît la perception par le peuple de cette « aura » qui entoure les grands événements et qui peut être visible à des centaines de kilomètres. On apprend la victoire, ou après coup quand la guerre est finie, ou tout de suite par la joie du concierge. On découvre un trait génial du jeu de la Berma huit jours après l'avoir entendue, par la critique, ou sur le coup par les acclamations du parterre. Mais cette connaissance immédiate de la foule étant mêlée à cent autres toutes erronées, les applaudissements tombaient le plus souvent à faux, sans compter qu'ils étaient mécaniquement soulevés par la force des applaudissements antérieurs comme dans une tempête une fois que la mer a été suffisamment remuée elle continue à grossir, même si le vent ne s'accroît plus. N'importe, au fur et à mesure que j'applaudissais, il me semblait que la Berma avait mieux joué. « Au moins, disait à côté de moi une femme assez commune, elle se dépense celle-là, elle se frappe à se faire mal, elle court, parlez-moi de ça, c'est jouer. » Et heureux de trouver ces raisons de la supériorité de la Berma, tout en me doutant qu'elles ne l'expliquaient pas plus que celle de *La Joconde* ou du *Persée* de Benvenuto l'exclamation d'un paysan : « C'est bien fait tout de même ! c'est tout en or, et du beau ! quel travail ! », je partageai avec ivresse le vin grossier de cet enthousiasme populaire. Je n'en sentis pas moins, le rideau tombé, un désappointement que ce plaisir que j'avais tant désiré n'eût pas été plus grand, mais en même temps le besoin de le prolonger, de ne pas quitter pour jamais, en sortant de la salle, cette vie du théâtre qui pendant quelques heures avait été la mienne, et dont je me serais arraché comme en un départ pour l'exil, en rentrant directement à la maison, si je n'avais espéré d'y apprendre beaucoup sur la Berma par son admirateur auquel je devais qu'on m'eût permis d'aller à *Phèdre*, M. de Norpois. Je lui fus présenté avant le dîner par mon père qui m'appela pour cela dans son cabinet. À mon entrée, l'ambassadeur se leva, me tendit la main, inclina sa haute taille et fixa attentivement sur moi ses yeux bleus. Comme les étrangers de passage qui lui étaient présentés, au temps où il représentait la France, étaient plus ou moins — jusqu'aux chanteurs connus — des personnes de marque et dont il savait alors qu'il pourrait dire plus tard, quand on prononcerait leur nom à Paris ou à Pétersbourg, qu'il se rappelait parfaitement la soirée qu'il avait passée avec eux à Munich ou à Sofia, il avait pris l'habitude de leur marquer par son affabilité la satisfaction qu'il avait de les connaître : mais de plus, persuadé que dans la vie des capitales, au contact à la fois des individualités intéressantes qui les traversent et des usages du peuple qui les habite, on acquiert une connaissance approfondie, et que les livres ne donnent pas, de l'histoire, de la géographie, des mœurs des différentes nations, du mouvement intellectuel de l'Europe, il exerçait sur chaque nouveau venu ses facultés aiguës d'observateur afin de savoir de suite à quelle espèce d'homme il avait à faire. Le gouvernement ne lui avait plus depuis longtemps confié de poste à l'étranger, mais dès qu'on lui présentait quelqu'un, ses yeux, comme s'ils n'avaient pas reçu notification de sa mise en disponibilité, commençaient à observer avec fruit, cependant que par toute son attitude il cherchait à montrer que le nom de l'étranger ne lui était pas inconnu. Aussi, tout en me parlant avec bonté et de l'air d'importance d'un homme qui sait sa vaste expérience, il ne cessait de m'examiner avec une curiosité sagace et pour son profit, comme si j'eusse été quelque usage exotique, quelque monument instructif, ou quelque étoile en tournée. Et de la sorte il faisait preuve à la fois, à mon endroit, de la majestueuse amabilité du sage Mentor et de la curiosité studieuse du jeune Anacharsis.

Il ne m'offrit absolument rien pour *La Revue des Deux Mondes*, mais me posa un certain nombre de questions sur ce qu'avaient été ma vie et mes études, sur mes goûts dont j'entendis parler pour la première fois comme s'il pouvait être raisonnable de les suivre, tandis que j'avais cru jusqu'ici que c'était un devoir de les contrarier. Puisqu'ils me portaient du côté de la littérature, il ne me détourna pas d'elle ; il m'en parla au contraire avec déférence comme d'une personne vénérable et charmante du cercle choisi de laquelle, à Rome ou à Dresde, on a gardé le meilleur souvenir et qu'on regrette par suite des nécessités de la vie de retrouver si rarement. Il semblait m'envier en souriant d'un air presque grivois les bons moments que, plus heureux que lui et plus libre, elle me ferait passer. Mais les termes mêmes dont il se servait me montraient la Littérature comme trop différente de l'image que je m'en étais faite à Combray, et je compris que j'avais eu doublement raison de renoncer à elle. Jusqu'ici je m'étais seulement rendu compte que je n'avais pas le don d'écrire ; maintenant M. de Norpois m'en ôtait même le désir. Je voulus lui expliquer ce que j'avais rêvé ; tremblant d'émotion, je me serais fait un scrupule que toutes mes paroles ne fussent pas l'équivalent le plus sincère possible de ce que j'avais senti et que je n'avais jamais essayé de me formuler ; c'est dire que mes paroles n'eurent aucune netteté. Peut-être par habitude professionnelle, peut-être en vertu du calme qu'acquiert tout homme important dont on sollicite le conseil et qui, sachant qu'il gardera en mains la maîtrise de la conversation, laisse l'interlocuteur s'agiter, s'efforcer, peiner à son aise, peut-être aussi pour faire valoir le caractère de sa tête (selon lui grecque, malgré les grands favoris), M. de Norpois, pendant qu'on lui exposait quelque chose, gardait une immobilité de visage aussi absolue que si vous aviez parlé devant quelque buste antique — et sourd — dans une glyptothèque. Tout à coup, tombant comme le marteau du commissaire-priseur, ou comme un oracle de Delphes, la voix de l'ambassadeur qui vous répondait vous impressionnait d'autant plus que rien dans sa face ne vous avait laissé soupçonner le genre d'impression que vous aviez produit sur lui, ni l'avis qu'il allait émettre.

« Précisément », me dit-il tout à coup comme si la cause était jugée et après m'avoir laissé bafouiller en face des yeux immobiles qui ne me quittaient pas un instant, « j'ai le fils d'un de mes amis qui, *mutatis mutandis*, est comme vous (et il prit pour parler de nos dispositions communes le même ton rassurant que si elles avaient été des dispositions non pas à la littérature, mais au rhumatisme, et s'il avait voulu me montrer qu'on n'en mourait pas). Aussi a-t-il préféré quitter le quai d'Orsay où la voie lui était pourtant toute tracée par son père et sans se soucier du qu'en-dira-t-on, il s'est mis à produire. Il n'a certes pas lieu de s'en repentir. Il a publié il y a deux ans — il est d'ailleurs beaucoup plus âgé que vous, naturellement — , un ouvrage relatif au sentiment de l'Infini sur la rive occidentale du lac Victoria-Nyanza et cette année un opuscule moins important, mais conduit d'une plume alerte, parfois même acérée, sur le fusil à répétition dans l'armée bulgare, qui l'ont mis tout à fait hors de pair. Il a déjà fait un joli chemin, il n'est pas homme à s'arrêter en route, et je sais que, sans que l'idée d'une candidature ait été envisagée, on a laissé tomber son nom deux ou trois fois dans la conversation, et d'une façon qui n'avait rien de défavorable, à l'Académie des sciences morales. En somme, sans pouvoir dire encore qu'il soit au pinacle, il a conquis de haute lutte une fort jolie position et le succès qui ne va pas toujours qu'aux agités et aux brouillons, aux faiseurs d'embarras qui sont presque toujours des faiseurs, le succès a récompensé son effort. »

Mon père, me voyant déjà académicien dans quelques années, respirait une satisfaction que M. de Norpois porta à son comble quand, après un instant d'hésitation pendant lequel il sembla calculer les conséquences de son acte, il me dit, en me tendant sa carte : « Allez donc le voir de ma part, il pourra vous donner d'utiles conseils », me causant par ces mots une agitation aussi pénible que s'il m'avait annoncé qu'on m'embarquerait le lendemain comme mousse à bord d'un voilier.

Ma tante Léonie m'avait fait hériter en même temps que de beaucoup d'objets et de meubles fort embarrassants, de presque toute sa fortune liquide — révélant ainsi après sa mort une affection pour moi que je n'avais guère soupçonnée pendant sa vie. Mon père, qui devait gérer cette fortune jusqu'à ma majorité, consulta M. de Norpois sur un certain nombre de placements. Il conseilla des titres à faible rendement qu'il jugeait particulièrement solides, notamment les Consolidés anglais et le 4 % russe. « Avec ces valeurs de tout premier ordre, dit M. de Norpois, si le revenu n'est pas très élevé, vous êtes du moins assuré de ne jamais voir fléchir le capital. » Pour le reste, mon père lui dit en gros ce qu'il avait acheté. M. de Norpois eut un imperceptible sourire de félicitations : comme tous les capitalistes, il estimait la fortune une chose enviable mais trouvait plus délicat de ne complimenter que par un signe d'intelligence à peine avoué, au sujet de celle qu'on possédait ; d'autre part, comme il était lui-même colossalement riche, il trouvait de bon goût d'avoir l'air de juger considérables les revenus moindres d'autrui, avec pourtant un retour joyeux et confortable sur la supériorité des siens. En revanche il n'hésita pas à féliciter mon père de la « composition » de son portefeuille « d'un goût très sûr, très délicat, très fin ». On aurait dit qu'il attribuait aux relations des valeurs de bourse entre elles, et même aux valeurs de bourse en elles-mêmes, quelque chose comme un mérite esthétique. D'une assez nouvelle et ignorée dont mon père lui parla, M. de Norpois, pareil à ces gens qui ont lu des livres que vous vous croyiez seul à connaître, lui dit : « Mais si, je me suis amusé pendant quelque temps à la suivre dans la Cote, elle était intéressante », avec le sourire rétrospectivement captivé d'un abonné qui a lu le dernier roman d'une revue, par tranches, en feuilleton. « Je ne vous déconseillerais pas de souscrire à l'émission qui va être lancée prochainement. Elle est attrayante, car on vous offre les titres à des prix tentants. » Pour certaines valeurs anciennes au contraire, mon père, ne se rappelant plus exactement les noms, faciles à confondre avec ceux d'actions similaires, ouvrit un tiroir et montra les titres eux-mêmes à l'ambassadeur. Leur vue me charma ; ils étaient enjolivés de flèches de cathédrales et de figures allégoriques comme certaines vieilles publications romantiques que j'avais feuilletées autrefois. Tout ce qui est d'un même temps se ressemble ; les artistes qui illustrent les poèmes d'une époque sont les mêmes que font travailler pour elles les Sociétés financières. Et rien ne fait mieux penser à certaines livraisons de *Notre-Dame de Paris* et d'œuvres de Gérard de Nerval, telles qu'elles étaient accrochées à la devanture de l'épicerie de Combray, que, dans son encadrement rectangulaire et fleuri que supportaient des divinités fluviales, une action nominative de la Compagnie des Eaux.

Mon père avait pour mon genre d'intelligence un mépris suffisamment corrigé par la tendresse pour qu'au total, son sentiment sur tout ce que je faisais fût une indulgence aveugle. Aussi n'hésita-t-il pas à m'envoyer chercher un petit poème en prose que j'avais fait autrefois à Combray en revenant d'une promenade. Je l'avais écrit avec une exaltation qu'il me semblait devoir communiquer à ceux qui le liraient. Mais elle ne dut pas gagner M. de Norpois, car ce fut sans me dire une parole qu'il me le rendit.

Ma mère, pleine de respect pour les occupations de mon père, vint demander, timidement, si elle pouvait faire servir. Elle avait peur d'interrompre une conversation où elle n'aurait pas eu à être mêlée. Et, en effet, à tout moment mon père rappelait au marquis quelque mesure utile qu'ils avaient décidé de soutenir à la prochaine séance de la Commission, et il le faisait sur le ton particulier qu'ont ensemble dans un milieu différent — pareils en cela à deux collégiens — deux collègues à qui leurs habitudes professionnelles créent des souvenirs communs où n'ont pas accès les autres et auxquels ils s'excusent de se reporter devant eux.

Mais la parfaite indépendance des muscles du visage à laquelle M. de Norpois était arrivé lui permettait d'écouter sans avoir l'air d'entendre. Mon père finissait par se troubler : « J'avais pensé à demander l'avis de la Commission... », disait-il à M. de Norpois après de longs préambules. Alors du visage de l'aristocratique virtuose qui avait gardé l'inertie d'un instrumentiste dont le moment n'est pas venu d'exécuter sa partie, sortait avec un débit égal, sur un ton aigu et comme ne faisant que finir, mais confiée cette fois à un autre timbre, la phrase commencée : « Que bien entendu vous n'hésiterez pas à réunir, d'autant plus que les membres vous sont individuellement connus et peuvent facilement se déplacer. » Ce n'était pas évidemment en elle-même une terminaison bien extraordinaire. Mais l'immobilité qui l'avait précédée la faisait se détacher avec la netteté cristalline, l'imprévu quasi malicieux de ces phrases par lesquelles le piano, silencieux jusque-là, réplique, au moment voulu, au violoncelle qu'on vient d'entendre, dans un concerto de Mozart.

« Hé bien, as-tu été content de ta matinée ? » me dit mon père tandis qu'on passait à table, pour me faire briller et pensant que mon enthousiasme me ferait bien juger par M. de Norpois. « Il est allé entendre la Berma tantôt, vous vous rappelez que nous en avions parlé ensemble », dit-il en se tournant vers le diplomate, du même ton d'allusion rétrospective, technique et mystérieuse que s'il se fût agi d'une séance de la Commission.

« Vous avez dû être enchanté, surtout si c'était la première fois que vous l'entendiez. Monsieur votre père s'alarmait du contre-coup que cette petite escapade pouvait avoir sur votre état de santé, car vous êtes un peu délicat, un peu frêle, je crois. Mais je l'ai rassuré. Les théâtres ne sont plus aujourd'hui ce qu'ils étaient il y a seulement vingt ans. Vous avez des sièges à peu près confortables, une atmosphère renouvelée, quoique nous ayons fort à faire encore pour rejoindre l'Allemagne et l'Angleterre, qui à cet égard comme à bien d'autres ont une formidable avance sur nous. Je n'ai pas vu Mme Berma dans *Phèdre*, mais j'ai entendu dire qu'elle y était admirable. Et vous avez été ravi, naturellement ? »

M. de Norpois, mille fois plus intelligent que moi, devait détenir cette vérité que je n'avais pas su extraire du jeu de la Berma, il allait me la découvrir ; en répondant à sa question, j'allais le prier de me dire en quoi cette vérité consistait ; et il justifierait ainsi ce désir que j'avais eu de voir l'actrice. Je n'avais qu'un moment, il fallait en profiter et faire porter mon interrogatoire sur les points essentiels. Mais quels étaient-ils ? Fixant mon attention tout entière sur mes impressions si confuses, et ne songeant nullement à me faire admirer de M. de Norpois, mais à obtenir de lui la vérité souhaitée, je ne cherchais pas à remplacer les mots qui me manquaient par des expressions toutes faites, je balbutiai, et finalement, pour tâcher de le provoquer à déclarer ce que la Berma avait d'admirable, je lui avouai que j'avais été déçu.

« Mais comment », s'écria mon père, ennuyé de l'impression fâcheuse que l'aveu de mon incompréhension pouvait produire sur M. de Norpois, « comment peux-tu dire que tu n'as pas eu de plaisir ? Ta grand-mère nous a raconté que tu ne perdais pas un mot de ce que la Berma disait, que tu avais les yeux hors de la tête, qu'il n'y avait que toi dans la salle comme cela.

— Mais oui, j'écoutais de mon mieux pour savoir ce qu'elle avait de si remarquable. Sans doute, elle est très bien...

— Si elle est très bien, qu'est-ce qu'il te faut de plus ?

— Une des choses qui contribuent certainement au succès de Mme Berma », dit M. de Norpois en se tournant avec application vers ma mère pour ne pas la laisser en dehors de la conversation et afin de remplir consciencieusement son devoir de politesse envers une maîtresse de maison, « c'est le goût parfait qu'elle apporte dans le choix de ses rôles et qui lui vaut toujours un franc succès, et de bon aloi. Elle joue rarement des médiocrités. Voyez, elle s'est attaquée au rôle de Phèdre. D'ailleurs, ce goût elle l'apporte dans ses toilettes, dans son jeu. Bien qu'elle ait fait de fréquentes et fructueuses tournées en Angleterre et en Amérique, la vulgarité je ne dirai pas de John Bull, ce qui serait injuste, au moins pour l'Angleterre de l'ère victorienne, mais de l'oncle Sam n'a pas déteint sur elle. Jamais de couleurs trop voyantes, de cris exagérés. Et puis cette voix admirable qui la sert si bien et dont elle joue à ravir, je serais presque tenté de dire en musicienne ! »

Mon intérêt pour le jeu de la Berma n'avait cessé de

grandir depuis que la représentation était finie parce qu'il
ne subissait plus la compression et les limites de la réalité,
mais j'éprouvais le besoin de lui trouver des explications ;
de plus il s'était porté avec une intensité égale, pendant
que la Berma jouait, sur tout ce qu'elle offrait, dans
l'indivisibilité de la vie, à mes yeux, à mes oreilles ; il
n'avait rien séparé et distingué ; aussi fut-il heureux de se
découvrir une cause raisonnable dans ces éloges donnés à
la simplicité, au bon goût de l'artiste, il les attirait à lui par
son pouvoir d'absorption, s'emparait d'eux comme l'opti-
misme d'un homme ivre des actions de son voisin dans
lesquelles il trouve une raison d'attendrissement. « C'est
vrai, me disais-je, quelle belle voix, quelle absence de cris,
quels costumes simples, quelle intelligence d'avoir été
choisir *Phèdre* ! Non, je n'ai pas été déçu. »

Le bœuf froid aux carottes fit son apparition, couché par
le Michel-Ange de notre cuisine sur d'énormes cristaux de
gelée pareils à des blocs de quartz transparent.

« Vous avez un chef de tout premier ordre, madame, dit
M. de Norpois. Et ce n'est pas peu de chose. Moi qui ai eu à
l'étranger à tenir un certain train de maison, je sais
combien il est souvent difficile de trouver un parfait
maître queux. Ce sont de véritables agapes auxquelles
vous nous avez conviés là. »

Et, en effet, Françoise, surexcitée par l'ambition de
réussir pour un invité de marque un dîner enfin semé de
difficultés dignes d'elle, s'était donné une peine qu'elle ne
prenait plus quand nous étions seuls et avait retrouvé sa
manière incomparable de Combray.

« Voilà ce qu'on ne peut obtenir au cabaret, je dis dans
les meilleurs : une daube de bœuf où la gelée ne sente pas
la colle, et où le bœuf ait pris parfum des carottes, c'est
admirable ! Permettez-moi d'y revenir, ajouta-t-il en faisant signe qu'il voulait encore de la gelée. Je serais curieux
de juger votre Vatel maintenant sur un mets tout différent,
je voudrais, par exemple, le trouver aux prises avec le
bœuf Stroganof. »

M. de Norpois pour contribuer lui aussi à l'agrément du
repas nous servit diverses histoires dont il régalait fréquemment ses collègues de carrière, tantôt citant une
période ridicule dite par un homme politique coutumier
du fait et qui les faisait longues et pleines d'images inco-
hérentes, tantôt telle formule lapidaire d'un diplomate
plein d'atticisme. Mais, à vrai dire, le critérium qui distinguait pour lui ces deux ordres de phrases ne ressemblait en
rien à celui que j'appliquais à la littérature. Bien des
nuances m'échappaient ; les mots qu'il récitait en s'esclaf-

fant ne me paraissaient pas très différents de ceux qu'il trouvait remarquables. Il appartenait au genre d'hommes qui pour les œuvres que j'aimais eût dit : « Alors, vous comprenez ? Moi, j'avoue que je ne comprends pas, je ne suis pas initié », mais j'aurais pu lui rendre la pareille, je ne saisissais pas l'esprit ou la sottise, l'éloquence ou l'enflure qu'il trouvait dans une réplique ou dans un discours, et l'absence de toute raison perceptible pour quoi ceci était mal et ceci bien faisait que cette sorte de littérature m'était plus mystérieuse, me semblait plus obscure qu'aucune. Je démêlai seulement que répéter ce que tout le monde pensait n'était pas en politique une marque d'infériorité mais de supériorité. Quand M. de Norpois se servait de certaines expressions qui traînaient dans les journaux et les prononçait avec force, on sentait qu'elles devenaient un acte par le seul fait qu'il les avait employées et un acte qui susciterait des commentaires.

Ma mère comptait beaucoup sur la salade d'ananas et de truffes. Mais l'ambassadeur après avoir exercé un instant sur le mets la pénétration de son regard d'observateur, la mangea en restant entouré de discrétion diplomatique et ne nous livra pas sa pensée. Ma mère insista pour qu'il en reprît, ce que fit M. de Norpois, mais en disant seulement au lieu du compliment qu'on espérait : « J'obéis, madame, puisque je vois que c'est là de votre part un véritable oukase.

— Nous avons lu dans les "feuilles" que vous vous étiez entretenu longuement avec le roi Théodose, lui dit mon père.

— En effet, le roi qui a une rare mémoire des physionomies a eu la bonté de se souvenir en m'apercevant à l'orchestre que j'avais eu l'honneur de le voir pendant plusieurs jours à la cour de Bavière, quand il ne songeait pas à son trône oriental (vous savez qu'il y a été appelé par un congrès européen, et il a même fort hésité à l'accepter, jugeant cette souveraineté un peu inégale à sa race, la plus noble, héraldiquement parlant, de toute l'Europe). Un aide de camp est venu me dire d'aller saluer Sa Majesté, à l'ordre de qui je me suis naturellement empressé de déférer.

— Avez-vous été content des résultats de son séjour ?

— Enchanté ! Il était permis de concevoir quelque appréhension sur la façon dont un monarque encore si jeune se tirerait de ce pas difficile, surtout dans des conjonctures aussi délicates. Pour ma part je faisais pleine confiance au sens politique du souverain. Mais j'avoue que mes espérances ont été dépassées. Le toast qu'il a prononcé à l'Élysée, et qui, d'après des renseignements qui me viennent de source tout à fait autorisée, avait été composé par lui du premier mot jusqu'au dernier, était entièrement digne de l'intérêt qu'il a excité partout. C'est tout simplement un coup de maître ; un peu hardi je le veux bien, mais d'une audace qu'en somme l'événement a pleinement justifiée. Les traditions diplomatiques ont certainement du bon, mais dans l'espèce elles avaient fini par faire vivre son pays et le nôtre dans une atmosphère de renfermé qui n'était plus respirable. Eh bien ! une des manières de renouveler l'air, évidemment une de celles qu'on ne peut pas recommander mais que le roi Théodose pouvait se permettre, c'est de casser les vitres. Et il l'a fait avec une belle humeur qui a ravi tout le monde, et aussi une justesse dans les termes où on a reconnu tout de suite la race de princes lettrés à laquelle il appartient par sa mère. Il est certain que quand il a parlé des "affinités" qui unissent son pays à la France, l'expression, pour peu usitée qu'elle puisse être dans le vocabulaire des chancelleries, était singulièrement heureuse. Vous voyez que la littérature ne nuit pas, même dans la diplomatie, même sur un trône, ajouta-t-il en s'adressant à moi. La chose était constatée depuis longtemps, je le veux bien, et les rapports entre les deux puissances étaient devenus excellents. Encore fallait-il qu'elle fût dite. Le mot était attendu, il a été choisi à merveille, vous avez vu comme il a porté. Pour ma part j'y applaudis des deux mains.

— Votre ami, M. de Vaugoubert, qui préparait le rapprochement depuis des années, a dû être content.

— D'autant plus que Sa Majesté qui est assez coutumière du fait avait tenu à lui en faire la surprise. Cette surprise a été complète du reste pour tout le monde, à commencer par le ministre des Affaires étrangères, qui, à ce qu'on m'a dit, ne l'a pas trouvée à son goût. À quelqu'un qui lui en parlait, il aurait répondu très nettement, assez haut pour être entendu des personnes voisines : "Je n'ai été ni consulté, ni prévenu", indiquant clairement par là qu'il déclinait toute responsabilité dans l'événement. Il faut avouer que celui-ci a fait un beau tapage et je n'oserais pas affirmer, ajouta-t-il avec un sourire malicieux, que tels de mes collègues pour qui la loi suprême semble être celle du moindre effort, n'en ont pas été troublés dans leur quiétude. Quant à Vaugoubert, vous savez qu'il avait été fort attaqué pour sa politique de rapprochement avec la France, et il avait dû d'autant plus en souffrir que c'est un sensible, un cœur exquis. J'en puis d'autant mieux témoigner que bien qu'il soit mon cadet et de beaucoup, je l'ai fort pratiqué, nous sommes amis de longue date, et je le connais bien. D'ailleurs qui ne le connaîtrait ? c'est une âme de cristal. C'est même le seul défaut qu'on pourrait lui reprocher, il n'est pas nécessaire que le cœur d'un diplomate soit aussi transparent que le sien. Cela n'empêche pas qu'on parle de l'envoyer à Rome, ce qui est un bel avancement, mais un bien gros morceau. Entre nous, je crois que Vaugoubert, si dénué qu'il soit d'ambition, en serait fort content et ne demande nullement qu'on éloigne de lui ce calice. Il fera peut-être merveille là-bas ; il est le candidat de la Consulta, et pour ma part, je le vois très bien, lui si artiste, dans le cadre du palais Farnèse et la galerie des Carraches. Il semble qu'au moins personne ne devrait pouvoir le haïr ; mais il y a autour du roi Théodose toute une camarilla plus ou moins inféodée à la Wilhelmstrasse dont elle suit docilement les inspirations et qui a cherché de toutes façons à lui tailler des croupières. Vaugoubert n'a pas eu à faire face seulement aux intrigues de couloirs mais aux injures de folliculaires à gages qui plus tard, lâches comme l'est tout journaliste stipendié, ont été des premiers à demander l'*aman*, mais qui en attendant n'ont pas reculé à faire état, contre notre représentant, des ineptes accusations de gens sans aveu. Pendant plus d'un mois les ennemis de Vaugoubert ont dansé autour de lui la danse du scalp, dit M. de Norpois, en détachant avec force ce dernier mot. Mais un bon averti en vaut deux ; ces injures il les a repoussées du pied », ajouta-t-il plus énergiquement encore, et avec un regard si farouche que nous cessâmes un instant de manger. « Comme dit un beau proverbe arabe : "Les chiens aboient, la caravane passe." » Après avoir jeté cette citation M. de Norpois s'arrêta pour nous regarder et juger de l'effet qu'elle avait produit sur nous. Il fut grand ; le proverbe nous était connu : il avait remplacé cette année-là chez les hommes de haute valeur cet autre : « Qui sème le vent récolte la tempête », lequel avait besoin de repos, n'étant pas infatigable et vivace comme : « Travailler pour le roi de Prusse. » Car la culture de ces gens éminents était une culture alternée, et généralement triennale. Certes les citations de ce genre, et desquelles M. de Norpois excellait à émailler ses articles de la *Revue*, n'étaient point nécessaires pour que ceux-ci parussent solides et bien informés. Même dépourvus de l'ornement qu'elles leur apportaient, il suffisait que M. de Norpois écrivît à point nommé — ce qu'il ne manquait pas de faire — : « Le Cabinet de Saint-James ne fut pas le dernier à sentir le péril » ou bien « L'émotion fut grande au Pont-aux-Chantres où l'on suivait d'un œil inquiet la

politique égoïste mais habile de la monarchie bicéphale »,
ou « Un cri d'alarme partit de Montecitorio » ou encore
« Cet éternel double jeu qui est bien dans la manière du
Ballplatz ». À ces expressions le lecteur profane avait
aussitôt reconnu et salué le diplomate de carrière. Mais ce
qui avait faire dire qu'il était plus que cela, qu'il possédait
une culture supérieure, cela avait été l'emploi raisonné de
citations dont le modèle achevé restait alors : « Faites-moi
de bonne politique et je vous ferai de bonnes finances,
comme avait coutume de dire le baron Louis. » (On n'avait
pas encore importé d'Orient : « La victoire est à celui des
deux adversaires qui sait souffrir un quart d'heure de plus
que l'autre comme disent les Japonais. ») Cette réputation
de grand lettré, jointe à un véritable génie d'intrigue caché
sous le masque de l'indifférence, avait fait entrer M. de
Norpois à l'Académie des Sciences morales. Et quelques
personnes pensèrent même qu'il ne serait pas déplacé à
l'Académie française, le jour où, voulant indiquer que c'est
en resserrant l'alliance russe que nous pourrions arriver à
une entente avec l'Angleterre, il n'hésita pas à écrire :
« Qu'on le sache bien au quai d'Orsay, qu'on l'enseigne
désormais dans tous les manuels de géographie qui se
montrent incomplets à cet égard, qu'on refuse impitoyablement au baccalauréat tout candidat qui ne saura pas le
dire : Si tous les chemins mènent à Rome, en revanche la
route qui va de Paris à Londres passe nécessairement par
Pétersbourg. »

« Somme toute, continua M. de Norpois en s'adressant à
mon père, Vaugoubert s'est taillé là un beau succès et qui
dépasse même celui qu'il avait escompté. Il s'attendait en
effet à un toast correct (ce qui après les nuages des dernières années était déjà fort beau) mais à rien de plus.
Plusieurs personnes qui étaient au nombre des assistants
m'ont assuré qu'on ne peut pas en lisant ce toast se rendre
compte de l'effet qu'il a produit, prononcé et détaillé à
merveille par le roi qui est maître en l'art de dire et qui
soulignait au passage toutes les intentions, toutes les
finesses. Je me suis laissé raconter à ce propos un fait assez
piquant et qui met en relief une fois de plus chez le roi
Théodose cette bonne grâce juvénile qui lui gagne si bien
les cœurs. On m'a affirmé que précisément à ce mot
d'"affinités" qui était en somme la grosse innovation du
discours, et qui défraiera, encore longtemps vous verrez,
les commentaires des chancelleries, Sa Majesté, prévoyant
la joie de notre ambassadeur, qui allait trouver là le juste
couronnement de ses efforts, de son rêve pourrait-on dire
et, somme toute, son bâton de maréchal, se tourna à demi

vers Vaugoubert et fixant sur lui ce regard si prenant des
Oettingen, détacha ce mot si bien choisi d'"affinités", ce
mot qui était une véritable trouvaille, sur un ton qui faisait
savoir à tous qu'il était employé à bon escient et en pleine
connaissance de cause. Il paraît que Vaugoubert avait
peine à maîtriser son émotion et dans une certaine mesure,
j'avoue que je le comprends. Une personne digne de toute
créance m'a même confié que le roi se serait approché de
Vaugoubert après le dîner, quand Sa Majesté a tenu cercle,
et lui aurait dit à mi-voix : "Êtes-vous content de votre
élève, mon cher marquis ?"

« Il est certain, conclut M. de Norpois, qu'un pareil toast
a plus fait que vingt ans de négociations pour resserrer
entre les deux pays leurs "affinités", selon la pittoresque
expression de Théodose II. Ce n'est qu'un mot, si vous
voulez, mais voyez quelle fortune il a fait, comme toute la
presse européenne le répète, quel intérêt il éveille, quel son
nouveau il a rendu. Il est d'ailleurs bien dans la manière
du souverain. Je n'irai pas jusqu'à vous dire qu'il trouve
tous les jours de purs diamants comme celui-là. Mais il est
bien rare que dans ses discours étudiés, mieux encore,
dans le primesaut de la conversation il ne donne pas son
signalement — j'allais dire il n'appose pas sa signature —
par quelque mot à l'emporte-pièce. Je suis d'autant moins
suspect de partialité en la matière que je suis ennemi de
toute innovation en ce genre. Dix-neuf fois sur vingt elles
sont dangereuses.

— Oui, j'ai pensé que le récent télégramme de l'empereur d'Allemagne n'a pas dû être de votre goût », dit mon
père.

M. de Norpois leva les yeux au ciel d'un air de dire : Ah !
celui-là ! « D'abord, c'est un acte d'ingratitude. C'est plus
qu'un crime, c'est une faute et d'une sottise que je qualifie-
rai de pyramidale ! Au reste si personne n'y met le holà,
l'homme qui a chassé Bismarck est bien capable de répu-
dier peu à peu toute la politique bismarckienne, alors c'est
le saut dans l'inconnu.

— Et mon mari m'a dit, monsieur, que vous l'entraîne-
riez peut-être un de ces étés en Espagne, j'en suis ravie
pour lui.

— Mais oui, c'est un projet tout à fait attrayant dont je
me réjouis. J'aimerais beaucoup faire avec vous ce voyage,
mon cher. Et vous, madame, avez-vous déjà songé à
l'emploi des vacances ?

— J'irai peut-être avec mon fils à Balbec, je ne sais.

— Ah ! Balbec est agréable, j'ai passé par là il y a
quelques années. On commence à y construire des villas

fort coquettes : je crois que l'endroit vous plaira. Mais puis-je vous demander ce qui vous a fait choisir Balbec ?

— Mon fils a le grand désir de voir certaines églises du pays, surtout celle de Balbec. Je craignais un peu pour sa santé les fatigues du voyage et surtout du séjour. Mais j'ai appris qu'on vient de construire un excellent hôtel qui lui permettra de vivre dans les conditions de confort requises par son état.

— Ah ! il faudra que je donne ce renseignement à certaine personne qui n'est pas femme à en faire fi.

— L'église de Balbec est admirable, n'est-ce pas, monsieur ? » demandai-je, surmontant la tristesse d'avoir appris qu'un des attraits de Balbec résidait dans ses coquettes villas.

« Non, elle n'est pas mal, mais enfin elle ne peut soutenir la comparaison avec ces véritables bijoux ciselés que sont les cathédrales de Reims, de Chartres et à mon goût, la perle de toutes, la Sainte-Chapelle de Paris.

— Mais l'église de Balbec est en partie romane ?

— En effet, elle est du style roman, qui est déjà par lui-même extrêmement froid et ne laisse en rien présager l'élégance, la fantaisie des architectes gothiques qui fouillent la pierre comme de la dentelle. L'église de Balbec mérite une visite si on est dans le pays, elle est assez curieuse ; si un jour de pluie vous ne savez que faire, vous pourrez entrer là, vous verrez le tombeau de Tourville.

— Est-ce que vous étiez hier au banquet des Affaires étrangères ? je n'ai pas pu y aller, dit mon père.

— Non, répondit M. de Norpois avec un sourire, j'avoue que je l'ai délaissé pour une soirée assez différente. J'ai dîné chez une femme dont vous avez peut-être entendu parler, la belle madame Swann. » Ma mère réprima un frémissement, car d'une sensibilité plus prompte que mon père, elle s'alarmait pour lui de ce qui ne devait le contrarier qu'un instant après. Les désagréments qui lui arrivaient étaient perçus d'abord par elle comme ces mauvaises nouvelles de France qui sont connues plus tôt à l'étranger que chez nous. Mais curieuse de savoir quel genre de personnes les Swann pouvaient recevoir, elle s'enquit auprès de M. de Norpois de celles qu'il y avait rencontrées.

« Mon Dieu... c'est une maison où il me semble que vont surtout... des messieurs. Il y avait quelques hommes mariés, mais leurs femmes étaient souffrantes ce soir-là et n'étaient pas venues », répondit l'ambassadeur avec une finesse voilée de bonhomie et en jetant autour de lui des regards dont la douceur et la discrétion faisaient mine de tempérer et exagéraient habilement la malice.

« Je dois dire, ajouta-t-il, pour être tout à fait juste, qu'il y va cependant des femmes, mais... appartenant plutôt..., comment dirais-je, au monde républicain qu'à la société de Swann (il prononçait Svann). Qui sait ? Ce sera peut-être un jour un salon politique ou littéraire. Du reste, il semble qu'ils soient contents comme cela. Je trouve que Swann le montre même un peu trop. Il nommait les gens chez qui lui et sa femme étaient invités pour la semaine suivante et de l'intimité desquels il n'y a pourtant pas lieu de s'enorgueillir, avec un manque de réserve et de goût, presque de tact, qui m'a étonné chez un homme aussi fin. Il répétait : "Nous n'avons pas un soir de libre", comme si ç'avait été une gloire, et en véritable parvenu, qu'il n'est pas cependant. Car Swann avait beaucoup d'amis et même d'amies, et sans trop m'avancer, ni vouloir commettre d'indiscrétion, je crois pouvoir dire que non pas toutes, ni même le plus grand nombre, mais l'une au moins et qui est une fort grande dame, ne se serait peut-être pas montrée entièrement réfractaire à l'idée d'entrer en relations avec Mme Swann, auquel cas, vraisemblablement, plus d'un mouton de Panurge aurait suivi. Mais il semble qu'il n'y ait eu de la part de Swann aucune démarche esquissée en ce sens. Comment ? encore un pudding à la Nesselrode ! Ce ne sera pas de trop de la cure de Carlsbad pour me remettre d'un pareil festin de Lucullus. Peut-être Swann a-t-il senti qu'il y aurait trop de résistances à vaincre. Le mariage, cela est certain, n'a pas plu. On a parlé de la fortune de la femme, ce qui est une grosse bourde. Mais, enfin, tout cela n'a pas paru agréable. Et puis Swann a une tante excessivement riche et admirablement posée, femme d'un homme qui, financièrement parlant, est une puissance. Et non seulement elle a refusé de recevoir Mme Swann, mais elle a mené une campagne en règle pour que ses amies et connaissances en fissent autant. Je n'entends pas par là qu'aucun Parisien de bonne compagnie ait manqué de respect à Mme Swann... Non ! cent fois non ! le mari étant d'ailleurs homme à relever le gant. En tous cas, il y a une chose curieuse, c'est de voir combien Swann, qui connaît tant de monde et du plus choisi, montre d'empressement auprès d'une société dont le moins qu'on puisse dire est qu'elle est fort mêlée. Moi qui l'ai connu jadis, j'avoue que j'éprouvais autant de surprise que d'amusement à voir un homme aussi bien élevé, aussi à la mode dans les coteries les plus triées, remercier avec effusion le directeur du Cabinet du ministre des Postes d'être venu chez eux et lui demander si Mme Swann pourrait *se permettre* d'aller voir sa femme. Il doit pourtant se trouver dépaysé ; évidemment ce n'est plus le même monde. Mais je ne crois pas cependant que Swann soit malheureux. Il y a eu, il est vrai, dans les années qui précédèrent le mariage d'assez vilaines manœuvres de chantage de la part de la femme ; elle privait Swann de sa fille chaque fois qu'il lui refusait quelque chose. Le pauvre Swann, aussi naïf qu'il est pourtant raffiné, croyait chaque fois que l'enlèvement de sa fille était une coïncidence et ne voulait pas voir la réalité. Elle lui faisait d'ailleurs des scènes si continuelles qu'on pensait que le jour où elle serait arrivée à ses fins et se serait fait épouser, rien ne la retiendrait plus et que leur vie serait un enfer. Hé bien ! c'est le contraire qui est arrivé. On plaisante beaucoup la manière dont Swann parle de sa femme, on en fait même des gorges chaudes. On ne demandait certes pas que, plus ou moins conscient d'être... (vous savez le mot de Molière), il allât le proclamer *urbi et orbi* ; n'empêche qu'on le trouve exagéré quand il dit que sa femme est une excellente épouse. Or, ce n'est pas aussi faux qu'on le croit. À sa manière qui n'est pas celle que tous les maris préféreraient, mais enfin, entre nous, il me semble difficile que Swann qui la connaissait depuis longtemps et est loin d'être un maître sot, ne sût pas à quoi s'en tenir, il est indéniable qu'elle semble avoir de l'affection pour lui. Je ne dis pas qu'elle ne soit pas volage et Swann lui-même ne se fait pas faute de l'être, à en croire les bonnes langues qui, vous pouvez le penser, vont leur train. Mais elle lui est reconnaissante de ce qu'il a fait pour elle, et, contrairement aux craintes éprouvées par tout le monde, elle paraît devenue d'une douceur d'ange. » Ce changement n'était peut-être pas aussi extraordinaire que le trouvait M. de Norpois. Odette n'avait pas cru que Swann finirait par l'épouser ; chaque fois qu'elle lui annonçait tendancieusement qu'un homme comme il faut venait de se marier avec sa maîtresse, elle lui avait vu garder un silence glacial et tout au plus, si elle l'interpellait directement en lui demandant : « Alors, tu ne trouves pas que c'est très bien, que c'est bien beau ce qu'il a fait là pour une femme qui lui a consacré sa jeunesse ? », répondre sèchement : « Mais je ne te dis pas que ce soit mal, chacun agit à sa guise. » Elle n'était même pas loin de croire que, comme il le lui disait dans des moments de colère, il l'abandonnerait tout à fait, car elle avait depuis peu entendu dire par une femme sculpteur : « On peut s'attendre à tout de la part des hommes, ils sont si mufles », et frappée par la profondeur de cette maxime pessimiste, elle se l'était appropriée, elle la répétait à tout bout de champ d'un air découragé qui semblait dire : « Après tout, il n'y aurait rien d'impossible, c'est bien ma chance. » Et, par suite, toute vertu avait été enlevée à la maxime optimiste qui avait jusque-là guidé Odette dans la vie : « On peut tout faire aux hommes qui vous aiment, ils sont si idiots », et qui s'exprimait dans son visage par le même clignement d'yeux qui eût pu accompagner des mots tels que : « Ayez pas peur, il ne cassera rien. » En attendant, Odette souffrait de ce que telle de ses amies, épousée par un homme qui était resté moins longtemps avec elle, qu'elle-même avec Swann, et n'avait pas, elle, d'enfant, relativement considérée maintenant, invitée aux bals de l'Élysée, devait penser de la conduite de Swann. Un consultant plus profond que ne l'était M. de Norpois eût sans doute pu diagnostiquer que c'était ce sentiment d'humiliation et de honte qui avait aigri Odette, que le caractère infernal qu'elle montrait ne lui était pas essentiel, n'était pas un mal sans remède, et eût aisément prédit ce qui était arrivé, à savoir qu'un régime nouveau, le régime matrimonial, ferait cesser avec une rapidité presque magique ces accidents pénibles, quotidiens, mais nullement organiques. Presque tout le monde s'étonna de ce mariage, et cela même est étonnant. Sans doute peu de personnes comprennent le caractère purement subjectif du phénomène qu'est l'amour, et la sorte de création que c'est d'une personne supplémentaire, distincte de celle qui porte le même nom dans le monde, et dont la plupart des éléments sont tirés de nous-mêmes. Aussi y a-t-il peu de gens qui puissent trouver naturelles les proportions énormes que finit par prendre pour nous un être qui n'est pas le même que celui qu'ils voient. Pourtant il semble qu'en ce qui concerne Odette on aurait pu se rendre compte que si, certes, elle n'avait jamais entièrement compris l'intelligence de Swann, du moins savait-elle les titres, tout le détail de ses travaux, au point que le nom de Ver Meer lui était aussi familier que celui de son couturier ; de Swann, elle connaissait à fond ces traits du caractère que le reste du monde ignore ou ridiculise et dont seule une maîtresse, une sœur, possèdent l'image ressemblante et aimée ; et nous tenons tellement à eux, même à ceux que nous voudrions le plus corriger, que c'est parce qu'une femme finit par en prendre une habitude indulgente et amicalement railleuse, pareille à l'habitude que nous en avons nous-mêmes, et qu'en ont nos parents, que les vieilles liaisons ont quelque chose de la douceur et de la force des affections de famille. Les liens qui nous unissent à un être se trouvent sanctifiés quand il se place au même point de vue que nous pour juger une de nos tares. Et parmi ces traits particuliers, il y en avait aussi qui appartenaient autant à l'intelligence de Swann qu'à son caractère, et que pourtant, en raison de la racine qu'ils avaient malgré tout en celui-ci, Odette avait plus facilement discernés. Elle se plaignait que quand Swann faisait métier d'écrivain, quand il publiait des études, on ne reconnût pas ces traits-là autant que dans ses lettres ou dans sa conversation où ils abondaient. Elle lui conseillait de leur faire la part plus grande. Elle l'aurait voulu parce que c'était ceux qu'elle préférait en lui, mais comme elle les préférait parce qu'ils étaient plus à lui, elle n'avait peut-être pas tort de souhaiter qu'on les retrouvât dans ce qu'il écrivait. Peut-être aussi pensait-elle que des ouvrages plus vivants, en lui procurant enfin à lui le succès, lui eussent permis à elle de se faire ce que chez les Verdurin elle avait appris à mettre au-dessus de tout : un salon.

Parmi les gens qui trouvaient ce genre de mariage ridicule, gens qui pour eux-mêmes se demandaient : « Que pensera M. de Guermantes, que dira Bréauté, quand j'épouserai Mlle de Montmorency ? », parmi les gens ayant cette sorte d'idéal social, aurait figuré, vingt ans plus tôt, Swann lui-même, Swann qui s'était donné du mal pour être reçu au Jockey et avait compté dans ce temps-là faire un éclatant mariage qui eût achevé en consolidant sa situation de faire de lui un des hommes les plus en vue de Paris. Seulement, les images que représente un tel mariage à l'intéressé ont, comme toutes les images, pour ne pas dépérir et s'effacer complètement, besoin d'être alimentées du dehors. Votre rêve le plus ardent est d'humilier l'homme qui vous a offensé. Mais si vous n'entendez plus jamais parler de lui, ayant changé de pays, votre ennemi finira par ne plus avoir pour vous aucune importance. Si on a perdu de vue pendant vingt ans toutes les personnes à cause desquelles on aurait aimé entrer au Jockey ou à l'Institut, la perspective d'être membre de l'un ou de l'autre de ces groupements ne tentera nullement. Or, tout autant qu'une retraite, qu'une maladie, qu'une conversion religieuse, une liaison prolongée substitue d'autres images aux anciennes. Il n'y eut pas de la part de Swann, quand il épousa Odette, renoncement aux ambitions mondaines car de ces ambitions-là depuis longtemps Odette l'avait, au sens spirituel du mot, détaché. D'ailleurs ne l'eût-il pas été qu'il n'en aurait eu que plus de mérite. C'est parce qu'ils impliquent le sacrifice d'une situation plus ou moins flatteuse à une douceur purement intime, que généralement les mariages infamants sont les plus estimables de tous (on ne peut en effet entendre par mariage infamant un mariage d'argent, n'y ayant point d'exemple d'un ménage où la femme ou bien le mari se soient vendus et qu'on n'ait fini par recevoir, ne fût-ce que par tradition et sur la foi de tant d'exemples et pour ne pas avoir deux poids et deux mesures). Peut-être, d'autre part, en artiste, sinon en corrompu, Swann eût-il en tout cas éprouvé une certaine volupté à accoupler à lui, dans un de ces croisements d'espèces comme en pratiquent les *mendélistes* ou comme en raconte la mythologie, un être de race différente, archiduchesse ou cocotte, à contracter une alliance royale ou à faire une mésalliance. Il n'y avait eu dans le monde qu'une seule personne dont il se fût préoccupé, chaque fois qu'il avait pensé à son mariage possible avec Odette, c'était, et non par snobisme, la duchesse de Guermantes. De celle-là, au contraire, Odette se souciait peu, pensant seulement aux personnes situées immédiatement au-dessus d'ellemême plutôt que dans un aussi vague empyrée. Mais quand Swann dans ses heures de rêverie voyait Odette devenue sa femme, il se représentait invariablement le moment où il l'amènerait, elle et surtout sa fille, chez la princesse des Laumes, devenue bientôt duchesse de Guermantes par la mort de son beau-père. Il ne désirait pas les présenter ailleurs, mais il s'attendrissait quand il inventait, en énonçant les mots eux-mêmes, tout ce que la duchesse dirait de lui à Odette, et Odette à Mme de Guermantes, la tendresse que celle-ci témoignerait à Gilberte, la gâtant, le rendant fier de sa fille. Il se jouait à lui-même la scène de la présentation avec la même précision dans le détail imaginaire qu'ont les gens qui examinent comment ils emploieraient, s'ils le gagnaient, un lot dont ils fixent arbitrairement le chiffre. Dans la mesure où une image qui accompagne une de nos résolutions la motive, on peut dire que si Swann épousa Odette, ce fut pour la présenter elle et Gilberte, sans qu'il y eût personne là, au besoin sans que personne le sût jamais, à la duchesse de Guermantes. On verra comment cette seule ambition mondaine qu'il avait souhaitée pour sa femme et sa fille fut justement celle dont la réalisation se trouva lui être interdite et par un veto si absolu que Swann mourut sans supposer que la duchesse pourrait jamais les connaître. On verra aussi qu'au contraire la duchesse de Guermantes se lia avec Odette et Gilberte après la mort de Swann. Et peut-être eût-il été sage — pour autant qu'il pouvait attacher de l'importance à si peu de chose — en ne se faisant pas une idée trop sombre de l'avenir, à cet égard, et en réservant que la réunion souhaitée pourrait bien avoir lieu quand il ne serait plus là pour en jouir. Le travail de causalité qui finit par produire à peu près tous les effets possibles, et par conséquent aussi ceux qu'on avait cru l'être le moins, ce travail est parfois lent, rendu un peu plus lent encore par notre désir — qui, en cherchant à l'accélérer, l'entrave —, par notre existence même et n'aboutit que quand nous avons cessé de désirer, et quelquefois de vivre. Swann ne le savait-il pas par sa propre expérience, et n'était-ce pas déjà, dans sa vie — comme une préfiguration de ce qui devait arriver après sa mort — un bonheur après décès que ce mariage avec cette Odette qu'il avait passionnément aimée — si elle ne lui avait pas plu au premier abord — et qu'il avait épousée quand il ne l'aimait plus, quand l'être qui, en Swann, avait tant souhaité et tant désespéré de vivre toute sa vie avec Odette, quand cet être-là était mort ?

Je me mis à parler du comte de Paris, à demander s'il n'était pas ami de Swann, car je craignais que la conversation se détournât de celui-ci. « Oui, en effet », répondit M. de Norpois en se tournant vers moi et en fixant sur ma modeste personne le regard bleu où flottaient, comme dans leur élément vital, ses grandes facultés de travail et son esprit d'assimilation. « Et, mon Dieu, ajouta-t-il en s'adressant de nouveau à mon père, je ne crois pas franchir les bornes du respect dont je fais profession pour le Prince (sans cependant entretenir avec lui des relations personnelles que rendrait difficiles ma situation, si peu officielle qu'elle soit) en vous citant ce fait assez piquant que, pas plus tard qu'il y a quatre ans, dans une petite gare de chemins de fer d'un des pays de l'Europe Centrale, le Prince eut l'occasion d'apercevoir Mme Swann. Certes, aucun de ses familiers ne s'est permis de demander à Monseigneur comment il l'avait trouvée. Cela n'eût pas été séant. Mais quand par hasard la conversation amenait son nom, à de certains signes, imperceptibles si l'on veut, mais qui ne trompent pas, le Prince semblait donner assez volontiers à entendre que son impression était en somme loin d'avoir été défavorable.

— Mais il n'y aurait pas eu possibilité de la présenter au comte de Paris ? demanda mon père.

— Eh bien ! on ne sait pas ; avec les princes on ne sait jamais, répondit M. de Norpois ; les plus glorieux, ceux qui savent le plus se faire rendre ce qu'on leur doit, sont aussi quelquefois ceux qui s'embarrassent le moins des décrets de l'opinion publique, même les plus justifiés, pour peu qu'il s'agisse de récompenser certains attachements. Or, il est certain que le comte de Paris a toujours agréé avec beaucoup de bienveillance le dévouement de Swann qui est, d'ailleurs, un garçon d'esprit s'il en fut.

— Et votre impression à vous, quelle a-t-elle été, monsieur l'ambassadeur ? » demanda ma mère par politesse et par curiosité.

Avec une énergie de vieux connaisseur qui tranchait sur la modération habituelle de ses propos :

« Tout à fait excellente ! » répondit M. de Norpois.

Et, sachant que l'aveu d'une forte sensation produite par une femme rentre, à condition qu'on le fasse avec enjouement, dans une certaine forme particulièrement appréciée de l'esprit de conversation, il éclata d'un petit rire qui se prolongea pendant quelques instants, humectant les yeux bleus du vieux diplomate et faisant vibrer les ailes de son nez nervurées de fibrilles rouges.

« Elle est tout à fait charmante !

— Est-ce qu'un écrivain du nom de Bergotte était à ce dîner, monsieur ? » demandai-je timidement pour tâcher de retenir la conversation sur le sujet des Swann.

« Oui, Bergotte était là », répondit M. de Norpois, inclinant la tête de mon côté avec courtoisie, comme si dans son désir d'être aimable avec mon père, il attachait à tout ce qui tenait à lui une véritable importance et même aux questions d'un garçon de mon âge qui n'était pas habitué à se voir montrer tant de politesse par des personnes du sien. « Est-ce que vous le connaissez ? » ajouta-t-il en fixant sur moi ce regard clair dont Bismarck admirait la pénétration.

« Mon fils ne le connaît pas mais l'admire beaucoup, dit ma mère.

— Mon Dieu, dit M. de Norpois (qui m'inspira sur ma propre intelligence des doutes plus graves que ceux qui me déchiraient d'habitude, quand je vis que ce que je mettais mille et mille fois au-dessus de moi-même, ce que je trouvais de plus élevé au monde, était pour lui tout en bas de l'échelle de ses admirations), je ne partage pas cette manière de voir. Bergotte est ce que j'appelle un joueur de flûte, il faut reconnaître du reste qu'il en joue agréablement quoique avec bien du maniérisme, de l'afféterie. Mais enfin ce n'est que cela, et cela n'est pas grand-chose. Jamais on ne trouve dans ses ouvrages sans muscles ce qu'on pourrait nommer la charpente. Pas d'action — ou si peu — mais surtout pas de portée. Ses livres pèchent par la base ou plutôt il n'y a pas de base du tout. Dans un temps comme le nôtre où la complexité croissante de la vie laisse à peine le temps de lire, où la carte de l'Europe a subi des remaniements profonds et est à la veille d'en subir de plus grands encore peut-être, où tant de problèmes menaçants et nouveaux se posent partout, vous m'accorderez qu'on a le droit de demander à un écrivain d'être autre chose qu'un bel esprit qui nous fait oublier dans des discussions oiseuses et byzantines sur des mérites de pure forme, que nous pouvons être envahis d'un instant à l'autre par un double flot de Barbares, ceux du dehors et ceux du dedans. Je sais que c'est blasphémer contre la Sacro-Sainte École de ce que ces messieurs appellent l'Art pour l'Art, mais à notre époque il y a des tâches plus urgentes que d'agencer les mots d'une façon harmonieuse. Celle de Bergotte est parfois assez séduisante, je n'en disconviens pas, mais au total tout cela est bien mièvre, bien mince, et bien peu viril. Je comprends mieux maintenant, en me reportant à votre admiration tout à fait exagérée pour Bergotte, les quelques lignes que vous m'avez montrées tout à l'heure et sur lesquelles j'aurais mauvaise grâce à ne pas passer l'éponge, puisque vous avez dit vous-même en toute sim- plicité, que ce n'était qu'un griffonnage d'enfant (je l'avais dit, en effet, mais je n'en pensais pas un mot). À tout péché miséricorde et surtout aux péchés de jeunesse. Après tout, d'autres que vous en ont de pareils sur la conscience, et vous n'êtes pas le seul qui se soit cru poète à son heure. Mais on voit dans ce que vous m'avez montré la mauvaise influence de Bergotte. Évidemment, je ne vous étonnerai pas en vous disant qu'il n'y avait là aucune de ses qualités, puisqu'il est passé maître dans l'art tout superficiel du reste, d'un certain style dont à votre âge vous ne pouvez posséder même le rudiment. Mais c'est déjà le même défaut, ce contresens d'aligner des mots bien sonores en ne se souciant qu'ensuite du fond. C'est mettre la charrue avant les bœufs. Même dans les livres de Bergotte, toutes ces chinoiseries de forme, toutes ces subtilités de manda- rin déliquescent me semblent bien vaines. Pour quelques feux d'artifice agréablement tirés par un écrivain, on crie tout de suite au chef-d'œuvre. Les chefs-d'œuvre ne sont pas si fréquents que cela ! Bergotte n'a pas à son actif, dans son bagage si je puis dire, un roman d'une envolée un peu haute, un de ces livres qu'on place dans le bon coin de sa bibliothèque. Je n'en vois pas un seul dans son œuvre. Il n'empêche que chez lui l'œuvre est infiniment supérieure à l'auteur. Ah ! voilà quelqu'un qui donne raison à l'homme d'esprit qui prétendait qu'on ne doit connaître les écri- vains que par leurs livres. Impossible de voir un individu qui réponde moins aux siens, plus prétentieux, plus solen- nel, moins homme de bonne compagnie. Vulgaire par moments, parlant à d'autres comme un livre, et même pas comme un livre de lui, mais comme un livre ennuyeux, ce qu'au moins ne sont pas les siens, tel est ce Bergotte. C'est un esprit des plus confus, alambiqué, ce que nos pères appelaient un diseur de phébus et qui rend encore plus déplaisantes, par sa façon de les énoncer, les choses qu'il dit. Je ne sais si c'est Loménie ou Sainte-Beuve qui raconte que Vigny rebutait par le même travers. Mais Bergotte n'a jamais écrit *Cinq-Mars*, ni *Le Cachet rouge*, où certaines pages sont de véritables morceaux d'anthologie. »

Atterré par ce que M. de Norpois venait de me dire du fragment que je lui avais soumis, songeant d'autre part aux difficultés que j'éprouvais quand je voulais écrire un essai ou seulement me livrer à des réflexions sérieuses, je sentis une fois de plus ma nullité intellectuelle et que je n'étais pas né pour la littérature. Sans doute autrefois à Combray, certaines impressions fort humbles, ou une lecture de Bergotte, m'avaient mis dans un état de rêverie qui m'avait paru avoir une grande valeur. Mais cet état, mon poème en prose le reflétait ; nul doute que M. de Norpois n'en eût saisi et percé à jour tout de suite ce que j'y trouvais de beau seulement par un mirage entièrement trompeur, puisque l'ambassadeur n'en était pas dupe. Il venait de m'apprendre au contraire quelle place infime était la mienne (quand j'étais jugé du dehors, objectivement, par le connaisseur le mieux disposé et le plus intelligent). Je me sentais consterné, réduit ; et mon esprit comme un fluide qui n'a de dimensions que celles du vase qu'on lui fournit, de même qu'il s'était dilaté jadis à remplir les capacités immenses du génie, contracté maintenant, tenait tout entier dans la médiocrité étroite où M. de Norpois l'avait soudain enfermé et restreint.

« Notre mise en présence, à Bergotte et à moi, ajouta-t-il en se tournant vers mon père, ne laissait pas que d'être assez épineuse (ce qui après tout est aussi une manière d'être piquante). Bergotte, voilà quelques années de cela, fit un voyage à Vienne, pendant que j'y étais ambassadeur, il me fut présenté par la princesse de Metternich, vint s'inscrire et désirait être invité. Or, étant à l'étranger représentant de la France, à qui en somme il fait honneur par ses écrits, dans une certaine mesure, disons, pour être exacts, dans une mesure bien faible, j'aurais passé sur la triste opinion que j'ai de sa vie privée. Mais il ne voyageait pas seul et bien plus il prétendait ne pas être invité sans sa compagne. Je crois ne pas être plus pudibond qu'un autre et étant célibataire, je pouvais peut-être ouvrir un peu plus largement les portes de l'Ambassade que si j'eusse été marié et père de famille. Néanmoins, j'avoue qu'il y a un degré d'ignominie dont je ne saurais m'accommoder, et qui est rendu plus écœurant encore par le ton plus que moral, tranchons le mot, moralisateur, que prend Bergotte dans ses livres où on ne voit qu'analyses perpétuelles et d'ailleurs entre nous un peu languissantes, de scrupules douloureux, de remords maladifs, et, pour de simples peccadilles, de véritables prêchi-prêcha (on sait ce qu'en vaut l'aune) alors qu'il montre tant d'inconscience et de cynisme dans sa vie privée. Bref, j'éludai la réponse, la princesse revint à la charge, mais sans plus de succès. De sorte que je ne suppose pas que je doive être très en odeur de sainteté auprès du personnage, et je ne sais pas jusqu'à quel point il a apprécié l'attention de Swann de l'inviter en même temps que moi. À moins que ce ne soit lui qui l'ait demandé. On ne peut pas savoir, car au fond c'est un malade. C'est même sa seule excuse.

— Et est-ce que la fille de Mme Swann était à ce dîner ? » demandai-je à M. de Norpois, profitant pour faire cette question d'un moment où, comme on passait au salon, je pouvais dissimuler plus facilement mon émotion que je n'aurais fait à table, immobile et en pleine lumière.

M. de Norpois parut chercher un instant à se souvenir : « Oui, une jeune personne de quatorze à quinze ans ? En effet, je me souviens qu'elle m'a été présentée avant le dîner comme la fille de notre amphitryon. Je vous dirai que je l'ai peu vue, elle est allée se coucher de bonne heure. Ou elle allait chez des amies, je ne me rappelle pas bien. Mais je vois que vous êtes fort au courant de la maison Swann.

— Je joue avec Mlle Swann aux Champs-Élysées, elle est délicieuse.

— Ah ! voilà ! voilà ! Mais à moi, en effet, elle m'a paru charmante. Je vous avoue pourtant que je ne crois pas qu'elle approchera jamais de sa mère, si je peux dire cela sans blesser en vous un sentiment trop vif.

— Je préfère la figure de Mlle Swann, mais j'admire aussi énormément sa mère, je vais me promener au Bois rien que dans l'espoir de la voir passer.

— Ah ! mais je vais leur dire cela, elles seront très flattées. »

Pendant qu'il disait ces mots, M. de Norpois était, pour quelques secondes encore, dans la situation de toutes les personnes qui, m'entendant parler de Swann comme d'un homme intelligent, de ses parents comme d'agents de change honorables, de sa maison comme d'une belle maison, croyaient que je parlerais aussi volontiers d'un autre homme aussi intelligent, d'autres agents de change aussi honorables, d'une autre maison aussi belle ; c'est le moment où un homme sain d'esprit qui cause avec un fou ne s'est pas encore aperçu que c'est un fou. M. de Norpois

savait qu'il n'y avait rien que de naturel dans le plaisir de
regarder les jolies femmes, qu'il est de bonne compagnie,
dès que quelqu'un nous parle avec chaleur de l'une d'elles,
de faire semblant de croire qu'il en est amoureux, de l'en
plaisanter, et de lui promettre de seconder ses desseins.
Mais en disant qu'il parlerait de moi à Gilberte et à sa
mère (ce qui me permettrait, comme une divinité de
l'Olympe qui a pris la fluidité d'un souffle ou plutôt
l'aspect du vieillard dont Minerve emprunte les traits, de
pénétrer moi-même, invisible, dans les salons de
Mme Swann, d'attirer son attention, d'occuper sa pensée,
d'exciter sa reconnaissance pour mon admiration, de lui
apparaître comme l'ami d'un homme important, de lui
sembler à l'avenir digne d'être invité par elle et d'entrer
dans l'intimité de sa famille), cet homme important qui
allait user en ma faveur du grand prestige qu'il devait
avoir aux yeux de Mme Swann, m'inspira subitement une
tendresse si grande que j'eus peine à me retenir de ne pas
embrasser ses douces mains blanches et fripées, qui
avaient l'air d'être restées trop longtemps dans l'eau. J'en
ébauchai presque le geste que je me crus seul à avoir
remarqué. Il est difficile en effet à chacun de nous de
calculer exactement à quelle échelle ses paroles ou ses
mouvements apparaissent à autrui ; par peur de nous
exagérer notre importance et en grandissant dans des
proportions énormes le champ sur lequel sont obligés de
s'étendre les souvenirs des autres au cours de leur vie, nous
nous imaginons que les parties accessoires de notre discours, de nos attitudes, pénètrent à peine dans la conscience, à plus forte raison ne demeurent pas dans la
mémoire de ceux avec qui nous causons. C'est d'ailleurs à
une supposition de ce genre qu'obéissent les criminels
quand ils retouchent après coup un mot qu'ils ont dit et
duquel ils pensent qu'on ne pourra confronter cette
variante à aucune autre version. Mais il est bien possible
que, même en ce qui concerne la vie millénaire de l'humanité, la philosophie du feuilletoniste selon laquelle tout est
promis à l'oubli soit moins vraie qu'une philosophie
contraire qui prédirait la conservation de toutes choses.
Dans le même journal où le moraliste du « Premier
Paris », nous dit d'un événement, d'un chef-d'œuvre, à
plus forte raison d'une chanteuse qui eut « son heure de
célébrité » : « Qui se souviendra de tout cela dans dix
ans ? », à la troisième page, le compte rendu de l'Académie
des inscriptions ne parle-t-il pas souvent d'un fait par
lui-même moins important, d'un poème de peu de valeur,
qui date de l'époque des Pharaons et qu'on connaît encore

intégralement ? Peut-être n'en est-il pas tout à fait de même pour la courte vie humaine. Pourtant quelques années plus tard, dans une maison où M. de Norpois, qui s'y trouvait en visite, me semblait le plus solide appui que j'y pusse rencontrer, parce qu'il était ami de mon père, indulgent, porté à nous vouloir du bien à tous, d'ailleurs habitué par sa profession et ses origines à la discrétion, quand, une fois l'ambassadeur parti, on me raconta qu'il avait fait allusion à une soirée d'autrefois dans laquelle il avait « vu le moment où j'allais lui baiser les mains », je ne rougis pas seulement jusqu'aux oreilles, je fus stupéfait d'apprendre qu'étaient si différentes de ce que j'aurais cru, non seulement la façon dont M. de Norpois parlait de moi, mais encore la composition de ses souvenirs. Ce « potin » m'éclaira sur les proportions inattendues de distraction et de présence d'esprit, de mémoire et d'oubli dont est fait l'esprit humain ; et je fus aussi merveilleusement surpris que le jour où je lus pour la première fois, dans un livre de Maspero, qu'on savait exactement la liste des chasseurs qu'Assourbanipal invitait à ses battues, dix siècles avant Jésus-Christ.

« Oh ! Monsieur », dis-je à M. de Norpois quand il m'annonça qu'il ferait part à Gilberte et à sa mère de l'admiration que j'avais pour elles, « si vous faisiez cela, si vous parliez de moi à Mme Swann, ce ne serait pas assez de toute ma vie pour vous témoigner ma gratitude, et cette vie vous appartiendrait ! Mais je tiens à vous faire remarquer que je ne connais pas Mme Swann et que je ne lui ai jamais été présenté. »

J'avais ajouté ces derniers mots par scrupule et pour ne pas avoir l'air de m'être vanté d'une relation que je n'avais pas. Mais en les prononçant, je sentais qu'ils étaient déjà devenus inutiles, car dès le début de mon remerciement, d'une ardeur réfrigérante, j'avais vu passer sur le visage de l'ambassadeur une expression d'hésitation et de mécontentement et dans ses yeux ce regard vertical, étroit et oblique (comme, dans le dessin en perspective d'un solide, la ligne fuyante d'une de ses faces), regard qui s'adresse à cet interlocuteur invisible qu'on a en soi-même, au moment où on lui dit quelque chose que l'autre interlocuteur, le monsieur avec qui on parlait jusqu'ici — moi dans la circonstance — ne doit pas entendre. Je me rendis compte aussitôt que ces phrases que j'avais prononcées et qui, faibles encore auprès de l'effusion reconnaissante dont j'étais envahi, m'avaient paru devoir toucher M. de Norpois et achever de le décider à une intervention qui lui eût donné si peu de peine, et à moi tant de joie, étaient

peut-être (entre toutes celles qu'eussent pu chercher diaboliquement des personnes qui m'eussent voulu du mal) les
seules qui pussent avoir pour résultat de l'y faire renoncer.
En les entendant en effet, de même qu'au moment où un
inconnu, avec qui nous venions d'échanger agréablement
des impressions que nous avions pu croire semblables sur
des passants que nous nous accordions à trouver vulgaires,
nous montre tout à coup l'abîme pathologique qui le
sépare de nous en ajoutant négligemment tout en tâtant sa
poche : « C'est malheureux que je n'aie pas mon revolver,
il n'en serait pas resté un seul », M. de Norpois qui savait
que rien n'était moins précieux ni plus aisé que de d'être
recommandé à Mme Swann et introduit chez elle, et qui
vit que pour moi, au contraire, cela présentait un tel prix,
par conséquent, sans doute, une grande difficulté, pensa
que le désir, normal en apparence, que j'avais exprimé,
devait dissimuler quelque pensée différente, quelque visée
suspecte, quelque faute antérieure à cause de quoi, dans la
certitude de déplaire à Mme Swann, personne n'avait
jusqu'ici voulu se charger de lui transmettre une commission de ma part. Et je compris que cette commission, il ne
la ferait jamais, qu'il pourrait voir Mme Swann quotidiennement pendant des années, sans pour cela lui parler
une seule fois de moi. Il lui demanda cependant quelques
jours plus tard un renseignement que je désirais et chargea
mon père de me le transmettre. Mais il n'avait pas cru
devoir dire pour qui il le demandait. Elle n'apprendrait
donc pas que je connaissais M. de Norpois et que je souhaitais tant d'aller chez elle ; et ce fut peut-être un malheur
moins grand que je ne croyais. Car la seconde de ces
nouvelles n'eût probablement pas beaucoup ajouté à l'efficacité, d'ailleurs incertaine, de la première. Pour Odette,
l'idée de sa propre vie et de sa demeure n'éveillant aucun
trouble mystérieux, une personne qui la connaissait, qui
allait chez elle, ne lui semblait pas un être fabuleux
comme il le paraissait à moi qui aurais jeté dans les
fenêtres des Swann une pierre si j'avais pu écrire sur elle
que je connaissais M. de Norpois : j'étais persuadé qu'un
tel message même transmis d'une façon aussi brutale,
m'eût donné beaucoup plus de prestige aux yeux de la
maîtresse de la maison qu'il ne l'eût indisposée contre
moi. Mais, même si j'avais pu me rendre compte que la
mission dont ne s'acquitta pas M. de Norpois fût restée
sans utilité, bien plus, qu'elle eût pu me nuire auprès des
Swann, je n'aurais pas eu le courage, s'il s'était montré
consentant, d'en décharger l'ambassadeur et de renoncer à
la volupté, si funestes qu'en pussent être les suites, que

mon nom et ma personne se trouvassent ainsi un moment auprès de Gilberte, dans sa maison et sa vie inconnues.

Quand M. de Norpois fut parti, mon père jeta un coup d'œil sur le journal du soir ; je songeais de nouveau à la Berma. Le plaisir que j'avais eu à l'entendre exigeait d'autant plus d'être complété qu'il était loin d'égaler celui que je m'étais promis ; aussi s'assimilait-il immédiatement tout ce qui était susceptible de le nourrir, par exemple ces mérites que M. de Norpois avait reconnus à la Berma et que mon esprit avait bus d'un seul trait comme un pré trop sec sur qui on verse de l'eau. Or mon père me passa le journal en me désignant un entrefilet conçu en ces termes : « La représentation de *Phèdre* qui a été donnée devant une salle enthousiaste où on remarquait les principales notabilités du monde des arts et de la critique a été pour Mme Berma qui jouait le rôle de Phèdre, l'occasion d'un triomphe comme elle en a rarement connu de plus éclatant au cours de sa prestigieuse carrière. Nous reviendrons plus longuement sur cette représentation qui constitue un véritable événement théâtral ; disons seulement que les juges les plus autorisés s'accordaient à déclarer qu'une telle interprétation renouvelait entièrement le rôle de Phèdre, qui est un des plus beaux et des plus fouillés de Racine, et constituait la plus pure et la plus haute manifestation d'art à laquelle de notre temps il ait été donné d'assister. » Dès que mon esprit eut conçu cette idée nouvelle de « la plus pure et haute manifestation d'art », celle-ci se rapprocha du plaisir imparfait que j'avais éprouvé au théâtre, lui ajouta un peu de ce qui lui manquait et leur réunion forma quelque chose de si exaltant que je m'écriai : « Quelle grande artiste ! » Sans doute on peut trouver que je n'étais pas absolument sincère. Mais qu'on songe plutôt à tant d'écrivains qui, mécontents du morceau qu'ils viennent d'écrire, s'ils lisent un éloge du génie de Chateaubriand ou évoquent tel grand artiste dont ils ont souhaité d'être l'égal, fredonnant par exemple en eux-mêmes telle phrase de Beethoven de laquelle ils comparent la tristesse à celle qu'ils ont voulu mettre dans leur prose, se remplissent tellement de cette idée de génie qu'ils l'ajoutent à leurs propres productions en repensant à elles, ne les voient plus telles qu'elles leur étaient apparues d'abord, et risquant un acte de foi dans la valeur de leur œuvre se disent : « Après tout ! » sans se rendre compte que, dans le total qui détermine leur satisfaction finale, ils font entrer le souvenir de merveilleuses pages de Chateaubriand qu'ils assimilent aux leurs, mais enfin qu'ils n'ont point écrites ; qu'on se rappelle tant d'hommes qui croient en l'amour d'une maîtresse de qui ils ne connaissent que les trahisons ; tous ceux aussi qui espèrent alternativement soit une survie incompréhensible dès qu'ils pensent, maris inconsolables, à une femme qu'ils ont perdue et qu'ils aiment encore, artistes, à la gloire future de laquelle ils pourront jouir, soit un néant rassurant quand leur intelligence se reporte au contraire aux fautes que sans lui ils auraient à expier après leur mort ; qu'on pense encore aux touristes qu'exalte la beauté d'ensemble d'un voyage dont jour par jour ils n'ont éprouvé que de l'ennui, et qu'on dise si, dans la vie en commun que mènent les idées au sein de notre esprit, il est une seule de celles qui nous rendent le plus heureux qui n'ait été d'abord, en véritable parasite, demander à une idée étrangère et voisine le meilleur de la force qui lui manquait.

Ma mère ne parut pas très satisfaite que mon père ne songeât plus pour moi à la « carrière ». Je crois que soucieuse avant tout qu'une règle d'existence disciplinât les caprices de mes nerfs, ce qu'elle regrettait, c'était moins de me voir renoncer à la diplomatie que m'adonner à la littérature. « Mais laisse donc, s'écria mon père, il faut avant tout prendre du plaisir à ce qu'on fait. Or, il n'est plus un enfant. Il sait bien maintenant ce qu'il aime, il est peu probable qu'il change, et il est capable de se rendre compte de ce qui le rendra heureux dans l'existence. » En attendant que grâce à la liberté qu'elles m'octroyaient, je fusse, ou non, heureux dans l'existence, les paroles de mon père me firent ce soir-là bien de la peine. De tout temps ses gentillesses imprévues m'avaient quand elles se produisaient donné une telle envie d'embrasser au-dessus de sa barbe ses joues colorées que si je n'y cédais pas, c'était seulement par peur de lui déplaire. Aujourd'hui, comme un auteur s'effraye de voir ses propres rêveries qui lui paraissent sans grande valeur parce qu'il ne les sépare pas de lui-même, obliger un éditeur à choisir un papier, à employer des caractères peut-être trop beaux pour elles, je me demandais si mon désir d'écrire était quelque chose d'assez important pour que mon père dépensât à cause de cela tant de bonté. Mais surtout en parlant de mes goûts qui ne changeraient plus, de ce qui était destiné à rendre mon existence heureuse, il insinuait en moi deux terribles soupçons. Le premier c'était que (alors que chaque jour je me considérais comme sur le seuil de ma vie encore intacte et qui ne débuterait que le lendemain matin) mon existence était déjà commencée, bien plus, que ce qui en allait suivre ne serait pas très différent de ce qui avait précédé. Le second soupçon, qui n'était à vrai dire qu'une autre forme du premier, c'est que je n'étais pas situé en dehors du Temps, mais soumis à ses lois, tout comme ces personnages de roman qui à cause de cela me jetaient dans une telle tristesse quand je lisais leur vie, à Combray, au fond de ma guérite d'osier. Théoriquement on sait que la terre tourne, mais en fait on ne s'en aperçoit pas, le sol sur lequel on marche semble ne pas bouger et on vit tranquille. Il en est ainsi du Temps dans la vie. Et pour rendre sa fuite sensible, les romanciers sont obligés, en accélérant follement les battements de l'aiguille, de faire franchir au lecteur dix, vingt, trente ans, en deux minutes. Au haut d'une page on a quitté un amant plein d'espoir, au bas de la suivante on le retrouve octogénaire, accomplissant péniblement dans le préau d'un hospice sa promenade quotidienne, répondant à peine aux paroles qu'on lui adresse, ayant oublié le passé. En disant de moi : « Ce n'est plus un enfant, ses goûts ne changeront plus, etc. », mon père venait tout d'un coup de me faire apparaître à moi-même dans le Temps, et me causait le même genre de tristesse que si j'avais été non pas encore l'hospitalisé ramolli, mais ces héros dont l'auteur, sur un ton indifférent qui est particulièrement cruel, nous dit à la fin d'un livre : « Il quitte de moins en moins la campagne. Il a fini par s'y fixer définitivement, etc. »

Cependant, mon père, pour aller au-devant des critiques que nous aurions pu faire sur notre invité, dit à maman :

« J'avoue que le père Norpois a été un peu "poncif" comme vous dites. Quand il a dit qu'il aurait été "peu séant" de poser une question au comte de Paris, j'ai eu peur que vous ne vous mettiez à rire.

— Mais pas du tout, répondit ma mère, j'aime beaucoup qu'un homme de cette valeur et de cet âge ait gardé cette sorte de naïveté qui ne prouve qu'un fond d'honnêteté et de bonne éducation.

— Je crois bien ! Cela ne l'empêche pas d'être fin et intelligent, je le sais moi qui le vois à la Commission tout autre qu'il n'est ici », s'écria mon père, heureux de voir que maman appréciait M. de Norpois, et voulant lui persuader qu'il était encore supérieur à ce qu'elle croyait, parce que la cordialité surfait avec autant de plaisir qu'en prend la taquinerie à déprécier : « Comment a-t-il donc dit... "avec les princes on ne sait jamais..."

— Mais oui, comme tu dis là. J'avais remarqué, c'est très fin. On voit qu'il a une profonde expérience de la vie.

— C'est extraordinaire qu'il ait dîné chez les Swann et qu'il y ait trouvé en somme des gens réguliers, des fonctionnaires. Où est-ce que Mme Swann a pu aller pêcher tout ce monde-là ?

— As-tu remarqué avec quelle malice il a fait cette réflexion : "C'est une maison où il va surtout des hommes" ? »

Et tous deux cherchaient à reproduire la manière dont M. de Norpois avait dit cette phrase, comme ils auraient fait pour quelque intonation de Bressant ou de Thiron dans *L'Aventurière* ou dans *Le Gendre de M. Poirier*. Mais de tous ses mots, le plus goûté le fut par Françoise qui, encore plusieurs années après, ne pouvait pas « tenir son sérieux » si on lui rappelait qu'elle avait été traitée par l'ambassadeur de « chef de premier ordre », ce que ma mère était allée lui transmettre comme un ministre de la Guerre les félicitations d'un souverain de passage après « la Revue ». Je l'avais d'ailleurs précédée à la cuisine. Car j'avais fait promettre à Françoise, pacifiste mais cruelle, qu'elle ne ferait pas trop souffrir le lapin qu'elle avait à tuer et je n'avais pas eu de nouvelles de cette mort ; Françoise m'assura qu'elle s'était passée le mieux du monde et très rapidement : « J'ai jamais vu une bête comme ça ; elle est morte sans dire seulement une parole, vous auriez dit qu'elle était muette. » Peu au courant du langage des bêtes, j'alléguai que le lapin ne criait peut-être pas, comme le poulet. « Attendez un peu voir, me dit Françoise indignée de mon ignorance, si les lapins ne crient pas autant comme les poulets. Ils ont même la voix bien plus forte. » Françoise accepta les compliments de M. de Norpois avec la fière simplicité, le regard joyeux et — fût-ce momentanément — intelligent, d'un artiste à qui on parle de son art. Ma mère l'avait envoyée autrefois dans certains grands restaurants voir comment on y faisait la cuisine. J'eus ce soir-là à l'entendre traiter les plus célèbres de gargotes le même plaisir qu'autrefois à apprendre, pour les artistes dramatiques, que la hiérarchie de leurs mérites n'était pas la même que celle de leurs réputations. « L'ambassadeur, lui dit ma mère, assure que nulle part on ne mange de bœuf froid et de soufflés comme les vôtres. » Françoise avec un air de modestie et de rendre hommage à la vérité, l'accorda, sans être, d'ailleurs, impressionnée par le titre d'ambassadeur, elle disait de M. de Norpois, avec l'amabilité due à quelqu'un qui l'avait prise pour un « chef » : « C'est un bon vieux comme moi. » Elle avait bien cherché à l'apercevoir quand il était arrivé, mais sachant que maman détestait qu'on fût derrière les portes ou aux fenêtres et pensant qu'elle saurait par les autres domestiques ou par les concierges qu'elle avait fait le guet (car Françoise ne voyait partout que « jalousies » et « racontages » qui jouaient dans son imagination le même rôle permanent et funeste que, pour telles autres personnes, les intrigues des jésuites ou des juifs), elle s'était contentée de regarder par la croisée de la cuisine « pour ne pas avoir des raisons avec Madame » et, sous l'aspect sommaire de M. de Norpois, elle avait « cru M. Legrandin » à cause de son *agileté*, et bien qu'il n'y eût pas un trait commun entre eux. « Mais enfin, lui demanda ma mère, comment expliquez-vous que personne ne fasse la gelée aussi bien que vous (quand vous le voulez) ? — Je ne sais pas d'où ce que ça devient », répondit Françoise (qui n'établissait pas une démarcation bien nette entre le verbe venir, au moins pris dans certaines acceptions et le verbe devenir). Elle disait vrai du reste, en partie, et n'était pas beaucoup plus capable — ou désireuse — de dévoiler le mystère qui faisait la supériorité de ses gelées ou de ses crèmes, qu'une grande élégante pour ses toilettes, ou une grande cantatrice pour son chant. Leurs explications ne nous disent pas grand-chose ; il en était de même des recettes de notre cuisinière. « Ils font cuire trop à la va-vite, répondit-elle en parlant des grands restaurateurs, et puis pas tout ensemble. Il faut que le bœuf, il devienne comme une éponge, alors il boit tout le jus jusqu'au fond. Pourtant il y avait un de ces Cafés où il me semble qu'on savait bien un peu faire la cuisine. Je ne dis pas que c'était tout à fait ma gelée, mais c'était fait bien doucement et les soufflés ils avaient bien de la crème. — Est-ce Henry ? » demanda mon père qui nous avait rejoints et appréciait beaucoup le restaurant de la place Gaillon où il avait à dates fixes des repas de corps. « Oh non ! dit Françoise avec une douceur qui cachait un profond dédain, je parlais d'un petit restaurant. Chez cet Henry, c'est très bon bien sûr, mais c'est pas un restaurant, c'est plutôt... un bouillon ! — Weber ? — Ah ! non, monsieur, je voulais dire un bon restaurant. Weber c'est dans la rue Royale, ce n'est pas un restaurant, c'est une brasserie. Je ne sais pas si ce qu'ils vous donnent est servi. Je crois qu'ils n'ont même pas de nappe, ils posent cela comme cela sur la table, va comme je te pousse. — Cirro ? » Françoise sourit : « Oh ! là je crois qu'en fait de cuisine il y a surtout des dames du monde. (Monde signifiait pour Françoise demi-monde.) Dame, il faut ça pour la jeunesse. » Nous nous apercevions qu'avec son air de simplicité Françoise était pour les cuisiniers célèbres une plus terrible « camarade » que ne peut l'être l'actrice la plus envieuse et la plus infatuée. Nous sentîmes pourtant qu'elle avait un sentiment juste de son art et le respect des traditions, car elle ajouta : « Non, je veux dire un restaurant où c'est qu'il y avait l'air d'avoir une bien

bonne petite cuisine bourgeoise. C'est une maison encore
assez conséquente. Ça travaillait beaucoup. Ah ! on en
ramassait des sous là-dedans (Françoise économe comptait par sous, non par louis comme les décavés). Madame
connaît bien là-bas à droite, sur les grands boulevards, un
peu en arrière... » Le restaurant dont elle parlait avec cette
équité mêlée d'orgueil et de bonhomie, c'était... le Café
Anglais.

Quand vint le 1er janvier, je fis d'abord des visites de
famille avec maman, qui, pour ne pas me fatiguer, les
avait d'avance (à l'aide d'un itinéraire tracé par mon père)
classées par quartier plutôt que selon le degré exact de la
parenté. Mais à peine entrés dans le salon d'une cousine
assez éloignée qui avait comme raison de passer d'abord
que sa demeure ne le fût pas de la nôtre, ma mère était
épouvantée en voyant, ses marrons glacés ou déguisés à la
main, le meilleur ami du plus susceptible de mes oncles
auquel il allait rapporter que nous n'avions pas commencé
notre tournée par lui. Cet oncle serait sûrement blessé ; il
n'eût trouvé que naturel que nous allassions de la Made-
leine au jardin des Plantes où il habitait avant de nous
arrêter à Saint-Augustin, pour repartir rue de l'École-de-
Médecine.

Les visites finies (ma grand-mère dispensait que nous en
fissions une chez elle, comme nous y dînions ce jour-là), je
courus jusqu'aux Champs-Élysées porter à notre marchande pour qu'elle la remît à la personne qui venait
plusieurs fois par semaine de chez les Swann y chercher
du pain d'épices, la lettre que, dès le jour où mon amie
m'avait fait tant de peine, j'avais décidé de lui envoyer au
nouvel An, et dans laquelle je lui disais que notre amitié
ancienne disparaissait avec l'année finie, que j'oubliais
mes griefs et mes déceptions et qu'à partir du 1er janvier,
c'était une amitié neuve que nous allions bâtir, si solide
que rien ne la détruirait, si merveilleuse que j'espérais que
Gilberte mettrait quelque coquetterie à lui garder toute sa
beauté et à m'avertir à temps comme je promettais de le
faire moi-même, aussitôt que surviendrait le moindre péril
qui pourrait l'endommager. En rentrant, Françoise me fit
arrêter, au coin de la rue Royale, devant un étalage en
plein vent où elle choisit, pour ses propres étrennes, des
photographies de Pie IX et de Raspail et où, pour ma part,
j'en achetai une de la Berma. Les innombrables admirations qu'excitait l'artiste donnaient quelque chose d'un
peu pauvre à ce visage unique qu'elle avait pour y
répondre, immuable et précaire comme ce vêtement des
personnes qui n'en ont pas de rechange, et où elle ne

pouvait exhiber toujours que le petit pli au-dessus de la lèvre supérieure, le relèvement des sourcils, quelques autres particularités physiques, toujours les mêmes qui, en somme, étaient à la merci d'une brûlure ou d'un choc. Ce visage, d'ailleurs, ne m'eût pas à lui seul semblé beau, mais il me donnait l'idée et par conséquent l'envie de l'embrasser à cause de tous les baisers qu'il avait dû supporter et que, du fond de la « carte-album », il semblait appeler encore par ce regard coquettement tendre et ce sourire artificieusement ingénu. Car la Berma devait ressentir effectivement pour bien des jeunes hommes ces désirs qu'elle avouait sous le couvert du personnage de Phèdre et dont tout, même le prestige de son nom qui ajoutait à sa beauté et prorogeait sa jeunesse, devait lui rendre l'assouvissement si facile. Le soir tombait, je m'arrêtai devant une colonne de théâtre où était affichée la représentation que la Berma donnait pour le 1er janvier. Il soufflait un vent humide et doux. C'était un temps que je connaissais ; j'eus la sensation et le pressentiment que le jour de l'An n'était pas un jour différent des autres, qu'il n'était pas le premier d'un monde nouveau où j'aurais pu, avec une chance encore intacte, refaire la connaissance de Gilberte comme au temps de la Création, comme s'il n'existait pas encore de passé, comme si eussent été anéanties, avec les indices qu'on aurait pu en tirer pour l'avenir, les déceptions qu'elle m'avait parfois causées : un nouveau monde où rien ne subsistât de l'ancien... rien qu'une chose : mon désir que Gilberte m'aimât. Je compris que si mon cœur souhaitait ce renouvellement autour de lui d'un univers qui ne l'avait pas satisfait, c'est que lui, mon cœur, n'avait pas changé, et je me dis qu'il n'y avait pas de raison pour que celui de Gilberte eût changé davantage ; je sentis que cette nouvelle amitié c'était la même, comme ne sont pas séparées des autres par un fossé les années nouvelles que notre désir, sans pouvoir les atteindre et les modifier, recouvre à leur insu d'un nom différent. J'avais beau dédier celle-ci à Gilberte, et comme on superpose une religion aux lois aveugles de la nature, essayer d'imprimer au jour de l'An l'idée particulière que je m'étais faite de lui, c'était en vain ; je sentais qu'il ne savait pas qu'on l'appelât le jour de l'An, qu'il finissait dans le crépuscule d'une façon qui ne m'était pas nouvelle : dans le vent doux qui soufflait autour de la colonne d'affiches, j'avais reconnu, j'avais senti reparaître la matière éternelle et commune, l'humidité familière, l'ignorante fluidité des anciens jours.

Je revins à la maison. Je venais de vivre le 1er janvier des hommes vieux qui diffèrent ce jour-là des jeunes, non parce qu'on ne leur donne plus d'étrennes, mais parce qu'ils ne croient plus au nouvel An. Des étrennes j'en avais reçu mais non pas les seules qui m'eussent fait plaisir et qui eussent été un mot de Gilberte. J'étais pourtant jeune encore tout de même puisque j'avais pu lui en écrire un par lequel j'espérais en lui disant les rêves solitaires de ma tendresse en éveiller de pareils en elle. La tristesse des hommes qui ont vieilli c'est de ne pas même songer à écrire de telles lettres dont ils ont appris l'inefficacité.

Quand je fus couché, les bruits de la rue, qui se prolongeaient plus tard ce soir de fête, me tinrent éveillé. Je pensais à tous les gens qui finiraient leur nuit dans les plaisirs, à l'amant, à la troupe de débauchés peut-être, qui avaient dû aller chercher la Berma à la fin de cette représentation que j'avais vue annoncée pour le soir. Je ne pouvais même pas, pour calmer l'agitation que cette idée faisait naître en moi dans cette nuit d'insomnie, me dire que la Berma ne pensait peut-être pas à l'amour, puisque les vers qu'elle récitait, qu'elle avait longuement étudiés, lui rappelaient à tous moments qu'il est délicieux, comme elle le savait d'ailleurs si bien qu'elle en faisait apparaître les troubles bien connus — mais doués d'une violence nouvelle et d'une douceur insoupçonnée — à des spectateurs émerveillés dont chacun pourtant les avait ressentis par soi-même. Je rallumai ma bougie éteinte pour regarder encore une fois son visage. À la pensée qu'il était sans doute en ce moment caressé par ces hommes que je ne pouvais empêcher de donner à la Berma, et de recevoir d'elle, des joies surhumaines et vagues, j'éprouvais un émoi plus cruel qu'il n'était voluptueux, une nostalgie que vint aggraver le son du cor, comme on l'entend la nuit de la Mi-Carême, et souvent des autres fêtes, et qui, parce qu'il est alors sans poésie, est plus triste, sortant d'un mastroquet, que « le soir au fond des bois ». À ce moment-là un mot de Gilberte n'eût peut-être pas été ce qu'il m'eût fallu. Nos désirs vont s'interférant, et dans la confusion de l'existence, il est rare qu'un bonheur vienne justement se poser sur le désir qui l'avait réclamé.

Je continuai à aller aux Champs-Élysées les jours de beau temps, par des rues dont les maisons élégantes et roses baignaient, parce que c'était le moment de la grande vogue des Expositions d'aquarellistes, dans un ciel mobile et léger. Je mentirais en disant que dans ce temps-là les palais de Gabriel m'aient paru d'une plus grande beauté ni même d'une autre époque que les hôtels avoisinants. Je trouvais plus de style et aurais cru plus d'ancienneté sinon au palais de l'Industrie, du moins à celui du Trocadéro.

Plongée dans un sommeil agité, mon adolescence envelop-
pait d'un même rêve tout le quartier où elle le promenait,
et je n'avais jamais songé qu'il pût y avoir un édifice du
xviii⁰ siècle dans la rue Royale, de même que j'aurais été
étonné si j'avais appris que la porte Saint-Martin et la
porte Saint-Denis, chefs-d'œuvre du temps de Louis XIV,
n'étaient pas contemporains des immeubles les plus
récents de ces arrondissements sordides. Une seule fois un
des palais de Gabriel me fit arrêter longuement ; c'est que
la nuit étant venue, ses colonnes dématérialisées par le
clair de lune avaient l'air découpées dans du carton et me
rappelant un décor de l'opérette *Orphée aux Enfers*, me
donnaient pour la première fois une impression de beauté.

Gilberte cependant ne revenait toujours pas aux
Champs-Élysées. Et pourtant j'aurais eu besoin de la voir,
car je ne me rappelais même pas sa figure. La manière
chercheuse, anxieuse, exigeante que nous avons de regarder la personne que nous aimons, notre attente de la parole
qui nous donnera ou nous ôtera l'espoir d'un rendez-vous
pour le lendemain et, jusqu'à ce que cette parole soit dite,
notre imagination alternative, sinon simultanée, de la joie
et du désespoir, tout cela rend notre attention en face de
l'être aimé trop tremblante pour qu'elle puisse obtenir de
lui une image bien nette. Peut-être aussi cette activité de
tous les sens à la fois et qui essaye de connaître avec les
regards seuls ce qui est au-delà d'eux, est-elle trop indulgente aux mille formes, à toutes les saveurs, aux mouvements de la personne vivante que d'habitude, quand nous
n'aimons pas, nous immobilisons. Le modèle chéri, au
contraire, bouge ; on n'en a jamais que des photographies
manquées. Je ne savais vraiment plus comment étaient
faits les traits de Gilberte sauf dans les moments divins où
elle les dépliait pour moi : je ne me rappelais que son
sourire. Et ne pouvant revoir ce visage bien-aimé, quelque
effort que je fisse pour m'en souvenir, je m'irritais de
trouver, dessinés dans ma mémoire avec une exactitude
définitive, les visages inutiles et frappants de l'homme des
chevaux de bois et de la marchande de sucre d'orge : ainsi
ceux qui ont perdu un être aimé qu'ils ne revoient jamais
en dormant, s'exaspèrent de rencontrer sans cesse dans
leurs rêves tant de gens insupportables et que c'est déjà
trop d'avoir connus dans l'état de veille. Dans leur impuissance à se représenter l'objet de leur douleur, ils s'accusent
presque de n'avoir pas de douleur. Et moi je n'étais pas
loin de croire que ne pouvant me rappeler les traits de
Gilberte, je l'avais oubliée elle-même, je ne l'aimais plus.
Enfin elle revint jouer presque tous les jours, mettant

devant moi de nouvelles choses à désirer, à lui demander, pour le lendemain, faisant bien chaque jour en ce sens-là, de ma tendresse une tendresse nouvelle. Mais une chose changea une fois de plus et brusquement la façon dont tous les après-midi vers deux heures se posait le problème de mon amour. M. Swann avait-il surpris la lettre que j'avais écrite à sa fille, ou Gilberte ne faisait-elle que m'avouer longtemps après, et afin que je fusse plus prudent, un état de choses déjà ancien ? Comme je lui disais combien j'admirais son père et sa mère, elle prit cet air vague, plein de réticences et de secret qu'elle avait quand on lui parlait de ce qu'elle avait à faire, de ses courses et de ses visites, et tout d'un coup finit par me dire : « Vous savez, ils ne vous gobent pas ! » et glissante comme une ondine — elle était ainsi — elle éclata de rire. Souvent son rire en désaccord avec ses paroles semblait, comme fait la musique, décrire dans un autre plan une surface invisible. M. et Mme Swann ne demandaient pas à Gilberte de cesser de jouer avec moi, mais eussent autant aimé, pensait-elle, que cela n'eût pas commencé. Ils ne voyaient pas mes relations avec elle d'un œil favorable, ne me croyaient pas d'une grande moralité et s'imaginaient que je ne pouvais exercer sur leur fille qu'une mauvaise influence. Ce genre de jeunes gens peu scrupuleux auxquels Swann me croyait ressembler, je me les représentais comme détestant les parents de la jeune fille qu'ils aiment, les flattant quand ils sont là, mais se moquant d'eux avec elle, la poussant à leur désobéir et quand ils ont une fois conquis leur fille, les privant même de la voir. À ces traits (qui ne sont jamais ceux sous lesquels le plus grand misérable se voit lui-même), avec quelle violence mon cœur opposait ces sentiments dont il était animé à l'égard de Swann, si passionnés au contraire que je ne doutais pas que s'il les eût soupçonnés il ne se fût repenti de son jugement à mon égard comme d'une erreur judiciaire ! Tout ce que je ressentais pour lui, j'osai le lui écrire dans une longue lettre que je confiai à Gilberte en la priant de la lui remettre. Elle y consentit. Hélas ! il voyait donc en moi un plus grand imposteur encore que je ne pensais ; ces sentiments que j'avais cru peindre, en seize pages, avec tant de vérité, il en avait donc douté : la lettre que je lui écrivis, aussi ardente et aussi sincère que les paroles que j'avais dites à M. de Norpois, n'eut pas plus de succès. Gilberte me raconta le lendemain, après m'avoir emmené à l'écart derrière un massif de lauriers, dans une petite allée où nous nous assîmes chacun sur une chaise, qu'en lisant la lettre, qu'elle me rapportait, son père avait haussé les épaules, en

disant : « Tout cela ne signifie rien, cela ne fait que prouver combien j'ai raison. » Moi qui savais la pureté de mes
intentions, la bonté de mon âme, j'étais indigné que mes
paroles n'eussent même pas effleuré l'absurde erreur de
Swann. Car que ce fût une erreur, je n'en doutais pas alors.
Je sentais que j'avais décrit avec tant d'exactitude certaines caractéristiques irrécusables de mes sentiments
généreux que, pour que d'après elles Swann ne les eût pas
aussitôt reconstitués, ne fût pas venu me demander pardon et avouer qu'il s'était trompé, il fallait que ces nobles
sentiments, il ne les eût lui-même jamais ressentis, ce qui
devait le rendre incapable de les comprendre chez les
autres.

Or, peut-être simplement Swann savait-il que la générosité n'est souvent que l'aspect intérieur que prennent nos
sentiments égoïstes quand nous ne les avons pas encore
nommés et classés. Peut-être avait-il reconnu dans la
sympathie que je lui exprimais un simple effet — et une
confirmation enthousiaste — de mon amour pour Gilberte,
par lequel — et non par ma vénération secondaire pour lui
— seraient fatalement dans la suite dirigés mes actes. Je ne
pouvais partager ses prévisions, car je n'avais pas réussi à
abstraire de moi-même mon amour, à le faire rentrer dans
la généralité des autres et à en supputer expérimentale-
ment les conséquences ; j'étais désespéré. Je dus quitter un
instant Gilberte, Françoise m'ayant appelé. Il me fallut
l'accompagner dans un petit pavillon treillissé de vert,
assez semblable aux bureaux d'octroi désaffectés du vieux
Paris et dans lequel étaient depuis peu installé ce qu'on
appelle en Angleterre un lavabo, et en France, par une
anglomanie mal informée, des water-closets. Les murs
humides et anciens de l'entrée où je restai à attendre
Françoise dégageaient une fraîche odeur de renfermé qui,
m'allégeant aussitôt des soucis que venaient de faire naître
en moi les paroles de Swann rapportées par Gilberte, me
pénétra d'un plaisir non pas de la même espèce que les
autres, lesquels nous laissent plus instables, incapables de
les retenir, de les posséder, mais au contraire d'un plaisir
consistant auquel je pouvais m'étayer, délicieux, paisible,
riche d'une vérité durable, inexpliquée et certaine.
J'aurais voulu, comme autrefois dans mes promenades du
côté de Guermantes, essayer de pénétrer le charme de cette
impression qui m'avait saisi et rester immobile à interroger cette émanation vieillotte qui me proposait non de
jouir du plaisir qu'elle ne me donnait que par surcroît,
mais de descendre dans la réalité qu'elle ne m'avait pas
dévoilée. Mais la tenancière de l'établissement, vieille

dame à joues plâtrées et à perruque rousse, se mit à me parler. Françoise la croyait « tout à fait bien de chez elle ». Sa demoiselle avait épousé ce que Françoise appelait « un jeune homme de famille », par conséquent quelqu'un qu'elle trouvait plus différent d'un ouvrier que Saint-Simon un duc d'un homme « sorti de la lie du peuple ». Sans doute la tenancière avant de l'être avait eu des revers. Mais Françoise assurait qu'elle était marquise et apparte-nait à la famille de Saint-Ferréol. Cette marquise me conseilla de ne pas rester au frais et m'ouvrit même un cabinet en me disant : « Vous ne voulez pas entrer ? en voici un tout propre, pour vous ce sera gratis. » Elle le faisait peut-être seulement comme les demoiselles de chez Gouache, quand nous venions faire une commande, m'offraient un des bonbons qu'elles avaient sur le comp-toir sous des cloches de verre et que maman me défendait, hélas ! d'accepter ; peut-être aussi moins innocemment comme telle vieille fleuriste par qui maman faisait remplir ses « jardinières » et qui me donnait une rose en roulant des yeux doux. En tous cas, si la « marquise » avait du goût pour les jeunes garçons, en leur ouvrant la porte hypo-géenne de ces cubes de pierre où les hommes sont accrou-pis comme des sphinx, elle devait chercher dans ses géné-rosités moins l'espérance de les corrompre que le plaisir qu'on éprouve à se montrer vainement prodigue envers ce qu'on aime, car je n'ai jamais vu auprès d'elle d'autre visiteur qu'un vieux garde forestier du jardin.

Un instant après je prenais congé de la « marquise », accompagné de Françoise, et je quittai cette dernière pour retourner auprès de Gilberte. Je l'aperçus tout de suite, sur une chaise, derrière le massif de lauriers. C'était pour ne pas être vue de ses amies : on jouait à cache-cache. J'allai m'asseoir à côté d'elle. Elle avait une toque plate qui descendait assez bas sur ses yeux, leur donnant ce même regard « en dessous », rêveur et fourbe que je lui avais vu la première fois à Combray. Je lui demandai s'il n'y avait pas moyen que j'eusse une explication verbale avec son père. Gilberte me dit qu'elle la lui avait proposée, mais qu'il la jugeait inutile. « Tenez, ajouta-t-elle, ne me laissez pas votre lettre, il faut rejoindre les autres puisqu'ils ne m'ont pas trouvée. »

Si Swann était arrivé avant même que je l'eusse reprise, cette lettre de la sincérité de laquelle je trouvais qu'il avait été si insensé de ne pas s'être laissé persuader, peut-être aurait-il vu que c'était lui qui avait raison. Car m'appro-chant de Gilberte qui, renversée sur sa chaise, me disait de prendre la lettre et ne me la tendait pas, je me sentis si attiré par son corps que je lui dis :

« Voyons, empêchez-moi de l'attraper, nous allons voir qui sera le plus fort. »

Elle la mit dans son dos, je passai mes mains derrière son cou, en soulevant les nattes de cheveux qu'elle portait sur les épaules, soit que ce fût encore de son âge, soit que sa mère voulût la faire paraître plus longtemps enfant, afin de se rajeunir elle-même ; nous luttions, arc-boutés. Je tâchais de l'attirer, elle résistait ; ses pommettes enflammées par l'effort étaient rouges et rondes comme des cerises ; elle riait comme si je l'eusse chatouillée ; je la tenais serrée entre mes jambes comme un arbuste après lequel j'aurais voulu grimper ; et, au milieu de la gymnastique que je faisais, sans qu'en fût à peine augmenté l'essoufflement que me donnaient l'exercice musculaire et l'ardeur du jeu, je répandis, comme quelques gouttes de sueur arrachées par l'effort, mon plaisir auquel je ne pus pas même m'attarder le temps d'en connaître le goût ; aussitôt je pris la lettre. Alors, Gilberte me dit avec bonté :

« Vous savez, si vous voulez, nous pouvons lutter encore un peu. »

Peut-être avait-elle obscurément senti que mon jeu avait un autre objet que celui que j'avais avoué, mais n'avait-elle pas su remarquer que je l'avais atteint. Et moi qui craignais qu'elle s'en fût aperçue (et un certain mouvement rétractile et contenu de pudeur offensée qu'elle eut un instant après, me donna à penser que je n'avais pas eu tort de le craindre), j'acceptai de lutter encore, de peur qu'elle pût croire que je ne m'étais proposé d'autre but que celui après quoi je n'avais plus envie que de rester tranquille auprès d'elle.

En rentrant, j'aperçus, je me rappelai brusquement l'image, cachée jusque-là, dont m'avait approché, sans me la laisser voir ni reconnaître, le frais, sentant presque la suie, du pavillon treillagé. Cette image était celle de la petite pièce de mon oncle Adolphe, à Combray, laquelle exhalait en effet le même parfum d'humidité. Mais je ne pus comprendre, et je remis à plus tard de chercher pourquoi le rappel d'une image si insignifiante m'avait donné une telle félicité. En attendant, il me sembla que je méritais vraiment le dédain de M. de Norpois : j'avais préféré jusqu'ici à tous les écrivains celui qu'il appelait un simple « joueur de flûte » et une véritable exaltation m'avait été communiquée, non par quelque idée importante, mais par une odeur de moisi.

Depuis quelque temps, dans certaines familles, le nom des Champs-Élysées, si quelque visiteur le prononçait, était accueilli par les mères avec l'air malveillant qu'elles réservent à un médecin réputé auquel elles prétendent avoir vu faire trop de diagnostics erronés pour avoir encore confiance en lui ; on assurait que ce jardin ne réussissait pas aux enfants, qu'on pouvait citer plus d'un mal de gorge, plus d'une rougeole et nombre de fièvres dont il était responsable. Sans mettre ouvertement en doute la tendresse de maman qui continuait à m'y envoyer, certaines de ses amies déploraient du moins son aveuglement.

Les névropathes sont peut-être, malgré l'expression consacrée, ceux qui « s'écoutent » le moins : ils entendent en eux tant de choses dont ils se rendent compte ensuite qu'ils avaient eu tort de s'alarmer, qu'ils finissent par ne plus faire attention à aucune. Leur système nerveux leur a si souvent crié : « Au secours ! » comme pour une grave maladie, quand tout simplement il allait tomber de la neige ou qu'on allait changer d'appartement, qu'ils prennent l'habitude de ne pas plus tenir compte de ces avertissements qu'un soldat, lequel dans l'ardeur de l'action, les perçoit si peu, qu'il est capable, étant mourant, de continuer encore quelques jours à mener la vie d'un homme en bonne santé. Un matin, portant coordonnés en moi mes malaises habituels, de la circulation constante et intestine desquels je tenais toujours mon esprit détourné aussi bien que de celle de mon sang, je courais allégrement vers la salle à manger où mes parents étaient déjà à table, et — m'étant dit comme d'ordinaire qu'avoir froid peut signifier non qu'il faut se chauffer, mais par exemple qu'on a été grondé, et ne pas avoir faim, qu'il va pleuvoir et non qu'il ne faut pas manger — je me mettais à table, quand, au moment d'avaler la première bouchée d'une côtelette appétissante, une nausée, un étourdissement m'arrêtèrent, réponse fébrile d'une maladie commencée, dont la glace de mon indifférence avait masqué, retardé les symptômes, mais qui refusait obstinément la nourriture que je n'étais pas en état d'absorber. Alors, dans la même seconde, la pensée que l'on m'empêcherait de sortir si l'on s'apercevait que j'étais malade me donna, comme l'instinct de conservation à un blessé, la force de me traîner jusqu'à ma chambre où je vis que j'avais 40° de fièvre, et ensuite de me préparer pour aller aux Champs-Élysées. À travers le corps languissant et perméable dont elle était enveloppée, ma pensée souriante rejoignait, exigeait le plaisir si doux d'une partie de barres avec Gilberte, et une heure plus tard, me soutenant à peine, mais heureux à côté d'elle, j'avais la force de le goûter encore.

Françoise, au retour, déclara que je m'étais « trouvé indisposé », que j'avais dû prendre un « chaud et froid », et le docteur, aussitôt appelé, déclara « préférer » la « sévérité », la « virulence » de la poussée fébrile qui accompagnait ma congestion pulmonaire et ne serait « qu'un feu de paille » à des formes plus « insidieuses » et « larvées ». Depuis longtemps déjà j'étais sujet à des étouffements et notre médecin, malgré la désapprobation de ma grand-mère, qui me voyait déjà mourant alcoolique, m'avait conseillé outre la caféine qui m'était prescrite pour m'aider à respirer, de prendre de la bière, du champagne ou du cognac quand je sentais venir une crise. Celles-ci avorteraient, disait-il, dans l'« euphorie » causée par l'alcool. J'étais souvent obligé pour que ma grand-mère permît qu'on m'en donnât, de ne pas dissimuler, de faire presque montre de mon état de suffocation. D'ailleurs, dès que je le sentais s'approcher, toujours incertain des proportions qu'il prendrait, j'en étais inquiet à cause de la tristesse de ma grand-mère que je craignais beaucoup plus que ma souffrance. Mais en même temps mon corps, soit qu'il fût trop faible pour garder seul le secret de celle-ci, soit qu'il redoutât que dans l'ignorance du mal imminent on exigeât de moi quelque effort qui lui eût été impossible ou dangereux, me donnait le besoin d'avertir ma grand-mère de mes malaises avec une exactitude où je finissais par mettre une sorte de scrupule physiologique. Apercevais-je en moi un symptôme fâcheux que je n'avais pas encore discerné, mon corps était en détresse tant que je ne l'avais pas communiqué à ma grand-mère. Feignait-elle de n'y prêter aucune attention, il me demandait d'insister. Parfois j'allais trop loin ; et le visage aimé qui n'était plus toujours aussi maître de ses émotions qu'autrefois, laissant paraître une expression de pitié, une contraction douloureuse. Alors mon cœur était torturé par la vue de la peine qu'elle avait : comme si mes baisers eussent dû effacer cette peine, comme si ma tendresse eût pu donner à ma grand-mère autant de joie que mon bonheur, je me jetais dans ses bras. Et les scrupules étant d'autre part apaisés par la certitude qu'elle connaissait le malaise ressenti, mon corps ne faisait pas opposition à ce que je la rassurasse. Je protestais que ce malaise n'avait rien de pénible, que je n'étais nullement à plaindre, qu'elle pouvait être certaine que j'étais heureux ; mon corps avait voulu obtenir exactement ce qu'il méritait de pitié et pourvu qu'on sût qu'il avait une douleur en son côté droit, il ne voyait pas d'inconvénient à ce que je déclarasse que cette douleur n'était pas un mal et n'était pas pour moi un obstacle au bonheur, mon corps ne se piquant pas de philosophie ; elle n'était pas de son ressort. J'eus presque chaque jour de ces crises d'étouffement pendant ma convalescence. Un soir que ma grand-mère m'avait laissé assez bien, elle rentra dans ma chambre très tard dans la soirée, et s'apercevant que la respiration me manquait : « Oh ! mon Dieu, comme tu souffres », s'écria-t-elle, les traits bouleversés. Elle me quitta aussitôt, j'entendis la porte cochère, et elle rentra un peu plus tard avec du cognac qu'elle était allée acheter parce qu'il n'y en avait pas à la maison. Bientôt je commençai à me sentir heureux. Ma grand-mère, un peu rouge, avait l'air gêné, et ses yeux une expression de lassitude et de découragement.

« J'aime mieux te laisser et que tu profites un peu de ce mieux », me dit-elle, en me quittant brusquement. Je l'embrassai pourtant et je sentis sur ses joues fraîches quelque chose de mouillé dont je ne sus pas si c'était l'humidité de l'air nocturne qu'elle venait de traverser. Le lendemain, elle ne vint que le soir dans ma chambre parce qu'elle avait eu, me dit-on, à sortir. Je trouvai que c'était montrer bien de l'indifférence pour moi, et je me retins pour ne pas la lui reprocher.

Mes suffocations ayant persisté alors que ma congestion depuis longtemps finie ne les expliquait plus, mes parents firent venir en consultation le professeur Cottard. Il ne suffit pas à un médecin appelé dans des cas de ce genre d'être instruit. Mis en présence de symptômes qui peuvent être ceux de trois ou quatre maladies différentes, c'est en fin de compte son flair, son coup d'œil qui décident à laquelle malgré les apparences à peu près semblables il y a chance qu'il ait à faire. Ce don mystérieux n'implique pas de supériorité dans les autres parties de l'intelligence et un être d'une grande vulgarité, aimant la plus mauvaise peinture, la plus mauvaise musique, n'ayant aucune curiosité d'esprit, peut parfaitement le posséder. Dans mon cas ce qui était matériellement observable pouvait aussi bien être causé par des spasmes nerveux, par un commencement de tuberculose, par de l'asthme, par une dyspnée toxi-alimentaire avec insuffisance rénale, par de la bronchite chronique, par un état complexe dans lequel seraient entrés plusieurs de ces facteurs. Or les spasmes nerveux demandaient à être traités par le mépris, la tuberculose par de grands soins et par un genre de suralimentation qui eût été mauvais pour un état arthritique comme l'asthme et eût pu devenir dangereux en cas de dyspnée toxi-alimentaire laquelle exige un régime qui en revanche serait néfaste pour un tuberculeux. Mais les hésitations de

Cottard furent courtes et ses prescriptions impérieuses :
« Purgatifs violents et drastiques, lait pendant plusieurs
jours, rien que du lait. Pas de viande, pas d'alcool. » Ma
mère murmura que j'avais pourtant bien besoin d'être
reconstitué, que j'étais déjà assez nerveux, que cette purge
de cheval et ce régime me mettraient à bas. Je vis aux yeux
de Cottard, aussi inquiets que s'il avait peur de manquer le
train, qu'il se demandait s'il ne s'était pas laissé aller à sa
douceur naturelle. Il tâchait de se rappeler s'il avait pensé
à prendre un masque froid, comme on cherche une glace
pour regarder si on n'a pas oublié de nouer sa cravate.
Dans le doute et pour faire, à tout hasard, compensation, il
répondit grossièrement : « Je n'ai pas l'habitude de répéter deux fois mes ordonnances. Donnez-moi une plume. Et
surtout au lait. Plus tard, quand nous aurons jugulé les
crises et l'agrypnie, je veux bien que vous preniez quelques
potages, puis des purées, mais toujours au lait, au lait. Cela
vous plaira, puisque l'Espagne est à la mode, ollé ! ollé !
(Ses élèves connaissaient bien ce calembour qu'il faisait à
l'hôpital chaque fois qu'il mettait un cardiaque ou un
hépatique au régime lacté.) Ensuite vous reviendrez progressivement à la vie commune. Mais chaque fois que la
toux et les étouffements recommenceront, purgatifs,
lavages intestinaux, lit, lait. » Il écouta d'un air glacial,
sans y répondre, les dernières objections de ma mère, et
comme il nous quitta sans avoir daigné expliquer les
raisons de ce régime, mes parents le jugèrent sans rapport
avec mon cas, inutilement affaiblissant et ne me le firent
pas essayer. Ils cherchèrent naturellement à cacher au
professeur leur désobéissance, et pour y réussir plus sûrement, évitèrent toutes les maisons où ils auraient pu le
rencontrer. Puis, mon état s'aggravant, on se décida à me
faire suivre à la lettre les prescriptions de Cottard ; au bout
de trois jours je n'avais plus de râles, plus de toux et je
respirais bien. Alors nous comprîmes que Cottard tout en
me trouvant comme il le dit dans la suite assez asth-
matique et surtout « toqué », avait discerné que ce qui
prédominait à ce moment-là en moi, c'était l'intoxication
et qu'en faisant couler mon foie et en lavant mes reins, il
décongestionnerait mes bronches, me rendrait le souffle,
le sommeil, les forces. Et nous comprîmes que cet imbécile
était un grand clinicien. Je pus enfin me lever. Mais on
parlait de ne plus m'envoyer aux Champs-Élysées. On
disait que c'était à cause du mauvais air ; je pensais bien
qu'on profitait du prétexte pour que je ne pusse plus voir
Mlle Swann et je me contraignais à redire tout le temps le
nom de Gilberte, comme ce langage natal que les vaincus

s'efforcent de maintenir pour ne pas oublier la patrie qu'ils ne reverront pas. Quelquefois ma mère passait sa main sur mon front en me disant :

« Alors, les petits garçons ne racontent plus à leur maman les chagrins qu'ils ont ? »

Françoise s'approchait tous les jours de moi en me disant : « Monsieur a une mine ! Vous ne vous êtes pas regardé, on dirait un mort ! » Il est vrai que si j'avais eu un simple rhume, Françoise eût pris le même air funèbre. Ces déplorations tenaient plus à sa « classe » qu'à mon état de santé. Je ne démêlais pas alors si ce pessimisme était chez Françoise douloureux ou satisfait. Je conclus provisoirement qu'il était social et professionnel.

Un jour, à l'heure du courrier, ma mère posa sur mon lit une lettre. Je l'ouvris distraitement puisqu'elle ne pouvait pas porter la seule signature qui m'eût rendu heureux, celle de Gilberte avec qui je n'avais pas de relations en dehors des Champs-Élysées. Or, au bas du papier, timbré d'un sceau d'argent représentant un chevalier casqué sous lequel se contournait cette devise : *Per viam rectam*, au-dessous d'une lettre, d'une grande écriture, et où presque toutes les phrases semblaient soulignées, simplement parce que la barre des *t* étant tracée non au travers d'eux, mais au-dessus, mettait un trait sous le mot correspondant de la ligne supérieure, ce fut justement la signature de Gilberte que je vis. Mais parce que je la savais impossible dans une lettre adressée à moi, cette vue, non accompagnée de croyance, ne me causa pas de joie. Pendant un instant elle ne fit que frapper d'irréalité tout ce qui m'entourait. Avec une vitesse vertigineuse, cette signature sans vraisemblance jouait aux quatre coins avec mon lit, ma cheminée, mon mur. Je voyais tout vaciller comme quelqu'un qui tombe de cheval et je me demandais s'il n'y avait pas une existence toute différente de celle que je connaissais, en contradiction avec elle, mais qui serait la vraie, et qui m'étant montrée tout d'un coup me remplissait de cette hésitation que les sculpteurs dépeignant le Jugement dernier ont donnée aux morts réveillés qui se trouvent au seuil de l'autre Monde. « Mon cher ami, disait la lettre, j'ai appris que vous aviez été très souffrant et que vous ne veniez plus aux Champs-Élysées. Moi je n'y vais guère non plus parce qu'il y a énormément de malades. Mais mes amies viennent goûter tous les lundis et vendredis à la maison. Maman me charge de vous dire que vous nous feriez très grand plaisir en venant aussi dès que vous serez rétabli, et nous pourrions reprendre à la maison nos bonnes causeries des Champs-Élysées. Adieu, mon cher ami, j'espère que vos parents vous permettront de venir très souvent goûter, et je vous envoie toutes mes amitiés. Gilberte. »

Tandis que je lisais ces mots, mon système nerveux recevait avec une diligence admirable la nouvelle qu'il m'arrivait un grand bonheur. Mais mon âme, c'est-à-dire moi-même, et en somme le principal intéressé, l'ignorait encore. Le bonheur, le bonheur par Gilberte, c'était une chose à laquelle j'avais constamment songé, une chose toute en pensées, c'était, comme disait Léonard de la peinture, *cosa mentale*. Une feuille de papier couverte de caractères, la pensée ne s'assimile pas cela tout de suite. Mais dès que j'eus terminé la lettre, je pensai à elle, elle devint un objet de rêverie, elle devint, elle aussi, *cosa mentale* et je l'aimais déjà tant que toutes les cinq minutes il me fallait la relire, l'embrasser. Alors, je connus mon bonheur.

La vie est semée de ces miracles que peuvent toujours espérer les personnes qui aiment. Il est possible que celui-ci eût été provoqué artificiellement par ma mère qui voyant que depuis quelque temps j'avais perdu tout cœur à vivre, avait peut-être fait demander à Gilberte de m'écrire, comme, au temps de mes premiers bains de mer, pour me donner du plaisir à plonger, ce que je détestais parce que cela me coupait la respiration, elle remettait en cachette à mon guide baigneur de merveilleuses boîtes en coquillages et des branches de corail que je croyais trouver moi-même au fond des eaux. D'ailleurs, pour tous les événements qui dans la vie et ses situations contrastées se rapportent à l'amour, le mieux est de ne pas essayer de comprendre, puisque, dans ce qu'ils ont d'inexorable, comme d'inespéré, ils semblent régis par des lois plutôt magiques que rationnelles. Quand un multimillionnaire, homme malgré cela charmant, reçoit son congé d'une femme pauvre et sans agrément avec qui il vit, appelle à lui, dans son désespoir, toutes les puissances de l'or et fait jouer toutes les influences de la terre, sans réussir à se faire reprendre, mieux vaut devant l'invincible entêtement de sa maîtresse supposer que le Destin veut l'accabler et le faire mourir d'une maladie de cœur plutôt que de chercher une explication logique. Ces obstacles contre lesquels les amants ont à lutter et que leur imagination surexcitée par la souffrance cherche en vain à deviner, résident parfois dans quelque singularité de caractère de la femme qu'ils ne peuvent ramener à eux, dans sa bêtise, dans l'influence qu'ont prise sur elle et les craintes que lui ont suggérées des êtres que l'amant ne connaît pas, dans le genre de plaisirs qu'elle demande momentanément à la vie, plaisirs que son amant, ni la fortune de son amant ne peuvent lui offrir. En tout cas l'amant est mal placé pour connaître la nature des obstacles que la ruse de la femme lui cache et que son propre jugement faussé par l'amour l'empêche d'apprécier exactement. Ils ressemblent à ces tumeurs que le médecin finit par réduire mais sans en avoir connu l'origine. Comme elles ces obstacles restent mystérieux mais sont temporaires. Seulement ils durent généralement plus que l'amour. Et comme celui-ci n'est pas une passion désintéressée, l'amoureux qui n'aime plus ne cherche pas à savoir pourquoi la femme pauvre et légère qu'il aimait, s'est obstinément refusée pendant des années à ce qu'il continuât à l'entretenir.

Or, le même mystère qui dérobe souvent aux yeux la cause des catastrophes, quand il s'agit de l'amour, entoure tout aussi fréquemment la soudaineté de certaines solutions heureuses (telle que celle qui m'était apportée par la lettre de Gilberte). Solutions heureuses ou du moins qui paraissent l'être, car il n'y en a guère qui le soient réellement quand il s'agit d'un sentiment d'une telle sorte que toute satisfaction qu'on lui donne ne fait généralement que déplacer la douleur. Parfois pourtant une trêve est accordée et l'on a pendant quelque temps l'illusion d'être guéri.

En ce qui concerne cette lettre au bas de laquelle Françoise se refusa à reconnaître le nom de Gilberte parce que le G historié, appuyé sur un *i* sans point avait l'air d'un A, tandis que la dernière syllabe était indéfiniment prolongée à l'aide d'un paraphe dentelé, si l'on tient à chercher une explication rationnelle du revirement qu'elle traduisait et qui me rendait si joyeux, peut-être pourra-t-on penser que j'en fus, pour une part, redevable à un incident que j'avais cru au contraire de nature à me perdre à jamais dans l'esprit des Swann. Peu de temps auparavant, Bloch était venu pour me voir, pendant que le professeur Cottard, que depuis que je suivais son régime on avait fait revenir, se trouvait dans ma chambre. La consultation étant finie et Cottard restant seulement en visiteur parce que mes parents l'avaient retenu à dîner, on laissa entrer Bloch. Comme nous étions tous en train de causer, Bloch ayant raconté qu'il avait entendu dire que Mme Swann m'aimait beaucoup, par une personne avec qui il avait dîné la veille et qui elle-même était très liée avec Mme Swann, j'aurais voulu lui répondre qu'il se trompait certainement, et bien établir, par le même scrupule qui me l'avait fait déclarer à M. de Norpois et de peur que Mme Swann me prît pour un menteur, que je ne la connaissais pas et ne lui avais jamais parlé. Mais je n'eus pas le courage de rectifier l'erreur de Bloch, parce que je compris bien qu'elle était volontaire, et que s'il inventait quelque chose que Mme Swann n'avait pas pu dire en effet, c'était pour faire savoir, ce qu'il jugeait flatteur, et ce qui n'était pas vrai, qu'il avait dîné à côté d'une des amies de cette dame. Or il arriva que tandis que M. de Norpois apprenant que je ne connaissais pas et aurais aimé connaître Mme Swann, s'était bien gardé de lui parler de moi, Cottard, qu'elle avait pour médecin, ayant induit de ce qu'il avait entendu dire à Bloch qu'elle me connaissait beaucoup et m'appréciait, pensa que, quand il la verrait, dire que j'étais un charmant garçon avec lequel il était lié, ne pourrait en rien être utile pour moi et serait flatteur pour lui, deux raisons qui le décidèrent à parler de moi à Odette dès qu'il en trouva l'occasion.

Alors je connus cet appartement d'où dépassait jusque dans l'escalier le parfum dont se servait Mme Swann, mais qu'embaumait bien plus encore le charme particulier et douloureux qui émanait de la vie de Gilberte. L'implacable concierge, changé en une bienveillante Euménide, prit l'habitude, quand je lui demandais si je pouvais monter de m'indiquer en soulevant sa casquette d'une main propice, qu'il exauçait ma prière. Les fenêtres qui du dehors interposaient entre moi et les trésors qui ne m'étaient pas destinés un regard brillant, distant et superficiel qui me semblait le regard même des Swann, il m'arriva, quand à la belle saison j'avais passé tout un après-midi avec Gilberte dans sa chambre, de les ouvrir moi-même pour laisser entrer un peu d'air et même de m'y pencher à côté d'elle, si c'était le jour de réception de sa mère, pour voir arriver les visites qui souvent, levant la tête en descendant de voiture, me faisaient bonjour de la main, me prenant pour quelque neveu de la maîtresse de maison. Les nattes de Gilberte dans ces moments-là touchaient ma joue. Elles me semblaient, en la finesse de leur gramen, à la fois naturel et surnaturel, et la puissance de leurs rinceaux d'art, un ouvrage unique pour lequel on avait utilisé le gazon même du Paradis. À une section même infime d'elles, quel herbier céleste n'eussé-je pas donné comme châsse ? Mais n'espérant point obtenir un morceau vrai de ces nattes, si au moins j'avais pu en posséder la photographie, combien plus précieuse que celle de fleurettes dessinées par le Vinci ! Pour en avoir une je fis auprès d'amis des Swann et même de photographes, des bassesses qui ne me procurèrent pas ce que je voulais, mais me lièrent pour toujours avec des gens très ennuyeux.

Les parents de Gilberte, qui si longtemps m'avaient empêché de la voir, maintenant — quand j'entrais dans la sombre antichambre où planait perpétuellement, plus formidable et plus désirée que jadis à Versailles l'apparition du Roi, la possibilité de les rencontrer, et où habituellement, après avoir buté contre un énorme porte-manteaux à sept branches comme le Chandelier de l'Écriture, je me confondais en salutations devant un valet de pied assis, dans sa longue jupe grise, sur le coffre à bois et que dans l'obscurité j'avais pris pour Mme Swann — les parents de Gilberte, si l'un d'eux se trouvait passer au moment de mon arrivée, loin d'avoir l'air irrité, me serraient la main en souriant et me disaient :

« Comment allez-vous ? (qu'ils prononçaient tous deux "commen allez-vous" sans faire la liaison du *t*, liaison qu'on pense bien qu'une fois rentré à la maison je me faisais un incessant et voluptueux exercice de supprimer). Gilberte sait-elle que vous êtes là ? Alors je vous quitte. »

Bien plus, les goûters eux-mêmes que Gilberte offrait à ses amies et qui si longtemps m'avaient paru la plus infranchissable des séparations accumulées entre elle et moi devenaient maintenant une occasion de nous réunir dont elle m'avertissait par un mot écrit (parce que j'étais une relation encore assez nouvelle) sur un papier à lettres toujours différent. Une fois il était orné d'un caniche bleu en relief surmontant une légende humoristique écrite en anglais et suivie d'un point d'exclamation, une autre fois timbré d'une ancre marine, ou du chiffre G.S., démesurément allongé en un rectangle qui tenait toute la hauteur de la feuille, ou encore du nom « Gilberte » tantôt tracé en travers dans un coin en caractères dorés qui imitaient la signature de mon amie et finissaient par un paraphe, au-dessous d'un parapluie ouvert imprimé en noir, tantôt enfermé dans un monogramme en forme de chapeau chinois qui en contenait toutes les lettres en majuscules sans qu'il fût possible d'en distinguer une seule. Enfin comme la série des papiers à lettres que Gilberte possédait, pour nombreuse que fût cette série, n'était pas illimitée, au bout d'un certain nombre de semaines, je voyais revenir celui qui portait, comme la première fois qu'elle m'avait écrit, la devise : *Per viam rectam*, au-dessus du chevalier casqué, dans une médaille d'argent bruni. Et chacun était choisi tel jour plutôt que tel autre en vertu de certains rites, pensais-je alors, mais plutôt, je le crois maintenant, parce qu'elle cherchait à se rappeler ceux dont elle s'était servie les autres fois, de façon à ne jamais envoyer le même à un de ses correspondants, au moins de ceux pour qui elle prenait la peine de faire des frais, qu'aux intervalles les plus éloignés possible. Comme à cause de la différence des heures de leurs leçons, certaines des amies que Gilberte invitait à ces goûters étaient obligées de partir comme les autres arrivaient seulement, dès l'escalier j'entendais s'échapper de l'antichambre un murmure de voix qui, dans l'émotion que me causait la cérémonie imposante à laquelle j'allais assister, rompait brusquement bien avant que j'atteignisse le palier, les liens qui me rattachaient encore à la vie antérieure et m'ôtait jusqu'au souvenir d'avoir à retirer mon foulard une fois que je serais au chaud et de regarder l'heure pour ne pas rentrer en retard. Cet escalier, d'ailleurs, tout en bois, comme on faisait alors dans certaines maisons de rapport de ce style Henri II qui avait été si longtemps l'idéal d'Odette et dont elle devait bientôt se déprendre et pourvu d'une pancarte sans équivalent chez nous, sur laquelle on lisait ces mots : « Défense de se servir de l'ascenseur pour descendre », me semblait quelque chose de tellement prestigieux que je dis à mes parents que c'était un escalier ancien rapporté de très loin par M. Swann. Mon amour de la vérité était si grand que je n'aurais pas hésité à leur donner ce renseignement même si j'avais su qu'il était faux, car seul il pouvait leur permettre d'avoir pour la dignité de l'escalier des Swann le même respect que moi. C'est ainsi que devant un ignorant qui ne peut comprendre en quoi consiste le génie d'un grand médecin, on croirait bien faire de ne pas avouer qu'il ne sait pas guérir le rhume de cerveau. Mais comme je n'avais aucun esprit d'observation, comme en général je ne savais ni le nom ni l'espèce des choses qui se trouvaient sous mes yeux, et comprenais seulement que quand elles approchaient les Swann, elles devaient être extraordinaires, il ne me parut pas certain qu'en avertissant mes parents de la valeur artistique et de la provenance lointaine de cet escalier, je commisse un mensonge. Cela ne me parut pas certain ; mais cela dut me paraître probable, car je me sentis devenir très rouge quand mon père m'interrompit en disant : « Je connais ces maisons-là ; j'en ai vu une, elles sont toutes pareilles ; Swann occupe simplement plusieurs étages, c'est Berlier qui les a construites. » Il ajouta qu'il avait voulu louer dans l'une d'elles, mais qu'il y avait renoncé, ne les trouvant pas commodes et l'entrée pas assez claire ; il le dit ; mais je sentis instinctivement que mon esprit devait faire au prestige des Swann et à mon bonheur les sacrifices nécessaires, et par un coup d'autorité intérieure, malgré ce que je venais d'entendre, j'écartai à tout jamais de moi, comme un dévot la *Vie de Jésus* de

Renan, la pensée dissolvante que leur appartement était un appartement quelconque que nous aurions pu habiter.

Cependant, ces jours de goûter, m'élevant dans l'escalier marche à marche, déjà dépouillé de ma pensée et de ma mémoire, n'étant plus que le jouet des plus vils réflexes, j'arrivais à la zone où le parfum de Mme Swann se faisait sentir. Je croyais déjà voir la majesté du gâteau au chocolat, entouré d'un cercle d'assiettes à petits fours et de petites serviettes damassées grises à dessins, exigées par l'étiquette et particulières aux Swann. Mais cet ensemble inchangeable et réglé semblait, comme l'univers nécessaire de Kant, suspendu à un acte suprême de liberté. Car quand nous étions tous dans le petit salon de Gilberte, tout d'un coup regardant l'heure elle disait :

« Dites donc, mon déjeuner commence à être loin, je ne dîne qu'à huit heures, j'ai bien envie de manger quelque chose. Qu'en diriez-vous ? »

Et elle nous faisait entrer dans la salle à manger, sombre comme l'intérieur d'un Temple asiatique peint par Rembrandt, et où un gâteau architectural aussi débonnaire et familier qu'il était imposant, semblait trôner là à tout hasard comme un jour quelconque, pour le cas où il aurait pris fantaisie à Gilberte de le découronner de ses créneaux en chocolat et d'abattre ses remparts aux pentes fauves et raides, cuites au four comme les bastions du palais de Darius. Bien mieux, pour procéder à la destruction de la pâtisserie ninivite, Gilberte ne consultait pas seulement sa faim ; elle s'informait encore de la mienne, tandis qu'elle extrayait pour moi du monument écroulé tout un pan verni et cloisonné de fruits écarlates, dans le goût oriental. Elle me demandait même l'heure à laquelle mes parents dînaient comme si je l'avais encore sue, comme si le trouble qui me dominait avait laissé persister la sensation de l'inappétence ou de la faim, la notion du dîner ou l'image de la famille, dans ma mémoire vide et mon estomac paralysé. Malheureusement cette paralysie n'était que momentanée. Les gâteaux que je prenais sans m'en apercevoir, il viendrait un moment où il faudrait les digérer. Mais il était encore lointain. En attendant, Gilberte me faisait « mon thé ». J'en buvais indéfiniment, alors qu'une seule tasse m'empêchait de dormir pour vingt-quatre heures. Aussi ma mère avait-elle l'habitude de dire : « C'est ennuyeux, cet enfant ne peut aller chez les Swann sans rentrer malade. » Mais savais-je seulement quand j'étais chez les Swann que c'était du thé que je buvais ? L'eussé-je su que j'en eusse pris tout de même, car en admettant que j'eusse recouvré un instant le discernement du présent, cela ne m'eût pas rendu le souvenir du passé et la prévision de l'avenir. Mon imagination n'était pas capable d'aller jusqu'au temps lointain où je pourrais avoir l'idée de me coucher et le besoin du sommeil.

Les amies de Gilberte n'étaient pas toutes plongées dans cet état d'ivresse où une décision est impossible. Certaines refusaient du thé ! Alors Gilberte disait, phrase très répandue à cette époque : « Décidément, je n'ai pas de succès avec mon thé ! » Et pour effacer davantage l'idée de cérémonie, dérangeant l'ordre des chaises autour de la table : « Nous avons l'air d'une noce ; mon Dieu que les domestiques sont bêtes. »

Elle grignotait, assise de côté sur un siège en forme d'*x* et placé de travers. Même, comme si elle eût pu avoir tant de petits fours à sa disposition sans avoir demandé la permission à sa mère, quand Mme Swann — dont le « jour » coïncidait d'ordinaire avec les goûters de Gilberte — après avoir reconduit une visite, entrait, un moment après, en courant, quelquefois habillée de velours bleu, souvent dans une robe en satin noir couverte de dentelles blanches, elle disait d'un air étonné :

« Tiens, ça a l'air bon ce que vous mangez là, cela me donne faim de vous voir manger du cake.

— Eh bien, maman, nous vous invitons, répondait Gilberte.

— Mais non, mon trésor, qu'est-ce que diraient mes visites, j'ai encore Mme Trombert, Mme Cottard et Mme Bontemps, tu sais que chère Mme Bontemps ne fait pas des visites très courtes et elle vient seulement d'arriver. Qu'est-ce qu'ils diraient toutes ces bonnes gens de ne pas me voir revenir ? S'il ne vient plus personne, je reviendrai bavarder avec vous (ce qui m'amusera beaucoup plus) quand elles seront parties. Je crois que je mérite d'être un peu tranquille, j'ai eu quarante-cinq visites et sur quarante-cinq il y en a eu quarante-deux qui ont parlé du tableau de Gérôme ! Mais venez donc un de ces jours, me disait-elle, prendre *votre* thé avec Gilberte, elle vous le fera comme vous l'aimez, comme vous le prenez dans votre petit "studio" », ajoutait-elle, tout en s'enfuyant vers ses visites et comme si c'avait été quelque chose d'aussi connu de moi que mes habitudes (fût-ce celle que j'aurais eue de prendre le thé, si j'en avais jamais pris ; quant à un « studio » j'étais incertain si j'en avais un ou non) que j'étais venu chercher dans ce monde mystérieux. « Quand viendrez-vous ? Demain ? On vous fera des toasts aussi bons que chez Colombin. Non ? Vous êtes un vilain », disait-elle, car depuis qu'elle aussi commençait à avoir un salon, elle prenait les façons de Mme Verdurin, son ton de despotisme minaudier. Les toasts m'étant d'ailleurs aussi inconnus que Colombin, cette dernière promesse n'aurait pu ajouter à ma tentation. Il semblera plus étrange, puisque tout le monde parle ainsi et peut-être même maintenant à Combray, que je n'eusse pas à la première minute compris de qui voulait parler Mme Swann quand je l'entendis me faire l'éloge de notre vieille « nurse ». Je ne savais pas l'anglais, je compris bientôt pourtant que ce mot désignait Françoise. Moi qui aux Champs-Élysées, avais eu si peur de la fâcheuse impression qu'elle devait produire, j'appris par Mme Swann que c'est tout ce que Gilberte lui avait raconté sur ma « nurse » qui leur avait donné à elle et à son mari de la sympathie pour moi. « On sent qu'elle vous est si dévouée, qu'elle est si bien. » (Aussitôt je changeai entièrement d'avis sur Françoise. Par contrecoup avoir une institutrice pourvue d'un caout-chouc et d'un plumet ne me sembla plus chose si néces-saire.) Enfin je compris, par quelques mots échappés à Mme Swann sur Mme Blatin dont elle reconnaissait la bienveillance mais redoutait les visites, que des relations personnelles avec cette dame ne m'eussent pas été aussi précieuses que j'avais cru et n'eussent amélioré en rien ma situation chez les Swann.

Si j'avais déjà commencé d'explorer avec ces tressaille-ments de respect et de joie le domaine féerique qui contre toute attente avait ouvert devant moi ses avenues jusque-là fermées, pourtant c'était seulement en tant qu'ami de Gilberte. Le royaume dans lequel j'étais accueilli était contenu lui-même dans un plus mystérieux encore où Swann et sa femme menaient leur vie surna-turelle, et vers lequel ils se dirigeaient après m'avoir serré la main quand ils traversaient en même temps que moi, en sens inverse, l'antichambre. Mais bientôt je pénétrai aussi au cœur du Sanctuaire. Par exemple, Gilberte n'était pas là, M. ou Mme Swann se trouvait à la maison. Ils avaient demandé qui avait sonné, et apprenant que c'était moi, m'avaient fait prier d'entrer un instant auprès d'eux, dési-rant que j'usasse dans tel ou tel sens, pour une chose ou pour une autre, de mon influence sur leur fille. Je me rappelais cette lettre si complète, si persuasive, que j'avais naguère écrite à Swann et à laquelle il n'avait même pas daigné répondre. J'admirais l'impuissance de l'esprit, du raisonnement et du cœur à opérer la moindre conversion, à résoudre une seule de ces difficultés qu'ensuite la vie, sans qu'on sache seulement comment elle s'y est prise, dénoue si aisément. Ma position nouvelle d'ami de Gilberte, doué sur elle d'une excellente influence, me faisait maintenant bénéficier de la même faveur que si ayant eu pour camarade, dans un collège où on m'eût classé toujours premier, le fils d'un roi, j'avais dû à ce hasard mes petites entrées au Palais et des audiences dans la salle du Trône. Swann, avec une bienveillance infinie et comme s'il n'avait pas été surchargé d'occupations glorieuses, me faisait entrer dans sa bibliothèque et m'y laissait pendant une heure répondre par des balbutiements, des silences de timidité coupés de brefs et incohérents élans de courage, à des propos dont mon émoi m'empêchait de comprendre un seul mot ; il me montrait des objets d'art et des livres qu'il jugeait susceptibles de m'intéresser et dont je ne doutais pas d'avance qu'ils ne passassent infiniment en beauté tous ceux que possèdent le Louvre et la Bibliothèque nationale, mais qu'il m'était impossible de regarder. À ces moments-là son maître d'hôtel m'aurait fait plaisir en me demandant de lui donner ma montre, mon épingle de cravate, mes bottines et de signer un acte qui le reconnaissait pour mon héritier : selon la belle expression populaire dont, comme pour les plus célèbres épopées, on ne connaît pas l'auteur, mais qui comme elles et contrairement à la théorie de Wolf en a eu certainement un (un de ces esprits inventifs et modestes ainsi qu'il s'en rencontre chaque année, lesquels font des trouvailles telles que « mettre un nom sur une figure », mais leur nom à eux, ils ne le font pas connaître), *je ne savais plus ce que je faisais.* Tout au plus m'étonnais-je quand la visite se prolongeait, à quel néant de réalisation, à quelle absence de conclusion heureuse, conduisaient ces heures vécues dans la demeure enchantée. Mais ma déception ne tenait ni à l'insuffisance des chefs-d'œuvre montrés, ni à l'impossibilité d'arrêter sur eux un regard distrait. Car ce n'était pas la beauté intrinsèque des choses qui me rendait miraculeux d'être dans le cabinet de Swann, c'était l'adhérence à ces choses — qui eussent pu être les plus laides du monde — du sentiment particulier, triste et voluptueux que j'y localisais depuis tant d'années et qui l'imprégnait encore ; de même la multitude des miroirs, des brosses d'argent, des autels à saint Antoine de Padoue sculptés et peints par les plus grands artistes, ses amis, n'étaient pour rien dans le sentiment de mon indignité et de sa bienveillance royale qui m'était inspiré quand Mme Swann me recevait un moment dans sa chambre où trois belles et imposantes créatures, sa première, sa deuxième et sa troisième femme de chambre préparaient en souriant des toilettes merveilleuses, et vers laquelle sur l'ordre proféré par le valet de

pied en culotte courte que Madame désirait me dire un
mot, je me dirigeais par le sentier sinueux d'un couloir
tout embaumé à distance des essences précieuses qui
exhalaient sans cesse du cabinet de toilette leurs effluves
odoriférantes.

Quand Mme Swann était retournée auprès de ses visites,
nous l'entendions encore parler et rire, car même devant
deux personnes et comme si elle avait eu à tenir tête à tous
les « camarades », elle élevait la voix, lançait les mots,
comme elle avait si souvent, dans le petit clan, entendu
faire à la « patronne », dans les moments où celle-ci « dirigeait la conversation ». Les expressions que nous avons
récemment empruntées aux autres étant celles, au moins
pendant un temps, dont nous aimons le plus à nous servir,
Mme Swann choisissait tantôt celles qu'elle avait apprises
de gens distingués que son mari n'avait pu éviter de lui
faire connaître (c'est d'eux qu'elle tenait le maniérisme qui
consiste à supprimer l'article ou le pronom démonstratif
devant un adjectif qualifiant une personne), tantôt de plus
vulgaires (par exemple : « C'est un rien ! », mot favori
d'une de ses amies), et cherchait à les placer dans toutes les
histoires que, selon une habitude prise dans le « petit
clan », elle aimait à raconter. Elle disait volontiers
ensuite : « J'aime beaucoup cette histoire », « ah ! avouez,
c'est une bien *belle* histoire ! » ; ce qui lui venait, par son
mari, des Guermantes qu'elle ne connaissait pas.

Mme Swann avait quitté la salle à manger, mais son
mari qui venait de rentrer faisait à son tour une apparition
auprès de nous. « Sais-tu si ta mère est seule, Gilberte ? —
Non, elle a encore du monde, papa. — Comment, encore ? à
sept heures ! C'est effrayant. La pauvre femme doit être
brisée. C'est odieux. (À la maison j'avais toujours entendu
dans *odieux*, prononcer l'*o* long — audieux —, mais M. et
Mme Swann disaient odieux, en faisant l'*o* bref.) Pensez,
depuis deux heures de l'après-midi ! reprenait-il en se
tournant vers moi. Et Camille me disait qu'entre quatre et
cinq heures, il est bien venu douze personnes. Qu'est-ce
que je dis douze, je crois qu'il m'a dit quatorze. Non,
douze ; enfin je ne sais plus. Quand je suis rentré, je ne
songeais pas que c'était son jour et, en voyant toutes ces
voitures devant la porte, je croyais qu'il y avait un mariage
dans la maison. Et depuis un moment que je suis dans ma
bibliothèque, les coups de sonnette n'ont pas arrêté ; ma
parole d'honneur, j'en ai mal à la tête. Et il y a encore
beaucoup de monde près d'elle ? — Non, deux visites
seulement. — Sais-tu qui ? — Mme Cottard et Mme Bontemps. — Ah ! la femme du chef de cabinet du ministre des

Travaux publics. — J'sais que son mari est employé dans un ministère, mais j'sais pas au juste comme quoi, disait Gilberte en faisant l'enfant.

— Comment, petite sotte, tu parles comme si tu avais deux ans. Qu'est-ce que tu dis : employé dans un ministère ? Il est tout simplement chef de cabinet, chef de toute la boutique, et encore, où ai-je la tête, ma parole, je suis aussi distrait que toi, il n'est pas chef de cabinet, il est *directeur* du cabinet.

— J'sais pas, moi ; alors c'est beaucoup d'être le directeur du cabinet ? » répondait Gilberte qui ne perdait jamais une occasion de manifester de l'indifférence pour tout ce qui donnait de la vanité à ses parents (elle pouvait d'ailleurs penser qu'elle ne faisait qu'ajouter à une relation aussi éclatante en n'ayant pas l'air d'y attacher trop d'importance).

« Comment si c'est beaucoup ! » s'écriait Swann qui préférait à cette modestie qui eût pu me laisser dans le doute, un langage plus explicite. « Mais c'est simplement le premier après le ministre ! C'est même plus que le ministre, car c'est lui qui fait tout. Il paraît du reste que c'est une capacité, un homme de premier ordre, un individu tout à fait distingué. Il est officier de la Légion d'honneur. C'est un homme délicieux, même fort joli garçon. »

Sa femme d'ailleurs l'avait épousé envers et contre tous parce que c'était un « être de charme ». Il avait, ce qui peut suffire à constituer un ensemble rare et délicat, une barbe blonde et soyeuse, de jolis traits, une voix nasale, l'haleine forte et un œil de verre.

« Je vous dirai, ajoutait-il en s'adressant à moi, que je m'amuse beaucoup de voir ces gens-là dans le gouvernement actuel, parce que ce sont les Bontemps, de la maison Bontemps-Chenut, le type de la bourgeoisie réactionnaire, cléricale, à idées étroites. Votre pauvre grand-père a bien connu, au moins de réputation et de vue, le vieux père Chenut qui ne donnait qu'un sou de pourboire aux cochers bien qu'il fût riche pour l'époque, et le baron Bréau-Chenut. Toute la fortune a sombré dans le krach de l'*Union Générale*, vous êtes trop jeune pour avoir connu ça, et dame on s'est refait comme on a pu.

— C'est l'oncle d'une petite qui venait à mon cours, dans une classe bien au-dessous de moi, la fameuse "Albertine". Elle sera sûrement très "fast", mais en attendant elle a une drôle de touche.

— Elle est étonnante ma fille, elle connaît tout le monde.

— Je ne la connais pas. Je la voyais seulement passer, on criait Albertine par-ci, Albertine par-là. Mais je connais Mme Bontemps, et elle ne me plaît pas non plus.

— Tu as le plus grand tort, elle est charmante, jolie, intelligente. Elle est même spirituelle. Je vais aller lui dire bonjour, lui demander si son mari croit que nous allons avoir la guerre, et si on peut compter sur le roi Théodose. Il doit savoir cela, n'est-ce pas, lui qui est dans le secret des dieux ? »

Ce n'est pas ainsi que Swann parlait autrefois, mais qui n'a vu des princesses royales fort simples, si dix ans plus tard elles se sont fait enlever par un valet de chambre, et qu'elles cherchent à revoir du monde et sentent qu'on ne vient pas volontiers chez elles, prendre spontanément le langage des vieilles raseuses, et quand on cite une duchesse à la mode, ne les a entendues dire : « Elle était hier chez moi », et : « Je vis très à l'écart » ? Aussi est-il inutile d'observer les mœurs, puisqu'on peut les déduire des lois psychologiques.

Les Swann participaient à ce travers des gens chez qui peu de monde va ; la visite, l'invitation, une simple parole aimable de personnes un peu marquantes étaient pour eux un événement auquel ils souhaitaient de donner de la publicité. Si la mauvaise chance voulait que les Verdurin fussent à Londres quand Odette avait eu un dîner un peu brillant, on s'arrangeait pour que par quelque ami commun la nouvelle leur en fût câblée outre-Manche. Il n'est pas jusqu'aux lettres, aux télégrammes flatteurs reçus par Odette, que les Swann ne fussent incapables de garder pour eux. On en parlait aux amis, on les faisait passer de mains en mains. Le salon des Swann ressemblait ainsi à ces hôtels de villes d'eaux où on affiche les dépêches.

Du reste, les personnes qui n'avaient pas seulement connu l'ancien Swann en dehors du monde, comme j'avais fait, mais dans le monde, dans ce milieu Germantes où, en exceptant les altesses et les duchesses, on était d'une exigence infinie pour l'esprit et le charme, où on prononçait l'exclusive pour des hommes éminents qu'on trouvait ennuyeux ou vulgaires, ces personnes-là auraient pu s'étonner en constatant que l'ancien Swann avait cessé d'être non seulement discret quand il parlait de ses relations, mais difficile quand il s'agissait de les choisir. Comment Mme Bontemps, si commune, si méchante, ne l'exaspérait-elle pas ? Comment pouvait-il la déclarer agréable ? Le souvenir du milieu Germantes aurait dû l'en empêcher, semblait-il ; en réalité, il l'y aidait. Il y avait certes chez les Guermantes, à l'encontre des trois quarts des milieux mondains, du goût, un goût raffiné même, mais aussi du snobisme, d'où possibilité d'une interruption momentanée dans l'exercice du goût. S'il s'agissait de quelqu'un qui n'était pas indispensable à cette coterie, d'un ministre des Affaires étrangères, républicain un peu solennel, d'un académicien bavard, le goût s'exerçait à fond contre lui, Swann plaignait Mme de Guermantes d'avoir dîné à côté de pareils convives dans une ambassade et on leur préférait mille fois un homme élégant, c'est-à-dire un homme du milieu Guermantes, bon à rien, mais possédant l'esprit des Guermantes, quelqu'un qui était de la même chapelle. Seulement, une grande-duchesse, une princesse du sang dînait-elle souvent chez Mme de Guermantes, elle se trouvait alors faire partie de cette chapelle elle aussi, sans y avoir aucun droit, sans en posséder en rien l'esprit. Mais avec la naïveté des gens du monde, du moment qu'on la recevait, on s'ingéniait à la trouver agréable, faute de pouvoir se dire que c'est parce qu'on l'avait trouvée agréable qu'on la recevait. Swann venant au secours de Mme de Guermantes lui disait quand l'altesse était partie : « Au fond elle est bonne femme, elle a même un certain sens du comique. Mon Dieu je ne pense pas qu'elle ait approfondi *La Critique de la Raison pure*, mais elle n'est pas déplaisante. » « Je suis absolument de votre avis, répondait la duchesse. Et encore elle était intimidée, mais vous verrez qu'elle peut être charmante. — Elle est bien moins embêtante que Mme XJ (la femme de l'académicien bavard, laquelle était remarquable) qui vous cite vingt volumes. — Mais il n'y a même pas de comparaison possible. » La faculté de dire de telles choses, de les dire sincèrement, Swann l'avait acquise chez la duchesse, et conservée. Il en usait maintenant à l'égard des gens qu'il recevait. Il s'efforçait à discerner, à aimer en eux les qualités que tout être humain révèle, si on l'examine avec une prévention favorable et non avec le dégoût des délicats ; il mettait en valeur les mérites de Mme Bontemps comme autrefois ceux de la princesse de Parme, laquelle eût dû être exclue du milieu Guermantes, s'il n'y avait pas eu entrée de faveur pour certaines altesses et si même quand il s'agissait d'elles on n'eût vraiment considéré que l'esprit et un certain charme. On a vu d'ailleurs autrefois que Swann avait le goût (dont il faisait maintenant une application seulement plus durable) d'échanger sa situation mondaine contre une autre qui dans certaines circonstances lui convenait mieux. Il n'y a que les gens incapables de décomposer, dans leur perception, ce qui au premier abord paraît indivisible, qui croient que la situation fait corps avec la personne. Un même être, pris à des moments successifs de sa vie, baigne à différents degrés de l'échelle sociale dans des milieux qui ne sont pas forcément de plus en plus élevés ; et chaque fois que dans une période autre de l'existence, nous nouons, ou renouons, des liens avec un certain milieu, que nous nous y sentons choyés, nous commençons tout naturellement à nous y attacher en y poussant d'humaines racines.

Pour ce qui concerne Mme Bontemps, je crois aussi que Swann en parlant d'elle avec cette insistance n'était pas fâché de penser que mes parents apprendraient qu'elle venait voir sa femme. À vrai dire à la maison le nom des personnes que celle-ci arrivait peu à peu à connaître piquait plus la curiosité qu'il n'excitait d'admiration. Au nom de Mme Trombert, ma mère disait :

« Ah ! mais voilà une nouvelle recrue et qui lui en amènera d'autres. »

Et comme si elle eût comparé la façon un peu sommaire, rapide et violente dont Mme Swann conquérait ses relations à une guerre coloniale, maman ajoutait :

« Maintenant que les Trombert sont soumis, les tribus voisines ne tarderont pas à se rendre. »

Quand elle croisait dans la rue Mme Swann, elle nous disait en rentrant :

« J'ai aperçu Mme Swann sur son pied de guerre, elle devait partir pour quelque offensive fructueuse chez les Masséchutos, les Cynghalais ou les Trombert. »

Et toutes les personnes nouvelles que je lui disais avoir vues dans ce milieu un peu composite et artificiel où elles avaient souvent été amenées assez difficilement et de mondes assez différents, elle en devinait tout de suite l'origine et parlait d'elles comme elle aurait fait de trophées chèrement achetés ; elle disait :

« Rapporté d'une Expédition chez les Un Tel. »

Pour Mme Cottard mon père s'étonnait que Mme Swann pût trouver quelque avantage à attirer cette bourgeoise peu élégante et disait : « Malgré la situation du Professeur, j'avoue que je ne comprends pas. » Ma mère, elle, au contraire, comprenait très bien ; elle savait qu'une grande partie des plaisirs qu'une femme trouve à pénétrer dans un milieu différent de celui où elle vivait autrefois lui manquerait si elle ne pouvait informer ses anciennes relations de celles, relativement plus brillantes, par lesquelles elle les a remplacées. Pour cela il faut un témoin qu'on laisse pénétrer dans ce monde nouveau et délicieux, comme dans une fleur un insecte bourdonnant et volage, qui ensuite, au hasard de ses visites, répandra, on l'espère du moins, la nouvelle, le germe dérobé d'envie et d'admiration. Mme Cottard toute trouvée pour remplir ce rôle rentrait dans cette catégorie spéciale d'invités que maman qui avait certains côtés de la tournure d'esprit de son père, appelait des : « Étranger, va dire à Sparte ! » D'ailleurs — en dehors d'une autre raison qu'on ne sut que bien des années après — Mme Swann, en conviant cette amie bienveillante, réservée et modeste, n'avait pas à craindre d'introduire chez soi à ses jours brillants un traître ou une concurrente. Elle savait le nombre énorme de calices bourgeois que pouvait, quand elle était armée de l'aigrette et du porte-cartes, visiter en un seul après-midi cette active ouvrière. Elle en connaissait le pouvoir de dissémination et en se basant sur le calcul des probabilités, était fondée à penser que, très vraisemblablement, tel habitué des Verdurin apprendrait dès le surlendemain que le gouverneur de Paris avait mis des cartes chez elle, ou que M. Verdurin lui-même entendrait raconter que M. Le Hault de Pressagny, président du Concours hippique, les avait emmenés, elle et Swann, au gala du roi Théodose ; elle ne supposait les Verdurin informés de ce ces deux événements flatteurs pour elle parce que les matérialisations particulières sous lesquelles nous nous représentons et nous poursuivons la gloire, sont peu nombreuses par le défaut de notre esprit qui n'est pas capable d'imaginer à la fois toutes les formes que nous espérons bien d'ailleurs — en gros — que, simultanément, elle ne manquera pas de revêtir pour nous.

D'ailleurs, Mme Swann n'avait obtenu de résultats que dans ce qu'on appelait le « monde officiel ». Les femmes élégantes n'allaient pas chez elle. Ce n'était pas la présence de notabilités républicaines qui les avait fait fuir. Au temps de ma petite enfance, tout ce qui appartenait à la société conservatrice était mondain, et dans un salon bien posé on n'eût pas pu recevoir un républicain. Les personnes qui vivaient dans un tel milieu s'imaginaient que l'impossibilité de jamais inviter un « opportuniste », à plus forte raison un affreux « radical », était une chose qui durerait toujours comme les lampes à huile et les omnibus à chevaux. Mais pareille aux kaléidoscopes qui tournent de temps en temps, la société place successivement de façon différente des éléments qu'on avait crus immuables et compose une autre figure. Je n'avais pas encore fait ma première communion, que des dames bien pensantes avaient la stupéfaction de rencontrer en visite une Juive élégante. Ces dispositions nouvelles du kaléidoscope sont

produites par ce qu'un philosophe appellerait un changement de critère. L'affaire Dreyfus en amena un nouveau, à
une époque un peu postérieure à celle où je commençais à
aller chez Mme Swann, et le kaléidoscope renversa une
fois de plus ses petits losanges colorés. Tout ce qui était juif
passa en bas, fût-ce la dame élégante, et des nationalistes
obscurs montèrent prendre sa place. Le salon le plus
brillant de Paris fut celui d'un prince autrichien et ultra-
catholique. Qu'au lieu de l'affaire Dreyfus il fût survenu
une guerre avec l'Allemagne, le tour du kaléidoscope se fût
produit dans un autre sens. Les Juifs ayant, à l'étonnement
général, montré qu'ils étaient patriotes, auraient gardé
leur situation et personne n'aurait plus voulu aller ni
même avouer être jamais allé chez le prince autrichien.
Cela n'empêche pas que chaque fois que la société est
momentanément immobile, ceux qui y vivent s'imaginent
qu'aucun changement n'aura plus lieu, de même qu'ayant
vu commencer le téléphone, ils ne veulent pas croire à
l'aéroplane. Cependant, les philosophes du journalisme
flétrissent la période précédente, non seulement le genre
de plaisirs que l'on y prenait et qui leur semble le dernier
mot de la corruption, mais même les œuvres des artistes et
des philosophes qui n'ont plus à leurs yeux aucune valeur,
comme si elles étaient reliées indissolublement aux moda-
lités successives de la frivolité mondaine. La seule chose
qui ne change pas est qu'il semble chaque fois qu'il y ait
« quelque chose de changé en France ». Au moment où
j'allai chez Mme Swann, l'affaire Dreyfus n'avait pas
encore éclaté, et certains grands Juifs étaient fort puissants. Aucun ne l'était plus que sir Rufus Israëls dont la
femme, Lady Israëls, était tante de Swann. Elle n'avait pas
personnellement des intimités aussi élégantes que son
neveu qui d'autre part ne l'aimant pas ne l'avait jamais
beaucoup cultivée, quoiqu'il dût vraisemblablement être
son héritier. Mais c'était la seule des parents de Swann qui
eût conscience de la situation mondaine de celui-ci, les
autres étant toujours restées à cet égard dans la même
ignorance qui avait été longtemps la nôtre. Quand dans
une famille un des membres émigre dans la haute société
— ce qui lui semble à lui un phénomène unique, mais ce
qui à dix ans de distance il constate avoir été accompli
d'une autre façon et pour des raisons différentes par plus
d'un jeune homme avec qui il avait été élevé — il décrit
autour de lui une zone d'ombre, une terra incognita, fort
visible en ses moindres nuances pour tous ceux qui
l'habitent, mais qui n'est que nuit et pur néant pour ceux
qui n'y pénètrent pas et la côtoient sans en soupçonner,

tout près d'eux, l'existence. Aucune Agence Havas n'ayant renseigné les cousines de Swann sur les gens qu'il fréquentait, c'est (avant son horrible mariage bien entendu) avec des sourires de condescendance qu'on se racontait dans les dîners de famille qu'on avait « vertueusement » employé son dimanche à aller voir le « cousin Charles » que, le croyant un peu envieux et parent pauvre, on appelait spirituellement, en jouant sur le titre du roman de Balzac : « Le Cousin Bête ». Lady Rufus Israëls, elle, savait à merveille qui étaient ces gens qui prodiguaient à Swann une amitié dont elle était jalouse. La famille de son mari, qui était à peu près l'équivalent des Rothschild, faisait depuis plusieurs générations les affaires des princes d'Orléans. Lady Israëls, excessivement riche, disposait d'une grande influence et elle l'avait employée à ce qu'aucune personne qu'elle connaissait ne reçût Odette. Une seule avait désobéi, en cachette. C'était la comtesse de Marsantes. Or, le malheur avait voulu qu'Odette étant allée faire visite à Mme de Marsantes, Lady Israëls était entrée presque en même temps. Mme de Marsantes était sur des épines. Avec la lâcheté des gens qui pourtant pourraient tout se permettre, elle n'adressa pas une fois la parole à Odette qui ne fut pas encouragée à pousser désormais plus loin une incursion dans un monde qui du reste n'était nullement celui où elle eût aimé être reçue. Dans ce complet désintéressement du faubourg Saint-Germain, Odette continuait à être la cocotte illettrée bien différente des bourgeois ferrés sur les moindres points de généalogie et qui trompent dans la lecture des anciens mémoires la soif des relations aristocratiques que la vie réelle ne leur fournit pas. Et Swann, d'autre part, continuait sans doute d'être l'amant à qui toutes ces particularités d'une ancienne maîtresse semblent agréables ou inoffensives, car souvent j'entendis sa femme proférer de vraies hérésies mondaines sans que (par un reste de tendresse, un manque d'estime, ou la paresse de la perfectionner) il cherchât à les corriger. C'était peut-être aussi là une forme de cette simplicité qui nous avait si longtemps trompés à Combray et qui faisait maintenant que continuant à connaître, au moins pour son compte, des gens très brillants, il ne tenait pas à ce que dans la conversation on eût l'air dans le salon de sa femme de leur trouver quelque importance. Ils en avaient d'ailleurs moins que jamais pour Swann, le centre de gravité de sa vie s'étant déplacé. En tout cas l'ignorance d'Odette en matière mondaine était telle que si le nom de la princesse de Germantes venait dans la conversation après celui de la duchesse, sa cousine : « Tiens, ceux-là sont princes, ils ont donc monté en grade », disait Odette. Si quelqu'un disait : « le prince » en parlant du duc de Chartres, elle rectifiait : « Le duc, il est duc de Chartres et non prince. » Pour le duc d'Orléans, fils du comte de Paris : « C'est drôle, le fils est plus que le père », tout en ajoutant comme elle était anglomane : « On s'y embrouille dans ces "Royalties" » ; et à une personne qui lui demandait de quelle province étaient les Guermantes, elle répondit : « de l'Aisne ».

Swann était du reste aveugle, en ce qui concernait Odette, non seulement devant ces lacunes de son éducation, mais aussi devant la médiocrité de son intelligence. Bien plus, chaque fois qu'Odette racontait une histoire bête, Swann écoutait sa femme avec une complaisance, une gaieté, presque une admiration où il devait entrer des restes de volupté ; tandis que, dans la même conversation, ce que lui-même pouvait dire de fin, même de profond, était écouté par Odette habituellement sans intérêt, assez vite, avec impatience et quelquefois contredit avec sévérité. Et on conclura que cet asservissement de l'élite à la vulgarité est de règle dans bien des ménages, si l'on pense, inversement, à tant de femmes supérieures qui se laissent charmer par un butor, censeur impitoyable de leurs plus délicates paroles, tandis qu'elles s'extasient, avec l'indulgence infinie de la tendresse, devant ses facéties les plus plates. Pour revenir aux raisons qui empêchèrent à cette époque Odette de pénétrer dans le faubourg Saint-Germain, il faut dire que le plus récent tour du kaléidoscope mondain avait été provoqué par une série de scandales. Des femmes chez qui on allait en toute confiance avaient été reconnues être des filles publiques, des espionnes anglaises. On allait pendant quelque temps demander aux gens, on le croyait du moins, d'être avant tout bien posés, bien assis... Odette représentait exactement tout ce avec quoi on venait de rompre et d'ailleurs immédiatement de renouer (car les hommes ne changeant pas du jour au lendemain cherchent dans un nouveau régime la continuation de l'ancien) mais en le cherchant sous une forme différente qui permît d'être dupe et de croire que ce n'était plus la société d'avant la crise. Or, aux dames « brûlées » de cette société, Odette ressemblait trop. Les gens du monde sont fort myopes ; au moment où ils cessent toutes relations avec des dames israélites qu'ils connaissaient, pendant qu'ils se demandent comment remplacer ce vide, ils aperçoivent, poussée là comme à la faveur d'une nuit d'orage, une dame nouvelle, israélite aussi ; mais grâce à sa nouveauté, elle n'est pas associée dans leur esprit comme les précédentes, avec ce qu'ils croient devoir détester. Elle ne demande pas qu'on respecte son Dieu. On l'adopte. Il ne s'agissait pas d'antisémitisme à l'époque où je commençai d'aller chez Odette. Mais elle était pareille à ce qu'on voulait fuir pour un temps.

Swann, lui, allait souvent faire visite à quelques-unes de ses relations d'autrefois et par conséquent appartenant toutes au plus grand monde. Pourtant, quand il nous parlait des gens qu'il venait d'aller voir, je remarquai qu'entre celles qu'il avait connues jadis le choix qu'il faisait était guidé par cette même sorte de goût, mi-artistique, mi-historique qui inspirait chez lui le collectionneur. Et remarquant que c'était souvent telle ou telle grande dame déclassée qui l'intéressait parce qu'elle avait été la maîtresse de Liszt ou qu'un roman de Balzac avait été dédié à sa grand-mère (comme il achetait un dessin si Chateaubriand l'avait décrit), j'eus le soupçon que nous avions remplacé à Combray l'erreur de croire Swann un bourgeois n'allant pas dans le monde, par une autre, celle de le croire un des hommes les plus élégants de Paris. Être l'ami du comte de Paris ne signifie rien. Combien y en a-t-il de ces « amis des princes » qui ne seraient pas reçus dans un salon un peu fermé ? Les princes se savent princes, ne sont pas snobs et se croient d'ailleurs tellement au-dessus de ce qui n'est pas de leur sang que grands seigneurs et bourgeois leur apparaissent, au-dessous d'eux, presque au même niveau.

Au reste, Swann ne se contentait pas de chercher dans la société telle qu'elle existe et en s'attachant aux noms que le passé y a inscrits et qu'on peut encore y lire, un simple plaisir de lettré et d'artiste, il goûtait un divertissement assez vulgaire à faire comme des bouquets sociaux en groupant des éléments hétérogènes, en réunissant des personnes prises ici et là. Ces expériences de sociologie amusante (ou que Swann trouvait telle) n'avaient pas sur toutes les amies de sa femme — du moins d'une façon constante — une répercussion identique. « J'ai l'intention d'inviter ensemble les Cottard et la duchesse de Vendôme », disait-il en riant à Mme Bontemps, de l'air friand d'un gourmet qui a l'intention et veut faire l'essai de remplacer dans une sauce les clous de girofle par du poivre de Cayenne. Or ce projet qui allait paraître en effet plaisant, dans le sens ancien du mot, aux Cottard, avait le don d'exaspérer Mme Bontemps. Elle avait été récemment présentée par les Swann à la duchesse de Vendôme et avait trouvé cela aussi agréable que naturel. En tirer gloire auprès des Cottard, en le leur racontant, n'avait pas été la partie la moins savoureuse de son plaisir. Mais comme les nouveaux décorés qui dès qu'ils le sont voudraient voir se fermer aussitôt le robinet des croix, Mme Bontemps eût souhaité qu'après elle, personne de son monde à elle ne fût présenté à la princesse. Elle maudissait intérieurement le goût dépravé de Swann qui lui faisait, pour réaliser une misérable bizarrerie esthétique, dissiper d'un seul coup toute la poudre qu'elle avait jetée aux yeux des Cottard en leur parlant de la duchesse de Vendôme. Comment allait-elle même oser annoncer à son mari que le professeur et sa femme allaient à leur tour avoir leur part de ce plaisir qu'elle lui avait vanté comme unique ? Encore si les Cottard avaient pu savoir qu'ils n'étaient pas invités pour de bon, mais pour l'amusement ! Il est vrai que les Bontemps l'avaient été de même, mais Swann ayant pris à l'aristo-cratie cet éternel donjuanisme qui entre deux femmes de rien fait croire à chacune que ce n'est qu'elle qu'on aime sérieusement, avait parlé à Mme Bontemps de la duchesse de Vendôme comme d'une personne avec qui il était tout indiqué qu'elle dînât. « Oui, nous comptons inviter la princesse avec les Cottard, dit quelques semaines plus tard Mme Swann, mon mari croit que cette conjonction pourra donner quelque chose d'amusant », car si elle avait gardé du « petit noyau » certaines habitudes chères à Mme Ver-durin, comme de crier très fort pour être entendue de tous les fidèles, en revanche, elle employait certaines expres-sions — comme « conjonction » — chères au milieu Guer-mantes duquel elle subissait ainsi à distance et à son insu comme la mer le fait pour la lune, l'attraction, sans pourtant se rapprocher sensiblement de lui. « Oui, les Cottard et la duchesse de Vendôme, est-ce que vous ne trouvez pas que cela sera drôle ? » demanda Swann. « Je crois que ça marchera très mal et que ça ne vous attirera que des ennuis, il ne faut pas jouer avec le feu », répondit Mme Bontemps, furieuse. Elle et son mari furent, d'ail-leurs, ainsi que le prince d'Agrigente invités à ce dîner, que Mme Bontemps et Cottard eurent deux manières de raconter, selon les personnes à qui ils s'adressaient. Aux uns, Mme Bontemps de son côté, Cottard du sien, disaient négligemment quand on leur demandait qui il y avait d'autre au dîner : « Il n'y avait que le prince d'Agrigente, c'était tout à fait intime. » Mais d'autres risquaient d'être mieux informés (même une fois quelqu'un avait dit à Cottard : « Mais est-ce qu'il n'y avait pas aussi les Bon-temps ? — Je les oubliais », avait en rougissant répondu Cottard au maladroit qu'il classa désormais dans la caté-gorie des mauvaises langues). Pour ceux-là les Bontemps et les Cottard adoptèrent chacun sans s'être consultés une version dont le cadre était identique et où seuls leurs noms respectifs étaient interchangés. Cottard disait : « Hé bien, il y avait seulement les maîtres de maison, le duc et la duchesse de Vendôme — (en souriant avantageusement) le professeur et Mme Cottard, et, ma foi, du diable si on a jamais su pourquoi, car ils allaient là comme des cheveux sur la soupe, M. et Mme Bontemps. » Mme Bontemps récitait exactement le même morceau, seulement c'était M. et Mme Bontemps qui étaient nommés avec une emphase satisfaite, entre la duchesse de Vendôme et le prince d'Agrigente, et les pelés qu'à la fin elle accusait de s'être invités eux-mêmes et qui faisaient tache, c'était les Cottard.

De ses visites Swann rentrait souvent assez peu de temps avant le dîner. À ce moment de six heures du soir où jadis il se sentait si malheureux, il ne se demandait plus ce qu'Odette pouvait être en train de faire et s'inquiétait peu qu'elle eût du monde chez elle, ou fût sortie. Il se rappelait parfois qu'il avait bien des années auparavant, essayé un jour de lire à travers l'enveloppe une lettre adressée par Odette à Forcheville. Mais ce souvenir ne lui était pas agréable et plutôt que d'approfondir la honte qu'il en ressentait, il préférait se livrer à une petite grimace du coin de la bouche complétée au besoin d'un hochement de tête qui signifiait : « Qu'est-ce que ça peut me faire ? » Certes, il estimait maintenant que l'hypothèse à laquelle il s'était souvent arrêté jadis et d'après quoi c'était les imaginations de sa jalousie qui seules noircissaient la vie, en réalité innocente d'Odette, que cette hypothèse (en somme bienfaisante puisque tant qu'avait duré sa maladie amoureuse elle avait diminué ses souffrances en les lui faisant paraître imaginaires) n'était pas la vraie, que c'était sa jalousie qui avait vu juste, et que si Odette l'avait aimé plus qu'il n'avait cru, elle l'avait aussi trompé davantage. Autrefois, pendant qu'il souffrait tant, il s'était juré que dès qu'il n'aimerait plus Odette, et ne craindrait plus de la fâcher ou de lui faire croire qu'il l'aimait trop, il se donnerait la satisfaction d'élucider avec elle, par simple amour de la vérité et comme un point d'histoire, si oui ou non Forcheville était couché avec elle le jour où il avait sonné et frappé au carreau sans qu'on lui ouvrît, et où elle avait écrit à Forcheville que c'était un oncle à elle qui était venu. Mais le problème si intéressant qu'il attendait seulement la fin de sa jalousie pour tirer au clair, avait précisément perdu tout intérêt aux yeux de Swann, quand il avait cessé d'être jaloux. Pas immédiatement pourtant. Il n'éprouvait déjà plus de jalousie à l'égard d'Odette, que le jour des coups frappés en vain par lui dans l'après-midi à la porte du petit hôtel de la rue La Pérouse, avait continué à en exciter chez lui. C'était comme si la jalousie, pareille un peu en cela à ces maladies qui semblent avoir leur siège, leur source de contagionnement, moins dans certaines personnes que dans certains lieux, dans certaines maisons, n'avait pas eu tant pour objet Odette elle-même que ce jour, cette heure du passé perdu où Swann avait frappé à toutes les entrées de l'hôtel d'Odette. On aurait dit que ce jour, cette heure avaient seuls fixé quelques dernières parcelles de la personnalité amoureuse que Swann avait eue autrefois et qu'il ne les retrouvait plus que là. Il était depuis longtemps insoucieux qu'Odette l'eût trompé et le trompât encore. Et pourtant il avait continué pendant quelques années à rechercher d'anciens domestiques d'Odette tant avait persisté chez lui la douloureuse curiosité de savoir si ce jour-là, tellement ancien, à six heures, Odette était couchée avec Forcheville. Puis cette curiosité elle-même avait disparu, sans pourtant que ses investigations cessassent. Il continuait à tâcher d'apprendre ce qui ne l'intéressait plus, parce que son moi ancien parvenu à l'extrême décrépitude, agissait encore machinalement, selon des préoccupations abolies au point que Swann ne réussissait même plus à se représenter cette angoisse, si forte pourtant autrefois qu'il ne pouvait se figurer alors qu'il s'en délivrât jamais et que seule la mort de celle qu'il aimait (la mort qui, comme le montrera plus loin dans ce livre une cruelle contre-épreuve, ne diminue en rien les souffrances de la jalousie) lui semblait capable d'aplanir pour lui la route, entièrement barrée, de sa vie.

Mais éclaircir un jour les faits de la vie d'Odette auxquels il avait dû ces souffrances n'avait pas été le seul souhait de Swann ; il avait mis en réserve aussi celui de se venger d'elles, quand n'aimant plus Odette il ne la craindrait plus ; or, d'exaucer ce second souhait, l'occasion se présentait justement car Swann aimait une autre femme, une femme qui ne lui donnait pas de motifs de jalousie mais pourtant de la jalousie parce qu'il n'était plus capable de renouveler sa façon d'aimer et que c'était celle dont il avait usé pour Odette qui lui servait encore pour une autre. Pour que la jalousie de Swann renaquît, il n'était pas nécessaire que cette femme fût infidèle, il suffisait que pour une raison quelconque, elle fût loin de lui, à une soirée par exemple, et eût paru s'y amuser. C'était assez pour réveiller en lui l'ancienne angoisse, lamentable et contradictoire excroissance de son amour, et qui éloignait Swann de ce qu'elle était comme un besoin d'atteindre (le sentiment réel que cette jeune femme avait pour lui, le désir caché de ses journées, le secret de son cœur) car entre Swann et celle qu'il aimait cette angoisse interposait un amas réfractaire de soupçons antérieurs, ayant leur cause en Odette, ou en telle autre peut-être qui avait précédé Odette, et qui ne permettaient plus à l'amant vieilli de connaître sa maîtresse d'aujourd'hui qu'à travers le fantôme ancien et collectif de la « femme qui excitait sa jalousie » dans lequel il avait arbitrairement incarné son nouvel amour. Souvent pourtant Swann l'accusait, cette jalousie, de le faire croire à des trahisons imaginaires, mais alors il se rappelait qu'il avait fait bénéficier Odette du même raisonnement et à tort. Aussi tout ce que la jeune femme qu'il aimait faisait aux heures où il n'était pas avec elle, cessait de lui paraître innocent. Mais alors qu'autrefois, il avait fait le serment, si jamais il cessait d'aimer celle qu'il ne devinait pas devoir être un jour sa femme, de lui manifester implacablement son indifférence, enfin sincère, pour venger son orgueil longtemps humilié, ces représailles qu'il pouvait exercer maintenant sans risques (car que pouvait lui faire d'être pris au mot et privé de ces tête-à-tête avec Odette qui lui étaient jadis si nécessaires ?), ces représailles il n'y tenait plus ; avec l'amour avait disparu le désir de montrer qu'il n'avait plus d'amour. Et lui qui, quand il souffrait par Odette eût tant désiré de lui laisser voir un jour qu'il était épris d'une autre, maintenant qu'il l'aurait pu, il prenait mille précautions pour que sa femme ne soupçonnât pas ce nouvel amour.

Ce ne fut pas seulement à ces goûters, à cause desquels j'avais eu autrefois la tristesse de voir Gilberte me quitter et rentrer plus tôt, que désormais je pris part, mais les sorties qu'elle faisait avec sa mère, soit pour aller en promenade ou à une matinée, et qui en l'empêchant de venir aux Champs-Élysées m'avaient privé d'elle, les jours où je restais seul le long de la pelouse ou devant les chevaux de bois, ces sorties maintenant M. et Mme Swann m'y admettaient, j'avais une place dans leur landau et même c'était à moi qu'on demandait si j'aimais mieux aller au théâtre, à une leçon de danse chez une camarade de Gilberte, à une réunion mondaine chez des amies de Mme Swann (ce que celle-ci appelait « un petit meeting ») ou visiter les Tombeaux de Saint-Denis.

Ces jours où je devais sortir avec les Swann, je venais chez eux pour le déjeuner, que Mme Swann appelait le lunch ; comme on n'était invité que pour midi et demi et qu'à cette époque mes parents déjeunaient à onze heures un quart, c'est après qu'ils étaient sortis de table que je m'acheminais vers ce quartier luxueux, assez solitaire, à toute heure, mais particulièrement à celle-là où tout le monde était rentré. Même l'hiver et par la gelée s'il faisait beau, tout en resserrant de temps à autre le nœud d'une magnifique cravate de chez Charvet et en regardant si mes bottines vernies ne se salissaient pas, je me promenais de long en large dans les avenues en attendant midi vingt-sept. J'apercevais de loin dans le jardinet des Swann le soleil qui faisait étinceler comme du givre les arbres dénudés. Il est vrai que ce jardinet n'en possédait que deux. L'heure indue faisait nouveau le spectacle. À ces plaisirs de nature (qu'avivait la suppression de l'habitude, et même la faim), la perspective émotionnante du déjeuner chez Mme Swann se mêlait, elle ne les diminuait pas, mais les dominant, les asservissait, en faisait des accessoires mondains ; de sorte que si, à cette heure où d'ordinaire je ne les percevais pas, il me semblait découvrir le beau temps, le froid, la lumière hivernale, c'était comme une sorte de préface aux œufs à la crème, comme une patine, un rose et frais glacis ajoutés au revêtement de cette chapelle mystérieuse qu'était la demeure de Mme Swann et au cœur de laquelle il y avait au contraire tant de chaleur, de parfums et de fleurs.

À midi et demi, je me décidais enfin à entrer dans cette maison qui, comme un gros soulier de Noël, me semblait devoir m'apporter de surnaturels plaisirs. (Le nom de Noël était du reste inconnu à Mme Swann et à Gilberte qui l'avaient remplacé par celui de Christmas, et ne parlaient que du pudding de Christmas, de ce qu'on leur avait donné pour leur Christmas, de s'absenter — ce qui me rendait fou de douleur — pour Christmas. Même à la maison, je me serais cru déshonoré en parlant de Noël et je ne disais plus que Christmas, ce que mon père trouvait extrêmement ridicule.)

Je ne rencontrais d'abord qu'un valet de pied qui, après m'avoir fait traverser plusieurs grands salons m'introduisait dans un tout petit, vide, que commençait déjà à faire rêver l'après-midi bleu de ses fenêtres ; je restais seul en compagnie d'orchidées, de roses et de violettes qui — pareilles à des personnes qui attendent à côté de vous mais ne vous connaissent pas — gardaient un silence que leur individualité de choses vivantes rendait plus impressionnant et recevaient frileusement la chaleur d'un feu incandescent de charbon, précieusement posé derrière une vitrine de cristal, dans une cuve de marbre blanc où il faisait écrouler de temps à autre ses dangereux rubis.

Je m'étais assis, mais me levais précipitamment en entendant ouvrir la porte ; ce n'était qu'un second valet de pied, puis un troisième, et le mince résultat auquel aboutissaient leurs allées et venues inutilement émouvantes était de remettre un peu de charbon dans le feu ou d'eau dans les vases. Ils s'en allaient, je me retrouvais seul, une fois refermée la porte que Mme Swann finirait bien par ouvrir. Et, certes, j'eusse été moins troublé dans un antre magique que dans ce petit salon d'attente où le feu me semblait procéder à des transmutations, comme dans le laboratoire de Klingsor. Un nouveau bruit de pas retentissait, je ne me levais pas, ce devait être encore un valet de pied, c'était M. Swann. « Comment ? vous êtes seul ? Que voulez-vous, ma pauvre femme n'a jamais pu savoir ce que c'est que l'heure. Une heure moins dix. Tous les jours c'est plus tard. Et vous allez voir, elle arrivera sans se presser en croyant qu'elle est en avance. » Et comme il était resté neuro-arthritique, et devenu un peu ridicule, avoir une femme si inexacte qui rentrait tellement tard du Bois, qui s'oubliait chez sa couturière, et n'était jamais à l'heure pour le déjeuner, cela inquiétait Swann pour son estomac, mais le flattait dans son amour-propre.

Il me montrait des acquisitions nouvelles qu'il avait faites et m'en expliquait l'intérêt, mais l'émotion, jointe au manque d'habitude d'être encore à jeun à cette heure-là, tout en agitant mon esprit y faisait le vide, de sorte que capable de parler je ne l'étais pas d'entendre. D'ailleurs aux œuvres que possédait Swann, il suffisait pour moi qu'elles fussent situées chez lui, y fissent partie de l'heure délicieuse qui précédait le déjeuner. *La Joconde* se serait trouvée là qu'elle ne m'eût pas fait plus de plaisir qu'une robe de chambre de Mme Swann, ou ses flacons de sels.

Je continuais à attendre, seul, ou avec Swann et souvent Gilberte, qui était venue nous tenir compagnie. L'arrivée de Mme Swann, préparée par tant de majestueuses entrées, me paraissait devoir être quelque chose d'immense. J'épiais chaque craquement. Mais on ne trouve jamais aussi hauts qu'on avait espéré une cathédrale, une vague dans la tempête, le bond d'un danseur ; après ces valets de pied en livrée, pareils aux figurants dont le cortège, au théâtre, prépare, et par là même diminue l'apparition finale de la reine, Mme Swann entrant furtivement en petit paletot de loutre, sa voilette baissée sur un nez rougi par le froid, ne tenait pas les promesses prodiguées dans l'attente à mon imagination.

Mais si elle était restée toute la matinée chez elle, quand elle arrivait dans le salon, c'était vêtue d'un peignoir en crêpe de Chine de couleur claire qui me semblait plus élégant que toutes les robes.

Quelquefois les Swann se décidaient à rester à la maison tout l'après-midi. Et alors, comme on avait déjeuné si tard, je voyais bien vite sur le mur du jardinet décliner le soleil de ce jour qui m'avait paru devoir être différent des autres, et les domestiques avaient beau apporter des lampes de toutes les grandeurs et de toutes les formes, brûlant chacune sur l'autel consacré d'une console, d'un guéridon, d'une « encoignure » ou d'une petite table, comme pour la célébration d'un culte inconnu, rien d'extraordinaire ne naissait de la conversation et je m'en allais déçu, comme on l'est souvent dès l'enfance après la messe de minuit.

Mais ce désappointement-là n'était guère que spirituel. Je rayonnais de joie dans cette maison où Gilberte, quand elle n'était pas encore avec nous, allait entrer, et me donnerait dans un instant, pour des heures, sa parole, son regard attentif et souriant tel que je l'avais vu pour la première fois à Combray. Tout au plus étais-je un peu jaloux en la voyant souvent disparaître dans de grandes chambres auxquelles on accédait par un escalier intérieur. Obligé de rester au salon, comme l'amoureux d'une actrice qui n'a que son fauteuil à l'orchestre et rêve avec inquiétude de ce qui se passe dans les coulisses, au foyer des artistes, je posai à Swann, au sujet de cette autre partie de la maison, des questions savamment voilées, mais sur un ton duquel je ne parvins pas à bannir quelque anxiété. Il m'expliqua que la pièce où allait Gilberte était la lingerie, s'offrit à me la montrer, et me promit que chaque fois que Gilberte aurait à s'y rendre il la forcerait à m'y emmener. Par ces derniers mots et la détente qu'ils me procurèrent, Swann supprima brusquement pour moi une de ces affreuses distances intérieures au terme desquelles une femme que nous aimons nous apparaît si lointaine. À ce moment-là, j'éprouvai pour lui une tendresse que je crus plus profonde que ma tendresse pour Gilberte. Car maître de sa fille, il me la donnait et elle, elle se refusait parfois, je n'avais pas directement sur elle ce même empire qu'indirectement par Swann. Enfin elle, je l'aimais et ne pouvais par conséquent la voir sans ce trouble, sans ce désir de quelque chose de plus, qui ôte, auprès de l'être qu'on aime, la sensation d'aimer.

Au reste, le plus souvent, nous ne restions pas à la maison, nous allions nous promener. Parfois avant d'aller s'habiller, Mme Swann se mettait au piano. Ses belles mains, sortant des manches roses, ou blanches, souvent de couleurs très vives, de sa robe de chambre de crêpe de Chine, allongeaient leurs phalanges sur le piano avec cette même mélancolie qui était dans ses yeux et n'était pas dans son cœur. Ce fut un de ces jours-là qu'il lui arriva de me jouer la partie de la Sonate de Vinteuil où se trouve la petite phrase que Swann avait tant aimée. Mais souvent on n'entend rien, si c'est une musique un peu compliquée qu'on écoute pour la première fois. Et pourtant quand plus tard on m'eut joué deux ou trois fois-cette Sonate, je me trouvai la connaître parfaitement. Aussi n'a-t-on pas tort de dire « entendre pour la première fois ». Si l'on n'avait vraiment, comme on l'a cru, rien distingué à la première audition, la deuxième, la troisième seraient autant de premières, et il n'y aurait pas de raison pour qu'on comprît quelque chose de plus à la dixième. Probablement ce qui fait défaut, la première fois, ce n'est pas la compréhension, mais la mémoire. Car la nôtre, relativement à la complexité des impressions auxquelles elle a à faire face pendant que nous écoutons, est infime, aussi brève que la mémoire d'un homme qui en dormant pense mille choses qu'il oublie aussitôt, ou d'un homme tombé à moitié en enfance qui ne se rappelle pas la minute d'après ce qu'on vient de lui dire. Ces impressions multiples, la mémoire n'est pas capable de nous en fournir immédiatement le souvenir. Mais celui-ci se forme en elle peu à peu et à l'égard des œuvres qu'on a entendues deux ou trois fois, on est comme le collégien qui a relu à plusieurs reprises avant de s'endormir une leçon qu'il croyait ne pas savoir et qui la récite par cœur le lendemain matin. Seulement je n'avais encore jusqu'à ce jour rien entendu de cette Sonate, et là où Swann et sa femme voyaient une phrase distincte, celle-ci était aussi loin de ma perception claire qu'un nom qu'on cherche à se rappeler et à la place duquel on ne trouve que du néant, un néant d'où une heure plus tard, sans qu'on y pense, s'élanceront d'elles-mêmes, en un seul bond, les syllabes d'abord vainement sollicitées. Et non seulement on ne retient pas tout de suite les œuvres vraiment rares, mais même au sein de chacune de ces œuvres-là, et cela m'arriva pour la Sonate de Vinteuil, ce sont les parties les moins précieuses qu'on perçoit d'abord. De sorte que je ne me trompais pas seulement en pensant que l'œuvre ne me réservait plus rien (ce qui fit que je restai longtemps sans chercher à l'entendre) du moment que Mme Swann m'en avait joué la phrase la plus fameuse (j'étais aussi stupide en cela que ceux qui n'espèrent plus éprouver de surprise devant Saint-Marc de Venise parce

que la photographie leur a appris la forme de ses dômes).
Mais bien plus, même quand j'eus écouté la Sonate d'un
bout à l'autre, elle me resta presque tout entière invisible,
comme un monument dont la distance ou la brume ne
laissent apercevoir que de faibles parties. De là, la mélancolie qui s'attache à la connaissance de tels ouvrages,
comme de tout ce qui se réalise dans le temps. Quand ce
qui est le plus caché dans la Sonate de Vinteuil se découvrit à moi, déjà, entraîné par l'habitude hors des prises de
ma sensibilité, ce que j'avais distingué, préféré tout
d'abord, commençait à m'échapper, à me fuir. Pour
n'avoir pu aimer qu'en des temps successifs tout ce que
m'apportait cette Sonate, je ne la possédai jamais tout
entière : elle ressemblait à la vie. Mais, moins décevants
que la vie, ces grands chefs-d'œuvre ne commencent pas
par nous donner ce qu'ils ont de meilleur. Dans la Sonate
de Vinteuil les beautés qu'on découvre le plus tôt sont
aussi celles dont on se fatigue le plus vite et pour la même
raison sans doute, qui est qu'elles diffèrent moins de ce
qu'on connaissait déjà. Mais quand celles-là se sont éloignées, il nous reste à aimer telle phrase que son ordre trop
nouveau pour offrir à notre esprit rien que confusion nous
avait rendue indiscernable et gardée intacte ; alors elle
devant qui nous passions tous les jours sans le savoir et qui
s'était réservée, qui par le pouvoir de sa seule beauté était
devenue invisible et restée inconnue, elle vient à nous la
dernière. Mais nous la quitterons aussi en dernier. Et nous
l'aimerons plus longtemps que les autres, parce que nous
aurons mis plus longtemps à l'aimer. Ce temps du reste
qu'il faut à un individu — comme il me le fallut à moi à
l'égard de cette Sonate — pour pénétrer une œuvre un peu
profonde, n'est que le raccourci et comme le symbole des
années, des siècles parfois, qui s'écoulent avant que le
public puisse aimer un chef-d'œuvre vraiment nouveau.
Aussi l'homme de génie pour s'épargner les méconnais-
sances de la foule se dit peut-être que, les contemporains
manquant du recul nécessaire, les œuvres écrites pour la
postérité ne devraient être lues que par elle, comme certaines peintures qu'on juge mal de trop près. Mais en
réalité toute lâche précaution pour éviter les faux jugements est inutile, ils ne sont pas évitables. Ce qui est cause
qu'une œuvre de génie est difficilement admirée tout de
suite, c'est que celui qui l'a écrite est extraordinaire, que
peu de gens lui ressemblent. C'est son œuvre elle-même
qui en fécondant les rares esprits capables de le
comprendre, les fera croître et multiplier. Ce sont les
quatuors de Beethoven (les quatuors XII, XIII, XIV et XV)

qui ont mis cinquante ans à faire naître, à grossir le public des quatuors de Beethoven, réalisant ainsi comme tous les chefs-d'œuvre un progrès sinon dans la valeur des artistes, du moins dans la société des esprits, largement composée aujourd'hui de ce qui était introuvable quand le chef-d'œuvre parut, c'est-à-dire d'êtres capables de l'aimer. Ce qu'on appelle la postérité, c'est la postérité de l'œuvre. Il faut que l'œuvre (en ne tenant pas compte, pour simplifier, des génies qui à la même époque peuvent parallèlement préparer pour l'avenir un public meilleur dont d'autres génies que lui bénéficieront) crée elle-même sa postérité. Si donc l'œuvre était tenue en réserve, n'était connue que de la postérité, celle-ci, pour cette œuvre, ne serait pas la postérité mais une assemblée de contemporains ayant simplement vécu cinquante ans plus tard. Aussi faut-il que l'artiste — et c'est ce qu'avait fait Vinteuil — s'il veut que son œuvre puisse suivre sa route, la lance, là où il y a assez de profondeur, en plein et lointain avenir. Et pourtant ce temps à venir, vraie perspective des chefs-d'œuvre, si n'en pas tenir compte est l'erreur des mauvais juges, en tenir compte est parfois le dangereux scrupule des bons. Sans doute, il est aisé de s'imaginer dans une illusion analogue à celle qui uniformise toutes choses à l'horizon, que toutes les révolutions qui ont eu lieu jusqu'ici dans la peinture ou la musique respectaient tout de même certaines règles et que ce qui est immédiatement devant nous, impressionnisme, recherche de la dissonance, emploi exclusif de la gamme chinoise, cubisme, futurisme, diffère outrageusement de ce qui a précédé. C'est que ce qui a précédé on le considère sans tenir compte qu'une longue assimilation l'a converti pour nous en une matière variée sans doute, mais somme toute homogène, où Hugo voisine avec Molière. Songeons seulement aux choquants disparates que nous présenterait, si nous ne tenions pas compte du temps à venir et des changements qu'il amène, tel horoscope de notre propre âge mûr tiré devant nous durant notre adolescence. Seulement tous les horoscopes ne sont pas vrais et être obligé pour une œuvre d'art de faire entrer dans le total de sa beauté le facteur du temps, mêle à notre jugement quelque chose d'aussi hasardeux et par là d'aussi dénué d'intérêt véritable que toute prophétie dont la non-réalisation n'impliquera nullement la médiocrité d'esprit du prophète, car ce qui appelle à l'existence les possibles ou les en exclut n'est pas forcément de la compétence du génie ; on peut en avoir eu et ne pas avoir cru à l'avenir des chemins de fer, ni des avions, ou, tout en étant grand psychologue, à la fausseté d'une maîtresse ou d'un ami, dont de plus médiocres eussent prévu les trahisons.

Si je ne compris pas la Sonate je fus ravi d'entendre jouer Mme Swann. Son toucher me paraissait, comme son peignoir, comme le parfum de son escalier, comme ses manteaux, comme ses chrysanthèmes, faire partie d'un tout individuel et mystérieux, dans un monde infiniment supérieur à celui où la raison peut analyser le talent. « N'est-ce pas que c'est beau cette Sonate de Vinteuil ? me dit Swann. Le moment où il fait nuit sous les arbres, où les arpèges du violon font tomber la fraîcheur. Avouez que c'est bien joli ; il y a là tout le côté statique du clair de lune, qui est le côté essentiel. Ce n'est pas extraordinaire qu'une cure de lumière comme celle que suit ma femme agisse sur les muscles, puisque le clair de lune empêche les feuilles de bouger. C'est cela qui est si bien peint dans cette petite phrase, c'est le Bois de Boulogne tombé en catalepsie. Au bord de la mer c'est encore plus frappant, parce qu'il y a les réponses faibles des vagues que naturellement on entend très bien puisque le reste ne peut pas remuer. À Paris c'est le contraire ; c'est tout au plus si on remarque ces lueurs insolites sur les monuments, ce ciel éclairé comme par un incendie sans couleurs et sans danger, cette espèce d'immense fait divers deviné. Mais dans la petite phrase de Vinteuil et du reste dans toute la Sonate ce n'est pas cela, cela se passe au Bois, dans le gruppetto on entend distinctement la voix de quelqu'un qui dit : « On pourrait presque lire son journal. » Ces paroles de Swann auraient pu fausser, pour plus tard, ma compréhension de la Sonate, la musique étant trop peu exclusive pour écarter absolument ce qu'on nous suggère d'y trouver. Mais je compris par d'autres propos de lui que ces feuillages nocturnes étaient tout simplement ceux sous l'épaisseur desquels, dans maint restaurant des environs de Paris, il avait entendu, bien des soirs, la petite phrase. Au lieu du sens profond qu'il lui avait si souvent demandé, ce qu'elle rapportait à Swann, c'était ces feuillages rangés, enroulés, peints autour d'elle (et qu'elle lui donnait le désir de revoir parce qu'elle lui semblait leur être intérieure comme une âme), c'était tout un printemps dont il n'avait pu jouir autrefois, n'ayant pas, fiévreux et chagrin comme il était alors, assez de bien-être pour cela, et que (comme on fait, pour un malade, des bonnes choses qu'il n'a pu manger) elle lui avait gardé. Les charmes que lui avaient fait éprouver certaines nuits dans le Bois et sur lesquels la Sonate de Vinteuil pouvait le renseigner, il n'aurait pu à leur sujet interroger Odette qui pourtant l'accompagnait comme la petite phrase. Mais Odette était seulement à côté de lui alors (non en lui comme le motif de Vinteuil), ne voyant donc point — Odette eût-elle été mille fois plus compréhensive — ce qui, pour nul de nous (du moins j'ai cru longtemps que cette règle ne souffrait pas d'exception), ne peut s'extérioriser. « C'est au fond assez joli, n'est-ce pas, dit Swann, que le son puisse refléter, comme l'eau, comme une glace. Et remarquez que la phrase de Vinteuil ne me montre que tout ce à quoi je ne faisais pas attention à cette époque. De mes soucis, de mes amours de ce temps-là, elle ne me rappelle plus rien, elle a fait l'échange. — Charles, il me semble que ce n'est pas très aimable pour moi tout ce que vous me dites là. — Pas aimable ! Les femmes sont magnifiques ! Je voulais dire simplement à ce jeune homme que ce que la musique montre — du moins à moi — ce n'est pas du tout la "Volonté en soi" et la "Synthèse de l'infini", mais, par exemple, le père Verdurin en redingote dans le Palmarium du jardin d'Acclimatation. Mille fois sans sortir de ce salon, cette petite phrase m'a emmené dîner à Armenon-ville avec elle. Mon Dieu, c'est toujours moins ennuyeux que d'y aller avec Mme de Cambremer. » Mme Swann se mit à rire : « C'est une dame qui passe pour avoir été très éprise de Charles », m'expliqua-t-elle du même ton dont, un peu avant, en parlant de Ver Meer de Delft, que j'avais été étonné de voir qu'elle connaissait, elle m'avait répondu : « C'est que je vous dirai que Monsieur s'occupait beaucoup de ce peintre-là au moment où il me faisait la cour. » « N'est-ce pas, mon petit Charles ? — Ne parlez pas à tort et à travers de Mme de Cambremer, dit Swann dans le fond très flatté. — Mais je ne fais que répéter ce qu'on m'a dit. D'ailleurs il paraît qu'elle est très intelligente, je ne la connais pas. Je la crois très "pushing" ce qui m'étonne d'une femme intelligente. Mais tout le monde dit qu'elle a été folle de vous, cela n'a rien de froissant. » Swann garda un mutisme de sourd, qui était une espèce de confirmation et une preuve de fatuité. « Puisque ce que je joue vous rappelle le jardin d'Acclimatation », reprit Mme Swann en faisant par plaisanterie semblant d'être piquée, « nous pourrions le prendre tantôt comme but de promenade si ça amuse ce petit. Il fait très beau et vous retrouveriez vos chères impressions ! À propos du jardin d'Acclimatation, vous savez, ce jeune homme croyait que nous aimions beaucoup une personne que je "coupe" au contraire aussi souvent que je peux, Mme Blatin ! Je trouve très humiliant pour nous qu'elle passe pour notre amie. Pensez que bon docteur Cottard qui ne dit jamais de mal de personne déclare lui-même qu'elle est infecte. — Quelle horreur ! Elle n'a pour elle que de ressembler tellement à Savonarole. C'est exactement le portrait de Savonarole par Fra Bartolomeo ». Cette manie qu'avait Swann de trouver ainsi des ressemblances dans la peinture était défendable, car même ce que nous appelons l'expression individuelle est — comme on s'en rend compte avec tant de tristesse quand on aime et qu'on voudrait croire à la réalité unique de l'individu — quelque chose de général, et a pu se rencontrer à différentes époques. Mais si on avait écouté Swann, les cortèges des rois mages, déjà si anachroniques quand Benozzo Gozzoli y introduisit les Médicis, l'eussent été davantage encore puisqu'ils eussent contenu les portraits d'une foule d'hommes, contemporains non de Gozzoli, mais de Swann, c'est-à-dire postérieurs non plus seulement de quinze siècles à la Nativité, mais de quatre au peintre lui-même. Il n'y avait pas selon Swann, dans ces cortèges, un seul Parisien de marque qui manquât, comme dans cet acte d'une pièce de Sardou où, par amitié pour l'auteur et la principale interprète, par mode aussi, toutes les notabilités parisiennes, de célèbres médecins, des hommes politiques, des avocats, vinrent pour s'amuser, chacun un soir, figurer sur la scène. « Mais quel rapport a-t-elle avec le jardin d'Acclimatation ? — Tous ! — Quoi, vous croyez qu'elle a un derrière bleu ciel comme les singes ? — Charles, vous êtes d'une inconvenance ! Non, je pensais au mot que lui a dit le Cynghalais. Racontez-le lui, c'est vraiment un "beau mot". — C'est idiot. Vous savez que Mme Blatin aime à interpeller tout le monde d'un air qu'elle croit aimable et qui est surtout protecteur. — Ce que nos bons voisins de la Tamise appellent *patronizing*, interrompit Odette. — Elle est allée dernièrement au jardin d'Acclimatation où il y a des noirs, des Cynghalais, je crois, a dit ma femme qui est beaucoup plus forte en ethnographie que moi. — Allons, Charles, ne vous moquez pas. — Mais je ne me moque nullement. Enfin, elle s'adresse à un de ces noirs : "Bonjour, négro !" — C'est un rien ! — En tous cas, ce qualificatif ne plut pas au noir : "Moi négro, dit-il avec colère à Mme Blatin, mais toi, chameau !" — Je trouve cela très drôle ! J'adore cette histoire. N'est-ce pas que c'est "beau" ? On voit bien la mère Blatin : "Moi négro, mais toi chameau !" » Je manifestai un extrême désir d'aller voir ces Cynghalais dont l'un avait appelé Mme Blatin : chameau. Ils ne m'intéressaient pas du tout. Mais je pensais que pour aller au jardin d'Acclimatation et en revenir nous traverserions cette allée des Acacias où j'avais tant admiré Mme Swann, et que peut-être le mulâtre ami de Coquelin, à qui je n'avais jamais pu me montrer saluant Mme Swann, me verrait assis à côté d'elle au fond d'une victoria.

Pendant ces minutes où Gilberte, partie se préparer, n'était pas dans le salon avec nous, M. et Mme Swann se plaisaient à me découvrir les rares vertus de leur fille. Et tout ce que j'observais semblait prouver qu'ils disaient vrai : je remarquais que, comme sa mère me l'avait raconté, elle avait non seulement pour ses amies, mais pour les domestiques, pour les pauvres, des attentions délicates, longuement méditées, un désir de faire plaisir, une peur de mécontenter, se traduisant par de petites choses qui souvent lui donnaient beaucoup de mal. Elle avait fait un ouvrage pour notre marchande des Champs-Élysées et sortit par la neige, pour le lui remettre elle-même et sans un jour de retard. « Vous n'avez pas idée de ce qu'est son cœur, car elle le cache », disait son père. Si jeune, elle avait l'air bien plus raisonnable que ses parents. Quand Swann parlait des grandes relations de sa femme, Gilberte détournait la tête et se taisait, mais sans air de blâme, car son père ne lui paraissait pas pouvoir être l'objet de la plus légère critique. Un jour que je lui avais parlé de Mlle Vinteuil, elle me dit :

« Jamais je ne la connaîtrai, pour une raison, c'est qu'elle n'était pas gentille pour son père, à ce qu'on dit, elle lui faisait de la peine. Vous ne pouvez pas plus comprendre cela que moi, n'est-ce pas, vous qui ne pourriez sans doute pas plus survivre à votre papa que moi au mien, ce qui est du reste tout naturel. Comment oublier jamais quelqu'un qu'on aime depuis toujours ? »

Et une fois qu'elle était plus particulièrement câline avec Swann, comme je le lui fis remarquer quand il fut loin :

« Oui, pauvre papa, c'est ces jours-ci l'anniversaire de la mort de son père. Vous pouvez comprendre ce qu'il doit éprouver, vous comprenez cela, vous, nous sentons de même sur ces choses-là. Alors, je tâche d'être moins méchante que d'habitude. — Mais il ne vous trouve pas méchante, il vous trouve parfaite. — Pauvre papa, c'est parce qu'il est trop bon. »

Ses parents ne me firent pas seulement l'éloge des vertus de Gilberte — cette même Gilberte qui même avant que je l'eusse jamais vue m'apparaissait devant une église, dans un paysage de l'Île-de-France, et qui ensuite m'évoquant non plus mes rêves, mais mes souvenirs, était toujours devant la haie d'épines roses, dans le raidillon que je prenais pour aller du côté de Méséglise. Comme j'avais demandé à Mme Swann en m'efforçant de prendre le ton indifférent d'un ami de la famille, curieux des préférences d'une enfant, quels étaient parmi les camarades de Gilberte ceux qu'elle aimait le mieux, Mme Swann me répondit :

« Mais vous devez être plus avancé que moi dans ses confidences, vous qui êtes le grand favori, le grand crack, comme disent les Anglais. »

Sans doute dans ces coïncidences tellement parfaites, quand la réalité se replie et s'applique sur ce que nous avons si longtemps rêvé, elle nous le cache entièrement, se confond avec lui, comme deux figures égales et superposées qui n'en font plus qu'une, alors qu'au contraire, pour donner à notre joie toute sa signification, nous voudrions garder à tous ces points de notre désir, dans le moment même où nous y touchons — et pour être plus certain que ce soit bien eux — le prestige d'être intangibles. Et la pensée ne peut même pas reconstituer l'état ancien pour le confronter au nouveau, car elle n'a plus le champ libre : la connaissance que nous avons faite, le souvenir des premières minutes inespérées, les propos que nous avons entendus, sont là qui obstruent l'entrée de notre conscience, et commandent beaucoup plus les issues de notre mémoire que celles de notre imagination, ils rétroagissent davantage sur notre passé que nous ne sommes plus maîtres de voir sans tenir compte d'eux, que sur la forme, restée libre, de notre avenir. J'avais pu croire pendant des années qu'aller chez Mme Swann était une vague chimère que je n'atteindrais jamais ; après avoir passé un quart d'heure chez elle, c'est le temps où je ne la connaissais pas qui était devenu chimérique et vague comme un possible que la réalisation d'un autre possible a anéanti. Comment aurais-je encore pu rêver de la salle à manger comme d'un lieu inconcevable, quand je ne pouvais pas faire un mouvement dans mon esprit sans y rencontrer les rayons infrangibles qu'émettait à l'infini derrière lui, jusque dans mon passé le plus ancien, le homard à l'américaine que je venais de manger ? Et Swann avait dû voir, pour ce qui le concernait lui-même, se produire quelque chose d'analogue : car cet appartement où il me recevait pouvait être considéré comme le lieu où étaient venus se confondre, et coïncider, non pas seulement l'appartement idéal que mon imagination avait engendré, mais un autre encore, celui que l'amour jaloux de Swann, aussi inventif que mes rêves, lui avait si souvent décrit, cet appartement commun à Odette et à lui qui lui était apparu si inaccessible, tel soir où Odette l'avait ramené avec Forcheville prendre de l'orangeade chez elle ; et ce qui était venu s'absorber, pour lui, dans le plan de la salle à manger où nous déjeunions, c'était ce paradis

inespéré où jadis il ne pouvait sans trouble imaginer qu'il
aurait dit à *leur* maître d'hôtel ces mêmes mots :
« Madame est-elle prête ? » que je lui entendais prononcer
maintenant avec une légère impatience mêlée de quelque
satisfaction d'amour-propre. Pas plus que ne le pouvait
sans doute Swann, je n'arrivais à connaître mon bonheur
et quand Gilberte elle-même s'écriait : « Qu'est-ce qui
vous aurait dit que la petite fille que vous regardiez, sans
lui parler, jouer aux barres, serait votre grande amie chez
qui vous iriez tous les jours où cela vous plairait ? », elle
parlait d'un changement que j'étais bien obligé de constater du dehors, mais que je ne possédais pas intérieurement, car il se composait de deux états que je ne pouvais,
sans qu'ils cessassent d'être distincts l'un de l'autre, réussir à penser à la fois.

   Et pourtant cet appartement parce qu'il avait été si
passionnément désiré par la volonté de Swann, devait
conserver pour lui quelque douceur, si j'en jugeais par moi
pour qui il n'avait pas perdu tout mystère. Ce charme
singulier dans lequel j'avais pendant si longtemps supposé
que baignait la vie des Swann, je ne l'avais pas entièrement chassé de leur maison en y pénétrant ; je l'avais fait
reculer, dompté qu'il était par cet étranger, ce paria que
j'avais été et à qui Mlle Swann avançait maintenant gracieusement pour qu'il y prît place, un fauteuil délicieux,
hostile et scandalisé ; mais tout autour de moi, ce charme,
dans mon souvenir, je le perçois encore. Est-ce parce que,
ces jours où M. et Mme Swann m'invitaient à déjeuner,
pour sortir ensuite avec eux et Gilberte, j'imprimais avec
mon regard — pendant que j'attendais seul — sur le tapis,
sur les bergères, sur les consoles, sur les paravents, sur les
tableaux, l'idée gravée en moi que Mme Swann, ou son
mari, ou Gilberte allaient entrer ? Est-ce parce que ces
choses ont vécu depuis dans ma mémoire à côté des Swann
et ont fini par prendre quelque chose d'eux ? Est-ce parce
que sachant qu'ils passaient leur existence au milieu
d'elles, je faisais de toutes comme les emblèmes de leur vie
particulière, de leurs habitudes dont j'avais été trop longtemps exclu pour qu'elles ne continuassent pas à me
sembler étrangères même quand on me fit la faveur de m'y
mêler ? Toujours est-il que chaque fois que je pense à ce
salon que Swann (sans que cette critique impliquât de sa
part l'intention de contrarier en rien les goûts de sa
femme) trouvait si disparate — parce que tout conçu qu'il
était encore dans le goût moitié serre, moitié atelier qui
était celui de l'appartement où il avait connu Odette, elle
avait pourtant commencé à remplacer dans ce fouillis

nombre des objets chinois qu'elle trouvait maintenant un peu « toc », bien « à côté », par une foule de petits meubles tendus de vieilles soies Louis XVI (sans compter les chefs-d'œuvre apportés par Swann de l'hôtel du quai d'Orléans) —, il a au contraire dans mon souvenir, ce salon composite, une cohésion, une unité, un charme individuel que n'ont jamais même les ensembles les plus intacts que le passé nous ait légués, ni les plus vivants où se marque l'empreinte d'une personne : car nous seuls pouvons, par la croyance qu'elles ont une existence à elles, donner à certaines choses que nous voyons une âme qu'elles gardent ensuite et qu'elles développent en nous. Toutes les idées que je m'étais faites des heures, différentes de celles qui existent pour les autres hommes, que passaient les Swann dans cet appartement qui était pour le temps quotidien de leur vie ce que le corps est pour l'âme, et qui devait en exprimer la singularité, toutes ces idées étaient réparties, amalgamées — partout également troublantes et indéfinissables — dans la place des meubles, dans l'épaisseur des tapis, dans l'orientation des fenêtres, dans le service des domestiques. Quand après le déjeuner, nous allions, au soleil, prendre le café dans la grande baie du salon, tandis que Mme Swann me demandait combien je voulais de morceaux de sucre dans mon café, ce n'était pas seulement le tabouret de soie qu'elle poussait vers moi qui dégageait avec le charme douloureux que j'avais perçu autrefois — sous l'épine rose, puis à côté du massif de lauriers — dans le nom de Gilberte, l'hostilité que m'avaient témoignée ses parents et que ce petit meuble semblait avoir si bien sue et partagée que je ne me sentais pas digne et que je me trouvais un peu lâche d'imposer mes pieds à son capitonnage sans défense ; une âme personnelle le reliait secrètement à la lumière de deux heures de l'après-midi, différente de ce qu'elle était partout ailleurs dans le golfe où elle faisait jouer à nos pieds ses flots d'or parmi lesquels les canapés bleuâtres et les vaporeuses tapisseries émergeaient comme des îles enchantées ; et il n'était pas jusqu'au tableau de Rubens accroché au-dessus de la cheminée qui ne possédât lui aussi le même genre et presque la même puissance de charme que les bottines à lacets de M. Swann et ce manteau à pèlerine, dont j'avais tant désiré porter le pareil et que maintenant Odette demandait à son mari de remplacer par un autre, pour être plus élégant, quand je leur faisais l'honneur de sortir avec eux. Elle allait s'habiller elle aussi, bien que j'eusse protesté qu'aucune robe « de ville » ne vaudrait à beaucoup près la merveilleuse robe de chambre de crêpe de Chine ou de soie, vieux rose, cerise, rose Tiepolo, blanche, mauve, verte, rouge, jaune, unie ou à dessins, dans laquelle Mme Swann avait déjeuné et qu'elle allait ôter. Quand je disais qu'elle aurait dû sortir ainsi, elle riait, par moquerie de mon ignorance ou plaisir de mon compliment. Elle s'excusait de posséder tant de peignoirs parce qu'elle prétendait qu'il n'y avait que là-dedans qu'elle se sentait bien et elle nous quittait pour aller mettre une de ces toilettes souveraines qui s'imposaient à tous, et entre lesquelles pourtant j'étais parfois appelé à choisir celle que je préférais qu'elle revêtît.

Au jardin d'Acclimatation, que j'étais fier quand nous étions descendus de voiture de m'avancer à côté de Mme Swann ! Tandis que dans sa démarche nonchalante elle laissait flotter son manteau, je jetais sur elle des regards d'admiration auxquels elle répondait coquettement par un long sourire. Maintenant si nous rencontrions l'un ou l'autre des camarades, fille ou garçon, de Gilberte, qui nous saluait de loin, j'étais à mon tour regardé par eux comme un de ces êtres que j'avais tant enviés, un de ces amis de Gilberte qui connaissaient sa famille et étaient mêlés à l'autre partie de sa vie, celle qui ne se passait pas aux Champs-Élysées.

Souvent dans les allées du Bois ou du jardin d'Acclimatation, nous croisions, nous étions salués par telle ou telle grande dame amie de Swann, qu'il lui arrivait de ne pas voir et que lui signalait sa femme, « Charles, vous ne voyez pas Mme de Montmorency ? » Et Swann, avec le sourire amical dû à une longue familiarité, se découvrait pourtant largement avec une élégance qui n'était qu'à lui. Quelquefois la dame s'arrêtait, heureuse de faire à Mme Swann une politesse qui ne tirait pas à conséquence et de laquelle on savait qu'elle ne chercherait pas à profiter ensuite, tant Swann l'avait habituée à rester sur la réserve. Elle n'en avait pas moins pris toutes les manières du monde, et si élégante et noble de port que fût la dame, Mme Swann l'égalait toujours en cela ; arrêtée un moment auprès de l'amie que son mari venait de rencontrer, elle nous présentait avec tant d'aisance, Gilberte et moi, gardait tant de liberté et de calme dans son amabilité, qu'il eût été difficile de dire, de la femme de Swann ou de l'aristocratique passante, laquelle des deux était la grande dame. Le jour où nous étions allés voir les Cynghalais, comme nous revenions, nous aperçûmes, venant dans notre direction et suivie de deux autres qui semblaient l'escorter, une dame âgée mais encore belle, enveloppée dans un manteau sombre et coiffée d'une petite capote attachée sous le cou par deux brides. « Ah ! voilà quelqu'un qui va vous intéresser », me dit Swann. La vieille dame maintenant à trois pas nous souriait avec une douceur caressante. Swann se découvrit, Mme Swann s'abaissa en une révérence et voulut baiser la main de la dame pareille à un portrait de Winterhalter, qui la releva et l'embrassa. « Voyons, voulez-vous mettre votre chapeau, vous », dit-elle à Swann, d'une grosse voix un peu maussade, en amie familière. « Je vais vous présenter à Son Altesse Impériale », me dit Mme Swann. Swann m'attira un moment à l'écart pendant que Mme Swann causait du beau temps et des animaux nouvellement arrivés au jardin d'Acclimatation, avec l'altesse. « C'est la princesse Mathilde, me dit-il. Vous savez, l'amie de Flaubert, de Sainte-Beuve, de Dumas. Songez, c'est la nièce de Napoléon Ier ! Elle a été demandée en mariage par Napoléon III et par l'empereur de Russie. Ce n'est pas intéressant ? Parlez-lui un peu. Mais je voudrais qu'elle ne nous fît pas rester une heure sur nos jambes. » « J'ai rencontré Taine qui m'a dit que la Princesse était brouillée avec lui, dit Swann. — Il s'est conduit comme un cauchon », dit-elle d'une voix rude et en prononçant le mot comme si ç'avait été le nom de l'évêque contemporain de Jeanne d'Arc. « Après l'article qu'il a écrit sur l'Empereur je lui ai laissé une carte avec P.P.C. » J'éprouvais la surprise qu'on a en ouvrant la correspondance de la duchesse d'Orléans, née princesse palatine. Et, en effet, la princesse Mathilde, animée de sentiments si français, les éprouvait avec une honnête rudesse comme en avait l'Allemagne d'autrefois et qu'elle avait héritée sans doute de sa mère wurtembergeoise. Sa franchise un peu fruste et presque masculine, elle l'adoucissait, dès qu'elle souriait, de langueur italienne. Et le tout était enveloppé dans une toilette tellement second Empire que bien que la princesse la portât seulement sans doute par attachement aux modes qu'elle avait aimées, elle semblait avoir eu l'intention de ne pas commettre une faute de couleur historique et de répondre à l'attente de ceux qui attendaient d'elle l'évocation d'une autre époque. Je soufflai à Swann de lui demander si elle avait connu Musset. « Très peu, monsieur », répondit-elle d'un air qui faisait semblant d'être fâché, et, en effet, c'était par plaisanterie qu'elle disait monsieur à Swann, étant fort intime avec lui. « Je l'ai eu une fois à dîner. Je l'avais invité pour sept heures. À sept heures et demie, comme il n'était pas là, nous nous mîmes à table. Il arrive à huit heures, me salue, s'assied, ne desserre pas les dents, part après le dîner sans que j'aie entendu le son de sa voix. Il était ivre-mort. Cela ne m'a pas beaucoup encouragée à recommencer. » Nous étions un peu à l'écart, Swann et moi. « J'espère que cette petite séance ne va pas se prolonger, me dit-il, j'ai mal à la plante des pieds. Aussi je ne sais pas pourquoi ma femme alimente la conversation. Après cela c'est elle qui se plaindra d'être fatiguée et moi je ne peux plus supporter ces stations debout. » Mme Swann, en effet, qui tenait le renseignement de Mme Bontemps, était en train de dire à la princesse que le gouvernement comprenant enfin sa goujaterie, avait décidé de lui envoyer une invitation pour assister dans les tribunes à la visite que le tsar Nicolas devait faire le surlendemain aux Invalides. Mais la princesse qui malgré les apparences, malgré le genre de son entourage composé surtout d'artistes et d'hommes de lettres était restée au fond et chaque fois qu'elle avait à agir, nièce de Napoléon : « Oui, madame, je l'ai reçue ce matin et je l'ai renvoyée au ministre qui doit l'avoir à l'heure qu'il est. Je lui ai dit que je n'avais pas besoin d'invitation pour aller aux Invalides. Si le gouvernement désire que j'y aille, ce ne sera pas dans une tribune, mais dans notre caveau, où est le tombeau de l'Empereur. Je n'ai pas besoin de cartes pour cela. J'ai mes clefs. J'entre comme je veux. Le gouvernement n'a qu'à me faire savoir s'il désire que je vienne ou non. Mais si j'y vais, ce sera là ou pas du tout. » À ce moment nous fûmes salués, Mme Swann et moi, par un jeune homme qui lui dit bonjour sans s'arrêter et que je ne savais pas qu'elle connût : Bloch. Sur une question que je lui posai, Mme Swann me dit qu'il lui avait été présenté par Mme Bontemps, qu'il était attaché au Cabinet du ministre, ce que j'ignorais. Du reste, elle ne devait pas l'avoir vu souvent — ou bien elle n'avait pas voulu citer le nom, trouvé peut-être par elle peu « chic », de Bloch — car elle dit qu'il s'appelait M. Moreul. Je lui assurai qu'elle confondait, qu'il s'appelait Bloch. La princesse redressa une traîne qui se déroulait derrière elle et que Mme Swann regardait avec admiration. « C'est justement une fourrure que l'empereur de Russie m'avait envoyée, dit la princesse, et comme j'ai été le voir tantôt, je l'ai mise pour lui montrer que cela avait pu s'arranger en manteau. — Il paraît que le prince Louis s'est engagé dans l'armée russe, la princesse va être désolée de ne plus l'avoir près d'elle, dit Mme Swann qui ne voyait pas les signes d'impatience de son mari. — Il avait bien besoin de cela ! Comme je lui ai dit : Ce n'est pas une raison parce que tu as eu un militaire dans ta famille », répondit la princesse, faisant avec cette brusque simplicité allusion à Napoléon Ier.

Swann ne tenait plus en place. « Madame, c'est moi qui vais faire l'altesse et vous demander la permission de prendre congé, mais ma femme a été très souffrante et je ne veux pas qu'elle reste davantage immobile. » Mme Swann refit la révérence et la princesse eut pour nous tous un divin sourire qu'elle sembla amener du passé, des grâces de sa jeunesse, des soirées de Compiègne et qui coula intact et doux sur le visage tout à l'heure grognon, puis elle s'éloigna suivie des deux dames d'honneur qui n'avaient fait, à la façon d'interprètes, de bonnes d'enfants, ou de gardes-malades que ponctuer notre conversation de phrases insignifiantes et d'explications inutiles. « Vous devriez aller écrire votre nom chez elle, un jour de cette semaine, me dit Mme Swann ; on ne corne pas de bristol à toutes ces *royautés*, comme disent les Anglais, mais elle vous invitera si vous vous faites inscrire. »

Parfois dans ces derniers jours d'hiver nous entrions avant d'aller nous promener dans quelqu'une des petites expositions qui s'ouvraient alors et où Swann, collectionneur de marque, était salué avec une particulière déférence par les marchands de tableaux chez qui elles avaient lieu. Et par ces temps encore froids, mes anciens désirs de partir pour le Midi et Venise étaient réveillés par ces salles où un printemps déjà avancé et un soleil ardent mettaient des reflets violacés sur les Alpilles roses et donnaient la transparence foncée de l'émeraude au Grand Canal. S'il faisait mauvais nous allions au concert ou au théâtre et goûter ensuite dans un « Thé ». Dès que Mme Swann voulait me dire quelque chose qu'elle désirait que les personnes des tables voisines ou même les garçons qui servaient ne comprissent pas, elle me le disait en anglais comme si c'eût été un langage connu de nous deux seulement. Or tout le monde savait l'anglais, moi seul je ne l'avais pas encore appris et étais obligé de le dire à Mme Swann pour qu'elle cessât de faire sur les personnes qui buvaient le thé ou sur celles qui l'apportaient des réflexions que je devinais désobligeantes sans que j'en comprisse, ni que l'individu visé en perdît, un seul mot.

Une fois, à propos d'une matinée théâtrale, Gilberte me causa un étonnement profond. C'était justement le jour dont elle m'avait parlé d'avance et où tombait l'anniversaire de la mort de son grand-père. Nous devions elle et moi, aller entendre avec son institutrice les fragments d'un opéra et Gilberte s'était habillée dans l'intention de se rendre à cette exécution musicale, gardant l'air d'indifférence qu'elle avait l'habitude de montrer pour la chose que nous devions faire disant que ce pouvait être n'importe quoi pourvu que cela me plût et fût agréable à ses parents. Avant le déjeuner, sa mère nous prit à part pour lui dire que cela ennuyait son père de nous voir aller au concert ce jour-là. Je trouvai que c'était trop naturel. Gilberte resta impassible mais devint pâle d'une colère qu'elle ne put cacher, et elle ne dit plus un mot. Quand M. Swann revint, sa femme l'emmena à l'autre bout du salon et lui parla à l'oreille. Il appela Gilberte, et la prit à part dans la pièce à côté. On entendit des éclats de voix. Je ne pouvais cependant pas croire que Gilberte, si soumise, si tendre, si sage, résistât à la demande de son père, un jour pareil et pour une cause si insignifiante. Enfin Swann sortit en lui disant :

« Tu sais ce que je t'ai dit. Maintenant, fais ce que tu voudras. »

La figure de Gilberte resta contractée pendant tout le déjeuner, après lequel nous allâmes dans sa chambre. Puis tout d'un coup, sans une hésitation et comme si elle n'en avait eu à aucun moment : « Deux heures ! s'écria-t-elle, mais vous savez que le concert commence à deux heures et demie. » Et elle dit à son institutrice de se dépêcher.

« Mais, lui dis-je, est-ce que cela n'ennuie pas votre père ?

— Pas le moins du monde.

— Cependant, il avait peur que cela ne semble bizarre à cause de cet anniversaire.

— Qu'est-ce que cela peut me faire, ce que les autres pensent ? Je trouve ça grotesque de s'occuper des autres dans les choses de sentiment. On sent pour soi, pas pour le public. Mademoiselle qui a peu de distractions se fait une fête d'aller à ce concert, je ne vais pas l'en priver pour faire plaisir au public. »

Et elle prit son chapeau.

« Mais Gilberte, lui dis-je en lui prenant le bras, ce n'est pas pour faire plaisir au public, c'est pour faire plaisir à votre père.

— Vous n'allez pas me faire d'observations, j'espère », me cria-t-elle d'une voix dure, en se dégageant vivement.

Faveur plus précieuse encore que de m'emmener avec eux au jardin d'Acclimatation, ou au concert, les Swann ne m'excluaient même pas de leur amitié avec Bergotte, laquelle avait été à l'origine du charme que je leur avais trouvé quand, avant même de connaître Gilberte, je pensais que son intimité avec le divin vieillard eût fait d'elle pour moi la plus passionnante des amies, si le dédain que je devais lui inspirer ne m'eût pas interdit l'espoir qu'elle m'emmenât jamais avec lui visiter les villes qu'il aimait. Or, un jour Mme Swann m'invita à un grand déjeuner. Je ne savais pas quels devaient être les convives. En arrivant, je fus, dans le vestibule, déconcerté par un incident qui m'intimida. Mme Swann manquait rarement d'adopter les usages qui passent pour élégants pendant une saison et ne parvenant pas à se maintenir sont bientôt abandonnés (comme beaucoup d'années auparavant elle avait eu son *hansom cab*, ou faisait imprimer sur une invitation à déjeuner que c'était *to meet* un personnage plus ou moins important). Souvent ces usages n'avaient rien de mystérieux et n'exigeaient pas d'initiation. C'est ainsi que, mince innovation de ces années-là et importée d'Angleterre, Odette avait fait faire à son mari des cartes où le nom de Charles Swann était précédé de « Mr. ». Après la première visite que je lui avais faite, Mme Swann avait corné chez moi un de ces « cartons » comme elle disait. Jamais personne ne m'avait déposé de cartes ; je ressentis tant de fierté, d'émotion, de reconnaissance, que réunissant tout ce que je possédais d'argent, je commandai une superbe corbeille de camélias et l'envoyai à Mme Swann. Je suppliai mon père d'aller mettre une carte chez elle, mais de s'en faire vite graver d'abord où son nom fût précédé de « Mr. ». Il n'obéit à aucune de mes deux prières, j'en fus désespéré pendant quelques jours, et me demandai ensuite s'il n'avait pas eu raison. Mais l'usage du « Mr. », s'il était inutile, était clair. Il n'en était pas ainsi d'un autre qui, le jour de ce déjeuner me fut révélé, mais non pourvu de sa signification. Au moment où j'allais passer de l'antichambre dans le salon, le maître d'hôtel me remit une enveloppe mince et longue sur laquelle mon nom était écrit. Dans ma surprise je le remerciai, cependant je regardais l'enveloppe. Je ne savais pas plus ce que j'en devais faire qu'un étranger d'un de ces petits instruments que l'on donne aux convives dans les dîners chinois. Je vis qu'elle était fermée, je craignis d'être indiscret en l'ouvrant tout de suite et je la mis dans ma poche d'un air entendu. Mme Swann m'avait écrit quelques jours auparavant de venir déjeuner « en petit comité ». Il y avait pourtant seize personnes, parmi lesquelles j'ignorais absolument que se trouvât Bergotte. Mme Swann qui venait de me « nommer », comme elle disait, à plusieurs d'entre elles, tout à coup, à la suite de mon nom, de la même façon qu'elle venait de le dire (et comme si nous étions seulement deux invités du déjeuner qui devaient être chacun également contents de connaître l'autre), prononça le nom

du doux Chantre aux cheveux blancs. Ce nom de Bergotte
me fit tressauter comme le bruit d'un revolver qu'on aurait
déchargé sur moi, mais instinctivement pour faire bonne
contenance je saluai ; devant moi, comme ces prestidigita-
teurs qu'on aperçoit intacts et en redingote dans la poussière d'un coup de feu d'où s'envole une colombe, mon
salut m'était rendu par un homme jeune, rude, petit, râblé
et myope, à nez rouge en forme de coquille de colimaçon et
à barbiche noire. J'étais mortellement triste, car ce qui
venait d'être réduit en poudre, ce n'était pas seulement le
langoureux vieillard dont il ne restait plus rien, c'était
aussi la beauté d'une œuvre immense que j'avais pu loger
dans l'organisme défaillant et sacré que j'avais, comme un
temple, construit expressément pour elle, mais à laquelle
aucune place n'était réservée dans le corps trapu, rempli
de vaisseaux, d'os, de ganglions, du petit homme à nez
camus et à barbiche noire qui était devant moi. Tout le
Bergotte que j'avais lentement et délicatement élaboré
moi-même, goutte à goutte, comme une stalactite, avec la
transparente beauté de ses livres, ce Bergotte-là se trouvait
d'un seul coup ne plus pouvoir être d'aucun usage, du
moment qu'il fallait conserver le nez en colimaçon et
utiliser la barbiche noire ; comme n'est plus bonne à rien
la solution que nous avions trouvée pour un problème dont
nous avions lu incomplètement la donnée et sans tenir
compte que le total devait faire un certain chiffre. Le nez et
la barbiche étaient des éléments aussi inéluctables et
d'autant plus gênants que, me forçant à rééditier entièrement le personnage de Bergotte, ils semblaient encore
impliquer, produire, sécréter incessamment un certain
genre d'esprit actif et satisfait de soi, ce qui n'était pas de
jeu, car cet esprit-là n'avait rien à voir avec la sorte
d'intelligence répandue dans ces livres, si bien connus de
moi et que pénétrait une douce et divine sagesse. En
partant d'eux, je ne serais jamais arrivé à ce nez en
colimaçon ; mais en partant de ce nez qui n'avait pas l'air
de s'en inquiéter, faisait cavalier seul et « fantaisie »,
j'allais dans une tout autre direction que l'œuvre de Bergotte, j'aboutirais, semblait-il, à quelque mentalité d'ingé-
nieur pressé, de la sorte de ceux qui vous salue
croient comme il faut de dire : « Merci et vous » avant
qu'on leur ait demandé de leurs nouvelles et si on leur
déclare qu'on a été enchanté de faire leur connaissance,
répondent par une abréviation qu'ils se figurent bien
portée, intelligente et moderne en ce qu'elle évite de
perdre en de vaines formules un temps précieux : « Également ». Sans doute, les noms sont des dessinateurs fantai-

sistes, nous donnant des gens et des pays des croquis si peu ressemblants que nous éprouvons souvent une sorte de stupeur quand nous avons devant nous au lieu du monde imaginé, le monde visible (qui d'ailleurs n'est pas le monde vrai, nos sens ne possédant pas beaucoup plus le don de la ressemblance que l'imagination, si bien que les dessins enfin approximatifs qu'on peut obtenir de la réalité sont au moins aussi différents du monde vu que celui-ci l'était du monde imaginé). Mais pour Bergotte la gêne du nom préalable n'était rien auprès de celle que me causait l'œuvre connue, à laquelle j'étais obligé d'attacher, comme après un ballon, l'homme à barbiche sans savoir si elle garderait la force de s'élever. Il semblait bien pourtant que ce fût lui qui eût écrit les livres que j'avais tant aimés, car Mme Swann ayant cru devoir lui dire mon goût pour l'un d'eux, il ne montra nul étonnement qu'elle en eût fait part à lui plutôt qu'à un autre convive, et ne sembla pas voir là l'effet d'une méprise ; mais, emplissant la redingote qu'il avait mise en l'honneur de tous ces invités, d'un corps avide du déjeuner prochain, ayant son attention occupée d'autres réalités importantes, ce ne fut que comme à un épisode révolu de sa vie antérieure, et comme si on avait fait allusion à un costume du duc de Guise, qu'il eût mis une certaine année à un bal costumé, qu'il sourit en se reportant à l'idée de ses livres, lesquels aussitôt déclinèrent pour moi (entraînant dans leur chute toute la valeur du Beau, de l'univers, de la vie) jusqu'à n'avoir été que quelque médiocre divertissement d'homme à barbiche. Je me disais qu'il avait dû s'y appliquer, mais que s'il avait vécu dans une île entourée par des bancs d'huîtres perlières, il se fût à la place livré avec succès au commerce des perles. Son œuvre ne me semblait plus aussi inévitable. Et alors je me demandais si l'originalité prouve vraiment que les grands écrivains soient des dieux régnant chacun dans un royaume qui n'est qu'à lui, ou bien s'il n'y a pas dans tout cela un peu de feinte, si les différences entre les œuvres ne seraient pas le résultat du travail, plutôt que l'expression d'une différence radicale d'essence entre les diverses personnalités.

Cependant on était passé à table. À côté de mon assiette je trouvai un œillet dont la tige était enveloppée dans du papier d'argent. Il m'embarrassa moins que n'avait fait l'enveloppe remise dans l'antichambre et que j'avais complètement oubliée. L'usage, pourtant aussi nouveau pour moi, me parut plus intelligible quand je vis tous les convives masculins s'emparer d'un œillet semblable qui accompagnait leur convert et l'introduire dans la boutonnière de leur redingote. Je fis comme eux avec cet air naturel d'un libre penseur dans une église, lequel ne connaît pas la messe, mais se lève quand tout le monde se lève et se met à genoux un peu après que tout le monde s'est mis à genoux. Un autre usage inconnu et moins éphémère me déplut davantage. De l'autre côté de mon assiette il y en avait une plus petite remplie d'une matière noirâtre que je ne savais pas être du caviar. J'étais ignorant de ce qu'il fallait en faire, mais résolu à n'en pas manger.

Bergotte n'était pas placé loin de moi, j'entendais parfaitement ses paroles. Je compris alors l'impression de M. de Norpois. Il avait en effet un organe bizarre ; rien n'altère autant les qualités matérielles de la voix que de contenir de la pensée : la sonorité des diphtongues, l'énergie des labiales, en sont influencées. La diction l'est aussi. La sienne me semblait entièrement différente de sa manière d'écrire, et même les choses qu'il disait de celles qui remplissent ses ouvrages. Mais la voix sort d'un masque sous lequel elle ne suffit pas à nous faire reconnaître d'abord un visage que nous avons vu à découvert dans le style. Dans certains passages de la conversation où Bergotte avait l'habitude de se mettre à parler d'une façon qui ne paraissait pas affectée et déplaisante qu'à M. de Norpois, j'ai été long à découvrir une exacte correspondance avec les parties de ses livres où sa forme devenait si poétique et musicale. Alors il voyait dans ce qu'il disait une beauté plastique indépendante de la signification des phrases, et comme la parole humaine est en rapport avec l'âme, mais sans l'exprimer comme fait le style, Bergotte avait l'air de parler presque à contresens, psalmodiant certains mots et, s'il poursuivait au-dessous d'eux une seule image, les filant sans intervalle comme un même son, avec une fatigante monotonie. De sorte qu'un débit prétentieux, emphatique et monotone était le signe de la qualité esthétique de ses propos, et l'effet, dans sa conversation, de ce même pouvoir qui produisait dans ses livres la suite des images et l'harmonie. J'avais eu d'autant plus de peine à m'en apercevoir d'abord que ce qu'il disait à ces moments-là, précisément parce que c'était vraiment de Bergotte n'avait pas l'air d'être du Bergotte. C'était un foisonnement d'idées précises, non incluses dans ce « genre Bergotte » que beaucoup de chroniqueurs s'étaient approprié ; et cette dissemblance était probablement — vu d'une façon trouble à travers la conversation, comme une image derrière un verre fumé — un autre aspect de ce fait que quand on lisait une page de Bergotte, elle n'était

jamais ce qu'aurait écrit n'importe lequel de ces plats
imitateurs qui pourtant, dans le journal et dans le livre,
ornaient leur prose de tant d'images et de pensées « à la
Bergotte ». Cette différence dans le style venait de ce que
« le Bergotte » était avant tout quelque élément précieux
et vrai, caché au cœur de chaque chose, puis extrait d'elle
par ce grand écrivain grâce à son génie, extraction qui
était le but du doux Chantre et non pas de faire du
Bergotte. À vrai dire il en faisait malgré lui puisqu'il était
Bergotte, et qu'en ce sens chaque nouvelle beauté de son
œuvre était la petite quantité de Bergotte enfouie dans une
chose et qu'il en avait tirée. Mais si par là chacune de ces
beautés était apparentée avec les autres et reconnaissable,
elle restait cependant particulière, comme la découverte
qui l'avait mise à jour ; nouvelle, par conséquent différente
de ce qu'on appelait le genre Bergotte qui était une vague
synthèse des Bergotte déjà trouvés et rédigés par lui,
lesquels ne permettaient nullement à des hommes sans
génie d'augurer ce qu'il découvrirait ailleurs. Il en est ainsi
pour tous les grands écrivains, la beauté de leurs phrases
est imprévisible, comme est celle d'une femme qu'on ne
connaît pas encore ; elle est création puisqu'elle s'applique
à un objet extérieur auquel ils pensent — et non à soi — et
qu'ils n'ont pas encore exprimé. Un auteur de Mémoires
d'aujourd'hui, voulant sans trop en avoir l'air, faire du
Saint-Simon, pourra à la rigueur écrire la première ligne
du portrait de Villars : « C'était un assez grand homme
brun... avec une physionomie vive, ouverte, sortante »,
mais quel déterminisme pourra lui faire trouver la
seconde ligne qui commence par : « et véritablement un
peu folle » ? La vraie variété est dans cette plénitude
d'éléments réels et inattendus, dans le rameau chargé de
fleurs bleues qui s'élance contre toute attente, de la haie
printanière qui semblait déjà comble, tandis que l'imitation purement formelle de la variété (et on pourrait raisonner de même pour toutes les autres qualités du style) n'est
que vide et uniformité, c'est-à-dire ce qui est le plus opposé
à la variété, et ne peut chez les imitateurs en donner
l'illusion et en rappeler le souvenir que pour celui qui ne
l'a pas comprise chez les maîtres.

Aussi — de même que la diction de Bergotte eût sans
doute charmé si lui-même n'avait été que quelque amateur
récitant du prétendu Bergotte, au lieu qu'elle était liée à la
pensée de Bergotte en travail et en action par des rapports
vitaux que l'oreille ne dégageait pas immédiatement, — de
même c'était parce que Bergotte appliquait cette pensée
avec précision à la réalité qui lui plaisait que son langage

avait quelque chose de positif, de trop nourrissant, qui décevait ceux qui s'attendaient à l'entendre parler seulement de « l'éternel torrent des apparences » et des « mystérieux frissons de la beauté ». Enfin la qualité toujours rare et neuve de ce qu'il écrivait se traduisait dans sa conversation par une façon si subtile d'aborder une question, en négligeant tous ses aspects déjà connus, qu'il avait l'air de la prendre par un petit côté, d'être dans le faux, de faire du paradoxe, et qu'ainsi ses idées semblaient le plus souvent confuses, chacun appelant idées claires celles qui sont au même degré de confusion que les siennes propres. D'ailleurs toute nouveauté ayant pour condition l'élimination préalable du poncif auquel nous étions habitués et qui nous semblait la réalité même, toute conversation neuve, aussi bien que toute peinture, toute musique originale, paraîtra toujours alambiquée et fatigante. Elle repose sur des figures auxquelles nous ne sommes pas accoutumés, le causeur nous paraît ne parler que par métaphores, ce qui lasse et donne l'impression d'un manque de vérité. (Au fond, les anciennes formes de langage avaient été elles aussi autrefois des images difficiles à suivre quand l'auditeur ne connaissait pas encore l'univers qu'elles peignaient. Mais depuis longtemps on se figure que c'était l'univers réel, on se repose sur lui.) Aussi quand Bergotte, ce qui semble pourtant bien simple aujourd'hui, disait de Cottard que c'était un ludion qui cherchait son équilibre, et de Brichot que « plus encore qu'à Mme Swann le soin de sa coiffure lui donnait de la peine, parce que, doublement préoccupé de son profil et de sa réputation, il fallait à tout moment que l'ordonnance de sa chevelure lui donnât l'air à la fois d'un lion et d'un philosophe », on éprouvait vite de la fatigue et on eût voulu reprendre pied sur quelque chose de plus concret, disait-on, pour signifier de plus habituel. Les paroles méconnaissables sorties du masque que j'avais sous les yeux c'était bien à l'écrivain que j'admirais qu'il fallait les rapporter, elles n'auraient pas su s'insérer dans ses livres à la façon d'un puzzle qui s'encadre entre d'autres, elles étaient dans un autre plan et nécessitaient une transposition moyennant laquelle un jour que je me répétais des phrases que j'avais entendu dire à Bergotte, j'y retrouvai toute l'armature de son style écrit, dont je pus reconnaître et nommer les différentes pièces dans ce discours parlé qui m'avait paru si différent.

À un point de vue plus accessoire, la façon spéciale, un peu trop minutieuse et intense, qu'il avait de prononcer certains mots, certains adjectifs qui revenaient souvent dans sa conversation et qu'il ne disait pas sans une certaine emphase, faisant ressortir toutes leurs syllabes et chanter la dernière (comme pour le mot « visage », qu'il substituait toujours au mot « figure » et à qui il ajoutait un grand nombre de *v*, d'*s*, de *g*, qui semblaient tous exploser de sa main ouverte à ces moments), correspondait exactement à la belle place où dans sa prose il mettait ces mots aimés en lumière, précédés d'une sorte de marge et composés de telle façon dans le nombre total de la phrase, qu'on était obligé, sous peine de faire une faute de mesure, d'y faire compter toute leur « quantité ». Pourtant on ne retrouvait pas dans le langage de Bergotte certain éclairage qui dans ses livres, comme dans ceux de quelques autres auteurs, modifie souvent dans la phrase écrite l'apparence des mots. C'est sans doute qu'il vient de grandes profondeurs et n'amène pas ses rayons jusqu'à nos paroles dans les heures où ouverts aux autres par la conversation, nous sommes dans une certaine mesure fermés à nous-même. À cet égard il y avait plus d'intonations, plus d'accent, dans ses livres que dans ses propos : accent indépendant de la beauté du style, que l'auteur lui-même n'a pas perçu sans doute, car il n'est pas séparable de sa personnalité la plus intime. C'est cet accent qui aux moments où, dans ses livres, Bergotte était entièrement naturel, rythmait les mots souvent alors fort insignifiants qu'il écrivait. Cet accent n'est pas noté dans le texte, rien ne l'y indique et pourtant il s'ajoute de lui-même aux phrases, on ne peut pas les dire autrement, il est ce qu'il y avait de plus éphémère et pourtant de plus profond chez l'écrivain et c'est cela qui portera témoignage sur sa nature, qui dira si malgré toutes les duretés qu'il a exprimées il était doux, malgré toutes les sensualités, sentimental.

Certaines particularités d'élocution qui existaient à l'état de faibles traces dans la conversation de Bergotte ne lui appartenaient pas en propre, car quand j'ai connu plus tard ses frères et ses sœurs, je les ai retrouvées chez eux bien plus accentuées. C'était quelque chose de brusque et de rauque dans les derniers mots d'une phrase gaie, quelque chose d'affaibli et d'expirant à la fin d'une phrase triste. Swann, qui avait connu le Maître quand il était enfant, m'a dit qu'alors on entendait chez lui, tout autant que chez ses frères et sœurs ces inflexions en quelque sorte familiales, tour à tour cris de violente gaieté, murmures d'une lente mélancolie et que dans la salle où ils jouaient tous ensemble il faisait sa partie, mieux qu'aucun, dans leurs concerts successivement assourdissants et languides. Si particulier qu'il soit, tout ce bruit qui s'échappe des êtres est fugitif et ne leur survit pas. Mais il n'en fut pas ainsi de la prononciation de la famille Bergotte. Car s'il est difficile de comprendre jamais, même dans *Les Maîtres Chanteurs*, comment un artiste peut inventer la musique en écoutant gazouiller les oiseaux, pourtant Bergotte avait transposé et fixé dans sa prose cette façon de traîner sur des mots qui se répètent en clameurs de joie ou qui s'égouttent en tristes soupirs. Il y a dans ses livres telles terminaisons de phrases où l'accumulation des sonorités qui se prolongent, comme aux derniers accords d'une ouverture d'opéra qui ne peut pas finir et redit plusieurs fois sa suprême cadence avant que le chef d'orchestre pose son bâton, dans lesquelles je retrouvai plus tard un équivalent musical de ces cuivres phonétiques de la famille Bergotte. Mais pour lui, à partir du moment où il les transporta dans ses livres, il cessa inconsciemment d'en user dans son discours. Du jour où il avait commencé d'écrire et, à plus forte raison, plus tard, quand je le connus, sa voix s'en était désorchestrée pour toujours.

Ces jeunes Bergotte — le futur écrivain et ses frères et sœurs — n'étaient sans doute pas supérieurs, au contraire, à des jeunes gens plus fins, plus spirituels, qui trouvaient les Bergotte bien bruyants, voire un peu vulgaires, agaçants dans leurs plaisanteries qui caractérisaient le « genre » moitié prétentieux, moitié bêta, de la maison. Mais le génie, même le grand talent, vient moins d'éléments intellectuels et d'affinement social supérieurs à ceux d'autrui, que de la faculté de les transformer, de les transposer. Pour faire chauffer un liquide avec une lampe électrique, il ne s'agit pas d'avoir la plus forte lampe possible, mais une dont le courant puisse cesser d'éclairer, être dérivé et donner, au lieu de lumière, de la chaleur. Pour se promener dans les airs, il n'est pas nécessaire d'avoir l'automobile la plus puissante, mais une automobile qui, ne continuant pas de courir à terre et coupant d'une verticale la ligne qu'elle suivait, soit capable de convertir en force ascensionnelle sa vitesse horizontale. De même ceux qui produisent des œuvres géniales ne sont pas ceux qui vivent dans le milieu le plus délicat, qui ont la conversation la plus brillante, la culture la plus étendue, mais ceux qui ont eu le pouvoir, cessant brusquement de vivre pour eux-mêmes, de rendre leur personnalité pareille à un miroir, de telle sorte que leur vie si médiocre d'ailleurs qu'elle pouvait être mondainement et même, dans un certain sens, intellectuellement parlant, s'y reflète, le génie consistant dans le pouvoir réfléchissant et non dans la qualité intrinsèque du spectacle reflété. Le jour où le jeune Bergotte put montrer au monde de ses lecteurs le salon de mauvais goût où il avait passé son enfance et les causeries pas très drôles qu'il y tenait avec ses frères, ce jour-là il monta plus haut que les amis de sa famille, plus spirituels et plus distingués : ceux-ci dans leurs belles Rolls-Royce pourraient rentrer chez eux en témoignant un peu de mépris pour la vulgarité des Bergotte ; mais lui, de son modeste appareil qui venait enfin de « décoller », il les survolait.

C'était, non plus avec des membres de sa famille, mais avec certains écrivains de son temps que d'autres traits de son élocution lui étaient communs. De plus jeunes qui commençaient à le renier et prétendaient n'avoir aucune parenté intellectuelle avec lui, la manifestaient sans le vouloir en employant les mêmes adverbes, les mêmes prépositions qu'il répétait sans cesse, en construisant les phrases de la même manière, en parlant sur le même ton amorti, ralenti, par réaction contre le langage éloquent et facile d'une génération précédente. Peut-être ces jeunes gens — on en verra qui étaient dans ce cas — n'avaient-ils pas connu Bergotte. Mais sa façon de penser, inoculée en eux, y avait développé ces altérations de la syntaxe et de l'accent qui est en relation nécessaire avec l'originalité intellectuelle. Relation qui demande à être interprétée d'ailleurs. Ainsi Bergotte, s'il ne devait rien à personne dans sa façon d'écrire, tenait sa façon de parler d'un de ses vieux camarades, merveilleux causeur dont il avait subi l'ascendant, qu'il imitait sans le vouloir dans la conversation, mais qui, lui, étant moins doué, n'avait jamais écrit de livres vraiment supérieurs. De sorte que si l'on s'en était tenu à l'originalité du débit, Bergotte eût été étiqueté disciple, écrivain de seconde main, alors que, influencé par son ami dans le domaine de la causerie, il avait été original et créateur comme écrivain. Sans doute encore pour se séparer de la précédente génération, trop amie des abstractions, des grands lieux communs, quand Bergotte voulait dire du bien d'un livre, ce qu'il faisait valoir, ce qu'il citait c'était toujours quelque scène faisant image, quelque tableau sans signification rationnelle. « Ah ! si ! disait-il, c'est bien ! il y a une petite fille en châle orange, ah ! c'est bien », ou encore : « Oh ! oui, il y a un passage où il y a un régiment qui traverse une ville, ah ! oui, c'est bien ! » Pour le style, il n'était pas tout à fait de son temps (et restait du reste fort exclusivement de son pays, il détestait Tolstoï, George Eliot, Ibsen et Dostoïevski) car le mot qui revenait toujours quand il voulait faire l'éloge d'un style, c'était le mot « doux ». « Si, j'aime tout de même mieux le Chateaubriand d'*Atala* que celui de *Rancé*, il me semble que c'est plus doux. » Il disait ce mot-là comme un médecin à qui un malade assure que le lait lui fait mal à l'estomac et qui répond : « C'est pourtant bien doux. » Et il est vrai qu'il y avait dans le style de Bergotte une sorte d'harmonie pareille à celle pour laquelle les anciens donnaient à certains de leurs orateurs des louanges dont nous concevons difficilement la nature, habitués que nous sommes à nos langues modernes où on ne cherche pas ce genre d'effets.

Il disait aussi, avec un sourire timide, de pages de lui pour lesquelles on lui déclarait son admiration : « Je crois que c'est assez vrai, c'est assez exact, cela peut être utile », mais simplement par modestie, comme une femme à qui on dit que sa robe, ou sa fille, est ravissante, répond, pour la première : « Elle est commode », pour la seconde : « Elle a un bon caractère. » Mais l'instinct du constructeur était trop profond chez Bergotte pour qu'il ignorât que la seule preuve qu'il avait bâti utilement et selon la vérité, résidait dans la joie que son œuvre lui avait donnée, à lui d'abord, et aux autres ensuite. Seulement bien des années plus tard, quand il n'eut plus de talent, chaque fois qu'il écrivit quelque chose dont il n'était pas content, pour ne pas l'effacer comme il aurait dû, pour la publier, il se répéta, à soi-même cette fois : « Malgré tout, c'est assez exact, cela n'est pas inutile à mon pays. » De sorte que la phrase murmurée jadis devant ses admirateurs par une ruse de sa modestie, le fut, à la fin, dans le secret de son cœur, par les inquiétudes de son orgueil. Et les mêmes mots qui avaient servi à Bergotte d'excuse superflue pour la valeur de ses premières œuvres, lui devinrent comme une inefficace consolation de la médiocrité des dernières.

Une espèce de sévérité de goût qu'il avait, de volonté de n'écrire jamais que des choses dont il pût dire : « C'est doux », et qui l'avait fait passer tant d'années pour un artiste stérile, précieux, ciseleur de riens, était au contraire le secret de sa force, car l'habitude fait aussi bien le style de l'écrivain que le caractère de l'homme et l'auteur qui s'est plusieurs fois contenté d'atteindre dans l'expression de sa pensée à un certain agrément, pose ainsi pour toujours les bornes de son talent, comme en cédant souvent au plaisir, à la paresse, à la peur de souffrir, on dessine soi-même sur un caractère où la retouche finit par n'être plus possible la figure de ses vices et les limites de sa vertu.

Si, pourtant, malgré tant de correspondances que je perçus dans la suite entre l'écrivain et l'homme, je n'avais pas cru au premier moment, chez Mme Swann, que ce fût

Bergotte, que ce fût l'auteur de tant de livres divins qui se trouvât devant moi, peut-être n'avais-je pas eu absolument tort, car lui-même (au vrai sens du mot) ne le « croyait » pas non plus. Il ne le croyait pas puisqu'il montrait un grand empressement envers des gens du monde (sans être d'ailleurs snob), envers des gens de lettres des journalistes, qui lui étaient bien inférieurs. Certes, maintenant il avait appris par le suffrage des autres qu'il avait du génie, à côté de quoi la situation dans le monde et les positions officielles ne sont rien. Il avait appris qu'il avait du génie, mais il ne le croyait pas puisqu'il continuait à simuler la déférence envers des écrivains médiocres pour arriver à être prochainement académicien, alors que l'Académie ou le faubourg Saint-Germain n'ont pas plus à voir avec la part de l'Esprit éternel laquelle est l'auteur des livres de Bergotte qu'avec le principe de causalité ou l'idée de Dieu. Cela il le savait aussi, comme un kleptomane sait inutilement qu'il est mal de voler. Et l'homme à barbiche et à nez en colimaçon avait des ruses de gentleman voleur de fourchettes, pour se rapprocher du fauteuil académique espéré, de telle duchesse qui disposait de plusieurs voix dans les élections, mais de s'en rapprocher en tâchant qu'aucune personne qui eût estimé que c'était un vice de poursuivre un pareil but, pût voir son manège. Il n'y réussissait qu'à demi, on entendait alterner avec les propos du vrai Bergotte ceux du Bergotte égoïste, ambitieux et qui ne pensait qu'à parler de tels gens puissants, nobles ou riches, pour se faire valoir, lui qui dans ses livres, quand il était vraiment lui-même, avait si bien montré, pur comme celui d'une source, le charme des pauvres.

Quant à ces autres vices auxquels avait fait allusion M. de Norpois, à cet amour à demi incestueux qu'on disait même compliqué d'indélicatesse en matière d'argent, s'ils contredisaient d'une façon choquante la tendance de ses derniers romans, pleins d'un souci si scrupuleux, si douloureux, du bien, que les moindres joies de leurs héros en étaient empoisonnées et que pour le lecteur même il s'en dégageait un sentiment d'angoisse à travers lequel l'existence la plus douce semblait difficile à supporter, ces vices ne prouvaient pas cependant, à supposer qu'on les imputât justement à Bergotte, que sa littérature fût mensongère, et tant de sensibilité, de la comédie. De même qu'en pathologie certains états d'apparence semblable sont dus, les uns à un excès, d'autres à une insuffisance de tension, de sécrétion, etc., de même il peut y avoir vice par hypersensibilité comme il y a vice par manque de sensibilité. Peut-être n'est-ce que dans des vies réellement vicieuses que le problème moral peut se poser avec toute sa force d'anxiété. Et à ce problème l'artiste donne une solution non pas dans le plan de sa vie individuelle, mais de ce qui est pour lui sa vraie vie, une solution générale, littéraire. Comme les grands docteurs de l'Église commencèrent souvent tout en étant bons par connaître les péchés de tous les hommes, et en tirèrent leur sainteté personnelle, souvent les grands artistes tout en étant mauvais se servent de leurs vices pour arriver à concevoir la règle morale de tous. Ce sont les vices (ou seulement les faiblesses et les ridicules) du milieu où ils vivaient, les propos inconséquents, la vie frivole et choquante de leur fille, les trahisons de leur femme ou leurs propres fautes, que les écrivains ont le plus souvent flétris dans leurs diatribes sans changer pour cela le train de leur ménage ou le mauvais ton qui règne dans leur foyer. Mais ce contraste frappait moins autrefois qu'au temps de Bergotte, parce que d'une part, au fur et à mesure que se corrompait la société, les notions de moralité allaient s'épurant, et que d'autre part le public s'était mis au courant plus qu'il n'avait encore fait jusque-là de la vie privée des écrivains ; et certains soirs au théâtre on se montrait l'auteur que j'avais tant admiré à Combray, assis au fond d'une loge dont la seule composition semblait un commentaire singulièrement risible ou poignant, un impudent démenti de la thèse qu'il venait de soutenir dans sa dernière œuvre. Ce n'est pas ce que les uns ou les autres purent me dire qui me renseigna beaucoup sur la bonté ou la méchanceté de Bergotte. Tel de ses proches fournissait des preuves de sa dureté, tel inconnu citait un trait (touchant car il avait été évidemment destiné à rester caché) de sa sensibilité profonde. Il avait agi cruellement avec sa femme. Mais dans une auberge de village où il était venu passer la nuit il était resté pour veiller une pauvresse qui avait tenté de se jeter à l'eau, et quand il avait été obligé de partir il avait laissé beaucoup d'argent à l'aubergiste pour qu'il ne chassât pas cette malheureuse et pour qu'il eût des attentions envers elle. Peut-être plus le grand écrivain se développa en Bergotte aux dépens de l'homme à barbiche, plus sa vie individuelle se noya dans le flot de toutes les vies qu'il imaginait et ne lui parut plus l'obliger à des devoirs effectifs, lesquels étaient remplacés pour lui par le devoir d'imaginer ces autres vies. Mais en même temps parce qu'il imaginait les sentiments des autres aussi bien que s'ils avaient été les siens, quand l'occasion faisait qu'il avait à s'adresser à un malheureux, au moins d'une façon passagère, il le faisait en se plaçant non à son point de vue personnel mais à celui même de l'être qui souffrait, point de vue d'où lui aurait fait horreur le langage de ceux qui continuent à penser à leurs petits intérêts devant la douleur d'autrui. De sorte qu'il a excité autour de lui des rancunes justifiées et des gratitudes ineffaçables.

C'était surtout un homme qui au fond n'aimait vraiment que certaines images et (comme une miniature au fond d'un coffret) que les composer et les peindre sous les mots. Pour un rien qu'on lui avait envoyé, si ce rien lui était l'occasion d'en entrelacer quelques-unes, il se montrait prodigue dans l'expression de sa reconnaissance, alors qu'il n'en témoignait aucune pour un riche présent. Et s'il avait eu à se défendre devant un tribunal, malgré lui il aurait choisi ses paroles non selon l'effet qu'elles pouvaient produire sur le juge mais en vue d'images que le juge n'aurait certainement pas aperçues.

Ce premier jour où je le vis chez les parents de Gilberte, je racontai à Bergotte que j'avais entendu récemment la Berma dans *Phèdre*; il me dit que dans la scène où elle reste le bras levé à la hauteur de l'épaule — précisément une des scènes où on avait tant applaudi — elle avait su évoquer avec un art très noble des chefs-d'œuvre qu'elle n'avait peut-être d'ailleurs jamais vus, une Hespéride qui fait ce geste sur une métope d'Olympie, et aussi les belles vierges de l'ancien Érechthéion.

« Ce peut être une divination, je me figure pourtant qu'elle va dans les musées. Ce serait intéressant à "repérer" (repérer était une de ces expressions habituelles à Bergotte et que tels jeunes gens qui ne l'avaient jamais rencontré lui avaient prises, parlant comme lui par une sorte de suggestion à distance).

— Vous pensez aux Cariatides ? demanda Swann.

— Non, non, dit Bergotte, sauf dans la scène où elle avoue sa passion à Œnone et où elle fait avec la main le mouvement d'Hêgêso dans la stèle du Céramique, c'est un art bien plus ancien qu'elle ranime. Je parlais des Koraï de l'ancien Érechthéion, et je reconnais qu'il n'y a peut-être rien qui soit aussi loin de l'art de Racine, mais il y a déjà tant de choses dans *Phèdre*..., une de plus... Oh ! et puis, si, elle est bien jolie la petite Phèdre du VIe siècle, la verticalité du bras, la boucle du cheveu qui "fait marbre", si, tout de même, c'est très fort d'avoir trouvé tout ça. Il y a là beaucoup plus d'antiquité que dans bien des livres qu'on appelle cette année "antiques". »

Comme Bergotte avait adressé dans un de ses livres une invocation célèbre à ces statues archaïques, les paroles qu'il prononçait en ce moment étaient fort claires pour

moi et me donnaient une nouvelle raison de m'intéresser
au jeu de la Berma. Je tâchais de la revoir dans mon
souvenir, telle qu'elle avait été dans cette scène où je me
rappelais qu'elle avait élevé le bras à hauteur de l'épaule.
Et je me disais : « Voilà l'Hespéride d'Olympie ; voilà la
sœur d'une de ces admirables orantes de l'Acropole ; voilà
ce que c'est qu'un art noble. » Mais pour que ces pensées
pussent m'embellir le geste de la Berma, il aurait fallu que
Bergotte me les eût fournies avant la représentation. Alors
pendant que cette attitude de l'actrice existait effectivement devant moi, à ce moment où la chose qui a lieu a
encore la plénitude de la réalité, j'aurais pu essayer d'en
extraire l'idée de sculpture archaïque. Mais de la Berma
dans cette scène, ce que je gardais c'était un souvenir qui
n'était plus modifiable, mince comme une image dépourvue de ces dessous profonds du présent qui se laissent
creuser et d'où l'on peut tirer véridiquement quelque
chose de nouveau, une image à laquelle on ne peut imposer
rétroactivement une interprétation qui ne serait plus susceptible de vérification, de sanction objective. Pour se
mêler à la conversation, Mme Swann me demanda si
Gilberte avait pensé à me donner ce que Bergotte avait
écrit sur *Phèdre* « J'ai une fille si étourdie », ajouta-t-elle.
Bergotte eut un sourire de modestie et protesta que c'était
des pages sans importance. « Mais si, c'est ravissant ce
petit opuscule, ce petit *tract* », dit Mme Swann pour se
montrer bonne maîtresse de maison, pour faire croire
qu'elle avait lu la brochure, et aussi parce qu'elle n'aimait
pas seulement complimenter Bergotte, mais faire un choix
entre les choses qu'il écrivait, le diriger. Et à vrai dire elle
l'inspira, d'une autre façon du reste qu'elle ne crut. Mais
enfin il y a entre ce que fut l'élégance du salon de
Mme Swann et tout un côté de l'œuvre de Bergotte des
rapports tels que chacun des deux peut être alternativement pour les vieillards d'aujourd'hui, un commentaire de
l'autre.

Je me laissais aller à raconter mes impressions. Souvent
Bergotte ne les trouvait pas justes, mais il me laissait
parler. Je lui dis que j'avais aimé cet éclairage vert qu'il y a
au moment où Phèdre lève le bras. « Ah ! vous feriez très
plaisir au décorateur qui est un grand artiste, je le lui
raconterai parce qu'il est très fier de cette lumière-là. Moi
je dois dire que je ne l'aime pas beaucoup, ça baigne tout
dans une espèce de machine glauque, la petite Phèdre
là-dedans fait trop branche de corail au fond d'un aquarium. Vous direz que ça fait ressortir le côté cosmique du
drame. Ça c'est vrai. Tout de même ce serait mieux pour

une pièce qui se passerait chez Neptune. Je sais bien qu'il y a là de la vengeance de Neptune. Mon Dieu je ne demande pas qu'on ne pense qu'à Port-Royal, mais enfin, tout de même, ce que Racine a raconté ce ne sont pas les amours des oursins. Mais enfin c'est ce que mon ami a voulu et c'est très fort tout de même et au fond c'est assez joli. Oui, enfin vous avez aimé ça, vous avez compris, n'est-ce pas, au fond nous pensons de même là-dessus, c'est un peu insensé ce qu'il a fait, n'est-ce pas, mais enfin c'est très intelligent. » Et quand l'avis de Bergotte était ainsi contraire au mien, il ne me réduisait nullement au silence, à l'impossibilité de rien répondre, comme eût fait celui de M. de Norpois. Cela ne prouve pas que les opinions de Bergotte fussent moins valables que celles de l'ambassadeur, au contraire. Une idée forte communique un peu de sa force au contradicteur. Participant à la valeur universelle des esprits, elle s'insère, se greffe en l'esprit de celui qu'elle réfute, au milieu d'idées adjacentes, à l'aide desquelles, reprenant quelque avantage, il la complète, la rectifie ; si bien que la sentence finale est en quelque sorte l'œuvre des deux personnes qui discutaient. C'est aux idées qui ne sont pas, à proprement parler, des idées, aux idées qui, ne tenant à rien, ne trouvent aucun point d'appui, aucun rameau fraternel dans l'esprit de l'adversaire, que celui-ci, aux prises avec le pur vide, ne trouve rien à répondre. Les arguments de M. de Norpois (en matière d'art) étaient sans réplique parce qu'ils étaient sans réalité.

Bergotte n'écartant pas mes objections, je lui avouai qu'elles avaient été méprisées par M. de Norpois. « Mais c'est un vieux serin, répondit-il, il vous a donné des coups de bec parce qu'il croit toujours avoir devant lui un échaudé ou une seiche. — Comment ! vous connaissez Norpois ? me dit Swann. — Oh ! il est ennuyeux comme la pluie », interrompit sa femme qui avait grande confiance dans le jugement de Bergotte et craignait sans doute que M. de Norpois ne nous eût dit du mal d'elle. « J'ai voulu causer avec lui après le dîner, je ne sais pas si c'est l'âge ou la digestion, mais je l'ai trouvé d'un vaseux. Il semble qu'on aurait eu besoin de le doper ! — Oui, n'est-ce pas, dit Bergotte, il est bien obligé de se taire assez souvent pour ne pas épuiser avant la fin de la soirée la provision de sottises qui empèsent le jabot de la chemise et maintiennent le gilet blanc. — Je trouve Bergotte et ma femme bien sévères », dit Swann qui avait pris chez lui « l'emploi » d'homme de bon sens. « Je reconnais que Norpois ne peut pas vous intéresser beaucoup, mais à un autre point de

vue » (car Swann aimait à recueillir les beautés de la
« vie »), « il est quelqu'un d'assez curieux, d'assez curieux
comme "amant". Quand il était secrétaire à Rome »,
ajouta-t-il, après s'être assuré que Gilberte ne pouvait pas
entendre, « il avait à Paris une maîtresse dont il était
éperdu et il trouvait le moyen de faire le voyage deux fois
par semaine pour la voir deux heures. C'était du reste une
femme très intelligente et ravissante à ce moment-là, c'est
une douairière maintenant. Et il en a eu beaucoup d'autres
dans l'intervalle. Moi je serais devenu fou s'il avait fallu
que la femme que j'aimais habitât Paris pendant que
j'étais retenu à Rome. Pour les gens nerveux il faudrait
toujours qu'ils aimassent, comme disent les gens du
peuple, "au-dessous d'eux" afin qu'une question d'intérêt
mît la femme qu'ils aiment à leur discrétion. » À ce
moment Swann s'aperçut de l'application que je pouvais
faire de cette maxime à lui et à Odette. Et comme même
chez les êtres supérieurs, au moment où ils semblent
planer avec vous au-dessus de la vie, l'amour-propre reste
mesquin, il fut pris d'une grande mauvaise humeur contre
moi. Mais cela ne se manifesta que par l'inquiétude de son
regard. Il ne me dit rien au moment même. Il ne faut pas
trop s'en étonner. Quand Racine, selon un récit d'ailleurs
controuvé, mais dont la matière se répète tous les jours
dans la vie de Paris, fit allusion à Scarron devant
Louis XIV, le plus puissant roi du monde ne dit rien le soir
même au poète. Et c'est le lendemain que celui-ci tomba
en disgrâce.

Mais comme une théorie désire d'être exprimée entièrement, Swann après cette minute d'irritation et ayant
essuyé le verre de son monocle, compléta sa pensée en ces
mots qui devaient plus tard prendre dans mon souvenir la
valeur d'un avertissement prophétique et duquel je ne sus
pas tenir compte. « Cependant le danger de ce genre
d'amours est que la sujétion de la femme calme un
moment la jalousie de l'homme mais la rend aussi plus
exigeante. Il arrive à faire vivre sa maîtresse comme ces
prisonniers qui sont jour et nuit éclairés pour être mieux
gardés. Et cela finit généralement par des drames. »

Je revins à M. de Norpois. « Ne vous y fiez pas, il est au
contraire très mauvaise langue », dit Mme Swann avec un
accent qui me parut d'autant plus signifier que M. de
Norpois avait mal parlé d'elle, que Swann regarda sa
femme d'un air de réprimande et comme pour l'empêcher
d'en dire davantage.

Cependant Gilberte qu'on avait déjà priée deux fois
d'aller se préparer pour sortir, restait à nous écouter, entre

sa mère et son père à l'épaule duquel elle était câlinement appuyée. Rien, au premier aspect, ne faisait plus contraste avec Mme Swann qui était brune que cette jeune fille à la chevelure rousse, à la peau dorée. Mais au bout d'un instant on reconnaissait en Gilberte bien des traits — par exemple le nez arrêté avec une brusque et infaillible décision par le sculpteur invisible qui travaille de son ciseau pour plusieurs générations —, l'expression, les mouvements de sa mère ; pour prendre une comparaison dans un autre art, elle avait l'air d'un portrait peu ressemblant encore de Mme Swann que le peintre par un caprice de coloriste, eût fait poser à demi déguisée, prête à se rendre à un dîner de « têtes », en Vénitienne. Et comme elle n'avait pas qu'une perruque blonde, mais que tout atome sombre avait été expulsé de sa chair laquelle dévêtue de ses voiles bruns semblait plus nue, recouverte seulement des rayons dégagés par un soleil intérieur, le grimage n'était pas que superficiel, mais incarné ; Gilberte avait l'air de figurer quelque animal fabuleux, ou de porter un travesti mythologique. Cette peau rousse c'était celle de son père au point que la nature semblait avoir eu, quand Gilberte avait été créée, à résoudre le problème de refaire peu à peu Mme Swann, en n'ayant à sa disposition comme matière, que la peau de M. Swann. Et la nature l'avait utilisée parfaitement, comme un maître huchier qui tient à laisser apparents le grain, les nœuds du bois. Dans la figure de Gilberte, au coin du nez d'Odette parfaitement reproduit, la peau se soulevait pour garder intacts les deux grains de beauté de M. Swann. C'était une nouvelle variété de Mme Swann qui était obtenue là, à côté d'elle, comme un lilas blanc près d'un lilas violet. Il ne faudrait pourtant pas se représenter la ligne de démarcation entre les deux ressemblances comme absolument nette. Par moments, quand Gilberte riait on distinguait l'ovale de la joue de son père dans la figure de sa mère comme si on les avait mis ensemble pour voir ce que donnerait le mélange ; cet ovale se précisait comme un embryon se forme, il s'allongeait obliquement, se gonflait, au bout d'un instant il avait disparu. Dans les yeux de Gilberte il y avait le bon regard franc de son père ; c'est celui qu'elle avait eu quand elle m'avait donné la bille d'agate et m'avait dit : « Gardez-la en souvenir de notre amitié. » Mais, posait-on à Gilberte une question sur ce qu'elle avait fait, alors on voyait dans ces mêmes yeux l'embarras, l'incertitude, la dissimulation, la tristesse qu'avait autrefois Odette quand Swann lui demandait où elle était allée et qu'elle lui faisait une de ces réponses mensongères qui désespéraient l'amant et maintenant lui faisaient brusquement changer la conversation en mari incurieux et prudent. Souvent aux Champs-Élysées, j'avais été inquiet en voyant ce regard chez Gilberte. Mais la plupart du temps, c'était à tort. Car chez elle, survivance toute physique de sa mère, ce regard — celui-là du moins — ne correspondait plus à rien. C'est quand elle était allée à son cours, quand elle devait rentrer pour une leçon, que les pupilles de Gilberte exécutaient ce mouvement qui jadis en les yeux d'Odette était causé par la peur de révéler qu'elle avait reçu dans la journée un de ses amants ou qu'elle était pressée de se rendre à un rendez-vous. Telles on voyait ces deux natures de M. et de Mme Swann onduler, refluer, empiéter tour à tour l'une sur l'autre, dans le corps de cette Mélusine.

Sans doute on sait bien qu'un enfant tient de son père et de sa mère. Encore la distribution des qualités et des défauts dont il hérite se fait-elle si étrangement que, de deux qualités qui semblaient inséparables chez un des parents, on ne trouve plus que l'une chez l'enfant, et alliée à celui des défauts de l'autre parent qui semblait inconciliable avec elle. Même l'incarnation d'une qualité morale dans un défaut physique incompatible est souvent une des lois de la ressemblance filiale. De deux sœurs, l'une aura, avec la fière stature de son père, l'esprit mesquin de sa mère ; l'autre, toute remplie de l'intelligence paternelle, la présentera au monde sous l'aspect qu'a sa mère ; de sa mère, le gros nez, le ventre noueux, et jusqu'à la voix sont devenus les vêtements de dons qu'on connaissait sous une apparence superbe. De sorte que de chacune des deux sœurs on peut dire avec autant de raison que c'est elle qui tient le plus de tel de ses parents. Il est vrai que Gilberte était fille unique, mais il y avait, au moins, deux Gilbertes. Les deux natures, de son père et de sa mère, ne faisaient pas que se mêler en elle ; elles se la disputaient, et encore ce serait parler inexactement et donnerait à supposer qu'une troisième Gilberte souffrait pendant ce temps-là d'être la proie des deux autres. Or, Gilberte était tour à tour l'une et puis l'autre, et à chaque moment rien de plus que l'une, c'est-à-dire incapable, quand elle était moins bonne, d'en souffrir, la meilleure Gilberte ne pouvant alors, du fait de son absence momentanée, constater cette déchéance. Aussi la moins bonne des deux était-elle libre de se réjouir de plaisirs peu nobles. Quand l'autre parlait avec le cœur de son père, elle avait des vues larges, on aurait voulu conduire avec elle une belle et bienfaisante entreprise, on le lui disait, mais au moment où l'on allait conclure, le cœur de sa mère avait déjà repris son tour ; et

c'est lui qui vous répondait ; et on était déçu et irrité —
presque intrigué comme devant une substitution de personne — par une réflexion mesquine, un ricanement
fourbe, où Gilberte se complaisait, car ils sortaient de ce
qu'elle-même était à ce moment-là. L'écart était même
parfois tellement grand entre les deux Gilbertes qu'on se
demandait, vainement du reste, ce qu'on avait pu lui faire
pour la retrouver si différente. Le rendez-vous qu'elle vous
avait proposé, non seulement elle n'y était pas venue et ne
s'excusait pas ensuite, mais quelle que fût l'influence qui
eût pu faire changer sa détermination, elle se montrait si
différente ensuite, qu'on aurait cru que, victime d'une
ressemblance comme celle qui fait le fond des *Ménechmes*,
on n'était pas devant la personne qui vous avait si gentiment demandé à vous voir, si elle ne vous eût témoigné une
mauvaise humeur qui décelait qu'elle se sentait en faute et
désirait éviter les explications.

« Allons, va, tu vas nous faire attendre, lui dit sa mère.

— Je suis si bien près de mon petit papa, je veux rester
encore un moment », répondit Gilberte en cachant sa tête
sous le bras de son père qui passa tendrement les doigts
dans la chevelure blonde.

Swann était de ces hommes qui ayant vécu longtemps
dans les illusions de l'amour, ont vu le bien-être qu'ils ont
donné à nombre de femmes accroître le bonheur de
celles-ci sans créer de leur part aucune reconnaissance,
aucune tendresse envers eux ; mais dans leur enfant ils
croient sentir une affection qui, incarnée dans leur nom
même, les fera durer après leur mort. Quand il n'y aurait
plus de Charles Swann, il y aurait encore une Mlle Swann,
ou une Mme X, née Swann, qui continuerait à aimer le
père disparu. Même à l'aimer trop peut-être, pensait sans
doute Swann, car il répondit à Gilberte : « Tu es une bonne
fille » de ce ton attendri par l'inquiétude que nous inspire
pour l'avenir la tendresse trop passionnée d'un être destiné à nous survivre. Pour dissimuler son émotion, il se
mêla à notre conversation sur la Berma. Il me fit remarquer mais d'un ton détaché, ennuyé, comme s'il voulait
rester en quelque sorte en dehors de ce qu'il disait, avec
quelle intelligence, quelle justesse imprévue l'actrice
disait à Œnone : « Tu le savais ! » Il avait raison : cette
intonation-là du moins, avait une valeur vraiment intelligible et aurait dû par là satisfaire à mon désir de trouver
des raisons irréfutables d'admirer la Berma. Mais c'est à
cause de sa clarté même qu'elle ne le contentait point.
L'intonation était si ingénieuse, d'une intention, d'un sens
si définis, qu'elle semblait exister en elle-même et que

toute artiste intelligente eût pu l'acquérir. C'était une belle idée ; mais quiconque la concevrait aussi pleinement la posséderait de même. Il restait à la Berma qu'elle l'avait trouvée, mais peut-on employer ce mot de « trouver », quand il s'agit de trouver quelque chose qui ne serait pas différent si on l'avait reçu, quelque chose qui ne tient pas essentiellement à votre être puisqu'un autre peut ensuite le reproduire ?

« Mon Dieu, mais comme votre présence élève le *niveau de la conversation* ! » me dit, comme pour s'excuser auprès de Bergotte, Swann qui avait pris dans le milieu Guermantes l'habitude de recevoir les grands artistes comme de bons amis à qui on cherche seulement à faire manger les plats qu'ils aiment, jouer aux jeux ou, à la campagne, se livrer aux sports qui leur plaisent : « Il me semble que nous parlons bien d'*art*, ajouta-t-il. — C'est très bien, j'aime beaucoup ça », dit Mme Swann en me jetant un regard reconnaissant, par bonté et aussi parce qu'elle avait gardé ses anciennes aspirations vers une conversation plus intellectuelle. Ce fut ensuite à d'autres personnes, à Gilberte en particulier, que parla Bergotte. J'avais dit à celui-ci tout ce que je le ressentais avec une liberté qui m'avait étonné et qui tenait à ce qu'ayant pris avec lui, depuis des années (au cours de tant d'heures de solitude et de lecture, où il n'était pour moi que la meilleure partie de moi-même), l'habitude de la sincérité, de la franchise, de la confiance, il m'intimidait moins qu'une personne avec qui j'aurais causé pour la première fois. Et cependant pour la même raison j'étais fort inquiet de l'impression que j'avais dû produire sur lui, le mépris que j'avais supposé qu'il aurait pour mes idées ne datant pas d'aujourd'hui, mais des temps déjà anciens où j'avais commencé à lire ses livres, dans notre jardin de Combray. J'aurais peut-être dû pourtant me dire que puisque c'était sincèrement, en m'abandonnant à ma pensée, que, d'une part, j'avais tant sympathisé avec l'œuvre de Bergotte et que, d'autre part, j'avais éprouvé au théâtre un désappointement dont je ne connaissais pas les raisons, ces deux mouvements instinctifs qui m'avaient entraîné ne devaient pas être si différents l'un de l'autre, mais obéir aux mêmes lois ; et que cet esprit de Bergotte, que j'avais aimé dans ses livres, ne devait pas être quelque chose d'entièrement étranger et hostile à ma déception et à mon incapacité de l'exprimer. Car mon intelligence devait être une, et peut-être même n'en existe-t-il qu'une seule dont tout le monde est co-locataire, une intelligence sur laquelle chacun, du fond de son corps particulier, porte ses regards, comme au théâtre où si chacun a sa place, en revanche, il n'y a qu'une seule scène. Sans doute, les idées que j'avais le goût de chercher à démêler n'étaient pas celles qu'approfondissait d'ordinaire Bergotte dans ses livres. Mais si c'était la même intelligence que nous avions lui et moi à notre disposition, il devait, en me les entendant exprimer, se les rappeler, les aimer, leur sourire, gardant probablement, malgré ce que je supposais, devant son œil intérieur, une tout autre partie de l'intelligence que celle dont une découpure avait passé dans ses livres et d'après laquelle j'avais imaginé tout son univers mental. De même que les prêtres ayant la plus grande expérience du cœur, peuvent le mieux pardonner aux péchés qu'ils ne commettent pas, de même le génie ayant la plus grande expérience de l'intelligence peut le mieux comprendre les idées qui sont le plus opposées à celles qui forment le fond de ses propres œuvres. J'aurais dû me dire tout cela (qui d'ailleurs n'a rien de très agréable, car la bienveillance des hauts esprits a pour corollaire l'incompréhension et l'hostilité des médiocres ; or, on est beaucoup moins heureux de l'amabilité d'un grand écrivain qu'on trouve à la rigueur dans ses livres qu'on ne souffre de l'hostilité d'une femme qu'on n'a pas choisie pour son intelligence, mais qu'on ne peut s'empêcher d'aimer). J'aurais dû me dire tout cela, mais ne me le disais pas, j'étais persuadé que j'avais paru stupide à Bergotte, quand Gilberte me chuchota à l'oreille :

« Je nage dans la joie, parce que vous avez fait la conquête de mon grand ami Bergotte. Il a dit à maman qu'il vous avait trouvé extrêmement intelligent. »

« Où allons-nous ? demandai-je à Gilberte.

— Oh ! où on voudra, moi, vous savez, aller ici ou là... »

Mais depuis l'incident qui avait eu lieu le jour de l'anniversaire de la mort de son grand-père, je me demandais si le caractère de Gilberte n'était pas autre que ce que j'avais cru, si cette indifférence à ce qu'on ferait, cette sagesse, ce calme, cette douce soumission constante, ne cachaient pas au contraire des désirs très passionnés que par amour-propre elle ne voulait pas laisser voir et qu'elle ne révélait que par sa soudaine résistance quand ils étaient par hasard contrariés.

Comme Bergotte habitait dans le même quartier que mes parents, nous partîmes ensemble ; en voiture il me parla de ma santé : « Nos amis m'ont dit que vous étiez souffrant. Je vous plains beaucoup. Et puis malgré cela je ne vous plains pas trop, parce que je vois bien que vous devez avoir les plaisirs de l'intelligence et c'est probablement ce qui compte surtout pour vous, comme pour tous ceux qui les connaissent. »

Hélas ! ce qu'il disait là, combien je sentais que c'était peu vrai pour moi que tout raisonnement, si élevé qu'il fût, laissait froid, qui n'étais heureux que dans des moments de simple flânerie, quand j'éprouvais du bien-être ; je sentais combien ce que je désirais dans la vie était purement matériel, et avec quelle facilité je me serais passé de l'intelligence. Comme je ne distinguais pas entre les plaisirs ceux qui me venaient de sources différentes, plus ou moins profondes et durables, je pensai, au moment de lui répondre, que j'aurais aimé une existence où j'aurais été lié avec la duchesse de Guermantes, et où j'aurais souvent senti comme dans l'ancien bureau d'octroi des Champs-Élysées une fraîcheur qui m'eût rappelé Combray. Or, dans cet idéal de vie que je n'osais lui confier, les plaisirs de l'intelligence ne tenaient aucune place.

« Non monsieur, les plaisirs de l'intelligence sont bien peu de chose pour moi, ce n'est pas eux que je recherche, je ne sais même pas si je les ai jamais goûtés.

— Vous croyez vraiment ? me répondit-il. Eh bien, écoutez, si, tout de même, cela doit être cela que vous aimez le mieux, moi, je me le figure, voilà ce que vous crois. »

Il ne me persuadait certes pas ; pourtant je me sentais plus heureux, moins à l'étroit. À cause de ce que m'avait dit M. de Norpois, j'avais considéré mes moments de rêverie, d'enthousiasme, de confiance en moi, comme purement subjectifs et sans vérité. Or, selon Bergotte qui avait l'air de connaître mon cas, il semblait que le symptôme à négliger c'était au contraire mes doutes, mon dégoût de moi-même. Surtout ce qu'il avait dit de M. de Norpois ôtait beaucoup de sa force à une condamnation que j'avais crue sans appel.

« Êtes-vous bien soigné ? me demanda Bergotte. Qui est-ce qui s'occupe de votre santé ? » Je lui dis que j'avais vu et reverrais sans doute Cottard. « Mais ce n'est pas ce qu'il vous faut ! me répondit-il. Je ne le connais pas comme médecin. Mais je l'ai vu chez Mme Swann. C'est un imbécile. À supposer que cela n'empêche pas d'être un bon médecin, ce que j'ai peine à croire, cela empêche d'être un bon médecin pour artistes, pour gens intelligents. Les gens comme vous ont besoin de médecins appropriés, je dirais presque de régimes, de médicaments particuliers. Cottard vous ennuiera et rien que l'ennui empêchera son traitement d'être efficace. Et puis ce traitement ne peut pas être le même pour vous que pour un individu quelconque. Les trois quarts du mal des gens intelligents viennent de leur intelligence. Il leur faut au moins un médecin qui connaisse ce mal-là. Comment voulez-vous que Cottard

puisse vous soigner ? il a prévu la difficulté de digérer les
sauces, l'embarras gastrique, mais il n'a pas prévu la
lecture de Shakespeare... Aussi ses calculs ne sont plus
justes avec vous, l'équilibre est rompu, c'est toujours le
petit ludion qui remonte. Il vous trouvera une dilatation
de l'estomac, il n'a pas besoin de vous examiner puisqu'il
l'a d'avance dans son œil. Vous pouvez la voir, elle se
reflète dans son lorgnon. » Cette manière de parler me
fatiguait beaucoup, je me disais avec la stupidité du bon
sens : « Il n'y a pas plus de dilatation de l'estomac reflétée
dans le lorgnon du professeur Cottard que de sottises
cachées dans le gilet blanc de M. de Norpois. » « Je vous
conseillerais plutôt, poursuivit Bergotte, le docteur du
Boulbon, qui est tout à fait intelligent. — C'est un grand
admirateur de vos œuvres », lui répondis-je. Je vis que
Bergotte le savait et j'en conclus que les esprits fraternels
se rejoignent vite, qu'on a peu de vrais « amis inconnus ».
Ce que Bergotte me dit au sujet de Cottard me frappa tout
en étant contraire à tout ce que je croyais. Je ne m'inquié-
tais nullement de trouver mon médecin ennuyeux ; j'attendais de lui que, grâce à un art dont les lois m'échappaient,
il rendît au sujet de ma santé un indiscutable oracle en
consultant mes entrailles. Et je ne tenais pas à ce que, à
l'aide d'une intelligence où j'aurais pu le suppléer, il
cherchât à comprendre la mienne, que je ne me représentais que comme un moyen indifférent en soi-même de
tâcher d'atteindre des vérités extérieures..Je doutais beaucoup que les gens intelligents eussent besoin d'une autre
hygiène que les imbéciles et j'étais tout prêt à me sou-
mettre à celle de ces derniers. « Quelqu'un qui aurait
besoin d'un bon médecin, c'est notre ami Swann », dit
Bergotte. Et comme je demandais s'il était malade : « Hé
bien, c'est l'homme qui a épousé une fille, qui avale par
jour cinquante couleuvres de femmes qui ne veulent pas
recevoir la sienne, ou d'hommes qui ont couché avec elle.
On les voit, elles lui tordent la bouche. Regardez un jour le
sourcil circonflexe qu'il a quand il rentre, pour voir qui il y
a chez lui. » La malveillance avec laquelle Bergotte parlait
ainsi à un étranger d'amis chez qui il était reçu depuis si
longtemps était aussi nouvelle pour moi que le ton presque
tendre que chez les Swann il prenait à tous moments avec
eux. Certes, une personne comme ma grand-tante, par
exemple, eût été incapable, avec aucun de nous, de ces
gentillesses que j'avais entendu Bergotte prodiguer à
Swann. Même aux gens qu'elle aimait, elle se plaisait à
dire des choses désagréables. Mais hors de leur présence
elle n'aurait pas prononcé une parole qu'ils n'eussent pu

entendre. Rien, moins que notre société de Combray, ne ressemblait au monde. Celle des Swann était déjà un acheminement vers lui, vers ses flots versatiles. Ce n'était pas encore la grande mer, c'était déjà la lagune. « Tout ceci de vous à moi », me dit Bergotte en me quittant devant ma porte. Quelques années plus tard, je lui aurais répondu : « Je ne répète jamais rien. » C'est la phrase rituelle des gens du monde, par laquelle chaque fois le médisant est faussement rassuré. C'est celle que j'aurais déjà ce jour-là adressée à Bergotte car on n'invente pas tout ce qu'on dit, surtout dans les moments où on agit comme personnage social. Mais je ne la connaissais pas encore. D'autre part, celle de ma grand-tante dans une occasion semblable eût été : « Si vous ne voulez pas que ce soit répété, pourquoi le dites-vous ? » C'est la réponse des gens insociables, des « mauvaises têtes ». Je ne l'étais pas : je m'inclinai en silence.

Des gens de lettres qui étaient pour moi des personnages considérables intriguaient pendant des années avant d'arriver à nouer avec Bergotte des relations qui restaient toujours obscurément littéraires et ne sortaient pas de son cabinet de travail, alors que moi, je venais de m'installer parmi les amis du grand écrivain, d'emblée et tranquillement, comme quelqu'un qui au lieu de faire la queue avec tout le monde pour avoir une mauvaise place, gagne les meilleures, ayant passé par un couloir fermé aux autres. Si Swann me l'avait ainsi ouvert, c'est sans doute parce que comme un roi se trouve naturellement inviter les amis de ses enfants dans la loge royale, sur le yacht royal, de même les parents de Gilberte recevaient les amis de leur fille au milieu des choses précieuses qu'ils possédaient et des intimités plus précieuses encore qui y étaient encadrées. Mais à cette époque je pensai, et peut-être avec raison, que cette amabilité de Swann était indirectement à l'adresse de mes parents. J'avais cru entendre autrefois à Combray qu'il leur avait offert, voyant mon admiration pour Bergotte, de m'emmener dîner chez lui, et que mes parents avaient refusé, disant que j'étais trop jeune et trop nerveux pour « sortir ». Sans doute, mes parents représentaient-ils pour certaines personnes, justement celles qui me semblaient le plus merveilleuses, quelque chose de tout autre qu'à moi, de sorte que, comme au temps où la dame en rose avait adressé à mon père des éloges dont il s'était montré si peu digne, j'aurais souhaité que mes parents comprissent quel inestimable présent je venais de recevoir et témoignassent leur reconnaissance à ce Swann généreux et courtois qui me l'avait, ou le leur avait, offert, sans avoir plus l'air de s'apercevoir de sa valeur que ne fait dans la fresque de Luini, le charmant roi mage, au nez busqué, aux cheveux blonds, et avec lequel on lui avait trouvé autrefois, paraît-il, une grande ressemblance.

Malheureusement, cette faveur que m'avait faite Swann et que, en rentrant, avant même d'ôter mon pardessus, j'annonçai à mes parents, avec l'espoir qu'elle éveillerait dans leur cœur un sentiment aussi ému que le mien et les déterminerait envers les Swann à quelque « politesse » énorme et décisive, cette faveur ne parut pas très appréciée par eux. « Swann t'a présenté à Bergotte ? Excellente connaissance, charmante relation ! s'écria ironiquement mon père. Il ne manquait plus que cela ! » Hélas, quand j'eus ajouté qu'il ne goûtait pas du tout M. de Norpois :

« Naturellement ! reprit-il. Cela prouve bien que c'est un esprit faux et malveillant. Mon pauvre fils, tu n'avais pas déjà beaucoup de sens commun, je suis désolé de te voir tombé dans un milieu qui va achever de te détraquer. »

Déjà ma simple fréquentation chez les Swann avait été loin d'enchanter mes parents. La présentation à Bergotte leur apparut comme une conséquence néfaste, mais naturelle, d'une première faute, de la faiblesse qu'ils avaient eue et que mon grand-père eût appelée un « manque de circonspection ». Je sentis que je n'avais plus pour compléter leur mauvaise humeur qu'à dire que cet homme pervers et qui n'appréciait pas M. de Norpois, m'avait trouvé extrêmement intelligent. Quand mon père, en effet, trouvait qu'une personne, un de mes camarades par exemple, était dans une mauvaise voie — comme moi en ce moment — si celui-là avait alors l'approbation de quelqu'un que mon père n'estimait pas, il voyait dans ce suffrage la confirmation de son fâcheux diagnostic. Le mal ne lui en apparaissait que plus grand. Je l'entendais déjà qui allait s'écrier : « Nécessairement, c'est *tout un ensemble* ! », mot qui m'épouvantait par l'imprécision et l'immensité des réformes dont il semblait annoncer l'imminente introduction dans ma si douce vie. Mais comme, n'eussé-je pas raconté ce que Bergotte avait dit de moi, rien ne pouvait plus quand même effacer l'impression qu'avaient éprouvée mes parents, qu'elle fût encore un peu plus mauvaise n'avait pas grande importance. D'ailleurs ils me semblaient si injustes, tellement dans l'erreur, que non seulement je n'avais pas l'espoir, mais presque pas le désir de les ramener à une vue plus équitable. Pourtant sentant au moment où les mots sortaient de ma bouche, comme ils allaient être effrayés de penser que j'avais plu à quelqu'un qui trouvait les hommes intelligents bêtes, était l'objet du mépris des honnêtes gens, et duquel la louange en me paraissant enviable m'encouragerait au mal, ce fut à voix basse et d'un air un peu honteux que, achevant mon récit, je jetai le bouquet : « Il a dit aux Swann qu'il m'avait trouvé extrêmement intelligent. » Comme un chien empoisonné qui dans un champ se jette sans le savoir sur l'herbe qui est précisément l'antidote de la toxine qu'il a absorbée, je venais sans m'en douter de dire la seule parole qui fût au monde capable de vaincre chez mes parents ce préjugé à l'égard de Bergotte, préjugé contre lequel tous les plus beaux raisonnements que j'aurais pu faire, tous les éloges que je lui aurais décernés, seraient demeurés vains. Au même instant la situation changea de face :

« Ah !... Il a dit qu'il te trouvait intelligent ? dit ma mère. Cela me fait plaisir parce que c'est un homme de talent.

— Comment ! il a dit cela ? reprit mon père... Je ne nie en rien sa valeur littéraire devant laquelle tout le monde s'incline, seulement c'est ennuyeux qu'il ait cette existence peu honorable dont a parlé à mots couverts le père Norpois », ajouta-t-il sans s'apercevoir que, devant la vertu souveraine des mots magiques que je venais de prononcer, la dépravation des mœurs de Bergotte ne pouvait guère lutter plus longtemps que la fausseté de son jugement.

« Oh ! mon ami, interrompit maman, rien ne prouve que ce soit vrai. On dit tant de choses. D'ailleurs, M. de Norpois est tout ce qu'il y a de plus gentil, mais il n'est pas toujours très bienveillant, surtout pour les gens qui ne sont pas de son bord.

— C'est vrai, je l'avais aussi remarqué, répondit mon père.

— Et puis enfin il sera beaucoup pardonné à Bergotte puisqu'il a trouvé mon petit enfant gentil », reprit maman tout en caressant avec ses doigts mes cheveux et en attachant sur moi un long regard rêveur.

Ma mère d'ailleurs n'avait pas attendu ce verdict de Bergotte pour me dire que je pouvais inviter Gilberte à goûter quand j'aurais des amis. Mais je n'osais pas le faire pour deux raisons. La première est que chez Gilberte on ne servait jamais que du thé. À la maison au contraire, maman tenait à ce qu'à côté du thé il y eût du chocolat. J'avais peur que Gilberte ne trouvât cela commun et n'en conçût un grand mépris pour nous. L'autre raison fut une difficulté de protocole que je ne pus jamais réussir à lever. Quand j'arrivais chez Mme Swann, elle me demandait :

« Comment va madame votre mère ? »

J'avais fait quelques ouvertures à maman pour savoir si elle ferait de même quand viendrait Gilberte, point qui me semblait plus grave qu'à la cour de Louis XIV le « Monseigneur ». Mais maman ne voulut rien entendre.

« Mais non, puisque je ne connais pas Mme Swann.

— Mais elle ne te connaît pas davantage.

— Je ne te dis pas, mais nous ne sommes pas obligées de faire exactement de même en tout. Moi, je ferai d'autres amabilités à Gilberte, que Mme Swann n'aura pas pour toi. »

Mais je ne fus pas convaincu et préférai ne pas inviter Gilberte.

Ayant quitté mes parents, j'allai changer de vêtements et en vidant mes poches je trouvai tout à coup l'enveloppe que m'avait remise le maître d'hôtel des Swann avant de m'introduire au salon. J'étais seul maintenant. Je l'ouvris, à l'intérieur était une carte sur laquelle on m'indiquait la dame à qui je devais offrir le bras pour aller à table.

Ce fut vers cette époque que Bloch bouleversa ma conception du monde, ouvrit pour moi des possibilités nouvelles de bonheur (qui devaient du reste se changer plus tard en possibilités de souffrance), en m'assurant que contrairement à ce que je croyais au temps de mes promenades du côté de Méséglise, les femmes ne demandaient jamais mieux que de faire l'amour. Il compléta ce service en m'en rendant un second que je ne devais apprécier que beaucoup plus tard : ce fut lui qui me conduisit pour la première fois dans une maison de passe. Il m'avait bien dit qu'il y avait beaucoup de jolies femmes qu'on peut posséder. Mais je leur attribuais une figure vague, que les maisons de passe devaient me permettre de remplacer par des visages particuliers. De sorte que si j'avais à Bloch — pour sa « bonne nouvelle » que le bonheur, la possession de la beauté, ne sont pas choses inaccessibles et que nous avons fait œuvre inutile en y renonçant à jamais — une obligation du même genre qu'à tel médecin ou tel philosophe optimiste qui nous fait espérer la longévité dans ce monde, et de ne pas être entièrement séparé de lui quand on aura passé dans un autre, les maisons de rendez-vous que je fréquentai quelques années plus tard — en me fournissant des échantillons du bonheur, en me permettant d'ajouter à la beauté des femmes cet élément que nous ne pouvons inventer, qui n'est pas que le résumé des beautés anciennes, le présent vraiment divin, le seul que nous ne puissions recevoir de nous-même, devant lequel expirent toutes les créations logiques de notre intelligence et que nous ne pouvons demander qu'à la réalité : un charme individuel — méritèrent d'être classées par moi à côté de ces autres bienfaiteurs d'origine plus récente mais d'utilité analogue (avant lesquels nous imaginions sans ardeur la séduction de Mantegna, de Wagner, de Sienne, d'après d'autres peintres, d'autres musiciens, d'autres villes) : les éditions d'histoire de la peinture illustrées, les concerts symphoniques et les études sur les « Villes d'art ». Mais la maison où Bloch me conduisit et où il n'allait plus d'ailleurs lui-même depuis longtemps était d'un rang trop inférieur, le personnel était trop médiocre et trop peu renouvelé pour que j'y pusse satisfaire d'anciennes curiosités ou en contracter de nouvelles. La patronne de cette maison ne connaissait aucune des femmes qu'on lui demandait et en proposait toujours dont on n'aurait pas voulu. Elle m'en vantait surtout une, une dont, avec un sourire plein de promesses (comme si ç'avait été une rareté et un régal), elle disait : « C'est une Juive ! Ça ne vous dit rien ? » (C'est sans doute à cause de cela qu'elle l'appelait Rachel.) Et avec une exaltation niaise et factice qu'elle espérait être communicative et qui finissait sur un râle presque de jouissance : « Pensez donc, mon petit, une Juive, il me semble que ça doit être affolant ! Rah ! » Cette Rachel, que j'aperçus sans qu'elle me vît, était brune, pas jolie, mais avait l'air intelligent, et non sans passer un bout de langue sur ses lèvres, souriait d'un air plein d'impertinence aux michés qu'on lui présentait et que j'entendais entamer la conversation avec elle. Son mince et étroit visage était entouré de cheveux noirs et frisés, irréguliers comme s'ils avaient été indiqués par des hachures dans un lavis, à l'encre de Chine. Chaque fois je promettais à la patronne, qui me la proposait avec une insistance particulière en vantant sa grande intelligence et son instruction, que je ne manquerais pas un jour de venir tout exprès pour faire la connaissance de Rachel, surnommée par moi « Rachel quand du Seigneur ». Mais le premier soir j'avais entendu celle-ci au moment où elle s'en allait dire à la patronne :

« Alors, c'est entendu, demain je suis libre, si vous avez quelqu'un vous n'oublierez pas de me faire chercher. »

Et ces mots m'avaient empêché de voir en elle une personne parce qu'ils me l'avaient fait classer immédiatement dans une catégorie générale de femmes dont l'habitude commune à toutes était de venir là le soir voir s'il n'y avait pas un louis ou deux à gagner. Elle variait seulement la forme de sa phrase en disant : « si vous avez besoin de moi » ou « si vous avez besoin de quelqu'un ».

La patronne qui ne connaissait pas l'opéra d'Halévy ignorait pourquoi j'avais pris l'habitude de dire : « Rachel quand du Seigneur ». Mais ne pas la comprendre n'a jamais fait trouver une plaisanterie moins drôle et c'est chaque fois en riant de tout son cœur qu'elle me disait :

« Alors, ce n'est pas encore pour ce soir que je vous unis à "Rachel quand du Seigneur"? Comment dites-vous cela : "Rachel quand du Seigneur !" Ah ! ça c'est très bien trouvé. Je vais vous fiancer. Vous verrez que vous ne le regretterez pas. »

Une fois je faillis me décider, mais elle était « sous presse », une autre fois entre les mains du « coiffeur », un vieux monsieur qui ne faisait rien d'autre aux femmes que verser de l'huile sur leurs cheveux déroulés et les peigner ensuite. Et je me lassai d'attendre bien que quelques habituées fort humbles, soi-disant ouvrières, mais toujours sans travail, fussent venues me faire de la tisane et tenir avec moi une longue conversation à laquelle — malgré le sérieux des sujets traités — la nudité partielle ou complète de mes interlocutrices donnait une savoureuse simplicité. Je cessai du reste d'aller dans cette maison parce que désireux de témoigner mes bons sentiments à la femme qui la tenait et avait besoin de meubles, je lui en donnai quelques-uns — notamment un grand canapé — que j'avais hérités de ma tante Léonie. Je ne les voyais jamais car le manque de place avait empêché mes parents de les laisser entrer chez nous et ils étaient entassés dans un hangar. Mais dès que je les retrouvai dans la maison où ces femmes se servaient d'eux, toutes les vertus qu'on respirait dans la chambre de ma tante à Combray, m'apparurent, suppliciées par le contact cruel auquel je les avais livrées sans défense ! J'aurais fait violer une morte que je n'aurais pas souffert davantage. Je ne retournai plus chez l'entremetteuse, car ils me semblaient vivre et me supplier, comme ces objets en apparence inanimés d'un conte persan, dans lesquels sont enfermées des âmes qui subissent un martyre et implorent leur délivrance. D'ailleurs, comme notre mémoire ne nous présente pas d'habitude nos souvenirs dans leur suite chronologique, mais comme un reflet où l'ordre des parties est renversé, je me rappelai seulement beaucoup plus tard que c'était sur ce même canapé que, bien des années auparavant j'avais connu pour la première fois les plaisirs de l'amour avec une de mes petites cousines avec qui je ne savais où me mettre et qui m'avait donné le conseil assez dangereux de profiter d'une heure où ma tante Léonie était levée.

Toute une autre partie des meubles et surtout une magnifique argenterie ancienne de ma tante Léonie, je les vendis, malgré l'avis contraire de mes parents, pour pouvoir disposer de plus d'argent et envoyer plus de fleurs à

Mme Swann qui me disait en recevant d'immenses cor-
beilles d'orchidées : « Si j'étais monsieur votre père je
vous ferais donner un conseil judiciaire. » Comment pouvais-je supposer qu'un jour je pourrais regretter tout particulièrement cette argenterie et placer certains plaisirs
plus hauts que celui, qui deviendrait peut-être absolument
nul, de faire des politesses aux parents de Gilberte ? C'est
de même en vue de Gilberte et pour ne pas la quitter que
j'avais décidé de ne pas entrer dans les ambassades. Ce
n'est jamais à cause d'un état d'esprit qui n'est pas destiné
à durer qu'on prend des résolutions définitives. J'imaginais à peine que cette substance étrange qui résidait en
Gilberte et rayonnait en ses parents, en sa maison, me
rendant indifférent à tout le reste, cette substance pourrait
être libérée, émigrer dans un autre, être vraiment la même
substance et pourtant devant avoir sur moi de tout autres
effets. Car la même maladie évolue ; et un délicieux poison
n'est plus toléré de même, quand avec les années, a diminué la résistance du cœur.

Mes parents cependant auraient souhaité que l'intelligence que Bergotte m'avait reconnue se manifestât par
quelque travail remarquable. Quand je ne connaissais pas
les Swann je croyais que j'étais empêché de travailler par
l'état d'agitation où me mettait l'impossibilité de voir
librement Gilberte. Mais quand leur demeure me fut
ouverte, à peine je m'étais assis à mon bureau de travail
que je me levais et courais chez eux. Et une fois que je les
avais quittés et que j'étais rentré à la maison, mon isolement n'était qu'apparent, ma pensée ne pouvait plus
remonter le courant du flux de paroles par lequel je
m'étais laissé machinalement entraîner pendant des
heures. Seul je continuais à fabriquer les propos qui
eussent été capables de plaire aux Swann et pour donner
plus d'intérêt au jeu, je tenais la place de ces partenaires
absents, je me posais à moi-même des questions fictives
choisies de telle façon que mes traits brillants ne leur
servissent que d'heureuse repartie. Silencieux, cet exercice
était pourtant une conversation et non une méditation, ma
solitude une vie de salon mentale où c'était non ma propre
personne mais des interlocuteurs imaginaires qui gouver-
naient mes paroles et où j'éprouvais à former, au lieu des
pensées que je croyais vraies celles qui me venaient sans
peine, sans régression du dehors vers le dedans, ce genre
de plaisir tout passif que trouve à rester tranquille
quelqu'un qui est alourdi par une mauvaise digestion.

Si j'avais été moins décidé à me mettre définitivement
au travail j'aurais peut-être fait un effort pour commencer

tout de suite. Mais puisque ma résolution était formelle, et qu'avant vingt-quatre heures, dans les cadres vides de la journée du lendemain où tout se plaçait si bien parce que je n'y étais pas encore, mes bonnes dispositions se réaliseraient aisément, il valait mieux ne pas choisir un soir où j'étais mal disposé pour un début auquel les jours suivants, hélas ! ne devaient pas se montrer plus propices. Mais j'étais raisonnable. De la part de qui avait attendu des années il eût été puéril de ne pas supporter un retard de trois jours. Certain que le surlendemain j'aurais déjà écrit quelques pages, je ne disais plus un seul mot à mes parents de ma décision ; j'aimais mieux patienter quelques heures, et apporter à ma grand-mère consolée et convaincue, de l'ouvrage en train. Malheureusement le lendemain n'était pas cette journée extérieure et vaste que j'avais attendue dans la fièvre. Quand il était fini, ma paresse et ma lutte pénible contre certains obstacles internes avaient simplement duré vingt-quatre heures de plus. Et au bout de quelques jours, mes plans n'ayant pas été réalisés, je n'avais plus le même espoir qu'ils le seraient immédiatement, partant, plus autant de courage pour subordonner tout à cette réalisation : je recommençais à veiller, n'ayant plus pour m'obliger à me coucher de bonne heure un soir, la vision certaine de voir l'œuvre commencée le lendemain matin. Il me fallait avant de reprendre mon élan quelques jours de détente, et la seule fois où ma grand-mère osa d'un ton doux et désenchanté formuler ce reproche : « Hé bien, ce travail, on n'en parle même plus ? », je lui en voulus, persuadé que n'ayant pas su voir que mon parti était irrévocablement pris, elle venait d'en ajourner encore et pour longtemps peut-être, l'exécution, par l'énervement que son déni de justice me causait et sous l'empire duquel je ne voudrais pas commencer mon œuvre. Elle sentit que son scepticisme venait de heurter à l'aveugle une volonté. Elle s'en excusa, me dit en m'embrassant : « Pardon, je ne dirai plus rien. » Et pour que je ne me décourageasse pas, m'assura que du jour où je serais bien portant, le travail viendrait tout seul par surcroît.

D'ailleurs, me disais-je, en passant ma vie chez les Swann ne fais-je pas comme Bergotte ? À mes parents il semblait presque que tout en étant paresseux, je menais, puisque c'était dans le même salon qu'un grand écrivain, la vie la plus favorable au talent. Et pourtant que quelqu'un puisse être dispensé de faire ce talent soi-même, par le dedans, et le reçoive d'autrui, est aussi impossible que se faire une bonne santé (malgré qu'on manque à toutes les règles de l'hygiène et qu'on commette les pires excès) rien qu'en dînant souvent en ville avec un médecin. La personne du reste qui était le plus complètement dupe de l'illusion qui m'abusait ainsi que mes parents, c'était Mme Swann. Quand je lui disais que je ne pouvais pas venir, qu'il fallait que je restasse à travailler, elle avait l'air de trouver que je faisais bien des embarras, qu'il y avait un peu de sottise et de prétention dans mes paroles :

« Mais Bergotte vient bien, lui ? Est-ce que vous trouvez que ce qu'il écrit n'est pas bien ? Cela sera même mieux bientôt, ajoutait-elle, car il est plus aigu, plus concentré dans le journal que dans le livre où il délaie un peu. J'ai obtenu qu'il fasse désormais le *leader article* dans *Le Figaro*. Ce sera tout à fait *the right man in the right place.* »

Et elle ajoutait :

« Venez, il vous dira mieux que personne ce qu'il faut faire. »

Et c'était comme on invite un engagé volontaire avec son colonel, c'était dans l'intérêt de ma carrière, et comme si les chefs-d'œuvre se faisaient « par relations » qu'elle me disait de ne pas manquer de venir le lendemain dîner chez elle avec Bergotte.

Ainsi pas plus du côté des Swann que du côté de mes parents, c'est-à-dire de ceux qui, à des moments différents, avaient semblé devoir y mettre obstacle, aucune opposition n'était plus faite à cette douce vie où je pouvais voir Gilberte comme je voulais, avec ravissement, sinon avec calme. Il ne peut pas y en avoir dans l'amour, puisque ce qu'on a obtenu n'est jamais qu'un nouveau point de départ pour désirer davantage. Tant que je n'avais pu aller chez elle, les yeux fixés vers cet inaccessible bonheur, je ne pouvais même pas imaginer les causes nouvelles de trouble qui m'y attendaient. Une fois la résistance de ses parents brisée, et le problème enfin résolu, il recommença à se poser, chaque fois dans d'autres termes. En ce sens, c'était bien en effet chaque jour une nouvelle amitié qui commençait. Chaque soir en rentrant je me rendais compte que j'avais à dire à Gilberte des choses capitales, desquelles notre amitié dépendait, et ces choses n'étaient jamais les mêmes. Mais enfin j'étais heureux et aucune menace ne s'élevait plus contre mon bonheur. Il allait en venir hélas d'un côté où je n'avais jamais aperçu aucun péril, du côté de Gilberte et de moi-même. J'aurais pourtant dû être tourmenté par ce qui, au contraire, me rassurait, par ce que je croyais du bonheur. C'est, dans l'amour, un état anormal, capable de donner tout de suite à l'accident le plus simple en apparence et qui peut toujours survenir, une gravité que par lui-même cet accident ne comporterait pas. Ce qui rend si heureux, c'est la présence dans le cœur de quelque chose d'instable, qu'on s'arrange perpétuellement à maintenir et dont on ne s'aperçoit presque plus tant qu'il n'est pas déplacé. En réalité, dans l'amour il y a une souffrance permanente, que la joie neutralise, rend virtuelle, ajourne, mais qui peut à tout moment devenir ce qu'elle serait depuis longtemps si l'on n'avait pas obtenu ce qu'on souhaitait, atroce.

Plusieurs fois je sentis que Gilberte désirait éloigner mes visites. Il est vrai que quand je tenais trop à la voir je n'avais qu'à me faire inviter par ses parents qui étaient de plus en plus persuadés de mon excellente influence sur elle. Grâce à eux, pensais-je, mon amour ne court aucun risque ; du moment que je les ai pour moi, je peux être tranquille puisqu'ils ont toute autorité sur Gilberte. Malheureusement à certains signes d'impatience que celle-ci laissait échapper quand son père me faisait venir en quelque sorte malgré elle, je me demandai si ce que j'avais considéré comme une protection pour mon bonheur n'était pas au contraire la raison secrète pour laquelle il ne pourrait durer.

La dernière fois que je vins voir Gilberte, il pleuvait, elle était invitée à une leçon de danse chez des gens qu'elle connaissait trop peu pour pouvoir m'emmener avec elle. J'avais pris à cause de l'humidité plus de caféine que d'habitude. Peut-être à cause du mauvais temps, peut-être ayant quelque prévention contre la maison où cette matinée devait avoir lieu. Mme Swann, au moment où sa fille allait partir la rappela avec une extrême vivacité : « Gilberte ! » et me désigna pour signifier que j'étais venu pour la voir et qu'elle devait rester avec moi. Ce « Gilberte » avait été prononcé, crié plutôt, dans une bonne intention pour moi, mais au haussement d'épaules que fit Gilberte en ôtant ses affaires, je compris que sa mère avait involontairement accéléré l'évolution, peut-être jusque-là possible encore à arrêter, qui détachait peu à peu de moi mon amie. « On n'est pas obligé d'aller danser tous les jours » dit Odette à sa fille, avec une sagesse sans doute apprise autrefois de Swann. Puis, redevenant Odette, elle se mit à parler en anglais à sa fille. Aussitôt ce fut comme si un mur m'avait caché une partie de la vie de Gilberte, comme si un génie malfaisant avait emmené loin de moi mon amie. Dans une langue que nous savons, nous avons substitué à l'opacité des sons la transparence des idées. Mais une langue que nous ne savons pas est un palais clos dans lequel celle que nous aimons peut nous tromper, sans que, restés au-dehors et désespérément crispés dans notre impuissance, nous parvenions à rien voir, à rien empêcher. Telle cette conversation en anglais dont je n'eusse que souri un mois auparavant et au milieu de laquelle quelques noms propres français ne laissaient pas d'accroître et d'orienter mes inquiétudes, avait, tenue à deux pas de moi par deux personnes immobiles, la même cruauté, me faisait aussi délaissé et seul, qu'un enlèvement. Enfin Mme Swann nous quitta. Ce jour-là peut-être par rancune contre moi, cause involontaire qu'elle n'allât pas s'amuser, peut-être aussi parce que la devinant fâchée, j'étais préventivement plus froid que d'habitude, le visage de Gilberte, dépouillé de toute joie, nu, saccagé, sembla tout l'après-midi vouer un regret mélancolique au pas de quatre que ma présence l'empêchait d'aller danser, et défier toutes les créatures, à commencer par moi, de comprendre les raisons subtiles qui avaient déterminé chez elle une inclination sentimentale pour le boston. Elle se borna à échanger, par moments, avec moi sur le temps qu'il faisait, la recrudescence de la pluie, l'avance de la pendule, une conversation ponctuée de silences et de monosyllabes où je m'entêtais moi-même, avec une sorte de rage désespérée, à détruire les instants que nous aurions pu donner à l'amitié et au bonheur. Et à tous nos propos une sorte de dureté suprême était conférée par le paroxysme de leur insignifiance paradoxale, lequel me consolait pourtant, car il empêchait Gilberte d'être dupe de la banalité de mes réflexions et de l'indifférence de mon accent. C'est en vain que je disais : « Il me semble que l'autre jour la pendule retardait plutôt », elle traduisait évidemment : « Comme vous êtes méchante ! » J'avais beau m'obstiner à prolonger, tout le long de ce jour pluvieux, ces paroles sans éclaircies, je savais que ma froideur n'était pas quelque chose d'aussi définitivement figé que je le feignais, et que Gilberte devait bien sentir que si, après le lui avoir déjà dit trois fois, je m'étais hasardé une quatrième à lui répéter que les jours diminuaient, j'aurais eu de la peine à me retenir de fondre en larmes. Quand elle était ainsi, quand un sourire ne remplissait pas ses yeux et ne découvrait pas son visage, on ne peut dire de quelle désolante monotonie étaient empreints ses yeux tristes et ses traits maussades. Sa figure, devenue presque laide, ressemblait alors à ces plages ennuyeuses où la mer, retirée très loin, vous fatigue d'un reflet toujours pareil que cerne un horizon immuable et borné. À la fin ne voyant pas se produire de la part de Gilberte le changement heureux que j'attendais depuis plusieurs heures, je lui dis

qu'elle n'était pas gentille : « C'est vous qui n'êtes pas
gentil », me répondit-elle. « Mais si ! » Je me demandai ce
que j'avais fait, et ne le trouvant pas, le lui demandai à
elle-même. « Naturellement, vous vous trouvez gentil ! »,
me dit-elle en riant longuement. Alors je sentis ce qu'il y
avait de douloureux pour moi à ne pouvoir atteindre cet
autre plan, plus insaisissable, de sa pensée, que décrivait
son rire. Ce rire avait l'air de signifier : « Non, non, je ne
me laisse pas prendre à tout ce que vous me dites, je sais
que vous êtes fou de moi, mais cela ne me fait ni chaud ni
froid, car je me fiche de vous ! » Mais je me disais qu'après
tout le rire n'est pas un langage assez déterminé pour que
je pusse être assuré de bien comprendre celui-là. Et les
paroles de Gilberte étaient affectueuses. « Mais en quoi ne
suis-je pas gentil ? lui demandai-je, dites-le-moi, je ferai
tout ce que vous voudrez. — Non cela ne servirait à rien, je
ne peux pas vous expliquer. » Un instant j'eus peur qu'elle
crût que je ne l'aimasse pas, et ce fut pour moi une autre
souffrance, non moins vive, mais qui réclamait une dialec-
tique différente. « Si vous saviez le chagrin que vous me
faites, vous me le diriez. » Mais ce chagrin qui, si elle avait
douté de mon amour eût dû la réjouir, l'irrita au contraire.
Alors, comprenant mon erreur, décidé à ne plus tenir
compte de ses paroles, la laissant sans la croire, me dire :
« Je vous aimais vraiment, vous verrez cela un jour » (ce
jour, où les coupables assurent que leur innocence sera
reconnue et qui, pour des raisons mystérieuses, n'est
jamais celui où on les interroge), j'eus le courage de
prendre subitement la résolution de ne plus la voir, et sans
le lui annoncer encore, parce qu'elle ne m'aurait pas cru.

Un chagrin causé par une personne qu'on aime peut être
amer, même quand il est inséré au milieu de préoccupations, d'occupations, de joies, qui n'ont pas cet être pour
objet et desquelles notre attention ne se détourne que de
temps en temps pour revenir à lui. Mais quand un tel
chagrin naît — comme c'était le cas pour celui-ci — à un
moment où le bonheur de voir cette personne nous remplit
tout entiers, la brusque dépression qui se produit alors
dans notre âme jusque-là ensoleillée, soutenue et calme,
détermine en nous une tempête furieuse contre laquelle
nous ne savons pas si nous serons capables de lutter
jusqu'au bout. Celle qui soufflait sur mon cœur était si
violente que je revins vers la maison, bousculé, meurtri,
sentant que je ne pourrais retrouver la respiration qu'en
rebroussant chemin, qu'en retournant sous un prétexte
quelconque auprès de Gilberte. Mais elle se serait dit :

« Encore lui ! Décidément je peux tout me permettre, il reviendra chaque fois d'autant plus docile qu'il m'aura quittée malheureux. » Puis j'étais irrésistiblement ramené vers elle par ma pensée, et ces orientations alternatives, cet affolement de la boussole intérieure persistèrent quand je fus rentré, et se traduisirent par les brouillons des lettres contradictoires que j'écrivis à Gilberte.

J'allais passer par une de ces conjonctures difficiles en face desquelles il arrive généralement qu'on se trouve à plusieurs reprises dans la vie et auxquelles bien qu'on n'ait pas changé de caractère, de nature — notre nature qui crée elle-même nos amours, et presque les femmes que nous aimons, et jusqu'à leurs fautes — on ne fait pas face de la même manière à chaque fois, c'est-à-dire à tout âge. À ces moments-là notre vie est divisée, et comme distribuée dans une balance, en deux plateaux opposés où elle tient tout entière. Dans l'un, il y a notre désir de ne pas déplaire, de ne pas paraître trop humble à l'être que nous aimons sans parvenir à le comprendre, mais que nous trouvons plus habile de laisser un peu de côté pour qu'il n'ait pas ce sentiment de se croire indispensable qui le fatiguerait de nous ; de l'autre côté, il y a une souffrance — non pas une souffrance localisée et partielle — qui ne pourrait au contraire être apaisée que si renonçant à plaire à cette femme et à lui faire croire que nous pouvons nous passer d'elle, nous allions la retrouver. Qu'on retire du plateau où est la fierté une petite quantité de volonté qu'on a eu la faiblesse de laisser s'user avec l'âge, qu'on ajoute dans le plateau où est le chagrin une souffrance physique acquise et à qui on a permis de s'aggraver, et au lieu de la solution courageuse qui l'aurait emporté à vingt ans, c'est l'autre, devenue trop lourde et sans assez de contre-poids, qui nous abaisse à cinquante. D'autant plus que les situations tout en se répétant, changent, et qu'il y a chance pour qu'au milieu ou à la fin de la vie, on ait eu pour soi-même la funeste complaisance de compliquer l'amour d'une part d'habitude que l'adolescence, retenue par trop d'autres devoirs, moins libre de soi-même, ne connaît pas.

Je venais d'écrire à Gilberte une lettre où je laissais tonner ma fureur, non sans pourtant jeter la bouée de quelques mots placés comme au hasard, et où mon amie pourrait accrocher une réconciliation ; un instant après, le vent ayant tourné, c'était des phrases tendres que je lui adressais pour la douceur de certaines expressions déso-lées, de tels « jamais plus » si attendrissants pour ceux qui les emploient, si fastidieux pour celle qui les lira, soit qu'elle les croie mensongers et traduise « jamais plus » par

« ce soir même, si vous voulez bien de moi » ou qu'elle les croie vrais et lui annonçant alors une de ces séparations définitives qui nous sont si parfaitement égales dans la vie quand il s'agit d'êtres dont nous ne sommes pas épris. Mais puisque nous sommes incapables tandis que nous aimons d'agir en dignes prédécesseurs de l'être prochain que nous serons et qui n'aimera plus, comment pourrions-nous tout à fait imaginer l'état d'esprit d'une femme à qui même si nous savions que nous lui sommes indifférents, nous avons perpétuellement fait tenir dans nos rêveries, pour nous bercer d'un beau songe ou nous consoler d'un gros chagrin, les mêmes propos que si elle nous aimait ? Devant les pensées, les actions d'une femme que nous aimons, nous sommes aussi désorientés que le pourraient être devant les phénomènes de la nature, les premiers physiciens (avant que la science fût constituée et eût mis un peu de lumière dans l'inconnu). Ou pis encore comme un être pour l'esprit de qui le principe de causalité existerait à peine, un être qui ne serait pas capable d'établir un lien entre un phénomène et un autre et devant qui le spectacle du monde serait incertain comme un rêve. Certes je m'efforçais de sortir de cette incohérence, de trouver des causes. Je tâchais même d'être « objectif » et pour cela de bien tenir compte de la disproportion qui existait entre l'importance qu'avait pour moi Gilberte et celle non seulement que j'avais pour elle, mais qu'elle-même avait pour les autres êtres que moi, disproportion qui si je l'eusse omise eût risqué de me faire prendre une simple amabilité de mon amie pour un aveu passionné, une démarche grotesque et avilissante de ma part pour le simple et gracieux mouvement qui vous dirige vers de beaux yeux. Mais je craignais aussi de tomber dans l'excès contraire, où j'aurais vu dans l'arrivée inexacte de Gilberte à un rendez-vous, dans un mouvement de mauvaise humeur, une hostilité irrémédiable. Je tâchais de trouver entre ces deux optiques également déformantes celle qui me donnerait la vision juste des choses ; les calculs qu'il me fallait faire pour cela me distrayaient un peu de ma souffrance ; et soit par obéissance à la réponse des nombres, soit que je leur eusse fait dire ce que je désirais, je me décidai le lendemain à aller chez Swann, heureux, mais de la même façon que ceux qui, s'étant tourmentés longtemps à cause d'un voyage qu'ils ne voulaient pas faire, ne vont pas plus loin que la gare, et rentrent chez eux défaire leur malle. Et, comme, pendant qu'on hésite, la seule idée d'une résolution possible (à moins d'avoir rendu cette idée inerte en décidant qu'on ne prendra pas la résolution) développe, comme une graine vivace, les linéaments, tout le détail des émotions qui naîtraient de l'acte exécuté, je me dis que j'avais été bien absurde de me faire, en projetant de ne plus voir Gilberte, autant de mal que si j'eusse dû réaliser ce projet et que, puisque au contraire c'était pour finir par retourner chez elle, j'aurais pu faire l'économie de tant de velléités et d'acceptations douloureuses. Mais cette reprise des relations d'amitié ne dura que le temps d'aller jusque chez les Swann : non pas parce que leur maître d'hôtel, lequel m'aimait beaucoup, me dit que Gilberte était sortie (je sus en effet, dès le soir même, que c'était vrai, par des gens qui l'avaient rencontrée), mais à cause de la façon dont il me le dit : « Monsieur, Mademoiselle est sortie, je peux affirmer à Monsieur que je ne mens pas. Si Monsieur veut se renseigner, je peux faire venir la femme de chambre. Monsieur pense bien que je ferais tout ce que je pourrais pour lui faire plaisir et que si Mademoiselle était là, je mènerais tout de suite Monsieur auprès d'elle. » Ces paroles, de la sorte qui est la seule importante, involontaires, nous donnant la radiographie au moins sommaire de la réalité insoupçonnable que cacherait un discours étudié, prouvaient que dans l'entourage de Gilberte on avait l'impression que je lui étais importun ; aussi, à peine le maître d'hôtel les eut-il prononcées, qu'elles engendrèrent chez moi de la haine à laquelle je préférai donner comme objet au lieu de Gilberte le maître d'hôtel ; il concentra sur lui tous les sentiments de colère que j'avais pu avoir pour mon amie ; débarrassé d'eux grâce à ces paroles, mon amour subsista seul ; mais elles m'avaient montré en même temps que je devais pendant quelque temps ne pas chercher à voir Gilberte. Elle allait certainement m'écrire pour s'excuser. Malgré cela, je ne retournerais pas tout de suite la voir, afin de lui prouver que je pouvais vivre sans elle. D'ailleurs, une fois que j'aurais reçu sa lettre, fréquenter Gilberte serait une chose dont je pourrais plus aisément me priver pendant quelque temps, parce que je serais sûr de la retrouver dès que je le voudrais. Ce qu'il me fallait pour supporter moins tristement l'absence volontaire, c'était sentir mon cœur débarrassé de la terrible incertitude si nous n'étions pas brouillés pour toujours, si elle n'était pas fiancée, partie, enlevée. Les jours qui suivirent ressemblèrent à ceux de cette ancienne semaine du jour de l'An que j'avais dû passer sans Gilberte. Mais cette semaine-là finie, jadis, d'une part mon amie reviendrait aux Champs-Élysées, je la reverrais comme auparavant, j'en étais sûr ; et, d'autre part, je savais avec non moins de certitude que tant que dureraient les vacances du jour de l'An, ce n'était pas la peine d'aller aux Champs-Élysées. De sorte que durant cette triste semaine déjà lointaine, j'avais supporté ma tristesse avec calme, parce qu'elle n'était mêlée ni de crainte ni d'espérance. Maintenant, au contraire, c'était ce dernier sentiment qui presque autant que la crainte rendait ma souffrance intolérable. N'ayant pas eu de lettre de Gilberte le soir même, j'avais fait la part de sa négligence, de ses occupations, je ne doutais pas d'en trouver une d'elle dans le courrier du matin. Il fut attendu par moi, chaque jour, avec des palpitations de cœur auxquelles succédait un état d'abattement quand je n'y avais trouvé que des lettres de personnes qui n'étaient pas Gilberte, ou bien rien, ce qui n'était pas pire, les preuves d'amitié d'une autre me rendant plus cruelles celles de son indifférence. Je me remettais à espérer pour le courrier de l'après-midi. Même entre les heures des levées des lettres je n'osais pas sortir, car elle eût pu faire porter la sienne. Puis le moment finissait par arriver où ni facteur ni valet de pied des Swann ne pouvant plus venir, il fallait remettre au lendemain matin l'espoir d'être rassuré, et ainsi parce que je croyais que ma souffrance ne durerait pas, j'étais obligé pour ainsi dire de la renouveler sans cesse. Le chagrin était peut-être le même, mais au lieu de ne faire, comme autrefois, que prolonger uniformément une émotion initiale, recommençait plusieurs fois par jour en débutant par une émotion si fréquemment renouvelée qu'elle finissait — elle, état tout physique, si momentané — par se stabiliser, si bien que les troubles causés par l'attente ayant à peine le temps de se calmer avant qu'une nouvelle raison d'attendre survînt, il n'y avait plus une seule minute par jour où je ne fusse dans cette anxiété qu'il est pourtant si difficile de supporter pendant une heure. Ainsi ma souffrance était infiniment plus cruelle qu'au temps de cet ancien 1er janvier parce que cette fois il y avait en moi au lieu de l'acceptation pure et simple de cette souffrance, l'espoir, à chaque instant, de la voir cesser. À cette acceptation, je finis pourtant par arriver, alors que je compris qu'elle devait être définitive et je renonçai pour toujours à Gilberte, dans l'intérêt même de mon amour, et parce que je souhaitais avant tout qu'elle ne conservât pas de moi un souvenir dédaigneux. Même, à partir de ce moment-là, et pour qu'elle ne pût former la supposition d'une sorte de dépit amoureux de ma part, quand dans la suite, elle me fixa des rendez-vous, je les acceptais souvent et au dernier moment, je lui écrivais que je ne pouvais pas venir, mais en protestant que j'en étais désolé comme j'aurais fait avec quelqu'un que je n'aurais pas désiré voir. Ces expressions de regret qu'on réserve d'ordinaire aux indifférents, persuaderaient mieux Gilberte de mon indifférence, me semblait-il, que ne ferait le ton d'indifférence qu'on affecte seulement envers celle qu'on aime. Quand mieux qu'avec des paroles, par des actions indéfiniment répétées, je lui aurais prouvé que je n'avais pas de goût à la voir, peut-être en retrouverait-elle pour moi. Hélas ! ce serait en vain : chercher en ne la voyant plus à ranimer en elle ce goût de me voir, c'était la perdre pour toujours ; d'abord parce que quand il commencerait à renaître, si je voulais qu'il durât, il ne faudrait pas y céder tout de suite ; d'ailleurs, les heures les plus cruelles seraient passées ; c'était en ce moment qu'elle m'était indispensable et j'aurais voulu pouvoir l'avertir que bientôt elle ne calmerait, en me revoyant, qu'une douleur tellement diminuée qu'elle ne serait plus, comme elle l'eût été encore en ce moment même, et pour y mettre fin, un motif de capitulation, de se réconcilier et de se revoir. Et plus tard quand je pourrais enfin avouer sans péril à Gilberte, tant son goût pour moi aurait repris de force, le mien pour elle, celui-ci n'aurait pu résister à une si longue absence et n'existerait plus ; Gilberte me serait devenue indifférente. Je le savais, mais je ne pouvais pas le lui dire ; elle aurait cru que si je prétendais que je cesserais de l'aimer en restant trop longtemps sans la voir, c'était à seule fin qu'elle me dît de revenir vite auprès d'elle. En attendant, ce qui me rendait plus aisé de me condamner à cette séparation, c'est que (afin qu'elle se rendît bien compte que malgré mes affirmations contraires, c'était ma volonté, et non un empêchement, non mon état de santé, qui me privaient de la voir) toutes les fois où je savais d'avance que Gilberte ne serait pas chez ses parents, devait sortir avec une amie et ne rentrerait pas dîner, j'allais voir Mme Swann (laquelle était redevenue pour moi ce qu'elle était au temps où je voyais si difficilement sa fille et où les jours où celle-ci ne venait pas aux Champs-Élysées, j'allais me promener avenue des Acacias). De cette façon j'entendrais parler de Gilberte et j'étais sûre qu'elle entendrait ensuite parler de moi et d'une façon qui lui montrerait que je ne tenais pas à elle. Et je trouvais, comme tous ceux qui souffrent, que ma triste situation aurait pu être pire. Car ayant libre entrée dans la demeure où habitait Gilberte, je me disais toujours, bien que décidé à ne pas user de cette faculté, que si jamais ma douleur était trop vive, je pourrais la faire cesser. Je n'étais malheureux qu'au jour le jour. Et c'est trop dire encore. Combien de fois par heure (mais maintenant sans l'anxieuse attente qui m'avait étreint les premières semaines après notre brouille, avant d'être retourné chez les Swann) ne me récitais-je pas la lettre que Gilberte m'enverrait bien un jour, m'apporterait peut-être elle-même ! La constante vision de ce bonheur imaginaire m'aidait à supporter la destruction du bonheur réel. Pour les femmes qui ne nous aiment pas, comme pour les « disparus », savoir qu'on n'a plus rien à espérer n'empêche pas de continuer à attendre. On vit aux aguets, aux écoutes ; des mères dont le fils est parti en mer pour une exploration dangereuse se figurent à toute minute et alors que la certitude qu'il a péri est acquise depuis longtemps, qu'il va entrer, miraculeusement sauvé, et bien portant. Et cette attente, selon la force du souvenir et la résistance des organes, ou bien les aide à traverser les années au bout desquelles elles supporteront que leur fils ne soit plus, à oublier peu à peu et à survivre — ou bien les fait mourir.

D'autre part, mon chagrin était un peu consolé par l'idée qu'il profitait à mon amour. Chaque visite que je faisais à Mme Swann sans voir Gilberte, m'était cruelle, mais je sentais qu'elle améliorait d'autant l'idée que Gilberte avait de moi.

D'ailleurs si je m'arrangeais toujours, avant d'aller chez Mme Swann, à être certain de l'absence de sa fille, cela tenait peut-être autant qu'à ma résolution d'être brouillé avec elle, à cet espoir de réconciliation qui se superposait à ma volonté de renoncement (bien peu sont absolus, au moins d'une façon continue, dans cette âme humaine dont une des lois, fortifiée par les afflux inopinés de souvenirs différents, est l'intermittence) et me masquait ce qu'elle avait de trop cruel. Cet espoir je savais bien ce qu'il avait de chimérique. J'étais comme un pauvre qui mêle moins de larmes à son pain sec s'il se dit que tout à l'heure peut-être un étranger va lui laisser toute sa fortune. Nous sommes tous obligés pour rendre la réalité supportable d'entretenir en nous quelques petites folies. Or mon espérance restait plus intacte — tout en même temps que la séparation s'effectuait mieux — si je ne rencontrais pas Gilberte. Si je m'étais trouvé face à face avec elle chez sa mère, nous aurions peut-être échangé des paroles irréparables qui eussent rendu définitive notre brouille, tué mon espérance et d'autre part en créant une anxiété nouvelle, réveillé mon amour et rendu plus difficile ma résignation.

Depuis bien longtemps et fort avant ma brouille avec sa fille, Mme Swann m'avait dit : « C'est très bien de venir voir Gilberte, mais j'aimerais aussi que vous veniez quelquefois pour *moi*, pas à mon Choufleury, où vous vous ennuieriez parce que j'ai trop de monde, mais les autres jours où vous me trouverez toujours un peu tard. » J'avais donc l'air, en allant la voir, de n'obéir que longtemps après à un désir anciennement exprimé par elle. Et très tard, déjà dans la nuit, presque au moment où mes parents se mettaient à table, je partais faire à Mme Swann une visite pendant laquelle je savais que je ne verrais pas Gilberte et où pourtant je ne penserais qu'à elle. Dans ce quartier, considéré alors comme éloigné, d'un Paris plus sombre qu'aujourd'hui, et qui, même dans le centre, n'avait pas d'électricité sur la voie publique et bien peu dans les maisons, les lampes d'un salon situé au rez-de-chaussée ou à un entresol très bas (tel qu'était celui de ses appartements où recevait habituellement Mme Swann) suffisaient à illuminer la rue et à faire lever les yeux au passant qui rattachait à leur clarté comme à sa cause apparente et voilée la présence devant la porte de quelques coupés bien attelés. Le passant croyait, et non sans un certain émoi, à une modification survenue dans cette cause mystérieuse, quand il voyait l'un de ces coupés se mettre en mouvement ; mais c'était seulement un cocher qui, craignant que ses bêtes prissent froid, leur faisait faire de temps à autre des allées et venues d'autant plus impressionnantes que les roues caoutchoutées donnaient au pas des chevaux un fond de silence sur lequel il se détachait plus distinct et plus explicite.

Le « jardin d'hiver », que dans ces années-là le passant apercevait d'ordinaire, quelle que fût la rue, si l'appartement n'était pas à un niveau trop élevé au-dessus du trottoir, ne se voit plus que dans les héliogravures des livres d'étrennes de P.-J. Stahl où, en contraste avec les rares ornements floraux des salons Louis XVI d'aujourd'hui — une rose ou un iris du Japon dans un vase de cristal à long col qui ne pourrait contenir une fleur de plus —, il semble, à cause de la profusion des plantes d'appartement qu'on avait alors et du manque absolu de stylisation dans leur arrangement, avoir dû, chez les maîtresses de maison, répondre plutôt à quelque vivante et délicieuse passion pour la botanique qu'à un froid souci de morte décoration. Il faisait penser en plus grand, dans les hôtels d'alors, à ces serres minuscules et portatives posées au matin du 1er janvier sous la lampe allumée — les enfants n'ayant pas eu la patience d'attendre qu'il fît jour — parmi les autres cadeaux du jour de l'An, mais le plus beau d'entre eux, consolant avec les plantes qu'on va pouvoir cultiver, de la nudité de l'hiver ; plus encore qu'à ces serres-là elles-mêmes, ces jardins d'hiver ressem-

blaient à celle qu'on voyait tout auprès d'elles, figurée
dans un beau livre, autre cadeau du jour de l'An, et qui,
bien qu'elle fût donnée non aux enfants, mais à Mlle Lili,
l'héroïne de l'ouvrage, les enchantait à tel point que,
devenus maintenant presque vieillards, ils se demandent
si ces années fortunées l'hiver n'était pas la plus belle
des saisons. Enfin au fond de ce jardin d'hiver, à travers les
arborescences d'espèces variées qui de la rue faisaient
ressembler la fenêtre éclairée au vitrage de ces serres
d'enfants, dessinées ou réelles, le passant, se hissant sur
ses pointes, apercevait généralement un homme en redingote, un gardénia ou un œillet à la boutonnière, debout
devant une femme assise, tous deux vagues, comme deux
intailles dans une topaze, au fond de l'atmosphère du
salon, ambrée par le samovar — importation récente alors
— de vapeurs qui s'en échappent peut-être encore
aujourd'hui, mais qu'à cause de l'habitude personne ne
voit plus. Mme Swann tenait beaucoup à ce « thé » ; elle
croyait montrer de l'originalité et dégager du charme en
disant à un homme : « Vous me trouverez tous les jours un
peu tard, venez prendre le thé », de sorte qu'elle accompagnait d'un sourire fin et doux ces mots prononcés par elle
avec un accent anglais momentané et desquels son interlocuteur prenait bonne note en saluant d'un air grave,
comme s'ils avaient été quelque chose d'important et de
singulier qui commandât la déférence et exigeât de l'attention. Il y avait une autre raison que celles données plus
haut et pour laquelle les fleurs n'avaient pas qu'un caractère d'ornement dans le salon de Mme Swann et cette
raison-là ne tenait pas à l'époque, mais en partie à l'existence qu'avait menée jadis Odette. Une grande cocotte,
comme elle avait été, vit beaucoup pour ses amants,
c'est-à-dire chez elle, ce qui peut la conduire à vivre pour
elle. Les choses que chez une honnête femme on voit et qui
certes peuvent lui paraître, à elle aussi, avoir de l'importance, sont celles, en tout cas, qui pour la cocotte en ont le
plus. Le point culminant de sa journée est celui non pas où
elle s'habille pour le monde, mais où elle se déshabille
pour un homme. Il lui faut être aussi élégante en robe de
chambre, en chemise de nuit, qu'en toilette de ville.
D'autres femmes montrent leurs bijoux, elle, elle vit dans
l'intimité de ses perles. Ce genre d'existence impose l'obligation, et finit par donner le goût, d'un luxe secret, c'est-à-
dire bien près d'être désintéressé. Mme Swann l'étendait
aux fleurs. Il y avait toujours près de son fauteuil une
immense coupe de cristal remplie entièrement de violettes
de Parme ou de marguerites effeuillées dans l'eau, et qui

semblait témoigner aux yeux de l'arrivant de quelque occupation préférée et interrompue, comme eût été la tasse de thé que Mme Swann eût bue seule, pour son plaisir ; d'une occupation plus intime même et plus mystérieuse, si bien qu'on avait envie de s'excuser en voyant les fleurs étalées là, comme on l'eût fait de regarder le titre du volume encore ouvert qui eût révélé la lecture récente, donc peut-être la pensée actuelle d'Odette. Et plus que le livre, les fleurs vivaient ; on était gêné si on entrait faire une visite à Mme Swann de s'apercevoir qu'elle n'était pas seule, ou si on rentrait avec elle de ne pas trouver le salon vide, tant y tenaient une place énigmatique et se rapportant à des heures de la vie de la maîtresse de maison qu'on ne connaissait pas, ces fleurs qui n'avaient pas été préparées pour les visiteurs d'Odette mais comme oubliées là par elle, avaient eu et auraient encore avec elle des entretiens particuliers qu'on avait peur de déranger et dont on essayait en vain de lire le secret, en fixant des yeux la couleur délavée, liquide, mauve et dissolue des violettes de Parme. Dès la fin d'octobre Odette rentrait le plus régulièrement qu'elle pouvait pour le thé, qu'on appelait encore dans ce temps-là le *five o'clock tea*, ayant entendu dire (et aimant à répéter) que si Mme Verdurin s'était fait un salon c'était parce qu'on était toujours sûr de pouvoir la rencontrer chez elle à la même heure. Elle s'imaginait elle-même en avoir un, du même genre, mais plus libre, *senza rigore*, aimait-elle à dire. Elle se voyait ainsi comme une espèce de Lespinasse et croyait avoir fondé un salon rival en enlevant à la du Deffand du petit groupe ses hommes les plus agréables, en particulier Swann qui l'avait suivie dans sa sécession et sa retraite, selon une version qu'on comprend qu'elle eût réussi à accréditer auprès de nouveaux venus, ignorants du passé, mais non auprès d'elle-même. Mais certains rôles favoris sont par nous joués tant de fois devant le monde, et repassés en nous-mêmes, que nous nous référons plus aisément à leur témoignage fictif qu'à celui d'une réalité presque complètement oubliée. Les jours où Mme Swann n'était pas sortie du tout, on la trouvait dans une robe de chambre de crêpe de Chine, blanche comme une première neige, parfois aussi dans un de ces longs tuyautages de mousseline de soie, qui ne semblent qu'une jonchée de pétales roses ou blancs et qu'on trouverait aujourd'hui peu appropriés à l'hiver, et bien à tort. Car ces étoffes légères et ces couleurs tendres donnaient à la femme — dans la grande chaleur des salons d'alors fermés de portières et desquels ce que les romanciers mondains de l'époque trouvaient à dire de plus

élégant, c'est qu'ils étaient « douillettement capitonnés »
— le même air frileux qu'aux roses qui pouvaient y rester à
côté d'elle, malgré l'hiver, dans l'incarnat de leur nudité,
comme au printemps. À cause de cet étouffement des sons
par les tapis et de sa retraite dans des enfoncements, la
maîtresse de la maison, n'étant pas avertie de votre entrée
comme aujourd'hui, continuait à lire pendant que vous
étiez déjà presque devant elle, ce qui ajoutait encore à
cette impression de romanesque, à ce charme d'une sorte
de secret surpris, que nous retrouvons aujourd'hui dans le
souvenir de ces robes déjà démodées alors, que
Mme Swann était peut-être la seule à ne pas avoir encore
abandonnées et qui nous donnent l'idée que la femme qui
les portait devait être une héroïne de roman parce que
nous, pour la plupart, ne les avons guère vues que dans
certains romans d'Henry Gréville. Odette avait maintenant, dans son salon, au commencement de l'hiver, des
chrysanthèmes énormes et d'une variété de couleurs
comme Swann jadis n'eût pu en voir chez elle. Mon
admiration pour eux — quand j'allais faire à Mme Swann
une de ces tristes visites où, de par mon chagrin, j'avais
retrouvé en elle toute sa mystérieuse poésie de mère de
cette Gilberte à qui elle dirait le lendemain : « Ton ami
m'a fait une visite » — venait sans doute de ce que, rose
pâle comme la soie Louis XV de ses fauteuils, blanc de
neige comme sa robe de chambre en crêpe de Chine, ou
d'un rouge métallique comme son samovar, ils super-
posaient à celle du salon une décoration supplémentaire,
d'un coloris aussi riche, aussi raffiné, mais vivante et qui
ne durerait que quelques jours. Mais j'étais touché par ce
que ces chrysanthèmes avaient moins d'éphémère que de
relativement durable par rapport à ces tons, aussi roses ou
aussi cuivrés, que le soleil couché exalte si somptueusement dans la brume des fins d'après-midi de novembre et
qu'après les avoir aperçus avant que j'entrasse chez
Mme Swann, s'éteignant dans le ciel, je retrouvais prolon-
gés, transposés dans la palette enflammée des fleurs.
Comme des feux arrachés par un grand coloriste à l'instabilité de l'atmosphère et du soleil, afin qu'ils vinssent
orner une demeure humaine, ils m'invitaient, ces chrysanthèmes, et malgré toute ma tristesse à goûter avidement
pendant cette heure du thé les plaisirs si courts de
novembre dont ils faisaient flamboyer près de moi la
splendeur intime et mystérieuse. Hélas, ce n'était pas dans
les conversations que j'entendais que je pouvais
l'atteindre ; elles lui ressemblaient bien peu. Même avec
Mme Cottard, et quoique l'heure fût avancée, Mme Swann

se faisait caressante pour dire : « Mais non, il n'est pas tard, ne regardez pas la pendule, ce n'est pas l'heure, elle ne va pas ; qu'est-ce que vous pouvez avoir de si pressé à faire ? » et elle offrait une tartelette de plus à la femme du professeur qui gardait son porte-cartes à la main.

« On ne peut pas s'en aller de cette maison », disait Mme Bontemps à Mme Swann, tandis que Mme Cottard, dans sa surprise d'entendre exprimer sa propre impression s'écriait : « C'est ce que je me dis toujours, avec ma petite jugeote, dans mon for intérieur ! », approuvée par des messieurs du Jockey qui s'étaient confondus en saluts, et comme comblés par tant d'honneur, quand Mme Swann les avait présentés à cette petite bourgeoise peu aimable, qui restait devant les brillants amis d'Odette sur la réserve, sinon sur ce qu'elle appelait la « défensive », car elle employait toujours un langage noble pour les choses les plus simples. « On ne le dirait pas, voilà trois mercredis que vous me faites faux bond », disait Mme Swann à Mme Cottard. « C'est vrai, Odette, il y a *des siècles*, *des éternités* que je ne vous ai vue. Vous voyez que je plaide coupable, mais il faut vous dire », ajoutait-elle d'un air pudibond et vague, car quoique femme de médecin, elle n'aurait pas osé parler sans périphrases de rhumatisme ou de coliques néphrétiques, « que j'ai eu bien des petites *misères*. Chacun a les siennes. Et puis j'ai eu une crise dans ma domesticité mâle. Sans être plus qu'une autre très imbue de mon autorité, j'ai dû, pour faire un exemple, renvoyer mon Vatel qui je crois cherchait d'ailleurs une place plus lucrative. Mais son départ a failli entraîner la démission de tout le ministère. Ma femme de chambre ne voulait pas rester non plus, il y a eu des scènes homériques. Malgré tout, j'ai tenu ferme le gouvernail, et c'est une véritable leçon de choses qui n'aura pas été perdue pour moi. Je vous ennuie avec ces histoires de serviteurs, mais vous savez comme moi quel tracas c'est d'être obligée de procéder à des remaniements dans son personnel. Et nous ne verrons pas votre délicieuse fille ? demandait-elle. — Non, ma délicieuse fille dîne chez une amie », répondait Mme Swann, et elle ajoutait en se tournant vers moi : « Je crois qu'elle vous a écrit pour que vous veniez la voir demain. Et vos babys ? » demandait-elle à la femme du professeur. Je respirais largement. Ces mots de Mme Swann qui me prouvaient que je pourrais voir Gilberte quand je voudrais, me faisaient justement le bien que j'étais venu chercher et qui me rendait à cette époque-là les visites à Mme Swann si nécessaires. « Non, je lui écrirai un mot ce soir. Du reste, Gilberte et moi nous ne pouvons plus nous voir », ajoutais-je, ayant l'air d'attribuer notre séparation à une cause mystérieuse, ce qui me donnait encore une illusion d'amour, entretenue aussi par la manière tendre dont je parlais de Gilberte et dont elle parlait de moi. « Vous savez qu'elle vous aime infiniment, me disait Mme Swann. Vraiment vous ne voulez pas demain ? » Tout d'un coup une allégresse me soulevait, je venais de me dire : « Mais après tout pourquoi pas, puisque c'est sa mère elle-même qui me le propose ? » Mais aussitôt je retombais dans ma tristesse. Je craignais qu'en me voyant, Gilberte pensât que mon indifférence de ces derniers temps avait été simulée et j'aimais mieux prolonger la séparation. Pendant ces apartés Mme Bontemps se plaignait de l'ennui que lui causaient les femmes des hommes politiques, car elle affectait de trouver tout le monde assommant et ridicule, et d'être désolée de la position de son mari : « Alors vous pouvez comme ça recevoir cinquante femmes de médecins de suite », disait-elle à Mme Cottard qui elle, au contraire, était pleine de bienveillance pour chacun et de respect pour toutes les obligations. « Ah, vous avez de la vertu ! Moi, au ministère, n'est-ce pas, je suis obligée, naturellement. Hé bien ! c'est plus fort que moi, vous savez, ces femmes de fonctionnaires, je ne peux pas m'empêcher de leur tirer la langue. Et ma nièce Albertine est comme moi. Vous ne savez pas ce qu'elle est effrontée cette petite. La semaine dernière, il y avait à mon jour la femme du sous-secrétaire d'État aux Finances qui disait qu'elle ne s'y connaissait pas en cuisine. « Mais, madame, lui a répondu ma nièce avec son plus gracieux sourire, vous devriez pourtant savoir ce que c'est, puisque votre père était marmiton. » — Oh ! j'aime beaucoup cette histoire, je trouve cela exquis, disait Mme Swann. Mais au moins pour les jours de consultation du docteur vous devriez avoir un petit *home*, avec vos fleurs, vos livres, les choses que vous aimez », conseillait-elle à Mme Cottard. « Comme ça, v'lan dans la figure, v'lan, elle ne lui a pas envoyé dire. Et elle ne m'avait prévenue de rien cette petite masque, elle est rusée comme un singe. Vous avez de la chance de pouvoir vous retenir ; j'envie les gens qui savent déguiser leur pensée. — Mais je n'en ai pas besoin, madame : je ne suis pas si difficile, répondait avec douceur Mme Cottard. D'abord, je n'y ai pas les mêmes droits que vous », ajoutait-elle d'une voix un peu plus forte qu'elle prenait, afin de les souligner, chaque fois qu'elle glissait dans la conversation quelqu'une de ces amabilités délicates, de ces ingénieuses

flatteries qui faisaient l'admiration et aidaient à la carrière de son mari. « Et puis je fais avec plaisir tout ce qui
peut être utile au professeur.

— Mais madame, il faut pouvoir. Probablement vous
n'êtes pas nerveuse. Moi, quand je vois la femme du
ministre de la Guerre faire des grimaces, immédiatement
je me mets à l'imiter. C'est terrible d'avoir un tempérament comme ça.

— Ah ! oui, dit Mme Cottard, j'ai entendu dire qu'elle
avait des tics ; mon mari connaît aussi quelqu'un de très
haut placé, et naturellement, quand ces messieurs causent
entre eux...

— Mais tenez, madame, c'est encore comme le chef du
Protocole qui est bossu, c'est réglé, il n'est pas depuis cinq
minutes chez moi que je vais toucher sa bosse. Mon mari
dit que je le ferai révoquer. Eh bien ! zut pour le ministère !
Oui, zut pour le ministère ! je voulais faire mettre ça
comme devise sur mon papier à lettres. Je suis sûre que je
vous scandalise, parce que vous êtes bonne, moi j'avoue
que rien ne m'amuse comme les petites méchancetés. Sans
cela la vie serait bien monotone. »

Et elle continuait à parler tout le temps du ministère
comme si ç'avait été l'Olympe. Pour changer la conversation, Mme Swann se tournant vers Mme Cottard :

« Mais vous me semblez bien belle ? *Redfern fecit ?*

— Non, vous savez que je suis une fervente de Raudnitz.
Du reste c'est un retapage.

— Eh bien ! cela a un chic !

— Combien croyez-vous ?... Non, changez le premier
chiffre.

— Comment, mais c'est pour rien, c'est donné. On
m'avait dit trois fois autant.

— Voilà comme on écrit l'Histoire », concluait la
femme du docteur. Et montrant à Mme Swann un tour de
cou dont celle-ci lui avait fait présent :

« Regardez, Odette. Vous reconnaissez ? »

Dans l'entrebâillement d'une tenture une tête se montrait, cérémonieusement déférente, feignant par plaisanterie la peur de déranger : c'était Swann. « Odette, le prince
d'Agrigente qui est avec moi dans mon cabinet demande
s'il pourrait venir vous présenter ses hommages. Que
dois-je aller lui répondre ? — Mais que je serai enchantée », disait Odette avec satisfaction sans se départir d'un
calme qui lui était d'autant plus facile qu'elle avait toujours, même comme cocotte, reçu des hommes élégants.
Swann partait transmettre l'autorisation et, accompagné
du prince, il revenait auprès de sa femme à moins que dans

l'intervalle ne fût entrée Mme Verdurin. Quand il avait épousé Odette il lui avait demandé de ne plus fréquenter le petit clan (il avait pour cela bien des raisons et s'il n'en avait pas eu, l'eût fait tout de même par obéissance à une loi d'ingratitude qui ne souffre pas d'exception et qui fait ressortir l'imprévoyance de tous les entremetteurs ou leur désintéressement). Il avait seulement permis qu'Odette échangeât avec Mme Verdurin deux visites par an, ce qui semblait encore excessif à certains fidèles indignés de l'injure faite à la Patronne qui avait pendant tant d'années traité Odette et même Swann comme les enfants chéris de la maison. Car s'il contenait des faux frères qui lâchaient certains soirs pour se rendre sans le dire à une invitation d'Odette, prêts, dans le cas où ils seraient découverts, à s'excuser sur la curiosité de rencontrer Bergotte (quoique la Patronne prétendît qu'il ne fréquentait pas chez les Swann, était dépourvu de talent, et malgré cela elle cherchait, suivant une expression qui lui était chère, à l'attirer), le petit groupe avait aussi ses « ultras ». Et ceux-ci, ignorants des convenances particulières qui détournent souvent les gens de l'attitude extrême qu'on aimerait à leur voir prendre pour ennuyer quelqu'un, auraient souhaité et n'avaient pas obtenu que Mme Verdurin cessât toutes relations avec Odette et lui ôtât ainsi la satisfaction de dire en riant : « Nous allons très rarement chez la Patronne depuis le Schisme. C'était encore possible quand mon mari était garçon, mais pour un ménage ce n'est toujours pas très facile... Monsieur Swann pour vous dire la vérité n'avale pas la mère Verdurin et il n'apprecierait pas beaucoup que j'en fasse ma fréquentation habituelle. Et moi, fidèle épouse... » Swann y accompagnait sa femme en soirée, mais évitait d'être là quand Mme Verdurin venait chez Odette en visite. Aussi si la Patronne était dans le salon, le prince d'Agrigente entrait seul. Seul aussi d'ailleurs il était présenté par Odette qui préférait que Mme Verdurin n'entendît pas de noms obscurs et voyant plus d'un visage inconnu d'elle, pût se croire au milieu de notabilités aristocratiques, calcul qui réussissait si bien que le soir Mme Verdurin disait avec dégoût à son mari : « Charmant milieu ! Il y avait toute la fleur de la Réaction ! » Odette vivait à l'égard de Mme Verdurin dans une illusion inverse. Non que ce salon eût même seulement commencé alors de devenir ce que nous le verrons être un jour. Mme Verdurin n'en était même pas encore à la période d'incubation où on suspend les grandes fêtes dans lesquelles les rares éléments brillants récemment acquis seraient noyés dans trop de tourbe et où on préfère attendre que le pouvoir générateur des dix justes qu'on a réussi à attirer en ait produit septante fois dix. Comme Odette n'allait pas tarder à le faire, Mme Verdurin se proposait bien le « monde » comme objectif, mais ses zones d'attaque étaient encore si limitées et d'ailleurs si éloignées de celles par où Odette avait quelque chance d'arriver à un résultat identique, à percer, que celle-ci vivait dans la plus complète ignorance des plans stratégiques qu'élaborait la Patronne. Et c'était de la meilleure foi du monde que quand on parlait à Odette de Mme Verdurin comme d'une snob, Odette se mettait à rire et disait : « C'est tout le contraire. D'abord elle n'en a pas les éléments, elle ne connaît personne. Ensuite il faut lui rendre cette justice que cela lui plaît ainsi. Non, ce qu'elle aime ce sont ses mercredis, les causeurs agréables. » Et secrètement elle enviait à Mme Verdurin (bien qu'elle ne désespérât pas d'avoir elle-même à une si grande école fini par les apprendre) ces arts auxquels la Patronne attachait une telle importance bien qu'ils ne fassent que nuancer l'inexistant, sculpter le vide, et soient à proprement parler les Arts du Néant : l'art (pour une maîtresse de maison) de savoir « réunir », de s'entendre à « grouper », de « mettre en valeur », de « s'effacer », de servir de « trait d'union ».

En tout cas les amies de Mme Swann étaient impressionnées de voir chez elle une femme qu'on ne se représentait habituellement que dans son propre salon, entourée d'un cadre inséparable d'invités, de tout un petit groupe qu'on s'émerveillait de voir ainsi, évoqué, résumé, resserré, dans un seul fauteuil, sous les espèces de la Patronne devenue visiteuse dans l'emmitouflement de son manteau fourré de grèbe, aussi duveteux que les blanches fourrures qui tapissaient ce salon au sein duquel Mme Verdurin était elle-même un salon. Les femmes les plus timides voulaient se retirer par discrétion et employant le pluriel comme quand on veut faire comprendre aux autres qu'il est plus sage de ne pas trop fatiguer une convalescente qui se lève pour la première fois, disaient : « Odette, nous allons vous laisser. » On enviait Mme Cottard que la Patronne appelait par son prénom. « Est-ce que je vous enlève ? » lui disait Mme Verdurin qui ne pouvait supporter la pensée qu'une fidèle allait rester là au lieu de la suivre. « Mais Madame est assez aimable pour me ramener », répondait Mme Cottard ne voulant pas avoir l'air d'oublier, en faveur d'une personne plus célèbre, qu'elle avait accepté l'offre que Mme Bontemps lui avait faite de la ramener dans sa voiture à cocarde. « J'avoue que je suis particulièrement reconnaissante aux amies qui veulent bien me prendre avec elles dans leur véhicule. C'est une véritable aubaine pour moi qui n'ai pas d'automédon. — D'autant plus, répondait la Patronne (n'osant trop rien dire car elle connaissait un peu Mme Bontemps et venait de l'inviter à ses mercredis), que chez Mme de Crécy vous n'êtes pas près de chez vous. Oh ! mon Dieu, je n'arriverai jamais à dire Mme Swann. » C'était une plaisanterie dans le petit clan, pour des gens qui n'avaient pas beaucoup d'esprit, de faire semblant de ne pas pouvoir s'habituer à dire Mme Swann : « J'avais tellement l'habitude de dire Mme de Crécy, j'ai encore failli me tromper. » Seule Mme Verdurin, quand elle parlait à Odette, ne faisait pas que faillir et se trompait exprès. « Cela ne vous fait pas peur, Odette, d'habiter ce quartier perdu ? Il me semble que je ne serais qu'à moitié tranquille le soir pour rentrer. Et puis c'est si humide. Ça ne doit rien valoir pour l'eczéma de votre mari. Vous n'avez pas de rats au moins ? — Mais non ! Quelle horreur ! — Tant mieux, on m'avait dit cela. Je suis bien aise de savoir que ce n'est pas vrai, parce que j'en ai une peur épouvantable et que je ne serais pas revenue chez vous. Au revoir, ma bonne chérie, à bientôt, vous savez comme je suis heureuse de vous voir. Vous ne savez pas arranger les chrysanthèmes », disait-elle en s'en allant, tandis que Mme Swann se levait pour la reconduire. « Ce sont des fleurs japonaises, il faut les disposer comme font les Japonais. — Je ne suis pas de l'avis de madame Verdurin, bien qu'en toutes choses elle soit pour moi la Loi et les Prophètes. Il n'y a que vous, Odette, pour trouver des chrysanthèmes si belles, ou plutôt si beaux puisqu'il paraît que c'est ainsi qu'on dit maintenant, déclarait Mme Cottard, quand la Patronne avait refermé la porte. — Chère madame Verdurin n'est pas toujours très bienveillante pour les fleurs des autres, répondait doucement Mme Swann. — Qui cultivez-vous, Odette ? » demandait Mme Cottard, pour ne pas laisser se prolonger les critiques à l'adresse de la Patronne... « Lemaître ? J'avoue que devant chez Lemaître il y avait l'autre jour un grand arbuste rose qui m'a fait faire une folie. » Mais par pudeur elle se refusa à donner des renseignements plus précis sur le prix de l'arbuste et dit seulement que le professeur « qui n'avait pourtant pas la tête près du bonnet » avait tiré flamberge au vent et lui avait dit qu'elle ne savait pas la valeur de l'argent. « Non, non, je n'ai de fleuriste attitré que Debac. — Moi aussi, disait Mme Cottard, mais je confesse que je lui fais des infidélités avec Lachaume. — Ah ! vous le trompez avec Lachaume, je le lui dirai », répondait Odette qui s'efforçait d'avoir de l'esprit et de conduire la conversation chez elle, où elle se sentait plus à l'aise que dans le petit clan. « Du reste Lachaume devient vraiment trop cher ; ses prix sont excessifs, savez-vous, ses prix je les trouve inconvenants ! » ajoutait-elle en riant.

Cependant Mme Bontemps qui avait dit cent fois qu'elle ne voulait pas aller chez les Verdurin, ravie d'être invitée aux mercredis, était en train de calculer comment elle pourrait s'y rendre le plus de fois possible. Elle ignorait que Mme Verdurin souhaitait qu'on n'en manquât aucun ; d'autre part, elle était de ces personnes peu recherchées, qui quand elles sont conviées à des « séries » par une maîtresse de maison, ne vont pas chez elle, comme ceux qui savent faire toujours plaisir, quand ils ont un moment et le désir de sortir ; elles, au contraire, se privent par exemple de la première soirée et de la troisième, s'imaginant que leur absence sera remarquée, et se réservent pour la deuxième et la quatrième ; à moins que leurs informations ne leur ayant appris que la troisième sera particulièrement brillante, elles ne suivent un ordre inverse, alléguant que « malheureusement la dernière fois elles n'étaient pas libres ». Telle Mme Bontemps supputait combien il pouvait y avoir encore de mercredis avant Pâques et de quelle façon elle arriverait à en avoir un de plus, sans pourtant paraître s'imposer. Elle comptait sur Mme Cottard, avec laquelle elle allait revenir, pour lui donner quelques indications. « Oh ! madame Bontemps, je vois que vous vous levez, c'est très mal de donner ainsi le signal de la fuite. Vous me devez une compensation pour n'être pas venue jeudi dernier... Allons, rasseyez-vous un moment. Vous ne ferez tout de même plus d'autre visite avant le dîner. Vraiment, vous ne vous laissez pas tenter ? » ajoutait Mme Swann et tout en tendant une assiette de gâteaux : « Vous savez que ce n'est pas mauvais du tout, ces petites saletés-là. Ça ne paye pas de mine, mais goûtez-en, vous m'en direz des nouvelles. — Au contraire ça a l'air délicieux, répondait Mme Cottard ; chez vous, Odette, on n'est jamais à court de victuailles. Je n'ai pas besoin de vous demander la marque de fabrique, je sais que vous faites tout venir de chez Rebattet. Je dois dire que je suis plus éclectique. Pour les petits fours, pour toutes les friandises, je m'adresse souvent à Bourbonneux. Mais je reconnais qu'ils ne savent pas ce que c'est qu'une glace. Rebattet pour tout ce qui est glace, bavaroise ou sorbet, c'est le grand art. Comme dirait mon mari, c'est le *nec plus ultra*. — Mais ceci est tout simplement fait ici. Vraiment non ? — Je ne pourrai pas dîner, répondait Mme Bontemps, mais je me rassieds un instant ; vous savez, moi, j'adore causer avec une femme intelligente comme vous. — Vous allez me trouver indiscrète, Odette, mais j'aimerais savoir comment vous jugez le chapeau qu'avait Mme Trombert. Je sais bien que la mode est aux grands chapeaux. Tout de même n'y a-t-il pas un peu d'exagération ? Et à côté de celui avec lequel elle est venue l'autre jour chez moi, celui qu'elle portait tantôt était microscopique. — Mais non, je ne suis pas intelligente, disait Odette, pensant que cela faisait bien. Je suis au fond une gobeuse, qui croit tout ce qu'on lui dit, qui se fait du chagrin pour un rien. » Et elle insinuait qu'elle avait, au commencement, beaucoup souffert d'avoir épousé un homme comme Swann qui avait une vie de son côté et qui la trompait. Cependant le prince d'Agrigente ayant entendu les mots « je ne suis pas intelligente » trouvait de son devoir de protester, mais il n'avait pas d'esprit de repartie. « Taratata, s'écriait Mme Bontemps, vous, pas intelligente ! — En effet je me disais : "Qu'est-ce que j'entends ?" disait le prince en saisissant cette perche. Il faut que mes oreilles m'aient trompé. — Mais non, je vous assure, disait Odette, je suis au fond une petite bourgeoise très choquable, pleine de préjugés, vivant dans son trou, surtout très ignorante. » Et pour demander des nouvelles du baron de Charlus : « Avez-vous vu cher baronet ? lui disait-elle. — Vous ignorante ! s'écriait Mme Bontemps. Hé bien alors, qu'est-ce que vous diriez du monde officiel, toutes ces femmes d'Excellences qui ne savent parler que de chiffons !... Tenez, madame, pas plus tard qu'il y a huit jours je mets sur *Lohengrin* la ministresse de l'Instruction publique. Elle me répond : "*Lohengrin* ? Ah ! oui, la dernière revue des Folies-Bergère, il paraît que c'est tordant." Hé bien, madame, qu'est-ce que vous voulez, quand on entend des choses comme ça, ça vous fait bouillir. J'avais envie de la gifler. Parce que j'ai mon petit caractère, vous savez. Voyons, monsieur, disait-elle en se tournant vers moi, est-ce que je n'ai pas raison ? — Écoutez, disait Mme Cottard, on est excusable de répondre un peu de travers quand on est interrogée ainsi de but en blanc, sans être prévenue. J'en sais quelque chose car Mme Verdurin a l'habitude de nous mettre ainsi le couteau sous la gorge. — À propos de Mme Verdurin, demandait Mme Bontemps à Mme Cottard, savez-vous qui il y aura mercredi chez elle ?... Ah ! je me rappelle maintenant que nous avons accepté une invitation pour mercredi prochain. Vous ne voulez pas dîner de mercredi en huit avec nous ? Nous irions ensemble chez Mme Verdurin. Cela m'intimide d'entrer seule, je ne sais pas pourquoi cette grande femme m'a toujours fait peur. — Je vais vous le dire, répondait Mme Cottard, ce qui vous effraye chez Mme Verdurin, c'est son organe. Que voulez-vous ? tout le monde n'a pas un aussi joli organe que Mme Swann. Mais le temps de prendre langue, comme dit la Patronne, et la glace sera bientôt rompue. Car dans le fond elle est très accueillante. Mais je comprends très bien votre sensation, ce n'est jamais agréable de se trouver la première fois en pays perdu. — Vous pourriez aussi dîner avec nous, disait Mme Bontemps à Mme Swann. Après dîner on irait tous ensemble en Verdurin, faire Verdurin ; et même si ce devait avoir pour effet que la Patronne me fasse les gros yeux et ne m'invite plus, une fois chez elle nous resterons toutes les trois à causer entre nous, je sens que c'est ce qui m'amusera le plus. » Mais cette affirmation ne devait pas être très véridique car Mme Bontemps demandait : « Qui pensez-vous qu'il y aura de mercredi en huit ? Qu'est-ce qui se passera ? Il n'y aura pas trop de monde, au moins ? — Moi, je n'irai certainement pas, disait Odette. Nous ne ferons qu'une petite apparition au mercredi final. Si cela vous est égal d'attendre jusque-là... » Mais Mme Bontemps ne semblait pas séduite par cette proposition d'ajournement.

Bien que les mérites spirituels d'un salon et son élégance soient généralement en rapports inverses plutôt que directs, il faut croire, puisque Swann trouvait Mme Bontemps agréable, que toute déchéance acceptée a pour conséquence de rendre les gens moins difficiles sur ceux avec qui ils sont résignés à se plaire, moins difficiles sur leur esprit comme sur le reste. Et si cela est vrai, les hommes doivent, comme les peuples, voir leur culture et même leur langage disparaître avec leur indépendance. Un des effets de cette indulgence est d'aggraver la tendance qu'à partir d'un certain âge on a à trouver agréables les paroles qui sont un hommage à notre propre tour d'esprit, à nos penchants, un encouragement à nous y livrer ; cet âge-là est celui où un grand artiste préfère à la société de génies originaux celle d'élèves qui n'ont en commun avec lui que la lettre de sa doctrine et par qui il est encensé, écouté ; où un homme ou une femme remarquables qui vivent pour un amour trouveront la plus intelligente dans une réunion la personne peut-être inférieure, mais dont une phrase aura montré qu'elle sait comprendre et approuver ce qu'est une existence vouée à la galanterie, et aura ainsi chatouillé agréablement la tendance voluptueuse de l'amant ou de la maîtresse ;

c'était l'âge aussi où Swann, en tant qu'il était devenu le mari d'Odette, se plaisait à entendre dire à Mme Bontemps que c'est ridicule de ne recevoir que des duchesses (concluant de là, au contraire de ce qu'il eût fait jadis chez les Verdurin, que c'était une bonne femme, très spirituelle et qui n'était pas snob) et à lui raconter des histoires qui la faisaient « tordre », parce qu'elle ne les connaissait pas et que d'ailleurs elle « saisissait » vite, aimait à flatter et à s'amuser. « Alors le docteur ne raffole pas, comme vous, des fleurs ? demandait Mme Swann à Mme Cottard. — Oh ! vous savez que mon mari est un sage ; il est modéré en toutes choses. Si, pourtant, il a une passion. » L'œil brillant de malveillance, de joie et de curiosité : « Laquelle, madame ? » demandait Mme Bontemps. Avec simplicité, Mme Cottard répondait : « La lecture. — Oh ! c'est une passion de tout repos chez un mari ! s'écriait Mme Bontemps, en étouffant un rire satanique. — Quand le docteur est dans un livre, vous savez ! — Hé bien, madame, cela ne doit pas vous effrayer beaucoup... — Mais si !... pour sa vue. Je vais aller le retrouver, Odette, et je reviendrai au premier jour frapper à votre porte. À propos de vue, vous a-t-on dit que l'hôtel particulier que vient d'acheter Mme Verdurin sera éclairé à l'électricité ? Je ne le tiens pas de ma petite police particulière, mais d'une autre source : c'est l'électricien lui-même, Mildé, qui me l'a dit. Vous voyez que je cite mes auteurs ! Jusqu'aux chambres qui auront leurs lampes électriques avec un abat-jour qui tamisera la lumière. C'est évidemment un luxe charmant. D'ailleurs nos contemporaines veulent absolument du nouveau, n'en fût-il plus au monde. Il y a la belle-sœur d'une de mes amies qui a le téléphone posé chez elle ! Elle peut faire une commande à un fournisseur sans sortir de son appartement ! J'avoue que j'ai platement intrigué pour avoir la permission de venir un jour pour parler devant l'appareil. Cela me tente beaucoup, mais plutôt chez une amie que chez moi. Il me semble que je n'aimerais pas avoir le téléphone à domicile. Le premier amusement passé, cela doit être un vrai casse-tête. Allons, Odette, je me sauve, ne retenez plus Mme Bontemps puisqu'elle se charge de moi, il faut absolument que je m'arrache, vous me faites faire du joli, je vais être rentrée après mon mari ! »

Et moi aussi, il fallait que je rentrasse, avant d'avoir goûté à ces plaisirs de l'hiver, desquels les chrysanthèmes m'avaient semblé être l'enveloppe éclatante. Ces plaisirs n'étaient pas venus et cependant Mme Swann n'avait pas l'air d'attendre encore quelque chose. Elle laissait les

domestiques emporter le thé comme elle aurait annoncé :
« On ferme ! » Et elle finissait par me dire : « Alors, vraiment, vous partez ? Hé bien, *good bye* ! » Je sentais que
j'aurais pu rester sans rencontrer ces plaisirs inconnus et
que ma tristesse n'était pas seule à m'avoir privé d'eux. Ne
se trouvaient-ils donc pas situés sur cette route battue des
heures qui mènent toujours si vite à l'instant du départ,
mais plutôt sur quelque chemin de traverse inconnu de
moi et par où il eût fallu bifurquer ? Du moins le but de ma
visite était atteint, Gilberte saurait que j'étais venu chez
ses parents quand elle n'était pas là, et que j'y avais,
comme n'avait cessé de le répéter Mme Cottard, « fait
d'emblée, de prime abord, la conquête de Mme Verdurin ». « Il faut, ajoutait la femme du docteur, qui ne l'avait
jamais vue faire "autant de frais", que vous ayez ensemble
des atomes crochus. » Elle saurait que j'avais parlé d'elle
comme je devais le faire, avec tendresse, mais que je
n'avais pas cette incapacité de vivre sans que nous nous
vissions que je croyais à la base de l'ennui qu'elle avait
éprouvé ces derniers temps auprès de moi. J'avais dit à
Mme Swann que je ne pouvais plus me trouver avec Gilberte. Je l'avais dit, comme si j'avais décidé pour toujours
de ne plus la voir. Et la lettre que j'allais envoyer à
Gilberte serait conçue dans le même sens. Seulement à
moi-même pour me donner courage, je ne me proposais
qu'un suprême et court effort de peu de jours. Je me
disais : « C'est le dernier rendez-vous d'elle que je refuse,
j'accepterai le prochain. » Pour me rendre la séparation
moins difficile à réaliser, je ne me la présentais pas comme
définitive. Mais je sentais bien qu'elle le serait.

Le 1er janvier me fut particulièrement douloureux cette
année-là. Tout l'est sans doute, qui fait date et anniversaire, quand on est malheureux. Mais si c'est par exemple
d'avoir perdu un être cher, la souffrance consiste seulement dans une comparaison plus vive avec le passé. Il s'y
ajoutait dans mon cas l'espoir informulé que Gilberte,
ayant voulu me laisser l'initiative des premiers pas et
constatant que je ne les avais pas faits, n'avait attendu que
le prétexte du 1er janvier pour m'écrire : « Enfin, qu'y a-
t-il ? je suis folle de vous, venez que nous nous expliquions
franchement, je ne peux pas vivre sans vous voir. » Dès les
derniers jours de l'année cette lettre me parut probable.
Elle ne l'était peut-être pas, mais, pour que nous la
croyions telle, le désir, le besoin que nous en avons suffit.
Le soldat est persuadé qu'un certain délai indéfiniment
prolongeable lui sera accordé avant qu'il soit tué, le
voleur, avant qu'il soit pris, les hommes en général avant

qu'ils aient à mourir. C'est là l'amulette qui préserve les individus — et parfois les peuples — non du danger mais de la peur du danger, en réalité de la croyance au danger, ce qui dans certains cas permet de le braver sans qu'il soit besoin d'être brave. Une confiance de ce genre et aussi peu fondée, soutient l'amoureux qui compte sur une réconciliation, sur une lettre. Pour que je n'eusse pas attendu celle-là, il eût suffi que j'eusse cessé de la souhaiter. Si indifférent qu'on sache que l'on est à celle qu'on aime encore, on lui prête une série de pensées — fussent-elles d'indifférence —, une intention de les manifester, une complication de vie intérieure où l'on est l'objet peut-être d'une antipathie, mais aussi d'une attention permanentes. Pour imaginer au contraire ce qui se passait en Gilberte, il eût fallu que je pusse tout simplement anticiper dès ce 1er janvier-là ce que j'eusse ressenti celui d'une des années suivantes, et où l'attention, ou le silence, ou la tendresse ou la froideur de Gilberte eussent passé à peu près inaperçus à mes yeux et où je n'eusse pas songé, pas même pu songer à chercher la solution de problèmes qui auraient cessé de se poser pour moi. Quand on aime, l'amour est trop grand pour pouvoir être contenu tout entier en nous ; il irradie vers la personne aimée, rencontre en elle une surface qui l'arrête, le force à revenir vers son point de départ et c'est ce choc en retour de notre propre tendresse que nous appelons les sentiments de l'autre et qui nous charme plus qu'à l'aller, parce que nous ne reconnaissons pas qu'elle vient de nous. Le 1er janvier sonna toutes ses heures sans qu'arrivât cette lettre de Gilberte. Et comme j'en reçus quelques-unes de vœux tardifs ou retardés par l'encombrement des courriers à ces dates-là, le 3 et le 4 janvier j'espérais encore, de moins en moins pourtant. Les jours qui suivirent, je pleurai beaucoup. Certes, cela tenait à ce qu'ayant été moins sincère que je ne l'avais cru quand j'avais renoncé à Gilberte, j'avais gardé cet espoir d'une lettre d'elle pour la nouvelle année. Et le voyant épuisé avant que j'eusse eu le temps de me précautionner d'un autre, je souffrais comme un malade qui a vidé sa fiole de morphine sans en avoir sous la main une seconde. Mais peut-être en moi — et ces deux explications ne s'excluent pas car un seul sentiment est quelquefois fait de contraires — l'espérance que j'avais de recevoir enfin une lettre avait-elle rapproché de moi l'image de Gilberte, recréé les émotions que l'attente de me trouver près d'elle, sa vue, sa manière d'être avec moi, me causaient autrefois. La possibilité immédiate d'une réconciliation avait supprimé cette chose de l'énormité de laquelle nous ne nous rendons pas compte — la résignation. Les neurasthéniques ne peuvent croire les gens qui leur assurent qu'ils seront peu à peu calmés en restant au lit sans recevoir de lettres, sans lire de journaux. Ils se figurent que ce régime ne fera qu'exaspérer leur nervosité. De même les amoureux, le considérant du sein d'un état contraire, n'ayant pas commencé de l'expérimenter, ne peuvent croire à la puissance bienfaisante du renoncement.

À cause de la violence de mes battements de cœur on me fit diminuer la caféine, ils cessèrent. Alors je me demandai si ce n'était pas un peu à elle qu'était due cette angoisse que j'avais éprouvée quand je m'étais à peu près brouillé avec Gilberte, et que j'avais attribuée, chaque fois qu'elle se renouvelait, à la souffrance de ne plus voir mon amie, ou de risquer de ne la voir qu'en proie à la même mauvaise humeur. Mais si ce médicament avait été à l'origine des souffrances que mon imagination eût alors faussement interprétées (ce qui n'aurait rien d'extraordinaire, les plus cruelles peines morales ayant souvent pour cause chez les amants l'habitude physique de la femme avec qui ils vivent), c'était à la façon du philtre qui longtemps après avoir été absorbé continue à lier Tristan à Yseult. Car l'amélioration physique que la diminution de la caféine amena presque immédiatement chez moi n'arrêta pas l'évolution du chagrin que l'absorption du toxique avait peut-être sinon créé, du moins su rendre plus aigu.

Seulement, quand le milieu du mois de janvier approcha, une fois déçues mes espérances d'une lettre pour le jour de l'An, et la douleur supplémentaire qui avait accompagné leur déception une fois calmée, ce fut mon chagrin d'avant « les Fêtes » qui recommença. Ce qu'il y avait peut-être encore en lui de plus cruel, c'est que j'en fusse moi-même l'artisan conscient, volontaire, impitoyable et patient. La seule chose à laquelle je tinsse, mes relations avec Gilberte, c'est moi qui travaillais à les rendre impossibles en créant peu à peu, par la séparation prolongée d'avec mon amie, non pas son indifférence, mais ce qui reviendrait finalement au même, la mienne. C'était à un long et cruel suicide du moi qui en moi-même aimait Gilberte que je m'acharnais avec continuité, avec la clairvoyance non seulement de ce que je faisais dans le présent, mais de ce qui en résulterait pour l'avenir : je savais non pas seulement que dans un certain temps je n'aimerais plus Gilberte, mais encore qu'elle-même le regretterait, et que les tentatives qu'elle ferait alors pour me voir seraient aussi vaines que celles d'aujourd'hui, non plus parce que je l'aimerais trop, mais parce que j'aimerais certainement une autre femme que je resterais à désirer, à attendre, pendant des heures dont je n'oserais pas distraire une parcelle pour Gilberte qui ne me serait plus rien. Et sans doute en ce moment même où (puisque j'étais résolu à ne plus la voir, à moins d'une demande formelle d'explications, d'une complète déclaration d'amour de sa part, lesquelles n'avaient plus aucune chance de venir) j'avais déjà perdu Gilberte et l'aimais davantage, je sentais tout ce qu'elle était pour moi mieux que l'année précédente quand, passant tous mes après-midi avec elle, selon que je voulais, je croyais que rien ne menaçait notre amitié, sans doute en ce moment l'idée que j'éprouverais un jour les mêmes sentiments pour une autre m'était odieuse, car cette idée m'enlevait, outre Gilberte, mon amour et ma souffrance. Mon amour, ma souffrance, où en pleurant j'essayais de saisir justement ce qu'était Gilberte, et desquels il me fallait reconnaître qu'ils ne lui appartenaient pas spécialement et seraient, tôt ou tard, le lot de telle ou telle femme. De sorte — c'était du moins alors ma manière de penser — qu'on est toujours détaché des êtres : quand on aime, on sent que cet amour ne porte pas leur nom, pourra dans l'avenir renaître, aurait même pu, dans le passé, naître, pour une autre et non pour celle-là ; et dans le temps où on n'aime pas, si l'on prend philosophiquement son parti de ce qu'il y a de contradictoire dans l'amour, c'est que cet amour dont on parle à son aise, on ne l'éprouve pas alors, donc on ne le connaît pas, la connaissance en ces matières étant intermittente et ne survivant pas à la présence effective du sentiment. Cet avenir où je n'aimerais plus Gilberte et que ma souffrance m'aidait à deviner sans que mon imagination pût encore se le représenter clairement, certes il eût été temps encore d'avertir Gilberte qu'il se formerait peu à peu, que sa venue était sinon imminente, du moins inéluctable, si elle-même, Gilberte, ne venait pas à mon aide et ne détruisait pas dans son germe ma future indifférence. Combien de fois ne fus-je pas sur le point d'écrire, ou d'aller dire à Gilberte : « Prenez garde, j'en ai pris la résolution, la démarche que je fais est une démarche suprême. Je vous vois pour la dernière fois. Bientôt je ne vous aimerai plus ! » À quoi bon ? De quel droit eussé-je reproché à Gilberte une indifférence que, sans me croire coupable pour cela, je manifestais à tout ce qui n'était pas elle ? La dernière fois ! À moi, cela me paraissait quelque chose d'immense, parce que j'aimais Gilberte. À elle cela lui eût fait sans doute autant d'impression que ces lettres où des amis demandent à nous faire une visite avant de s'expatrier, visite que, comme aux ennuyeuses femmes qui nous aiment, nous leur refusons parce que nous avons des plaisirs devant nous. Le temps dont nous disposons chaque jour est élastique ; les passions que nous ressentons le dilatent, celles que nous inspirons le rétrécissent, et l'habitude le remplit.

D'ailleurs, j'aurais eu beau parler à Gilberte, elle ne m'aurait pas entendu. Nous nous imaginons toujours quand nous parlons, que ce sont nos oreilles, notre esprit qui écoutent. Mes paroles ne seraient parvenues à Gilberte que déviées, comme si elles avaient eu à traverser le rideau mouvant d'une cataracte avant d'arriver à mon amie, méconnaissables, rendant un son ridicule, n'ayant plus aucune espèce de sens. La vérité qu'on met dans les mots ne se fraye pas son chemin directement, n'est pas douée d'une évidence irrésistible. Il faut qu'assez de temps passe pour qu'une vérité de même ordre ait pu se former en eux. Alors l'adversaire politique qui, malgré tous les raisonnements et toutes les preuves, tenait le sectateur de la doctrine opposée pour un traître, partage lui-même la conviction détestée à laquelle celui qui cherchait inutilement à la répandre ne tient plus. Alors le chef-d'œuvre qui pour les admirateurs qui le lisaient haut semblait montrer en soi les preuves de son excellence et n'offrait à ceux qui écoutaient qu'une image insane ou médiocre, sera par eux proclamé chef-d'œuvre, trop tard pour que l'auteur puisse l'apprendre. Pareillement en amour les barrières, quoi qu'on fasse, ne peuvent être brisées du dehors par celui qu'elles désespèrent ; et c'est quand il ne se souciera plus d'elles que, tout à coup, par l'effet du travail venu d'un autre côté, accompli à l'intérieur de celle qui n'aimait pas, ces barrières, attaquées jadis sans succès, tomberont sans utilité. Si j'étais venu annoncer à Gilberte mon indifférence future et le moyen de la prévenir, elle aurait induit de cette démarche que mon amour pour elle, le besoin que j'avais d'elle, étaient encore plus grands qu'elle n'avait cru, et son ennui de me voir en eût été augmenté. Et il est bien vrai, du reste, que c'est cet amour qui m'aidait, par les états d'esprit disparates qu'il faisait se succéder en moi, à prévoir, mieux qu'elle, la fin de cet amour. Pourtant, un tel avertissement, je l'eusse peut-être adressé, par lettre ou de vive voix, à Gilberte, quand assez de temps eût passé, me la rendant ainsi, il est vrai, moins indispensable, mais aussi ayant pu lui prouver qu'elle ne me l'était pas. Malheureusement, certaines personnes bien ou mal intentionnées lui parlèrent de moi d'une façon qui dut lui laisser croire qu'elles le faisaient à ma prière. Chaque fois que j'appris ainsi que Cottard, ma mère elle-même, et jusqu'à

M. de Norpois avaient, par de maladroites paroles, rendu inutile tout le sacrifice que je venais d'accomplir, gâché tout le résultat de ma réserve en me donnant faussement l'air d'en être sorti, j'avais un double ennui. D'abord je ne pouvais plus faire dater que de ce jour-là ma pénible et fructueuse abstention que les fâcheux avaient à mon insu interrompue et, par conséquent, annihilée. Mais, de plus, j'eusse eu moins de plaisir à voir Gilberte qui me croyait maintenant non plus dignement résigné, mais manœuvrant dans l'ombre pour une entrevue qu'elle avait dédaigné d'accorder. Je maudissais ces vains bavardages de gens qui souvent, sans même l'intention de nuire ou de rendre service, pour rien, pour parler, quelquefois parce que nous n'avons pas pu nous empêcher de le faire devant eux et qu'ils sont indiscrets (comme nous), nous causent, à point nommé, tant de mal. Il est vrai que dans la funeste besogne accomplie pour la destruction de notre amour, ils sont loin de jouer un rôle égal à deux personnes qui ont pour habitude, l'une par excès de bonté et l'autre de méchanceté, de tout défaire au moment que tout allait s'arranger. Mais ces deux personnes-là nous ne leur en voulons pas comme aux inopportuns Cottard, car la dernière c'est la personne que nous aimons et la première, c'est nous-même.

Cependant, comme presque chaque fois que j'allais la voir, Mme Swann m'invitait à venir goûter avec sa fille et me disait de répondre directement à celle-ci, j'écrivais souvent à Gilberte, et dans cette correspondance je ne choisissais pas les phrases qui eussent pu, me semblait-il, la persuader, je cherchais seulement à frayer le lit le plus doux au ruissellement de mes pleurs. Car le regret comme le désir ne cherche pas à s'analyser, mais à se satisfaire ; quand on commence d'aimer, on passe le temps non à savoir ce qu'est son amour, mais à préparer les possibilités des rendez-vous du lendemain. Quand on renonce, on cherche non pas à connaître son chagrin, mais à offrir de lui à celle qui le cause l'expression qui nous paraît la plus tendre. On dit les choses qu'on éprouve le besoin de dire et que l'autre ne comprendra pas, on ne parle que pour soi-même. J'écrivais : « J'avais cru que ce ne serait pas possible. Hélas, je vois que ce n'est pas si difficile. » Je disais aussi : « Je ne vous verrai probablement plus », je le disais en continuant à me garder d'une froideur qu'elle eût pu croire affectée, et ces mots, en les écrivant, me faisaient pleurer, parce que je sentais qu'ils exprimaient non ce que j'aurais voulu croire, mais ce qui arriverait en réalité. Car à la prochaine demande de rendez-vous qu'elle me ferait adresser, j'aurais encore comme cette fois le courage de ne pas céder et, de refus en refus, j'arriverais peu à peu au moment où à force de ne plus l'avoir vue je ne désirerais pas la voir. Je pleurais mais je trouvais le courage, je connaissais la douceur, de sacrifier le bonheur d'être auprès d'elle à la possibilité de lui paraître agréable un jour, un jour où, hélas ! lui paraître agréable me serait indifférent. L'hypothèse même, pourtant si peu vraisemblable, qu'en ce moment, comme elle l'avait prétendu pendant la dernière visite que je lui avais faite, elle m'aimât, que ce que je prenais pour l'ennui qu'on éprouve auprès de quelqu'un dont on est las, ne fût dû qu'à une susceptibilité jalouse, à une feinte indifférence analogue à la mienne, ne faisait que rendre ma résolution moins cruelle. Il me semblait alors que dans quelques années, après que nous nous serions oubliés l'un l'autre, quand je pourrais rétrospectivement lui dire que cette lettre qu'en ce moment j'étais en train de lui écrire n'avait été nullement sincère, elle me répondrait : « Comment, vous, vous m'aimiez ? Si vous saviez comme je l'attendais, cette lettre, comme j'espérais un rendez-vous, comme elle me fit pleurer ! » La pensée, pendant que je lui écrivais, aussitôt rentré de chez sa mère, que j'étais peut-être en train de consommer précisément ce malentendu-là, cette pensée par sa tristesse même, par le plaisir d'imaginer que j'étais aimé de Gilberte, me poussait à continuer ma lettre.

Si, au moment de quitter Mme Swann quand son « thé » finissait, je pensais à ce que j'allais écrire à sa fille Mme Cottard, elle, en s'en allant, avait eu des pensées d'un caractère tout différent. Faisant sa « petite inspection », elle n'avait pas manqué de féliciter Mme Swann sur les meubles nouveaux, les récentes « acquisitions » remarquées dans le salon. Elle pouvait d'ailleurs y retrouver quoique en bien petit nombre quelques-uns des objets qu'Odette avait autrefois dans l'hôtel de la rue La Pérouse, notamment ses animaux en matières précieuses, ses fétiches.

Mais Mme Swann ayant appris d'un ami qu'elle vénérait le mot « tocard » — lequel lui avait ouvert de nouveaux horizons parce qu'il désignait précisément les choses que quelques années auparavant elle avait trouvées « chic » — toutes ces choses-là successivement avaient suivi dans leur retraite le treillage doré qui servait d'appui aux chrysanthèmes, mainte bonbonnière de chez Giroux et le papier à lettres à couronne (pour ne pas parler des louis en carton semés sur les cheminées et que, bien avant qu'elle connût Swann, un homme de goût lui avait conseillé de sacrifier). D'ailleurs dans le désordre artiste, dans le pêle-mêle d'atelier, des pièces aux murs encore peints de couleurs sombres qui les faisaient aussi différentes que possible des salons blancs que Mme Swann eut un peu plus tard, l'Extrême-Orient reculait de plus en plus devant l'invasion du xviiie siècle ; et les coussins que, afin que je fusse plus « confortable », Mme Swann entassait et pétrissait derrière mon dos étaient semés de bouquets Louis XV, et non plus comme autrefois de dragons chinois. Dans la chambre où on la trouvait le plus souvent et dont elle disait : « Oui, je l'aime assez, je m'y tiens beaucoup ; je ne pourrais pas vivre au milieu de choses hostiles et pompier ; c'est ici que je travaille » (sans d'ailleurs préciser si c'était à un tableau, peut-être à un livre, le goût d'en écrire commençait à venir aux femmes qui aiment à faire quelque chose et à ne pas être inutiles), elle était entourée de Saxe (aimant cette dernière sorte de porcelaine, dont elle prononçait le nom avec un accent anglais, jusqu'à dire à propos de tout : C'est joli, cela ressemble à des fleurs de Saxe), elle redoutait pour eux, plus encore que jadis pour ses magots et ses potiches, le toucher ignorant des domestiques auxquels elle faisait expier les transes qu'ils lui avaient données par des emportements auxquels Swann, maître si poli et si doux, assistait sans en être choqué. La vue lucide de certaines infériorités n'ôte d'ailleurs rien à la tendresse ; celle-ci les fait au contraire trouver charmantes. Maintenant c'était plus rarement dans des robes de chambre japonaises qu'Odette recevait ses intimes, mais plutôt dans les soies claires et mousseuses de peignoirs Watteau desquelles elle faisait le geste de caresser sur ses seins l'écume fleurie, et dans lesquelles elle se baignait, se prélassait, s'ébattait avec un tel air de bien-être, de rafraîchissement de la peau, et des respirations si profondes, qu'elle semblait les considérer non pas comme décoratives à la façon d'un cadre, mais comme nécessaires de la même manière que le « tub » et le « footing », pour contenter les exigences de sa physionomie et les raffinements de son hygiène. Elle avait l'habitude de dire qu'elle se passerait plus aisément de pain que d'art et de propreté, et qu'elle eût été plus triste de voir brûler *La Joconde* que des « foultitudes » de personnes qu'elle connaissait. Théories qui semblaient paradoxales à ses amies, mais la faisaient passer pour une femme supérieure auprès d'elles et lui valaient une fois par semaine la visite du ministre de Belgique, de sorte que dans le petit monde dont elle était le soleil, chacun eût été bien étonné si l'on avait appris qu'ailleurs, chez les Verdurin par exemple, elle passât pour bête. À cause de cette vivacité d'esprit, Mme Swann préférait la société des hommes à celle des femmes. Mais quand elle critiquait celles-ci c'était toujours en cocotte, signalant en elles les défauts qui pouvaient leur nuire auprès des hommes, de grosses attaches, un vilain teint, pas d'orthographe, des poils aux jambes, une odeur pestilentielle, de faux sourcils. Pour telle au contraire qui lui avait jadis montré de l'indulgence et de l'amabilité, elle était plus tendre, surtout si celle-là était malheureuse. Elle la défendait avec adresse et disait : « On est injuste pour elle, car c'est une gentille femme, je vous assure. »

Ce n'était pas seulement l'ameublement du salon d'Odette, c'était Odette elle-même que Mme Cottard et tous ceux qui avaient fréquenté Mme de Crécy auraient eu peine s'ils ne l'avaient pas vue depuis longtemps à reconnaître. Elle semblait avoir tant d'années de moins qu'autrefois ! Sans doute, cela tenait en partie à ce qu'elle avait engraissé, et, devenue mieux portante, avait l'air plus calme, frais, reposé et d'autre part à ce que les coiffures nouvelles, aux cheveux lissés, donnaient plus d'extension à son visage qu'une poudre rose animait, et où ses yeux et son profil jadis trop saillants semblaient maintenant résorbés. Mais une autre raison de ce changement consistait en ceci que, arrivée au milieu de la vie, Odette s'était enfin découvert, ou inventé, une physionomie personnelle, un « caractère » immuable, un « genre de beauté », et sur ses traits décousus — qui pendant si longtemps, livrés aux caprices hasardeux et impuissants de la chair, prenant à la moindre fatigue pour un instant des années, une sorte de vieillesse passagère, lui avaient composé tant bien que mal, selon son humeur et selon sa mine, un visage épars, journalier, informe et charmant — avait appliqué ce type fixe, comme une jeunesse immortelle.

Swann avait dans sa chambre, au lieu des belles photographies qu'on faisait maintenant de sa femme, et où la même expression énigmatique et victorieuse laissait reconnaître, quels que fussent la robe et le chapeau, sa silhouette et son visage triomphants, un petit daguerréotype ancien tout simple, antérieur à ce type, et duquel la jeunesse et la beauté d'Odette, non encore trouvées par elle, semblaient absentes. Mais sans doute Swann, fidèle ou revenu à une conception différente, goûtait-il dans la jeune femme grêle aux yeux pensifs, aux traits las, à l'attitude suspendue entre la marche et l'immobilité, une grâce plus botticellienne. Il aimait encore en effet à voir en

sa femme un Botticelli. Odette qui au contraire cherchait
non à faire ressortir mais à compenser, à dissimuler ce qui,
en elle-même, ne lui plaisait pas, ce qui était peut-être,
pour un artiste, son « caractère », mais que comme femme
elle trouvait des défauts, ne voulait pas entendre parler de
ce peintre. Swann possédait une merveilleuse écharpe
orientale, bleue et rose, qu'il avait achetée parce que
c'était exactement celle de la Vierge du *Magnificat*. Mais
Mme Swann ne voulait pas la porter. Une fois seulement
elle laissa son mari lui commander une toilette toute
criblée de pâquerettes, de bluets, de myosotis et de campa-
nules d'après la Primavera du *Printemps*. Parfois, le soir,
quand elle était fatiguée, il me faisait remarquer tout bas
comme elle donnait sans s'en rendre compte à ses mains
pensives, le mouvement délié, un peu tourmenté de la
Vierge qui trempe sa plume dans l'encrier que lui tend
l'ange, avant d'écrire sur le livre saint où est déjà tracé le
mot « Magnificat ». Mais il ajoutait : « Surtout ne le lui
dites pas, il suffirait qu'elle le sût pour qu'elle fît autrement. »

Sauf à ces moments d'involontaire fléchissement où
Swann essayait de retrouver la mélancolique cadence
botticellienne, le corps d'Odette était maintenant découpé
en une seule silhouette, cernée tout entière par une
« ligne », qui, pour suivre le contour de la femme, avait
abandonné les chemins accidentés, les rentrants et les
sortants factices, les lacis, l'éparpillement composite des
modes d'autrefois, mais qui aussi, là où c'était l'anatomie
qui se trompait en faisant des détours inutiles en deçà ou
au-delà du tracé idéal, savait rectifier d'un trait hardi les
écarts de la nature, suppléer, pour toute une partie du
parcours, aux défaillances aussi bien de la chair que des
étoffes. Les coussins, le « strapontin » de l'affreuse « tournure » avaient disparu ainsi que ces corsages à basques
qui, dépassant la jupe et raidis par des baleines avaient
ajouté si longtemps à Odette un ventre postiche et lui
avaient donné l'air d'être composée de pièces disparates
qu'aucune individualité ne reliait. La verticale des « effi-
lés » et la courbe des ruches avaient cédé la place à
l'inflexion d'un corps qui faisait palpiter la soie comme la
sirène bat l'onde et donnait à la percaline une expression
humaine, maintenant qu'il s'était dégagé, comme une
forme organisée et vivante, du long chaos et de l'enve-
loppement nébuleux des modes détrônées. Mais
Mme Swann cependant avait voulu, avait su garder un
vestige de certaines d'entre elles, au milieu même de celles
qui les avaient remplacées. Quand le soir, ne pouvant

travailler et étant assuré que Gilberte était au théâtre avec des amies, j'allais à l'improviste chez ses parents, je trouvais souvent Mme Swann dans quelque élégant déshabillé dont la jupe, d'un de ces beaux tons sombres, rouge foncé ou orange qui avaient l'air d'avoir une signification particulière parce qu'ils n'étaient plus à la mode, était obliquement traversée d'une rampe ajourée et large de dentelle noire qui faisait penser aux volants d'autrefois. Quand par un jour encore froid de printemps elle m'avait, avant ma brouille avec sa fille, emmené au jardin d'Acclimatation, sous sa veste qu'elle entrouvrait plus ou moins selon qu'elle se réchauffait en marchant, le « dépassant » en dents de scie de sa chemisette avait l'air du revers entrevu de quelque gilet absent, pareil à l'un de ceux qu'elle avait portés quelques années plus tôt et dont elle aimait que les bords eussent ce léger déchiquetage ; et sa cravate — de cet « écossais » auquel elle était restée fidèle mais en adoucissant tellement les tons (le rouge devenu rose et le bleu, lilas) que l'on aurait presque cru à un de ces taffetas gorge de pigeon qui étaient la dernière nouveauté — était nouée de telle façon sous son menton, sans qu'on pût voir où elle était attachée, qu'on pensait invinciblement à ces « brides » de chapeaux qui ne se portaient plus. Pour peu qu'elle sût « durer » encore quelque temps ainsi, les jeunes gens, essayant de comprendre ses toilettes, diraient : « Madame Swann, n'est-ce pas, c'est toute une époque ? » Comme dans un beau style qui superpose des formes différentes et que fortifie une tradition cachée, dans la toilette de Mme Swann, ces souvenirs incertains de gilets, ou de boucles, parfois une tendance aussitôt réprimée au « saute en barque » et jusqu'à une allusion lointaine et vague au « suivez-moi jeune homme », faisaient circuler sous la forme concrète la ressemblance inachevée d'autres plus anciennes qu'on n'aurait pu y trouver effectivement réalisées par la couturière ou la modiste, mais auxquelles on pensait sans cesse, et enveloppaient Mme Swann de quelque chose de noble — peut-être parce que l'inutilité même de ces atours faisait qu'ils semblaient répondre à un but plus qu'utilitaire, peut-être à cause du vestige conservé des années passées, ou encore d'une sorte d'individualité vestimentaire, particulière à cette femme, et qui donnait à ses mises les plus différentes un même air de famille. On sentait qu'elle ne s'habillait pas seulement pour la commodité ou la parure de son corps ; elle était entourée de sa toilette comme de l'appareil délicat et spiritualisé d'une civilisation.

Quand Gilberte qui d'habitude donnait ses goûters le

jour où recevait sa mère, devait au contraire être absente et qu'à cause de cela je pouvais aller au « Choufleury » de Mme Swann, je la trouvais vêtue de quelque belle robe, certaines en taffetas, d'autres en faille, ou en velours, ou en crêpe de Chine, ou en satin, ou en soie, et qui non point lâches comme les déshabillés qu'elle revêtait ordinairement à la maison, mais combinées comme pour la sortie au-dehors, donnaient cet après-midi-là à son oisiveté chez elle quelque chose d'alerte et d'agissant. Et sans doute la simplicité hardie de leur coupe, était bien appropriée à sa taille et à ses mouvements dont les manches avaient l'air d'être la couleur, changeante selon les jours ; on aurait dit qu'il y avait soudain de la décision dans le velours bleu, une humeur facile dans le taffetas blanc, et qu'une sorte de réserve suprême et pleine de distinction dans la façon d'avancer le bras avait, pour devenir visible, revêtu l'apparence, brillante du sourire des grands sacrifices, du crêpe de Chine noir. Mais en même temps si ces robes si vives la complication des « garnitures » sans utilité pratique, sans raison d'être visible, ajoutait quelque chose de désintéressé, de pensif, de secret, qui s'accordait à la mélancolie que Mme Swann gardait toujours au moins dans la cernure de ses yeux et les phalanges de ses mains. Sous la profusion des porte-bonheur en saphir, des trèfles à quatre feuilles d'émail, des médailles d'argent, des médaillons d'or, des amulettes de turquoise, des chaînettes de rubis, des châtaignes de topaze, il y avait dans la robe elle-même tel dessin colorié poursuivant sur un empiècement rapporté son existence antérieure, telle rangée de petits boutons de satin qui ne boutonnaient rien et ne pouvaient pas se déboutonner, une soutache cherchant à faire plaisir avec la minutie, la discrétion d'un rappel délicat, lesquels, tout autant que les bijoux, avaient l'air — n'ayant sans cela aucune justification possible — de déceler une intention, d'être un gage de tendresse, de retenir une confidence, de répondre à une superstition, de garder le souvenir d'une guérison, d'un vœu, d'un amour ou d'une philippine. Et parfois, dans le velours bleu du corsage un soupçon de crevé Henri II, dans la robe de satin noir un léger renflement qui, soit aux manches, près des épaules, faisait penser aux « gigots » 1830, soit au contraire sous la jupe aux « paniers » Louis XV, donnaient à la robe un air imperceptible d'être un costume et en insinuant sous la vie présente comme une réminiscence indiscernable du passé, mêlaient à la personne de Mme Swann le charme de certaines héroïnes historiques ou romanesques. Et si je le lui faisais remarquer : « Je ne joue pas au golf comme plusieurs de mes amies, disait-elle. Je n'aurais aucune excuse à être, comme elles, vêtue de sweaters. »

Dans la confusion du salon, revenant de reconduire une visite, ou prenant une assiette de gâteaux pour les offrir à une autre, Mme Swann en passant près de moi, me prenait une seconde à part : « Je suis spécialement chargée par Gilberte de vous inviter à déjeuner pour après-demain. Comme je n'étais pas certaine de vous voir, j'allais vous écrire si vous n'étiez pas venu. » Je continuais à résister. Et cette résistance me coûtait de moins en moins, parce qu'on a beau aimer le poison qui vous fait du mal, quand on en est privé par quelque nécessité depuis déjà un certain temps, on ne peut pas ne pas attacher quelque prix au repos qu'on ne connaissait plus, à l'absence d'émotions et de souffrances. Si l'on n'est pas tout à fait sincère en se disant qu'on ne voudra jamais revoir celle qu'on aime, on ne le serait pas non plus en disant qu'on veut la revoir. Car, sans doute, on ne peut supporter son absence qu'en se la promettant courte, en pensant au jour où on se retrouvera, mais d'autre part on sent à quel point ces rêves quotidiens d'une réunion prochaine et sans cesse ajournée sont moins douloureux que ne serait une entrevue qui pourrait être suivie de jalousie, de sorte que la nouvelle qu'on va revoir celle qu'on aime donnerait une commotion peu agréable. Ce qu'on recule maintenant de jour en jour, ce n'est plus la fin de l'intolérable anxiété causée par la séparation, c'est le recommencement redouté d'émotions sans issue. Comme à une telle entrevue on préfère le souvenir docile qu'on complète à son gré de rêveries où celle qui, dans la réalité, ne vous aime pas, vous fait au contraire des déclarations, quand vous êtes tout seul ! Ce souvenir qu'on peut arriver en y mêlant peu à peu beaucoup de ce qu'on désire à rendre aussi doux qu'on veut, comme on le préfère à l'entretien ajourné où on aurait affaire à un être à qui on ne dicterait plus à son gré les paroles qu'on désire, mais dont on subirait les nouvelles froideurs, les violences inattendues ! Nous savons tous quand nous n'aimons plus, que l'oubli, même le souvenir vague ne causent pas tant de souffrances que l'amour malheureux. C'est d'un tel oubli anticipé que je préférais, sans me l'avouer, la reposante douceur.

D'ailleurs, ce qu'une telle cure de détachement psychique et d'isolement peut avoir de pénible, le devient de moins en moins pour une autre raison, c'est qu'elle affaiblit, en attendant de la guérir, cette idée fixe qu'est un amour. Le mien était encore assez fort pour que je tinsse à reconquérir tout mon prestige aux yeux de Gilberte, lequel, par ma séparation volontaire, devait, me semblait-il, grandir progressivement, de sorte que chacune de ces calmes et tristes journées où je ne la voyais pas, venant chacune après l'autre, sans interruption, sans prescription (quand un fâcheux ne se mêlait pas de mes affaires), était une journée non pas perdue, mais gagnée. Inutilement gagnée peut-être, car bientôt on pourrait me déclarer guéri. La résignation, modalité de l'habitude, permet à certaines forces de s'accroître indéfiniment. Celles, si infimes, que j'avais pour supporter mon chagrin, le premier soir de ma brouille avec Gilberte, avaient été portées depuis lors à une puissance incalculable. Seulement la tendance de tout ce qui existe à se prolonger, est parfois coupée de brusques impulsions auxquelles nous nous concédons avec d'autant moins de scrupules de nous laisser aller que nous savons pendant combien de jours, de mois, nous avons su, nous saurions encore, nous priver. Et souvent, c'est quand la bourse où l'on épargne va être pleine qu'on la vide tout d'un coup, c'est sans attendre le résultat du traitement et quand déjà on s'est habitué à lui, qu'on le cesse. Et un jour où Mme Swann me redisait ses habituelles paroles sur le plaisir que Gilberte aurait à me voir, mettant ainsi le bonheur dont je me privais déjà depuis si longtemps comme à la portée de ma main, je fus bouleversé en comprenant qu'il était encore possible de le goûter ; et j'eus peine à attendre le lendemain ; je venais de me résoudre à aller surprendre Gilberte avant son dîner.

Ce qui m'aida à patienter tout l'espace d'une journée fut un projet que je fis. Du moment que tout était oublié, que j'étais réconcilié avec Gilberte, je ne voulais plus la voir qu'en amoureux. Tous les jours, elle recevrait de moi les plus belles fleurs qui fussent. Et si Mme Swann, bien qu'elle n'eût pas le droit d'être une mère trop sévère, ne me permettait pas des envois de fleurs quotidiens, je trouverais des cadeaux plus précieux et moins fréquents. Mes parents ne me donnaient pas assez d'argent pour acheter des choses chères. Je songeai à une grande potiche de vieux Chine qui me venait de ma tante Léonie et dont maman prédisait chaque jour que Françoise allait venir en lui disant : « A s'est décollée » et qu'il n'en resterait rien. Dans ces conditions n'était-il pas plus sage de la vendre, de la vendre pour pouvoir faire tout le plaisir que je voudrais à Gilberte ? Il me semblait que je pourrais bien en tirer mille francs. Je la fis envelopper, l'habitude m'avait empêché de jamais la voir ; m'en séparer eut au moins un avantage qui fut de me faire faire sa connaissance. Je l'emportai avec

moi avant d'aller chez les Swann, et en donnant leur
adresse au cocher, je lui dis de prendre par les Champs-
Élysées, au coin desquels était le magasin d'un grand
marchand de chinoiseries que connaissait mon père. À ma
grande surprise, il m'offrit séance tenante de la potiche
non pas mille, mais dix mille francs. Je pris ces billets avec
ravissement ; pendant toute une année, je pourrais
combler chaque jour Gilberte de roses et de lilas. Quand je
fus remonté dans la voiture en quittant le marchand, le
cocher, tout naturellement, comme les Swann demeuraient près du Bois, se trouva, au lieu du chemin habituel,
descendre l'avenue des Champs-Élysées. Il avait déjà
dépassé le coin de la rue de Berri, quand dans le crépuscule, je crus reconnaître, très près de la maison des Swann,
mais allant dans la direction inverse et s'en éloignant,
Gilberte qui marchait lentement, quoique d'un pas déli-
béré, à côté d'un jeune homme avec qui elle causait et
duquel je ne pus distinguer le visage. Je me soulevai dans
la voiture, voulant faire arrêter, puis j'hésitai. Les deux
promeneurs étaient déjà un peu loin, et les deux lignes
douces et parallèles que traçait leur lente promenade
allaient s'estompant dans l'ombre élyséenne. Bientôt
j'arrivai devant la maison de Gilberte. Je fus reçu par
Mme Swann : « Oh ! elle va être désolée, me dit-elle, je ne
sais pas comment elle n'est pas là. Elle a eu très chaud
tantôt à un cours, elle m'a dit qu'elle voulait aller prendre
un peu l'air avec une de ses amies. — Je crois que je l'ai
aperçue avenue des Champs-Élysées. — Je ne pense pas
que ce fût elle. En tout cas, ne le dites pas à son père, il
n'aime pas qu'elle sorte à ces heures-là. *Good evening.* » Je
partis, dis au cocher de reprendre le même chemin, mais
ne retrouvai pas les deux promeneurs. Où avaient-ils été ?
Que se disaient-ils dans le soir, de cet air confidentiel ?

Je rentrai, tenant avec désespoir les dix mille francs
inespérés qui avaient dû me permettre de faire tant de
petits plaisirs à cette Gilberte que, maintenant, j'étais
décidé à ne plus revoir. Sans doute, cet arrêt chez le
marchand de chinoiseries m'avait réjoui en me faisant
espérer que je ne verrais plus jamais mon amie que
contente de moi et reconnaissante. Mais si je n'avais pas
fait cet arrêt, si la voiture n'avait pas pris par l'avenue des
Champs-Élysées, je n'eusse pas rencontré Gilberte et ce
jeune homme. Ainsi un même fait porte des rameaux
opposites et le malheur qu'il engendre annule le bonheur
qu'il avait causé. Il m'était arrivé le contraire de ce qui se
produit si fréquemment. On désire une joie, et le moyen
matériel de l'atteindre fait défaut. « Il est triste, a dit La

Bruyère, d'aimer sans une grande fortune. » Il ne reste plus qu'à essayer d'anéantir peu à peu le désir de cette joie. Pour moi, au contraire, le moyen matériel avait été obtenu, mais, au même moment, sinon par un effet logique, du moins par une conséquence fortuite de cette réussite première, la joie avait été dérobée. Il semble, d'ailleurs qu'elle doive nous l'être toujours. D'ordinaire, il est vrai, pas dans la même soirée où nous avons acquis ce qui la rend possible. Le plus souvent nous continuons de nous évertuer et d'espérer quelque temps. Mais le bonheur ne peut jamais avoir lieu. Si les circonstances arrivent à être surmontées, être vaincues, la nature transporte la lutte du dehors au dedans et fait peu à peu changer assez notre cœur pour qu'il désire autre chose que ce qu'il va posséder. Et si la péripétie a été si rapide que notre cœur n'a pas eu le temps de changer, la nature ne désespère pas pour cela de nous vaincre, d'une manière plus tardive il est vrai, plus subtile, mais aussi efficace. C'est alors à la dernière seconde que la possession du bonheur nous est enlevée, ou plutôt c'est cette possession même que par une ruse diabolique la nature charge de détruire le bonheur. Ayant échoué dans tout ce qui était du domaine des faits et de la vie, c'est une impossibilité dernière, l'impossibilité psychologique du bonheur que la nature crée. Le phénomène du bonheur ne se produit pas ou donne lieu aux réactions les plus amères.

Je serrai les dix mille francs. Mais ils ne me servaient plus à rien. Je les dépensai du reste encore plus vite que si j'eusse envoyé tous les jours des fleurs à Gilberte, car quand le soir venait, j'étais si malheureux que je ne pouvais rester chez moi et allais pleurer dans les bras de femmes que je n'aimais pas. Quant à chercher à faire un plaisir quelconque à Gilberte, je ne le souhaitais plus ; maintenant retourner dans la maison de Gilberte n'eût pu que me faire souffrir. Même revoir Gilberte qui m'eût été si délicieux la veille ne m'eût plus suffi. Car j'aurais été inquiet tout le temps où je n'aurais pas été près d'elle. C'est ce qui fait qu'une femme par toute nouvelle souffrance qu'elle nous inflige, souvent sans le savoir, augmente son pouvoir sur nous, mais aussi nos exigences envers elle. Par ce mal qu'elle nous a fait, la femme nous cerne de plus en plus, redouble nos chaînes, mais aussi celles dont il nous aurait jusque-là semblé suffisant de la garrotter pour que nous nous sentions tranquilles. La veille encore, si je n'avais pas cru ennuyer Gilberte, je me serais contenté de réclamer de rares entrevues, lesquelles maintenant ne m'eussent plus contenté et que j'eusse remplacées par bien d'autres conditions. Car en amour, au contraire de ce qui se passe après les combats, on les fait plus dures, on ne cesse de les aggraver, plus on est vaincu, si toutefois on est en situation de les imposer. Ce n'était pas mon cas à l'égard de Gilberte. Aussi je préférai d'abord ne pas retourner chez sa mère. Je continuais bien à me dire que Gilberte ne m'aimait pas, que je le savais depuis assez longtemps, que je pouvais la revoir si je voulais, et, si je ne le voulais pas, l'oublier à la longue. Mais ces idées, comme un remède qui n'agit pas contre certaines affections, étaient sans aucune espèce de pouvoir efficace contre ces deux lignes parallèles que je revoyais de temps à autre, de Gilberte et du jeune homme s'enfonçant à petits pas dans l'avenue des Champs-Élysées. C'était un mal nouveau, qui lui aussi finirait par s'user, c'était une image qui un jour se présenterait à mon esprit entièrement décantée de tout ce qu'elle contenait de nocif, comme ces poisons mortels qu'on manie sans danger, comme un peu de dynamite à quoi on peut allumer sa cigarette sans crainte d'explosion. En attendant, il y avait en moi une autre force qui luttait de toute sa puissance contre cette force malsaine qui me représentait sans changement la promenade de Gilberte dans le crépuscule : pour briser les assauts renouvelés de ma mémoire, travaillait utilement en sens inverse mon imagination. La première de ces deux forces, certes continuait à me montrer ces deux promeneurs de l'avenue des Champs-Élysées, et m'offrait d'autres images désagréables, tirées du passé, par exemple Gilberte haussant les épaules quand sa mère lui demandait de rester avec moi. Mais la seconde force travaillant sur le canevas de mes espérances, dessinait un avenir bien plus complaisamment développé que ce pauvre passé en somme si restreint. Pour une minute où je revoyais Gilberte maussade, combien n'y en avait-il pas où je combinais une démarche qu'elle ferait faire pour notre réconciliation, pour nos fiançailles peut-être ! Il est vrai que cette force que l'imagination dirigeait vers l'avenir, elle la puisait malgré tout dans le passé. Au fur et à mesure que s'effacerait mon ennui que Gilberte eût haussé les épaules diminuerait aussi le souvenir de son charme, qui me faisait souhaiter qu'elle revînt vers moi. Mais j'étais encore bien loin de cette mort du passé. J'aimais toujours celle qu'il est vrai que je croyais détester. Mais chaque fois qu'on me trouvait bien coiffé, ayant bonne mine, j'aurais voulu qu'elle fût là. J'étais irrité du désir que beaucoup de gens manifestèrent à cette époque de me recevoir et chez lesquels je refusai d'aller. Il y eut une scène à la maison parce que je n'accompagnai pas mon père à un dîner officiel où il devait y avoir les Bontemps avec leur nièce Albertine, petite jeune fille presque encore enfant. Les différentes périodes de notre vie se chevauchent ainsi l'une l'autre. On refuse dédaigneusement, à cause de ce qu'on aime et qui vous sera un jour si égal, de voir ce qui vous est égal aujourd'hui, qu'on aimera demain, qu'on aurait peut-être pu, si on avait consenti à le voir, aimer plus tôt, et qui eût ainsi abrégé vos souffrances actuelles, pour les remplacer il est vrai par d'autres. Les miennes allaient se modifiant. J'avais l'étonnement d'apercevoir au fond de moi-même, un jour un sentiment, le jour suivant un autre, généralement inspirés par telle espérance ou telle crainte relatives à Gilberte. À la Gilberte que je portais en moi. J'aurais dû me dire que l'autre, la réelle, était peut-être entièrement différente de celle-là, ignorait tous les regrets que je lui prêtais, pensait probablement beaucoup moins à moi non seulement que moi à elle, mais que je ne la faisais elle-même penser à moi quand j'étais seul en tête à tête avec ma Gilberte fictive, cherchais quelles pouvaient être ses vraies intentions à mon égard et l'imaginais ainsi, son attention toujours tournée vers moi.

Pendant ces périodes où, tout en s'affaiblissant, persiste le chagrin, il faut distinguer entre celui que nous cause la pensée constante de la personne elle-même, et celui que raniment certains souvenirs, telle phrase méchante dite, tel verbe employé dans une lettre qu'on a reçue. En réservant de décrire à l'occasion d'un amour ultérieur les formes diverses du chagrin, disons que de ces deux-là, la première est infiniment moins cruelle que la seconde. Cela tient à ce que notre notion de la personne vivant toujours en nous, y est embellie de l'auréole que nous ne tardons pas à lui rendre, et s'empreint sinon des douceurs fréquentes de l'espoir, tout au moins du calme d'une tristesse permanente. (D'ailleurs, il est à remarquer que l'image d'une personne qui nous fait souffrir tient peu de place dans ces complications qui aggravent un chagrin d'amour, le prolongent et l'empêchent de guérir, comme dans certaines maladies la cause est hors de proportions avec la fièvre consécutive et la lenteur à entrer en convalescence.) Mais si l'idée de la personne que nous aimons reçoit le reflet d'une intelligence généralement optimiste, il n'en est pas de même de ces souvenirs particuliers, de ces propos méchants, de cette lettre hostile (je n'en reçus qu'une seule qui le fût, de Gilberte), on dirait que la personne elle-même réside dans ces fragments pourtant si restreints, et portée à une puissance qu'elle est bien loin d'avoir dans l'idée habituelle que nous formons d'elle tout entière. C'est que la lettre nous ne l'avons pas, comme l'image de l'être aimé, contemplée dans le calme mélancolique du regret ; nous l'avons lue, dévorée, dans l'angoisse affreuse dont nous étreignait un malheur inattendu. La formation de cette sorte de chagrins est autre ; ils nous viennent du dehors et c'est par le chemin de la plus cruelle souffrance qu'ils sont allés jusqu'à notre cœur. L'image de notre amie que nous croyons ancienne, authentique, a été en réalité refaite par nous bien des fois. Le souvenir cruel, lui, n'est pas contemporain de cette image restaurée, il est d'un autre âge, il est un des rares témoins d'un monstrueux passé. Mais comme ce passé continue à exister, sauf en nous à qui il a plu de lui substituer un merveilleux âge d'or, un paradis où tout le monde sera réconcilié, ces souvenirs, ces lettres sont un rappel à la réalité et devraient nous faire sentir par le brusque mal qu'ils nous font, combien nous nous sommes éloignés d'elle dans les folles espérances de notre attente quotidienne. Ce n'est pas que cette réalité doive toujours rester la même bien que cela arrive parfois. Il y a dans notre vie bien des femmes que nous n'avons jamais cherché à revoir et qui ont tout naturellement répondu à notre silence nullement voulu par un silence pareil. Seulement celles-là, comme nous ne les aimions pas, nous n'avons pas compté les années passées loin d'elles, et cet exemple qui l'infirmerait est négligé par nous quand nous raisonnons sur l'efficacité de l'isolement, comme le sont, par ceux qui croient aux pressentiments, tous les cas où les leurs ne furent pas vérifiés.

Mais enfin l'éloignement peut être efficace. Le désir, l'appétit de nous revoir finissent par renaître dans le cœur qui actuellement nous méconnaît. Seulement il y faut du temps. Or, nos exigences en ce qui concerne le temps ne sont pas moins exorbitantes que celles réclamées par le cœur pour changer. D'abord, du temps, c'est précisément ce que nous accordons le moins aisément, car notre souffrance est cruelle et nous sommes pressés de la voir finir. Ensuite, ce temps dont l'autre cœur aura besoin pour changer, le nôtre s'en servira pour changer lui aussi, de sorte que quand le but que nous nous proposions deviendra accessible, il aura cessé d'être un but pour nous. D'ailleurs, l'idée même qu'il sera accessible, qu'il n'est pas de bonheur que, lorsqu'il ne sera plus un bonheur pour nous, nous ne finissions par atteindre, cette idée comporte une part, mais une part seulement de vérité. Il nous échoit quand nous y sommes devenus indifférents. Mais précisément cette indifférence nous a rendus moins exigeants et nous permet de croire rétrospectivement qu'il nous eût ravis à une époque où il nous eût peut-être semblé fort incomplet. On n'est pas très difficile ni très bon juge sur ce dont on ne se soucie point. L'amabilité d'un être que nous n'aimons plus et qui semble encore excessive à notre indifférence eût peut-être été bien loin de suffire à notre amour. Ces tendres paroles, cette offre d'un rendez-vous, nous pensons au plaisir qu'elles nous auraient causé, non à toutes celles dont nous les aurions voulu voir immédiate-ment suivies et que par cette avidité nous aurions peut-être empêché de se produire. De sorte qu'il n'est pas certain que le bonheur survenu trop tard, quand on ne peut plus en jouir, quand on n'aime plus, soit tout à fait ce même bonheur dont le manque nous rendit jadis si malheureux. Une seule personne pourrait en décider, notre moi d'alors ; il n'est plus là ; et sans doute suffirait-il qu'il revînt pour que, identique ou non, le bonheur s'évanouît.

En attendant ces réalisations après coup d'un rêve auquel je ne tiendrais plus, à force d'inventer, comme au temps où je connaissais à peine Gilberte, des paroles, des lettres où elle implorait mon pardon, avouait n'avoir jamais aimé que moi et demandait à m'épouser, une série de douces images incessamment recréées finirent par prendre plus de place dans mon esprit que la vision de Gilberte et du jeune homme, laquelle n'était plus ali-mentée par rien. Je serais peut-être dès lors retourné chez Mme Swann sans un rêve que je fis et où un de mes amis, lequel n'était pourtant pas de ceux que je me connaissais, agissait envers moi, avec la plus grande fausseté et croyait à la mienne. Brusquement réveillé par la souffrance que venait de me causer ce rêve et voyant qu'elle persistait, je repensai à lui, cherchai à me rappeler quel était l'ami que j'avais vu en dormant et dont le nom espagnol n'était déjà plus distinct. À la fois Joseph et Pharaon, je me mis à interpréter mon rêve. Je savais que dans beaucoup d'entre eux il ne faut tenir compte ni de l'apparence des per-sonnes, lesquelles peuvent être déguisées et avoir inter-changé leurs visages, comme ces saints mutilés des cathé-drales que des archéologues ignorants ont refaits, en mettant sur le corps de l'un la tête de l'autre, et en mêlant les attributs et les noms. Ceux que les êtres portent dans un rêve peuvent nous abuser. La personne que nous aimons doit y être reconnue seulement à la force de la douleur éprouvée. La mienne m'apprit que devenue pendant mon sommeil un jeune homme, la personne dont la fausseté récente me faisait encore mal était Gilberte. Je me rappe-lai alors que la dernière fois que je l'avais vue, le jour où sa

mère l'avait empêchée d'aller à une matinée de danse, elle
avait soit sincèrement, soit en le feignant, refusé tout en
riant d'une façon étrange, de croire à mes bonnes intentions pour elle. Par association, ce souvenir en ramena un
autre dans ma mémoire. Longtemps auparavant, ç'avait
été Swann qui n'avait pas voulu croire à ma sincérité, ni
que je fusse un bon ami pour Gilberte. Inutilement je lui
avais écrit, Gilberte m'avait rapporté ma lettre et me
l'avait rendue avec le même rire incompréhensible. Elle ne
me l'avait pas rendue tout de suite, je me rappelai toute la
scène derrière le massif de lauriers. On devient moral dès
qu'on est malheureux. L'antipathie actuelle de Gilberte
pour moi me sembla comme un châtiment infligé par la
vie à cause de la conduite que j'avais eue ce jour-là. Les
châtiments on croit les éviter, parce qu'on fait attention
aux voitures en traversant, qu'on évite les dangers. Mais il
en est d'internes. L'accident vient du côté auquel on ne
songeait pas, du dedans, du cœur. Les mots de Gilberte :
« Si vous voulez, continuons à lutter » me firent horreur.
Je l'imaginai telle, chez elle peut-être, dans la lingerie,
avec le jeune homme que j'avais vu l'accompagnant dans
l'avenue des Champs-Élysées. Ainsi, autant que (il y avait
quelque temps) de croire que j'étais tranquillement installé dans le bonheur, j'avais été insensé, maintenant que
j'avais renoncé à être heureux, de tenir pour assuré que du
moins j'étais devenu, je pourrais rester calme. Car tant que
notre cœur enferme d'une façon permanente l'image d'un
autre être, ce n'est pas seulement notre bonheur qui peut à
tout moment être détruit ; quand ce bonheur est évanoui,
quand nous avons souffert, puis, que nous avons réussi à
endormir notre souffrance, ce qui est aussi trompeur et
précaire qu'avait été le bonheur même, c'est le calme. Le
mien finit par revenir, car ce qui, modifiant notre état
moral, nos désirs, est entré, à la faveur d'un rêve, dans
notre esprit, cela aussi peu à peu se dissipe, la permanence
et la durée ne sont promises à rien, pas même à la douleur.
D'ailleurs, ceux qui souffrent par l'amour sont, comme on
dit de certains malades, leur propre médecin. Comme il ne
peut leur venir de consolation que de l'être qui cause leur
douleur et que cette douleur est une émanation de lui, c'est
en elle qu'ils finissent par trouver un remède. Elle le leur
découvre elle-même à un moment donné, car au fur et à
mesure qu'ils la retournent en eux, cette douleur leur
montre un autre aspect de la personne regrettée, tantôt si
haïssable qu'on n'a même plus le désir de la revoir parce
qu'avant de se plaire avec elle il faudrait la faire souffrir,
tantôt si douce que la douceur qu'on lui prête on lui en fait

un mérite et on en tire une raison d'espérer. Mais la souffrance qui s'était renouvelée en moi eut beau finir par s'apaiser, je ne voulus plus retourner que rarement chez Mme Swann. C'est d'abord que chez ceux qui aiment et sont abandonnés, le sentiment d'attente — même d'attente inavouée — dans lequel ils vivent se transforme de lui-même, et bien qu'en apparence identique, fait succéder à un premier état, un second exactement contraire. Le premier était la suite, le reflet des incidents douloureux qui nous avaient bouleversés. L'attente de ce qui pourrait se produire est mêlée d'effroi, d'autant plus que nous désirons à ce moment-là, si rien de nouveau ne nous vient du côté de celle que nous aimons, agir nous-mêmes, et nous ne savons trop quel sera le succès d'une démarche après laquelle il ne sera peut-être plus possible d'en entamer d'autre. Mais bientôt, sans que nous nous en rendions compte, notre attente qui continue est déterminée, nous l'avons vu, non plus par le souvenir du passé que nous avons subi, mais par l'espérance d'un avenir imaginaire. Dès lors, elle est presque agréable. Puis la première, en durant un peu, nous a habitués à vivre dans l'expectative. La souffrance que nous avons éprouvée durant nos derniers rendez-vous, survit encore en nous, mais déjà ensommeillée. Nous ne sommes pas trop pressés de la renouveler, d'autant plus que nous ne voyons pas bien ce que nous demanderions maintenant. La possession d'un peu plus de la femme que nous aimons ne ferait que nous rendre plus nécessaire ce que nous ne possédons pas, et qui resterait malgré tout, nos besoins naissant de nos satisfactions, quelque chose d'irréductible.

Enfin une dernière raison s'ajouta plus tard à celle-ci pour me faire cesser complètement mes visites à Mme Swann. Cette raison, plus tardive, n'était pas que j'eusse encore oublié Gilberte, mais de tâcher de l'oublier plus vite. Sans doute, depuis que ma grande souffrance était finie, mes visites chez Mme Swann étaient redevenues pour ce qui me restait de tristesse, le calmant et la distraction qui m'avaient été si précieux au début. Mais la raison de l'efficacité du premier faisait aussi l'inconvénient de la seconde, à savoir qu'à ces visites le souvenir de Gilberte était intimement mêlé. La distraction ne m'eût été utile que si elle eût mis en lutte avec un sentiment que la présence de Gilberte n'alimentait plus, des pensées, des intérêts, des passions où Gilberte ne fût entrée pour rien. Ces états de conscience auxquels l'être qu'on aime reste étranger occupent alors une place qui, si petite qu'elle soit d'abord est autant de retranché à l'amour qui occupait l'âme tout entière. Il faut chercher à nourrir, à faire croître ces pensées, cependant que décline le sentiment qui n'est plus qu'un souvenir, de façon que les éléments nouveaux introduits dans l'esprit lui disputent, lui arrachent une part de plus en plus grande de l'âme, et finalement la lui dérobent toute. Je me rendais compte que c'était la seule manière de tuer un amour et j'étais encore assez jeune, assez courageux pour entreprendre de le faire, pour assumer la plus cruelle des douleurs qui naît de la certitude que, quelque temps qu'on doive y mettre, on réussira. La raison que je donnais maintenant dans mes lettres à Gilberte, de mon refus de la voir, c'était une allusion à quelque mystérieux malentendu, parfaitement fictif, qu'il y aurait eu entre elle et moi et sur lequel j'avais espéré d'abord que Gilberte me demanderait des explications. Mais, en fait, jamais, même dans les relations les plus insignifiantes de la vie, un éclaircissement n'est sollicité par un correspondant qui sait qu'une phrase obscure, mensongère, incriminatrice, est mise à dessein pour qu'il proteste, et qui est trop heureux de sentir par là qu'il possède — et de garder — la maîtrise et l'initiative des opérations. À plus forte raison en est-il de même dans des relations plus tendres, où l'amour a tant d'éloquence, l'indifférence si peu de curiosité. Gilberte n'ayant pas mis en doute ni cherché à connaître ce malentendu, il devint pour moi quelque chose de réel auquel je me référais dans chaque lettre. Et il y a dans ces situations prises à faux, dans l'affectation de la froideur, un sortilège qui vous y fait persévérer. À force d'écrire : « Depuis que nos cœurs sont désunis » pour que Gilberte me répondît : « Mais ils ne le sont pas, expliquons-nous », j'avais fini par me persuader qu'ils l'étaient. En répétant toujours : « La vie a pu changer pour nous, elle n'effacera pas le sentiment que nous eûmes », par désir de m'entendre dire enfin : « Mais il n'y a rien de changé, ce sentiment est plus fort que jamais », je vivais avec l'idée que la vie avait changé en effet, que nous garderions le souvenir du sentiment qui n'était plus, comme certains nerveux pour avoir simulé une maladie finissent par rester toujours malades. Maintenant chaque fois que j'avais à écrire à Gilberte, je me reportais à ce changement imaginé et dont l'existence désormais tacitement reconnue par le silence qu'elle gardait à ce sujet dans ses réponses, subsisterait entre nous. Puis Gilberte cessa de s'en tenir à la prétérition. Elle-même adopta mon point de vue ; et, comme dans les toasts officiels où le chef d'État qui est reçu reprend à peu près les mêmes expressions dont vient d'user le chef d'État qui le reçoit, chaque fois que j'écrivais à Gilberte : « La vie a pu nous séparer, le souvenir du temps où nous nous connûmes durera », elle ne manqua pas de répondre : « La vie a pu nous séparer, elle ne pourra nous faire oublier les bonnes heures qui nous seront toujours chères » (nous aurions été bien embarrassés de dire pourquoi « la vie » nous avait séparés, quel changement s'était produit). Je ne souffrais plus trop. Pourtant un jour où je lui disais dans une lettre que j'avais appris la mort de notre vieille marchande de sucre d'orge des Champs-Élysées, comme je venais d'écrire ces mots : « J'ai pensé que cela vous a fait de la peine, en moi cela a remué bien des souvenirs », je ne pus m'empêcher de fondre en larmes en voyant que je parlais au passé, et comme s'il s'agissait d'un mort déjà presque oublié, de cet amour auquel malgré moi je n'avais jamais cessé de penser comme étant vivant, pouvant du moins renaître. Rien de plus tendre que cette correspondance entre amis qui ne voulaient plus se voir. Les lettres de Gilberte avaient la délicatesse de celles que j'écrivais aux indifférents et me donnaient les mêmes marques apparentes d'affection si douces pour moi à recevoir d'elle.

D'ailleurs peu à peu chaque refus de la voir me fit moins de peine. Et comme elle me devenait moins chère, mes souvenirs douloureux n'avaient plus assez de force pour détruire dans leur retour incessant la formation du plaisir que j'avais à penser à Florence, à Venise. Je regrettais, à ces moments-là, d'avoir renoncé à entrer dans la diplomatie et de m'être fait une existence sédentaire, pour ne pas m'éloigner d'une jeune fille que je ne verrais plus et que j'avais déjà presque oubliée. On construit sa vie pour une personne et quand enfin on peut l'y recevoir, cette personne ne vient pas, puis meurt pour nous et on vit prisonnier, dans ce qui n'était destiné qu'à elle. Si Venise semblait à mes parents bien lointain et bien fiévreux pour moi, il était du moins facile d'aller sans fatigue s'installer à Balbec. Mais pour cela il eût fallu quitter Paris, renoncer à ces visites, grâce auxquelles, si rares qu'elles fussent, j'entendais quelquefois Mme Swann me parler de sa fille. Je commençais du reste à y trouver tel ou tel plaisir où Gilberte n'était pour rien.

Quand le printemps approcha, ramenant le froid, au temps des Saints de glace et des giboulées de la Semaine sainte, comme Mme Swann trouvait qu'on gelait chez elle, il m'arrivait souvent de la voir recevant dans des fourrures, ses mains et ses épaules frileuses disparaissant sous le blanc et brillant tapis d'un immense manchon plat et d'un collet, tous deux de zibeline, qu'elle n'avait pas quittés en rentrant et qui avaient l'air des derniers carrés des neiges de l'hiver plus persistants que les autres et que la chaleur du feu ni le progrès de la saison n'avaient réussi à fondre. Et la vérité totale de ces semaines glaciales mais déjà fleurissantes était suggérée pour moi dans ce salon, où bientôt je n'irais plus, par d'autres blancheurs plus enivrantes, celles, par exemple, des « boules de neige » assemblant au sommet de leurs hautes tiges nues comme les arbustes linéaires des préraphaélites, leurs globes parcellés mais unis, blancs comme des anges annonciateurs et qu'entourait une odeur de citron. Car la châtelaine de Tansonville savait qu'avril, même glacé, n'est pas dépourvu de fleurs, que l'hiver, le printemps, l'été, ne sont pas séparés par des cloisons aussi hermétiques que tend à le croire le boulevardier qui jusqu'aux premières chaleurs s'imagine le monde comme renfermant seulement des maisons nues sous la pluie. Que Mme Swann se contentât des envois que lui faisait son jardinier de Combray, et que par l'intermédiaire de sa fleuriste « attitrée », elle ne comblât pas les lacunes d'une insuffisante évocation à l'aide d'emprunts faits à la précocité méditerranéenne, je suis loin de le prétendre et je ne m'en souciais pas. Il me suffisait pour avoir la nostalgie de la campagne, qu'à côté des névés du manchon que tenait Mme Swann, les boules de neige (qui n'avaient peut-être dans la pensée de la maîtresse de la maison d'autre but que de faire, sur les conseils de Bergotte, « symphonie en blanc majeur » avec son ameublement et sa toilette) me rappelassent que l'Enchantement du Vendredi Saint figure un miracle naturel auquel on pourrait assister tous les ans si l'on était plus sage, et aidées du parfum acide et capiteux de corolles d'autres espèces dont j'ignorais les noms et qui m'avait fait rester tant de fois en arrêt dans mes promenades de Combray, rendissent le salon de Mme Swann aussi virginal, aussi candidement fleuri sans aucune feuille, aussi surchargé d'odeurs authentiques, que le petit raidillon de Tansonville.

Mais c'était encore trop que celui-ci me fût rappelé. Son souvenir risquait d'entretenir le peu qui subsistait de mon amour pour Gilberte. Aussi, bien que je ne souffrisse plus du tout durant ces visites à Mme Swann, je les espaçai encore et cherchai à la voir le moins possible. Tout au plus, comme je continuais à ne pas quitter Paris, me concédai-je certaines promenades avec elle. Les beaux jours étaient enfin revenus, et la chaleur. Comme je savais qu'avant le déjeuner Mme Swann sortait pendant une heure et allait faire quelques pas avenue du Bois, près de l'Étoile, et de l'endroit qu'on appelait alors, à cause des gens qui venaient regarder les riches qu'ils ne connaissaient que de nom, le « club des Pannés », j'obtins de mes parents que le dimanche — car je n'étais pas libre en semaine à cette heure-là — je pourrais me déjeuner que bien après eux, à une heure un quart, et aller faire un tour auparavant. Je n'y manquai jamais pendant ce mois de mai, Gilberte étant allée à la campagne chez des amies. J'arrivais à l'Arc de Triomphe vers midi. Je faisais le guet à l'entrée de l'avenue, ne perdant pas des yeux le coin de la petite rue par où Mme Swann, qui n'avait que quelques mètres à franchir, venait de chez elle. Comme c'était déjà l'heure où beaucoup de promeneurs rentraient déjeuner, ceux qui restaient étaient peu nombreux et, pour la plus grande part, des gens élégants. Tout d'un coup, sur le sable de l'allée, tardive, alentie et luxuriante comme la plus belle fleur et qui ne s'ouvrirait qu'à midi, Mme Swann apparaissait, épanouissant autour d'elle une toilette toujours différente mais que je me rappelle surtout mauve ; puis elle hissait et déployait sur un long pédoncule, au moment de sa plus complète irradiation, le pavillon de soie d'une large ombrelle de la même nuance que l'effeuillaison des pétales de sa robe. Toute une suite l'environnait ; Swann, quatre ou cinq hommes du club qui étaient venus la voir le matin chez elle ou qu'elle avait rencontrés : et leur noire ou grise agglomération obéissante, exécutant les mouvements presque mécaniques d'un cadre inerte autour d'Odette, donnait l'air à cette femme qui seule avait de l'intensité dans les yeux, de regarder devant elle, d'entre tous ces hommes, comme d'une fenêtre dont elle se fût approchée, et la faisait surgir, frêle, sans crainte, dans la nudité de ses tendres couleurs, comme l'apparition d'un être d'une espèce différente, d'une race inconnue, et d'une puissance presque guerrière, grâce à quoi elle compensait à elle seule sa multiple escorte. Souriante, heureuse du beau temps, du soleil qui n'incommodait pas encore, ayant l'air d'assurance et de calme du créateur qui a accompli son œuvre et ne se soucie plus du reste, certaine que sa toilette — dussent des passants vulgaires ne pas l'apprécier — était la plus élégante de toutes, elle la portait pour soi-même et pour ses amis, naturellement, sans attention exagérée, mais aussi sans détachement complet, n'empêchant pas les petits nœuds de son corsage et de sa jupe de flotter légèrement devant elle comme des créatures dont elle n'ignorait pas la présence et à qui elle permettait avec indulgence de se livrer à leurs jeux, selon leur rythme propre, pourvu qu'ils suivissent sa marche, et même sur son ombrelle mauve que souvent elle tenait encore fermée quand elle arrivait, elle laissait tomber par moment comme sur un bouquet de violettes de Parme, son regard heureux et si doux que quand il ne s'attachait plus à ses amis mais à un objet inanimé, il avait l'air de sourire encore. Elle réservait ainsi, elle faisait occuper à sa toilette cet intervalle d'élégance dont les hommes à qui Mme Swann parlait le plus en camarade, respectaient l'espace et la nécessité, non sans une certaine déférence de profanes, un aveu de leur propre ignorance, et sur lequel ils reconnaissaient à leur amie, comme à un malade sur les soins spéciaux qu'il doit prendre, ou comme à une mère sur l'éducation de ses enfants, compétence et juridiction. Non moins que par la cour qui l'entourait et ne semblait pas voir les passants, Mme Swann, à cause de l'heure tardive de son apparition, évoquait cet appartement où elle avait passé une matinée si longue et où il faudrait qu'elle rentrât bientôt déjeuner ; elle semblait en indiquer la proximité par la tranquillité flâneuse de sa promenade, pareille à celle qu'on fait à petits pas dans son jardin ; de cet appartement on aurait dit qu'elle portait encore autour d'elle l'ombre intérieure et fraîche. Mais, par tout cela même, sa vue ne me donnait que davantage la sensation du plein air et de la chaleur. D'autant plus que déjà persuadé qu'en vertu de la liturgie et des rites dans lesquels Mme Swann était profondément versée, sa toilette était unie à la saison et à l'heure par un lien nécessaire, unique, les fleurs de son flexible chapeau de paille, les petits rubans de sa robe me semblaient naître du mois de mai plus naturellement encore que les fleurs des jardins et des bois ; et pour connaître le trouble nouveau de la saison, je ne levais pas les yeux plus haut que son ombrelle, ouverte et tendue comme un autre ciel plus proche, clément, mobile et bleu. Car ces rites, s'ils étaient souverains, mettaient leur gloire, et par conséquent Mme Swann mettait la sienne, à obéir avec condescendance au matin, au printemps, au soleil, lesquels ne me semblaient pas assez flattés qu'une femme si élégante voulût bien ne pas les ignorer et eût choisi à cause d'eux une robe d'une étoffe plus claire, plus légère, faisant penser, par son évasement au col et aux manches, à la moiteur du cou et des poignets, fît enfin pour eux tous les frais d'une grande dame qui s'étant gaiement abaissée à aller voir à la campagne des gens communs et que tout le monde, même le vulgaire, connaît, n'en a pas moins tenu à revêtir spécialement pour ce jour-là une toilette champêtre. Dès son arrivée, je saluais Mme Swann, elle m'arrêtait et me disait : « *Good*

morning » en souriant. Nous faisions quelques pas. Et je
comprenais que ces canons selon lesquels elle s'habillait,
c'était pour elle-même qu'elle y obéissait, comme à une
sagesse supérieure dont elle eût été la grande prêtresse :
car s'il lui arrivait qu'ayant trop chaud, elle entrouvrît, ou
même ôtât tout à fait et me donnât à porter sa jaquette
qu'elle avait cru garder fermée, je découvrais dans la
chemisette mille détails d'exécution qui avaient eu grande
chance de rester inaperçus comme ces parties d'orchestre
auxquelles le compositeur a donné tous ses soins, bien
qu'elles ne doivent jamais arriver aux oreilles du public ;
ou dans les manches de la jaquette pliée sur mon bras je
voyais, je regardais longuement par plaisir ou par amabilité, quelque détail exquis, une bande d'une teinte délicieuse, une satinette mauve habituellement cachée aux
yeux de tous, mais aussi délicatement travaillées que les
parties extérieures, comme ces sculptures gothiques d'une
cathédrale dissimulées au revers d'une balustrade à
quatre-vingts pieds de hauteur, aussi parfaites que les
bas-reliefs du grand porche mais que personne n'avait
jamais vues avant qu'au hasard d'un voyage, un artiste
n'eût obtenu de monter se promener en plein ciel, pour
dominer toute la ville, entre les deux tours.

Ce qui augmentait cette impression que Mme Swann se
promenait dans l'avenue du Bois comme dans l'allée d'un
jardin à elle, c'était — pour ces gens qui ignoraient ses
habitudes de « footing » — qu'elle fût venue à pied, sans
voiture qui suivît, elle que dès le mois de mai, on avait
l'habitude de voir passer avec l'attelage le plus soigné, la
livrée la mieux tenue de Paris, mollement et majestueuse-
ment assise comme une déesse, dans le tiède plein air
d'une immense victoria à huit ressorts. À pied,
Mme Swann avait l'air, surtout avec sa démarche que
ralentissait la chaleur, d'avoir cédé à une curiosité, de
commettre une élégante infraction aux règles du protocole, comme ces souverains qui sans consulter personne,
accompagnés par l'admiration un peu scandalisée d'une
suite qui n'ose formuler une critique, sortent de leur loge
pendant un gala et visitent le foyer en se mêlant pendant
quelques instants aux autres spectateurs. Ainsi, entre
Mme Swann et la foule, celle-ci sentait ces barrières d'une
certaine sorte de richesse, lesquelles lui semblent les plus
infranchissables de toutes. Le faubourg Saint-Germain a
bien aussi les siennes, mais moins parlantes aux yeux et à
l'imagination des « pannés ». Ceux-ci auprès d'une grande
dame, plus simple, plus facile à confondre avec une petite
bourgeoise, moins éloignée du peuple, n'éprouveront pas

ce sentiment de leur inégalité, presque de leur indignité, qu'ils ont devant une Mme Swann. Sans doute, ces sortes de femmes ne sont pas elles-mêmes frappées comme eux du brillant appareil dont elles sont entourées, elles n'y font plus attention ; mais c'est à force d'y être habituées, c'est-à-dire d'avoir fini par le trouver d'autant plus naturel, d'autant plus nécessaire, par juger les autres êtres selon qu'ils sont plus ou moins initiés à ces habitudes de luxe : de sorte que (la grandeur qu'elles laissent éclater en elles, qu'elles découvrent chez les autres, étant toute matérielle, facile à constater, longue à acquérir, difficile à compenser), si ces femmes mettent un passant au rang le plus bas, c'est de la même manière qu'elles lui sont apparues au plus haut, à savoir immédiatement, à première vue, sans appel. Peut-être cette classe sociale particulière qui comptait alors des femmes comme Lady Israëls mêlée à celles de l'aristocratie et Mme Swann qui devait les fréquenter un jour, cette classe intermédiaire, inférieure au faubourg Saint-Germain, puisqu'elle le courtisait, mais supérieure à ce qui n'est pas du faubourg Saint-Germain, et qui avait ceci de particulier que déjà dégagée du monde des riches, elle était la richesse encore, mais la richesse devenue ductile, obéissant à une destination, à une pensée artistiques, l'argent malléable, poétiquement ciselé et qui sait sourire, peut-être cette classe, du moins avec le même caractère et le même charme, n'existe-t-elle plus. D'ailleurs, les femmes qui en faisaient partie n'auraient plus aujourd'hui ce qui était la première condition de leur règne, puisque avec l'âge elles ont, presque toutes, perdu leur beauté. Or, autant que du faîte de sa noble richesse, c'était du comble glorieux de son été mûr et si savoureux encore, que Mme Swann, majestueuse, souriante et bonne, s'avançant dans l'avenue du Bois, voyait comme Hypatie, sous la lente marche de ses pieds, rouler les mondes. Des jeunes gens qui passaient la regardaient anxieusement, incertains si leurs vagues relations avec elle (d'autant plus qu'ayant à peine été présentés une fois à Swann ils craignaient qu'il ne les reconnût pas) étaient suffisantes pour qu'ils se permissent de la saluer. Et ce n'était qu'en tremblant devant les conséquences, qu'ils s'y décidaient, se demandant si leur geste audacieusement provocateur et sacrilège, attentant à l'inviolable suprématie d'une caste, n'allait pas déchaîner des catastrophes ou faire descendre le châtiment d'un dieu. Il déclenchait seulement, comme un mouvement d'horlogerie, la gesticulation de petits personnages salueurs qui n'étaient autres que l'entourage d'Odette, à commencer par Swann, lequel soulevait son tube doublé de cuir vert, avec une grâce souriante, apprise dans le faubourg Saint-Germain, mais à laquelle ne s'alliait plus l'indifférence qu'il aurait eue autrefois. Elle était remplacée (comme il s'était dans une certaine mesure pénétré des préjugés d'Odette) à la fois par l'ennui d'avoir à répondre à quelqu'un d'assez mal habillé et par la satisfaction que sa femme connût tant de monde, sentiment mixte qu'il traduisait en disant aux amis élégants qui l'acompagnaient : « Encore un ! Ma parole, je me demande où Odette va chercher tous ces gens-là ! » Cependant, ayant répondu par un signe de tête au passant alarmé déjà hors de vue, mais dont le cœur battait encore, Mme Swann se tournait vers moi : « Alors, me disait-elle, c'est fini ? Vous ne viendrez plus jamais voir Gilberte ? Je suis contente d'être exceptée et que vous ne me "dropiez" pas tout à fait. J'aime vous voir, mais j'aimais aussi l'influence que vous aviez sur ma fille. Je crois qu'elle la regrette beaucoup aussi. Enfin, je ne veux pas vous tyranniser, parce que vous n'auriez qu'à ne plus vouloir me voir non plus ! — Odette, Sagan qui vous dit bonjour », faisait remarquer Swann à sa femme. Et, en effet, le prince, faisant comme dans une apothéose de théâtre, de cirque, ou dans un tableau ancien, faire front à son cheval, adressait à Odette un grand salut théâtral et comme allégorique, où s'amplifiait toute la chevaleresque courtoisie du grand seigneur inclinant son respect devant la Femme, fût-elle incarnée en une femme que sa mère ou sa sœur ne pourraient pas fréquenter. D'ailleurs à tout moment, reconnue au fond de la transparence liquide et du vernis lumineux de l'ombre que versait sur elle son ombrelle, Mme Swann était saluée par les derniers cavaliers attardés, comme cinématographiés au galop sur l'ensoleillement blanc de l'avenue, hommes de cercle dont les noms, célèbres pour le public — Antoine de Castellane, Adalbert de Montmorency et tant d'autres — étaient pour Mme Swann des noms familiers d'amis. Et, comme la durée moyenne de la vie — la longévité relative — est beaucoup plus grande pour les souvenirs des sensations poétiques que pour ceux des souffrances du cœur, depuis si longtemps que se sont évanouis les chagrins que j'avais alors à cause de Gilberte, il leur a survécu le plaisir que j'éprouve, chaque fois que je veux lire, en une sorte de cadran solaire, les minutes qu'il y a entre midi un quart et une heure, au mois de mai, à me revoir causant ainsi avec Mme Swann, sous son ombrelle, comme sous le reflet d'un berceau de glycines.

DEUXIÈME PARTIE

Noms de pays : le pays

J'étais arrivé à une presque complète indifférence à l'égard de Gilberte, quand deux ans plus tard je partis avec ma grand-mère pour Balbec. Quand je subissais le charme d'un visage nouveau, quand c'était à l'aide d'une autre jeune fille que j'espérais connaître les cathédrales gothiques, les palais et les jardins de l'Italie, je me disais tristement que notre amour, en tant qu'il est l'amour d'une certaine créature, n'est peut-être pas quelque chose de bien réel, puisque si des associations de rêveries agréables ou douloureuses peuvent le lier pendant quelque temps à une femme jusqu'à nous faire penser qu'il a été inspiré par elle d'une façon nécessaire, en revanche si nous nous dégageons volontairement ou à notre insu de ces associations, cet amour, comme s'il était au contraire spontané et venait de nous seuls, renaît pour se donner à une autre femme. Pourtant au moment de ce départ pour Balbec et pendant les premiers temps de mon séjour, mon indifférence n'était encore qu'intermittente. Souvent (notre vie étant si peu chronologique, interférant tant d'anachronismes dans la suite des jours), je vivais dans ceux, plus anciens que la veille ou l'avant-veille, où j'aimais Gilberte. Alors ne plus la voir m'était soudain douloureux, comme c'eût été dans ce temps-là. Le moi qui l'avait aimée, remplacé déjà presque entièrement par un autre, resurgissait, et il m'était rendu beaucoup plus fréquemment par une chose futile que par une chose importante. Par exemple, pour anticiper sur mon séjour en Normandie, j'entendis à Balbec un inconnu que je croisai sur la digue dire : « La famille du directeur du ministère des Postes. » Or (comme je ne savais pas alors l'influence que cette famille devait avoir sur ma vie), ce propos aurait dû me paraître oiseux, mais il me causa une vive souffrance, celle qu'éprouvait un moi, aboli pour une grande part depuis longtemps, à être séparé de Gilberte. C'est que jamais je n'avais repensé à une conversation que Gilberte avait eue devant moi avec son père, relativement à la famille du « directeur du ministère des Postes ». Or, les souvenirs d'amour ne font pas exception aux lois générales de la mémoire, elles-mêmes régies par les lois plus générales de l'habitude. Comme celle-ci affaiblit tout, ce qui nous rappelle le mieux un être, c'est justement ce que nous avions oublié (parce que c'était insignifiant, et que nous lui avions ainsi laissé toute sa force). C'est pourquoi la meilleure part de notre mémoire est hors de nous, dans un souffle pluvieux, dans l'odeur de renfermé d'une chambre ou dans l'odeur d'une première flambée, partout où nous retrouvons de nous-même ce que notre intelligence, n'en ayant pas l'emploi, avait dédaigné, la dernière réserve du passé, la meilleure, celle qui, quand toutes nos larmes semblent taries sait nous faire pleurer encore. Hors de nous ? En nous pour mieux dire, mais dérobée à nos propres regards, dans un oubli plus ou moins prolongé. C'est grâce à cet oubli seul que nous pouvons de temps à autre retrouver l'être que nous fûmes, nous placer vis-à-vis des choses comme cet être l'était, souffrir à nouveau, parce que nous ne sommes plus nous, mais lui, et qu'il aimait ce qui nous est maintenant indifférent. Au grand jour de la mémoire habituelle, les images du passé pâlissent peu à peu, s'effacent, il ne reste plus rien d'elles, nous ne le retrouverons plus. Ou plutôt nous ne le retrouverons plus, si quelques mots (comme « directeur au ministère des Postes ») n'avaient été soigneusement enfermés dans l'oubli, de même qu'on dépose à la Bibliothèque nationale un exemplaire d'un livre qui sans cela risquerait de devenir introuvable.

Mais cette souffrance et ce regain d'amour pour Gilberte ne furent pas plus longs que ceux qu'on a en rêve, et cette fois au contraire parce qu'à Balbec, l'Habitude ancienne n'était plus là pour les faire durer. Et si ces effets de l'Habitude semblent contradictoires, c'est qu'elle obéit à des lois multiples. À Paris j'étais devenu de plus en plus indifférent à Gilberte, grâce à l'Habitude. Le changement d'habitude, c'est-à-dire la cessation momentanée de l'Habitude, paracheva l'œuvre de l'Habitude quand je partis pour Balbec. Elle affaiblit mais stabilise, elle amène la désagrégation mais la fait durer indéfiniment. Chaque jour depuis des années je calquais tant bien que mal mon état d'âme sur celui de la veille. À Balbec un lit nouveau, à côté duquel on m'apportait le matin un petit déjeuner différent de celui de Paris, ne devait plus soutenir les pensées dont s'était nourri mon amour pour Gilberte : il y a des cas (assez rares il est vrai) où la sédentarité immobilisant les jours, le meilleur moyen de gagner du temps, c'est de changer de place. Mon voyage à Balbec fut comme la première sortie d'un convalescent qui n'attendait plus qu'elle pour s'apercevoir qu'il est guéri.

Ce voyage, on le ferait sans doute aujourd'hui en automobile, croyant le rendre ainsi plus agréable. On verra qu'accompli de cette façon, il serait même en un sens plus vrai puisqu'on y suivrait de plus près, dans une intimité plus étroite, les diverses gradations par lesquelles change la surface de la terre. Mais enfin le plaisir spécifique du voyage n'est pas de pouvoir descendre en route et s'arrêter quand on est fatigué, c'est de rendre la différence entre le départ et l'arrivée non pas aussi insensible, mais aussi profonde qu'on peut, de la ressentir dans sa totalité, intacte, telle qu'elle était dans notre pensée quand notre imagination nous portait du lieu où nous vivions jusqu'au cœur d'un lieu désiré, en un bond qui nous semblait moins miraculeux parce qu'il franchissait une distance que parce qu'il unissait deux individualités distinctes de la terre, qu'il nous menait d'un nom à un autre nom, et que schématise (mieux qu'une promenade où, comme on débarque où l'on veut, il n'y a guère plus d'arrivée) l'opération mystérieuse qui s'accomplissait dans ces lieux spéciaux, les gares, lesquels ne font pas partie pour ainsi dire de la ville mais contiennent l'essence de sa personnalité de même que sur un écriteau signalétique elles portent son nom.

Mais en tout genre, notre temps a la manie de vouloir ne montrer les choses qu'avec ce qui les entoure dans la réalité, et par là de supprimer l'essentiel, l'acte de l'esprit qui les isola d'elle. On « présente » un tableau au milieu de meubles, de bibelots, de tentures de la même époque, fade décor qu'excelle à composer dans les hôtels d'aujourd'hui la maîtresse de maison la plus ignorante la veille, passant maintenant ses journées dans les archives et les bibliothèques et au milieu duquel le chef-d'œuvre qu'on regarde tout en dînant ne nous donne pas la même enivrante joie qu'on ne doit lui demander que dans une salle de musée, laquelle symbolise bien mieux par sa nudité et son dépouillement de toutes particularités, les espaces intérieurs où l'artiste s'est abstrait pour créer.

Malheureusement ces lieux merveilleux que sont les gares, d'où l'on part pour une destination éloignée, sont aussi des lieux tragiques, car si le miracle s'y accomplit grâce auquel les pays qui n'avaient encore d'existence que dans notre pensée vont être ceux au milieu desquels nous vivrons, pour cette raison même il faut renoncer, au sortir de la salle d'attente, à retrouver tout à l'heure la chambre familière où l'on était il y a un instant encore. Il faut laisser toute espérance de rentrer coucher chez soi, une fois qu'on s'est décidé à pénétrer dans l'antre empesté par où l'on accède au mystère, dans un de ces grands ateliers vitrés, comme celui de Saint-Lazare où j'allai chercher le train de Balbec, et qui déployait au-dessus de la ville éventrée un de ces immenses ciels crus et gros de menaces amoncelées de drame, pareils à certains ciels, d'une modernité presque parisienne, de Mantegna ou de Véronèse, et sous lequel ne pouvait s'accomplir que quelque acte terrible et solennel comme un départ en chemin de fer ou l'érection de la Croix.

Tant que je m'étais contenté d'apercevoir du fond de mon lit de Paris l'église persane de Balbec au milieu des flocons de la tempête, aucune objection à ce voyage n'avait été faite par mon corps. Elles avaient commencé seulement quand il avait compris qu'il serait de la partie et que le soir de l'arrivée on me conduirait à « ma » chambre qui lui serait inconnue. Sa révolte était d'autant plus profonde que la veille même du départ j'avais appris que ma mère ne nous accompagnerait pas, mon père, retenu au ministère jusqu'au moment où il partirait pour l'Espagne avec M. de Norpois, ayant préféré louer une maison dans les environs de Paris. D'ailleurs la contemplation de Balbec ne me semblait pas moins désirable parce qu'il fallait l'acheter au prix d'un mal qui au contraire me semblait figurer et garantir la réalité de l'impression que j'allais chercher, impression que n'aurait remplacée aucun spectacle prétendu équivalent, aucun « panorama » que j'eusse pu aller voir sans être empêché par cela même de rentrer dormir dans mon lit. Ce n'était pas la première fois que je sentais que ceux qui aiment et ceux qui ont du plaisir ne sont pas les mêmes. Je croyais désirer aussi profondément Balbec que le docteur qui me soignait et qui me dit s'étonnant, le matin du départ, de mon air malheureux : « Je vous réponds que si je pouvais seulement trouver huit jours pour aller prendre le frais au bord de la mer, je ne me ferais pas prier. Vous allez avoir les courses, les régates, ce sera exquis. » Pour moi j'avais déjà appris et même bien avant d'aller entendre la Berma, que quelle que fût la chose que j'aimerais, elle ne serait jamais placée qu'au terme d'une poursuite douloureuse au cours de laquelle il me faudrait d'abord sacrifier mon plaisir à ce bien suprême, au lieu de l'y chercher.

Ma grand-mère concevait naturellement notre départ d'une façon un peu différente et toujours aussi désireuse qu'autrefois de donner aux présents qu'on me faisait un caractère artistique, avait voulu, pour m'offrir de ce voyage une « épreuve » en partie ancienne, que nous refissions moitié en chemin de fer, moitié en voiture le trajet qu'avait suivi Mme de Sévigné quand elle était allée de Paris à « L'Orient » en passant par Chaulnes et par « le Pont-Audemer ». Mais ma grand-mère avait été obligée de renoncer à ce projet, sur la défense de mon père, qui savait, quand elle organisait un déplacement en vue de lui faire rendre tout le profit intellectuel qu'il pouvait comporter, combien on pouvait pronostiquer de trains manqués, de bagages perdus, de maux de gorge et de contraventions. Elle se réjouissait du moins à la pensée que jamais au moment d'aller sur la plage, nous ne serions exposés à en être empêchés par la survenue de ce que sa chère Sévigné appelle une chienne de carrossée, puisque nous ne connaîtrions personne à Balbec, Legrandin ne nous ayant pas offert de lettre d'introduction pour sa sœur. (Abstention qui n'avait pas été appréciée de même par mes tantes Céline et Victoire, lesquelles ayant connu jeune fille celle qu'elles n'avaient appelée jusqu'ici, pour marquer cette intimité d'autrefois, que « Renée de Cambremer », et possédant encore d'elle de ces cadeaux qui meublent une chambre et la conversation mais auxquels la réalité actuelle ne correspond pas, croyaient venger notre affront en ne prononçant plus jamais, chez Mme Legrandin mère, le nom de sa fille, et se bornant à se congratuler une fois sorties par des phrases comme : « Je n'ai pas fait allusion à qui tu sais », « Je crois qu'*on* aura compris. »)

Donc nous partirions simplement de Paris par ce train de une heure vingt-deux que je m'étais plu trop longtemps à chercher dans l'indicateur des chemins de fer où il me donnait chaque fois l'émotion, presque la bienheureuse illusion du départ, pour ne pas me figurer que je le connaissais. Comme la détermination dans notre imagination des traits d'un bonheur tient plutôt à l'identité des désirs qu'il nous inspire qu'à la précision des renseignements que nous avons sur lui, je croyais connaître celui-là dans ses détails, et je ne doutais pas que j'éprouverais dans le wagon un plaisir spécial quand la journée commencerait à fraîchir, que je contemplerais tel effet à l'approche d'une certaine station ; si bien que ce train réveillant toujours en moi les images des mêmes villes que j'enveloppais dans la lumière de ces heures de l'après-midi qu'il traverse, me semblait différent de tous les autres trains ; et j'avais fini, comme on fait souvent pour un être qu'on n'a jamais vu mais dont on se plaît à s'imaginer qu'on a conquis l'amitié, par donner une physionomie particulière et immuable à ce voyageur artiste et blond qui m'aurait emmené sur sa route, et à qui j'aurais dit adieu au pied de la cathédrale de Saint-Lô, avant qu'il se fût éloigné vers le couchant.

Comme ma grand-mère ne pouvait se résoudre à aller « tout bêtement » à Balbec, elle s'arrêterait vingt-quatre heures chez une de ses amies, de chez laquelle je repartirais le soir même pour ne pas déranger, et aussi de façon à voir dans la journée du lendemain l'église de Balbec, qui, avions-nous appris, était assez éloignée de Balbec-Plage, et où je ne pourrais peut-être pas aller ensuite au début de mon traitement de bains. Et peut-être était-il moins pénible pour moi de sentir l'objet admirable de mon voyage placé avant la cruelle première nuit où j'entrerais dans une demeure nouvelle et accepterais d'y vivre. Mais il avait fallu d'abord quitter l'ancienne ; ma mère avait arrangé de s'installer ce jour-là même à Saint-Cloud, et elle avait pris, ou feint de prendre, toutes ses dispositions pour y aller directement après nous avoir conduits à la gare, sans avoir à repasser par la maison où elle craignait que je ne voulusse, au lieu de partir pour Balbec, rentrer avec elle. Et même, sous le prétexte d'avoir beaucoup à faire dans la maison qu'elle venait de louer et d'être à court de temps, en réalité pour m'éviter la cruauté de ce genre d'adieux, elle avait décidé de ne pas rester avec nous jusqu'à ce départ du train où, dissimulée auparavant dans des allées et venues et des préparatifs qui n'engagent pas définitivement, une séparation apparaît brusquement, impossible à souffrir, alors qu'elle n'est déjà plus possible à éviter, concentrée tout entière dans un instant immense de lucidité impuissante et suprême.

Pour la première fois je sentais qu'il était possible que ma mère vécût sans moi, autrement que pour moi, d'une autre vie. Elle allait habiter de son côté avec mon père à qui peut-être elle trouvait que ma mauvaise santé, ma nervosité, rendaient l'existence un peu compliquée et triste. Cette séparation me désolait davantage parce que je me disais qu'elle était probablement pour ma mère le terme des déceptions successives que je lui avais causées, qu'elle m'avait tues et après lesquelles elle avait compris la difficulté de vacances communes ; et peut-être aussi le premier essai d'une existence à laquelle elle commençait à se résigner pour l'avenir, au fur et à mesure que les années viendraient pour mon père et pour elle, d'une existence où je la verrais moins, où, ce qui même dans mes cauchemars ne m'était jamais apparu, elle serait déjà pour moi un peu étrangère, une dame qu'on verrait rentrer seule dans une maison où je ne serais pas, demandant au concierge s'il n'y avait pas de lettres de moi.

Je pus à peine répondre à l'employé qui voulut me prendre ma valise. Ma mère essayait pour me consoler des moyens qui lui paraissaient les plus efficaces. Elle croyait inutile d'avoir l'air de ne pas voir mon chagrin, elle le plaisantait doucement :

« Eh bien, qu'est-ce que dirait l'église de Balbec si elle savait que c'est avec cet air malheureux qu'on s'apprête à aller la voir ? Est-ce cela le voyageur dont parle Ruskin ? D'ailleurs, je saurai si tu as été à la hauteur des circonstances, même loin je serai encore avec mon petit loup. Tu auras demain une lettre de ta maman.

— Ma fille, dit ma grand-mère, je te vois comme Mme de Sévigné, une carte devant les yeux et ne nous quittant pas un instant. »

Puis maman cherchait à me distraire, elle me demandait ce que je commanderais pour dîner, elle admirait Françoise, lui faisait compliment d'un chapeau et d'un manteau qu'elle ne reconnaissait pas, bien qu'ils eussent jadis excité son horreur quand elle les avait vus neufs sur ma grand-tante, l'un avec l'immense oiseau qui le surmontait, l'autre surchargé de dessins affreux et de jais. Mais le manteau étant hors d'usage, Françoise l'avait fait retourner et exhibait un envers de drap uni d'un beau ton. Quant à l'oiseau, il y avait longtemps que, cassé, il avait été mis au rancart. Et, de même qu'il est quelquefois troublant de rencontrer les raffinements vers lesquels les artistes les plus conscients s'efforcent, dans une chanson populaire, à la façade de quelque maison de paysan qui fait épanouir au-dessus de la porte une rose blanche ou soufrée juste à la place qu'il fallait — de même le nœud de velours, la coque de ruban qui eussent ravi dans un portrait de Chardin ou de Whistler, Françoise les avait placés avec un goût infaillible et naïf sur le chapeau devenu charmant.

Pour remonter à un temps plus ancien, la modestie et l'honnêteté qui donnaient souvent de la noblesse au visage de notre vieille servante ayant gagné les vêtements que, en femme réservée mais sans bassesse, qui sait « tenir son rang et garder sa place », elle avait revêtus pour le voyage afin d'être digne d'être vue avec nous sans avoir l'air de chercher à se faire voir, Françoise, dans le drap cerise mais passé de son manteau et les poils sans rudesse de son collet de fourrure, faisait penser à quelqu'une de ces images d'Anne de Bretagne peintes dans des livres d'heures par un vieux maître, et dans lesquelles tout est si bien en place, le sentiment de l'ensemble s'est si également répandu dans toutes les parties que la riche et désuète singularité du costume exprime la même gravité pieuse que les yeux, les lèvres et les mains.

On n'aurait pu parler de pensée à propos de Françoise. Elle ne savait rien, dans ce sens total où ne rien savoir équivaut à ne rien comprendre, sauf les rares vérités que le cœur est capable d'atteindre directement. Le monde immense des idées n'existait pas pour elle. Mais devant la clarté de son regard, devant les lignes délicates de ce nez, de ces lèvres, devant tous ces témoignages absents de tant d'êtres cultivés chez qui ils eussent signifié la distinction suprême, le noble détachement d'un esprit d'élite, on était troublé comme devant le regard intelligent et bon d'un chien à qui on sait pourtant que sont étrangères toutes les conceptions des hommes, et on pouvait se demander s'il n'y a pas parmi ces autres humbles frères, les paysans, des êtres qui sont comme les hommes supérieurs du monde des simples d'esprit, ou plutôt qui, condamnés par une injuste destinée à vivre parmi les simples d'esprit, privés de lumière, mais pourtant plus naturellement, plus essen- tiellement apparentés aux natures d'élite que ne le sont la plupart des gens instruits, sont comme des membres dis- persés, égarés, privés de raison, de la famille sainte, des parents, restés en enfance, des plus hautes intelligences, et auxquels — comme il apparaît dans la lueur impossible à méconnaître de leurs yeux où pourtant elle ne s'applique à rien — il n'a manqué, pour avoir du talent, que du savoir.

Ma mère, voyant que j'avais peine à contenir mes larmes, me disait : « Régulus avait coutume dans les grandes circonstances... Et puis ce n'est pas gentil pour ta maman. Citons Mme de Sévigné, comme ta grand-mère : "Je vais être obligée de me servir de tout le courage que tu n'as pas." » Et se rappelant que l'affection pour autrui détourne des douleurs égoïstes, elle tâchait de me faire plaisir en me disant qu'elle croyait que son trajet de Saint-Cloud s'effectuerait bien, qu'elle était contente du fiacre qu'elle avait gardé, que le cocher était poli et la voiture confortable. Je m'efforçai de sourire à ces détails et j'inclinais la tête d'un air d'acquiescement et de satis- faction. Mais ils ne m'aidaient qu'à me représenter avec plus de vérité le départ de maman et c'est le cœur serré que je la regardais comme si elle était déjà séparée de moi, sous ce chapeau de paille rond qu'elle avait acheté pour la campagne, dans une robe légère qu'elle avait mise à cause de cette longue course par la pleine chaleur, et qui la faisaient autre, appartenant déjà à la villa de « Montretout » où je ne la verrais pas.

Pour éviter les crises de suffocation que me donnerait le voyage, le médecin m'avait conseillé de prendre au moment du départ un peu trop de bière ou de cognac, afin d'être dans cet état qu'il appelait « euphorie », où le système nerveux est momentanément moins vulnérable. J'étais encore incertain si je le ferais, mais je voulais au moins que ma grand-mère reconnût qu'au cas où je m'y déciderais, j'aurais pour moi le droit et la sagesse. Aussi j'en parlais comme si mon hésitation ne portait que sur l'endroit où je boirais de l'alcool, buffet ou wagon-bar. Mais aussitôt, à l'air de blâme que prit le visage de ma grand-mère et de ne pas même vouloir s'arrêter à cette idée : « Comment », m'écriai-je, me résolvant soudain à cette action d'aller boire, dont l'exécution devenait nécessaire à prouver ma liberté puisque son annonce verbale n'avait pu passer sans protestation, « comment, tu sais combien je suis malade, tu sais ce que le médecin m'a dit, et voilà le conseil que tu me donnes ! »

Quand j'eus expliqué mon malaise à ma grand-mère, elle eut un air si désolé, si bon, en répondant : « Mais alors, va vite chercher de la bière ou une liqueur, si cela doit te faire du bien » que je me jetai sur elle et la couvris de baisers. Et si j'allai cependant boire beaucoup trop dans le bar du train, ce fut parce que je sentais que sans cela j'aurais un accès trop violent et que c'est encore ce qui la peinerait le plus. Quand à la première station je remontai dans notre wagon, je dis à ma grand-mère combien j'étais heureux d'aller à Balbec, que je sentais que tout s'arrangerait bien, qu'au fond je m'habituerais vite à être loin de maman, que ce train était agréable, l'homme du bar et les employés si charmants que j'aurais voulu refaire souvent ce trajet pour avoir la possibilité de les revoir. Ma grand-mère cependant ne paraissait pas éprouver la même joie que moi de toutes ces bonnes nouvelles. Elle me répondit en évitant de me regarder : « Tu devrais peut-être essayer de dormir un peu », et tourna les yeux vers la fenêtre dont nous avions abaissé le rideau qui ne remplissait pas tout le cadre de la vitre, de sorte que le soleil pouvait glisser sur le chêne ciré de la portière et le drap de la banquette (comme une réclame beaucoup plus persuasive pour une vie mêlée à la nature que celles accrochées trop haut dans le wagon, par les soins de la Compagnie, et représentant des paysages dont je ne pouvais pas lire les noms) la même clarté tiède et dormante qui faisait la sieste dans les clairières.

Mais quand ma grand-mère croyait que j'avais les yeux fermés, je la voyais par moments sous son voile à gros pois jeter un regard sur moi puis le retirer, puis recommencer, comme quelqu'un qui cherche à s'efforcer, pour s'y habituer, à un exercice qui lui est pénible.

Alors je lui parlais, mais cela ne semblait pas lui être agréable. Et à moi pourtant ma propre voix me donnait du plaisir, et de même les mouvements les plus insensibles, les plus intérieurs de mon corps. Aussi je tâchais de les faire durer, je laissais chacune de mes inflexions s'attarder longtemps aux mots, je sentais chacun de mes regards se trouver bien là où il s'était posé et y rester au-delà du temps habituel. « Allons, repose-toi, me dit ma grand-mère. Si tu ne peux pas dormir, lis quelque chose. » Et elle me passa un volume de Mme de Sévigné que j'ouvris, pendant qu'elle-même s'absorbait dans les *Mémoires* de Mme de Beausergent. Elle ne voyageait jamais sans un tome de l'une et de l'autre. C'était ses deux auteurs de prédilection. Ne bougeant pas volontiers ma tête en ce moment et éprouvant un grand plaisir à garder une position une fois que je l'avais prise, je restai à tenir le volume de Mme de Sévigné sans l'ouvrir, et je n'abaissai pas sur lui mon regard qui n'avait devant lui que le store bleu de la fenêtre. Mais contempler ce store me paraissait admirable et je n'eusse pas pris la peine de répondre à qui eût voulu me détourner de ma contemplation. La couleur bleue du store me semblait non peut-être par sa beauté mais par sa vivacité intense, effacer à tel point toutes les couleurs qui avaient été devant mes yeux depuis le jour de ma naissance jusqu'au moment où j'avais fini d'avaler ma boisson et où elle avait commencé de faire son effet, qu'à côté de ce bleu du store, elles étaient pour moi aussi ternes, aussi nulles, que peut l'être rétrospectivement l'obscurité où ils ont vécu pour les aveugles-nés qu'on opère sur le tard et qui voient enfin les couleurs. Un vieil employé vint nous demander nos billets. Les reflets argentés qu'avaient les boutons en métal de sa tunique ne laissèrent pas de me charmer. Je voulus lui demander de s'asseoir à côté de nous. Mais il passa dans un autre wagon, et je songeai avec nostalgie à la vie des cheminots, lesquels, passant tout leur temps en chemin de fer, ne devaient guère manquer un seul jour de voir ce vieil employé. Le plaisir que j'éprouvais à regarder le store bleu et à sentir que ma bouche était à demi ouverte commença enfin à diminuer. Je devins plus mobile ; je remuai un peu ; j'ouvris le volume que ma grand-mère m'avait tendu et je pus fixer mon attention sur les pages que je choisis çà et là. Tout en lisant je sentais grandir mon admiration pour Mme de Sévigné.

Il ne faut pas se laisser tromper par des particularités purement formelles qui tiennent à l'époque, à la vie de salon et qui font que certaines personnes croient qu'elles ont fait leur Sévigné quand elles ont dit : « Mandez-moi, ma bonne », ou « Ce comte me parut avoir bien de l'esprit », ou « Faner est la plus jolie chose du monde ». Déjà Mme de Simiane s'imagine ressembler à sa grand-mère, parce qu'elle écrit : « M. de la Boulie se porte à merveille, Monsieur, et il est fort en état d'entendre des nouvelles de sa mort », ou « Oh ! mon cher marquis, que votre lettre me plaît ! Le moyen de ne pas y répondre », ou encore : « Il me semble, Monsieur, que vous me devez une réponse, et moi des tabatières de bergamote. Je m'en acquitte pour huit, il en viendra d'autres... ; jamais la terre n'en avait tant porté. C'est apparemment pour vous plaire. » Et elle écrit dans ce même genre la lettre sur la saignée, sur les citrons, etc., qu'elle se figure être des lettres de Mme de Sévigné. Mais ma grand-mère qui était venue à celle-ci par le dedans, par l'amour pour les siens, pour la nature, m'avait appris à en aimer les vraies beautés, qui sont tout autres. Elles devaient bientôt me frapper d'autant plus que Mme de Sévigné est une grande artiste de la même famille qu'un peintre que j'allais rencontrer à Balbec et qui eut une influence si profonde sur ma vision des choses, Elstir. Je me rendis compte à Balbec que c'est de la même façon que lui qu'elle nous présente les choses, dans l'ordre de nos perceptions, au lieu de les expliquer d'abord par leur cause. Mais déjà cet après-midi-là, dans ce wagon, en relisant la lettre où apparaît le clair de lune : « Je ne pus résister à la tentation, je mets toutes mes coiffes et casaques qui n'étaient pas nécessaires, je vais dans ce mail dont l'air est bon comme celui de ma chambre ; je trouve mille coquecigrues, *des moines blancs et noirs, plusieurs religieuses grises et blanches, du linge jeté par-ci par-là, des hommes ensevelis tout droits contre des arbres,* etc. », je fus ravi par ce que j'eusse appelé un peu plus tard (ne peint-elle pas les paysages de la même façon que lui, les caractères ?) le côté Dostoïevski des *Lettres de Madame de Sévigné.*

Quand le soir, après avoir conduit ma grand-mère et être resté quelques heures chez son amie, j'eus repris seul le train, du moins je ne trouvai pas pénible la nuit qui vint ; c'est que je n'avais pas à la passer dans la prison d'une chambre dont l'ensommeillement me tiendrait éveillé ; j'étais entouré par la calmante activité de tous ces mouvements du train, qui me tenaient compagnie, s'offraient à causer avec moi si je ne trouvais pas le sommeil, me berçaient de leurs bruits que j'accouplais comme le son des cloches à Combray tantôt sur un rythme tantôt sur un autre (entendant selon ma fantaisie d'abord quatre doubles croches égales, puis une double croche furieusement précipitée contre une noire) ; ils neutralisaient la force centrifuge de mon insomnie en exerçant sur elle des pressions contraires qui me maintenaient en équilibre et sur lesquelles mon immobilité et bientôt mon sommeil se sentirent portés avec la même impression rafraîchissante que m'aurait donnée un repos dû à la vigilance de forces puissantes au sein de la nature et de la vie, si j'avais pu pour un moment m'incarner en quelque poisson qui dort dans la mer, promené dans son assoupissement par les courants et la vague, ou en quelque aigle étendu sur le seul appui de la tempête.

Les levers de soleil sont un accompagnement des longs voyages en chemin de fer, comme les œufs durs, les journaux illustrés, les jeux de cartes, les rivières où des barques s'évertuent sans avancer. À un moment où je dénombrais les pensées qui avaient rempli mon esprit, pendant les minutes précédentes, pour me rendre compte si je venais ou non de dormir (et où l'incertitude même qui me faisait me poser la question était en train de me fournir une réponse affirmative), dans le carreau de la fenêtre, au-dessus d'un petit bois noir, je vis des nuages échancrés dont le doux duvet était d'un rose fixé, mort, qui ne changera plus, comme celui qui teint les plumes de l'aile qui l'a assimilé ou le pastel sur lequel l'a déposé la fantaisie du peintre. Mais je sentais qu'au contraire cette couleur n'était ni inertie, ni caprice, mais nécessité et vie. Bientôt s'amoncelèrent derrière elle des réserves de lumière. Elle s'aviva, le ciel devint d'un incarnat que je tâchais, en collant mes yeux à la vitre, de mieux voir car je le sentais en rapport avec l'existence profonde de la nature, mais la ligne du chemin de fer ayant changé de direction, le train tourna, la scène matinale fut remplacée dans le cadre de la fenêtre par un village nocturne aux toits bleus de clair de lune, avec un lavoir encrassé de la nacre opaline de la nuit, sous un ciel encore semé de toutes ses étoiles, et je me désolais d'avoir perdu ma bande de ciel rose quand je l'aperçus de nouveau, mais rouge cette fois, dans la fenêtre d'en face qu'elle abandonna à un deuxième coude de la voie ferrée ; si bien que je passais mon temps à courir d'une fenêtre à l'autre pour rapprocher, pour rentoiler les fragments intermittents et opposites de mon beau matin écarlate et versatile et en avoir une vue totale et un tableau continu.

Le paysage devint accidenté, abrupt, le train s'arrêta à une petite gare entre deux montagnes. On ne voyait au fond de la gorge, au bord du torrent, qu'une maison de garde enfoncée dans l'eau qui coulait au ras des fenêtres. Si un être peut être le produit d'un sol dont on goûte en lui le charme particulier, plus encore que la paysanne que j'avais tant désiré voir apparaître quand j'errais seul du côté de Méséglise, dans les bois de Roussainville, ce devait être la grande fille que je vis sortir de cette maison et, sur le sentier qu'illuminait obliquement le soleil levant, venir vers la gare en portant une jarre de lait. Dans la vallée à qui ces hauteurs cachaient le reste du monde, elle ne devait jamais voir personne que dans ces trains qui ne s'arrêtaient qu'un instant. Elle longea les wagons, offrant du café au lait à quelques voyageurs réveillés. Empourpré des reflets du matin, son visage était plus rose que le ciel. Je ressentis devant elle ce désir de vivre qui renaît en nous chaque fois que nous prenons de nouveau conscience de la beauté et du bonheur. Nous oublions toujours qu'ils sont individuels et, leur substituant dans notre esprit un type de convention que nous formons en faisant une sorte de moyenne entre les différents visages qui nous ont plu, entre les plaisirs que nous avons connus, nous n'avons que des images abstraites qui sont languissantes et fades parce qu'il leur manque précisément ce caractère d'une chose nouvelle, différente de ce que nous avons connu, ce caractère qui est propre à la beauté et au bonheur. Et nous portons sur la vie un jugement pessimiste et que nous supposons juste, car nous avons cru y faire entrer en ligne de compte le bonheur et la beauté, quand nous les avons omis et remplacés par des synthèses où d'eux il n'y a pas un seul atome. C'est ainsi que bâille d'avance d'ennui un lettré à qui on parle d'un nouveau « beau livre », parce qu'il imagine une sorte de composé de tous les beaux livres qu'il a lus, tandis qu'un beau livre est particulier, imprévisible, et n'est pas fait de la somme de tous les chefs-d'œuvre précédents mais de quelque chose que s'être parfaitement assimilé cette somme ne suffit nullement à faire trouver, car c'est justement en dehors d'elle. Dès qu'il a eu connaissance de cette nouvelle œuvre, le lettré, tout à l'heure blasé, se sent de l'intérêt pour la réalité qu'elle dépeint. Telle, étrangère aux modèles de beauté que dessinait ma pensée quand je me trouvais seul, la belle fille me donna aussitôt le goût d'un certain bonheur (seule forme, toujours particulière, sous laquelle nous puissions connaître le goût du bonheur), d'un bonheur qui se réaliserait en vivant auprès d'elle. Mais ici encore la cessation

momentanée de l'Habitude agissait pour une grande part.
Je faisais bénéficier la marchande de lait de ce que c'était
mon être au complet, apte à goûter de vives jouissances,
qui était en face d'elle. C'est d'ordinaire avec notre être
réduit au minimum que nous vivons, la plupart de nos
facultés restent endormies, parce qu'elles se reposent sur
l'habitude qui sait ce qu'il y a à faire et n'a pas besoin
d'elles. Mais par ce matin de voyage l'interruption de la
routine de mon existence, le changement de lieu et d'heure
avaient rendu leur présence indispensable. Mon habitude
qui était sédentaire et n'était pas matinale, faisait défaut,
et toutes mes facultés étaient accourues pour la remplacer,
rivalisant entre elles de zèle — s'élevant toutes, comme des
vagues, à un même niveau inaccoutumé — de la plus basse
à la plus noble, de la respiration, de l'appétit, et de la
circulation sanguine à la sensibilité et à l'imagination. Je
ne sais si, en me faisant croire que cette fille n'était pas
pareille aux autres femmes, le charme sauvage de ces lieux
ajoutait au sien, mais elle le leur rendait. La vie m'aurait
paru délicieuse si seulement j'avais pu, heure par heure, la
passer avec elle, l'accompagner jusqu'au torrent, jusqu'à
la vache, jusqu'au train, être toujours à ses côtés, me sentir
connu d'elle, ayant ma place dans sa pensée. Elle m'aurait
initié aux charmes de la vie rustique et des premières
heures du jour. Je lui fis signe qu'elle vînt me donner du
café au lait. J'avais besoin d'être remarqué d'elle. Elle ne
me vit pas, je l'appelai. Au-dessus de son corps très grand,
le teint de sa figure était si doré et si rose qu'elle avait l'air
d'être vue à travers un vitrail illuminé. Elle revint sur ses
pas, je ne pouvais détacher mes yeux de son visage de plus
en plus large, pareil à un soleil qu'on pourrait fixer et qui
s'approcherait jusqu'à venir tout près de vous, se laissant
regarder de près, vous éblouissant d'or et de rouge. Elle
posa sur moi son regard perçant, mais comme les
employés fermaient les portières, le train se mit en
marche ; je la vis quitter la gare et reprendre le sentier, il
faisait grand jour maintenant : je m'éloignais de l'aurore.
Que mon exaltation eût été produite par cette fille, ou au
contraire eût causé la plus grande partie du plaisir que
j'avais eu à me trouver près d'elle, en tout cas elle était si
mêlée à lui que mon désir de la revoir était avant tout le
désir moral de ne pas laisser cet état d'excitation périr
entièrement, de ne pas être séparé à jamais de l'être qui y
avait, même à son insu, participé. Ce n'est pas seulement
que cet état fût agréable. C'est surtout que (comme la
tension plus grande d'une corde ou la vibration plus
rapide d'un nerf produit une sonorité ou une couleur

différente) il donnait une autre tonalité à ce que je voyais, il m'introduisait comme acteur dans un univers inconnu et infiniment plus intéressant ; cette belle fille que j'apercevais encore, tandis que le train accélérait sa marche, c'était comme une partie d'une vie autre que celle que je connaissais, séparée d'elle par un liséré, et où les sensations qu'éveillaient les objets n'étaient plus les mêmes, et d'où sortir maintenant eût été comme mourir à moi-même. Pour avoir la douceur de me sentir du moins rattaché à cette vie il eût suffi que j'habitasse assez près de la petite station pour pouvoir venir tous les matins demander du café au lait à cette paysanne. Mais, hélas ! elle serait toujours absente de l'autre vie vers laquelle je m'en allais de plus en plus vite et que je ne me résignais à accepter qu'en combinant des plans qui me permettraient un jour de reprendre ce même train et de m'arrêter à cette même gare, projet qui avait aussi l'avantage de fournir un aliment à la disposition intéressée, active, pratique, machinale, paresseuse, centrifuge qui est celle de notre esprit car il se détourne volontiers de l'effort qu'il faut pour approfondir en soi-même, d'une façon générale et désintéressée, une impression agréable que nous avons eue. Et comme d'autre part nous voulons continuer à penser à elle, il préfère l'imaginer dans l'avenir, préparer habilement les circonstances qui pourront la faire renaître, ce qui ne nous apprend rien sur son essence, mais nous évite la fatigue de la recréer en nous-même et nous permet d'espérer la recevoir de nouveau du dehors.

Certains noms de villes, Vézelay ou Chartres, Bourges ou Beauvais servent à désigner, par abréviation, leur église principale. Cette acception partielle où nous le prenons si souvent, finit — s'il s'agit de lieux que nous ne connaissons pas encore — par sculpter le nom tout entier qui dès lors, quand nous voudrons y faire entrer l'idée de la ville — de la ville que nous n'avons jamais vue, — lui imposera — comme un moule — les mêmes ciselures, et du même style, en fera une sorte de grande cathédrale. Ce fut pourtant à une station de chemin de fer, au-dessus d'un buffet, en lettres blanches sur un avertisseur bleu, que je lus le nom, presque de style persan, de Balbec. Je traversai vivement la gare et le boulevard qui y aboutissait, je demandai la grève pour ne voir que l'église et la mer ; on n'avait pas l'air de comprendre ce que je voulais dire. Balbec-le-Vieux, Balbec-en-Terre, où je me trouvais, n'était ni une plage ni un port. Certes, c'était bien dans la mer que les pêcheurs avaient trouvé, selon la légende, le Christ miraculeux dont un vitrail de cette église qui était à quelques mètres de moi racontait la découverte ; c'était bien de falaises battues par les flots qu'avait été tirée la pierre de la nef et des tours. Mais cette mer, qu'à cause de cela j'avais imaginée venant mourir au pied du vitrail, était à plus de cinq lieues de distance, à Balbec-Plage, et, à côté de sa coupole, ce clocher que, parce que j'avais vu qu'il était lui-même une âpre falaise normande où s'amassaient les grains, où tournoyaient les oiseaux, je m'étais toujours représenté comme recevant à sa base la dernière écume des vagues soulevées, il se dressait sur une place où était l'embranchement de deux lignes de tramways, en face d'un Café qui portait, écrit en lettres d'or, le mot « Billard » ; il se détachait sur un fond de maisons aux toits desquelles ne se mêlait aucun mât. Et l'église — entrant dans mon attention avec le Café, avec le passant à qui il avait fallu demander mon chemin, avec la gare où j'allais retourner — faisait un avec tout le reste, semblait un accident, un produit de cette fin d'après-midi, dans laquelle la coupole moelleuse et gonflée sur le ciel était comme un fruit dont la même lumière qui baignait les cheminées des maisons, mûrissait la peau rose, dorée et fondante. Mais je ne voulus plus penser qu'à la signification éternelle des sculptures, quand je reconnus les Apôtres dont j'avais vu les statues moulées au musée du Trocadéro et qui des deux côtés de la Vierge, devant la baie profonde du porche, m'attendaient comme pour me faire honneur. La figure bienveillante, camuse et douce, le dos voûté, ils semblaient s'avancer d'un air de bienvenue en chantant l'*Alleluia* d'un beau jour. Mais on s'apercevait que leur expression était immuable comme celle d'un mort et ne se modifiait que si on tournait autour d'eux. Je me disais : c'est ici, c'est l'église de Balbec. Cette place qui a l'air de savoir sa gloire, est le seul lieu du monde qui possède l'église de Balbec. Ce que j'ai vu jusqu'ici c'était des photographies de cette église, et, de ces Apôtres, de cette Vierge du porche si célèbres, les moulages seulement. Maintenant c'est l'église elle-même, c'est la statue elle-même, ce sont elles ; elles, les uniques, c'est bien plus.

C'était moins aussi peut-être. Comme un jeune homme, un jour d'examen ou de duel, trouve le fait sur lequel on l'a interrogé, la balle qu'il a tirée, bien peu de chose quand il pense aux réserves de science et de courage qu'il possède et dont il aurait voulu faire preuve, de même mon esprit qui avait dressé la Vierge du porche hors des reproductions que j'en avais eues sous les yeux, inaccessible aux vicissitudes qui pouvaient menacer celles-ci, intacte si on les détruisait, idéale, ayant une valeur universelle, s'étonnait de voir la statue qu'il avait mille fois sculptée réduite maintenant à sa propre apparence de pierre, occupant par rapport à la portée de mon bras une place où elle avait pour rivales une affiche électorale et la pointe de ma canne, enchaînée à la Place, inséparable du débouché de la grand-rue, ne pouvant fuir les regards du Café et du bureau d'omnibus, recevant sur son visage la moitié du rayon de soleil couchant — et bientôt, dans quelques heures, de la clarté du réverbère — dont le bureau du Comptoir d'escompte recevait l'autre moitié, gagnée, en même temps que cette succursale d'un établissement de crédit, par le relent des cuisines du pâtissier, soumise à la tyrannie du Particulier au point que, si j'avais voulu tracer ma signature sur cette pierre, c'est elle, la Vierge illustre que jusque-là j'avais douée d'une existence générale et d'une intangible beauté, la Vierge de Balbec, l'unique (ce qui, hélas ! voulait dire la seule), qui, sur son corps encrassé de la même suie que les maisons voisines, aurait, sans pouvoir s'en défaire, montré à tous les admirateurs venus là pour la contempler, la trace de mon morceau de craie et les lettres de mon nom, et c'était elle enfin, l'œuvre d'art immortelle et si longtemps désirée, que je trouvais métamorphosée, ainsi que l'église elle-même, en une petite vieille de pierre dont je pouvais mesurer la hauteur et compter les rides. L'heure passait, il fallait retourner à la gare où je devais attendre ma grand-mère et Françoise pour gagner ensemble Balbec-Plage. Je me rappelais ce que j'avais lu sur Balbec, les paroles de Swann : « C'est délicieux, c'est aussi beau que Sienne. » Et n'accusant de ma déception que des contingences, la mauvaise disposition où j'étais, ma fatigue, mon incapacité de savoir regarder, j'essayais de me consoler en pensant qu'il restait d'autres villes encore intactes pour moi, que je pourrais prochainement peut-être pénétrer comme au milieu d'une pluie de perles dans le frais gazouillis des égouttements de Quimperlé, traverser le reflet verdissant et rose qui baignait Pont-Aven ; mais pour Balbec dès que j'y étais entré ç'avait été comme si j'avais entrouvert un nom qu'il eût fallu tenir hermétiquement clos et où, profitant de l'issue que je leur avais imprudemment offerte en chassant toutes les images qui y vivaient jusque-là, un tramway, un Café, les gens qui passaient sur la place, la succursale du Comptoir d'escompte, irrésistiblement poussés par une pression externe et une force pneumatique, s'étaient engouffrés à l'intérieur des syllabes qui, refermées sur eux, les laissaient maintenant encadrer le porche de l'église persane et ne cesseraient plus de les contenir.

Dans le petit chemin de fer d'intérêt local qui devait nous conduire à Balbec-Plage, je retrouvai ma grand-mère, mais l'y retrouvai seule — car elle avait imaginé de faire partir avant elle pour que tout fût préparé d'avance (mais lui ayant donné un renseignement faux n'avait réussi qu'à faire partir dans une mauvaise direction) Françoise qui en ce moment sans s'en douter filait à toute vitesse sur Nantes et se réveillerait peut-être à Bordeaux. À peine fus-je assis dans le wagon rempli par la lumière fugitive du couchant et par la chaleur persistante de l'après-midi (la première, hélas ! me permettant de voir en plein sur le visage de ma grand-mère combien la seconde l'avait fatiguée), elle me demanda : « Hé bien, Balbec ? » avec un sourire si ardemment éclairé par l'espérance du grand plaisir qu'elle pensait que j'avais éprouvé, que je n'osai pas lui avouer tout d'un coup ma déception. D'ailleurs, l'impression que mon esprit avait recherchée m'occupait moins au fur et à mesure que se rapprochait le lieu auquel mon corps aurait à s'accoutumer. Au terme, encore éloigné de plus d'une heure, de ce trajet, je cherchais à imaginer le directeur de l'hôtel de Balbec pour qui j'étais, en ce moment, inexistant et j'aurais voulu me présenter à lui dans une compagnie plus prestigieuse que celle de ma grand-mère qui allait certainement lui demander des rabais. Il m'apparaissait empreint d'une morgue certaine, mais très vague de contours.

À tout moment le petit chemin de fer nous arrêtait à l'une des stations qui précédaient Balbec-Plage et dont les noms mêmes (Incarville, Marcouville, Doville, Pont-à-Couleuvre, Arambouville, Saint-Mars-le-Vieux, Hermonville, Maineville) me semblaient étranges, alors que lus dans un livre ils auraient eu quelque rapport avec les noms de certaines localités qui étaient voisines de Combray. Mais à l'oreille d'un musicien deux motifs, matériellement composés de plusieurs des mêmes notes, peuvent ne présenter aucune ressemblance, s'ils diffèrent par la couleur de l'harmonie et de l'orchestration. De même, rien moins que ces tristes noms faits de sable, d'espace trop aéré et vide, et de sel, au-dessus desquels le mot « ville » s'échappait comme vole dans Pigeon-vole, ne me faisait penser à ces autres noms de Roussainville ou de Martinville qui, parce que je les avais entendu prononcer si souvent par ma grand-tante à table, dans la « salle », avaient acquis un certain charme sombre où s'étaient peut-être mélangés des extraits du goût des confitures, de l'odeur du feu de bois et du papier d'un livre de Bergotte, de la couleur de grès de la maison d'en face, et qui, aujourd'hui encore, quand ils remontent comme une bulle gazeuse du fond de ma mémoire, conservent leur vertu spécifique à travers les couches superposées de milieux différents qu'ils ont à franchir avant d'atteindre jusqu'à la surface.

C'était, dominant la mer lointaine du haut de leur dune ou s'accommodant déjà pour la nuit au pied de collines d'un vert cru et d'une forme désobligeante, comme celle du canapé d'une chambre d'hôtel où l'on vient d'arriver, composées de quelques villas que prolongeait un terrain de tennis et quelquefois un casino dont le drapeau claquait au vent fraîchissant, évidé et anxieux, de petites stations qui me montraient pour la première fois leurs hôtes habituels, mais me les montraient par leur dehors — des joueurs de tennis en casquettes blanches, le chef de gare vivant là, près de ses tamaris et de ses roses, une dame coiffée d'un « canotier », qui, décrivant le tracé quotidien d'une vie que je ne connaîtrais jamais, rappelait son lévrier qui s'attardait, et rentrait dans son chalet où la lampe était déjà allumée — et qui blessaient cruellement de ces images étrangement usuelles et dédaigneusement familières mes regards inconnus et mon cœur dépaysé. Mais combien ma souffrance s'aggrava quand nous eûmes débarqué dans le hall du Grand-Hôtel de Balbec, en face de l'escalier monumental qui imitait le marbre, et pendant que ma grand-mère, sans souci d'accroître l'hostilité et le mépris des étrangers au milieu desquels nous allions vivre, discutait les « conditions » avec le directeur, sorte de poussah à la figure et à la voix pleines de cicatrices (qu'avait laissées l'extirpation sur l'une, de nombreux boutons, sur l'autre des divers accents dus à des origines lointaines et à une enfance cosmopolite), au smoking de mondain, au regard de psychologue prenant généralement, à l'arrivée de l'« omnibus », les grands seigneurs pour des râleux et les rats d'hôtels pour des grands seigneurs. Oubliant sans doute que lui-même ne touchait pas cinq cents francs d'appointements mensuels, il méprisait profondément les personnes pour qui cinq cents francs, ou plutôt comme il disait « vingt-cinq louis » est « une somme » et les considérait comme faisant partie d'une race de parias à qui n'était pas destiné le Grand-Hôtel. Il est vrai que dans ce Palace même, il y avait des gens qui ne payaient pas très cher tout en étant estimés du directeur, à condition que celui-ci fût certain qu'ils regardaient à dépenser non pas par pauvreté mais par avarice. Elle ne saurait en effet rien ôter au prestige, puisqu'elle est un vice et peut par conséquent se rencontrer dans toutes les situations sociales. La situation sociale était la seule chose à laquelle le directeur fit attentiona, la situation sociale, ou plutôt les signes qui lui paraissaient impliquer qu'elle était élevée, comme de ne pas se découvrir en entrant dans le hall, de porter des knickerbockers, un paletot à taille, et de sortir un cigare ceint de pourpre et d'or d'un étui en maroquin écrasé (tous avantages, hélas ! qui me faisaient défaut). Il émaillait ses propos commerciaux d'expressions choisies, mais à contre-sens.

Tandis que j'entendais ma grand-mère, sans se froisser qu'il l'écoutât son chapeau sur la tête et tout en sifflotant, lui demander sur une intonation artificielle : « Et quels sont... vos prix ?... Oh ! beaucoup trop élevés pour mon petit budget, attendant sur une banquette, je me réfugiais au plus profond de moi-même, je m'efforçais d'émigrer dans des pensées éternelles, de ne laisser rien de moi, rien de vivant, à la surface de mon corps — insensibilisée comme l'est celle des animaux qui par inhibition font les morts quand on les blesse —, afin de ne pas trop souffrir dans ce lieu où mon manque total d'habitude m'était rendu plus sensible encore par la vue de celle que semblaient en avoir au même moment une dame élégante à qui le directeur témoignait son respect en prenant des familiarités avec le petit chien dont elle était suivie, le jeune gandin qui, la plume au chapeau, rentrait en demandant « s'il avait des lettres », tous ces gens pour qui c'était regagner leur *home* que de gravir les degrés en faux marbre. Et en même temps le regard de Minos, Éaque et Rhadamante (regard dans lequel je plongeai mon âme dépouillée, comme dans un inconnu où plus rien ne la protégeait) me fut jeté sévèrement par des messieurs qui, peu versés peut-être dans l'art de « recevoir », portaient le titre de « chefs de réception » ; plus loin, derrière un vitrage clos, des gens étaient assis dans un salon de lecture pour la description duquel il m'aurait fallu choisir dans le Dante tour à tour les couleurs qu'il prête au Paradis et à l'Enfer, selon que je pensais au bonheur des élus qui avaient le droit d'y lire en toute tranquillité, ou à la terreur que m'eût causée ma grand-mère si dans son insouci de ce genre d'impressions, elle m'eût ordonné d'y pénétrer.

Mon impression de solitude s'accrut encore un moment après. Comme j'avais avoué à ma grand-mère que je n'étais pas bien, que je croyais que nous allions être obligés de revenir à Paris, sans protester elle avait dit qu'elle sortait pour quelques emplettes, utiles aussi bien si nous partions que si nous restions (et que je sus ensuite m'être toutes destinées, Françoise ayant avec elle des affaires qui m'eussent manqué) ; en l'attendant j'étais allé faire les cent pas dans les rues encombrées d'une foule qui y maintenait une chaleur d'appartement et où étaient encore ouverts la boutique du coiffeur et le salon d'un pâtissier chez lequel des habitués prenaient des glaces, devant la statue de Duguay-Trouin. Elle me causa à peu près autant de plaisir que son image au milieu d'un « illustré » peut en procurer au malade qui le feuillette dans le cabinet d'attente d'un chirurgien. Je m'étonnais qu'il y eût des gens assez différents de moi pour que, cette promenade dans la ville, le directeur eût pu me la conseiller comme une distraction, et aussi pour que le lieu de supplice qu'est une demeure nouvelle pût paraître à certains « un séjour de délices » comme disait le prospectus de l'hôtel qui pouvait exagérer, mais pourtant s'adressait à toute une clientèle dont il flattait les goûts. Il est vrai qu'il invoquait, pour la faire venir au Grand-Hôtel de Balbec, non seulement « la chère exquise » et le « coup d'œil féerique des jardins du Casino », mais encore les « arrêts de Sa Majesté la Mode, qu'on ne peut violer impunément sans passer pour un béotien, ce à quoi aucun homme bien élevé ne voudrait s'exposer. Le besoin que j'avais de ma grand-mère était grandi par ma crainte de lui avoir causé une désillusion. Elle devait être découragée, sentir que si je ne supportais pas cette fatigue c'était à désespérer qu'aucun voyage pût me faire du bien. Je me décidai à rentrer l'attendre ; le directeur vint lui-même pousser un bouton : et un personnage encore inconnu de moi, qu'on appelait « lift » (et qui au point le plus haut de l'hôtel, là où serait le lanternon d'une église normande, était installé comme un photographe derrière son vitrage ou comme un organiste dans sa chambre), se mit à descendre vers moi avec l'agilité d'un écureuil domestique, industrieux et captif. Puis en glissant de nouveau le long d'un pilier il m'entraîna à sa suite vers le dôme de la nef commerciale. À chaque étage, des deux côtés de petits escaliers de communication, se dépliaient en éventails de sombres galeries, dans lesquelles, portant un traversin, passait une femme de chambre. J'appliquais à son visage rendu indécis par le crépuscule, le masque de mes rêves les plus passionnés, mais lisais dans son regard tourné vers moi l'horreur de mon néant. Cependant pour dissiper, au cours de l'interminable ascension, l'angoisse mortelle que j'éprouvais à traverser en silence le mystère de ce clair-obscur sans poésie, éclairé d'une seule rangée verticale de verrières que faisait l'unique water-closet de chaque étage, j'adressai la parole au jeune organiste, artisan de mon voyage et compagnon de ma captivité, lequel continuait à tirer les registres de son instrument et à pousser les tuyaux. Je m'excusai de tenir autant de place, de lui donner tellement de peine, et lui demandai si je ne le gênais pas dans l'exercice d'un art à l'endroit duquel, pour flatter le virtuose, je fis plus que manifester de la curiosité, je confessai ma prédilection. Mais il ne me répondit pas, soit étonnement de mes paroles, attention à son travail, souci de l'étiquette, dureté de son ouïe, respect du lieu, crainte du danger, paresse d'intelligence ou consigne du directeur.

Il n'est peut-être rien qui donne plus l'impression de la réalité de ce qui nous est extérieur, que le changement de la position, par rapport à nous, d'une personne même insignifiante, avant que nous l'ayons connue, et après. J'étais le même homme qui avait pris à la fin de l'après-midi le petit chemin de fer de Balbec, je portais en moi la même âme. Mais dans cette âme, à l'endroit où, à six heures, il y avait, avec l'impossibilité d'imaginer le directeur, le Palace, son personnel, une attente vague et craintive du moment où j'arriverais, se trouvaient maintenant les boutons extirpés dans la figure du directeur cosmopolite (en réalité naturalisé Monégasque, bien qu'il fût — comme il disait parce qu'il employait toujours des expressions qu'il croyait distinguées, sans s'apercevoir qu'elles étaient vicieuses — « d'originalité roumaine »), son geste pour sonner le lift, le lift lui-même, toute une frise de personnages de guignol sortis de cette boîte de Pandore qu'était le Grand-Hôtel, indéniables, inamovibles, et comme tout ce qui est réalisé, stérilisants. Mais du moins ce changement dans lequel je n'étais pas intervenu me prouvait qu'il s'était passé quelque chose d'extérieur à moi — si dénuée d'intérêt que cette chose fût en soi — et j'étais comme le voyageur qui ayant eu le soleil devant lui en commençant une course, constate que les heures ont passé quand il le voit derrière lui. J'étais brisé par la fatigue, j'avais la fièvre, je me serais bien couché, mais je n'avais rien de ce qu'il eût fallu pour cela. J'aurais voulu au moins m'étendre un instant sur le lit, mais à quoi bon puisque je n'aurais pu y faire trouver de repos à cet ensemble de sensations qui est pour chacun de nous son corps conscient, sinon son corps matériel, et puisque les objets inconnus qui l'encerclaient, en le forçant à mettre ses perceptions sur le pied permanent d'une défensive vigilante, auraient maintenu mes regards, mon ouïe, tous mes sens, dans une position aussi réduite et incommode (même si j'avais allongé mes jambes) que celle du cardinal La Balue dans la cage où il ne pouvait ni se tenir debout ni s'asseoir. C'est notre attention qui met des objets dans une chambre, et l'habitude qui les en retire et nous y fait de la place. De la place, il n'y en avait pas pour moi dans ma chambre de Balbec (mienne de nom seulement), elle était pleine de choses qui ne me connaissaient pas, me rendirent le coup d'œil méfiant que je leur jetai et sans tenir aucun compte de mon existence, témoignèrent que je dérangeais le train-train de la leur. La pendule — alors qu'à la maison je n'entendais la mienne que quelques secondes par semaine, seulement quand je sortais d'une profonde méditation — continua sans s'interrompre un instant à tenir dans une langue inconnue des propos qui devaient être désobligeants pour moi, car les grands rideaux violets l'écoutaient sans répondre mais dans une attitude analogue à celle des gens qui haussent les épaules pour montrer que la vue d'un tiers les irrite. Ils donnaient à cette chambre si haute un caractère quasi historique qui eût pu la rendre appropriée à l'assassinat du duc de Guise, et plus tard à une visite de touristes conduits par un guide de l'agence Cook, — mais nullement à mon sommeil. J'étais tourmenté par la présence de petites bibliothèques à vitrines, qui couraient le long des murs, mais surtout par une grande glace à pieds, arrêtée en travers de la pièce et avant le départ de laquelle je sentais qu'il n'y aurait pas pour moi de détente possible. Je levais à tout moment mes regards — que les objets de ma chambre de Paris ne gênaient pas plus que ne faisaient mes propres prunelles, car ils n'étaient plus que des annexes de mes organes, un agrandissement de moi-même — vers le plafond surélevé de ce belvédère situé au sommet de l'hôtel et que ma grand-mère avait choisi pour moi ; et, jusque dans cette région plus intime que celle où nous voyons et où nous entendons, dans cette région où nous éprouvons la qualité des odeurs, c'était presque à l'intérieur de mon moi que celle du vétiver venait pousser dans mes derniers retranchements son offensive, à laquelle j'opposais non sans fatigue la riposte inutile et incessante d'un reniflement alarmé. N'ayant plus d'univers, plus de chambre, plus de corps que menacé par les ennemis qui m'entouraient, qu'envahi jusque dans les os par la fièvre, j'étais seul, j'avais envie de mourir. Alors ma grand-mère entra ; et à l'expansion de mon cœur refoulé s'ouvrirent aussitôt des espaces infinis.

Elle portait une robe de chambre de percale qu'elle revêtait à la maison chaque fois que l'un de nous était malade (parce qu'elle s'y sentait plus à l'aise, disait-elle, attribuant toujours à ce qu'elle faisait des mobiles égoïstes), et qui était pour nous soigner, pour nous veiller, sa blouse de servante et de garde, son habit de religieuse. Mais tandis que les soins de celles-là, la bonté qu'elles ont, le mérite qu'on leur trouve et la reconnaissance qu'on leur doit, augmentent encore l'impression qu'on a d'être, pour elles, un autre, de se sentir seul, gardant pour soi la charge de ses pensées, de son propre désir de vivre, je savais, quand j'étais avec ma grand-mère, si grand chagrin qu'il y eût en moi, qu'il serait reçu dans une pitié plus vaste encore ; que tout ce qui était mien, mes soucis, mon vouloir, serait, en ma grand-mère, étayé sur un désir de conservation et d'accroissement de ma propre vie autrement fort que celui que j'avais moi-même ; et mes pensées se prolongeaient en elle sans subir de déviation parce qu'elles passaient de mon esprit dans le sien sans changer de milieu, de personne. Et — comme quelqu'un qui veut nouer sa cravate devant une glace sans comprendre que le bout qu'il voit n'est pas placé par rapport à lui du côté sentais qu'il n'y aurait pas pour moi de détente possible. Je levais à tout moment mes regards — que les objets de ma chambre de Paris ne gênaient pas plus que ne faisaient mes propres prunelles, car ils n'étaient plus que des annexes de mes organes, un agrandissement de moi-même — vers le plafond surélevé de ce belvédère situé au sommet de l'hôtel et que ma grand-mère avait choisi pour moi ; et, jusque dans cette région plus intime que celle où nous voyons et où nous entendons, dans cette région où nous éprouvons la qualité des odeurs, c'était presque à l'intérieur de mon moi que celle du vétiver venait pousser dans mes derniers retranchements son offensive, à laquelle j'opposais non sans fatigue la riposte inutile et incessante d'un reniflement alarmé. N'ayant plus d'univers, plus de chambre, plus de corps que menacé par les ennemis qui m'entouraient, qu'envahi jusque dans les os par la fièvre, j'étais seul, j'avais envie de mourir. Alors ma grand-mère entra ; et à l'expansion de mon cœur refoulé s'ouvrirent aussitôt des espaces infinis.

Elle portait une robe de chambre de percale qu'elle revêtait à la maison chaque fois que l'un de nous était malade (parce qu'elle s'y sentait plus à l'aise, disait-elle, attribuant toujours à ce qu'elle faisait des mobiles égoïstes), et qui était pour nous soigner, pour nous veiller, sa blouse de servante et de garde, son habit de religieuse. Mais tandis que les soins de celles-là, la bonté qu'elles ont, le mérite qu'on leur trouve et la reconnaissance qu'on leur doit, augmentent encore l'impression qu'on a d'être, pour elles, un autre, de se sentir seul, gardant pour soi la charge de ses pensées, de son propre désir de vivre, je savais, quand j'étais avec ma grand-mère, si grand chagrin qu'il y eût en moi, qu'il serait reçu dans une pitié plus vaste encore ; que tout ce qui était mien, mes soucis, mon vouloir, serait, en ma grand-mère, étayé sur un désir de conservation et d'accroissement de ma propre vie autrement fort que celui que j'avais moi-même ; et mes pensées se prolongeaient en elle sans subir de déviation parce qu'elles passaient de mon esprit dans le sien sans changer de milieu, de personne. Et — comme quelqu'un qui veut nouer sa cravate devant une glace sans comprendre que le bout qu'il voit n'est pas placé par rapport à lui du côté où il dirige sa main, ou comme un chien qui poursuit à terre l'ombre dansante d'un insecte — trompé par l'apparence du corps comme on l'est dans ce monde où nous ne percevons pas directement les âmes, je me jetai dans les bras de ma grand-mère et je suspendis mes lèvres à sa figure comme si j'accédais ainsi à ce cœur immense qu'elle m'ouvrait. Quand j'avais ainsi ma bouche collée à ses joues, à son front, j'y puisais quelque chose de si bienfaisant, de si nourricier, que je gardais l'immobilité, le sérieux, la tranquille avidité d'un enfant qui tète.

Je regardais ensuite sans me lasser son grand visage découpé comme un beau nuage ardent et calme, derrière lequel on sentait rayonner la tendresse. Et tout ce qui recevait encore, si faiblement que ce fût, un peu de ses sensations, tout ce qui pouvait ainsi être dit encore à elle, en était aussitôt si spiritualisé, si sanctifié que de mes paumes je lissais ses beaux cheveux à peine gris avec autant de respect, de précaution et de douceur que si j'y avais caressé sa bonté. Elle trouvait un tel plaisir dans toute peine qui m'en épargnait une, et, dans un moment d'immobilité et de calme pour mes membres fatigués, quelque chose de si délicieux, que quand, ayant vu qu'elle voulait m'aider à me coucher et me déchausser, je fis le geste de l'en empêcher et de commencer à me déshabiller moi-même, elle arrêta d'un regard suppliant mes mains qui touchaient aux premiers boutons de ma veste et de mes bottines.

« Oh, je t'en prie, me dit-elle. C'est une telle joie pour ta grand-mère. Et surtout ne manque pas de frapper au mur si tu as besoin de quelque chose cette nuit, mon lit est adossé au tien, la cloison est très mince. D'ici un moment quand tu seras couché, fais-le, pour voir si nous nous comprenons bien. »

Et, en effet, ce soir-là, je frappai trois coups — que, une semaine plus tard quand je fus souffrant je renouvelai pendant quelques jours tous les matins parce que ma grand-mère voulait me donner du lait de bonne heure. Alors quand je croyais entendre qu'elle était réveillée — pour qu'elle n'attendît pas et pût, tout de suite après, se rendormir — je risquais trois petits coups, timidement, faiblement, distinctement malgré tout, car si je craignais d'interrompre son sommeil dans le cas où je me serais trompé et où elle eût dormi, je n'aurais pas voulu non plus qu'elle continuât d'épier un appel qu'elle n'aurait pas distingué d'abord et que je n'oserais pas renouveler. Et à peine j'avais frappé mes coups que j'en entendais trois autres, d'une intonation différente ceux-là, empreints d'une calme autorité, répétés à deux reprises pour plus de clarté et qui disaient : « Ne t'agite pas, j'ai entendu ; dans quelques instants je serai là » ; et bientôt après ma grand-mère arrivait. Je lui disais que j'avais eu peur qu'elle ne m'entendît pas ou crût que c'était un voisin qui avait frappé ; elle riait :

« Confondre les coups de mon pauvre chou avec d'autres, mais entre mille sa grand-mère les reconnaîtrait ! Crois-tu donc qu'il y en ait d'autres au monde qui soient aussi bêtas, aussi fébriles, aussi partagés entre la crainte de me réveiller et de ne pas être compris ? Mais quand même elle se contenterait d'un grattement on reconnaîtrait tout de suite sa petite souris, surtout quand elle est aussi unique et à plaindre que la mienne. Je l'entendais déjà depuis un moment qui hésitait, qui se remuait dans le lit, qui faisait tous ses manèges. »

Elle entrouvrait les persiennes ; à l'annexe en saillie de l'hôtel, le soleil était déjà installé sur les toits comme un couvreur matinal qui commence tôt son ouvrage et l'accomplit en silence pour ne pas réveiller la ville qui dort encore et de laquelle l'immobilité le fait paraître plus agile. Elle me disait l'heure, le temps qu'il ferait, que ce n'était pas la peine que j'allasse jusqu'à la fenêtre, qu'il y avait de la brume sur la mer, si la boulangerie était déjà ouverte, quelle était cette voiture qu'on entendait : tout cet insignifiant lever de rideau, ce négligeable *introït* du jour auquel personne n'assiste, petit morceau de vie qui n'était qu'à nous deux, que j'évoquerais volontiers dans la journée devant Françoise ou des étrangers en parlant du brouillard à couper au couteau qu'il y avait eu le matin à six heures, avec l'ostentation non d'un savoir acquis, mais d'une marque d'affection reçue par moi seul ; doux instant matinal qui s'ouvrait comme une symphonie par le dialogue rythmé de mes trois coups auquel la cloison pénétrée de tendresse et de joie, devenue harmonieuse, immatérielle, chantant comme les anges, répondait par trois autres coups ardemment attendus, deux fois répétés, et où elle savait transporter l'âme de ma grand-mère tout entière et la promesse de sa venue, avec une allégresse d'annonciation et une fidélité musicale. Mais cette première nuit d'arrivée, quand ma grand-mère m'eut quitté, je recommençai à souffrir, comme j'avais déjà souffert à Paris au moment de quitter la maison. Peut-être cet effroi que j'avais — qu'ont tant d'autres — de coucher dans une chambre inconnue, peut-être cet effroi n'est-il que la forme la plus humble, obscure, organique, presque inconsciente, de ce grand refus désespéré qu'opposent les choses qui constituent le meilleur de notre vie présente à ce que nous revêtions mentalement de notre acceptation la formule d'un avenir où elles ne figurent pas ; refus qui était au fond de l'horreur que m'avait fait si souvent éprouver la pensée que mes parents mourraient un jour, que les nécessités de la vie pourraient m'obliger à vivre loin de Gilberte, ou simplement à me fixer définitivement dans un pays où je ne verrais plus jamais mes amis ; refus qui était encore au fond de la difficulté que j'avais à penser à ma propre mort ou à une survie comme celle que Bergotte promettait aux hommes dans ses livres, dans laquelle je ne pourrais emporter mes souvenirs, mes défauts, mon caractère qui ne se résignaient pas à l'idée de ne plus être et ne voulaient pour moi ni du néant, ni d'une éternité où ils ne seraient plus.

Quand Swann m'avait dit à Paris, un jour que j'étais particulièrement souffrant : « Vous devriez partir pour ces délicieuses îles de l'Océanie, vous verrez que vous n'en reviendrez plus », j'aurais voulu lui répondre : « Mais alors je ne verrai plus votre fille, je vivrai au milieu de choses et de gens qu'elle n'a jamais vus. » Et pourtant ma raison me disait : « Qu'est-ce que cela peut faire, puisque tu n'en seras pas affligé ? Quand M. Swann te dit que tu ne reviendras pas, il entend par là que tu ne voudras pas revenir, et puisque tu ne le voudras pas, c'est que, là-bas, tu seras heureux. » Car ma raison savait que l'habitude — l'habitude qui allait assumer maintenant l'entreprise de me faire aimer ce logis inconnu, de changer la place de la glace, la nuance des rideaux, d'arrêter la pendule — se charge aussi bien de nous rendre chers les compagnons qui nous avaient déplu d'abord, de donner une autre forme aux visages, de rendre sympathique le son d'une voix, de modifier l'inclination des cœurs. Certes ces amitiés nouvelles pour des lieux et des gens ont pour trame l'oubli des anciennes ; mais justement ma raison pensait que je pouvais envisager sans terreur la perspective d'une vie où je serais à jamais séparé d'êtres dont je perdrais le souvenir, et c'est comme une consolation qu'elle offrait à mon cœur une promesse d'oubli qui ne faisait au contraire qu'affoler son désespoir. Ce n'est pas que notre cœur ne doive éprouver, lui aussi, quand la séparation sera consommée, les effets analgésiques de l'habitude ; mais jusque-là il continuera de souffrir. Et la crainte d'un avenir où nous seront enlevés la vue et l'entretien de ceux que nous aimons et d'où nous tirons aujourd'hui notre plus chère joie, cette crainte, loin de se dissiper, s'accroît, si à la douleur d'une telle privation nous pensons que s'ajoutera ce qui pour nous semble actuellement plus cruel encore : ne pas la ressentir comme une douleur, y rester indifférent ; car alors notre moi serait changé : ce ne serait plus seulement le charme de nos parents, de notre maîtresse, de nos amis, qui ne serait plus autour de nous, mais notre affection pour eux ; elle aurait été si parfaitement arrachée de notre cœur, dont elle est aujourd'hui une notable part, que nous pourrions nous plaire à cette vie séparée d'eux dont la pensée nous fait horreur aujourd'hui ; ce serait donc une vraie mort de nous-même, mort suivie, il est vrai, de résurrection, mais en un moi différent et jusqu'à l'amour duquel ne peuvent s'élever les parties de l'ancien moi condamnées à mourir. Ce sont elles — même les plus chétives, comme les obscurs attachements aux dimensions, à l'atmosphère d'une chambre — qui s'effarent et refusent, en des rébellions où il faut voir un mode secret, partiel, tangible et vrai de la résistance à la mort, de la longue résistance désespérée et quotidienne à la mort fragmentaire et successive telle qu'elle s'insère dans toute la durée de notre vie détachant de nous à chaque moment des lambeaux de nous-mêmes sur la mortification desquels des cellules nouvelles multiplieront. Et pour une nature nerveuse comme était la mienne — c'est-à-dire chez qui les intermédiaires, les nerfs, remplissent mal leurs fonctions, n'arrêtent pas dans sa route vers la conscience, mais y laissent au contraire parvenir, distincte, épuisante, innombrable et douloureuse, la plainte des plus humbles éléments du moi qui vont disparaître —, l'anxieuse alarme que j'éprouvais sous ce plafond inconnu et trop haut n'était que la protestation d'une amitié qui survivait en moi pour un plafond familier et bas. Sans doute cette amitié disparaîtrait, une autre ayant pris sa place (alors la mort, puis une nouvelle vie auraient, sous le nom d'Habitude, accompli leur œuvre double) ; mais jusqu'à son anéantissement, chaque soir elle souffrirait, et ce premier soir-là surtout, mise en présence d'un avenir déjà réalisé où il n'y avait plus de place pour elle, elle se révoltait, elle me torturait du cri de ses lamentations chaque fois que mes regards, ne pouvant se détourner de ce qui les blessait, essayaient de se poser au plafond inaccessible.

Mais le lendemain matin ! — après qu'un domestique fut venu m'éveiller et m'apporter de l'eau chaude, et pendant que je faisais ma toilette et essayais vainement de trouver les affaires dont j'avais besoin dans ma malle d'où je ne tirais, pêle-mêle, que celles qui ne pouvaient me servir à rien, quelle joie, pensant déjà au plaisir du déjeuner et de la promenade, de voir dans la fenêtre et dans toutes les vitrines des bibliothèques, comme dans les hublots d'une cabine de navire, la mer nue, sans ombrages et pourtant à l'ombre sur une moitié de son étendue que délimitait une ligne mince et mobile, et de suivre des yeux les flots qui s'élançaient l'un après l'autre comme des sauteurs sur un tremplin ! À tous moments, tenant à la main la serviette raide et empesée où était écrit le nom de l'hôtel et avec laquelle je faisais d'inutiles efforts pour me sécher, je retournais près de la fenêtre jeter encore un regard sur ce vaste cirque éblouissant et montagneux et sur les sommets neigeux de ses vagues en pierre d'émeraude çà et là polie et translucide, lesquelles avec une placide violence et un froncement léonin laissaient s'accomplir et dévaler l'écroulement de leurs pentes auxquelles le soleil ajoutait un sourire sans visage. Fenêtre à laquelle je devais ensuite me mettre chaque matin comme au carreau d'une diligence dans laquelle on a dormi, pour voir si pendant la nuit s'est rapprochée ou éloignée une chaîne désirée — ici ces collines de la mer qui avant de revenir vers nous en dansant, peuvent reculer si loin que souvent ce n'était qu'après une longue plaine sablonneuse que j'apercevais à une grande distance leurs premières ondulations, dans un lointain transparent, vaporeux et bleuâtre comme ces glaciers qu'on voit au fond des tableaux des primitifs toscans. D'autres fois c'était tout près de moi que le soleil riait sur ces flots d'un vert aussi tendre que celui que conserve aux prairies alpestres (dans les montagnes où le soleil s'étale çà et là comme un géant qui en descendrait gaiement, par bonds inégaux, les pentes) moins l'humidité du sol que la liquide mobilité de la lumière. Au reste, dans cette brèche que la plage et les flots pratiquent au milieu du reste du monde pour y faire passer, pour y accumuler la lumière, c'est elle surtout, selon la direction d'où elle vient et que suit notre œil, c'est elle qui déplace et situe les vallonnements de la mer. La diversité de l'éclairage ne modifie pas moins l'orientation d'un lieu, ne dresse pas moins devant nous de nouveaux buts qu'il nous donne le désir d'atteindre, que ne ferait un trajet longuement et effectivement parcouru en voyage. Quand, le matin, le soleil venait de derrière l'hôtel, découvrant devant moi les grèves illuminées jusqu'aux premiers contreforts de la mer, il semblait m'en montrer un autre versant et m'engager à poursuivre, sur la route tournante de ses rayons, un voyage immobile et varié à travers les plus beaux sites du paysage accidenté des heures. Et dès ce premier matin le soleil me désignait au loin d'un doigt souriant ces cimes bleues de la mer qui n'ont de nom sur aucune carte géographique, jusqu'à ce qu'étourdi de sa sublime promenade à la surface retentissante et chaotique de leurs crêtes et de leurs avalanches, il vînt se mettre à l'abri du vent dans ma chambre, se prélassant sur le lit défait et égrenant ses richesses sur le lavabo mouillé, dans la malle ouverte, où, par sa splendeur même et son luxe déplacé, il ajoutait encore à l'impression du désordre. Hélas, le vent de mer, une heure plus tard, dans la grande salle à manger — tandis que nous déjeunions et que, de la gourde de cuir d'un citron, nous répandions quelques gouttes d'or sur deux soles qui bientôt laissèrent dans nos assiettes le panache de leurs arêtes, frisé comme une plume et sonore comme une cithare — il parut cruel à ma grand-mère de n'en pas sentir le souffle vivifiant à cause du châssis transparent mais clos qui, comme une vitrine, nous séparait de la plage tout en nous la laissant entièrement voir et dans lequel le ciel entrait si complètement que son azur avait l'air d'être la couleur des fenêtres et ses nuages blancs, un défaut du verre. Me persuadant que j'étais « assis sur le môle » ou au fond du « boudoir » dont parle Baudelaire, je me demandais si son « soleil rayonnant sur la mer », ce n'était pas — bien différent du rayon du soir, simple et superficiel comme un trait doré et tremblant — celui qui en ce moment brûlait la mer comme une topaze, la faisait fermenter, devenir blonde et laiteuse comme de la bière, écumante comme du lait, tandis que par moments s'y promenaient çà et là de grandes ombres bleues que quelque dieu semblait s'amuser à déplacer, en bougeant un miroir dans le ciel. Malheureusement ce n'était pas seulement par son aspect que différait de la « salle » de Combray donnant sur les maisons d'en face, cette salle à manger de Balbec, nue, emplie de soleil vert comme l'eau d'une piscine, et à quelques mètres de laquelle la marée pleine et le grand jour élevaient, comme devant la cité céleste, un rempart indestructible et mobile d'émeraude et d'or. À Combray, comme nous étions connus de tout le monde, je ne me souciais de personne. Dans la vie de bains de mer on ne connaît pas ses voisins. Je n'étais pas encore assez âgé et j'étais resté trop sensible pour avoir renoncé au désir de plaire aux êtres et de les posséder. Je n'avais pas l'indifférence plus noble qu'aurait éprouvée un homme du monde à l'égard des personnes qui déjeunaient dans la salle à manger, ni des jeunes gens et des jeunes filles passant sur la digue, avec lesquels je souffrais de penser que je ne pourrais pas faire d'excursions, moins pourtant que si ma grand-mère, dédaigneuse des formes mondaines et ne s'occupant que de ma santé, leur avait adressé la demande, humiliante pour moi, de m'agréer comme compagnon de promenade. Soit qu'ils rentrassent vers quelque chalet inconnu, soit qu'ils en sortissent pour se rendre raquette en main à un terrain de tennis, ou montassent sur des chevaux dont les sabots me piétinaient le cœur, je les regardais avec une curiosité passionnée, dans cet éclairage aveuglant de la plage où les proportions sociales sont changées, je suivais tous leurs mouvements à travers la transparence de cette grande baie vitrée qui laissait passer tant de lumière. Mais elle interceptait le vent et c'était un défaut à l'avis de ma grand-mère qui ne pouvant supporter l'idée que je perdisse le bénéfice d'une heure d'air, ouvrit subrepticement un carreau et fit envoler du même coup, avec les menus, les journaux, voiles et casquettes de toutes les personnes qui étaient en train de déjeuner ; elle-même, soutenue par le souffle céleste, restait calme et souriante comme sainte Blandine, au milieu des invectives qui, augmentant mon impression d'isolement et de tristesse, réunissaient contre nous les touristes méprisants, dépeignés et furieux.

Pour une certaine partie — ce qui, à Balbec, donnait à la population ; d'ordinaire banalement riche et cosmopolite, de ces sortes d'hôtels de grand luxe, un caractère régional assez accentué — ils se composaient de personnalités éminentes des principaux départements de cette partie de la France, d'un premier président de Caen, d'un bâtonnier de Cherbourg, d'un grand notaire du Mans qui à l'époque des vacances, partant des points sur lesquels toute l'année ils étaient disséminés en tirailleurs ou comme les pions au jeu de dames, venaient se concentrer dans cet hôtel. Ils y conservaient toujours les mêmes chambres, et, avec leurs femmes qui avaient des prétentions à l'aristocratie, formaient un petit groupe, auquel s'étaient adjoints un grand avocat et un grand médecin de Paris qui le jour du départ leur disaient :

« Ah ! c'est vrai, vous ne prenez pas le même train que nous, vous êtes privilégiés, vous serez rendus pour le déjeuner.

— Comment privilégiés ? Vous qui habitez la capitale, Paris, la grand-ville, tandis que j'habite un pauvre chef-lieu de cent mille âmes, il est vrai cent deux mille au dernier recensement ; mais qu'est-ce à côté de vous qui en comptez deux millions cinq cent mille, et qui allez retrouver l'asphalte et tout l'éclat du monde parisien ? »

Ils le disaient avec un roulement d'*r* paysan, sans y mettre d'aigreur, car c'étaient des lumières de leur province qui auraient pu comme d'autres venir à Paris — on avait plusieurs fois offert au premier président de Caen un siège à la Cour de cassation — mais avaient préféré rester sur place, par amour de leur ville, ou de l'obscurité, ou de la gloire, ou parce qu'ils étaient réactionnaires, et pour l'agrément des relations de voisinage avec les châteaux. Plusieurs d'ailleurs ne regagnaient pas tout de suite leur chef-lieu.

Car — comme la baie de Balbec était un petit univers à part au milieu du grand, une corbeille des saisons où étaient rassemblés en cercle les jours variés et les mois successifs, si bien que, non seulement les jours où on apercevait Rivebelle, ce qui était signe d'orage, on y distinguait du soleil sur les maisons pendant qu'il faisait noir à Balbec, mais encore que quand les froids avaient gagné Balbec on était certain de trouver sur cette autre rive deux ou trois mois supplémentaires de chaleur — ceux de ces habitués du Grand-Hôtel dont les vacances commençaient tard ou duraient longtemps faisaient, quand arrivaient les pluies et les brumes, à l'approche de l'automne, charger leurs malles sur une barque, et traversaient rejoindre l'été à Rivebelle ou à Costedor. Ce petit groupe de l'hôtel de Balbec regardait d'un air méfiant chaque nouveau venu, et, en ayant l'air de ne pas s'intéresser à lui, tous interrogeaient sur son compte leur ami le maître d'hôtel. Car c'était le même — Aimé — qui revenait tous les ans faire la saison et leur gardait leurs tables ; et mesdames leurs épouses, sachant que sa femme attendait un bébé, travaillaient après les repas chacune à une pièce de la layette, tout en nous toisant avec leur face-à-main, ma grand-mère et moi, parce que nous mangions des œufs durs dans la salade, ce qui était réputé commun et ne se faisait pas dans la bonne société d'Alençon. Ils affectaient une attitude de méprisante ironie à l'égard d'un Français qu'on appelait Majesté et qui s'était, en effet, proclamé lui-même roi d'un petit îlot de l'Océanie peuplé par quelques sauvages. Il habitait l'hôtel avec sa jolie maîtresse, sur le passage de qui, quand elle allait se baigner, les gamins criaient : « Vive la reine ! » parce qu'elle faisait pleuvoir sur eux des pièces de cinquante centimes. Le premier président et le bâtonnier ne voulaient même pas avoir l'air de la voir, et si quelqu'un de leurs amis la regardait, ils croyaient devoir le prévenir que c'était une petite ouvrière.

« Mais on m'avait assuré qu'à Ostende ils usaient de la cabine royale.

— Naturellement ! On la loue pour vingt francs. Vous pouvez la prendre si cela vous fait plaisir. Et je sais pertinemment que, lui, avait fait demander une audience au roi qui lui a fait savoir qu'il n'avait pas à connaître ce souverain de Guignol.

— Ah, vraiment, c'est intéressant ! il y a tout de même des gens !... »

Et sans doute tout cela était vrai, mais c'était aussi par ennui de sentir que pour une bonne partie de la foule ils n'étaient, eux, que de bons bourgeois qui ne connaissaient pas ce roi et cette reine prodigues de leur monnaie, que le notaire, le président, le bâtonnier, au passage de ce qu'ils appelaient un carnaval, éprouvaient tant de mauvaise humeur et manifestaient tout haut une indignation au courant de laquelle était leur ami le maître d'hôtel, qui, obligé de faire bon visage aux souverains plus généreux qu'authentiques, cependant tout en prenant leur commande, adressait de loin à ses vieux clients un clignement d'œil significatif. Peut-être y avait-il aussi un peu de ce même ennui d'être par erreur crus moins « chic » et de ne pouvoir expliquer qu'ils l'étaient davantage, au fond du « Joli Monsieur ! » dont ils qualifiaient un jeune gommeux, fils poitrinaire et fêtard d'un grand industriel et qui, tous les jours, dans un veston nouveau, une orchidée à la boutonnière, déjeunait au champagne, et allait, pâle, impassible, un sourire d'indifférence aux lèvres, jeter au Casino sur la table de baccara des sommes énormes « qu'il n'a pas les moyens de perdre », disait d'un air renseigné le notaire au premier président duquel la femme « tenait de bonne source » que ce jeune homme « fin de siècle » faisait mourir de chagrin ses parents.

D'autre part, le bâtonnier et ses amis ne tarissaient pas de sarcasmes au sujet d'une vieille dame riche et titrée, parce qu'elle ne se déplaçait qu'avec tout son train de maison. Chaque fois que la femme du notaire et la femme du premier président la voyaient dans la salle à manger au moment des repas, elles l'inspectaient insolemment avec leur face-à-main du même air minutieux et défiant que si elle avait été quelque plat au nom pompeux mais à l'apparence suspecte qu'après le résultat défavorable d'une observation méthodique on fait éloigner, avec un geste distant et une grimace de dégoût.

Sans doute par là voulaient-elles seulement montrer que s'il y avait certaines choses dont elles manquaient — dans l'espèce certaines prérogatives de la vieille dame, et être en relations avec elle —, c'était non pas parce qu'elles ne pouvaient, mais ne voulaient pas les posséder. Mais elles avaient fini par s'en convaincre elles-mêmes ; et c'est la suppression de tout désir, de la curiosité pour les formes de la vie qu'on ne connaît pas, de l'espoir de plaire à de nouveaux êtres, remplacés chez ces femmes par un dédain simulé, par une allégresse factice, qui avait l'inconvénient de leur faire mettre du déplaisir sous l'étiquette de contentement et se mentir perpétuellement à elles-mêmes, deux conditions pour qu'elles fussent malheureuses. Mais tout le monde dans cet hôtel agissait sans doute de la même manière qu'elles, bien que sous d'autres formes, et sacrifiait, sinon à l'amour-propre, du moins à certains principes d'éducation ou à des habitudes intellectuelles, le trouble délicieux de se mêler à une vie inconnue. Sans doute le microcosme dans lequel s'isolait la vieille dame n'était pas empoisonné de virulentes aigreurs comme le groupe où ricanaient de rage la femme du notaire et du premier président. Il était au contraire, embaumé d'un parfum fin et vieillot mais qui n'était pas moins factice. Car au fond, la vieille dame eût probablement trouvé, à séduire, à s'attacher, en se renouvelant pour cela elle-même, la sympathie mystérieuse d'êtres nouveaux, un charme dont est dénué le plaisir qu'il y a à ne fréquenter que des gens de son monde et à se rappeler que, ce monde étant le meilleur qui soit, le dédain mal informé d'autrui est négligeable. Peut-être sentait-elle que, si elle était arrivée inconnue au Grand-Hôtel de Balbec, elle eût avec sa robe de laine noire et son bonnet démodé fait sourire quelque noceur qui de son « rocking » eût murmuré « quelle purée ! » ou surtout quelque homme de valeur ayant gardé comme le premier président entre ses favoris poivre et sel un visage frais et des yeux spirituels comme elle les aimait, et qui eût aussitôt désigné à la lentille rapprochante du face-à-main conjugal l'apparition de ce phénomène insolite ; et peut-être était-ce par inconsciente appréhension de cette première minute qu'on sait courte mais qui n'est pas moins redoutée — comme la première tête qu'on pique dans l'eau — que cette dame envoyait d'avance un domestique mettre l'hôtel au courant de sa personnalité et de ses habitudes, et coupant court aux salutations du directeur gagnait avec une brièveté où il y avait plus de timidité que d'orgueil sa chambre où des rideaux personnels, remplaçant ceux qui pendaient aux fenêtres, des paravents, des photographies, mettaient si bien, entre elle et le monde extérieur auquel il eût fallu s'adapter, la cloison de ses habitudes, que c'était son chez elle, au sein duquel elle était restée, qui voyageait plutôt qu'elle-même.

Dès lors, ayant placé entre elle d'une part, le personnel de l'hôtel et les fournisseurs de l'autre, ses domestiques qui recevaient à sa place le contact de cette humanité nouvelle et entretenaient autour de leur maîtresse l'atmosphère accoutumée, ayant mis ses préjugés entre elle et les baigneurs, insoucieuse de déplaire à des gens que ses amis n'auraient pas reçus, c'est dans son monde qu'elle continuait à vivre par la correspondance avec ses amies, par le souvenir, par la conscience intime qu'elle avait de sa situation, de la qualité de ses manières, de la compétence de sa politesse. Et tous les jours, quand elle descendait pour aller faire dans sa calèche une promenade, sa femme de chambre qui portait ses affaires derrière elle, son valet de pied qui la devançait semblaient comme ces sentinelles qui, aux portes d'une ambassade pavoisée aux couleurs du pays dont elle dépend, garantissent pour elle, au milieu d'un sol étranger, le privilège de son exterritorialité. Elle ne quitta pas sa chambre avant le milieu de l'après-midi, le jour de notre arrivée, et nous ne l'aperçûmes pas dans la salle à manger où le directeur, comme nous étions nouveaux venus, nous conduisit, sous sa protection, à l'heure du déjeuner, comme un gradé qui mène des bleus chez le caporal tailleur pour les faire habiller ; mais nous y vîmes, en revanche, au bout d'un instant un hobereau et sa fille, d'une obscure mais très ancienne famille de Bretagne, M. et Mlle de Stermaria, dont on nous avait fait donner la table, croyant qu'ils ne rentreraient que le soir. Venus seulement à Balbec pour retrouver des châtelains qu'ils connaissaient dans le voisinage, ils ne passaient dans la salle à manger de l'hôtel entre les invitations acceptées au-dehors et les visites rendues, que le temps strictement nécessaire. C'était leur morgue qui les préservait de toute sympathie humaine, de tout intérêt pour les inconnus assis autour d'eux, et au milieu desquels M. de Stermaria gardait l'air glacial, pressé, distant, rude, pointilleux et malintentionné, qu'on a dans un buffet de chemin de fer au milieu des voyageurs qu'on n'a jamais vus, qu'on ne reverra pas, et avec qui on ne conçoit d'autres rapports que de défendre contre eux son poulet froid et son coin dans le wagon. À peine commencions-nous à déjeuner qu'on vint nous faire lever sur l'ordre de M. de Stermaria, lequel venait d'arriver et sans le moindre geste d'excuse à notre adresse, pria à haute voix le maître d'hôtel de veiller à ce qu'une pareille erreur ne se renouvelât pas, car il lui était désagréable que « des gens qu'il ne connaissait pas » eussent pris sa table.

Et certes dans le sentiment qui poussait une certaine actrice (plus connue d'ailleurs à cause de son élégance, de son esprit, de ses belles collections de porcelaine allemande que pour quelques rôles joués à l'Odéon), son amant, jeune homme très riche pour lequel elle s'était cultivée, et deux hommes très en vue de l'aristocratie à faire dans la vie bande à part, à ne voyager qu'ensemble, à prendre à Balbec leur déjeuner, très tard, quand tout le monde avait fini, à passer la journée dans leur salon à jouer aux cartes, il n'entrait aucune malveillance mais seulement les exigences du goût qu'ils avaient pour certaines formes spirituelles de conversation, pour certains raffinements de bonne chère, lequel leur faisait trouver plaisir à ne vivre, à ne prendre leurs repas qu'ensemble, et leur eût rendu insupportable la vie en commun avec des gens qui n'y avaient pas été initiés. Même devant une table servie ou devant une table à jeu, chacun d'eux avait besoin de savoir que dans le convive ou le partenaire qui était assis en face de lui, reposaient en suspens et inutilisés un certain savoir qui permet de reconnaître la camelote dont tant de demeures parisiennes se parent comme d'un « Moyen Âge » ou d'une « Renaissance » authentiques et, en toutes choses, des critériums communs à eux pour distinguer le bon et le mauvais. Sans doute ce n'était plus, dans ces moments-là, que par quelque rare et drôle interjection jetée au milieu du silence du repas ou de la partie, ou par la robe charmante et nouvelle que la jeune actrice avait revêtue pour déjeuner ou faire un poker, que se manifestait l'existence spéciale dans laquelle ces amis voulaient partout rester plongés. Mais en les enveloppant ainsi d'habitudes qu'ils connaissaient à fond, elle suffisait à les protéger contre le mystère de la vie ambiante. Pendant les longs après-midi, la mer n'était suspendue en face d'eux que comme une toile d'une couleur agréable accrochée dans le boudoir d'un riche célibataire, et ce n'était que dans l'intervalle des coups qu'un des joueurs, n'ayant rien de mieux à faire, levait les yeux vers elle pour en tirer une indication sur le beau temps ou sur l'heure, et rappeler aux autres que le goûter attendait. Et le soir ils ne dînaient pas à l'hôtel où, les sources électriques faisant sourdre à flots la lumière dans la grande salle à manger, celle-ci devenait comme un immense et merveilleux aquarium devant la paroi de verre duquel la population ouvrière de Balbec, les pêcheurs et aussi les familles de petits bourgeois, invisibles dans l'ombre, s'écrasaient au vitrage pour apercevoir, lentement balancée dans des remous d'or, la vie luxueuse de ces gens, aussi extraordinaire pour les pauvres que celle de poissons et de mollusques étranges (une grande question sociale, de savoir si la paroi de verre protégera toujours le festin des bêtes merveilleuses et si les gens obscurs qui regardent avidement dans la nuit ne viendront pas les cueillir dans leur aquarium et les manger). En attendant, peut-être parmi la foule arrêtée et confondue dans la nuit y avait-il quelque écrivain, quelque amateur d'ichtyologie humaine, qui, regardant les mâchoires de vieux monstres féminins se refermer sur un morceau de nourriture engloutie, se complaisait à classer ceux-ci par race, par caractères innés et aussi par ces caractères acquis qui font qu'une vieille dame serbe dont l'appendice buccal est d'un grand poisson de mer, parce que depuis son enfance elle vit dans les eaux douces du faubourg Saint-Germain, mange la salade comme une La Rochefoucauld.

À cette heure-là on apercevait les trois hommes en smoking attendant la femme en retard, laquelle bientôt, en une robe presque chaque fois nouvelle et des écharpes choisies selon un goût particulier à son amant, après avoir, de son étage, sonné le lift, sortait de l'ascenseur comme d'une boîte de joujoux. Et tous les quatre qui trouvaient que le phénomène international du Palace, implanté à Balbec, y avait fait fleurir le luxe plus que la bonne cuisine, s'engouffrant dans une voiture, allaient dîner à une demi-lieue de là dans un petit restaurant réputé où ils avaient avec le cuisinier d'interminables conférences sur la composition du menu et la confection des plats. Pendant ce trajet la route bordée de pommiers qui part de Balbec n'était pour eux que la distance qu'il fallait franchir, peu distincte dans la nuit noire de celle qui séparait leurs domiciles parisiens du Café Anglais ou de la Tour d'Argent, avant d'arriver au petit restaurant élégant où, tandis que les amis du jeune homme riche l'enviaient d'avoir une maîtresse si bien habillée, les écharpes de celle-ci tendaient devant la petite société comme un voile parfumé et souple, mais qui la séparait du monde.

Malheureusement pour ma tranquillité, j'étais bien loin d'être comme tous ces gens. De beaucoup d'entre eux je me souciais ; j'aurais voulu ne pas être ignoré d'un homme au front déprimé, au regard fuyant entre les œillères de ses préjugés et de son éducation, le grand seigneur de la contrée, lequel n'était autre que le beau-frère de Legrandin qui venait quelquefois en visite à Balbec et, le dimanche, par la garden-party hebdomadaire que sa femme et lui donnaient, dépeuplait l'hôtel d'une partie de ses habitants, parce qu'un ou deux d'entre eux étaient invités à ces fêtes et parce que les autres, pour ne pas avoir l'air de ne pas l'être, choisissaient ce jour-là pour faire une excursion éloignée. Il avait, d'ailleurs, été le premier jour fort mal reçu à l'hôtel quand le personnel, frais débarqué de la Côte d'Azur, ne savait pas encore qui il était. Non seulement il n'était pas habillé en flanelle blanche, mais par vieille manière française et ignorance de la vie des Palaces, entrant dans un hall où il y avait des femmes, il avait ôté son chapeau dès la porte, ce qui avait fait que le directeur n'avait même pas touché le sien pour lui répondre, estimant que ce devait être quelqu'un de la plus humble extraction, ce qu'il appelait un homme « sortant de l'ordinaire ». Seule la femme du notaire s'était sentie attirée vers le nouveau venu qui fleurait toute la vulgarité gourmée des gens comme il faut et elle avait déclaré, avec le fond de discernement infaillible et d'autorité sans réplique d'une personne pour qui la première société du Mans n'a pas de secrets, qu'on se sentait devant lui en présence d'un homme d'une haute distinction, parfaitement bien élevé et qui tranchait sur tout ce qu'on rencontrait à Balbec et qu'elle jugeait infréquentable tant qu'elle ne le fréquentait pas. Ce jugement favorable qu'elle avait porté sur le beau-frère de Legrandin tenait peut-être au terne aspect de quelqu'un qui n'avait rien d'intimidant, peut-être à ce qu'elle avait reconnu dans ce gentilhomme-fermier à allure de sacristain les signes maçonniques de son propre cléricalisme.

J'avais beau avoir appris que les jeunes gens qui montaient tous les jours à cheval devant l'hôtel étaient les fils du propriétaire véreux d'un magasin de nouveautés et que mon père n'eût jamais consenti à connaître, la « vie de bains de mer » les dressait, à mes yeux, en statues équestres de demi-dieux, et le mieux que je pouvais espérer était qu'ils ne laissassent jamais tomber leurs regards sur le pauvre garçon que j'étais, qui ne quittait la salle à manger de l'hôtel que pour aller s'asseoir sur le sable. J'aurais voulu inspirer de la sympathie même à l'aventurier qui avait été roi d'une île déserte en Océanie, même au jeune tuberculeux dont j'aimais à supposer qu'il cachait sous ses dehors insolents une âme craintive et tendre qui eût peut-être prodigué pour moi seul des trésors d'affection. D'ailleurs (au contraire de ce qu'on dit d'habitude des relations de voyage) comme être vu avec certaines personnes peut vous ajouter, sur une plage où l'on retourne quelquefois, un coefficient sans équivalent dans la vraie vie mondaine, il n'y a rien, non pas qu'on tienne aussi à distance, mais qu'on cultive si soigneusement dans la vie de Paris, que les amitiés de bains de mer. Je me souciais de l'opinion que pouvaient avoir de moi toutes ces notabilités momentanées ou locales que ma disposition à me mettre à la place des gens et à recréer leur état d'esprit me faisait situer non à leur rang réel, à celui qu'ils auraient occupé à Paris par exemple et qui eût été fort bas, mais à celui qu'ils devaient croire le leur, et qui l'était à vrai dire à Balbec où l'absence de commune mesure leur donnait une sorte de supériorité relative et d'intérêt singulier. Hélas, d'aucune de ces personnes le mépris ne m'était aussi pénible que celui de M. de Stermaria.

Car j'avais remarqué sa fille dès son entrée, son joli visage pâle et presque bleuté, ce qu'il y avait de particulier dans le port de sa haute taille, dans sa démarche, et qui m'évoquait avec raison son hérédité, son éducation aristocratique et d'autant plus clairement que je savais son nom, — comme ces thèmes expressifs inventés par des musiciens de génie et qui peignent splendidement le scintillement de la flamme, le bruissement du fleuve et la paix de la campagne pour les auditeurs qui en parcourant préalablement le livret, ont aiguillé leur imagination dans la bonne voie. La « race », en ajoutant aux charmes de Mlle de Stermaria l'idée de leur cause, les rendait plus intelligibles, plus complets. Elle les faisait aussi plus désirables, annonçant qu'ils étaient peu accessibles, comme un prix élevé ajoute à la valeur d'un objet qui nous a plu. Et la tige héréditaire donnait à ce teint composé de sucs choisis la saveur d'un fruit exotique ou d'un cru célèbre.

Or, un hasard mit tout d'un coup entre nos mains le moyen de nous donner à ma grand-mère et à moi, pour tous les habitants de l'hôtel, un prestige immédiat. En effet, dès ce premier jour, au-moment où la vieille dame descendait de chez elle, exerçant, grâce au valet de pied qui la précédait, à la femme de chambre qui courait derrière avec un livre et une couverture oubliés, une action sur les âmes et excitant chez tous une curiosité et un respect auxquels il fut visible qu'échappait moins que personne M. de Stermaria, le directeur se pencha vers ma grand-mère, et par amabilité (comme on montre le shah de

Perse ou la reine Ranavalo à un spectateur obscur qui ne peut évidemment avoir aucune relation avec le puissant souverain, mais peut trouver intéressant de l'avoir vu à quelques pas) il lui coula dans l'oreille : « La marquise de Villeparisis », cependant qu'au même moment cette dame apercevant ma grand-mère ne pouvait retenir un regard de joyeuse surprise.

On peut penser que l'apparition soudaine, sous les traits d'une petite vieille, de la plus puissante des fées ne m'aurait pas causé plus de plaisir, dénué comme j'étais de tout recours pour m'approcher de Mlle de Stermaria, dans un pays où je ne connaissais personne. J'entends personne au point de vue pratique. Esthétiquement, le nombre des types humains est trop restreint pour qu'on n'ait pas bien souvent, dans quelque endroit qu'on aille, la joie de revoir des gens de connaissance, même sans les chercher dans les tableaux des vieux maîtres, comme faisait Swann. C'est ainsi que dès les premiers jours de notre séjour à Balbec, il m'était arrivé de rencontrer Legrandin, le concierge de Swann, et Mme Swann elle-même, devenus le premier un garçon de café, le second un étranger de passage que je ne revis pas, et la dernière un maître baigneur. Et une sorte d'aimantation attire et retient si inséparablement les uns auprès des autres certains caractères de physionomie et de mentalité que quand la nature introduit ainsi une personne dans un nouveau corps, elle ne la mutile pas trop. Legrandin changé en garçon de café gardait intacts sa stature, le profil de son nez et une partie du menton ; Mme Swann dans le sexe masculin et la condition de maître baigneur avait été suivie non seulement par sa physionomie habituelle, mais même par une certaine manière de parler. Seulement elle ne pouvait pas m'être de plus d'utilité entourée de sa ceinture rouge, et hissant, à la moindre houle, le drapeau qui interdit les bains, car les maîtres baigneurs sont prudents, sachant rarement nager, qu'elle ne l'eût pu dans la fresque de la *Vie de Moïse* où Swann l'avait reconnue jadis sous les traits de la fille de Jethro. Tandis que cette Mme de Villeparisis était bien la véritable, elle n'avait pas été victime d'un enchantement qui l'eût dépouillée de sa puissance, mais était capable au contraire d'en mettre un à la disposition de la mienne qu'il centuplerait, et grâce auquel, comme si j'avais été porté par les ailes d'un oiseau fabuleux, j'allais franchir en quelques instants les distances sociales infinies — au moins à Balbec — qui me séparaient de Mlle de Stermaria.

Malheureusement, s'il y avait quelqu'un qui, plus que quiconque, vécût enfermé dans son univers particulier, c'était ma grand-mère. Elle ne m'aurait même pas méprisé, elle ne m'aurait pas compris, si elle avait su que j'attachais de l'importance à l'opinion, que j'éprouvais de l'intérêt pour la personne, de gens dont elle ne remarquait seulement pas l'existence et dont elle devait quitter Balbec sans avoir retenu le nom ; je n'osais pas lui avouer que si ces mêmes gens l'avaient vue causer avec Mme de Villeparisis, j'en aurais eu un grand plaisir, parce que je sentais que la marquise avait du prestige dans l'hôtel et que son amitié nous eût posés aux yeux de M. de Stermaria. Non d'ailleurs que l'amie de ma grand-mère me représentât le moins du monde une personne de l'aristocratie : j'étais trop habitué à son nom devenu familier à mes oreilles avant que mon esprit s'arrêtât sur lui, quand tout enfant je l'entendais prononcer à la maison ; et son titre n'y ajoutait qu'une particularité bizarre comme aurait fait un prénom peu usité, ainsi qu'il arrive dans les noms de rue où on n'aperçoit rien de plus noble dans la rue Lord-Byron, dans la si populaire et vulgaire rue Rochechouart, ou dans la rue de Gramont que dans la rue Léonce-Reynaud ou la rue Hippolyte-Lebas. Mme de Villeparisis ne me faisait pas plus penser à une personne d'un monde spécial que son cousin Mac-Mahon que je ne différenciais pas de M. Carnot, président de la République comme lui, et de Raspail dont Françoise avait acheté la photographie avec celle de Pie IX. Ma grand-mère avait pour principe qu'en voyage on ne doit plus avoir de relations, qu'on ne va pas au bord de la mer pour voir des gens, qu'on a tout le temps pour cela à Paris, qu'ils vous feraient perdre en politesses, en banalités, le temps précieux qu'il faut passer tout entier au grand air, devant les vagues ; et trouvant plus commode de supposer que cette opinion était partagée par tout le monde et qu'elle autorisait entre de vieux amis que le hasard mettait en présence dans le même hôtel la fiction d'un incognito réciproque, au nom que lui cita le directeur, elle se contenta de détourner les yeux et eut l'air de ne pas voir Mme de Villeparisis qui, comprenant que ma grand-mère ne tenait pas à faire de reconnaissances, regarda à son tour dans le vague. Elle s'éloigna, et je restai dans mon isolement comme un naufragé de qui a paru s'approcher un vaisseau, lequel a disparu ensuite sans s'être arrêté.

Elle prenait aussi ses repas dans la salle à manger, mais à l'autre bout. Elle ne connaissait aucune des personnes qui habitaient l'hôtel ou y venaient en visite, pas même M. de Cambremer ; en effet, je vis qu'il ne la saluait pas, un jour où il avait accepté avec sa femme une invitation à déjeuner du bâtonnier, lequel, ivre de l'honneur d'avoir le

gentilhomme à sa table, évitait ses amis des autres jours et
se contentait de leur adresser de loin un clignement d'œil
pour faire à cet événement historique une allusion toutefois assez discrète pour qu'elle ne pût être interprétée
comme une invite à s'approcher.

« Eh bien, j'espère que vous vous mettez bien, que vous
êtes un homme chic, lui dit le soir la femme du premier
président.

— Chic ? pourquoi ? » demanda le bâtonnier, dissimulant sa joie sous un étonnement exagéré ; « à cause de mes
invités ? » dit-il en sentant qu'il était incapable de feindre
plus longtemps ; « mais qu'est-ce que ça a de chic d'avoir
des amis à déjeuner ? Faut bien qu'ils déjeunent quelque
part !

— Mais si, c'est chic ! C'était bien les de Cambremer,
n'est-ce pas ? Je les ai bien reconnus. C'est une marquise.
Et authentique. Pas par les femmes.

— Oh ! c'est une femme bien simple, elle est charmante,
on ne fait pas moins de façons. Je pensais que vous alliez
venir, je vous faisais des signes... je vous aurais présenté ! »
dit-il en corrigeant par une légère ironie l'énormité de
cette proposition, comme Assuérus quand il dit à Esther :
« Faut-il de mes États vous donner la moitié ? »

« Non, non, non, non, nous restons cachés, comme
l'humble violette.

— Mais vous avez eu tort, je vous le répète », répondit le
bâtonnier, enhardi maintenant que le danger était passé.
« Ils ne vous auraient pas mangés. Allons-nous faire notre
petit bésigue ?

— Mais volontiers, nous n'osions pas vous le proposer,
maintenant que vous traitez des marquises !

— Oh ! allez, elles n'ont rien de si extraordinaire. Tenez,
j'y dîne demain soir. Voulez-vous y aller à ma place ? C'est
de grand cœur. Franchement, j'aime autant rester ici.

— Non, non !... on me révoquerait comme réactionnaire, s'écria le président, riant aux larmes de sa plaisanterie. Mais vous aussi, vous êtes reçu à Féterne, ajouta-t-il en
se tournant vers le notaire.

— Oh ! je vais là les dimanches, on entre par une porte,
on sort par l'autre. Mais ils ne déjeunent pas chez moi
comme chez le bâtonnier. »

M. de Stermaria n'était pas ce jour-là à Balbec, au grand
regret du bâtonnier. Mais insidieusement il dit au maître
d'hôtel :

« Aimé, vous pourrez dire à M. de Stermaria qu'il n'est
pas le seul noble qu'il y ait eu dans cette salle à manger.
Vous avez bien vu ce monsieur qui a déjeuné avec moi ce

matin ? Hein ? petites moustaches, air militaire ? Eh bien, c'est le marquis de Cambremer.

— Ah, vraiment ? cela ne m'étonne pas !

— Ça lui montrera qu'il n'est pas le seul homme titré. Et attrape donc ! Il n'est pas mal de leur rabattre leur caquet à ces nobles. Vous savez, Aimé, ne lui dites rien si vous voulez, moi, ce que j'en dis, ce n'est pas pour moi ; du reste, il le connaît bien. »

Et le lendemain, M. de Stermaria qui savait que le bâtonnier avait plaidé pour un de ses amis, alla se présenter lui-même.

« Nos amis communs, les de Cambremer, voulaient justement nous réunir, nos jours n'ont pas coïncidé, enfin je ne sais plus », dit le bâtonnier, comme beaucoup de menteurs qui s'imaginent qu'on ne cherchera pas à élucider un détail insignifiant qui suffit pourtant (si le hasard vous met en possession de l'humble réalité qui est en contradiction avec lui) pour dénoncer un caractère et inspirer à jamais la méfiance.

Comme toujours, mais plus facilement pendant que son père s'était éloigné pour causer avec le bâtonnier, je regardais Mlle de Stermaria. Autant que la singularité hardie et toujours belle de ses attitudes, comme quand, les deux coudes posés sur la table, elle élevait son verre au-dessus de ses deux avant-bras, la sécheresse d'un regard vite épuisé, la dureté foncière, familiale, qu'on sentait, mal recouverte sous ses inflexions personnelles au fond de sa voix, et qui avait choqué ma grand-mère, une sorte de cran d'arrêt atavique auquel elle revenait dès que dans un coup d'œil ou une intonation elle avait achevé de donner sa pensée propre ; tout cela ramenait la pensée de celui qui la regardait vers la lignée qui lui avait légué cette insuffisance de sympathie humaine, des lacunes de sensibilité, un manque d'ampleur dans l'étoffe qui à tout moment faisait faute. Mais à certains regards qui passaient un instant sur le fond si vite à sec de sa prunelle et dans lesquels on sentait cette douceur presque humble que le goût prédominant des plaisirs des sens donne à la plus fière, laquelle bientôt ne reconnaît plus qu'un prestige, celui qu'a pour elle tout être qui peut les lui faire éprouver, fût-ce un comédien ou un saltimbanque pour lequel elle quittera peut-être un jour son mari ; à certaine teinte d'un rose sensuel et vif qui s'épanouissait dans ses joues pâles, pareille à celle qui mettait son incarnat au cœur des nymphéas blancs de la Vivonne, je croyais sentir qu'elle eût facilement permis que je vinsse chercher sur elle le goût de cette vie si poétique qu'elle menait en Bretagne, vie à laquelle, soit par trop d'habitude, soit par distinction innée, soit par dégoût de la pauvreté ou de l'avarice des siens, elle ne semblait pas trouver grand prix, mais que pourtant elle contenait enclose en son corps. Dans la chétive réserve de volonté qui lui avait été transmise et qui donnait à son expression quelque chose de lâche, peut-être n'eût-elle pas trouvé les ressources d'une résistance. Et surmonté d'une plume un peu démodée et prétentieuse, le feutre gris qu'elle portait invariablement à chaque repas me la rendait plus douce, non parce qu'il s'harmonisait avec son teint d'argent et de rose, mais parce qu'en me la faisant supposer pauvre, il la rapprochait de moi. Obligée à une attitude de convention par la présence de son père, mais apportant déjà à la perception et au classement des êtres qui étaient devant elle des principes autres que lui, peut-être voyait-elle en moi non le rang insignifiant, mais le sexe et l'âge. Si un jour M. de Stermaria était sorti sans elle, surtout si Mme de Villeparisis en venant s'asseoir à notre table lui avait donné de nous une opinion qui m'eût enhardi à m'approcher d'elle, peut-être aurions-nous pu échanger quelques paroles, prendre un rendez-vous, nous lier davantage. Et, un mois où elle serait restée seule sans ses parents dans son château romanesque, peut-être aurions-nous pu nous promener seuls le soir tous deux dans le crépuscule où luiraient plus doucement au-dessus de l'eau assombrie les fleurs roses des bruyères, sous les chênes battus par le clapotement des vagues. Ensemble nous aurions parcouru cette île empreinte pour moi de tant de charme parce qu'elle avait enfermé la vie habituelle de Mlle de Stermaria et qu'elle reposait dans la mémoire de ses yeux. Car il me semblait que je ne l'aurais vraiment possédée que là, quand j'aurais traversé ces lieux qui l'enveloppaient de tant de souvenirs — voile que mon désir voulait arracher et de ceux que la nature interpose entre la femme et quelques êtres (dans la même intention qui lui fait, pour tous, mettre l'acte de la reproduction entre eux et le plus vif plaisir, et pour les insectes, placer devant le nectar le pollen qu'ils doivent emporter) afin que trompés par l'illusion de la posséder ainsi plus entière ils soient forcés de s'emparer d'abord des paysages au milieu desquels elle vit et qui plus utiles pour leur imagination que le plaisir sensuel, n'eussent pas suffi pourtant, sans lui, à les attirer.

Mais je dus détourner mes regards de Mlle de Stermaria, car déjà, considérant sans doute que faire la connaissance d'une personnalité importante était un acte curieux et bref qui se suffisait à lui-même et qui pour développer

tout l'intérêt qu'il comportait n'exigeait qu'une poignée de
main et un coup d'œil pénétrant sans conversation immédiate ni relations ultérieures, son père avait pris congé du
bâtonnier et retournait s'asseoir en face d'elle, en se frottant les mains comme un homme qui vient de faire une
précieuse acquisition. Quant au bâtonnier, la première
émotion de cette entrevue une fois passée, comme les
autres jours, on l'entendait par moments, s'adressant au
maître d'hôtel :

« Mais moi je ne suis pas roi, Aimé ; allez donc près du
roi... Dites, Premier, cela a l'air très bon, ces petites
truites-là, nous allons en demander à Aimé. Aimé, cela me
semble tout à fait recommandable ce petit poisson que
vous avez là-bas : vous allez nous apporter de cela, Aimé,
et à discrétion. »

Il répétait tout le temps le nom d'Aimé, ce qui faisait que
quand il avait quelqu'un à dîner, son invité lui disait : « Je
vois que vous êtes tout à fait bien dans la maison » et
croyait devoir aussi prononcer constamment « Aimé » par
cette disposition, où il entre à la fois de la timidité, de la
vulgarité et de la sottise, qu'ont certaines personnes à
croire qu'il est spirituel et élégant d'imiter à la lettre les
gens avec qui elles se trouvent. Il le répétait sans cesse,
mais avec un sourire, car il tenait à étaler à la fois ses
bonnes relations avec le maître d'hôtel et sa supériorité sur
lui. Et le maître d'hôtel lui aussi, chaque fois que revenait
son nom, souriait d'un air attendri et fier, montrant qu'il
ressentait l'honneur et comprenait la plaisanterie.

Si intimidants que fussent toujours pour moi les repas,
dans ce vaste restaurant, habituellement comble, du
Grand-Hôtel, ils le devenaient davantage encore quand
arrivait pour quelques jours le propriétaire (ou directeur
général élu par une société de commanditaires, je ne sais)
non seulement de ce palace, mais de sept ou huit autres,
situés aux quatre coins de la France et dans chacun desquels, faisant entre eux la navette, il venait passer, de
temps en temps, une semaine. Alors, presque au commencement du dîner, apparaissait chaque soir, à l'entrée de la
salle à manger, cet homme petit, à cheveux blancs, à nez
rouge, d'une impassibilité et d'une correction extraordinaires, et qui était connu, paraît-il, à Londres aussi bien
qu'à Monte-Carlo, pour un des premiers hôteliers de
l'Europe. Une fois que j'étais sorti un instant au commencement du dîner, comme en rentrant je passai devant lui, il
me salua, sans doute pour montrer que j'étais chez lui,
mais avec une froideur dont je ne pus démêler si la cause
était la réserve de quelqu'un qui n'oublie pas ce qu'il est,

ou le dédain pour un client sans importance. Devant ceux qui en avaient au contraire une très grande, le Directeur général s'inclinait avec autant de froideur mais plus profondément, les paupières abaissées par une sorte de respect pudique, comme s'il eût eu devant lui, à un enterrement, le père de la défunte ou le Saint Sacrement. Sauf pour ces saluts glacés et rares, il ne faisait pas un mouvement, comme pour montrer que ses yeux étincelants qui semblaient lui sortir de la figure, voyaient tout, réglaient tout, assuraient dans « le Dîner au Grand-Hôtel » aussi bien le fini des détails que l'harmonie de l'ensemble. Il se sentait évidemment plus que metteur en scène, que chef d'orchestre, véritable généralissime. Jugeant qu'une contemplation portée à son maximum d'intensité lui suffisait pour s'assurer que tout était prêt, qu'aucune faute commise ne pouvait entraîner la déroute et pour prendre enfin ses responsabilités, il s'abstenait non seulement de tout geste, même de bouger ses yeux pétrifiés par l'attention qui embrassaient et dirigeaient la totalité des opérations. Je sentais que les mouvements de ma cuiller eux-mêmes ne lui échappaient pas, et s'éclipsât-il dès après le potage, pour tout le dîner la revue qu'il venait de passer m'avait coupé l'appétit. Le sien était fort bon, comme on pouvait le voir au déjeuner qu'il prenait comme un simple particulier, à la même heure que tout le monde, dans la salle à manger. Sa table n'avait qu'une particularité, c'est qu'à côté, pendant qu'il mangeait, l'autre directeur, l'habituel, restait debout tout le temps à faire la conversation. Car étant le subordonné du directeur général, il cherchait à le flatter et avait de lui une grande peur. La mienne était moindre pendant ces déjeuners, car perdu alors au milieu des clients, il mettait la discrétion d'un général assis dans un restaurant où se trouvent aussi des soldats, à ne pas avoir l'air de s'occuper d'eux. Néanmoins quand le concierge, entouré de ses « chasseurs », m'annonçait : « Il repart demain matin pour Dinard. De là il va à Biarritz et après à Cannes », je respirais plus librement.

Ma vie dans l'hôtel était rendue non seulement triste parce que je n'y avais pas de relations, mais incommode, parce que Françoise en avait noué de nombreuses. Il peut sembler qu'elles auraient dû nous faciliter bien des choses. C'était tout le contraire. Les prolétaires, s'ils avaient quelque peine à être traités en personnes de connaissance par Françoise et ne le pouvaient qu'à de certaines conditions de grande politesse envers elle, en revanche, une fois qu'ils y étaient arrivés, étaient les seules gens qui comptassent pour elle. Son vieux code lui enseignait qu'elle n'était

tenue à rien envers les amis de ses maîtres, qu'elle pouvait
si elle était pressée envoyer promener une dame venue
pour voir ma grand-mère. Mais envers ses relations à elle,
c'est-à-dire avec les rares gens du peuple admis à sa
difficile amitié, le protocole le plus subtil et le plus absolu
réglait ses actions. Ainsi Françoise ayant fait la connaissance du cafetier et d'une petite femme de chambre qui
faisait des robes pour une dame belge, ne remontait plus
préparer les affaires de ma grand-mère tout de suite après
déjeuner, mais seulement une heure plus tard parce que le
cafetier voulait lui faire du café ou une tisane à la caféterie,
que la femme de chambre lui demandait de venir la
regarder coudre et que leur refuser eût été impossible et de
ces choses qui ne se font pas. D'ailleurs des égards particuliers étaient dus à la petite femme de chambre qui était
orpheline et avait été élevée chez des étrangers auprès
desquels elle allait passer parfois quelques jours. Cette
situation excitait la pitié de Françoise et aussi son dédain
bienveillant. Elle qui avait de la famille, une petite maison
qui lui venait de ses parents et où son frère élevait quelques vaches, elle ne pouvait pas considérer comme son
égale une déracinée. Et comme cette petite espérait pour le
15 août aller voir ses bienfaiteurs, Françoise ne pouvait se
tenir de répéter : « Elle me fait rire. Elle dit : j'espère
d'aller chez moi pour le 15 août. Chez moi, qu'elle dit !
C'est seulement pas son pays, c'est des gens qui l'ont
recueillie, et ça dit chez moi comme si c'était vraiment
chez elle. Pauvre petite ! quelle misère qu'elle peut bien
avoir pour qu'elle ne connaisse pas ce que c'est que d'avoir
un chez-soi. » Mais si encore Françoise ne s'était liée
qu'avec des femmes de chambre amenées par des clients,
lesquelles dînaient avec elle aux « courriers » et devant
son beau bonnet de dentelles et son fin profil la prenaient
pour quelque dame, noble peut-être, réduite par les circonstances ou poussée par l'attachement à servir de dame
de compagnie à ma grand-mère, si en un mot Françoise
n'eût connu que des gens qui n'étaient pas de l'hôtel, le mal
n'eût pas été grand, parce qu'elle n'eût pu les empêcher de
nous servir à quelque chose, pour la raison qu'en aucun
cas, et même inconnus d'elle, ils n'auraient pu nous servir
à rien. Mais elle s'était liée aussi avec un sommelier, avec
un homme de la cuisine, avec une gouvernante d'étage. Et
il en résultait en ce qui concernait notre vie de tous les
jours que Françoise qui le jour de son arrivée, quand elle
ne connaissait encore personne, sonnait à tort et à travers
pour la moindre chose, à des heures où ma grand-mère et
moi nous n'aurions pas osé le faire, et si nous lui en

faisions une légère observation, répondait : « Mais on paye assez cher pour ça », comme si elle avait payé elle-même, maintenant depuis qu'elle était amie d'une personnalité de la cuisine, ce qui nous avait paru de bon augure pour notre commodité, si ma grand-mère ou moi nous avions froid aux pieds, Françoise, fût-il une heure tout à fait normale, n'osait pas sonner ; elle assurait que ce serait mal vu parce que cela obligerait à rallumer les fourneaux ou gênerait le dîner des domestiques qui seraient mécontents. Et elle finissait par une locution qui malgré la façon incertaine dont elle la prononçait, n'en était pas moins claire et nous donnait nettement tort : « Le fait est... » Nous n'insistions pas, de peur de nous en faire infliger une, bien plus grave : « C'est quelque chose !... » De sorte qu'en somme nous ne pouvions plus avoir d'eau chaude parce que Françoise était devenue l'amie de celui qui la faisait chauffer.

À la fin, nous aussi, nous fîmes une relation, malgré mais par ma grand-mère, car elle et Mme de Villeparisis tombèrent un matin l'une sur l'autre dans une porte et furent obligées de s'aborder non sans échanger au préalable des gestes de surprise, d'hésitation, exécuter des mouvements de recul, de doute et enfin des protestations de politesse et de joie comme dans certaines scènes de Molière où deux acteurs monologuant depuis longtemps chacun de son côté à quelques pas l'un de l'autre, sont censés ne pas s'être vus encore, et tout à coup s'aperçoivent, n'en peuvent croire leurs yeux, entrecoupent leurs propos, finalement parlent ensemble, le chœur ayant suivi le dialogue, et se jettent dans les bras l'un de l'autre. Mme de Villeparisis par discrétion voulut au bout d'un instant quitter ma grand-mère qui, au contraire, préféra la retenir jusqu'au déjeuner, désirant apprendre comment elle faisait pour avoir son courrier plus tôt que nous et de bonnes grillades (car Mme de Villeparisis, très gourmande, goûtait fort peu la cuisine de l'hôtel où l'on nous servait des repas que ma grand-mère, citant toujours Mme de Sévigné, prétendait être « d'une magnificence à mourir de faim »). Et la marquise prit l'habitude de venir tous les jours en attendant qu'on la servît, s'asseoir un moment près de nous dans la salle à manger, sans permettre que nous nous levions, que nous nous dérangions en rien. Tout au plus nous attardions-nous souvent à causer avec elle, notre déjeuner fini, à ce moment sordide où les couteaux traînent sur la nappe à côté des serviettes défaites. Pour ma part, afin de garder, pour pouvoir aimer Balbec, l'idée que j'étais sur la pointe extrême de la terre, je m'efforçais de regarder plus loin, de ne voir que la mer, d'y chercher des effets décrits par Baudelaire et de ne laisser tomber mes regards sur notre table que les jours où y était servi quelque vaste poisson, monstre marin qui au contraire des couteaux et des fourchettes était contemporain des époques primitives où la vie commençait à affluer dans l'Océan, au temps des Cimmériens et duquel le corps aux innombrables vertèbres, aux nerfs bleus et roses, avait été construit par la nature, mais selon un plan architectural, comme une polychrome cathédrale de la mer.

Comme un coiffeur, voyant un officier qu'il sert avec une considération particulière reconnaître un client qui vient d'entrer et entamer un bout de causette avec lui, se réjouit en comprenant qu'ils sont du même monde et ne peut s'empêcher de sourire en allant chercher le bol de savon, car il sait que dans son établissement, aux besognes vulgaires du simple salon de coiffure s'ajoutent des plaisirs sociaux, voire aristocratiques, tel Aimé, voyant que Mme de Villeparisis avait retrouvé en nous d'anciennes relations, s'en allait chercher nos rince-bouches avec le même sourire orgueilleusement modeste et savamment discret de maîtresse de maison qui sait se retirer à propos. On eût dit aussi un père heureux et attendri qui veille sans le troubler sur le bonheur de fiançailles qui se sont nouées à sa table. Du reste, il suffisait qu'on prononçât le nom d'une personne titrée pour qu'Aimé parût heureux, au contraire de Françoise devant qui on ne pouvait dire « le comte Un tel » sans que son visage s'assombrît et que sa parole devînt sèche et brève, ce qui signifiait qu'elle chérissait la noblesse, non pas moins que ne faisait Aimé, mais davantage. Puis Françoise avait la qualité qu'elle trouvait chez les autres le plus grand des défauts, elle était fière. Elle n'était pas de la race agréable et pleine de bonhomie dont Aimé faisait partie. Ils éprouvent, ils manifestent un vif plaisir quand on leur raconte un fait plus ou moins piquant, mais inédit qui n'est pas dans le journal. Françoise ne voulait pas avoir l'air étonné. On aurait dit devant elle que l'archiduc Rodolphe, dont elle n'avait jamais soupçonné l'existence, était non pas mort comme cela passait pour assuré, mais vivant, qu'elle eût répondu « Oui », comme si elle le savait depuis longtemps. Il est, d'ailleurs, à croire que, pour que même de notre bouche à nous, qu'elle appelait si humblement ses maîtres et qui l'avions presque si entièrement domptée, elle ne pût entendre, sans avoir à réprimer un mouvement de colère, le nom d'un noble, il fallait que la famille dont elle était sortie occupât dans son village une situation aisée, indé-

pendante et qui ne devait être troublée dans la considération dont elle jouissait que par ces mêmes nobles chez
lesquels au contraire, dès l'enfance, un Aimé a servi
comme domestique, s'il n'y a pas été élevé par charité.
Pour Françoise, Mme de Villeparisis avait donc à se faire
pardonner d'être noble. Mais, en France du moins, c'est
justement le talent, comme la seule occupation, des grands
seigneurs et des grandes dames. Françoise, obéissant à la
tendance des domestiques qui recueillent sans cesse sur les
rapports de leurs maîtres avec les autres personnes des
observations fragmentaires dont ils tirent parfois des
inductions erronées — comme font les humains sur la vie
des animaux — , trouvait à tout moment qu'on nous avait
« manqué », conclusion à laquelle l'amenait facilement,
d'ailleurs, autant que son amour excessif pour nous, le
plaisir qu'elle avait à nous être désagréable. Mais ayant
constaté, sans erreur possible, les mille prévenances dont
nous entourait et dont l'entourait elle-même Mme de Villeparisis, Françoise l'excusa d'être marquise et comme elle
n'avait jamais cessé de lui savoir gré de l'être, elle la
préféra à toutes les personnes que nous connaissions. C'est
qu'aussi aucune ne s'efforçait d'être aussi continuellement
aimable. Chaque fois que ma grand-mère remarquait un
livre que Mme de Villeparisis lisait, ou disait avoir trouvé
beaux des fruits que celle-ci avait reçus d'une amie, une
heure après un valet de chambre montait nous remettre
livre ou fruits. Et quand nous la voyions ensuite, pour
répondre à nos remerciements, elle se contentait de dire,
ayant l'air de chercher une excuse à son présent dans
quelque utilité spéciale : « Ce n'est pas un chef-d'œuvre,
mais les journaux arrivent si tard, il faut bien avoir
quelque chose à lire » ou : « C'est toujours plus prudent
d'avoir du fruit dont on est sûr au bord de la mer. » « Mais
il me semble que vous ne mangez jamais d'huîtres, nous
dit Mme de Villeparisis (augmentant l'impression de
dégoût que j'avais à cette heure-là, car la chair vivante des
huîtres me répugnait encore plus que la viscosité des
méduses ne me ternissait la plage de Balbec) ; elles sont
exquises sur cette côte ! Ah ! je dirai à ma femme de
chambre d'aller prendre vos lettres en même temps que les
miennes. Comment, votre fille vous écrit *tous les jours* ?
Mais qu'est-ce que vous pouvez trouver à vous dire ! » Ma
grand-mère se tut, mais on peut croire que ce fut par
dédain, elle qui répétait pour maman les mots de Mme de
Sévigné : « Dès que j'ai reçu une lettre, j'en voudrais tout à
l'heure une autre, je ne respire que d'en recevoir. Peu de
gens sont dignes de comprendre ce que je sens. » Et je

craignais qu'elle n'appliquât à Mme de Villeparisis la conclusion : « Je cherche ceux qui sont de ce petit nombre, et j'évite les autres. » Elle se rabattit sur l'éloge des fruits que Mme de Villeparisis nous avait fait porter la veille. Et ils étaient en effet si beaux que le directeur, malgré la jalousie de ses compotiers dédaignés, m'avait dit : « Je suis comme vous, je suis plus frivole de fruit que de tout autre dessert. » Ma grand-mère dit à son amie qu'elle les avait d'autant plus appréciés que ceux qu'on servait à l'hôtel étaient généralement détestables. « Je ne peux pas, ajouta-t-elle, dire comme Mme de Sévigné que si nous voulions par fantaisie trouver un mauvais fruit, nous serions obligés de le faire venir de Paris. — Ah, oui, vous lisez Mme de Sévigné. Je vous vois depuis le premier jour avec ses *Lettres* (elle oubliait qu'elle n'avait jamais aperçu ma grand-mère dans l'hôtel avant de la rencontrer dans cette porte). Est-ce que vous ne trouvez pas que c'est un peu exagéré ce souci constant de sa fille, elle en parle trop pour que ce soit bien sincère. Elle manque de naturel. » Ma grand-mère trouva la discussion inutile et pour éviter d'avoir à parler des choses qu'elle aimait devant quelqu'un qui ne pouvait les comprendre, elle cacha, en posant son sac sur eux, les *Mémoires* de Mme de Beausergent.

Quand Mme de Villeparisis rencontrait Françoise au moment (que celle-ci appelait « le midi ») où, coiffée d'un beau bonnet et entourée de la considération générale, elle descendait « manger aux courriers », Mme de Villeparisis l'arrêtait pour lui demander de nos nouvelles. Et Françoise, nous transmettant les commissions de la marquise : « Elle a dit : Vous leur donnerez bien le bonjour », contrefaisant la voix de Mme de Villeparisis de laquelle elle croyait citer textuellement les paroles, tout en ne les déformant pas moins que Platon celles de Socrate ou saint Jean celles de Jésus. Françoise était naturellement très touchée de ces attentions. Tout au plus ne croyait-elle pas ma grand-mère et pensait-elle que celle-ci mentait dans un intérêt de classe, les gens riches se soutenant les uns les autres, quand elle assurait que Mme de Villeparisis avait été autrefois ravissante. Il est vrai qu'il n'en subsistait que de bien faibles restes dont on n'eût pu, à moins d'être plus artiste que Françoise, restituer la beauté détruite. Car, pour comprendre combien une vieille femme a pu être jolie, il ne faut pas seulement regarder, mais traduire chaque trait.

« Il faudra que je pense une fois à lui demander si je me trompe et si elle n'a pas quelque parenté avec des Guermantes », me dit ma grand-mère qui excita par là mon indignation. Comment aurais-je pu croire à une communauté d'origine entre deux noms qui étaient entrés en moi, l'un par la porte basse et honteuse de l'expérience, l'autre par la porte d'or de l'imagination ?

On voyait souvent passer depuis quelques jours, en pompeux équipage, grande, rousse, belle, avec un nez un peu fort, la princesse de Luxembourg qui était en villégiature pour quelques semaines dans le pays. Sa calèche s'était arrêtée devant l'hôtel, un valet de pied était venu parler au directeur, était retourné à la voiture et avait rapporté des fruits merveilleux (qui unissaient dans une seule corbeille, comme la baie elle-même, diverses saisons), avec une carte : « La princesse de Luxembourg », où étaient écrits quelques mots au crayon. À quel voyageur princier demeurant ici incognito, pouvaient être destinés ces prunes glauques, lumineuses et sphériques comme était à ce moment-là la rotondité de la mer, des raisins transparents suspendus au bois desséché comme une claire journée d'automne, des poires d'un outremer céleste ? Car ce ne pouvait être à l'amie de ma grand-mère que la princesse avait voulu faire visite. Pourtant le lendemain soir Mme de Villeparisis nous envoya la grappe de raisins fraîche et dorée et des prunes et des poires que nous reconnûmes aussi, quoique les prunes eussent passé comme la mer à l'heure de notre dîner, au mauve et que dans l'outremer des poires flottassent quelques formes de nuages rosés. Quelques jours après nous rencontrâmes Mme de Villeparisis en sortant du concert symphonique qui se donnait le matin sur la plage. Persuadé que les œuvres que j'y entendais (le prélude de *Lohengrin*, l'ouverture de *Tannhaüser*, etc.) exprimaient les vérités les plus hautes, je tâchais de m'élever autant que je pouvais pour atteindre jusqu'à elles, je tirais de moi pour les comprendre, je leur remettais tout ce que je recelais alors de meilleur, de plus profond.

Or, en sortant du concert, comme, en reprenant le chemin qui va vers l'hôtel, nous nous étions arrêtés un instant sur la digue, ma grand-mère et moi, pour échanger quelques mots avec Mme de Villeparisis qui nous annonçait qu'elle avait commandé pour nous à l'hôtel des « croquemonsieur » et des œufs à la crème, je vis de loin venir dans notre direction la princesse de Luxembourg, à demi appuyée sur une ombrelle de façon à imprimer à son grand et merveilleux corps cette légère inclinaison, à lui faire dessiner cette arabesque si chère aux femmes qui avaient été belles sous l'Empire et qui savaient, les épaules tombantes, le dos remonté, la hanche creuse, la jambe tendue, faire flotter mollement leur corps comme un foulard, autour de l'armature d'une invisible tige inflexible et oblique qui l'aurait traversé. Elle sortait tous les matins faire son tour de plage presque à l'heure où tout le monde après le bain remontait pour le déjeuner et comme le sien était seulement à une heure et demie, elle ne rentrait à sa villa que longtemps après que les baigneurs avaient abandonné la digue déserte et brûlante. Mme de Villeparisis présenta ma grand-mère, voulut me présenter, mais dut me demander mon nom, car elle ne se le rappelait pas. Elle ne l'avait peut-être jamais su ou, en tous cas, avait oublié depuis bien des années à qui ma grand-mère avait marié sa fille. Ce nom parut faire une vive impression sur Mme de Villeparisis. Cependant la princesse de Luxembourg nous avait tendu la main et, de temps en temps, tout en causant avec la marquise, elle se détournait pour poser de doux regards sur ma grand-mère et sur moi, avec cet embryon de baiser qu'on ajoute au sourire quand celui-ci s'adresse à un bébé avec sa nounou. Même dans son désir de ne pas avoir l'air de siéger dans une sphère supérieure à la nôtre elle avait sans doute mal calculé la distance, car, par une erreur de réglage, ses regards s'imprégnèrent d'une telle bonté que je vis approcher le moment où elle nous flatterait de la main comme deux bêtes sympathiques qui eussent passé la tête vers elle, à travers un grillage, au jardin d'Acclimatation. Aussitôt du reste cette idée d'animaux et de bois de Boulogne prit plus de consistance pour moi. C'était l'heure où la digue est parcourue par des marchands ambulants et criards qui vendent des gâteaux, des bonbons, des petits pains. Ne sachant que faire pour nous témoigner sa bienveillance, la princesse arrêta le premier qui passa ; il n'avait plus qu'un pain de seigle, du genre de ceux qu'on jette aux canards. La princesse le prit et me dit : « C'est pour votre grand-mère. » Pourtant, ce fut à moi qu'elle le tendit, en me disant avec un fin sourire : « Vous le lui donnerez vous-même », pensant qu'ainsi mon plaisir serait plus complet s'il n'y avait pas d'intermédiaires entre moi et les animaux. D'autres marchands s'approchèrent, elle remplit mes poches de tout ce qu'ils avaient, de paquets tout ficelés, de plaisirs, de babas et de sucres d'orge. Elle me dit : « Vous en mangerez et vous en ferez manger aussi à votre grand-mère » et elle fit payer les marchands par le petit nègre habillé en satin rouge qui la suivait partout et qui faisait l'émerveillement de la plage. Puis elle dit adieu à Mme de Villeparisis et nous tendit la main avec l'intention de nous traiter de la même manière que son amie, en intimes, et de se mettre à notre portée. Mais cette fois, elle plaça sans doute notre niveau un peu moins bas dans l'échelle des êtres, car son égalité avec nous fut signifiée par la princesse à ma grand-mère au moyen de ce tendre et maternel sourire qu'on adresse à un gamin quand on lui dit au revoir comme à une grande personne. Par un merveilleux progrès de l'évolution, ma grand-mère n'était plus un canard ou une antilope, mais déjà ce que Mme Swann eût appelé un « baby ». Enfin, nous ayant quittés tous trois, la princesse reprit sa promenade sur la digue ensoleillée en incurvant sa taille magnifique qui comme un serpent autour d'une baguette s'enlaçait à l'ombrelle blanche imprimée de bleu que Mme de Luxembourg tenait fermée à la main. C'était ma première altesse, je dis la première, car la princesse Mathilde n'était pas altesse du tout de façons. La seconde, on le verra plus tard, ne devait pas moins m'étonner par sa bonne grâce. Une forme de l'amabilité des grands seigneurs, intermédiaires bénévoles entre les souverains et les bourgeois, me fut apprise le lendemain quand Mme de Villeparisis nous dit : « Elle vous a trouvés charmants. C'est une femme d'un grand jugement, de beaucoup de cœur. Elle n'est pas comme tant de souveraines ou d'altesses. Elle a une vraie valeur. » Et Mme de Villeparisis ajouta d'un air convaincu, et toute ravie de pouvoir nous le dire : « Je crois qu'elle serait enchantée de vous revoir. »

Mais ce matin-là même, en quittant la princesse de Luxembourg, Mme de Villeparisis me dit une chose qui me frappa davantage et qui n'était pas du domaine de l'amabilité.

« Est-ce que vous êtes le fils du directeur au ministère ? me demanda-t-elle. Ah ! il paraît que votre père est un homme charmant. Il fait un bien beau voyage en ce moment. »

Quelques jours auparavant nous avions appris par une lettre de Maman que mon père et son compagnon M. de Norpois avaient perdu leurs bagages.

« Ils sont retrouvés, ou plutôt ils n'ont jamais été perdus, voici ce qui était arrivé », nous dit Mme de Villeparisis, qui, sans que nous sussions comment, avait l'air beaucoup plus renseigné que nous sur les détails du voyage. « Je crois que votre père avancera son retour à la semaine prochaine, car il renoncera probablement à aller à Algésiras. Mais il a envie de consacrer un jour de plus à Tolède, car il est admirateur d'un élève de Titien dont je ne me rappelle pas le nom et qu'on ne voit bien que là. »

Et je me demandais par quel hasard, dans la lunette

indifférente à travers laquelle Mme de Villeparisis considérait d'assez loin l'agitation sommaire, minuscule et
vague de la foule des gens qu'elle connaissait, se trouvait
intercalé à l'endroit où elle considérait mon père un morceau de verre prodigieusement grossissant qui lui faisait
voir avec tant de relief et dans le plus grand détail tout ce
qu'il avait d'agréable, les contingences qui le forçaient à
revenir, ses ennuis de douane, son goût pour le Greco, et
changeant pour elle l'échelle de sa vision, lui montrait ce
seul homme si grand au milieu des autres, tout petits,
comme ce Jupiter à qui Gustave Moreau a donné, quand il
l'a peint à côté d'une faible mortelle, une stature plus
qu'humaine.

Ma grand-mère prit congé de Mme de Villeparisis pour
que nous pussions rester à respirer l'air un instant de plus
devant l'hôtel, en attendant qu'on nous fît signe à travers
le vitrage que notre déjeuner était servi. On entendit un
tumulte. C'était la jeune maîtresse du roi des sauvages, qui
venait de prendre son bain et rentrait déjeuner.

« Vraiment c'est un fléau, c'est à quitter la France ! »
s'écria rageusement le bâtonnier qui passait à ce moment.

Cependant la femme du notaire attachait des yeux écar-
quillés sur la fausse souveraine.

« Je ne peux pas vous dire comme Mme Blandais
m'agace en regardant ces gens-là comme cela, dit le bâtonnier au président. Je voudrais pouvoir lui donner une gifle.
C'est comme cela qu'on donne de l'importance à cette
canaille qui naturellement ne demande qu'à ce que l'on
s'occupe d'elle. Dites donc à son mari de l'avertir que c'est
ridicule ; moi, je ne sors plus avec eux s'ils ont l'air de faire
attention aux déguisés. »

Quant à la venue de la princesse de Luxembourg, dont
l'équipage, le jour où elle avait apporté des fruits, s'était
arrêté devant l'hôtel, elle n'avait pas échappé au groupe de
la femme du notaire, du bâtonnier et du premier président, déjà depuis quelque temps fort agitées de savoir si
c'était une marquise authentique et non une aventurière
que cette Mme de Villeparisis qu'on traitait avec tant
d'égards, desquels toutes ces dames brûlaient d'apprendre
qu'elle était indigne. Quand Mme de Villeparisis traversait le hall, la femme du premier président, qui flairait
partout des irrégulières, levait son nez de sur son ouvrage
et la regardait d'une façon qui faisait mourir de rire ses
amies.

« Oh ! moi, vous savez, disait-elle avec orgueil, je
commence toujours par croire le mal. Je ne consens à
admettre qu'une femme est vraiment mariée que quand on

m'a sorti les extraits de naissance et les actes notariés. Du reste, n'ayez crainte, je vais procéder à ma petite enquête. »

Et chaque jour toutes ces dames accouraient en riant. « Nous venons aux nouvelles. »

Mais le soir de la visite de la princesse de Luxembourg, la femme du Premier mit un doigt sur sa bouche.

« Il y a du nouveau.

— Oh ! elle est extraordinaire, Mme Poncin ! je n'ai jamais vu... mais dites, qu'y a-t-il ?

— Hé bien, il y a qu'une femme aux cheveux jaunes, avec un pied de rouge sur la figure, une voiture qui sentait l'horizontale d'une lieue, et comme n'en ont que ces demoiselles, est venue tantôt pour voir la prétendue marquise.

— Ouil you ouil ! patatras ! Voyez-vous ça ! mais c'est cette dame que nous avons vue, vous vous rappelez, bâtonnier, nous avons bien trouvé qu'elle marquait très mal mais nous ne savions pas qu'elle était venue pour la marquise. Une femme avec un nègre, n'est-ce pas ?

— C'est cela même.

— Ah ! vous m'en direz tant. Vous ne savez pas son nom ?

— Si, j'ai fait semblant de me tromper, j'ai pris la carte, elle a comme nom de guerre la princesse de Luxembourg ! Avais-je raison de me méfier ! C'est agréable d'avoir ici une promiscuité avec cette espèce de baronne d'Ange. » Le bâtonnier cita Mathurin Régnier et *Macette* au premier président.

Il ne faut, d'ailleurs, pas croire que ce malentendu fut momentané comme ceux qui se forment au deuxième acte d'un vaudeville pour se dissiper au dernier. Mme de Luxembourg, nièce du roi d'Angleterre et de l'empereur d'Autriche, et Mme de Villeparisis parurent toujours quand la première venait chercher la seconde pour se promener en voiture deux drôlesses de l'espèce de celles dont on se gare difficilement dans les villes d'eaux. Les trois quarts des hommes du faubourg Saint-Germain passent aux yeux d'une bonne partie de la bourgeoisie pour des décavés crapuleux (qu'ils sont d'ailleurs quelquefois individuellement) et que, par conséquent, personne ne reçoit. La bourgeoisie est trop honnête en cela car leurs tares ne les empêcheraient nullement d'être reçus avec la plus grande faveur là où elle ne le sera jamais. Et eux s'imaginent tellement que la bourgeoisie le sait qu'ils affectent une simplicité en ce qui les concerne, un dénigrement pour leurs amis particulièrement « à la côte », qui achève le malentendu. Si par hasard un homme du grand monde est en rapports avec la petite bourgeoisie parce qu'il se trouve, étant extrêmement riche, avoir la présidence des plus importantes sociétés financières, la bourgeoisie qui voit enfin un noble digne d'être grand bourgeois jurerait qu'il ne fraye pas avec le marquis joueur et ruiné qu'elle croit d'autant plus dénué de relations qu'il est plus aimable. Et elle n'en revient pas quand le duc, président du conseil d'administration de la colossale Affaire, donne pour femme à son fils la fille du marquis joueur, mais dont le nom est le plus ancien de France, de même qu'un souverain fera plutôt épouser à son fils la fille d'un roi détrôné que d'un président de la république en fonctions. C'est dire que les deux mondes ont l'un de l'autre une vue aussi chimérique que les habitants d'une plage située à une des extrémités de la baie de Balbec, ont de la plage située à l'autre extrémité : de Rivebelle on voit un peu Marcouville-l'Orgueilleuse ; mais cela même trompe, car on croit qu'on est vu de Marcouville, d'où au contraire les splendeurs de Rivebelle sont en grande partie invisibles.

Le médecin de Balbec appelé pour un accès de fièvre que j'avais eu, ayant estimé que je ne devrais pas rester toute la journée au bord de la mer, en plein soleil, par les grandes chaleurs, et rédigé à mon usage quelques ordonnances pharmaceutiques, ma grand-mère prit les ordonnances avec un respect apparent où je reconnus tout de suite sa ferme décision de n'en faire exécuter aucune, mais tint compte du conseil en matière d'hygiène et accepta l'offre de Mme de Villeparisis de nous faire faire quelques promenades en voiture. J'allais et je venais, jusqu'à l'heure du déjeuner, de ma chambre à celle de ma grand-mère. Elle ne donnait pas directement sur la mer comme la mienne mais prenait jour de trois côtés différents : sur un coin de la digue, sur une cour et sur la campagne, et était meublée autrement, avec des fauteuils brodés de filigranes métalliques et de fleurs roses d'où semblait émaner l'agréable et fraîche odeur qu'on trouvait en entrant. Et à cette heure où des rayons venus d'expositions et comme d'heures différentes, brisaient les angles du mur, à côté d'un reflet de la plage mettaient sur la commode un reposoir diapré comme les fleurs du sentier, suspendaient à la paroi les ailes repliées, tremblantes et tièdes d'une clarté prête à reprendre son vol, chauffaient comme un bain un carré de tapis provincial devant la fenêtre de la courette que le soleil festonnait comme une vigne, ajoutaient au charme et à la complexité de la décoration mobilière en semblant

exfolier la soie fleurie des fauteuils et détacher leur passe-
menterie, cette chambre que je traversais un moment
avant de m'habiller pour la promenade, avait l'air d'un
prisme où se décomposaient les couleurs de la lumière du
dehors, d'une ruche où les sucs de la journée que j'allais
goûter étaient dissociés, épars, enivrants et visibles, d'un
jardin de l'espérance qui se dissolvait en une palpitation
de rayons d'argent et de pétales de rose. Mais avant tout
j'avais ouvert mes rideaux dans l'impatience de savoir
quelle était la Mer qui jouait ce matin-là au bord du rivage,
comme une Néréide. Car chacune de ces Mers ne restait
jamais plus d'un jour. Le lendemain il y en avait une autre
qui parfois lui ressemblait. Mais je ne vis jamais deux fois
la même.

Il y en avait qui étaient d'une beauté si rare qu'en les
apercevant mon plaisir était encore accru par la surprise.
Par quel privilège, un matin plutôt qu'un autre, la fenêtre
en s'entrouvrant découvrit-elle à mes yeux émerveillés la
nymphe Glaukonomè, dont la beauté paresseuse et qui
respirait mollement, avait la transparence d'une vaporeuse émeraude à travers laquelle je voyais affluer les
éléments pondérables qui la coloraient ? Elle faisait jouer
le soleil avec un sourire alangui par une brume invisible
qui n'était qu'un espace vide réservé autour de sa surface
translucide rendue ainsi plus abrégée et plus saisissante,
comme ces déesses que le sculpteur détache sur le reste du
bloc qu'il ne daigne pas dégrossir. Telle, dans sa couleur
unique, elle nous invitait à la promenade sur ces routes
grossières et terriennes, d'où, installés dans la calèche de
Mme de Villeparisis, nous apercevrions tout le jour et sans
jamais l'atteindre la fraîcheur de sa molle palpitation.

Mme de Villeparisis faisait atteler de bonne heure, pour
que nous eussions le temps d'aller soit jusqu'à Saint-Mars-
le-Vêtu, soit jusqu'aux rochers de Quetteholme ou à quelque autre but d'excursion qui, pour une voiture assez
lente, était fort lointain et demandait toute la journée.
Dans ma joie de la longue promenade que nous allions
entreprendre, je fredonnais quelque air récemment écouté,
et je faisais les cent pas en attendant que Mme de Villeparisis fût prête. Si c'était dimanche, sa voiture n'était pas
seule devant l'hôtel ; plusieurs fiacres loués attendaient
non seulement les personnes qui étaient invitées au château de Féterne chez Mme de Cambremer, mais celles qui
plutôt que de rester là comme des enfants punis décla-
raient que le dimanche était un jour assommant à Balbec
et partaient dès après déjeuner se cacher dans une plage
voisine ou visiter quelque site. Et même souvent quand on

demandait à Mme Blandais si elle avait été chez les Cambremer, elle répondait péremptoirement : « Non, nous
étions aux cascades du Bec », comme si c'était là la seule
raison pour laquelle elle n'avait pas passé la journée à
Féterne. Et le bâtonnier disait charitablement :

« Je vous envie, j'aurais bien changé avec vous, c'est
autrement intéressant. »

À côté des voitures, devant le porche où j'attendais, était
planté comme un arbrisseau d'une espèce rare un jeune
chasseur qui ne frappait pas moins les yeux par l'harmonie
singulière de ses cheveux colorés que par son épiderme de
plante. À l'intérieur, dans le hall qui correspondait au
narthex ou église des catéchumènes des églises romanes, et
où les personnes qui n'habitaient pas l'hôtel avaient le
droit de passer, les camarades du groom « extérieur » ne
travaillaient pas beaucoup plus que lui mais exécutaient
du moins quelques mouvements. Il est probable que le
matin ils aidaient au nettoyage. Mais l'après-midi ils
restaient là seulement comme des choristes qui, même
quand ils ne servent à rien, demeurent en scène pour
ajouter à la figuration. Le directeur général, celui qui me
faisait si peur, comptait augmenter considérablement leur
nombre l'année suivante, car il « voyait grand ». Et sa
décision affligeait beaucoup le directeur de l'hôtel, lequel
trouvait que tous ces enfants n'étaient que des « faiseurs
d'embarras », entendant par là qu'ils embarrassaient le
passage et ne servaient à rien. Du moins, entre le déjeuner
et le dîner, entre les sorties et les rentrées des clients,
remplissaient-ils le vide de l'action, comme ces élèves de
Mme de Maintenon qui sous le costume de jeunes Israélites, font intermède chaque fois qu'Esther ou Joad s'en
vont. Mais le chasseur du dehors, aux nuances précieuses,
à la taille élancée et frêle, non loin duquel j'attendais que
la marquise descendît, gardait une immobilité à laquelle
s'ajoutait de la mélancolie, car ses frères aînés avaient
quitté l'hôtel pour des destinées plus brillantes et il se
sentait isolé sur cette terre étrangère. Enfin Mme de Villeparisis arrivait. S'occuper de sa voiture et l'y faire monter
eût peut-être dû faire partie des fonctions du chasseur.
Mais il savait d'une part qu'une personne qui amène ses
gens avec soi se fait servir par eux et d'habitude donne peu
de pourboires dans un hôtel, que les nobles de l'ancien
faubourg Saint-Germain agissent de même. Mme de Villeparisis appartenait à la fois à ces deux catégories. Le
chasseur arborescent en concluait qu'il n'avait rien à
attendre de la marquise et laissant le maître d'hôtel et la
femme de chambre de celle-ci l'installer avec ses affaires,

il rêvait tristement au sort envié de ses frères et conservait son immobilité végétale.

Nous partions ; quelque temps après avoir contourné la station du chemin de fer, nous entrions dans une route campagnarde qui me devint bientôt aussi familière que celle de Combray, depuis le coude où elle s'amorçait entre des clos charmants jusqu'au tournant où nous la quittions et qui avait de chaque côté des terres labourées. Au milieu d'elles, on voyait çà et là un pommier, privé il est vrai de ses fleurs et ne portant plus qu'un bouquet de pistils, mais qui suffisait à m'enchanter parce que je reconnaissais ces feuilles inimitables dont la large étendue, comme le tapis d'estrade d'une fête nuptiale maintenant terminée, avait été tout récemment foulée par la traîne de satin blanc des fleurs rougissantes.

Combien de fois à Paris, dans le mois de mai de l'année suivante, il m'arriva d'acheter une branche de pommier chez le fleuriste et de passer ensuite la nuit devant ses fleurs où s'épanouissait la même essence crémeuse qui poudrait encore de son écume les bourgeons de feuilles et entre les blanches corolles desquelles il semblait que ce fût le marchand qui par générosité envers moi, par goût inventif aussi et contraste ingénieux, eût ajouté de chaque côté, en surplus, un seyant bouton rose ; je les regardais, je les faisais poser sous ma lampe — si longtemps que j'étais souvent encore là quand l'aurore leur apportait la même rougeur qu'elle devait faire en même temps à Balbec — et je cherchais à les reporter sur cette route par l'imagination, à les multiplier, à les étendre dans le cadre préparé, sur la toile toute prête, de ces clos dont je savais le dessin par cœur et que j'aurais tant voulu, qu'un jour je devais, revoir, au moment où avec la verve ravissante du génie, le printemps couvre leur canevas de ses couleurs.

Avant de monter en voiture, j'avais composé le tableau de mer que j'allais chercher, que j'espérais voir avec le « soleil rayonnant », et qu'à Balbec je n'apercevais que trop morcelé entre tant d'enclaves vulgaires et que mon rêve n'admettait pas, de baigneurs, de cabines, de yachts de plaisance. Mais quand, la voiture de Mme de Villeparisis étant parvenue en haut d'une côte, j'apercevais la mer entre les feuillages des arbres, alors sans doute de si loin disparaissaient ces détails contemporains qui l'avaient mise comme en dehors de la nature et de l'histoire, et je pouvais en regardant les flots m'efforcer de penser que c'était les mêmes que Leconte de Lisle nous peint dans *L'Orestie* quand « tels qu'un vol d'oiseaux carnassiers dans l'aurore », les guerriers chevelus de l'héroïque Hellas « de cent mille avirons battaient le flot sonore ». Mais en revanche je n'étais plus assez près de la mer qui ne me semblait pas vivante, mais figée, je ne sentais plus de puissance sous ses couleurs étendues comme celles d'une peinture entre les feuilles où elle apparaissait aussi inconsistante que le ciel, et seulement plus foncée que lui.

Mme de Villeparisis voyant que j'aimais les églises me promettait que nous irions voir une fois l'une, une fois l'autre, et surtout celle de Carqueville « toute cachée sous son vieux lierre », dit-elle avec un mouvement de la main qui semblait envelopper avec goût la façade absente dans un feuillage invisible et délicat. Mme de Villeparisis avait souvent, avec ce petit geste descriptif, un mot juste pour définir le charme et la particularité d'un monument, évitant toujours les termes techniques, mais ne pouvant dissimuler qu'elle savait très bien les choses dont elle parlait. Elle semblait chercher à s'en excuser sur ce qu'un des châteaux de son père, et où elle avait été élevée, étant situé dans une région où il y avait des églises du même style qu'autour de Balbec, il eût été honteux qu'elle n'eût pas pris le goût de l'architecture, ce château étant d'ailleurs le plus bel exemplaire de celle de la Renaissance. Mais comme il était aussi un vrai musée, comme d'autre part Chopin et Liszt y avaient joué, Lamartine récité des vers, tous les artistes connus de tout un siècle écrit des pensées, des mélodies, fait des croquis sur l'album familial, Mme de Villeparisis ne donnait, par grâce, bonne éducation, modestie réelle, ou manque d'esprit philosophique, que cette origine purement matérielle à sa connaissance de tous les arts, et finissait par avoir l'air de considérer la peinture, la musique, la littérature et la philosophie comme l'apanage d'une jeune fille élevée de la façon la plus aristocratique dans un monument classé et illustre. On aurait dit qu'il n'y avait pas pour elle d'autres tableaux que ceux dont on a hérité. Elle fut contente que ma grand-mère aimât un collier qu'elle portait et qui dépassait de sa robe. Il était dans le portrait d'une bisaïeule à elle, par Titien, et qui n'était jamais sorti de la famille. Comme cela on était sûr que c'était un vrai. Elle ne voulait pas entendre parler des tableaux achetés on ne sait comment par un Crésus, elle était d'avance persuadée qu'ils étaient faux et n'avait aucun désir de les voir. Nous savions qu'elle-même faisait des aquarelles de fleurs, et ma grand-mère qui les avait entendu vanter lui en parla. Mme de Villeparisis changea de conversation par modestie, mais sans montrer plus d'étonnement ni de plaisir qu'une artiste suffisamment connue à qui les compliments n'apprennent rien. Elle se contenta de dire que c'était un passe-temps charmant parce que si les fleurs nées du pinceau n'étaient pas fameuses, du moins les peindre vous faisait vivre dans la société des fleurs naturelles, de la beauté desquelles, surtout quand on était obligé de les regarder de plus près pour les imiter, on ne se lassait pas. Mais à Balbec Mme de Villeparisis se donnait congé pour laisser reposer ses yeux.

Nous fûmes étonnés, ma grand-mère et moi, de voir combien elle était plus « libérale » que même la plus grande partie de la bourgeoisie. Elle s'étonnait qu'on fût scandalisé des expulsions des jésuites, disant que cela s'était toujours fait, même sous la monarchie, même en Espagne. Elle défendait la République à laquelle elle ne reprochait son anticléricalisme que dans cette mesure : « Je trouverais tout aussi mauvais qu'on m'empêchât d'aller à la messe si j'en ai envie que d'être forcée d'y aller si je ne le veux pas », lançant même certains mots comme : « Oh ! la noblesse aujourd'hui, qu'est-ce que c'est ! » « Pour moi, un homme qui ne travaille pas, ce n'est rien », peut-être seulement parce qu'elle sentait ce qu'ils prenaient de piquant, de savoureux, de mémorable dans sa bouche.

En entendant souvent exprimer avec franchise des opinions avancées — pas jusqu'au socialisme cependant, qui était la bête noire de Mme de Villeparisis — précisément par une de ces personnes en considération de l'esprit desquelles notre scrupuleuse et timide impartialité se refuse à condamner les idées des conservateurs, nous n'étions pas loin, ma grand-mère et moi, de croire qu'en notre agréable compagne se trouvaient la mesure et le modèle de la vérité en toutes choses. Nous la croyions sur parole tandis qu'elle jugeait ses Titiens, la colonnade de son château, l'esprit de conversation de Louis-Philippe. Mais — comme ces érudits qui émerveillent quand on les met sur la peinture égyptienne et les inscriptions étrusques et qui parlent d'une façon si banale des œuvres modernes que nous nous demandons si nous n'avons pas surfait l'intérêt des sciences où ils sont versés, puisque n'y apparaît pas cette même médiocrité qu'ils ont pourtant dû y apporter aussi bien que dans leurs niaises études sur Baudelaire — Mme de Villeparisis, interrogée par moi sur Chateaubriand, sur Balzac, sur Victor Hugo, tous reçus jadis par ses parents et entrevus par elle-même, riait de mon admiration, racontait sur eux des traits piquants comme elle venait de faire sur des grands seigneurs ou des hommes politiques, et jugeait sévèrement ces écrivains, précisément parce qu'ils avaient manqué de cette modestie, de cet effacement de soi, de cet art sobre qui se contente d'un seul trait juste et n'appuie pas, qui fuit plus que tout le ridicule de la grandiloquence, de cet à-propos, de ces qualités de modération de jugement et de simplicité, auxquelles on lui avait appris qu'atteint la vraie valeur ; on voyait qu'elle n'hésitait pas à leur préférer des hommes qui, peut-être, en effet, avaient eu, à cause d'elles, l'avantage sur un Balzac, un Hugo, un Vigny, dans un salon, une académie, un conseil des ministres, Molé, Fontanes, Vitrolles, Bersot, Pasquier, Lebrun, Salvandy ou Daru.

« C'est comme les romans de Stendhal pour qui vous aviez l'air d'avoir de l'admiration. Vous l'auriez beaucoup étonné en lui parlant sur ce ton. Mon père qui le voyait chez M. Mérimée — un homme de talent, au moins, celui-là — m'a souvent dit que Beyle (c'était son nom) était d'une vulgarité affreuse, mais spirituel dans un dîner, et ne s'en faisant pas accroire pour ses livres. Du reste, vous avez pu voir vous-même par quel haussement d'épaules il a répondu aux éloges outrés de M. de Balzac. En cela, du moins, il était homme de bonne compagnie. » Elle avait de tous ces grands hommes des autographes, et semblait, se prévalant des relations particulières que sa famille avait eues avec eux, penser que son jugement à leur égard était plus juste que celui de jeunes gens qui comme moi n'avaient pas pu les fréquenter. « Je crois que je peux en parler, car ils venaient chez mon père, et, comme disait M. Sainte-Beuve qui avait bien de l'esprit, il faut croire sur eux ceux qui les ont vus de près et ont pu juger plus exactement de ce qu'ils valaient. »

Parfois, comme la voiture gravissait une route montante entre des terres labourées, rendant les champs plus réels, leur ajoutant une marque d'authenticité, comme la précieuse fleurette dont certains maîtres anciens signaient leurs tableaux, quelques bleuets hésitants pareils à ceux de Combray suivaient notre voiture. Bientôt nos chevaux les distançaient, mais après quelques pas, nous en apercevions un autre qui en nous attendant avait piqué devant nous dans l'herbe son étoile bleue ; plusieurs s'enhardissaient jusqu'à venir se poser au bord de la route et c'était toute une nébuleuse qui se formait avec mes souvenirs lointains et les fleurs apprivoisées.

Nous redescendions la côte ; alors nous croisions, la montant à pied, à bicyclette, en carriole ou en voiture, quelqu'une de ces créatures — fleurs de la belle journée, mais qui ne sont pas comme les fleurs des champs, car chacune recèle quelque chose qui n'est pas dans une autre et qui empêchera que nous puissions contenter avec ses pareilles le désir qu'elle a fait naître en nous —, quelque fille de ferme poussant sa vache ou à demi couchée sur une charrette, quelque fille de boutiquier en promenade, quelque élégante demoiselle assise sur le strapontin d'un landau, en face de ses parents. Certes Bloch m'avait ouvert une ère nouvelle et avait changé pour moi la valeur de la vie, le jour où il m'avait appris que les rêves que j'avais promenés solitairement du côté de Méséglise quand je souhaitais que passât une paysanne que je prendrais dans mes bras, n'étaient pas une chimère qui ne correspondait à rien d'extérieur à moi, mais que toutes les filles qu'on rencontrait, villageoises ou demoiselles, étaient toutes prêtes à en exaucer de pareils. Et dussé-je, maintenant que j'étais souffrant et ne sortais pas seul, ne jamais pouvoir faire l'amour avec elles, j'étais tout de même heureux comme un enfant né dans une prison ou dans un hôpital et qui ayant cru longtemps que l'organisme humain ne peut digérer que du pain sec et des médicaments, a appris tout d'un coup que les pêches, les abricots, le raisin, ne sont pas une simple parure de la campagne, mais des aliments délicieux et assimilables. Même si son geôlier ou son garde-malade ne lui permettent pas de cueillir ces beaux fruits, le monde cependant lui paraît meilleur et l'existence plus clémente. Car un désir nous semble plus beau, nous nous appuyons à lui avec plus de confiance quand nous savons qu'en dehors de nous la réalité s'y conforme, même si pour nous il n'est pas réalisable. Et nous pensons avec plus de joie à une vie où, à condition que nous écartions pour un instant de notre pensée le petit obstacle accidentel et particulier qui nous empêche personnellement de le faire, nous pouvons nous imaginer l'assouvissant. Pour les belles filles qui passaient, du jour où j'avais su que leurs joues pouvaient être embrassées, j'étais devenu curieux de leur âme. Et l'univers m'avait paru plus intéressant.

La voiture de Mme de Villeparisis allait vite. À peine avais-je le temps de voir la fillette qui venait dans notre direction ; et pourtant — comme la beauté des êtres n'est pas comme celle des choses, et que nous sentons qu'elle est celle d'une créature unique, consciente et volontaire — dès que son individualité, âme vague, volonté inconnue de moi, se peignait en une petite image prodigieusement réduite, mais complète, au fond de son regard distrait, aussitôt, mystérieuse réplique des pollens tout préparés pour les pistils, je sentais saillir en moi l'embryon aussi vague, aussi minuscule, du désir de ne pas laisser passer cette fille sans que sa pensée prît conscience de ma personne, sans que j'empêchasse ses désirs d'aller à quelqu'un d'autre, sans que je vinsse me fixer dans sa rêverie et saisir son cœur. Cependant notre voiture s'éloignait, la belle fille était déjà derrière nous et comme elle ne possédait de moi aucune des notions qui constituent une personne, ses yeux, qui m'avaient à peine vu, m'avaient déjà oublié. Était-ce parce que je ne l'avais qu'entr'aperçue que je l'avais trouvée si belle ? Peut-être. D'abord l'impossibilité de s'arrêter auprès d'une femme, le risque de ne pas la retrouver un autre jour lui donnent brusquement le même charme qu'à un pays la maladie ou la pauvreté qui nous empêchent de le visiter, ou qu'aux jours si ternes qui nous restaient à vivre le combat où nous succomberons sans doute. De sorte que s'il n'y avait pas l'habitude, la vie devrait paraître délicieuse à des êtres qui seraient à chaque heure menacés de mourir, — c'est-à-dire à tous les hommes. Puis si l'imagination est entraînée par le désir de ce que nous ne pouvons posséder, son essor n'est pas limité par une réalité complètement perçue dans ces rencontres où les charmes de la passante sont généralement en relation directe avec la rapidité du passage. Pour peu que la nuit tombe et que la voiture aille vite, à la campagne, dans une ville, il n'y a pas un torse féminin, mutilé comme un marbre antique par la vitesse qui nous entraîne et le crépuscule qui le noie, qui ne tire sur notre cœur, à chaque coin de route, du fond de chaque boutique, les flèches de la Beauté, de la Beauté dont on serait parfois tenté de se demander si elle est en ce monde autre chose que la partie de complément qu'ajoute à une passante fragmentaire et fugitive notre imagination surexcitée par le regret.

Si j'avais pu descendre parler à la fille que nous croisions peut-être eussé-je été désillusionné par quelque défaut de sa peau que de la voiture je n'avais pas distingué ? (Et alors, tout effort pour pénétrer dans sa vie m'eût semblé soudain impossible. Car la beauté est une suite d'hypothèses que rétrécit la laideur en barrant la route que nous voyions déjà s'ouvrir sur l'inconnu.) Peut-être un seul mot qu'elle eût dit, un sourire, m'eussent fourni une clef, un chiffre inattendus, pour lire l'expression de sa figure et de sa démarche, qui seraient aussitôt devenues banales. C'est possible, car je n'ai jamais rencontré dans la vie des filles aussi désirables que les jours où j'étais avec quelque grave personne que malgré les mille prétextes que j'inventais je ne pouvais quitter : quelques années après celle où j'allai pour la première fois à Balbec, faisant à Paris une course en voiture avec un ami de mon père et ayant aperçu

une femme qui marchait vite dans la nuit, je pensai qu'il
était déraisonnable de perdre pour une raison de convenances ma part de bonheur dans la seule vie qu'il y ait sans
doute, et sautant à terre sans m'excuser, je me mis à la
recherche de l'inconnue, la perdis au carrefour de deux
rues, la retrouvai dans une troisième, et me trouvai enfin,
tout essoufflé, sous un réverbère, en face de la vieille
Mme Verdurin que j'évitais partout et qui, heureuse et
surprise, s'écria : « Oh ! comme c'est aimable d'avoir
couru pour me dire bonjour ! »

Cette année-là, à Balbec, au moment de ces rencontres,
j'assurais à ma grand-mère, à Mme de Villeparisis qu'à
cause d'un grand mal de tête il valait mieux que je rentrasse seul à pied. Elles refusaient de me laisser descendre.
Et j'ajoutais la belle fille (bien plus difficile à retrouver que
ne l'est un monument, car elle était anonyme et mobile) à
la collection de toutes celles que je me promettais de voir
de près. Une pourtant se trouva repasser sous mes yeux,
dans des conditions telles que je crus que je pourrais la
connaître comme je voudrais. C'était une laitière qui vint
d'une ferme apporter un supplément de crème à l'hôtel. Je
pensai qu'elle m'avait aussi reconnu et elle me regardait,
en effet, avec une attention qui n'était peut-être causée que
par l'étonnement que lui causait la mienne. Or le lendemain, jour où je m'étais reposé toute la matinée, quand
Françoise vint ouvrir les rideaux vers midi, elle me remit
une lettre qui avait été déposée pour moi à l'hôtel. Je ne
connaissais personne à Balbec. Je ne doutai pas que la
lettre ne fût de la laitière. Hélas, elle n'était que de Bergotte qui, de passage, avait essayé de me voir, mais ayant
su que je dormais m'avait laissé un mot charmant pour
lequel le liftman avait fait une enveloppe que j'avais crue
écrite par la laitière. J'étais affreusement déçu, et l'idée
qu'il était plus difficile et plus flatteur d'avoir une lettre de
Bergotte, ne me consolait en rien qu'elle ne fût pas de la
laitière. Cette fille-là même, je ne la retrouvai pas plus que
celles que j'apercevais seulement de la voiture de Mme de
Villeparisis. La vue et la perte de toutes accroissaient l'état
d'agitation où je vivais et je trouvais quelque sagesse aux
philosophes qui nous recommandent de borner nos désirs
(si toutefois ils veulent parler du désir des êtres, car c'est le
seul qui puisse laisser de l'anxiété, s'appliquant à de
l'inconnu conscient. Supposer que la philosophie veut
parler du désir des richesses serait trop absurde). Pourtant
j'étais disposé à juger cette sagesse incomplète, car je me
disais que ces rencontres me faisaient trouver encore plus
beau un monde qui fait ainsi croître sur toutes les routes

campagnardes des fleurs à la fois singulières et communes, trésors fugitifs de la journée, aubaines de la promenade, dont des circonstances contingentes qui ne se reproduiraient peut-être pas toujours m'avaient seules empêché de profiter, et qui donnent un goût nouveau à la vie.

Mais peut-être, en espérant qu'un jour, plus libre, je pourrais trouver sur d'autres routes de semblables filles, je commençais déjà à fausser ce qu'a d'exclusivement individuel le désir de vivre auprès d'une femme qu'on a trouvée jolie, et du seul fait que j'admettais la possibilité de le faire naître artificiellement, j'en avais implicitement reconnu l'illusion.

Le jour que Mme de Villeparisis nous mena à Carqueville où était cette église couverte de lierre dont elle nous avait parlé et qui, bâtie sur un tertre, domine le village, la rivière qui le traverse et qui a conservé son petit pont du Moyen Âge, ma grand-mère, pensant que je serais content d'être seul pour regarder le monument, proposa à son amie d'aller goûter chez le pâtissier, sur la place qu'on apercevait distinctement et qui sous sa patine dorée était comme une autre partie d'un objet tout entier ancien. Il fut convenu que j'irais les y retrouver. Dans le bloc de verdure devant lequel on me laissa, il fallait pour reconnaître une église faire un effort qui me fît serrer de plus près l'idée d'église ; en effet, comme il arrive aux élèves qui saisissent plus complètement le sens d'une phrase quand on les oblige par la version ou par le thème à la dévêtir des formes auxquelles ils sont accoutumés, cette idée d'église dont je n'avais guère besoin d'habitude devant des clochers qui se faisaient reconnaître d'eux-mêmes, j'étais obligé d'y faire perpétuellement appel pour ne pas oublier, ici que le cintre de cette touffe de lierre était celui d'une verrière ogivale, là, que la saillie des feuilles était due au relief d'un chapiteau. Mais alors un peu de vent soufflait, faisait frémir le porche mobile que parcouraient des remous propagés et tremblants comme une clarté ; les feuilles déferlaient les unes contre les autres ; et frissonnante, la façade végétale entraînait avec elle les piliers onduleux, caressés et fuyants.

Comme je quittais l'église, je vis devant le vieux pont des filles du village qui, sans doute parce que c'était un dimanche, se tenaient attifées, interpellant les garçons qui passaient. Moins bien vêtue que les autres, mais semblant les dominer par quelque ascendant — car elle répondait à peine à ce qu'elles lui disaient —, l'air plus grave et plus volontaire, il y en avait une grande qui assise à demi sur le rebord du pont, laissant pendre ses jambes, avait devant elle un petit pot plein de poissons qu'elle venait probablement de pêcher. Elle avait un teint bruni, des yeux doux, mais un regard dédaigneux de ce qui l'entourait, un nez petit, d'une forme fine et charmante. Mes regards se posaient sur sa peau et mes lèvres à la rigueur pouvaient croire qu'elles avaient suivi mes regards. Mais ce n'est pas seulement son corps que j'aurais voulu atteindre, c'était aussi la personne qui vivait en lui et avec laquelle il n'est qu'une sorte d'attouchement, qui est d'attirer son attention, qu'une sorte de pénétration, y éveiller une idée.

Et cet être intérieur de la belle pêcheuse semblait m'être clos encore, je doutais si j'y étais entré, même après que j'eus aperçu ma propre image se refléter furtivement dans le miroir de son regard, suivant un indice de réfraction qui m'était aussi inconnu que si je me fusse placé dans le champ visuel d'une biche. Mais de même qu'il ne m'eût pas suffi que mes lèvres prissent du plaisir sur les siennes mais leur en donnassent, de même j'aurais voulu que l'idée de moi qui entrerait en cet être, qui s'y accrocherait, n'amenât pas à moi seulement son attention, mais son admiration, son désir, et le forçât à garder mon souvenir jusqu'au jour où je pourrais la retrouver. Cependant, j'apercevais à quelques pas la place où devait m'attendre la voiture de Mme de Villeparisis. Je n'avais qu'un instant ; et déjà je sentais que les filles commençaient à rire de me voir ainsi arrêté. J'avais cinq francs dans ma poche. Je les en sortis, et avant d'expliquer à la belle fille la commission dont je la chargeais, pour avoir plus de chance qu'elle m'écoutât je tins un instant la pièce devant ses yeux :

« Puisque vous avez l'air d'être du pays, dis-je à la pêcheuse, est-ce que vous auriez la bonté de faire une petite course pour moi ? Il faudrait aller devant un pâtissier qui est, paraît-il, sur une place, mais je ne sais pas où c'est, et où une voiture m'attend. Attendez !... pour ne pas confondre vous demanderez si c'est la voiture de la marquise de Villeparisis. Du reste vous verrez bien, elle a deux chevaux. »

C'était cela que je voulais qu'elle sût pour prendre une grande idée de moi. Mais quand j'eus prononcé les mots « marquise » et « deux chevaux », soudain j'éprouvai un grand apaisement. Je sentis que la pêcheuse se souviendrait de moi et se dissiper, avec mon effroi de ne pouvoir la retrouver, une partie de mon désir de la retrouver. Il me semblait que je venais de toucher sa personne avec des lèvres invisibles et que je lui avais plu. Et cette prise de

force de son esprit, cette possession immatérielle, lui avait
ôté de son mystère autant que fait la possession physique.

Nous descendîmes sur Hudimesnil ; tout d'un coup je
fus rempli de ce bonheur profond que je n'avais pas
souvent ressenti depuis Combray, un bonheur analogue à
celui que m'avaient donné, entre autres, les clochers de
Martinville. Mais cette fois il resta incomplet. Je venais
d'apercevoir, en retrait de la route en dos d'âne que nous
suivions, trois arbres qui devaient servir d'entrée à une
allée couverte et formaient un dessin que je ne voyais pas
pour la première fois, je ne pouvais arriver à reconnaître le
lieu dont ils étaient comme détachés mais je sentais qu'il
m'avait été familier autrefois ; de sorte que mon esprit
ayant trébuché entre quelque année lointaine et le
moment présent, les environs de Balbec vacillèrent et je
me demandai si toute cette promenade n'était pas une
fiction, Balbec un endroit où je n'étais jamais allé que par
l'imagination, Mme de Villeparisis un personnage de
roman et les trois vieux arbres la réalité qu'on retrouve en
levant les yeux de dessus le livre qu'on était en train de lire
et qui vous décrivait un milieu dans lequel on avait fini par
se croire effectivement transporté.

Je regardais les trois arbres, je les voyais bien, mais mon
esprit sentait qu'ils recouvraient quelque chose sur quoi il
n'avait pas prise, comme sur ces objets placés trop loin
dont nos doigts, allongés au bout de notre bras tendu,
effleurent seulement par instant l'enveloppe sans arriver à
rien saisir. Alors on se repose un moment pour jeter le bras
en avant d'un élan plus fort et tâcher d'atteindre plus loin.
Mais pour que mon esprit pût ainsi se rassembler, prendre
son élan, il m'eût fallu être seul. Que j'aurais voulu pouvoir m'écarter comme je faisais dans les promenades du
côté de Guermantes quand je m'isolais de mes parents ! Il
me semblait même que j'aurais dû le faire. Je reconnaissais ce genre de plaisir qui requiert, il est vrai, un certain
travail de la pensée sur elle-même, mais à côté duquel les
agréments de la nonchalance qui vous fait renoncer à lui,
semblent bien médiocres. Ce plaisir, dont l'objet n'était
que pressenti, que j'avais à créer moi-même, je ne l'éprouvais que de rares fois, mais à chacune d'elles il me semblait que les choses qui s'étaient passées dans l'intervalle
n'avaient guère d'importance et qu'en m'attachant à sa
seule réalité je pourrais commencer enfin une vraie vie. Je
mis un instant ma main devant mes yeux pour pouvoir les
fermer sans que Mme de Villeparisis s'en aperçût. Je restai
sans penser à rien, puis de ma pensée ramassée, ressaisie
avec plus de force, je bondis plus avant dans la direction

des arbres, ou plutôt dans cette direction intérieure au bout de laquelle je les voyais en moi-même. Je sentis de nouveau derrière eux le même objet connu mais vague et que je ne pus ramener à moi. Cependant tous trois, au fur et à mesure que la voiture avançait, je les voyais s'approcher. Où les avais-je déjà regardés ? Il n'y avait aucun lieu autour de Combray où une allée s'ouvrît ainsi. Le site qu'ils me rappelaient, il n'y avait pas de place pour lui davantage dans la campagne allemande où j'étais allé une année avec ma grand-mère prendre les eaux. Fallait-il croire qu'ils venaient d'années déjà si lointaines de ma vie que le paysage qui les entourait avait été entièrement aboli dans ma mémoire et que comme ces pages qu'on est tout d'un coup ému de retrouver dans un ouvrage qu'on s'imaginait n'avoir jamais lu, ils surnageaient seuls du livre oublié de ma première enfance ? N'appartenaient-ils au contraire qu'à ces paysages du rêve, toujours les mêmes, du moins pour moi chez qui leur aspect étrange n'était que l'objectivation dans mon sommeil de l'effort que je faisais pendant la veille, soit pour atteindre le mystère dans un lieu derrière l'apparence duquel je le pressentais, comme cela m'était arrivé si souvent du côté de Guermantes, soit pour essayer de le réintroduire dans un lieu que j'avais désiré connaître et qui du jour où je l'avais connu m'avait paru tout superficiel, comme Balbec ? N'étaient-ils qu'une image toute nouvelle détachée d'un rêve de la nuit précédente mais déjà si effacée qu'elle me semblait venir de beaucoup plus loin ? Ou bien ne les avais-je jamais vus et cachaient-ils derrière eux comme tels arbres, telle touffe d'herbe que j'avais vus du côté de Guermantes, un sens aussi obscur, aussi difficile à saisir qu'un passé lointain de sorte que, sollicité par eux d'approfondir une pensée, je croyais avoir à reconnaître un souvenir ? Ou encore ne cachaient-ils même pas de pensée et était-ce une fatigue de ma vision qui me les faisait voir doubles dans le temps comme on voit quelquefois double dans l'espace ? Je ne savais. Cependant ils venaient vers moi peut-être apparition mythique, ronde de sorcières ou de nornes qui me proposait ses oracles. Je crus plutôt que c'étaient des fantômes du passé, de chers compagnons de mon enfance, des amis disparus qui invoquaient nos communs souvenirs. Comme des ombres ils semblaient me demander de les emmener avec moi, de les rendre à la vie. Dans leur gesticulation naïve et passionnée je reconnaissais le regret impuissant d'un être aimé qui a perdu l'usage de la parole, sent qu'il ne pourra nous dire ce qu'il veut et que nous ne savons pas deviner. Bientôt, à un croisement de routes, la voiture les abandonna. Elle m'entraînait loin de ce que je croyais seul vrai, de ce qui m'eût rendu vraiment heureux, elle ressemblait à ma vie.

Je vis les arbres s'éloigner en agitant leurs bras désespérés, semblant me dire : « Ce que tu n'apprends pas de nous aujourd'hui, tu ne le sauras jamais. Si tu nous laisses retomber au fond de ce chemin d'où nous cherchions à nous hisser jusqu'à toi, toute une partie de toi-même que nous t'apportions tombera pour jamais au néant. » En effet, si dans la suite je retrouvai le genre de plaisir et d'inquiétude que je venais de sentir encore une fois, et si un soir — trop tard, mais pour toujours — je m'attachai à lui, de ces arbres eux-mêmes, en revanche, je ne sus jamais ce qu'ils avaient voulu m'apporter ni où je les avais vus. Et quand, la voiture ayant bifurqué, je leur tournai le dos et cessai de les voir, tandis que Mme de Villeparisis me demandait pourquoi j'avais l'air rêveur, j'étais triste comme si je venais de perdre un ami, de mourir à moi-même, de renier un mort ou de méconnaître un dieu.

Il fallait songer au retour. Mme de Villeparisis qui avait un certain sens de la nature, plus froid que celui de ma grand-mère, mais qui savait reconnaître, même en dehors des musées et des demeures aristocratiques, la beauté simple et majestueuse de certaines choses anciennes, disait au cocher de prendre la vieille route de Balbec, peu fréquentée, mais plantée de vieux ormes qui nous semblaient admirables.

Une fois que nous connûmes cette vieille route, pour changer, nous revînmes, à moins que nous ne l'eussions prise à l'aller, par une autre qui traversait les bois de Chantereine et de Canteloup. L'invisibilité des innombrables oiseaux qui s'y répondaient tout à côté de nous dans les arbres donnait la même impression de repos qu'on a les yeux fermés. Enchaîné à mon strapontin comme Prométhée sur son rocher, j'écoutais mes Océanides. Et quand par hasard j'apercevais l'un de ces oiseaux qui passait d'une feuille sous une autre, il y avait si peu de lien apparent entre lui et ces chants, que je ne croyais pas voir la cause de ceux-ci dans ce petit corps sautillant, étonné et sans regard.

Cette route était pareille à bien d'autres de ce genre qu'on rencontre en France, montant en pente assez raide, puis redescendant sur une grande longueur. Au moment même, je ne lui trouvais pas un grand charme, j'étais seulement content de rentrer. Mais elle devint pour moi dans la suite une cause de joies en restant dans ma mémoire comme une amorce où toutes les routes semblables sur lesquelles je passerais plus tard au cours d'une promenade ou d'un voyage s'embrancheraient aussitôt sans solution de continuité et pourraient grâce à elle communiquer immédiatement avec mon cœur. Car dès que la voiture ou l'automobile s'engagerait dans une de ces routes qui auraient l'air d'être la continuation de celle que j'avais parcourue avec Mme de Villeparisis, ce à quoi ma conscience actuelle se trouverait immédiatement appuyée comme à mon passé le plus récent, ce serait (toutes les années intermédiaires se trouvant abolies) les impressions que j'avais eues par ces fins d'après-midi-là, en promenade près de Balbec, quand les feuilles sentaient bon, que la brume s'élevait et qu'au-delà du prochain village, on apercevait entre les arbres le coucher du soleil comme s'il avait été quelque localité suivante, forestière, distante et qu'on n'atteindra pas le soir même. Raccordées à celles que j'éprouvais maintenant dans un autre pays, sur une route semblable, s'entourant de toutes les sensations accessoires de libre respiration, de curiosité, d'indolence, d'appétit, de gaieté qui leur étaient communes, excluant toutes les autres, ces impressions se renforceraient, prendraient la consistance d'un type particulier de plaisir, et presque d'un cadre d'existence que j'avais d'ailleurs rarement l'occasion de retrouver, mais dans lequel le réveil des souvenirs mettait au milieu de la réalité matériellement perçue une part assez grande de réalité évoquée, songée, insaisissable, pour me donner, au milieu de ces régions où je passais, plus qu'un sentiment esthétique, un désir fugitif mais exalté, d'y vivre désormais pour toujours. Que de fois, pour avoir simplement senti une odeur de feuillée, être assis sur un strapontin en face de Mme de Villeparisis, croiser la princesse de Luxembourg qui lui envoyait des bonjours de sa voiture, rentrer dîner au Grand-hôtel, ne m'est-il pas apparu comme un de ces bonheurs ineffables que ni le présent ni l'avenir ne peuvent nous rendre et qu'on ne goûte qu'une fois dans la vie !

Souvent le jour était tombé avant que nous fussions de retour. Timidement je citais à Mme de Villeparisis, en lui montrant la lune dans le ciel, quelque belle expression de Chateaubriand ou de Vigny ou de Victor Hugo : « Elle répandait ce vieux secret de mélancolie » ou « pleurant comme Diane au bord de ses fontaines » ou « L'ombre était nuptiale, auguste et solennelle. »

« Et vous trouvez cela beau ? me demandait-elle, "génial", comme vous dites ? Je vous dirai que je suis toujours étonnée de voir qu'on prend maintenant très au sérieux des choses que les amis de ces messieurs, tout en rendant pleine justice à leurs qualités, étaient les premiers à plaisanter. On ne prodiguait pas le nom de génie comme aujourd'hui, où si vous dites à un écrivain qu'il n'a que du talent il prend cela pour une injure. Vous me citez une grande phrase de M. de Chateaubriand sur le clair de lune. Vous allez voir que j'ai mes raisons pour y être réfractaire. M. de Chateaubriand venait bien souvent chez mon père. Il était du reste agréable quand on était seul parce qu'alors il était simple et amusant, mais dès qu'il y avait du monde il se mettait à poser et devenait ridicule ; devant mon père, il prétendait avoir jeté sa démission à la face du roi et dirigé le conclave, oubliant que mon père avait été chargé par lui de supplier le roi de le reprendre, et l'avait entendu faire sur l'élection du pape les pronostics les plus insensés. Il fallait entendre sur ce fameux conclave M. de Blacas, qui était un autre homme que M. de Chateaubriand. Quant aux phrases de celui-ci sur le clair de lune, elles étaient tout simplement devenues une charge à la maison. Chaque fois qu'il faisait clair de lune autour du château, s'il y avait quelque invité nouveau, on lui conseillait d'emmener M. de Chateaubriand prendre l'air après le dîner. Quand ils revenaient, mon père ne manquait pas de prendre à part l'invité : "M. de Chateaubriand a été bien éloquent ? — Oh ! oui. — Il vous a parlé du clair de lune. — Oui, comment savez-vous ? — Attendez, ne vous a-t-il pas dit, et il lui citait la phrase. — Oui, mais par quel mystère ? — Et il vous a parlé même du clair de lune dans la campagne romaine. — Mais vous êtes sorcier." Mon père n'était pas sorcier, mais M. de Chateaubriand se contentait de servir toujours un même morceau tout préparé. »

Au nom de Vigny elle se mit à rire.

« Celui qui disait : "Je suis le comte Alfred de Vigny." On est comte ou on n'est pas comte, ça n'a aucune espèce d'importance. »

Et peut-être trouvait-elle que cela en avait tout de même un peu, car elle ajoutait :

« D'abord je ne suis pas sûre qu'il le fût, et il était en tout cas de très petite souche, ce monsieur qui a parlé dans ses vers de son "cimier de gentilhomme". Comme c'est de bon goût et comme c'est intéressant pour le lecteur ! C'est comme Musset, simple bourgeois de Paris, qui disait emphatiquement : "L'épervier d'or dont mon casque est armé". Jamais un vrai grand seigneur ne dit de ces choses-là. Au moins Musset avait du talent comme poète. Mais à part *Cinq-Mars*, je n'ai jamais rien pu lire de M. de Vigny, l'ennui me fait tomber le livre des mains. M. Molé, qui avait autant d'esprit et de tact que M. de Vigny en avait peu, l'a arrangé de belle façon en le recevant à l'Académie. Comment, vous ne connaissez pas son discours ? C'est un chef-d'œuvre de malice et d'impertinence. » Elle reprochait à Balzac, qu'elle s'étonnait de voir admiré par ses neveux, d'avoir prétendu peindre une société « où il n'était pas reçu », et dont il a raconté mille invraisemblances. Quant à Victor Hugo, elle nous disait que M. de Bouillon, son père, qui avait des camarades dans la jeunesse romantique, était entré grâce à eux à la première d'*Hernani* mais qu'il n'avait pu rester jusqu'au bout, tant il avait trouvé ridicules les vers de cet écrivain doué mais exagéré et qui n'a reçu le titre de grand poète qu'en vertu d'un marché fait, et comme récompense de l'indulgence intéressée qu'il a professée pour les dangereuses divagations des socialistes.

Nous apercevions déjà l'hôtel, ses lumières si hostiles le premier soir, à l'arrivée, maintenant protectrices et douces, annonciatrices du foyer. Et quand la voiture arrivait près de la porte, le concierge, les grooms, le lift, empressés, naïfs, vaguement inquiets de notre retard, massés sur les degrés à nous attendre, étaient, devenus familiers, de ces êtres qui changent tant de fois au cours de notre vie, comme nous changeons nous-mêmes, mais dans lesquels au moment où ils sont pour un temps le miroir de nos habitudes, nous trouvons de la douceur à nous sentir fidèlement et amicalement reflétés. Nous les préférons à des amis que nous n'avons pas vus depuis longtemps, car ils contiennent davantage de ce que nous sommes actuellement. Seul le « chasseur », exposé au soleil dans la journée, avait été rentré pour ne pas supporter la rigueur du soir, et emmailloté de lainages, lesquels joints à l'éplorement orangé de sa chevelure et à la fleur curieusement rose de ses joues, faisaient, au milieu du hall vitré, penser à une plante de serre qu'on protège contre le froid. Nous descendions de voiture, aidés par beaucoup plus de serviteurs qu'il n'était nécessaire, mais ils sentaient l'importance de la scène et se croyaient obligés d'y jouer un rôle. J'étais affamé. Aussi, souvent, pour ne pas retarder le moment de dîner, je ne remontais pas dans la chambre qui avait fini par devenir si réellement mienne que revoir les grands rideaux violets et les bibliothèques basses, c'était me retrouver seul avec ce moi-même dont les choses, comme les gens, m'offraient l'image, et nous attendions tous ensemble dans le hall que le maître d'hôtel vînt nous dire que nous étions servis. C'était encore l'occasion pour nous d'écouter Mme de Villeparisis.

« Nous abusons de vous, disait ma grand-mère.

— Mais comment, je suis ravie, cela m'enchante »,
répondait son amie avec un sourire câlin, en filant les sons,
sur un ton mélodieux qui contrastait avec sa simplicité
coutumière.

C'est qu'en effet dans ces moments-là elle n'était pas
naturelle, elle se souvenait de son éducation, des façons
aristocratiques avec lesquelles une grande dame doit montrer à des bourgeois qu'elle est heureuse de se trouver avec
eux, qu'elle est sans morgue. Et le seul manque de véritable politesse qu'il y eût en elle était dans l'excès de ses
politesses ; car on y reconnaissait ce pli professionnel
d'une dame du faubourg Saint-Germain, laquelle, voyant
toujours dans certains bourgeois les mécontents qu'elle est
destinée à faire certains jours, profite avidement de toutes
les occasions où il lui est possible, dans le livre de comptes
de son amabilité avec eux, de prendre l'avance d'un solde
créditeur, qui lui permettra prochainement d'inscrire à
son débit le dîner ou le raout où elle ne les invitera pas.
Ainsi, ayant agi jadis sur elle une fois pour toutes, et
ignorant que maintenant les circonstances étaient autres,
les personnes différentes, et qu'à Paris elle souhaiterait de
nous voir chez elle souvent, la génie de sa caste poussait
avec une ardeur fiévreuse Mme de Villeparisis et comme si
le temps qui lui était concédé pour être aimable était
court, à multiplier avec nous, pendant que nous étions à
Balbec, les envois de roses et de melons, les prêts de livres,
les promenades en voiture et les effusions verbales. Et par
là — tout autant que la splendeur aveuglante de la plage,
que le flamboiement multicolore et les lueurs sous-océa-
niques des chambres, tout autant même que les leçons
d'équitation par lesquelles des fils de commerçants étaient
déifiés comme Alexandre de Macédoine — les amabilités
quotidiennes de Mme de Villeparisis, et aussi la facilité
momentanée, estivale, avec laquelle ma grand-mère les
acceptait, sont restées dans mon souvenir comme caractéristiques de la vie de bains de mer.

« Donnez donc vos manteaux pour qu'on les remonte. »
Ma grand-mère les passait au directeur, et à cause de ses
gentillesses pour moi, j'étais désolé de ce manque d'égards
dont il paraissait souffrir.

« Je crois que ce monsieur est froissé, disait la marquise.
Il se croit probablement trop grand seigneur pour prendre
vos châles. Je me rappelle le duc de Nemours, quand
j'étais encore bien petite, entrant chez mon père qui habitait le dernier étage de l'hôtel Bouillon, avec un gros
paquet sous le bras, des lettres et des journaux. Je crois
voir le prince dans son habit bleu sous l'encadrement de

notre porte qui avait de jolies boiseries, je crois que c'est Bagard qui faisait cela, vous savez ces fines baguettes si souples que l'ébéniste parfois leur faisait former des petites coques, et des fleurs, comme des rubans qui nouent un bouquet. "Tenez, Cyrus, dit-il à mon père, voilà ce que votre concierge m'a donné pour vous. Il m'a dit : 'Puisque vous allez chez M. le comte, ce n'est pas la peine que je monte les étages, mais prenez garde de ne pas gâter la ficelle.'" Maintenant que vous avez donné vos affaires, asseyez-vous, tenez, mettez-vous là, disait-elle à ma grand-mère en lui prenant la main.

— Oh ! si cela vous est égal, pas dans ce fauteuil ! Il est trop petit pour deux, mais trop grand pour moi seule, j'y serais mal.

— Vous me faites penser, car c'était tout à fait le même, à un fauteuil que j'ai eu longtemps, mais que j'ai fini par ne pas pouvoir garder, parce qu'il avait été donné à ma mère par la malheureuse duchesse de Praslin. Ma mère qui était pourtant la personne la plus simple du monde, mais qui avait encore des idées qui viennent d'un autre temps et que déjà je ne comprenais pas très bien, n'avait pas d'abord voulu se laisser présenter à Mme de Praslin qui n'était que Mlle Sebastiani, tandis que celle-ci, parce qu'elle était duchesse, trouvait que ce n'était pas à elle à se faire présenter. Et par le fait », ajoutait Mme de Villeparisis oubliant qu'elle ne comprenait pas ce genre de nuances, « n'eût-elle été que Mme de Choiseul que sa prétention aurait pu se soutenir. Les Choiseul sont tout ce qu'il y a de plus grand, ils sortent d'une sœur du roi Louis le Gros, ils étaient de vrais souverains en Bassigny. J'admets que nous l'emportons pas les alliances et l'illustration, mais l'ancienneté est presque la même. Il était résulté de cette question de préséance des incidents comiques, comme un déjeuner qui fut servi en retard de plus d'une grande heure que mit l'une de ces dames à accepter de se laisser présenter. Elles étaient malgré cela devenues de grandes amies et elle avait donné à ma mère un fauteuil du genre de celui-ci et où, comme vous venez de faire, chacun refusait de s'asseoir. Un jour ma mère entend une voiture dans la cour de son hôtel. Elle demande à un petit domestique qui c'est. "C'est Mme la duchesse de La Rochefoucauld, madame la comtesse. — Ah ! bien, je la recevrai." Au bout d'un quart d'heure, personne : "Hé bien, Mme la duchesse de La Rochefoucauld ? où est-elle donc ? — Elle est dans l'escalier, a soufflé, Madame la comtesse", répond le petit domestique qui arrivait depuis peu de la campagne où ma mère avait la bonne habitude de les prendre. Elle les avait souvent vus naître. C'est comme cela qu'on a chez soi de braves gens. Et c'est le premier des luxes. En effet, la duchesse de La Rochefoucauld montait difficilement, étant énorme, si énorme que quand elle entra ma mère eut un instant d'inquiétude en se demandant où elle pourrait la placer. À ce moment le meuble donné par Mme de Praslin frappa ses yeux : "Prenez donc la peine de vous asseoir", dit ma mère en le lui avançant. Et la duchesse le remplit jusqu'aux bords. Elle était, malgré cette importance, restée assez agréable. "Elle fait encore un certain effet quand elle entre", disait un de nos amis. "Elle en fait surtout quand elle sort", répondit ma mère qui avait le mot plus leste qu'il ne serait de mise aujourd'hui. Chez Mme de La Rochefoucauld même, on ne se gênait pas pour plaisanter devant elle, qui en riait la première, ses amples proportions. "Mais est-ce que vous êtes seul ?" demanda un jour à M. de La Rochefoucauld ma mère qui venait faire visite à la duchesse et qui, reçue à l'entrée par le mari, n'avait pas aperçu sa femme qui était dans une baie du fond. "Est-ce que Mme de La Rochefoucauld n'est pas là ? je ne la vois pas. — Comme vous êtes aimable !" répondit le duc qui avait un des jugements les plus faux que j'aie jamais connus, mais qui ne manquait pas d'un certain esprit. »

Après le dîner, quand j'étais remonté avec ma grand-mère, je lui disais que les qualités qui nous charmaient chez Mme de Villeparisis, le tact, la finesse, la discrétion, l'effacement de soi-même n'étaient peut-être pas bien précieuses, puisque ceux qui les possédèrent au plus haut degré ne furent que des Molé et des Loménie, et que si leur absence peut rendre les relations quotidiennes désagréables, elle n'a pas empêché de devenir Chateaubriand, Vigny, Hugo, Balzac, des vaniteux qui n'avaient pas de jugement, qu'il était facile de railler, comme Bloch... Mais au nom de Bloch ma grand-mère se récriait. Et elle me vantait Mme de Villeparisis. Comme on dit que c'est l'intérêt de l'espèce qui guide en amour les préférences de chacun, et pour que l'enfant soit constitué de la façon la plus normale, fait rechercher les femmes maigres aux hommes gras et les grasses aux maigres, de même c'était obscurément les exigences de mon bonheur menacé par le nervosisme, par mon penchant maladif à la tristesse, à l'isolement, qui lui faisaient donner le premier rang aux qualités de pondération et de jugement, particulières non seulement à Mme de Villeparisis mais à une société où je pourrais trouver une distraction, un apaisement, — une société pareille à celle où l'on vit fleurir l'esprit d'un

Doudan, d'un M. de Rémusat, pour ne pas dire d'une Beausergent, d'un Joubert, d'une Sévigné, esprit qui met plus de bonheur, plus de dignité dans la vie que les raffinements opposés, lesquels ont conduit un Baudelaire, un Poe, un Verlaine, un Rimbaud, à des souffrances, à une déconsidération dont ma grand-mère ne voulait pas pour son petit-fils. Je l'interrompais pour l'embrasser et lui demandais si elle avait remarqué telle phrase que Mme de Villeparisis avait dite et dans laquelle se marquait la femme qui tenait plus à sa naissance qu'elle ne l'avouait. Ainsi soumettais-je à ma grand-mère mes impressions, car je ne savais jamais le degré d'estime dû à quelqu'un que quand elle me l'avait indiqué. Chaque soir je venais lui apporter les croquis que j'avais pris dans la journée d'après tous ces êtres inexistants qui n'étaient pas elle. Une fois je lui dis : « Sans toi je ne pourrai pas vivre. — Mais il ne faut pas, me répondit-elle d'une voix troublée. Il faut nous faire un cœur plus dur que ça. Sans cela que deviendrais-tu si je partais en voyage ? J'espère au contraire que tu serais très raisonnable et très heureux. — Je saurais être raisonnable si tu partais pour quelques jours, mais je compterais les heures.

— Mais si je partais pour des mois... (à cette seule idée mon cœur se serrait), pour des années... pour... »

Nous nous taisions tous les deux. Nous n'osions pas nous regarder. Pourtant je souffrais plus de son angoisse que de la mienne. Aussi je m'approchai de la fenêtre et distinctement je lui dis en détournant les yeux :

« Tu sais comme je suis un être d'habitudes. Les premiers jours où je viens d'être séparé des gens que j'aime le plus, je suis malheureux. Mais tout en les aimant toujours autant, je m'accoutume, ma vie devient calme, douce ; je supporterais d'être séparé d'eux, des mois, des années... »

Je dus me taire et regarder tout à fait par la fenêtre. Ma grand-mère sortit un instant de la chambre. Mais le lendemain je me mis à parler de philosophie, sur le ton le plus indifférent, en m'arrangeant cependant pour que ma grand-mère fit attention à mes paroles, je dis que c'était curieux, qu'après les dernières découvertes de la science le matérialisme semblait ruiné, et que le plus probable était encore l'éternité des âmes et leur future réunion.

Mme de Villeparisis nous prévint que bientôt elle ne pourrait nous voir aussi souvent. Un jeune neveu qui préparait Saumur, actuellement en garnison dans le voisinage, à Doncières, devait venir passer auprès d'elle un congé de quelques semaines et elle lui donnerait beaucoup de son temps. Au cours de nos promenades, elle nous avait vanté sa grande intelligence, surtout son bon cœur ; déjà je me figurais qu'il allait se prendre de sympathie pour moi, que je serais son ami préféré, et quand avant son arrivée, sa tante laissa entendre à ma grand-mère qu'il était malheureusement tombé dans les griffes d'une mauvaise femme dont il était fou et qui ne le lâcherait pas, comme j'étais persuadé que ce genre d'amour finissait fatalement par l'aliénation mentale, le crime et le suicide, pensant au temps si court qui était réservé à notre amitié, déjà si grande dans mon cœur sans que je l'eusse encore vu, je pleurai sur elle et sur les malheurs qui l'attendaient comme sur un être cher dont on vient de nous apprendre qu'il est gravement atteint et que ses jours sont comptés.

Une après-midi de grande chaleur j'étais dans la salle à manger de l'hôtel qu'on avait laissée à demi dans l'obscurité pour la protéger du soleil en tirant des rideaux qu'il jaunissait et qui par leurs interstices laissaient clignoter le bleu de la mer, quand dans la travée centrale qui allait de la plage à la route, je vis, grand, mince, le cou dégagé, la tête haute et fièrement portée, passer un jeune homme aux yeux pénétrants et dont la peau était aussi blonde et les cheveux aussi dorés que s'ils avaient absorbé tous les rayons du soleil. Vêtu d'une étoffe souple et blanchâtre comme je n'aurais jamais cru qu'un homme eût osé en porter, et dont la minceur n'évoquait pas moins que le frais de la salle à manger, la chaleur et le beau temps du dehors, il marchait vite. Ses yeux, de l'un desquels tombait à tout moment un monocle, étaient de la couleur de la mer. Chacun le regarda curieusement passer, on savait que ce jeune marquis de Saint-Loup-en-Bray était célèbre pour son élégance. Tous les journaux avaient décrit le costume dans lequel il avait récemment servi de témoin au jeune duc d'Uzès, dans un duel. Il semblait que la qualité si particulière de ses cheveux, de ses yeux, de sa peau, de sa tournure, qui l'eussent distingué au milieu d'une foule comme un filon précieux d'opale azurée et lumineuse, engainé dans une matière grossière, devait correspondre à une vie différente de celle des autres hommes. Et en conséquence, quand, avant la liaison dont Mme de Villeparisis se plaignait, les plus jolies femmes du grand monde se l'étaient disputé, sa présence, dans une plage par exemple, à côté de la beauté en renom à laquelle il faisait la cour, ne la mettait pas seulement tout à fait en vedette, mais attirait les regards autant sur lui que sur elle. À cause de son « chic », de son impertinence de jeune « lion », à cause de son extraordinaire beauté surtout, certains lui trouvaient même un air efféminé, mais sans le lui reprocher, car on savait combien il était viril et qu'il aimait passionnément les femmes. C'était ce neveu de Mme de Villeparisis duquel elle nous avait parlé. Je fus ravi de penser que j'allais le connaître pendant quelques semaines et sûr qu'il me donnerait toute son affection. Il traversa rapidement l'hôtel dans toute sa largeur, semblant poursuivre son monocle qui voltigeait devant lui comme un papillon. Il venait de la plage, et la mer qui remplissait jusqu'à mi-hauteur le vitrage du hall lui faisait un fond sur lequel il se détachait en pied, comme dans certains portraits où des peintres prétendent, sans tricher en rien sur l'observation la plus exacte de la vie actuelle, mais en choisissant pour leur modèle un cadre approprié, pelouse de polo, de golf, champ de courses, pont de yacht, donner un équivalent moderne de ces toiles où les primitifs faisaient apparaître la figure humaine au premier plan d'un paysage. Une voiture à deux chevaux l'attendait devant la porte ; et tandis que son monocle reprenait ses ébats sur la route ensoleillée, avec l'élégance et la maîtrise qu'un grand pianiste trouve le moyen de montrer dans le trait le plus simple, où il ne semblait pas possible qu'il sût se montrer supérieur à un exécutant de deuxième ordre, le neveu de Mme de Villeparisis, prenant les guides que lui passa le cocher, s'assit à côté de lui et tout en décachetant une lettre que le directeur de l'hôtel lui remit, fit partir les bêtes.

Quelle déception j'éprouvai les jours suivants quand, chaque fois que je le rencontrai dehors ou dans l'hôtel — le col haut, équilibrant perpétuellement les mouvements de ses membres autour de son monocle fugitif et dansant qui semblait leur centre de gravité — je pus me rendre compte qu'il ne cherchait pas à se rapprocher de nous et vis qu'il ne nous saluait pas quoiqu'il ne pût ignorer que nous étions les amis de sa tante ! Et me rappelant l'amabilité que m'avaient témoignée Mme de Villeparisis et avant elle M. de Norpois, je pensais que peut-être ils n'étaient que des nobles pour rire et qu'un article secret des lois qui gouvernent l'aristocratie doit y permettre peut-être aux femmes et à certains diplomates de manquer dans leurs rapports avec les roturiers, et pour une raison qui m'échappait, à la morgue que devait au contraire pratiquer impitoyablement un jeune marquis. Mon intelligence aurait pu me dire le contraire. Mais la caractéristique de l'âge ridicule que je traversais — âge nullement ingrat, très fécond — est qu'on n'y consulte pas l'intelligence et que les moindres attributs des êtres semblent faire partie indivisible de leur personnalité. Tout entouré de monstres et de dieux, on ne connaît guère le calme. Il n'y a presque pas un des gestes qu'on a faits alors, qu'on ne voudrait plus tard pouvoir abolir. Mais ce qu'on devrait regretter au contraire, c'est de ne plus posséder la spontanéité qui nous les faisait accomplir. Plus tard on voit les choses d'une façon plus pratique, en pleine conformité avec le reste de la société, mais l'adolescence est le seul temps où l'on ait appris quelque chose.

Cette insolence que je devinais chez M. de Saint-Loup, et tout ce qu'elle impliquait de dureté naturelle, se trouva vérifiée par son attitude chaque fois qu'il passait à côté de nous, le corps aussi inflexiblement élancé, la tête toujours aussi haute, le regard impassible, ce n'est pas assez dire, aussi implacable, dépouillé de ce vague respect qu'on a pour les droits d'autres créatures, même si elles ne connaissent pas votre tante, et qui faisait que je n'étais pas tout à fait le même devant une vieille dame que devant un bec de gaz. Ces manières glacées étaient aussi loin des lettres charmantes que je l'imaginais encore il y a quelques jours, m'écrivant pour me dire sa sympathie, qu'est loin de l'enthousiasme de la Chambre et du peuple qu'il s'est représenté en train de soulever par un discours inoubliable, la situation médiocre, obscure, de l'imaginatif qui après avoir ainsi rêvassé tout seul, pour son compte, à haute voix, se retrouve, les acclamations imaginaires une fois apaisées, Gros-Jean comme devant. Quand Mme de Villeparisis, sans doute pour tâcher d'effacer la mauvaise impression que nous avaient causée ces dehors révélateurs d'une nature orgueilleuse et méchante, nous reparla de l'inépuisable bonté de son petit neveu (il était le fils d'une de ses nièces et était un peu plus âgé que moi) j'admirai comme dans le monde, au mépris de toute vérité, on prête des qualités de cœur à ceux qui l'ont si sec, fussent-ils d'ailleurs aimables avec des gens brillants qui font partie de leur milieu. Mme de Villeparisis ajouta elle-même, quoique indirectement, une confirmation aux traits essentiels, déjà certains pour moi, de la nature de son neveu, un jour où je les rencontrai tous deux dans un chemin si étroit qu'elle ne put faire autrement que de me présenter à lui. Il sembla ne pas entendre qu'on lui nommait quelqu'un, aucun muscle de son visage ne bougea ; ses yeux où ne brilla pas la plus faible lueur de sympathie humaine, montrèrent simplement dans l'insensibilité, dans l'inanité du regard, une exagération à défaut de laquelle rien ne les eût différenciés de miroirs sans vie. Puis fixant sur moi ces yeux durs comme s'il eût voulu se renseigner sur moi, avant de me rendre mon salut, par un brusque déclenchement qui sembla plutôt dû à un réflexe musculaire qu'à un acte de volonté, mettant entre lui et moi le plus grand intervalle possible, allongea le bras dans toute sa longueur, et me tendit la main, à distance. Je crus qu'il s'agissait au moins d'un duel, quand le lendemain il me fit passer sa carte. Mais il ne me parla que de littérature, déclara après une longue causerie qu'il avait une envie extrême de me voir plusieurs heures chaque jour. Il n'avait pas, durant cette visite, fait preuve seulement d'un goût très ardent pour les choses de l'esprit, il m'avait témoigné une sympathie qui allait fort peu avec le salut de la veille. Quand je le lui eus vu refaire chaque fois qu'on lui présentait quelqu'un, je compris que c'était une simple habitude mondaine particulière à une certaine partie de sa famille et à laquelle sa mère, qui tenait à ce qu'il fût admirablement bien élevé, avait plié son corps ; il faisait ces saluts-là sans y penser plus qu'à ses beaux vêtements, à ses beaux cheveux ; c'était une chose dénuée de la signification morale que je lui avais donnée d'abord, une chose purement apprise, comme cette autre habitude qu'il avait aussi de se faire présenter immédiatement aux parents de quelqu'un qu'il connaissait, et qui était devenue chez lui si instinctive que me voyant le lendemain de notre rencontre, il fonça sur moi et, sans me dire bonjour, me demanda de le nommer à ma grand-mère qui était auprès de moi, avec la même rapidité fébrile que si cette requête eût été due à quelque instinct défensif, comme le geste de parer un coup ou de fermer les yeux devant un jet d'eau bouillante et sans le préservatif duquel il y eût eu péril à demeurer une seconde de plus.

Les premiers rites d'exorcisme une fois accomplis, comme une fée hargneuse dépouille sa première apparence et se pare de grâces enchanteresses, je vis cet être dédaigneux devenir le plus aimable, le plus prévenant jeune homme que j'eusse jamais rencontré. « Bon, me dis-je, je me suis déjà trompé sur lui, j'avais été victime d'un mirage, mais je n'ai triomphé du premier que pour tomber dans un second, car c'est un grand seigneur féru de noblesse et cherchant à le dissimuler. » Or, toute la charmante éducation, toute l'amabilité de Saint-Loup devait, en effet, au bout de peu de temps, me laisser voir un autre être mais bien différent de celui que je soupçonnais.

Ce jeune homme qui avait l'air d'un aristocrate et d'un sportsman dédaigneux n'avait d'estime et de curiosité que pour les choses de l'esprit, surtout pour ces manifestations modernistes de la littérature et de l'art qui semblaient si ridicules à sa tante ; il était imbu, d'autre part, de ce qu'elle appelait les déclamations socialistes, rempli du plus profond mépris pour sa caste et passait des heures à étudier Nietzsche et Proudhon. C'était un de ces « intellectuels » prompts à l'admiration qui s'enferment dans un livre, soucieux seulement de haute pensée. Même, chez Saint-Loup l'expression de cette tendance très abstraite et qui l'éloignait tant de mes préoccupations habituelles, tout en me paraissant touchante m'ennuyait un peu. Je peux dire que, quand je sus bien qui avait été son père, les jours où je venais de lire des Mémoires tout nourris d'anecdotes sur ce fameux comte de Marsantes en qui se résume l'élégance si spéciale d'une époque déjà lointaine, l'esprit empli de rêveries, désireux d'avoir des précisions sur la vie qu'avait menée M. de Marsantes, j'enrageais que Robert de Saint-Loup au lieu de se contenter d'être le fils de son père, au lieu d'être capable de me guider dans le roman démodé qu'avait été l'existence de celui-ci, se fût élevé jusqu'à l'amour de Nietzsche et de Proudhon. Son père n'eût pas partagé mes regrets. Il était lui-même un homme intelligent, excédant les bornes de sa vie d'homme du monde. Il n'avait guère eu le temps de connaître son fils, mais avait souhaité qu'il valût mieux que lui. Et je crois bien que contrairement au reste de la famille, il l'eût admiré, se fût réjoui qu'il délaissât ce qui avait fait ses minces divertissements pour d'austères méditations, et sans en rien dire, dans sa modestie de grand seigneur spirituel, eût lu en cachette les auteurs favoris de son fils pour apprécier de combien Robert lui était supérieur.

Il y avait, du reste, cette chose assez triste, c'est que si M. de Marsantes, à l'esprit fort ouvert, eût apprécié un fils si différent de lui, Robert de Saint-Loup parce qu'il était de ceux qui croient que le mérite est attaché à certaines formes d'art et de vie, avait un souvenir affectueux mais un peu méprisant d'un père qui s'était occupé toute sa vie de chasse et de course, avait bâillé à Wagner et raffolé d'Offenbach. Saint-Loup n'était pas assez intelligent pour comprendre que la valeur intellectuelle n'a rien à voir avec l'adhésion à une certaine formule esthétique, et il avait pour l'intellectualité de M. de Marsantes un peu le même genre de dédain qu'auraient pu avoir pour Boieldieu ou pour Labiche un fils Boieldieu ou un fils Labiche qui eussent été des adeptes de la littérature la plus symboliste et de la musique la plus compliquée. « J'ai très peu connu mon père, disait Robert. Il paraît que c'était un homme exquis. Son désastre a été la déplorable époque où il a vécu. Être né dans le faubourg Saint-Germain et avoir vécu à l'époque de la *Belle Hélène*, cela fait cataclysme dans une existence. Peut-être, petit bourgeois fanatique du "Ring", eût-il donné tout autre chose. On me dit même qu'il aimait la littérature. Mais on ne peut pas savoir, puisque ce qu'il entendait par littérature se compose d'œuvres périmées. » Et pour ce qui était de moi, si je trouvais Saint-Loup un peu sérieux, lui ne comprenait pas que je ne le fusse pas davantage. Ne jugeant chaque chose qu'au poids d'intelligence qu'elle contient, ne percevant pas les enchantements d'imagination que me donnaient certaines qu'il jugeait frivoles, il s'étonnait que moi — moi à qui il s'imaginait être tellement inférieur — je pusse m'y intéresser.

Dès les premiers jours Saint-Loup fit la conquête de ma grand-mère, non seulement par la bonté incessante qu'il s'ingéniait à nous témoigner à tous deux, mais par le naturel qu'il y mettait comme en toutes choses. Or, le naturel — sans doute parce que, sous l'art de l'homme, il laisse sentir la nature — était la qualité que ma grand-mère préférait à toutes, tant dans les jardins où elle n'aimait pas qu'il y eût, comme dans celui de Combray, de plates-bandes trop régulières, qu'en cuisine où elle détestait ces « pièces montées » dans lesquelles on reconnaît à peine les aliments qui ont servi à les faire, ou dans l'interprétation pianistique qu'elle ne voulait pas trop fignolée, trop léchée, ayant même eu pour les notes accrochées, pour les fausses notes, de Rubinstein, une complaisance particulière. Ce naturel, elle le goûtait jusque dans les vêtements de Saint-Loup, d'une élégance souple sans rien de « gommeux » ni de « compassé », sans raideur et sans empois. Elle prisait davantage encore ce jeune homme riche dans la façon négligente et libre qu'il avait de vivre dans le luxe sans « sentir l'argent », sans airs importants ; elle retrouvait même le charme de ce naturel dans l'incapacité que Saint-Loup avait gardée — et qui généralement disparaît avec l'enfance en même temps que certaines particularités physiologiques de cet âge — d'empêcher son visage de refléter une émotion. Quelque chose qu'il désirait par exemple et sur quoi il n'avait pas compté, ne fût-ce qu'un compliment, faisait se dégager en lui un plaisir si brusque, si brûlant, si volatile, si expansif, qu'il lui était impossible de le contenir et de le cacher ; une grimace de plaisir s'emparait irrésistiblement de son visage ; la peau trop fine de ses joues laissait transparaître une vive rougeur, ses yeux reflétaient la confusion et la joie ; et ma grand-mère était infiniment sensible à cette gracieuse apparence de franchise et d'innocence, laquelle d'ailleurs chez Saint-Loup, au moins à l'époque où je me liai avec lui, ne trompait pas. Mais j'ai connu un autre être, et il y en a beaucoup, chez lequel la sincérité physiologique de cet incarnat passager n'excluait nullement la duplicité morale ; bien souvent il prouve seulement la vivacité avec laquelle ressentent le plaisir, jusqu'à être désarmées devant lui et à être forcées de le confesser aux autres, des natures capables des plus viles fourberies. Mais où ma grand-mère adorait surtout le naturel de Saint-Loup, c'était dans sa façon d'avouer sans aucun détour la sympathie qu'il avait pour moi, et pour l'expression de laquelle il avait de ces mots comme elle n'eût pas pu en trouver elle-même, disait-elle, de plus justes, et vraiment aimants, des mots qu'eussent contresignés « Sévigné et Beausergent » ; il ne se gênait pas pour plaisanter mes défauts — qu'il avait démêlés avec une finesse dont elle était amusée — mais comme elle-même aurait fait, avec tendresse, exaltant au contraire mes qualités avec une chaleur, un abandon qui ne connaissait pas les réserves et la froideur grâce auxquelles les jeunes gens de son âge croient généralement se donner de l'importance. Et il montrait à prévenir mes moindres malaises, à remettre des couvertures sur mes jambes si le temps fraîchissait sans que je m'en fusse aperçu, à s'arranger sans le dire à rester le soir avec moi plus tard, s'il me sentait triste ou mal disposé, une vigilance que, du point de vue de ma santé, pour laquelle plus d'endurcissement eût peut-être été préférable, ma grand-mère trouvait presque excessive, mais qui comme preuve d'affection pour moi la touchait profondément.

Il fut bien vite convenu entre lui et moi que nous étions devenus de grands amis pour toujours, et il disait « notre amitié » comme s'il eût parlé de quelque chose d'important et de délicieux qui eût existé en dehors de nousmêmes et qu'il appela bientôt — en mettant à part son amour pour sa maîtresse — la meilleure joie de sa vie. Ces paroles me causaient une sorte de tristesse, et j'étais embarrassé pour y répondre, car je n'éprouvais à me trouver, à causer avec lui — et sans doute c'eût été de même avec tout autre — rien de ce bonheur qu'il m'était au contraire possible de ressentir quand j'étais seul sans compagnon. Seul, quelquefois, je sentais affluer du fond de moi quelqu'une de ces impressions qui me donnaient un bien-être délicieux. Mais dès que j'étais avec quelqu'un, dès que je parlais à un ami, mon esprit faisait volte-face, c'était vers cet interlocuteur et non vers moi-même qu'il dirigeait ses pensées, et quand elles suivaient ce sens inverse, elles ne me procuraient aucun plaisir. Une fois que j'avais quitté Saint loup, je mettais, à l'aide de mots, une sorte d'ordre dans les minutes confuses que j'avais passées avec lui ; je me disais que j'avais un bon ami, qu'un bon ami est une chose rare, et je goûtais, à me sentir entouré de biens difficiles à acquérir, ce qui était justement l'opposé du plaisir qui m'était naturel, l'opposé du plaisir d'avoir extrait de moi-même et amené à la lumière quelque chose qui y était caché dans la pénombre. Si j'avais passé deux ou trois heures à causer avec Robert de Saint-Loup et qu'il eût admiré ce que je lui avais dit, j'éprouvais une sorte de remords, de regret, de fatigue de ne pas être resté seul et prêt enfin à travailler. Mais je me disais qu'on n'est pas intelligent que pour soi-même, que les plus grands ont désiré d'être appréciés, que je ne pouvais pas considérer comme perdues des heures où j'avais bâti une haute idée de moi dans l'esprit de mon ami, je me persuadais facilement que je devais en être heureux et je souhaitais d'autant plus vivement que ce bonheur ne me fût jamais enlevé que je ne l'avais pas ressenti. On craint plus que de tous les autres la disparition des biens restés en dehors de nous parce que notre cœur ne s'en est pas emparé. Je me sentais capable d'exercer les vertus de l'amitié mieux que beaucoup (parce que je ferais toujours passer le bien de mes amis avant ces intérêts personnels auxquels d'autres sont attachés et qui ne comptaient pas pour moi), mais non pas de connaître la joie par un sentiment qui au lieu d'accroître les différences qu'il y avait entre mon âme et celle des autres — comme il y en a entre les âmes de chacun de nous — les effacerait. En revanche par moments ma pensée démêlait en Saint-Loup un être plus général que lui-même, le « noble », et qui comme un esprit intérieur mouvait ses membres, ordonnait ses gestes et ses actions ; alors, à ces moments-là, quoique près de lui, j'étais seul, comme je l'eusse été devant un paysage dont j'aurais compris l'harmonie. Il n'était plus qu'un objet que ma rêverie cherchait à approfondir. À retrouver toujours en lui cet être antérieur, séculaire, cet aristocrate que Robert aspirait justement à ne pas être, j'éprouvais une vive joie, mais d'intelligence, non d'amitié. Dans l'agilité morale et physique qui donnait tant de grâce à son amabilité, dans l'aisance avec laquelle il offrait sa voiture à ma grand-mère et l'y faisait monter, dans son adresse à sauter du siège quand il avait peur que j'eusse froid, pour jeter son propre manteau sur mes épaules, je ne sentais pas seulement la souplesse héréditaire des grands chasseurs qu'avaient été depuis des générations les ancêtres de ce jeune homme qui ne prétendait qu'à l'intellectualité, leur dédain de la richesse qui, subsistant chez lui à côté du goût qu'il avait d'elle rien que pour pouvoir mieux fêter ses amis, lui faisait mettre si négligemment son luxe à leurs pieds ; j'y sentais surtout la certitude ou l'illusion qu'avaient eues ces grands seigneurs d'être « plus que les autres », grâce à quoi ils n'avaient pu léguer à Saint-Loup ce désir de montrer qu'on est « autant que les autres », cette peur de paraître trop empressé qui lui était en effet vraiment inconnue et qui enlaidit de tant de raideur et de gaucherie la plus sincère amabilité plébéienne. Quelquefois je me reprochais de prendre ainsi plaisir à considérer mon ami comme une œuvre d'art, c'est-à-dire à regarder le jeu de toutes les parties de son être comme harmonieusement réglé par une idée générale à laquelle elles étaient suspendues mais qu'il ne connaissait pas et qui par conséquent n'ajoutait rien à ses qualités propres, à cette valeur personnelle d'intelligence et de moralité à quoi il attachait tant de prix.

Et pourtant elle était dans une certaine mesure leur condition. C'est parce qu'il était un gentilhomme que cette activité mentale, ces aspirations socialistes, qui lui faisaient rechercher de jeunes étudiants prétentieux et mal mis, avaient chez lui quelque chose de vraiment pur et désintéressé qu'elles n'avaient pas chez eux. Se croyant l'héritier d'une caste ignorante et égoïste, il cherchait sincèrement à ce qu'ils lui pardonnassent ces origines aristocratiques qui exerçaient sur eux, au contraire, une séduction et à cause desquelles ils le recherchaient, tout en simulant à son égard la froideur et même l'insolence. Il était ainsi amené à faire des avances à des gens dont mes parents, fidèles à la sociologie de Combray, eussent été stupéfaits qu'il ne se détournât pas. Un jour que nous étions assis sur le sable, Saint-Loup et moi, nous entendîmes d'une tente de toile contre laquelle nous étions, sortir des imprécations contre le fourmillement d'Israélites qui infestait Balbec. « On ne peut pas faire deux pas sans en rencontrer, disait la voix. Je ne suis pas par principe irréductiblement hostile à la nationalité juive, mais ici il y a pléthore. On n'entend que : "Dis donc, Apraham, chai fu Chakop." On se croirait rue d'Aboukir. » L'homme qui tonnait ainsi contre Israël sortit enfin de la tente, nous levâmes les yeux sur cet antisémite. C'était mon camarade Bloch. Saint-Loup me demanda immédiatement de rappeler à celui-ci qu'ils s'étaient rencontrés au Concours général où Bloch avait eu le prix d'honneur, puis dans une université populaire.

Tout au plus souriais-je parfois de retrouver chez Robert

les leçons des jésuites dans la gêne que la peur de froisser faisait naître en lui, chaque fois que quelqu'un de ses amis intellectuels commettait une erreur mondaine, faisait une chose ridicule, à laquelle lui, Saint-Loup, n'attachait aucune importance, mais dont il sentait que l'autre aurait rougi si l'on s'en était aperçu. Et c'était Robert qui rougissait comme si ç'avait été lui le coupable, par exemple le jour où Bloch lui promettant d'aller le voir à l'hôtel, ajouta :

« Comme je ne peux pas supporter d'attendre parmi le faux chic de ces grands caravansérails, et que les tziganes me feraient trouver mal, dites au "laïft" de les faire taire et de vous prévenir de suite. »

Personnellement, je ne tenais pas beaucoup à ce que Bloch vînt à l'hôtel. Il était à Balbec, non pas seul, malheureusement, mais avec ses sœurs qui y avaient elles-mêmes beaucoup de parents et d'amis. Or cette colonie juive était plus pittoresque qu'agréable. Il en était de Balbec comme de certains pays, la Russie ou la Roumanie, où les cours de géographie nous enseignent que la population israélite n'y jouit point de la même faveur et n'y est pas parvenue au même degré d'assimilation qu'à Paris par exemple. Toujours ensemble, sans mélange d'aucun autre élément, quand les cousines et les oncles de Bloch, ou leurs coreligionnaires mâles ou femelles se rendaient au Casino, les unes pour le « bal », les autres bifurquant vers le baccara, ils formaient un cortège homogène en soi et entièrement dissemblable des gens qui les regardaient passer et les retrouvaient là tous les ans sans jamais échanger un salut avec eux, que ce fût la société des Cambremer, le clan du premier président, ou des grands et petits bourgeois, ou même de simples grainetiers de Paris, dont les filles, belles, fières, moqueuses et françaises comme les statues de Reims, n'auraient pas voulu se mêler à cette horde de fillasses mal élevées, poussant le souci des modes de « bains de mer » jusqu'à toujours avoir l'air de revenir de pêcher la crevette ou d'être en train de danser le tango. Quant aux hommes, malgré l'éclat des smokings et des souliers vernis, l'exagération de leur type faisait penser à ces recherches dites « intelligentes » des peintres qui ayant à illustrer les Évangiles ou les Mille et Une Nuits, pensent au pays où la scène se passe et donnent à saint Pierre ou à Ali-Baba précisément la figure qu'avait le plus gros « ponte » de Balbec. Bloch me présenta ses sœurs, auxquelles il fermait le bec avec la dernière brusquerie et qui riaient aux éclats des moindres boutades de leur frère, leur admiration et leur idole. De sorte qu'il est probable que ce milieu devait renfermer comme tout autre, peut-être plus que tout autre, beaucoup d'agréments, de qualités et de vertus. Mais pour les éprouver, il eût fallu y pénétrer. Or, il ne plaisait pas, le sentait, voyait là la preuve d'un antisémitisme contre lequel il faisait front en une phalange compacte et close où personne d'ailleurs ne songeait à se frayer un chemin.

Pour ce qui est de « laïft », cela avait d'autant moins lieu de me surprendre que quelques jours auparavant, Bloch m'ayant demandé pourquoi j'étais venu à Balbec (il lui semblait, au contraire, tout naturel que lui-même y fût) et si c'était « dans l'espoir de faire de belles connaissances », comme je lui avais dit que ce voyage répondait à un de mes plus anciens désirs, moins profond pourtant que celui d'aller à Venise, il avait répondu : « Oui, naturellement, pour boire des sorbets avec les belles madames, tout en faisant semblant de lire les *Stones of Venaïce* de Lord John Ruskin, sombre raseur et l'un des plus barbifiants bons-hommes qui soient. » Bloch croyait donc évidemment qu'en Angleterre non seulement tous les individus du sexe mâle sont lords, mais encore que la lettre *i* s'y prononce toujours *aï*. Quant à Saint-Loup, il trouvait cette faute de prononciation d'autant moins grave qu'il y voyait surtout un manque de ces notions presque mondaines que mon nouvel ami méprisait autant qu'il les possédait. Mais la peur que Bloch, apprenant un jour qu'on dit Venice et que Ruskin n'était pas lord, crût rétrospectivement que Robert l'avait trouvé ridicule, fit que ce dernier se sentit coupable comme s'il avait manqué de l'indulgence dont il débordait et que la rougeur qui colorerait sans doute un jour le visage de Bloch à la découverte de son erreur, il la sentit par anticipation et réversibilité monter au sien. Car il pensait bien que Bloch attachait plus d'importance que lui à cette faute. Ce que Bloch prouva quelque temps après, un jour qu'il m'entendit prononcer « lift », en interrompant :

« Ah ! on dit lift. » Et d'un ton sec et hautain : « Cela n'a d'ailleurs aucune espèce d'importance. » Phrase analogue à un réflexe, la même chez tous les hommes qui ont de l'amour propre, dans les plus graves circonstances aussi bien que dans les plus infimes ; dénonçant alors aussi bien que dans celle-ci combien importante paraît la chose en question à celui qui la déclare sans importance ; phrase tragique parfois qui la première de toutes s'échappe, si navrante alors, des lèvres de tout homme un peu fier à qui on vient d'enlever la dernière espérance à laquelle il se raccrochait, en lui refusant un service : « Ah ! bien, cela n'a aucune espèce d'importance, je m'arrangerai autrement », l'autre arrangement vers lequel il est sans aucune espèce d'importance d'être rejeté étant quelquefois le suicide.

Puis Bloch me dit des choses fort gentilles. Il avait certainement envie d'être très aimable avec moi. Pourtant, il me demanda : « Est-ce par goût de t'élever vers la noblesse — une noblesse très à-côté du reste, mais tu es demeuré naïf — que tu fréquentes de Saint-Loup-en-Bray ? Tu dois être en train de traverser une jolie crise de snobisme. Dis-moi, es-tu snob ? Oui, n'est-ce pas ? » Ce n'est pas que son désir d'amabilité eût brusquement changé. Mais ce qu'on appelle en un français assez incorrect « la mauvaise éducation » était son défaut, par conséquent le défaut dont il ne s'apercevait pas, à plus forte raison dont il ne crût pas que les autres pussent être choqués. Dans l'humanité, la fréquence des vertus identiques pour tous n'est pas plus merveilleuse que la multiplicité des défauts particuliers à chacun. Sans doute, ce n'est pas le bon sens qui est « la chose du monde la plus répandue », c'est la bonté. Dans les coins les plus lointains, les plus perdus, on s'émerveille de la voir fleurir d'elle-même, comme dans un vallon écarté un coquelicot pareil à ceux du reste du monde, lui qui ne les a jamais vus, et n'a jamais connu que le vent qui fait frissonner parfois son rouge chaperon solitaire. Même si cette bonté paralysée par l'intérêt, ne s'exerce pas, elle existe pourtant, et chaque fois qu'aucun mobile égoïste ne l'empêche de le faire, par exemple pendant la lecture d'un roman ou d'un journal, elle s'épanouit, se tourne, même dans le cœur de celui qui, assassin dans la vie, reste tendre comme amateur de feuilletons, vers le faible, vers le juste et le persécuté. Mais la variété des défauts n'est pas moins admirable que la similitude des vertus. La personne la plus parfaite a un certain défaut qui choque ou qui met en rage. L'une est d'une belle intelligence, voit tout d'un point de vue élevé, ne dit jamais de mal de personne, mais oublie dans sa poche les lettres les plus importantes qu'elle vous a demandé elle-même de lui confier, et vous fait manquer ensuite un rendez-vous capital, sans vous faire d'excuses, avec un sourire, parce qu'elle met sa fierté à ne jamais savoir l'heure. Un autre a tant de finesse, de douceur, de procédés délicats, qu'il ne vous dit jamais de vous-même que les choses qui peuvent vous rendre heureux, mais vous sentez qu'il en tait, qu'il en ensevelit dans son cœur, où elles aigrissent, de toutes différentes, et le plaisir qu'il a à vous voir lui est si cher qu'il vous ferait crever de fatigue plutôt que de vous quitter. Un troisième a plus de sincérité, mais la pousse jusqu'à tenir à ce que vous sachiez, quand vous vous êtes excusé sur votre état de santé de ne pas être allé le voir, que vous avez été vu vous rendant au théâtre et qu'on vous a trouvé bonne mine, ou qu'il n'a pu profiter entièrement de la démarche que vous avez faite pour lui, que d'ailleurs déjà trois autres lui ont proposé de faire et dont il ne vous est ainsi que légèrement obligé. Dans les deux circonstances, l'ami précédent aurait fait semblant d'ignorer que vous étiez allé au théâtre et que d'autres personnes eussent pu lui rendre le même service. Quant à ce dernier ami, il éprouve le besoin de répéter ou de révéler à quelqu'un ce qui peut le plus vous contrarier, est ravi de sa franchise et vous dit avec force : « Je suis comme cela. » Tandis que d'autres vous agacent par leur curiosité exagérée, ou leur incuriosité si absolue, que vous pouvez leur parler des événements les plus sensationnels sans qu'ils sachent de quoi il s'agit, que d'autres encore restent des mois à vous répondre si votre lettre a trait à un fait qui concerne vous et non eux, ou bien s'ils vous disent qu'ils vont venir vous demander quelque chose et que vous n'osiez pas sortir de peur de les manquer, ne viennent pas et vous laissent attendre des semaines parce que n'ayant pas reçu de vous la réponse que leur lettre ne demandait nullement, ils avaient cru vous avoir fâché. Et certains, consultant leur désir et non le vôtre, vous parlent sans vous laisser placer un mot s'ils sont gais et ont envie de vous voir, quelque travail urgent que vous ayez à faire ; mais, s'ils se sentent fatigués par le temps, ou de mauvaise humeur, vous ne pouvez pas tirer d'eux une parole, ils opposent à vos efforts une inerte langueur et ne prennent pas plus la peine de répondre, même par monosyllabes, à ce que vous dites que s'ils ne vous avaient pas entendus. Chacun de nos amis a tellement ses défauts que pour continuer à l'aimer nous sommes obligés d'essayer de nous consoler d'eux — en pensant à son talent, à sa bonté, à sa tendresse, — ou plutôt de ne pas en tenir compte en déployant pour cela toute notre bonne volonté. Malheureusement notre complaisante obstination à ne pas voir le défaut de notre ami est surpassée par celle qu'il met à s'y adonner à cause de son aveuglement ou de celui qu'il prête aux autres. Car il ne le voit pas ou croit qu'on ne le voit pas. Comme le risque de déplaire vient surtout de la difficulté d'apprécier ce qui passe ou non inaperçu, on devrait au moins, par prudence, ne jamais parler de soi, parce que c'est un sujet où on peut être sûr que la vue des autres et la nôtre propre ne concordent jamais. Si on a autant de surprises qu'à visiter une maison d'apparence quelconque dont l'intérieur est rempli de trésors, de pinces-monseigneur et de cadavres quand on découvre la vraie vie des autres, l'univers réel sous l'univers apparent, on n'en éprouve pas moins si, au lieu de l'image qu'on s'était faite de soi-même grâce à ce que chacun nous en disait, on apprend, par le langage qu'ils tiennent à notre égard en notre absence, quelle image entièrement différente ils portaient en eux de nous et de notre vie. De sorte que chaque fois que nous avons parlé de nous, nous pouvons être sûrs que nos inoffensives et prudentes paroles, écoutées avec une politesse apparente et une hypocrite approbation, ont donné lieu aux commentaires les plus exaspérés ou les plus joyeux, en tous cas les moins favorables. Le moins que nous risquions est d'agacer par la disproportion qu'il y a entre notre idée de nous-mêmes et nos paroles, disproportion qui rend généralement les propos des gens sur eux aussi risibles que ces chantonnements des faux amateurs de musique qui éprouvent le besoin de fredonner un air qu'ils aiment en compensant l'insuffisance de leur murmure inarticulé par une mimique énergique et un air d'admiration que ce qu'ils nous font entendre ne justifie pas. Et à la mauvaise habitude de parler de soi et de ses défauts il faut ajouter, comme faisant bloc avec elle, cette autre de dénoncer chez les autres des défauts précisément analogues à ceux qu'on a. Or, c'est toujours de ces défauts-là qu'on parle, comme si c'était une manière de parler de soi, détournée, et qui joint au plaisir de s'absoudre celui d'avouer. D'ailleurs il semble que notre attention, toujours attirée sur ce qui nous caractérise, le remarque plus que toute autre chose chez les autres. Un myope dit d'un autre : « Mais il peut à peine ouvrir les yeux » ; un poitrinaire a des doutes sur l'intégrité pulmonaire du plus solide ; un malpropre ne parle que des bains que les autres ne prennent pas ; un malodorant prétend qu'on sent mauvais ; un mari trompé voit partout des maris trompés ; une femme légère des femmes légères ; le snob des snobs. Et puis chaque vice, comme chaque profession, exige et développe un savoir spécial qu'on n'est pas fâché d'étaler. L'inverti dépiste les invertis, le couturier invité dans le monde n'a pas encore causé avec vous qu'il a déjà apprécié l'étoffe de votre vêtement et que ses doigts brûlent d'en palper les qualités, et si après quelques instants de conversation vous demandiez sa vraie opinion sur vous à un odontalgiste, il vous dirait le nombre de vos mauvaises dents. Rien ne lui paraît plus important, et à vous qui avez remarqué les siennes, plus ridicule. Et ce n'est pas seulement quand nous parlons de nous que nous croyons les autres aveugles ; nous agissons comme s'ils l'étaient. Pour chacun de nous, un dieu spécial est là qui lui cache ou lui promet l'invisibilité de son défaut, de même qu'il ferme les yeux et les narines aux gens qui ne se lavent pas, sur la raie de crasse qu'ils portent aux oreilles et l'odeur de transpiration qu'ils gardent au creux des bras et les persuade qu'ils peuvent impunément promener l'une et l'autre dans le monde qui ne s'apercevra de rien. Et ceux qui portent ou donnent en présent de fausses perles s'imaginent qu'on les prendra pour des vraies. Bloch était mal élevé, névropathe, snob et appartenant à une famille peu estimée supportait comme au fond des mers les incalculables pressions que faisaient peser sur lui non seulement les chrétiens de la surface, mais les couches superposées des castes juives supérieures à la sienne, chacune accablant de son mépris celle qui lui était immédiatement inférieure. Percer jusqu'à l'air libre en s'élevant de famille juive en famille juive eût demandé à Bloch plusieurs milliers d'années. Il valait mieux chercher à se frayer une issue d'un autre côté.

Quand Bloch me parla de la crise de snobisme que je devais traverser et me demanda de lui avouer que j'étais snob, j'aurais pu lui répondre : « Si je l'étais, je ne te fréquenterais pas. » Je lui dis seulement qu'il était peu aimable. Alors il voulut s'excuser, mais selon le mode qui est justement celui de l'homme mal élevé, lequel est trop heureux, en revenant sur ses paroles, de trouver une occasion de les aggraver. « Pardonne-moi, me disait-il maintenant chaque fois qu'il me rencontrait, je t'ai chagriné, torturé, j'ai été méchant à plaisir. Et pourtant — l'homme en général et ton ami en particulier est un si singulier animal — tu ne peux imaginer, moi qui te taquine si cruellement, la tendresse que j'ai pour toi. Elle va souvent, quand je pense à toi, jusqu'aux larmes. » Et il fit entendre un sanglot.

Ce qui m'étonnait plus chez Bloch que ses mauvaises manières, c'était combien la qualité de sa conversation était inégale. Ce garçon si difficile qui des écrivains les plus en vogue disait : « C'est un sombre idiot, c'est tout à fait un imbécile », par moments racontait avec une grande gaieté des anecdotes qui n'avaient rien de drôle et citait comme « quelqu'un de vraiment curieux » tel homme entièrement médiocre. Cette double balance pour juger de l'esprit, de la valeur, de l'intérêt des êtres, ne laissa pas de m'étonner jusqu'au jour où je connus M. Bloch père.

Je n'avais pas cru que nous serions jamais admis à le connaître, car Bloch fils avait mal parlé de moi à Saint-Loup et de Saint-Loup à moi. Il avait notamment dit à

Robert que j'étais (toujours) affreusement snob. « Si, si, il est enchanté de connaître M. LLLLegrandin », dit-il. Cette manière de détacher un mot était chez Bloch le signe à la fois de l'ironie et de la littérature. Saint-Loup qui n'avait jamais entendu le nom de Legrandin s'étonna : « Mais qui est-ce ? — Oh ! c'est quelqu'un de *très bien* », répondit Bloch en riant et en mettant frileusement ses mains dans les poches de son veston, persuadé qu'il était en ce moment en train de contempler le pittoresque aspect d'un extra-ordinaire gentilhomme provincial auprès de quoi ceux de Barbey d'Aurevilly n'étaient rien. Il se consolait de ne pas savoir peindre M. Legrandin, en lui donnant plusieurs *l* et en savourant ce nom comme un vin de derrière les fagots. Mais ces jouissances subjectives restaient inconnues aux autres. S'il dit à Saint-Loup du mal de moi, d'autre part il ne m'en dit pas moins de Saint-Loup. Nous avions connu le détail de ces médisances chacun dès le lendemain, non que nous nous les fussions répétées l'un à l'autre, ce qui nous eût semblé très coupable, mais paraissait si naturel et presque si inévitable à Bloch que dans son inquiétude, et tenant pour certain qu'il ne ferait qu'apprendre à l'un ou à l'autre ce qu'ils allaient savoir, il préféra prendre les devants, et emmenant Saint-Loup à part lui avoua qu'il avait dit du mal de lui, exprès, pour que cela lui fût redit, lui jura « par le Kroniôn Zeus, gardien des serments », qu'il l'aimait, qu'il donnerait sa vie pour lui et essuya une larme. Le même jour, il s'arrangea pour me voir seul, me fit sa confession, déclara qu'il avait agi dans mon intérêt parce qu'il croyait qu'un certain genre de relations mondaines m'était néfaste et que je « valais mieux que cela ». Puis, me prenant la main avec un attendrissement d'ivrogne, bien que son ivresse fût purement nerveuse : « Crois-moi, dit-il, et que la noire Kèr me saisisse à l'instant et me fasse franchir les portes d'Hadès, odieux aux hommes, si hier en pensant à toi, à Combray, à ma ten-dresse infinie pour toi, à telles après-midi en classe que tu ne te rappelles même pas, je n'ai pas sangloté toute la nuit. Oui toute la nuit, je te le jure, et hélas, je le sais, car je connais les âmes, tu ne me croiras pas. » Je ne le croyais pas, en effet, et à ces paroles que je sentais inventées à l'instant même et au fur et à mesure qu'il parlait, son serment « par la Kèr » n'ajoutait pas un grand poids, le culte hellénique étant chez Bloch purement littéraire. D'ailleurs, dès qu'il commençait à s'attendrir et désirait qu'on s'attendrît sur un fait faux, il disait : « Je te le jure », plus encore pour la volupté hystérique de mentir que dans l'intérêt de faire croire qu'il disait la vérité. Je ne croyais pas ce qu'il me disait, mais je ne lui en voulais pas, car je tenais de ma mère et de ma grand-mère d'être incapable de rancune même contre de bien plus grands coupables, et de ne jamais condamner personne.

Ce n'était du reste pas absolument un mauvais garçon que Bloch, il pouvait avoir de grandes gentillesses. Et depuis que la race de Combray, la race d'où sortaient des êtres absolument intacts comme ma grand-mère et ma mère, semble presque éteinte, comme je n'ai plus guère le choix qu'entre d'honnêtes brutes, insensibles et loyales et chez qui le simple son de la voix montre bien vite qu'ils ne se soucient en rien de votre vie — et une autre espèce d'hommes qui tant qu'ils sont auprès de vous vous comprennent, vous chérissent, s'attendrissent jusqu'à pleurer, prennent leur revanche quelques heures plus tard en faisant une cruelle plaisanterie sur vous, mais vous reviennent, toujours aussi compréhensifs, aussi charmants, aussi momentanément assimilés à vous-même, je crois que c'est cette dernière sorte d'hommes dont je préfère, sinon la valeur morale, du moins la société.

« Tu ne peux t'imaginer ma douleur quand je pense à toi, reprit Bloch. Au fond, c'est un côté assez juif chez moi », ajouta-t-il ironiquement en rétrécissant sa prunelle comme s'il s'agissait de doser au microscope une quantité infinitésimale de « sang juif » et comme aurait pu le dire — mais ne l'eût pas dit — un grand seigneur français qui parmi ses ancêtres tous chrétiens eût pourtant compté Samuel Bernard ou plus anciennement encore la Sainte Vierge de qui prétendent descendre, dit-on, les Lévy, « qui reparaît. J'aime assez, ajouta-t-il, faire ainsi dans mes sentiments la part, assez mince d'ailleurs, qui peut tenir à mes origines juives. » Il prononça cette phrase parce que cela lui paraissait à la fois spirituel et brave de dire la vérité sur sa race, vérité que par la même occasion il s'arrangeait à atténuer singulièrement, comme les avares qui se décident à acquitter leurs dettes mais n'ont le courage d'en payer que la moitié. Ce genre de fraude qui consiste à avoir l'audace de proclamer la vérité, mais en y mêlant pour une bonne part des mensonges qui la falsifient, est plus répandu qu'on ne pense et même chez ceux qui ne le pratiquent pas habituellement, certaines crises dans la vie, notamment celles où une liaison amoureuse est en jeu, leur donnent l'occasion de s'y livrer.

Toutes ces diatribes confidentielles de Bloch à Saint-Loup contre moi, à moi contre Saint-Loup finirent par une invitation à dîner. Je ne suis pas bien sûr qu'il ne fit pas d'abord une tentative pour avoir Saint-Loup seul. La vraisemblance rend cette tentative probable, le succès ne la couronna pas, car ce fut à moi et à Saint-Loup que Bloch dit un jour : « Cher maître, et vous, cavalier aimé d'Arès, de Saint-Loup-en-Bray, dompteur de chevaux, puisque je vous ai rencontrés sur le rivage d'Amphitrite, résonnant d'écume, près des tentes des Menier aux nefs rapides, voulez-vous tous deux venir dîner, un jour de la semaine, chez mon illustre père au cœur irréprochable ? » Il nous adressait cette invitation parce qu'il avait le désir de se lier plus étroitement avec Saint-Loup qui le ferait, espérait-il, pénétrer dans des milieux aristocratiques. Formé par moi, pour moi, ce souhait eût paru à Bloch la marque du plus hideux snobisme, bien conforme à l'opinion qu'il avait de tout un côté de ma nature qu'il ne jugeait pas, jusqu'ici du moins, le principal ; mais le même souhait, de sa part, lui semblait la preuve d'une belle curiosité de son intelligence désireuse de certains dépaysements sociaux où il pouvait peut-être trouver quelque utilité littéraire. M. Bloch père, quand son fils lui avait dit qu'il amènerait dîner un de ses amis, dont il avait décliné sur un ton de satisfaction sarcastique le titre et le nom : « Le marquis de Saint-Loup-en-Bray », avait éprouvé une commotion violente. « Le marquis de Saint-Loup-en-Bray ! Ah ! bougre ! » s'était-il écrié, usant du juron qui était chez lui la marque la plus forte de la déférence sociale. Et il avait jeté sur son fils, capable de s'être fait de telles relations, un regard admiratif qui signifiait : « Il est vraiment étonnant. Ce prodige est-il mon enfant ? » et qui causa autant de plaisir à mon camarade que si cinquante francs avaient été ajoutés à sa pension mensuelle. Car Bloch était mal à l'aise chez lui et sentait que son père le traitait de dévoyé parce qu'il vivait dans l'admiration de Leconte de Lisle, Heredia et autres « bohèmes ». Mais des relations avec Saint-Loup-en-Bray dont le père avait été président du Canal de Suez ! (ah ! bougre !) c'était un résultat « indiscutable ». On regretta d'autant plus d'avoir laissé à Paris, par crainte de l'abîmer, le stéréoscope. Seul, M. Bloch, le père, avait l'art ou du moins le droit de s'en servir. Il ne le faisait du reste que rarement, à bon escient, les jours où il y avait gala et domestiques mâles en extra. De sorte que de ces séances de stéréoscope émanaient pour ceux qui y assistaient comme une distinction, une faveur de privilégiés et pour le maître de maison qui les donnait, un prestige analogue à celui que le talent confère et qui n'aurait pas pu être plus grand si les vues avaient été prises par M. Bloch lui-même et l'appareil, de son invention. « Vous n'étiez pas invité hier chez Salomon ? disait-on dans la famille. — Non, je n'étais pas des élus ! Qu'est-ce qu'il y avait ? — Un grand tralala, le stéréoscope, toute la boutique. — Ah ! s'il y avait le stéréoscope, je regrette, car il paraît que Salomon est extraordinaire quand il le montre. » « Que veux-tu, dit M. Bloch à son fils, il ne faut pas lui donner tout à la fois, comme cela il lui restera quelque chose à désirer. » Il avait bien pensé dans sa tendresse paternelle et pour émouvoir son fils à faire venir l'instrument. Mais le « temps matériel » manquait, ou plutôt on avait cru qu'il manquerait ; mais nous dûmes faire remettre le dîner parce que Saint-Loup ne put se déplacer, attendant un oncle qui allait venir passer quarante-huit heures auprès de Mme de Villeparisis. Comme, très adonné aux exercices physiques, surtout aux longues marches, c'était en grande partie à pied, en couchant la nuit dans les fermes, que cet oncle devait faire la route depuis le château où il était en villégiature, le moment où il arriverait à Balbec était assez incertain. Et Saint-Loup n'osant bouger, me chargea même d'aller porter à Incarville, où était le bureau télégraphique, la dépêche que mon ami envoyait quotidiennement à sa maîtresse. L'oncle qu'on attendait s'appelait Palamède, d'un prénom qu'il avait hérité des princes de Sicile, ses ancêtres. Et plus tard quand je retrouvai dans mes lectures historiques, appartenant à tel podestat ou tel prince de l'Église, ce prénom même, belle médaille de la Renaissance — d'aucuns disaient un véritable antique — toujours restée dans la famille, ayant glissé de descendant en descendant depuis le cabinet du Vatican jusqu'à l'oncle de mon ami, j'éprouvais le plaisir réservé à ceux qui ne pouvant faute d'argent constituer un médaillier, une pinacothèque, recherchent les vieux noms (noms de localités, documentaires et pittoresques comme une carte ancienne, une vue cavalière, une enseigne ou un coutumier, noms de baptême où résonne et s'entend, dans les belles finales françaises, le défaut de langue, l'intonation d'une vulgarité ethnique, la prononciation vicieuse selon lesquels nos ancêtres faisaient subir aux mots latins et saxons des mutilations durables, devenues plus tard les augustes législatrices des grammaires) et en somme grâce à ces collections de sonorités anciennes se donnent à eux-mêmes des concerts, à la façon de ceux qui acquièrent des violes de gambe et des violes d'amour pour jouer de la musique d'autrefois sur des instruments anciens. Saint-Loup me dit que même dans la société aristocratique la plus fermée, son oncle Palamède se distinguait encore comme particulièrement difficile d'accès, dédaigneux, entiché de sa noblesse, formant avec la femme de son frère et quelques autres personnes choisies, ce qu'on appelait le cercle des Phénix. Là même il était si redouté pour ses insolences qu'autrefois il était arrivé que des gens du monde qui désiraient le connaître et s'étaient adressés à son propre frère, avaient essuyé un refus. « Non, ne me demandez pas de vous présenter à mon frère Palamède. Ma femme, nous tous, nous nous y attellerions que nous ne pourrions pas. Ou bien vous risqueriez qu'il ne soit pas aimable et je ne le voudrais pas. » Au Jockey, il avait avec quelques amis désigné deux cents membres qu'ils ne se laisseraient jamais présenter. Et chez le comte de Paris il était connu sous le sobriquet du « Prince » à cause de son élégance et de sa fierté.

Saint-Loup me parla de la jeunesse, depuis longtemps passée, de son oncle. Il amenait tous les jours des femmes dans une garçonnière qu'il avait en commun avec deux de ses amis, beaux comme lui, ce qui faisait qu'on les appelait « les trois Grâces ».

« Un jour un des hommes qui est aujourd'hui des plus en vue dans le faubourg Saint-Germain, comme eût dit Balzac, mais qui dans une première période assez fâcheuse montrait des goûts bizarres avait demandé à mon oncle de venir dans cette garçonnière. Mais à peine arrivé ce ne fut pas aux femmes, mais à mon oncle Palamède, qu'il se mit à faire une déclaration. Mon oncle fit semblant de ne pas comprendre, emmena sous un prétexte ses deux amis, ils revinrent, prirent le coupable, le déshabillèrent, le frappèrent jusqu'au sang et, par un froid de dix degrés audessous de zéro, le jetèrent à coups de pieds dehors où il fut trouvé à demi mort, si bien que la justice fit une enquête à laquelle le malheureux eut toute la peine du monde à la faire renoncer. Mon oncle ne se livrerait plus aujourd'hui à une exécution aussi cruelle et tu n'imagines pas le nombre d'hommes du peuple, lui si hautain avec les gens du monde, qu'il prend en affection, qu'il protège, quitte à être payé d'ingratitude. Ce sera un domestique qui l'aura servi dans un hôtel et qu'il placera à Paris, ou un paysan à qui il fera apprendre un métier. C'est même le côté assez gentil qu'il y a chez lui, par contraste avec le côté mondain. » Saint-Loup appartenait, en effet, à ce genre de jeunes gens du monde situés à une altitude où on a pu faire pousser ces expressions : « Ce qu'il y a même d'assez gentil chez lui, son côté assez gentil », semences assez précieuses, produisant très vite une manière de concevoir les choses dans laquelle on se compte pour rien, et le « peuple » pour tout ; en somme tout le contraire de l'orgueil plébéien. « Il paraît qu'on ne peut se figurer comme il donnait le ton, comme il faisait la loi à toute la société dans sa jeunesse. Pour lui en toute circonstance il faisait ce qui lui paraissait le plus agréable, le plus commode, mais aussitôt c'était imité par les snobs. S'il avait eu soif au théâtre et s'était fait apporter à boire dans le fond de sa loge, les petits salons qu'il y avait derrière chacune se remplissaient, la semaine suivante, de rafraîchissements. Un été très pluvieux où il avait un peu de rhumatisme, il s'était commandé un pardessus d'une vigogne souple mais chaude qui ne sert guère que pour faire des couvertures de voyage et dont il avait respecté les raies bleues et orange. Les grands tailleurs se virent commander aussitôt par leurs clients des pardessus bleus et frangés, à longs poils. Si pour une raison quelconque il désirait ôter tout caractère de solennité à un dîner dans un château où il passait une journée, et pour marquer cette nuance n'avait pas apporté d'habit et s'était mis à table avec le veston de l'après-midi, la mode devenait de dîner à la campagne en veston. Que pour manger un gâteau il se servît, au lieu de sa cuiller, d'une fourchette ou d'un couvert de son invention commandé par lui à un orfèvre, ou de ses doigts, il n'était plus permis de faire autrement. Il avait eu envie de réentendre certains quatuors de Beethoven (car avec toutes ses idées saugrenues il est loin d'être bête, et est fort doué) et avait fait venir des artistes pour les jouer chaque semaine, pour lui et quelques amis. La grande élégance fut cette année-là de donner des réunions peu nombreuses où on entendait de la musique de chambre. Je crois d'ailleurs qu'il ne s'est pas ennuyé dans la vie. Beau comme il a été, il a dû en avoir, des femmes ! Je ne pourrais pas vous dire d'ailleurs exactement lesquelles parce qu'il est très discret. Mais je sais qu'il a bien trompé ma pauvre tante. Ce qui n'empêche pas qu'il était délicieux avec elle, qu'elle l'adorait, et qu'il l'a pleurée pendant des années. Quand il est à Paris, il va encore au cimetière presque chaque jour. »

Le lendemain matin du jour où Robert m'avait ainsi parlé de son oncle tout en l'attendant, vainement du reste, comme je passais seul devant le casino en rentrant à l'hôtel, j'eus la sensation d'être regardé par quelqu'un qui n'était pas loin de moi. Je tournai la tête et j'aperçus un homme d'une quarantaine d'années, très grand et assez gros, avec des moustaches très noires, et qui, tout en frappant nerveusement son pantalon avec une badine, fixait sur moi des yeux dilatés par l'attention. Par moments, ils étaient percés en tous sens par des regards d'une extrême activité comme en ont seuls devant une personne qu'ils ne connaissent pas des hommes à qui, pour

un motif quelconque, elle inspire des pensées qui ne viendraient pas à tout autre — par exemple des fous ou des
espions. Il lança sur moi une suprême œillade à la fois
hardie, prudente, rapide et profonde, comme un dernier
coup que l'on tire au moment de prendre la fuite, et après
avoir regardé tout autour de lui, prenant soudain un air
distrait et hautain, par un brusque revirement de toute sa
personne il se tourna vers une affiche dans la lecture de
laquelle il s'absorba, en fredonnant un air et en arrangeant
la rose mousseuse qui pendait à sa boutonnière. Il sortit de
sa poche un calepin sur lequel il eut l'air de prendre en
note le titre du spectacle annoncé, tira deux ou trois fois sa
montre, abaissa sur ses yeux un canotier de paille noire
dont il prolongea le rebord avec sa main mise en visière
comme pour voir si quelqu'un n'arrivait pas, fit le geste de
mécontentement par lequel on croit faire voir qu'on a
assez d'attendre, mais qu'on ne fait jamais quand on
attend réellement, puis rejetant en arrière son chapeau et
laissant voir une brosse coupée ras qui admettait cependant de chaque côté d'assez longues ailes de pigeon ondu-
lées, il exhala le souffle bruyant des personnes qui ont non
pas trop chaud mais le désir de montrer qu'elles ont trop
chaud. J'eus l'idée d'un escroc d'hôtel qui, nous ayant
peut-être déjà remarqués les jours précédents, ma grand-
mère et moi, et préparant quelque mauvais coup, venait de
s'apercevoir que je l'avais surpris pendant qu'il m'épiait ;
pour me donner le change, peut-être cherchait-il seulement, par sa nouvelle attitude, à exprimer la distraction et
le détachement, mais c'était avec une exagération si agres-
sive que son but semblait au moins autant que de dissiper
les soupçons que j'avais dû avoir, de venger une humiliation qu'à mon insu je lui eusse infligée, de me donner l'idée
non pas tant qu'il ne m'avait pas vu, que celle que j'étais
un objet de trop petite importance pour attirer son attention. Il cambrait sa taille d'un air de bravade, pinçait les
lèvres, relevait ses moustaches et dans son regard ajustait
quelque chose d'indifférent, de dur, de presque insultant.
Si bien que la singularité de son expression me le faisait
prendre tantôt pour un voleur et tantôt pour un aliéné.
Pourtant sa mise extrêmement soignée était beaucoup
plus grave et beaucoup plus simple que celles de tous les
baigneurs que je voyais à Balbec, et rassurante pour mon
veston si souvent humilié par la blancheur éclatante et
banale de leurs costumes de plage. Mais ma grand-mère
venait à ma rencontre, nous fîmes un tour ensemble, et je
l'attendais, une heure après, devant l'hôtel où elle était
rentrée un instant, quand je vis sortir Mme de Villeparisis

avec Robert de Saint-Loup et l'inconnu qui m'avait regardé si fixement devant le casino. Avec la rapidité d'un éclair son regard me traversa ainsi qu'au moment où je l'avais aperçu, et revint, comme s'il ne m'avait pas vu, se ranger, un peu bas, devant ses yeux, émoussé, comme le regard neutre qui feint de ne rien voir au-dehors et n'est capable de rien lire au-dedans, le regard qui exprime seulement la satisfaction de sentir autour de soi les cils qu'il écarte de sa rondeur béate, le regard dévot et confit qu'ont certains hypocrites, le regard fat qu'ont certains sots. Je vis qu'il avait changé de costume. Celui qu'il portait était encore plus sombre ; et sans doute c'est que la véritable élégance est moins loin de la simplicité que la fausse ; mais il y avait autre chose : d'un peu près on sentait que si la couleur était presque entièrement absente de ces vêtements, ce n'était pas parce que celui qui l'en avait bannie y était indifférent, mais plutôt parce que pour une raison quelconque il se l'interdisait. Et la sobriété qu'ils laissaient paraître semblait de celles qui viennent de l'obéissance à un régime, plutôt que du manque de gourmandise. Un filet de vert sombre s'harmonisait, dans le tissu du pantalon, à la rayure des chaussettes avec un raffinement qui décelait la vivacité d'un goût maté partout ailleurs et à qui cette seule concession avait été faite par tolérance, tandis qu'une tache rouge sur la cravate était imperceptible comme une liberté qu'on n'ose prendre.

« Comment allez-vous ? Je vous présente mon neveu, le baron de Guermantes », me dit Mme de Villeparisis, pendant que l'inconnu, sans me regarder, grommelant un vague : « Charmé » qu'il fit suivre de : « heue, heue, heue » pour donner à son amabilité quelque chose de forcé, et repliant le petit doigt, l'index et le pouce, me tendait le troisième doigt et l'annulaire, dépourvus de toute bague, que je serrai sous son gant de Suède ; puis sans avoir levé les yeux sur moi il se détourna vers Mme de Villeparisis.

« Mon Dieu, est-ce que je perds la tête ? dit celle-ci, voilà que je t'appelle le baron de Guermantes. Je vous présente le baron de Charlus. Après tout, l'erreur n'est pas si grande, ajouta-t-elle, tu es bien un Guermantes tout de même. »

Cependant ma grand-mère sortait, nous fîmes route ensemble. L'oncle de Saint-Loup ne m'honora non seulement pas d'une parole mais même d'un regard. S'il dévisageait les inconnus (et pendant cette courte promenade il lança deux ou trois fois son terrible et profond regard en coup de sonde sur des gens insignifiants et de la plus modeste extraction qui passaient), en revanche il ne regardait à aucun moment, si j'en jugeais par moi, les personnes qu'il connaissait, — comme un policier en mission secrète mais qui tient ses amis en dehors de sa surveillance professionnelle. Les laissant causer ensemble, ma grand-mère, Mme de Villeparisis et lui, je retins Saint-Loup en arrière :

« Dites-moi, ai-je bien entendu ? Madame de Villeparisis a dit à votre oncle qu'il était un Guermantes.

— Mais oui, naturellement, c'est Palamède de Guermantes.

— Mais des mêmes Guermantes qui ont un château près de Combray et qui prétendent descendre de Geneviève de Brabant ?

— Mais absolument : mon oncle qui est on ne peut plus héraldique vous répondrait que notre *cri*, notre cri de guerre, qui devint ensuite Passavant, était d'abord Combraysis, dit-il en riant pour ne pas avoir l'air de tirer vanité de cette prérogative du cri qu'avaient seules les maisons quasi souveraines, les grands chefs des bandes. Il est le frère du possesseur actuel du château. »

Ainsi s'apparentait et de tout près aux Guermantes, cette Mme de Villeparisis, restée si longtemps pour moi la dame qui m'avait donné une boîte de chocolat tenue par un canard, quand j'étais petit, plus éloignée alors du côté de Guermantes que si elle avait été enfermée dans le côté de Méséglise, moins brillante, moins haut située par moi que l'opticien de Combray, et qui maintenant subissait brusquement une de ces hausses fantastiques, parallèles aux dépréciations non moins imprévues d'autres objets que nous possédons, lesquelles — les unes comme les autres — introduisent dans notre adolescence et dans les parties de notre vie où persiste un peu de notre adolescence, des changements aussi nombreux que les métamorphoses d'Ovide.

« Est-ce qu'il n'y a pas dans ce château tous les bustes des anciens seigneurs de Guermantes ?

— Oui, c'est un beau spectacle, dit ironiquement Saint-Loup. Entre nous, je trouve toutes ces choses-là un peu falotes. Mais il y a à Guermantes, ce qui est un peu plus intéressant ! un portrait bien touchant de ma tante par Carrière. C'est beau comme du Whistler ou du Vélasquez », ajouta Saint-Loup qui dans son zèle de néophyte ne gardait pas toujours exactement l'échelle des grandeurs. « Il y a aussi d'émouvantes peintures de Gustave Moreau. Ma tante est la nièce de votre amie Mme de Villeparisis, elle a été élevée par elle, et a épousé son cousin qui était neveu aussi de ma tante Villeparisis, le duc de Guermantes actuel.

— Et alors qu'est votre oncle ?

— Il porte le titre de baron de Charlus. Régulièrement, quand mon grand-oncle est mort, mon oncle Palamède aurait dû prendre le titre de prince des Laumes, qui était celui de son frère avant qu'il devînt duc de Guermantes, car dans cette famille-là ils changent de nom comme de chemise. Mais mon oncle a sur tout cela des idées parti-culières. Et comme il trouve qu'on abuse un peu des duchés italiens, grandesses espagnoles, etc., et bien qu'il eût le choix entre quatre ou cinq titres de prince, il a gardé celui de baron de Charlus, par protestation et avec une apparente simplicité où il y a beaucoup d'orgueil. "Aujourd'hui, dit-il, tout le monde est prince, il faut pour-tant bien avoir quelque chose qui vous distingue ; je pren-drai un titre de prince quand je voudrai voyager inco-gnito." Il n'y a pas selon lui de titre plus ancien que celui de baron de Charlus ; pour vous prouver qu'il est antérieur à celui des Montmorency, qui se disaient faussement les premiers barons de France, alors qu'ils l'étaient seulement de l'Ile-de-France où était leur fief, mon oncle vous don-nera des explications pendant des heures et avec plaisir parce que quoiqu'il soit très fin, très doué, il trouve cela un sujet de conversation tout à fait vivant, dit Saint-Loup avec un sourire. Mais comme je ne suis pas comme lui, vous n'allez pas me faire parler généalogie, je ne sais rien de plus assommant, de plus périmé, vraiment l'existence est trop courte. »

Je reconnaissais maintenant dans le regard dur qui m'avait fait retourner tout à l'heure près du casino celui que j'avais vu fixé sur moi à Tansonville au moment où Mme Swann avait appelé Gilberte.

« Mais parmi les nombreuses maîtresses que vous me disiez qu'avait eues votre oncle, M. de Charlus, est-ce qu'il n'y avait pas Mme Swann ?

— Oh ! pas du tout ! C'est-à-dire qu'il est un grand ami de Swann et l'a toujours beaucoup soutenu. Mais on n'a jamais dit qu'il fût l'amant de sa femme. Vous causeriez beaucoup d'étonnement dans le monde, si vous aviez l'air de croire cela. »

Je n'osai lui répondre qu'on en aurait éprouvé bien plus à Combray, si j'avais eu l'air de ne pas le croire.

Ma grand-mère fut enchantée de M. de Charlus. Sans doute il attachait une extrême importance à toutes les questions de naissance et de situation mondaine, et ma grand-mère l'avait remarqué, mais sans rien de cette sévérité où entrent d'habitude une secrète envie et l'irrita-tion de voir un autre se réjouir d'avantages qu'on voudrait et qu'on ne peut posséder. Comme au contraire ma grand-mère, contente de son sort et ne regrettant nullement de ne pas vivre dans une société plus brillante, ne se servait que de son intelligence pour observer les travers de M. de Charlus, elle parlait de l'oncle de Saint-Loup avec cette bienveillance détachée, souriante, presque sympathique, par laquelle nous récompensons l'objet de notre observation désintéressée du plaisir qu'elle nous procure, et d'autant plus que cette fois l'objet était un personnage dont elle trouvait que les prétentions, sinon légitimes, du moins pittoresques, le faisaient assez vivement trancher sur les personnes qu'elle avait généralement l'occasion de voir. Mais c'était surtout en faveur de l'intelligence et de la sensibilité qu'on devinait extrêmement vives chez M. de Charlus, au contraire de tant de gens du monde dont se moquait Saint-Loup, que ma grand-mère lui avait si aisément pardonné son préjugé aristocratique. Celui-ci n'avait pourtant pas été sacrifié par l'oncle, comme par le neveu, à des qualités supérieures. M. de Charlus l'avait plutôt concilié avec elles. Possédant comme descendant des ducs de Nemours et des princes de Lamballe, des archives, des meubles, des tapisseries, des portraits faits pour ses aïeux par Raphaël, par Vélasquez, par Boucher, pouvant dire justement qu'il « visitait » un musée et une incomparable bibliothèque rien qu'en parcourant ses souvenirs de famille, il plaçait au contraire au rang d'où son neveu l'avait fait déchoir tout l'héritage de l'aristocratie. Peut-être aussi, moins idéologue que Saint-Loup, se payant moins de mots, plus réaliste observateur des hommes, ne voulait-il pas négliger un élément essentiel de prestige à leurs yeux et qui, s'il donnait à son imagination des jouissances désintéressées, pouvait être souvent pour son activité utilitaire un adjuvant puissamment efficace. Le débat reste ouvert entre les hommes de cette sorte et ceux qui obéissent à l'idéal intérieur qui les pousse à se défaire de ces avantages pour chercher uniquement à le réaliser, semblables en cela aux peintres, aux écrivains qui renoncent leur virtuosité, aux peuples artistes qui se modernisent, aux peuples guerriers prenant l'initiative du désarmement universel, aux gouvernements absolus qui se font démocratiques et abrogent de dures lois, bien souvent sans que la réalité récompense leur noble effort ; car les uns perdent leur talent, les autres leur prédominance séculaire ; le pacifisme multiplie quelquefois les guerres et l'indulgence la criminalité. Si les efforts de sincérité et d'émancipation de Saint-Loup ne pouvaient être trouvés que très nobles, à juger par le résultat extérieur, il était permis de se féliciter qu'ils eussent fait défaut chez M. de Charlus, lequel avait fait transporter chez lui une grande partie des admirables boiseries de l'hôtel Guermantes au lieu de les échanger, comme son neveu, contre un mobilier modern style, des Lebourg et des Guillaumin. Il n'en était pas moins vrai que l'idéal de M. de Charlus était fort factice, et si cette épithète peut être rapprochée du mot idéal, tout autant mondain qu'artistique. À quelques femmes de grande beauté et de rare culture dont les aïeules avaient été deux siècles plus tôt mêlées à toute la gloire et à toute l'élégance de l'ancien régime, il trouvait une distinction qui le faisait pouvoir se plaire seulement avec elles, et sans doute l'admiration qu'il leur avait vouée était sincère, mais de nombreuses réminiscences d'histoire et d'art évoquées par leurs noms y entraient pour une grande part, comme des souvenirs de l'Antiquité sont une des raisons du plaisir qu'un lettré trouve à lire une ode d'Horace peut-être inférieure à des poèmes de nos jours qui laisseraient ce même lettré indifférent. Chacune de ces femmes à côté d'une jolie bourgeoise était pour lui ce que sont à une toile contemporaine représentant une route ou une noce, ces tableaux anciens dont on sait l'histoire, depuis le Pape ou le Roi qui les commandèrent, en passant par tels personnages auprès de qui leur présence, par don, achat, prise ou héritage, nous rappelle quelque événement ou tout au moins quelque alliance d'un intérêt historique, par conséquent des connaissances que nous avons acquises, leur donne une nouvelle utilité, augmente le sentiment de la richesse des possessions de notre mémoire ou de notre érudition. M. de Charlus se félicitait qu'un préjugé analogue au sien, en empêchant ces quelques grandes dames de frayer avec des femmes d'un sang moins pur, les offrît à son culte intactes, dans leur noblesse inaltérée, comme telle façade du XVIIIe siècle soutenue par ses colonnes plates de marbre rose et à laquelle les temps nouveaux n'ont rien changé.

M. de Charlus célébrait la véritable *noblesse* d'esprit et de cœur de ces femmes, jouant ainsi sur le mot par une équivoque qui le trompait lui-même et où résidait le mensonge de cette conception bâtarde, de cet ambigu d'aristocratie, de générosité et d'art, mais aussi sa séduction, dangereuse pour des êtres comme ma grand-mère à qui le préjugé plus grossier mais plus innocent d'un noble qui ne regarde qu'aux quartiers et ne se soucie pas du reste, eût semblé trop ridicule, mais qui était sans défense dès que quelque chose se présentait sous les dehors d'une supériorité spirituelle, au point qu'elle trouvait les princes enviables par-dessus tous les hommes parce qu'ils purent avoir un La Bruyère, un Fénelon comme précepteurs.

Devant le Grand-Hôtel, les trois Guermantes nous quittèrent ; ils allaient déjeuner chez la princesse de Luxembourg. Au moment où ma grand-mère disait au revoir à Mme de Villeparisis et Saint-Loup à ma grand-mère, M. de Charlus, qui jusque-là ne m'avait pas adressé la parole, fit quelques pas en arrière et arrivé à côté de moi : « Je prendrai le thé ce soir après dîner dans l'appartement de ma tante Villeparisis, me dit-il. J'espère que vous me ferez le plaisir de venir avec madame votre grand-mère. » Et il rejoignit la marquise.

Quoique ce fût dimanche, il n'y avait pas plus de fiacres devant l'hôtel qu'au commencement de la saison. La femme du notaire en particulier trouvait que c'était faire bien des frais que de louer chaque fois une voiture pour ne pas aller chez les Cambremer, et elle se contentait de rester dans sa chambre.

« Est-ce que Mme Blandais est souffrante ? demandait-on au notaire, on ne l'a pas vue aujourd'hui.

— Elle a un peu mal à la tête, la chaleur, cet orage. Il lui suffit d'un rien ; mais je crois que vous la verrez ce soir. Je lui ai conseillé de descendre. Cela ne peut lui faire que du bien. »

J'avais pensé qu'en nous invitant ainsi chez sa tante, que je ne doutais pas qu'il eût prévenue, M. de Charlus eût voulu réparer l'impolitesse qu'il m'avait témoignée pendant la promenade du matin. Mais quand arrivé dans le salon de Mme de Villeparisis je voulus saluer le neveu de celle-ci, j'eus beau tourner autour de lui qui, d'une voix aiguë, racontait une histoire assez malveillante pour un de ses parents, je ne pus pas attraper son regard ; je me décidai à lui dire bonjour et assez fort, pour l'avertir de ma présence, mais je compris qu'il l'avait remarquée, car avant même qu'aucun mot ne fût sorti de mes lèvres, au moment où je m'inclinais, je vis ses deux doigts tendus pour que je les serrasse, sans qu'il eût tourné les yeux ou interrompu la conversation. Il m'avait évidemment vu, sans le laisser paraître, et je m'aperçus alors que ses yeux qui n'étaient jamais fixés sur l'interlocuteur, se promenaient perpétuellement dans toutes les directions, comme ceux de certains animaux effrayés, ou ceux de ces marchands en plein air qui, tandis qu'ils débitent leur boniment et exhibent leur marchandise illicite, scrutent, sans pourtant tourner la tête, les différents points de l'horizon par où pourrait venir la police. Cependant j'étais un peu étonné de voir que Mme de Villeparisis, heureuse de nous voir venir, ne semblait pas s'y être attendue, je le fus plus encore d'entendre M. de Charlus dire à ma grand-mère : « Ah ! c'est une très bonne idée que vous avez eue de venir, c'est charmant, n'est-ce pas, ma tante ? » Sans doute avait-il remarqué la surprise de celle-ci à notre entrée et pensait-il, en homme habitué à donner le ton, le *la*, qu'il lui suffirait pour changer cette surprise en joie d'indiquer qu'il en éprouvait lui-même, que c'était bien le sentiment que notre venue devait exciter. En quoi il calculait bien, car Mme de Villeparisis qui comptait fort son neveu et savait combien il était difficile de lui plaire, parut soudain avoir trouvé à ma grand-mère de nouvelles qualités et ne cessa de lui faire fête. Mais je ne pouvais comprendre que M. de Charlus eût oublié en quelques heures l'invitation si brève, mais en apparence si intentionnelle, si préméditée qu'il m'avait adressée le matin même et qu'il appelât « bonne idée » de ma grand-mère, une idée qui était toute de lui. Avec un scrupule de précision que je gardai jusqu'à l'âge où je compris que ce n'est pas en la lui demandant qu'on apprend la vérité sur l'intention qu'un homme a eue et que le risque d'un malentendu qui passera probablement inaperçu est moindre que celui d'une naïve insistance : « Mais, monsieur, lui dis-je, vous vous rappelez bien, n'est-ce pas, que c'est vous qui m'avez demandé que nous vinssions ce soir ? » Aucun mouvement, aucun son ne trahit que M. de Charlus eût entendu ma question. Ce que voyant je la répétai comme les diplomates ou ces jeunes gens brouillés qui mettent une bonne volonté inlassable et vaine à obtenir des éclaircissements que l'adversaire est décidé à ne pas donner. M. de Charlus ne me répondit pas davantage. Il me sembla voir flotter sur ses lèvres le sourire de ceux qui de très haut jugent les caractères et les éducations.

Puisqu'il refusait toute explication, j'essayai de m'en donner une, et je n'arrivai qu'à hésiter entre plusieurs dont aucune pouvait n'être la bonne. Peut-être ne se rappelait-il pas, ou peut-être c'était moi qui avais mal compris ce qu'il avait dit le matin... Plus probablement par orgueil ne voulait-il pas paraître avoir cherché à attirer des gens qu'il dédaignait, et préférait-il rejeter sur eux l'initiative de leur venue. Mais alors, s'il nous dédaignait, pourquoi avait-il tenu à ce que nous vinssions, ou plutôt à ce que ma grand-mère vînt, car de nous deux ce fut à elle seule qu'il adressa la parole pendant cette soirée et pas une seule fois à moi. Causant avec la plus grande animation avec elle ainsi qu'avec Mme de Villeparisis, caché en quelque sorte derrière elles, comme il eût été au fond d'une loge, il se contentait seulement, détournant par moments le regard investigateur de ses yeux pénétrants, de l'attacher sur ma figure, avec le même sérieux, le même air de préoccupation, que si elle eût été un manuscrit difficile à déchiffrer.

Sans doute s'il n'y avait pas eu ces yeux, le visage de M. de Charlus était semblable à celui de beaucoup de beaux hommes. Et quand Saint-Loup en me parlant d'autres Guermantes me dit plus tard : « Dame, ils n'ont pas cet air de race, de grand seigneur jusqu'au bout des ongles qu'a mon oncle Palamède », en confirmant que l'air de race et la distinction aristocratiques n'étaient rien de mystérieux et de nouveau, mais consistaient en des éléments que j'avais reconnus sans difficulté et sans éprouver d'impression particulière, je devais sentir se dissiper une de mes illusions. Mais ce visage, auquel une légère couche de poudre donnait un peu l'aspect d'un visage de théâtre, M. de Charlus avait beau en fermer hermétiquement l'expression, les yeux étaient comme une lézarde, comme une meurtrière que seule il n'avait pu boucher et par laquelle, selon le point où on était placé par rapport à lui, on se sentait brusquement croisé du reflet de quelque engin intérieur qui semblait n'avoir rien de rassurant, même pour celui qui, sans en être absolument maître, le porterait en soi, à l'état d'équilibre instable et toujours sur le point d'éclater ; et l'expression circonspecte et incessamment inquiète de ces yeux, avec toute la fatigue qui, autour d'eux, jusqu'à un cerne descendu très bas, en résultait pour le visage, si bien composé et arrangé qu'il fût, faisait penser à quelque incognito, à quelque déguisement d'un homme puissant en danger, ou seulement d'un individu dangereux, mais tragique. J'aurais voulu deviner quel était ce secret que ne portaient pas en eux les autres hommes et qui m'avait déjà rendu si énigmatique le regard de M. de Charlus quand je l'avais vu le matin près du casino. Mais avec ce que je savais maintenant de sa parenté, je ne pouvais plus croire ni que ce fût celui d'un voleur, ni d'après ce que j'entendais de sa conversation, que ce fût celui d'un fou. S'il était si froid avec moi, alors qu'il était tellement aimable avec ma grand-mère, cela ne tenait peut-être pas à une antipathie personnelle, car d'une manière générale, autant il était bienveillant pour les femmes, des défauts de qui il parlait sans se départir, habituellement, d'une grande indulgence, autant il avait à l'égard des hommes, et particulièrement des jeunes gens, une haine d'une violence qui rappelait celle de certains misogynes pour les femmes. De deux ou trois « gigolos » qui étaient de la famille ou de l'intimité de Saint-Loup et dont celui-ci cita par hasard le nom, M. de Charlus dit avec une expression presque féroce qui tranchait sur sa froideur habituelle : « Ce sont de petites canailles. » Je compris que ce qu'il reprochait surtout aux jeunes gens d'aujourd'hui, c'était d'être trop efféminés. « Ce sont de vraies femmes », disait-il avec mépris. Mais quelle vie n'eût pas semblé efféminée auprès de celle qu'il voulait que menât un homme et qu'il ne trouvait jamais assez énergique et virile ? (Lui-même dans ses voyages à pied, après des heures de course, se jetait brûlant dans des rivières glacées.) Il n'admettait même pas qu'un homme portât une seule bague. Mais ce parti pris de virilité ne l'empêchait pas d'avoir des qualités de sensibilité des plus fines. À Mme de Villeparisis qui le priait de décrire pour ma grand-mère un château où avait séjourné Mme de Sévigné, ajoutant qu'elle voyait un peu de littérature dans ce désespoir d'être séparée de cette ennuyeuse Mme de Grignan :

« Rien au contraire, répondit-il, ne me semble plus vrai. C'était du reste une époque où ces sentiments-là étaient bien compris. L'habitant du Monomotapa de La Fontaine courant chez son ami qui lui est apparu un peu triste pendant son sommeil, le pigeon trouvant que le plus grand des maux est l'absence de l'autre pigeon, vous semblent peut-être, ma tante, aussi exagérés que Mme de Sévigné ne pouvant pas attendre le moment où elle sera seule avec sa fille. C'est si beau ce qu'elle dit quand elle la quitte : "Cette séparation me fait une douleur à l'âme que je sens comme un mal du corps. Dans l'absence on est libéral des heures. On avance dans un temps auquel on aspire." » Ma grand-mère était ravie d'entendre parler de ces *Lettres* exactement de la façon qu'elle eût fait. Elle s'étonnait qu'un homme pût les comprendre si bien. Elle trouvait à M. de Charlus des délicatesses, une sensibilité féminines. Nous nous dîmes plus tard quand nous fûmes seuls et parlâmes tous les deux de lui, qu'il avait dû subir l'influence profonde d'une femme, sa mère, ou plus tard sa fille s'il avait des enfants. Moi je pensai : « Une maîtresse » en me reportant à l'influence que celle de Saint-Loup me semblait avoir eue sur lui et qui me permettait de me rendre compte à quel point les femmes avec lesquelles ils vivent affinent les hommes.

« Une fois près de sa fille elle n'avait probablement rien à lui dire, répondit Mme de Villeparisis.

— Certainement si ; fût-ce de ce qu'elle appelait "choses si légères qu'il n'y a que vous et moi qui les remarquions". Et en tout cas, elle était près d'elle. Et La Bruyère nous dit

que c'est tout : "Être près des gens qu'on aime, leur parler,
ne leur parler point, tout est égal." Il a raison ; c'est le seul
bonheur, ajouta M. de Charlus d'une voix mélancolique ;
et ce bonheur-là, hélas, la vie est si mal arrangée qu'on le
goûte bien rarement ; Mme de Sévigné a été en somme
moins à plaindre que d'autres. Elle a passé une grande
partie de sa vie auprès de ce qu'elle aimait.

— Tu oublies que ce n'était pas de l'amour, c'était de sa
fille qu'il s'agissait.

— Mais l'important dans la vie n'est pas ce qu'on
aime », reprit-il d'un ton compétent, péremptoire et
presque tranchant, « c'est d'aimer. Ce que ressentait
Mme de Sévigné pour sa fille peut prétendre beaucoup
plus justement ressembler à la passion que Racine a
dépeinte dans *Andromaque* ou dans *Phèdre*, que les banales
relations que le jeune Sévigné avait avec ses maîtresses.
De même l'amour de tel mystique pour son Dieu. Les
démarcations trop étroites que nous traçons autour de
l'amour viennent seulement de notre grande ignorance de
la vie.

— Tu aimes beaucoup *Andromaque* et *Phèdre* ? demanda
Saint-Loup à son oncle, sur un ton légèrement dédaigneux.

— Il y a plus de vérité dans une tragédie de Racine que
dans tous les drames de M. Victor Hugo », répondit M. de
Charlus. « C'est tout de même effrayant, le monde, me dit
Saint-Loup à l'oreille. Préférer Racine à Victor, c'est
quand même quelque chose d'énorme ! » Il était sincèrement attristé des paroles de son oncle, mais le plaisir de
dire « quand même » et surtout « énorme » le consolait.

Dans ces réflexions sur la tristesse qu'il y a à vivre loin
de ce qu'on aime (qui devaient amener ma grand-mère à
me dire que le neveu de Mme de Villeparisis comprenait
autrement bien certaines œuvres que sa tante, et surtout
avait quelque chose qui le mettait bien au-dessus de la
plupart des gens de club), M. de Charlus ne laissait pas
seulement paraître une finesse de sentiment que montrent
en effet rarement les hommes ; sa voix elle-même, pareille
à certaines voix de contralto en qui on n'a pas assez cultivé
le médium et dont le chant semble le duo alterné d'un
jeune homme et d'une femme, se posait au moment où il
exprimait ces pensées si délicates, sur des notes hautes,
prenait une douceur imprévue et semblait contenir des
chœurs de fiancées, de sœurs, qui répandaient leur tendresse. Mais la nichée de jeunes filles que M. de Charlus,
avec son horreur de tout efféminement, aurait été si navré
d'avoir l'air d'abriter ainsi dans sa voix, ne s'y bornait pas
à l'interprétation, à la modulation des morceaux de senti-

ment. Souvent, tandis que causait M. de Charlus, on entendait leur rire aigu et frais de pensionnaires ou de coquettes
ajuster leur prochain avec des malices de bonnes langues
et de fines mouches.

Il raconta qu'une demeure qui avait appartenu à sa
famille, où Marie-Antoinette avait couché, dont le parc
était de Le Nôtre, appartenait maintenant aux riches
financiers Israël, qui l'avaient achetée. « Israël, du moins
c'est le nom que portent ces gens, qui me semble un terme
générique, ethnique, plutôt qu'un nom propre. On ne sait
pas, peut-être que ce genre de personnes ne portent pas de
noms et sont seulement désignées par la collectivité à
laquelle elles appartiennent. Cela ne fait rien ! Avoir été la
demeure des Guermantes et appartenir aux Israël ! ! !
s'écria-t-il. Cela fait penser à cette chambre du château de
Blois où le gardien qui le faisait visiter me dit : "C'est ici
que Marie Stuart faisait sa prière ; et c'est là maintenant
où ce que je mets mes balais." Naturellement je ne veux
rien savoir de cette demeure qui s'est déshonorée, pas plus
que de ma cousine Clara de Chimay qui a quitté son mari.
Mais je conserve la photographie de la première encore
intacte, comme celle de la princesse quand ses grands yeux
n'avaient encore de regards que pour mon cousin. La
photographie acquiert un peu de la dignité qui lui manque
quand elle cesse d'être une reproduction du réel et nous
montre des choses qui n'existent plus. Je pourrai vous en
donner une, puisque ce genre d'architecture vous inté-
resse », dit-il à ma grand-mère. À ce moment, apercevant
que le mouchoir brodé qu'il avait dans sa poche laissait
dépasser des lisérés de couleur, il le rentra vivement avec
la mine effarouchée d'une femme pudibonde mais point
innocente dissimulant des appas que, par un excès de
scrupule, elle juge indécents. « Imaginez-vous, reprit-il,
que ces gens ont commencé par détruire le parc de Le
Nôtre, ce qui est aussi coupable que de lacérer un tableau
de Poussin. Pour cela, ces Israël devraient être en prison. Il
est vrai, ajouta-t-il en souriant après un moment de
silence, qu'il y a sans doute tant d'autres choses pour
lesquelles ils devraient y être ! En tous cas, vous vous
imaginez l'effet que produit devant ces architectures un
jardin anglais.

— Mais la maison est du même style que le Petit Trianon, dit Mme de Villeparisis, et Marie-Antoinette y a bien
fait faire un jardin anglais.

— Qui dépare tout de même la façade de Gabriel, répondit M. de Charlus. Évidemment ce serait maintenant une
sauvagerie que de détruire le Hameau. Mais quel que soit

l'esprit du jour, je doute tout de même qu'à cet égard une fantaisie de Mme Israël ait le même prestige que le souvenir de la Reine. »

Cependant ma grand-mère m'avait fait signe de monter me coucher, malgré l'insistance de Saint-Loup qui, à ma grande honte, avait fait allusion devant M. de Charlus à la tristesse que j'éprouvais souvent le soir avant de m'endormir et que son oncle devait trouver quelque chose de bien peu viril. Je tardai encore quelques instants, puis m'en allai, et fus bien étonné quand un peu après, ayant entendu frapper à la porte de ma chambre et ayant demandé qui était là, j'entendis la voix de M. de Charlus qui disait d'un ton sec :

« C'est Charlus. Puis-je entrer, monsieur ? Monsieur, reprit-il du même ton une fois qu'il eut refermé la porte, mon neveu racontait tout à l'heure que vous étiez un peu ennuyé avant de vous endormir, et d'autre part que vous admiriez les livres de Bergotte. Comme j'en ai dans ma malle un que vous ne connaissez probablement pas, je vous l'apporte pour vous aider à passer ces moments où vous ne vous sentez pas heureux. »

Je remerciai M. de Charlus avec émotion et lui dis que j'avais au contraire eu peur que ce que Saint-Loup lui avait dit de mon malaise à l'approche de la nuit, m'eût fait paraître à ses yeux plus stupide encore que je n'étais.

« Mais non, répondit-il avec un accent plus doux. Vous n'avez peut-être pas de mérite personnel, si peu d'êtres en ont ! Mais, pour un temps du moins, vous avez la jeunesse et c'est toujours une séduction. D'ailleurs, monsieur, la plus grande des sottises, c'est de trouver ridicules ou blâmables les sentiments qu'on n'éprouve pas. J'aime la nuit et vous me dites que vous la redoutez ; j'aime sentir les roses et j'ai un ami à qui leur odeur donne la fièvre. Croyez-vous que je pense pour cela qu'il vaut moins que moi ? Je m'efforce de tout comprendre et je me garde de rien condamner. En somme, ne vous plaignez pas trop, je ne dirai pas que ces tristesses ne sont pas pénibles, je sais ce qu'on peut souffrir pour des choses que les autres ne comprendraient pas. Mais du moins vous avez bien placé votre affection dans votre grand-mère. Vous la voyez beaucoup. Et puis c'est une tendresse permise, je veux dire une tendresse payée de retour. Il y en a tant dont on ne peut pas dire cela ! »

Il marchait de long en large dans la chambre, regardant un objet, en soulevant un autre. J'avais l'impression qu'il avait quelque chose à m'annoncer et ne trouvait pas en quels termes le faire.

« J'ai un autre volume de Bergotte ici, je vais vous le chercher », ajouta-t-il, et il sonna. Un groom vint au bout d'un moment. « Allez me chercher votre maître d'hôtel. Il n'y a que lui ici qui soit capable de faire une commission intelligemment, dit M. de Charlus avec hauteur. — Monsieur Aimé, monsieur ? demanda le groom. — Je ne sais pas son nom, mais si, je me rappelle que je l'ai entendu appeler Aimé. Allez vite, je suis pressé. — Il va être tout de suite ici, monsieur, je l'ai justement vu en bas », répondit le groom qui voulait avoir l'air au courant. Un certain temps se passa. Le groom revint. « Monsieur, M. Aimé est couché. Mais je peux faire la commission. — Non, vous n'avez qu'à le faire lever. — Monsieur, je ne peux pas, il ne couche pas là. — Alors, laissez-nous tranquilles. — Mais, monsieur, dis-je, le groom parti, vous êtes trop bon, un seul volume de Bergotte me suffira. — C'est ce qui me semble, après tout. » M. de Charlus marchait. Quelques minutes se passèrent ainsi, puis, après quelques instants d'hésitation et se reprenant à plusieurs fois, il pivota sur lui-même et de sa voix redevenue cinglante, il me jeta : « Bonsoir, monsieur » et partit. Après tous les sentiments élevés que je lui avais entendu exprimer ce soir-là, le lendemain qui était le jour de son départ, sur la plage, dans la matinée, au moment où j'allais prendre mon bain, comme M. de Charlus s'était approché de moi pour m'avertir que ma grand-mère m'attendait aussitôt que je serais sorti de l'eau, je fus bien étonné de l'entendre me dire, en me pinçant le cou, avec une familiarité et un rire vulgaires :

« Mais on s'en fiche bien de sa vieille grand-mère, hein ? petite fripouille !

— Comment, monsieur, je l'adore !

— Monsieur, me dit-il en s'éloignant d'un pas, et avec un air glacial, vous êtes encore jeune, vous devriez en profiter pour apprendre deux choses : la première c'est de vous abstenir d'exprimer des sentiments trop naturels pour n'être pas sous-entendus ; la seconde c'est de ne pas partir en guerre pour répondre aux choses qu'on vous dit avant d'avoir pénétré leur signification. Si vous aviez pris cette précaution, il y a un instant, vous vous seriez évité d'avoir l'air de parler à tort et à travers comme un sourd et d'ajouter par là un second ridicule à celui d'avoir des ancres brodées sur votre costume de bain. Je vous ai prêté un livre de Bergotte dont j'ai besoin. Faites-le-moi rapporter dans une heure par ce maître d'hôtel au prénom risible et mal porté, qui, je suppose, n'est pas couché à cette heure-ci. Vous me faites apercevoir que je vous ai parlé trop tôt hier soir des séductions de la jeunesse, je vous aurais rendu meilleur service en vous signalant son étourderie, ses inconséquences et son incompréhension. J'espère, monsieur, que cette petite douche ne vous sera pas moins salutaire que votre bain. Mais ne restez pas ainsi immobile, car vous pourriez prendre froid. Bonsoir, monsieur. »

Sans doute eut-il regret de ces paroles, car quelque temps après je reçus — dans une reliure de maroquin sur le plat de laquelle avait été encastrée une plaque de cuir incisé qui représentait en demi-relief une branche de myosotis — le livre qu'il m'avait prêté et que je lui avais fait remettre non par Aimé qui se trouvait « de sortie », mais par le liftier.

Une fois M. de Charlus parti, nous pûmes enfin, Robert et moi, aller dîner chez Bloch. Or je compris pendant cette petite fête que les histoires trop facilement trouvées drôles par notre camarade étaient des histoires de M. Bloch père, et que l'homme « tout à fait curieux » était toujours un de ses amis qu'il jugeait de cette façon. Il y a un certain nombre de gens qu'on admire dans son enfance, un père plus spirituel que le reste de la famille. un professeur qui bénéficie à nos yeux de la métaphysique qu'il nous révèle, un camarade plus avancé que nous (ce que Bloch avait été pour moi) qui méprise le Musset de « L'Espoir en Dieu » quand nous l'aimons encore, et quand nous en serons venus au père Leconte ou à Claudel, ne s'extasiera plus que sur

> *À Saint-Blaise, à la Zuecca,*
> *Vous étiez, vous étiez bien aise...*

en y ajoutant :

> *Padoue est un fort bel endroit*
> *Où de très grands docteurs en droit...*
> *Mais j'aime mieux la polenta...*
> *...Passe dans son domino noir*
> *La Toppatelle.*

et de toutes les « Nuits » ne retient que :

> *Au Havre, devant l'Atlantique,*
> *À Venise, à l'affreux Lido,*
> *Où vient sur l'herbe d'un tombeau*
> *Mourir la pâle Adriatique.*

Or, de quelqu'un qu'on admire de confiance, on

recueille, on cite avec admiration, des choses très infé-
rieures à celles que livré à son propre génie on refuserait
avec sévérité, de même qu'un écrivain utilise dans un
roman, sous prétexte qu'ils sont vrais, des « mots », des
personnages qui dans l'ensemble vivant font au contraire
poids mort, partie médiocre. Les portraits de Saint-Simon,
écrits par lui sans qu'il s'admire sans doute, sont admirables, les traits qu'il cite comme charmants de gens
d'esprit qu'il a connus, sont restés médiocres ou devenus
incompréhensibles. Il eût dédaigné d'inventer ce qu'il
rapporte comme si fin ou si coloré de Mme Cornuel ou de
Louis XIV, fait qui du reste est à noter chez bien d'autres et
comporte diverses interprétations dont il suffit en ce
moment de retenir celle-ci : c'est que dans l'état d'esprit
où l'on « observe » on est très au-dessous du niveau où l'on
se trouve quand on crée.

Il y avait donc enclavé en mon camarade Bloch un père
Bloch qui retardait de quarante ans sur son fils, débitait
des anecdotes saugrenues, et en riait autant, au fond de
mon ami, que ne faisait le père Bloch extérieur et véritable, puisque au rire que ce dernier lâchait non sans
répéter deux ou trois fois le dernier mot pour que son
public goûtât bien l'histoire, s'ajoutait le rire bruyant par
lequel le fils ne manquait pas à table de saluer les histoires
de son père. C'est ainsi qu'après avoir dit les choses les
plus intelligentes, Bloch jeune, manifestant l'apport qu'il
avait reçu de sa famille, nous racontait pour la trentième
fois quelques-uns des mots que le père Bloch sortait seulement (en même temps que sa redingote) les jours solennels
où Bloch jeune amenait quelqu'un qu'il valait la peine
d'éblouir : un de ses professeurs, un « copain » qui avait
tous les prix, ou, ce soir-là, Saint-Loup et moi. Par
exemple : « Un critique militaire très fort, qui avait
savamment déduit avec preuves à l'appui pour quelles
raisons infaillibles, dans la guerre russo-japonaise, les
Japonais seraient battus et les Russes vainqueurs » ou
bien : « C'est un homme éminent qui passe pour un grand
financier dans les milieux politiques et pour un grand
politique dans les milieux financiers. » Ces histoires
étaient interchangeables avec une du baron de Rothschild
et une de sir Rufus Israël, personnages mis en scène d'une
manière équivoque qui pouvait donner à entendre que
M. Bloch les avait personnellement connus.

J'y fus moi-même pris et, à la manière dont M. Bloch
père parla de Bergotte, je crus aussi que c'était un de ses
vieux amis. Or, tous les gens célèbres, M. Bloch ne les
connaissait que « sans les connaître » pour les avoir vus de

loin au théâtre, sur les boulevards. Il s'imaginait du reste
que sa propre figure, son nom, sa personnalité ne leur
étaient pas inconnus et qu'en l'apercevant, ils étaient
souvent obligés de retenir une furtive envie de le saluer.
Les gens du monde, parce qu'ils connaissent les gens de
talent, d'original, qu'ils les reçoivent à dîner, ne les
comprennent pas mieux pour cela. Mais quand on a un peu
vécu dans le monde, la sottise de ses habitants vous fait
trop souhaiter de vivre, trop supposer d'intelligence, dans
les milieux obscurs où l'on ne connaît que « sans
connaître ». J'allais m'en rendre compte en parlant de
Bergotte. M. Bloch n'était pas le seul qui eût des succès
chez lui. Mon camarade en avait davantage encore auprès
de ses sœurs qu'il ne cessait d'interpeller sur un ton
bougon, en enfonçant sa tête dans son assiette ; il les faisait
ainsi rire aux larmes. Elles avaient d'ailleurs adopté la
langue de leur frère qu'elles parlaient couramment,
comme si elle eût été obligatoire et la seule dont pussent
user des personnes intelligentes. Quand nous arrivâmes,
l'aînée dit à une de ses cadettes : « Va prévenir notre père
prudent et notre mère vénérable. — Chiennes, leur dit
Bloch, je vous présente le cavalier Saint-Loup, aux javelots
rapides, qui est venu pour quelques jours de Doncières aux
demeures de pierre polie, féconde en chevaux. » Comme il
était aussi vulgaire que lettré, le discours se terminait
d'habitude par quelque plaisanterie moins homérique :
« Voyons, fermez un peu plus vos peplos aux belles
agrafes, qu'est-ce que c'est que ce chichi-là ? Après tout
c'est pas mon père ! » Et les demoiselles Bloch s'écroulaient dans une tempête de rires. Je dis à leur frère
combien de joies il m'avait données en me recommandant
la lecture de Bergotte dont j'avais adoré les livres.

M. Bloch père qui ne connaissait Bergotte que de loin, et
la vie de Bergotte que par les racontars du parterre, avait
une manière tout aussi indirecte de prendre connaissance
de ses œuvres, à l'aide de jugements d'apparence littéraire.
Il vivait dans le monde des à peu près, où l'on salue dans le
vide, où l'on juge dans le faux. L'inexactitude, l'incompé-
tence, n'y diminuent pas l'assurance, au contraire. C'est le
miracle bienfaisant de l'amour-propre que, peu de gens
pouvant avoir les relations brillantes et les connaissances
profondes, ceux auxquels elles font défaut se croient
encore les mieux partagés parce que l'optique des gradins
sociaux fait que tout rang semble le meilleur à celui qui
l'occupe et qui voit moins favorisés que lui, mal lotis, à
plaindre, les plus grands qu'il nomme et calomnie sans les
connaître, juge et dédaigne sans les comprendre. Même

dans les cas où la multiplication des faibles avantages personnels par l'amour-propre ne suffirait pas à assurer à chacun la dose de bonheur, supérieure à celle accordée aux autres, qui lui est nécessaire, l'envie est là pour combler la différence. Il est vrai que si l'envie s'exprime en phrases dédaigneuses, il faut traduire : « Je ne veux pas le connaître » par « je ne peux pas le connaître ». C'est le sens intellectuel. Mais le sens passionné est bien : « Je ne veux pas le connaître. » On sait que cela n'est pas vrai, mais on ne le dit pas cependant par simple artifice, on le dit parce qu'on éprouve ainsi, et cela suffit pour supprimer la distance, c'est-à-dire pour le bonheur.

L'égocentrisme permettant de la sorte à chaque humain de voir l'univers étagé au-dessous de lui qui est roi, M. Bloch se donnait le luxe d'en être un impitoyable quand le matin en prenant son chocolat, voyant la signature de Bergotte au bas d'un article dans le journal à peine entrouvert, il lui accordait dédaigneusement une audience écourtée, prononçait sa sentence, et s'octroyait le confortable plaisir de répéter entre chaque gorgée du breuvage bouillant : « Ce Bergotte est devenu illisible. Ce que cet animal-là peut être embêtant. C'est à se désabonner. Comme c'est emberlificoté ! Quelle tartine ! » Et il reprenait une beurrée.

Cette importance illusoire de M. Bloch père était d'ailleurs étendue un peu au-delà du cercle de sa propre perception. D'abord ses enfants le considéraient comme un homme supérieur. Les enfants ont toujours une tendance soit à déprécier, soit à exalter leurs parents, et pour un bon fils, son père est toujours le meilleur des pères, en dehors même de toutes raisons objectives de l'admirer. Or celles-ci ne manquaient pas absolument pour M. Bloch, lequel était instruit, fin, affectueux pour les siens. Dans la famille la plus proche, on se plaisait d'autant plus avec lui que si, dans la « société », on juge les gens d'après un étalon d'ailleurs absurde et selon des règles fausses mais fixes, par comparaison avec la totalité des autres gens élégants, en revanche dans le morcellement de la vie bourgeoise, les dîners, les soirées de famille tournent autour de personnes qu'on déclare agréables, amusantes, et qui dans le monde ne tiendraient pas l'affiche deux soirs. Enfin, dans ce milieu où les grandeurs factices de l'aristocratie n'existent pas, on les remplace par des distinctions plus folles encore. C'est ainsi que pour sa famille et jusqu'à un degré de parenté fort éloigné, une prétendue ressemblance dans la façon de porter la moustache et dans le haut du nez faisait qu'on appelait M. Bloch un « faux duc d'Aumale ». (Dans le monde des « chasseurs » de cercle, l'un qui porte sa casquette de travers et sa vareuse très serrée de manière à se donner l'air, croit-il, d'un officier étranger, n'est-il pas une manière de personnage pour ses camarades ?)

La ressemblance était des plus vagues mais on eût dit que ce fût un titre. On répétait : « Bloch ? lequel ? le duc d'Aumale ? » Comme on dit : « La princesse Murat ? laquelle ? la Reine (de Naples) ? » Un certain nombre d'autres infimes indices achevaient de lui donner aux yeux du cousinage une prétendue distinction. N'allant pas jusqu'à avoir une voiture, M. Bloch louait à certains jours une victoria découverte à deux chevaux de la Compagnie et traversait le bois de Boulogne, mollement étendu de travers, deux doigts sur la tempe, deux autres sous le menton, et si les gens qui ne le connaissaient pas le trouvaient à cause de cela « faiseur d'embarras », on était persuadé dans la famille que pour le chic, l'oncle Salomon aurait pu en remontrer à Gramont-Caderousse. Il était de ces personnes qui quand elles meurent et à cause d'une table commune avec le rédacteur en chef de cette feuille dans un restaurant des boulevards, sont qualifiés de « physionomie bien connue des Parisiens », par la chronique mondaine du *Radical*. M. Bloch nous dit à Saint-Loup et à moi que Bergotte savait si bien pourquoi lui, M. Bloch, ne le saluait pas, que dès qu'il l'apercevait au théâtre ou au cercle, il fuyait son regard. Saint-Loup rougit, car il réfléchit que ce cercle ne pouvait pas être le Jockey dont son père avait été président. D'autre part ce devait être un cercle relativement fermé, car M. Bloch avait dit que Bergotte n'y serait plus reçu aujourd'hui. Aussi est-ce en tremblant de « sous-estimer l'adversaire » que Saint-Loup demanda si ce cercle était le cercle de la rue Royale, lequel était jugé « déclassant » par la famille de Saint-Loup et où il savait qu'étaient reçus certains Israélites. « Non, répondit M. Bloch d'un air négligent, fier et honteux, c'est un petit cercle, mais beaucoup plus agréable, le Cercle des Ganaches. On y juge sévèrement la galerie. — Est-ce que sir Rufus Israël n'en est pas président ? » demanda Bloch fils à son père, pour lui fournir l'occasion d'un mensonge honorable et sans se douter que ce financier n'avait pas le même prestige aux yeux de Saint-Loup qu'aux siens. En réalité, il y avait au Cercle des Ganaches non point sir Rufus Israël, mais un de ses employés. Mais comme il était fort bien avec son patron, il avait à sa disposition des cartes du grand financier, et en donnait une à M. Bloch quand celui-ci partait en voyage sur une ligne dont sir

Rufus était administrateur, ce qui faisait dire au père Bloch : « Je vais passer au cercle demander une recommandation de sir Rufus. » Et la carte lui permettait d'éblouir les chefs de train. Les demoiselles Bloch furent plus intéressées par Bergotte et revenant à lui au lieu de poursuivre sur les « Ganaches », la cadette demanda à son frère du ton le plus sérieux du monde car elle croyait qu'il n'existait pas au monde pour désigner les gens de talent d'autres expressions que celles qu'il employait : « Est-ce un coco vraiment étonnant, ce Bergotte ? Est-il de la catégorie des grands bonshommes, des cocos comme Villiers ou Catulle ? — Je l'ai rencontré à plusieurs générales, dit M. Nissim Bernard. Il est gauche, c'est une espèce de Schlemihl. » Cette allusion au conte de Chamisso n'avait rien de bien grave, mais l'épithète de Schlemihl faisait partie de ce dialecte mi-allemand, mi-juif dont l'emploi ravissait M. Bloch dans l'intimité, mais qu'il trouvait vulgaire et déplacé devant des étrangers. Aussi jeta-t-il un regard sévère sur son oncle. « Il a du talent, dit Bloch. — Ah ! fit gravement sa sœur comme pour dire que dans ces conditions j'étais excusable. — Tous les écrivains ont du talent, dit avec mépris M. Bloch père. — Il paraît même », dit son fils en levant sa fourchette et en plissant ses yeux d'un air diaboliquement ironique, « qu'il va se présenter à l'Académie. — Allons donc ! il n'a pas un bagage suffisant », répondit M. Bloch le père qui ne semblait pas avoir pour l'Académie le mépris de son fils et de ses filles. « Il n'a pas le calibre nécessaire. — D'ailleurs l'Académie est un salon et Bergotte ne jouit d'aucune surface », déclara l'oncle à héritage de Mme Bloch, personnage inoffensif et doux dont le nom de Bernard eût peut-être à lui seul éveillé les dons de diagnostic de mon grand-père, mais eût paru insuffisamment en harmonie avec un visage qui semblait rapporté du palais de Darius et reconstitué par Mme Dieulafoy, si choisi par quelque amateur désireux de donner un couronnement oriental à cette figure de Suse, le prénom de Nissim n'avait fait planer au-dessus d'elle les ailes de quelque taureau androcéphale de Khorsabad. Mais M. Bloch ne cessait d'insulter son oncle, soit qu'il fût excité par la bonhomie sans défense de son souffre-douleur soit que la villa étant payée par M. Nissim Bernard, le bénéficiaire voulût montrer qu'il gardait son indépendance et surtout qu'il ne cherchait pas par des cajoleries à s'assurer l'héritage à venir du richard. Celui-ci était surtout froissé qu'on le traitât si grossièrement devant le maître d'hôtel. Il murmura une phrase inintelligible où on distinguait seulement : « Quand les Meschorès sont là. » Meschorès désigne dans la Bible le serviteur de Dieu. Entre eux les Bloch s'en servaient pour désigner les domestiques et en étaient toujours égayés parce que leur certitude de n'être compris ni des chrétiens ni des domestiques eux-mêmes exaltait chez M. Nissim Bernard et M. Bloch leur double particularisme de « maîtres » et de « juifs ». Mais cette dernière cause de satisfaction en devenait une de mécontentement quand il y avait du monde. Alors M. Bloch entendant son oncle dire « Meschorès » trouvait qu'il laissait trop paraître son côté oriental, de même qu'une cocotte qui invite de ses amies avec des gens comme il faut, est irritée si elles font allusion à leur métier de cocotte ou emploient des mots malsonnants. Aussi, bien loin que la prière de son oncle produisît quelque effet sur M. Bloch, celui-ci, hors de lui, ne put plus se contenir. Il ne perdit plus une occasion d'invectiver le malheureux oncle. « Naturellement, quand il y a quelque bêtise prudhommesque à dire, on peut être sûr que vous ne la ratez pas. Vous seriez le premier à lui lécher les pieds s'il était là », cria M. Bloch tandis que M. Nissim Bernard attristé inclinait vers son assiette la barbe annelée du roi Sargon. Mon camarade, depuis qu'il portait la sienne qu'il avait aussi crépue et bleutée, ressemblait beaucoup à son grand-oncle. « Comment, vous êtes le fils du marquis de Marsantes ? mais je l'ai très bien connu », dit à Saint-Loup M. Nissim Bernard. Je crus qu'il voulait dire « connu » au sens où le père de Bloch disait qu'il connaissait Bergotte, c'est-à-dire de vue. Mais il ajouta : « Votre père était un de mes bons amis. » Cependant Bloch était devenu excessivement rouge, son père avait l'air profondément contrarié, les demoiselles Bloch riaient en s'étouffant. C'est que chez M. Nissim Bernard le goût de l'ostentation, contenu chez M. Bloch le père et chez ses enfants, avait engendré l'habitude du mensonge perpétuel. Par exemple, en voyage, à l'hôtel, M. Nissim Bernard, comme aurait pu faire M. Bloch le père, se faisait apporter tous ses journaux par son valet de chambre dans la salle à manger, au milieu du déjeuner, quand tout le monde était réuni pour qu'on vît bien qu'il voyageait avec un valet de chambre. Mais aux gens avec qui il se liait dans l'hôtel l'oncle disait, ce que le neveu n'eût jamais fait, qu'il était sénateur. Il avait beau être certain qu'on apprendrait un jour que le titre était usurpé, il ne pouvait au moment même même résister au besoin de se le donner. M. Bloch souffrait beaucoup des mensonges de son oncle et de tous les ennuis qu'ils lui causaient. « Ne faites pas attention, il est extrêmement blagueur », dit-il à mi-voix à Saint-Loup qui n'en fut que plus intéressé étant très curieux de la psychologie des menteurs. « Plus menteur encore que l'Ithakèsien Odysseus qu'Athénè appelait pourtant le plus menteur des hommes, compléta notre camarade Bloch. — Ah ! par exemple ! s'écria M. Nissim Bernard, si je m'attendais à dîner avec le fils de mon ami ! Mais j'ai à Paris chez moi, une photographie de votre père et combien de lettres de lui. Il m'appelait toujours "mon oncle", on n'a jamais su pourquoi. C'était un homme charmant, étincelant. Je me rappelle un dîner chez moi, à Nice, où il y avait Sardou, Labiche, Augier... — Molière, Racine, Corneille, continua ironiquement M. Bloch le père, dont le fils acheta l'énumération en ajoutant : Plaute, Ménandre, Kalidasa. » M. Nissim Bernard, blessé, arrêta brusquement son récit et, se privant ascétiquement d'un grand plaisir, resta muet jusqu'à la fin du dîner.

« Saint-Loup au casque d'airain, dit Bloch, reprenez un peu de ce canard aux cuisses lourdes de graisse sur lesquelles l'illustre sacrificateur des volailles a répandu de nombreuses libations de vin rouge. »

D'habitude, après avoir sorti de derrière les fagots pour un camarade de marque les histoires sur sir Rufus Israël et autres, M. Bloch sentant qu'il avait touché son fils jusqu'à l'attendrissement, se retirait pour ne pas se « galvauder » aux yeux du « potache ». Cependant s'il y avait une raison tout à fait capitale, comme quand son fils par exemple fut reçu à l'agrégation, M. Bloch ajoutait à la série habituelle des anecdotes cette réflexion ironique qu'il réservait plutôt pour ses amis personnels et que Bloch jeune fut extrêmement fier de voir débiter pour ses amis à lui : « Le gouvernement a été impardonnable. Il n'a pas consulté M. Coquelin ! M. Coquelin a fait savoir qu'il était mécontent. » (M. Bloch se piquait d'être réactionnaire et méprisant pour les gens de théâtre.)

Mais les demoiselles Bloch et leur frère rougirent jusqu'aux oreilles tant ils furent impressionnés quand Bloch père, pour se montrer royal jusqu'au bout envers les deux « labadens » de son fils, donna l'ordre d'apporter du champagne et annonça négligemment que pour nous « régaler », il avait fait prendre trois fauteuils pour la représentation qu'une troupe d'opéra-comique donnait le soir même au Casino. Il regrettait de n'avoir pu avoir de loge. Elles étaient toutes prises. D'ailleurs il les avait souvent expérimentées, on était mieux à l'orchestre. Seulement, si le défaut de son fils, c'est-à-dire ce que son fils croyait invisible aux autres, était la grossièreté, celui du père était l'avarice. Aussi, c'est dans une carafe qu'il fit servir sous le nom de champagne un petit vin mousseux et sous celui de fauteuils d'orchestre il avait fait prendre des parterres qui coûtaient moitié moins, miraculeusement persuadé par l'intervention divine de son défaut que ni à table, ni au théâtre (où toutes les loges étaient vides) on ne s'apercevrait de la différence. Quand M. Bloch nous eut laissé tremper nos lèvres dans des coupes plates que son fils décorait du nom de « cratères aux flancs profondément creusés », il nous fit admirer un tableau qu'il aimait tant qu'il l'apportait avec lui à Balbec. Il nous dit que c'était un Rubens. Saint-Loup lui demanda naïvement s'il était signé. M. Bloch répondit en rougissant qu'il avait fait couper la signature à cause du cadre, ce qui n'avait pas d'importance, puisqu'il ne voulait pas le vendre. Puis il nous congédia rapidement pour se plonger dans le *Journal officiel* dont les numéros encombraient la maison et dont la lecture lui était rendue nécessaire, nous dit-il, « par sa situation parlementaire » sur la nature exacte de laquelle il ne nous fournit pas de lumières. « Je prends un foulard, nous dit Bloch, car Zéphyros et Boréas se disputent à qui mieux mieux la mer poissonneuse, et pour peu que nous nous attardions après le spectacle, nous ne rentrerons qu'aux premières lueurs d'Eôs aux doigts de pourpre. À propos », demanda-t-il à Saint-Loup quand nous fûmes dehors, et je tremblai car je compris bien vite que c'était de M. de Charlus que Bloch parlait sur ce ton ironique, « quel était cet excellent fantoche en costume sombre que je vous ai vu promener avant-hier matin sur la plage ? — C'est mon oncle », répondit Saint-Loup piqué. Malheureusement, une « gaffe » était bien loin de paraître à Bloch chose à éviter. Il se tordit de rire : « Tous mes compliments, j'aurais dû le deviner, il a un excellent chic, et une impayable bobine de gaga de la plus haute lignée. — Vous vous trompez du tout au tout, il est très intelligent, riposta Saint-Loup furieux. — Je le regrette, car alors il est moins complet. J'aimerais du reste beaucoup le connaître car je suis sûr que j'écrirais des machines adéquates sur des bonshommes comme ça. Celui-là, à voir passer, est crevant. Mais je négligerais le côté caricatural, au fond assez méprisable pour un artiste épris de la beauté plastique des phrases, de la binette qui, excusez-moi, m'a fait gondoler un bon moment, et je mettrais en relief le côté aristocratique de votre oncle qui en somme fait un effet bœuf, et la première rigolade passée, frappe par un très grand style. Mais, dit-il, en s'adressant cette fois à moi, il y a une chose, dans un tout autre ordre d'idées, sur laquelle je veux t'interroger, et chaque fois que nous sommes ensemble, quelque dieu, bienheureux habitant de l'Olympe, me fait oublier totalement de te demander ce renseignement qui eût pu m'être déjà et me sera sûrement fort utile. Quelle est donc cette belle personne avec laquelle je t'ai rencontré au Jardin d'acclimatation et qui était accompagnée d'un monsieur que je crois connaître de vue et d'une jeune fille à la longue chevelure ? » J'avais bien vu que Mme Swann ne se rappelait pas le nom de Bloch, puisqu'elle m'en avait dit un autre et avait qualifié mon camarade d'attaché à un ministère où je n'avais jamais pensé depuis à m'informer s'il était entré. Mais comment Bloch qui, à ce qu'elle m'avait dit alors, s'était fait présenter à elle pouvait-il ignorer son nom ? J'étais si étonné que je restai un moment sans répondre. « En tous cas, tous mes compliments, me dit-il, tu n'as pas dû t'embêter avec elle. Je l'avais rencontrée quelques jours auparavant dans le train de Ceinture. Elle voulut bien dénouer la sienne en faveur de ton serviteur, je n'ai jamais passé de si bons moments et nous allions prendre toutes dispositions pour nous revoir quand une personne qu'elle connaissait eut le mauvais goût de monter à l'avant-dernière station. » Le silence que je gardai ne parut pas plaire à Bloch. « J'espérais, me dit-il, connaître grâce à toi son adresse et aller goûter chez elle, plusieurs fois par semaine, les plaisirs d'Éros, cher aux dieux, mais je n'insiste pas puisque tu poses pour la discrétion à l'égard d'une professionnelle qui s'est donnée à moi trois fois de suite et de la manière la plus raffinée, entre Paris et le Point-du-Jour. Je la retrouverai bien, un soir ou l'autre. »

J'allai voir Bloch à la suite de ce dîner, il me rendit ma visite, mais j'étais sorti et il fut aperçu, me demandant, par Françoise, laquelle par hasard, bien qu'il fût venu à Combray, ne l'avait jamais vu jusque-là. De sorte qu'elle savait seulement qu'un « des Monsieur » que je connaissais était passé pour me voir, elle ignorait « à quel effet », vêtu d'une manière quelconque et qui ne lui avait pas fait grande impression. Or j'avais beau savoir que certaines idées sociales de Françoise me resteraient toujours impénétrables, qui reposaient peut-être en partie sur des confusions entre des mots, des noms qu'elle avait pris une fois, et à jamais, les uns pour les autres, je ne pus m'empêcher, moi qui avais depuis longtemps renoncé à me poser des questions dans ces cas-là, de chercher, vainement d'ailleurs, ce que le nom de Bloch pouvait représenter d'immense pour Françoise. Car à peine lui eus-je dit que ce jeune homme qu'elle avait aperçu était M. Bloch, elle recula de quelques pas, tant furent grandes sa stupeur et sa déception. « Comment, c'est cela, M. Bloch ! » s'écria-t-elle d'un air atterré, comme si un personnage aussi prestigieux eût dû posséder une apparence qui « fît connaître » immédiatement qu'on se trouvait en présence d'un grand de la terre, et à la façon de quelqu'un qui trouve qu'un personnage historique n'est pas à la hauteur de sa réputation, elle répétait, d'un ton impressionné et où on sentait pour l'avenir les germes d'un scepticisme universel : « Comment, c'est ça M. Bloch ! Ah ! vraiment on ne dirait pas à le voir. » Elle avait l'air de m'en garder rancune comme si je lui eusse jamais « surfait » Bloch. Et pourtant elle eut la bonté d'ajouter : « Hé bien, tout M. Bloch qu'il est, Monsieur peut dire qu'il est aussi bien que lui. »

Elle eut bientôt à l'égard de Saint-Loup qu'elle adorait une désillusion d'un autre genre, et d'une moindre durée : elle apprit qu'il était républicain. Or, bien qu'en parlant par exemple de la reine de Portugal, elle dît avec cet irrespect qui dans le peuple est le respect suprême « Amélie, la sœur à Philippe », Françoise était royaliste. Mais surtout un marquis, un marquis qui l'avait éblouie, et qui était pour la République, ne lui paraissait plus vrai. Elle en marquait la même mauvaise humeur que si je lui eusse donné une boîte qu'elle eût crue d'or, de laquelle elle m'eût remercié avec effusion et qu'ensuite un bijoutier lui eût révélé être en plaqué. Elle retira aussitôt son estime à Saint-Loup, mais bientôt après la lui rendit, ayant réfléchi qu'il ne pouvait pas, étant le marquis de Saint-Loup, être républicain, qu'il faisait seulement semblant, par intérêt, car avec le gouvernement qu'on avait, cela pouvait lui rapporter gros. De ce jour sa froideur envers lui, son dépit contre moi cessèrent. Et quand elle parlait de Saint-Loup, elle disait : « C'est un hypocrite », avec un large et bon sourire qui faisait bien comprendre qu'elle le « considérait » de nouveau autant qu'au premier jour et qu'elle lui avait pardonné.

Or la sincérité et le désintéressement de Saint-Loup étaient au contraire absolus et c'était cette grande pureté morale qui, ne pouvant se satisfaire entièrement dans un sentiment égoïste comme l'amour, ne rencontrant pas d'autre part en lui l'impossibilité qui existait par exemple en moi de trouver sa nourriture spirituelle autre part qu'en soi-même, le rendait vraiment capable, autant que moi incapable, d'amitié.

Françoise ne se trompait pas moins sur Saint-Loup quand elle disait qu'il avait l'air comme ça de ne pas dédaigner le peuple, mais que « ce n'est pas vrai », et qu'il n'y avait qu'à le voir quand il était en colère après son cocher. Il était arrivé en effet quelquefois à Robert de le gronder avec une certaine rudesse, qui prouvait chez lui moins le sentiment de la différence que de l'égalité entre les classes. « Mais », me dit-il en réponse aux reproches que je lui faisais d'avoir traité un peu durement ce cocher, « pourquoi affecterais-je de lui parler poliment ? N'est-il pas mon égal ? N'est-il pas aussi près de moi que mes oncles ou mes cousins ? Vous avez l'air de trouver que je devrais le traiter avec égards, comme un inférieur ! Vous parlez comme un aristocrate », ajouta-t-il avec dédain.

En effet, s'il y avait une classe contre laquelle il eût de la prévention et de la partialité, c'était l'aristocratie, et jusqu'à croire aussi difficilement à la supériorité d'un homme du monde, qu'il croyait facilement à celle d'un homme du peuple. Comme je lui parlais de la princesse de Luxembourg que j'avais rencontrée avec sa tante :

« Une carpe, me dit-il, comme toutes ses pareilles. C'est d'ailleurs un peu ma cousine. »

Ayant un préjugé contre les gens qui le fréquentaient, il allait rarement dans le monde et l'attitude méprisante ou hostile qu'il y prenait augmentait encore chez tous ses proches parents le chagrin de sa liaison avec une femme « de théâtre », liaison qu'ils accusaient de lui être fatale et notamment d'avoir développé chez lui cet esprit de dénigrement, ce mauvais esprit, de l'avoir « dévoyé », en attendant qu'il se « déclassât » complètement. Aussi bien des hommes légers du faubourg Saint-Germain étaient-ils sans pitié quand ils parlaient de la maîtresse de Robert. « Les grues font leur métier, disait-on, elles valent autant que d'autres ; mais celle-là, non ! Nous ne lui pardonnerons pas ! Elle a fait trop de mal à quelqu'un que nous aimons. » Certes, il n'était pas le premier qui eût un fil à la patte. Mais les autres s'amusaient en hommes du monde, continuaient à penser en hommes du monde sur la politique, sur tout. Lui, sa famille le trouvait « aigri ». Elle ne se rendait pas compte que pour bien des jeunes gens du monde, lesquels sans cela resteraient incultes d'esprit, rudes dans leurs amitiés, sans douceur et sans goût, c'est bien souvent leur maîtresse qui est leur vrai maître et les liaisons de ce genre, la seule école de morale où ils soient initiés à une culture supérieure, où ils apprennent le prix des connaissances désintéressées. Même dans le bas peuple (qui au point de vue de la grossièreté ressemble si souvent au grand monde), la femme, plus sensible, plus fine, plus oisive, a la curiosité de certaines délicatesses, respecte certaines beautés de sentiment et d'art que, ne les comprît-elle pas, elle place pourtant au-dessus de ce qui semblait le plus désirable à l'homme, l'argent, la situation. Or, qu'il s'agisse de la maîtresse d'un jeune clubman comme Saint-Loup ou d'un jeune ouvrier (les électriciens par exemple comptent aujourd'hui dans les rangs de la Chevalerie véritable), son amant a pour elle trop d'admiration et de respect pour ne pas les étendre à ce qu'elle-même respecte et admire ; et pour lui l'échelle des valeurs s'en trouve renversée. À cause de son sexe même elle est faible, elle a des troubles nerveux, inexplicables, qui chez un homme, et même chez une autre femme, chez une femme dont il est neveu ou cousin auraient fait sourire ce jeune homme robuste. Mais il ne peut voir souffrir celle qu'il aime. Le jeune noble qui comme Saint-Loup a une maîtresse, prend l'habitude quand il va dîner avec elle au cabaret d'avoir dans sa poche la valérianate dont elle peut avoir besoin, d'enjoindre au garçon, avec force et sans ironie, de faire attention à fermer les portes sans bruit, à ne pas mettre de mousse humide sur la table, afin d'éviter à son amie ces malaises que pour sa part il n'a jamais ressentis, qui composent pour lui un monde occulte à la réalité duquel elle lui a appris à croire, malaises qu'il plaint maintenant sans avoir besoin pour cela de les connaître, qu'il plaindra même quand ce sera d'autres qu'elle qui les ressentiront. La maîtresse de Saint-Loup — comme les premiers moines du Moyen Âge à la chrétienté — lui avait enseigné la pitié envers les animaux car elle en avait la passion, ne se déplaçant jamais sans son chien, ses serins, ses perroquets ; Saint-Loup veillait sur eux avec des soins maternels et traitait de brutes les gens qui ne sont pas bons avec les bêtes. D'autre part, une actrice, ou soi-disant telle, comme celle qui vivait avec lui — qu'elle fût intelligente ou non, ce que j'ignorais — en lui faisant trouver ennuyeuse la société des femmes du monde et considérer comme une corvée l'obligation d'aller dans une soirée, l'avait préservé du snobisme et guéri de la frivolité. Si grâce à elle les relations mondaines tenaient moins de place dans la vie de son jeune amant, en revanche tandis que s'il avait été un simple homme de salon, la vanité ou l'intérêt auraient dirigé ses amitiés comme la rudesse les aurait empreintes, sa maîtresse lui avait appris à y mettre de la noblesse et du raffinement. Avec son instinct de femme et appréciant plus chez les hommes certaines qualités de sensibilité que son amant eût peut-être sans elle méconnues ou plaisantées, elle avait toujours vite fait de distinguer entre les autres celui des amis de Saint-Loup qui avait pour lui une affection vraie, et de le préférer. Elle savait le forcer à éprouver pour celui-là de la reconnais-

sance, à la lui témoigner, à remarquer les choses qui lui
faisaient plaisir, celles qui lui faisaient de la peine. Et
bientôt Saint-Loup, sans plus avoir besoin qu'elle l'avertît,
commença à se soucier de tout cela, et à Balbec où elle
n'était pas, pour moi qu'elle n'avait jamais vu et dont il ne
lui avait même peut-être pas encore parlé dans ses lettres,
de lui-même il fermait la fenêtre d'une voiture où j'étais,
emportait les fleurs qui me faisaient mal, et quand il eut à
dire au revoir à la fois à plusieurs personnes, à son départ
s'arrangea à les quitter un peu plus tôt afin de rester seul et
en dernier avec moi, de mettre cette différence entre elles
et moi, de me traiter autrement que les autres. Sa maîtresse avait ouvert son esprit à l'invisible, elle avait mis du
sérieux dans sa vie, des délicatesses dans son cœur, mais
tout cela échappait à la famille en larmes qui répétait :
« Cette gueuse le tuera, et en attendant elle le déshonore. »
Il est vrai qu'il avait fini de tirer d'elle tout le bien qu'elle
pouvait lui faire ; et maintenant elle était cause seulement
qu'il souffrait sans cesse, car elle l'avait pris en horreur et
le torturait. Elle avait commencé un beau jour à le trouver
bête et ridicule, parce que les amis qu'elle avait parmi de
jeunes auteurs et acteurs lui avaient assuré qu'il l'était, et
elle répétait à son tour ce qu'ils avaient dit avec cette
passion, cette absence de réserves qu'on montre chaque
fois qu'on reçoit du dehors et qu'on adopte des opinions ou
des usages qu'on ignorait entièrement. Elle professait
volontiers, comme ces comédiens, qu'entre elle et Saint-
Loup le fossé était infranchissable, parce qu'ils étaient
d'une autre race, qu'elle était une intellectuelle et que lui,
quoi qu'il prétendît, était, de naissance, un ennemi de
l'intelligence. Cette vue lui semblait profonde et elle en
cherchait la vérification dans les paroles les plus insignifiantes, les moindres gestes de son amant. Mais quand les
mêmes amis l'eurent en outre convaincue qu'elle détruisait dans une compagnie aussi peu faite pour elle les
grandes espérances qu'elle avait, disaient-ils, données, que
son amant finirait par déteindre sur elle, qu'à vivre avec
lui elle gâchait son avenir d'artiste, à son mépris pour
Saint-Loup s'ajouta la même haine que s'il s'était obstiné à
vouloir lui inoculer une maladie mortelle. Elle le voyait le
moins possible tout en reculant encore le moment d'une
rupture définitive, laquelle me paraissait à moi bien peu
vraisemblable. Saint-Loup faisait pour elle de tels sacrifices que, à moins qu'elle fût ravissante (mais il n'avait
jamais voulu me montrer sa photographie, me disant :
« D'abord ce n'est pas une beauté, et puis elle vient mal en

photographie, ce sont des instantanés que j'ai faits moi-
même avec mon Kodak et ils vous donneraient une fausse
idée d'elle »), il semblait difficile qu'elle trouvât un second
homme qui en consentît de semblables. Je ne songeais pas
qu'une certaine toquade de se faire un nom, même quand
on n'a pas de talent, que l'estime, rien que l'estime privée,
de personnes qui vous imposent, peuvent (ce n'était peut-
être du reste pas le cas pour la maîtresse de Saint-Loup)
être même pour une petite cocotte, des motifs plus déter-
minants que le plaisir de gagner de l'argent. Saint-Loup
qui sans bien comprendre ce qui se passait dans la pensée
de sa maîtresse, ne la croyait pas complètement sincère, ni
dans les reproches injustes ni dans les promesses d'amour
éternel, avait pourtant à certains moments le sentiment
qu'elle romprait quand elle le pourrait, et à cause de cela,
mû sans doute par l'instinct de conservation de son amour
plus clairvoyant peut-être que Saint-Loup n'était lui-
même, usant d'ailleurs d'une habileté pratique qui se
conciliait chez lui avec les plus grands et les plus aveugles
élans du cœur, il s'était refusé à lui constituer un capital,
avait emprunté un argent énorme pour qu'elle ne manquât
de rien, mais ne le lui remettait qu'au jour le jour. Et sans
doute, au cas où elle eût vraiment songé à le quitter,
attendait-elle froidement d'avoir « fait sa pelote », ce qui
avec les sommes données par Saint-Loup demanderait
sans doute un temps fort court, mais tout de même
concédé en supplément pour prolonger le bonheur de mon
nouvel ami — ou son malheur.

Cette période dramatique de leur liaison — et qui était
arrivée maintenant à son point le plus aigu, le plus cruel
pour Saint-Loup, car elle lui avait défendu de rester à
Paris où sa présence l'exaspérait et l'avait forcé de prendre
son congé à Balbec, à côté de sa garnison — avait
commencé un soir chez une tante de Saint-Loup, lequel
avait obtenu d'elle que son amie viendrait pour de nombreux invités dire des fragments d'une pièce symboliste
qu'elle avait jouée une fois sur une scène d'avant-garde et
pour laquelle elle lui avait fait partager l'admiration
qu'elle éprouvait elle-même.

Mais quand elle était apparue, un grand lys à la main,
dans un costume copié de l'« Ancilla Domini » et qu'elle
avait persuadé à Robert être une véritable « vision d'art »,
son entrée avait été accueillie dans cette assemblée
d'hommes de cercle et de duchesses par des sourires que le
ton monotone de la psalmodie, la bizarrerie de certains
mots, leur fréquente répétition avaient changés en fous
rires, d'abord étouffés, puis si irrésistibles que la pauvre

récitante n'avait pu continuer. Le lendemain, la tante de Saint-Loup avait été unanimement blâmée d'avoir laissé paraître chez elle une artiste aussi grotesque. Un duc bien connu ne lui cacha pas qu'elle n'avait à s'en prendre qu'à elle-même si elle se faisait critiquer :

« Que diable aussi, on ne nous sort pas des numéros de cette force-là ! Si encore cette femme avait du talent, mais elle n'en a et n'en aura jamais aucun. Sapristi ! Paris n'est pas si bête qu'on veut bien le dire. La société n'est pas composée que d'imbéciles. Cette petite demoiselle a évidemment cru étonner Paris. Mais Paris est plus difficile à étonner que cela et il y a tout de même des affaires qu'on ne nous fera pas avaler. »

Quant à l'artiste, elle sortit en disant à Saint-Loup : « Chez quelles dindes, chez quelles garces sans éducation, chez quels goujats m'as-tu fourvoyée ? J'aime mieux te le dire, il n'y avait pas un des hommes présents qui ne m'eût fait de l'œil, du pied, et c'est parce que j'ai repoussé leurs avances qu'ils ont cherché a se venger. »

Paroles qui avaient changé l'antipathie de Robert pour les gens du monde en une horreur autrement profonde et douloureuse et que lui inspiraient particulièrement ceux qui la méritaient le moins, des parents dévoués qui, délégués par la famille avaient cherché à persuader à l'amie de Saint-Loup de rompre avec lui, démarche qu'elle lui présentait comme inspirée par leur amour pour elle. Robert quoiqu'il eût aussitôt cessé de les fréquenter pensait, quand il était loin de son amie comme maintenant, qu'eux ou d'autres en profitaient pour revenir à la charge et avaient peut-être reçu ses faveurs. Et quand il parlait des viveurs qui trompent leurs amis, cherchent a corrompre les femmes, tâchent de les faire venir dans des maisons de passe, son visage respirait la souffrance et la haine.

« Je les tuerais avec moins de remords qu'un chien qui est du moins une bête gentille, loyale et fidèle. En voilà qui méritent la guillotine, plus que des malheureux qui ont été conduits au crime par la misère et par la cruauté des riches. »

Il passait la plus grande partie de son temps à envoyer à sa maîtresse des lettres et des dépêches. Chaque fois que, tout en l'empêchant de venir à Paris, elle trouvait, à distance, le moyen d'avoir une brouille avec lui, je l'apprenais de sa figure décomposée. Comme sa maîtresse ne lui disait jamais ce qu'elle avait à lui reprocher, soupçonnant que, peut-être, si elle ne le lui disait pas, c'est qu'elle ne le savait pas et qu'elle avait simplement assez de lui, il aurait pourtant voulu avoir des explications, il lui écrivait :

« Dis-moi ce que j'ai fait de mal. Je suis prêt à reconnaître mes torts », le chagrin qu'il éprouvait ayant pour effet de le persuader qu'il avait mal agi.

Mais elle lui faisait attendre indéfiniment des réponses d'ailleurs dénuées de sens. Aussi c'est presque toujours le front soucieux et bien souvent les mains vides que je voyais Saint-Loup revenir de la poste où seul de tout l'hôtel avec Françoise, il allait chercher ou porter lui-même ses lettres, lui par impatience d'amant, elle par méfiance de domestique. (Les dépêches le forçaient à faire beaucoup plus de chemin.)

Quand quelques jours après le dîner chez les Bloch, ma grand-mère me dit d'un air joyeux que Saint-Loup venait de lui demander si avant qu'il quittât Balbec elle ne voulait pas qu'il la photographiât, et quand je vis qu'elle avait mis pour cela sa plus belle toilette et hésitait entre diverses coiffures, je me sentis un peu irrité de cet enfantillage qui m'étonnait tellement de sa part. J'en arrivais même à me demander si je ne m'étais pas trompé sur ma grand-mère, si je ne la plaçais pas trop haut, si elle était aussi détachée que j'avais toujours cru de ce qui concernait sa personne, si elle n'avait pas ce que je croyais lui être le plus étranger, de la coquetterie.

Malheureusement, ce mécontentement que me causaient le projet de séance photographique et surtout la satisfaction que ma grand-mère paraissait en ressentir, je le laissai suffisamment apercevoir pour que Françoise le remarquât et s'empressât involontairement de l'accroître en me tenant un discours sentimental et attendri auquel je ne voulus pas avoir l'air d'adhérer.

« Oh ! Monsieur, cette pauvre Madame qui sera si heureuse qu'on tire son portrait, et qu'elle va même mettre le chapeau que sa vieille Françoise, elle lui a arrangé, il faut la laisser faire, Monsieur. »

Je me convainquis que je n'étais pas cruel de me moquer de la sensibilité de Françoise, en me rappelant que ma mère et ma grand-mère, mes modèles en tout, le faisaient souvent aussi. Mais ma grand-mère, s'apercevant que j'avais l'air ennuyé, me dit que si cette séance de pose pouvait me contrarier elle y renoncerait. Je ne le voulus pas, je l'assurai que je n'y voyais aucun inconvénient et la laissai se faire belle, mais crus faire preuve de pénétration et de force en lui disant quelques paroles ironiques et blessantes destinées à neutraliser le plaisir qu'elle semblait trouver à être photographiée, de sorte que si je fus contraint de voir le magnifique chapeau de ma grand-mère, je réussis du moins à faire disparaître de son visage cette expression joyeuse qui aurait dû me rendre heureux et qui, comme il arrive trop souvent tant que sont encore en vie les êtres que nous aimons le mieux, nous apparaît comme la manifestation exaspérante d'un travers mesquin plutôt que comme la forme précieuse du bonheur que nous voudrions tant leur procurer. Ma mauvaise humeur venait surtout de ce que cette semaine-là, ma grand-mère avait paru me fuir et que je n'avais pu l'avoir un instant à moi, pas plus le jour que le soir. Quand je rentrais dans l'après-midi pour être un peu seul avec elle, on me disait qu'elle n'était pas là ; ou bien elle s'enfermait avec Françoise pour de longs conciliabules qu'il ne m'était pas permis de troubler. Et quand ayant passé la soirée dehors avec Saint-Loup, je songeais pendant le trajet du retour au moment où j'allais pouvoir retrouver et embrasser ma grand-mère, j'avais beau attendre qu'elle frappât contre la cloison ces petits coups qui me diraient d'entrer lui dire bonsoir, je n'entendais rien ; je finissais par me coucher, lui en voulant un peu de ce qu'elle me privât, avec une indifférence si nouvelle de sa part, d'une joie sur laquelle j'avais tant compté, je restais encore, le cœur palpitant comme dans mon enfance, à écouter le mur qui restait muet et je m'endormais dans les larmes.

Ce jour-là comme les précédents, Saint-Loup avait été obligé d'aller à Doncières où en attendant qu'il y rentrât d'une manière définitive, on aurait toujours besoin de lui maintenant jusqu'à la fin de l'après-midi. Je regrettais qu'il ne fût pas à Balbec. J'avais vu descendre de voiture et entrer, les unes dans la salle de danse du Casino, les autres chez le glacier, des jeunes femmes qui, de loin, m'avaient paru ravissantes. J'étais dans une de ces périodes de la jeunesse, dépourvues d'un amour particulier, vacantes, où partout — comme un amoureux, la femme dont il est épris — on désire, on cherche, on voit la Beauté. Qu'un seul trait réel — le peu qu'on distingue d'une femme vue de loin, ou de dos — nous permette de projeter la Beauté devant nous, nous nous figurons l'avoir reconnue, notre cœur bat, nous pressons le pas, et nous resterons toujours à demi persuadés que c'était elle, pourvu que la femme ait disparu : ce n'est que si nous pouvons la rattraper que nous comprenons notre erreur.

D'ailleurs, de plus en plus souffrant, j'étais tenté de surfaire les plaisirs les plus simples à cause des difficultés mêmes qu'il y avait pour moi à les atteindre. Des femmes élégantes, je croyais en apercevoir partout, parce que j'étais trop fatigué si c'était sur la plage, trop timide si c'était au Casino ou dans une pâtisserie, pour les approcher nulle part. Pourtant, si je devais bientôt mourir, j'aurais aimé savoir comment étaient faites de près, en réalité, les plus jolies jeunes filles que la vie pût offrir, quand même c'eût été un autre que moi, ou même personne, qui dût profiter de cette offre (je ne me rendais pas compte, en effet, qu'il y avait un désir de possession à l'origine de ma curiosité). J'aurais osé entrer dans la salle de bal, si Saint-Loup avait été avec moi. Seul je restai simplement devant le Grand-Hôtel à attendre le moment d'aller retrouver ma grand-mère, quand, presque encore à l'extrémité de la digue où elles faisaient mouvoir une tache singulière, je vis s'avancer cinq ou six fillettes, aussi différentes, par l'aspect et par les façons, de toutes les personnes auxquelles on était accoutumé à Balbec, qu'aurait pu l'être, débarquée on ne sait d'où, une bande de mouettes qui exécute à pas comptés sur la plage — les retardataires rattrapant les autres en voletant — une promenade dont le but semble aussi obscur aux baigneurs qu'elles ne paraissent pas voir, que clairement déterminé pour leur esprit d'oiseaux.

Une de ces inconnues poussait devant elle, de la main, sa bicyclette ; deux autres tenaient des « clubs » de golf ; et leur accoutrement tranchait sur celui des autres jeunes filles de Balbec, parmi lesquelles quelques-unes, il est vrai, se livraient aux sports, mais sans adopter pour cela une tenue spéciale.

C'était l'heure où dames et messieurs venaient tous les jours faire leur tour de digue, exposés aux feux impitoyables du face-à-main que fixait sur eux, comme s'ils eussent été porteurs de quelque tare qu'elle tenait à inspecter dans ses moindres détails, la femme du premier président, fièrement assise devant le kiosque de musique, au milieu de cette rangée de chaises redoutée où eux-mêmes tout à l'heure, d'acteurs devenus critiques, viendraient s'installer pour juger à leur tour ceux qui défileraient devant eux. Tous ces gens qui longeaient la digue en tanguant aussi fort que si elle avait été le pont d'un bateau (car ils ne savaient pas lever une jambe sans du même coup remuer le bras, tourner les yeux, remettre d'aplomb leurs épaules, compenser par un mouvement balancé du côté opposé le mouvement qu'ils venaient de faire de l'autre côté, et congestionner leur face) et qui, faisant semblant de ne pas voir pour faire croire qu'ils ne se souciaient pas d'elles, mais regardant à la dérobée, pour ne pas risquer de les heurter, les personnes qui marchaient à leurs côtés ou venaient en sens inverse, butaient au contraire contre elles, s'accrochaient à elles, parce qu'ils avaient été réciproquement de leur part l'objet de la même attention secrète, cachée sous le même dédain apparent ; l'amour — par conséquent la crainte — de la foule étant un des plus puissants mobiles chez tous les hommes, soit qu'ils cherchent à plaire aux autres ou à les étonner, soit à leur montrer qu'ils les méprisent. Chez le solitaire, la claustration même absolue et durant jusqu'à la fin de la vie a souvent pour principe un amour déréglé de la foule qui l'emporte tellement sur tout autre sentiment que, ne pouvant obtenir quand il sort l'admiration de la concierge, des passants, du cocher arrêté, il préfère n'être jamais vu d'eux, et pour cela renoncer à toute activité qui rendrait nécessaire de sortir.

Au milieu de tous ces gens dont quelques-uns poursuivaient une pensée, mais en trahissaient alors la mobilité par une saccade de gestes, une divagation de regards, aussi peu harmonieuses que la circonspecte titubation de leurs voisins, les fillettes que j'avais aperçues, avec la maîtrise de gestes que donne un parfait assouplissement de son propre corps et un mépris sincère du reste de l'humanité, venaient droit devant elles, sans hésitation ni raideur, exécutant exactement les mouvements qu'elles voulaient, dans une pleine indépendance de chacun de leurs membres par rapport aux autres, la plus grande partie de leur corps gardant cette immobilité si remarquable chez les bonnes valseuses. Elles n'étaient plus loin de moi. Quoique chacune fût d'un type absolument différent des autres, elles avaient toutes de la beauté ; mais, à vrai dire, je les voyais depuis si peu d'instants et sans oser les regarder fixement que je n'avais encore individualisé aucune d'elles. Sauf une, que son nez droit, sa peau brune mettaient en contraste au milieu des autres comme, dans quelque tableau de la Renaissance, un roi Mage de type arabe, elles ne m'étaient connues, l'une, que par une paire d'yeux durs, butés et rieurs ; une autre que par des joues où le rose avait cette teinte cuivrée qui évoque l'idée de géranium ; et même ces traits je n'avais encore indissolublement attaché aucun d'entre eux à l'une des jeunes filles plutôt qu'à l'autre ; et quand (selon l'ordre dans lequel se déroulait cet ensemble, merveilleux parce qu'y voisinaient les aspects les plus différents, que toutes les gammes de couleurs y étaient rapprochées, mais qui était confus comme une musique où je n'aurais pas su isoler et reconnaître au moment de leur passage les phrases, distinguées mais oubliées aussitôt après) je voyais émerger un ovale blanc, des yeux noirs, des yeux verts, je ne savais pas si c'était les mêmes qui m'avaient déjà apporté du charme tout à l'heure, je ne pouvais pas les rapporter à telle jeune fille que j'eusse séparée des autres et reconnue. Et cette absence, dans ma vision, des démarcations que j'établirais bientôt entre elles, propageait à travers leur groupe un flottement harmonieux, la translation continue d'une beauté fluide, collective et mobile.

Ce n'était peut-être pas, dans la vie, le hasard seul qui, pour réunir ces amies, les avait toutes choisies si belles ; peut-être ces filles (dont l'attitude suffisait à révéler la nature hardie, frivole et dure), extrêmement sensibles à tout ridicule et à toute laideur, incapables de subir un attrait d'ordre intellectuel ou moral, s'étaient-elles naturellement trouvées, parmi les camarades de leur âge, éprouver de la répulsion pour toutes celles chez qui des dispositions pensives ou sensibles se trahissaient par de la timidité, de la gêne, de la gaucherie, par ce qu'elles devaient appeler « un genre antipathique », et les avaient-elles tenues à l'écart ; tandis qu'elles s'étaient liées au contraire avec d'autres vers qui les attirait un certain mélange de grâce, de souplesse et d'élégance physique, seule forme sous laquelle elles pussent se représenter la franchise d'un caractère séduisant et la promesse de bonnes heures à passer ensemble. Peut-être aussi la classe à laquelle elles appartenaient et que je n'aurais pu préciser, était-elle à ce point de son évolution où, soit grâce à l'enrichissement et au loisir, soit grâce aux habitudes nouvelles de sport, répandues même dans certains milieux populaires, et d'une culture physique à laquelle ne s'est pas encore ajoutée celle de l'intelligence, un milieu social pareil aux écoles de sculpture harmonieuses et fécondes qui ne recherchent pas encore l'expression tourmentée produit naturellement, et en abondance, de beaux corps aux belles jambes, aux belles hanches, aux visages sains et reposés, avec un air d'agilité et de ruse. Et n'était-ce pas de nobles et calmes modèles de beauté humaine que je voyais là, devant la mer, comme des statues exposées au soleil sur un rivage de la Grèce ?

Telles que si, du sein de leur bande qui progressait le long de la digue comme une lumineuse comète, elles eussent jugé que la foule environnante était composée des êtres d'une autre race et dont la souffrance même n'eût pu éveiller en elles un sentiment de solidarité, elles ne paraissaient pas la voir, forçaient les personnes arrêtées à s'écarter ainsi que sur le passage d'une machine qui eût été lâchée et dont il ne fallait pas attendre qu'elle évitât les piétons, et se contentaient tout au plus, si quelque vieux monsieur dont elles n'admettaient pas l'existence et dont elles repoussaient le contact s'était enfui avec des mouvements craintifs ou furieux, mais précipités ou risibles, de se regarder entre elles en riant. Elles n'avaient à l'égard de ce qui n'était pas de leur groupe aucune affectation de mépris, leur mépris sincère suffisait. Mais elles ne pouvaient voir un obstacle sans s'amuser à le franchir en prenant leur élan ou à pieds joints, parce qu'elles étaient toutes remplies, exubérantes, de cette jeunesse qu'on a si grand besoin de dépenser que même quand on est triste ou souffrant, obéissant plus aux nécessités de l'âge qu'à l'humeur de la journée, on ne laisse jamais passer une occasion de saut ou de glissade sans s'y livrer consciencieusement, interrompant, semant sa marche lente — comme Chopin la phrase la plus mélancolique — de gracieux détours où le caprice se mêle à la virtuosité. La femme d'un vieux banquier, après avoir hésité pour son mari entre diverses expositions, l'avait assis, sur un pliant, face à la digue, abrité du vent et du soleil par le kiosque des musiciens. Le voyant bien installé, elle venait de le quitter pour aller lui acheter un journal qu'elle lui lirait et qui le distrairait, petites absences pendant lesquelles elle le laissait seul et qu'elle ne prolongeait jamais au-delà de cinq minutes, ce qui lui semblait déjà bien long, mais qu'elle renouvelait assez fréquemment pour que le vieil époux à qui elle prodiguait à la fois et dissimulait ses soins eût l'impression qu'il était encore en état de vivre comme tout le monde et n'avait nul besoin de protection. La tribune des musiciens formait au-dessus de lui un tremplin naturel et tentant sur lequel sans une hésitation l'aînée de la petite bande se mit à courir ; et elle sauta par-dessus le vieillard épouvanté, dont la casquette marine fut effleurée par les pieds agiles, au grand amusement des autres jeunes filles, surtout de deux yeux verts dans une figure poupine qui exprimèrent pour cet acte une admiration et une gaieté où je crus discerner un peu de timidité, d'une timidité honteuse et fanfaronne, qui n'existait pas chez les autres. « C'pauvre vieux, i m'fait d'la peine, il a l'air à moitié crevé », dit l'une de ces filles d'une voix rogommeuse et avec un accent à demi ironique. Elles firent quelques pas encore, puis s'arrêtèrent un moment au milieu du chemin sans s'occuper d'arrêter la circulation des passants, en un agrégat de forme irrégulière, compact, insolite et piaillant, comme un conciliabule d'oiseaux qui s'assemblent au moment de s'envoler ; puis elles reprirent leur lente promenade le long de la digue, au-dessus de la mer.

Maintenant, leurs traits charmants n'étaient plus indistincts et mêlés. Je les avais répartis et agglomérés (à défaut du nom de chacune, que j'ignorais) autour de la grande qui avait sauté par-dessus le vieux banquier ; de la petite qui détachait sur l'horizon de la mer ses joues bouffies et roses, ses yeux verts ; de celle au teint bruni, au nez droit, qui tranchait au milieu des autres ; d'une autre, au visage blanc comme un œuf dans lequel un petit nez faisait un arc de cercle comme un bec de poussin, visage comme en ont certains très jeunes gens ; d'une autre encore, grande, couverte d'une pèlerine (qui lui donnait un aspect si pauvre et démentait tellement sa tournure élégante que l'explication qui se présentait à l'esprit était que cette jeune fille devait avoir des parents assez brillants et plaçant leur amour-propre assez au-dessus des baigneurs de Balbec et de l'élégance vestimentaire de leurs propres enfants pour qu'il leur fût absolument égal de la laisser se promener sur la digue dans une tenue que de petites gens eussent jugée trop modeste) ; d'une fille aux yeux brillants, rieurs, aux grosses joues mates, sous un « polo » noir, enfoncé sur sa tête, qui poussait une bicyclette avec un dandinement de hanches, un air si dégingandé, en employant des termes d'argot si voyous et criés si fort, quand je passai auprès d'elle (parmi lesquels je distinguai cependant la phrase fâcheuse de « vivre sa vie ») qu'abandonnant l'hypothèse que la pèlerine de sa camarade m'avait fait échafauder, je conclus plutôt que toutes ces filles appartenaient à la population qui fréquente les vélodromes, et devaient être les très jeunes maîtresses de coureurs cyclistes. En tout cas, dans aucune de mes suppositions, ne figurait celle qu'elles eussent pu être vertueuses. À première vue — dans la manière dont elles se regardaient en riant, dans le regard insistant de celle aux joues mates — j'avais compris qu'elles ne l'étaient pas. D'ailleurs, ma grand-mère avait toujours veillé sur moi avec une délicatesse trop timorée pour que je ne crusse pas que l'ensemble des choses qu'on ne doit pas faire est indivisible et que des jeunes filles qui manquent de respect à la vieillesse fussent tout d'un coup arrêtées par des scrupules quand il s'agit de plaisirs plus tentateurs que de sauter par dessus un octogénaire.

Individualisées maintenant, pourtant la réplique que se donnaient les uns aux autres leurs regards animés de suffisance et d'esprit de camaraderie et dans lesquels se rallumaient d'instant en instant tantôt l'intérêt, tantôt l'insolente indifférence dont brillait chacune, selon qu'il s'agissait de ses amies ou des passants, cette conscience aussi de se connaître entre elles assez intimement pour se promener toujours ensemble, en faisant « bande à part », mettaient entre leurs corps indépendants et séparés, tandis qu'ils s'avançaient lentement, une liaison invisible, mais harmonieuse comme une même ombre chaude, une même atmosphère, faisant d'eux un tout aussi homogène en ses parties qu'il était différent de la foule au milieu de laquelle se déroulait lentement leur cortège.

Un instant, tandis que je passais à côté de la brune aux grosses joues qui poussait une bicyclette, je croisai ses regards obliques et rieurs, dirigés du fond de ce monde inhumain qui enfermait la vie de cette petite tribu, inaccessible inconnu où l'idée de ce que j'étais ne pouvait certainement ni parvenir, ni trouver place. Tout occupée à ce que disaient ses camarades, cette jeune fille coiffée d'un polo qui descendait très bas sur son front, m'avait-elle vu au moment où le rayon noir émané de ses yeux m'avait rencontré ? Si elle m'avait vu, qu'avais-je pu lui représenter ? Du sein de quel univers me distinguait-elle ? Il m'eût été aussi difficile de le dire que lorsque certaines particularités nous apparaissent grâce au télescope, dans un astre voisin, il est malaisé de conclure d'elles que des humains y habitent, qu'ils nous voient, et quelles idées cette vue a pu éveiller en eux.

Si nous pensions que les yeux d'une telle fille ne sont qu'une brillante rondelle de mica, nous ne serions pas avides de connaître et d'unir à nous sa vie. Mais nous sentons que ce qui luit dans ce disque réfléchissant n'est pas dû uniquement à sa composition matérielle ; que ce sont, inconnues de nous, les noires ombres des idées que cet être se fait, relativement aux gens et aux lieux qu'il connaît — pelouses des hippodromes, sable des chemins où, pédalant à travers champs et bois, m'eût entraîné cette petite péri, plus séduisante pour moi que celle du paradis persan —, les ombres aussi de la maison où elle va rentrer, des projets qu'elle forme ou qu'on a formés pour elle ; et surtout que c'est elle, avec ses désirs, ses sympathies, ses répulsions, son obscure et incessante volonté. Je savais que je ne posséderais pas cette jeune cycliste si je ne possédais aussi ce qu'il y avait dans ses yeux. Et c'était par conséquent toute sa vie qui m'inspirait du désir ; désir douloureux, parce que je le sentais irréalisable, mais enivrant, parce que ce qui avait été jusque-là ma vie ayant brusquement cessé d'être ma vie totale, n'étant plus qu'une petite partie de l'espace étendu devant moi que je brûlais de couvrir, et qui était fait de la vie de ces jeunes filles, m'offrait ce prolongement, cette multiplication possible de soi-même, qui est le bonheur. Et, sans doute, qu'il n'y eût entre nous aucune habitude — comme aucune idée — communes, devait me rendre plus difficile de me lier avec elles et de leur plaire. Mais peut-être aussi c'était grâce à ces différences, à la conscience qu'il n'entrait pas, dans la composition de la nature et des actions de ces filles, un seul élément que je connusse ou possédasse, que venait en moi de succéder à la satiété, la soif — pareille à celle dont brûle une terre altérée — d'une vie que mon âme, parce qu'elle n'en avait jamais reçu jusqu'ici une seule goutte, absorberait d'autant plus avidement, à longs traits, dans une plus parfaite imbibition.

J'avais tant regardé cette cycliste aux yeux brillants qu'elle parut s'en apercevoir et dit à la plus grande un mot que je n'entendis pas mais qui fit rire celle-ci. À vrai dire, cette brune n'était pas celle qui me plaisait le plus, justement parce qu'elle était brune et que (depuis le jour où dans le petit raidillon de Tansonville, j'avais vu Gilberte) une jeune fille rousse à la peau dorée était restée pour moi l'idéal inaccessible. Mais Gilberte elle-même, ne l'avais-je pas aimée surtout parce qu'elle m'était apparue nimbée par cette auréole d'être l'amie de Bergotte, d'aller visiter avec lui les cathédrales ? Et de la même façon ne pouvais-je me réjouir d'avoir vu cette brune me regarder (ce qui me faisait espérer qu'il me serait plus facile d'entrer en relations avec elle d'abord), car elle me présenterait aux autres, à l'impitoyable qui avait sauté par-dessus le vieillard, à la cruelle qui avait dit : « Il me fait de la peine, ce pauvre vieux » ; à toutes successivement, desquelles elle avait, d'ailleurs, le prestige d'être l'inséparable compagne. Et cependant, la supposition que je pourrais un jour être l'ami de telle ou telle de ces jeunes filles, que ces yeux dont les regards inconnus me frappaient parfois en posant sur moi sans le savoir, comme un effet de soleil sur un mur, pourraient jamais par une alchimie miraculeuse laisser transpénétrer entre leurs parcelles ineffables l'idée de mon existence, quelque amitié pour ma personne, que moi-même je pourrais un jour prendre place entre elles, dans la théorie qu'elles déroulaient le long de la mer, — cette supposition me paraissait enfermer en elle une contradiction aussi insoluble, que si devant quelque frise antique ou quelque fresque figurant un cortège, j'avais cru possible, moi spectateur, de prendre place, aimé d'elles, entre les divines processionnaires.

Le bonheur de connaître ces jeunes filles était-il donc irréalisable ? Certes ce n'eût pas été le premier de ce genre auquel j'eusse renoncé. Je n'avais qu'à me rappeler tant d'inconnues que, même à Balbec, la voiture s'éloignant à toute vitesse m'avait fait à jamais abandonner. Et même le plaisir que me donnait la petite bande noble comme si elle était composée de vierges helléniques, venait de ce qu'elle avait quelque chose de la fuite des passantes sur la route. Cette fugacité des êtres qui ne sont pas connus de nous, qui nous forcent à démarrer de la vie habituelle où les femmes que nous fréquentons finissent par dévoiler leurs tares, nous met dans cet état de poursuite où rien n'arrête plus l'imagination. Or dépouiller d'elle nos plaisirs, c'est les réduire à eux-mêmes, à rien. Offertes chez une de ces entremetteuses que, par ailleurs, on a vu que je ne méprisais pas, retirées de l'élément qui leur donnait tant de nuances et de vague, ces jeunes filles m'eussent moins enchanté. Il faut que l'imagination, éveillée par l'incertitude de pouvoir atteindre son objet, crée un but qui nous cache l'autre, et en substituant au plaisir sensuel l'idée de pénétrer dans une vie, nous empêche de reconnaître ce plaisir, d'éprouver son goût véritable, de le restreindre à sa portée.

Il faut qu'entre nous et le poisson qui si nous le voyions pour la première fois servi sur une table ne paraîtrait pas valoir les mille ruses et détours nécessaires pour nous emparer de lui, s'interpose, pendant les après-midi de pêche, le remous à la surface duquel viennent affleurer, sans que nous sachions bien ce que nous voulons en faire, le poli d'une chair, l'indécision d'une forme, dans la fluidité d'un transparent et mobile azur.

Ces jeunes filles bénéficiaient aussi de ce changement des proportions sociales caractéristique de la vie de bains de mer. Tous les avantages qui dans notre milieu habituel nous prolongent, nous agrandissent, se trouvent là devenus invisibles, en fait supprimés ; en revanche les êtres à qui on suppose indûment de tels avantages, ne s'avancent qu'amplifiés d'une étendue postiche. Elle rendait plus aisé que des inconnues et ce jour-là ces jeunes filles, prissent à mes yeux une importance énorme, et impossible de leur faire connaître celle que je pouvais avoir.

Mais si la promenade de la petite bande avait pour elle de n'être qu'un extrait de la fuite innombrable de passantes, laquelle m'avait toujours troublé, cette fuite était ici ramenée à un mouvement tellement lent qu'il se rapprochait de l'immobilité. Or, précisément, que dans une phase aussi peu rapide, les visages non plus emportés dans un tourbillon, mais calmes et distincts, me parussent encore beaux, cela m'empêchait de croire, comme je l'avais fait si souvent quand m'emportait la voiture de

Mme de Villeparisis, que, de plus près, si je me fusse arrêté un instant, tels détails, une peau grêlée, un défaut dans les ailes du nez, un regard benêt, la grimace du sourire, une vilaine taille, eussent remplacé dans le visage et dans le corps de la femme ceux que j'avais sans doute imaginés, car il avait suffi d'une jolie ligne de corps, d'un teint frais entrevu, pour que de très bonne foi j'y eusse ajouté quelque ravissante épaule, quelque regard délicieux dont je portais toujours en moi le souvenir ou l'idée préconçue, ces déchiffrages rapides d'un être qu'on voit à la volée nous exposant ainsi aux mêmes erreurs que ces lectures trop rapides où, sur une seule syllabe et sans prendre le temps d'identifier les autres, on met à la place du mot qui est écrit, un tout différent que nous fournit notre mémoire. Il ne pouvait en être ainsi maintenant. J'avais bien regardé leurs visages ; chacun d'eux je l'avais vu, non pas dans tous ses profils, et rarement de face, mais tout de même selon deux ou trois aspects assez différents pour que je pusse faire soit la rectification, soit la vérification et la « preuve » des différentes suppositions de lignes et de couleurs que hasarde la première vue, et pour voir subsister en eux, à travers les expressions successives, quelque chose d'inaltérablement matériel. Aussi, je pouvais me dire avec certitude que, ni à Paris, ni à Balbec, dans les hypothèses les plus favorables de ce qu'auraient pu être, même si j'avais pu rester à causer avec elles, les passantes qui avaient arrêté mes yeux, il n'y en avait jamais eu dont l'apparition, puis la disparition sans que je les eusse connues, m'eussent laissé plus de regrets que ne feraient celles-ci, m'eussent donné l'idée que leur amitié pût être une telle ivresse. Ni parmi les actrices, ou les paysannes, ou les demoiselles de pensionnat religieux, je n'avais rien vu d'aussi beau, imprégné d'autant d'inconnu, aussi inestimablement précieux, aussi vraisemblablement inaccessible. Elles étaient, du bonheur inconnu et possible de la vie, un exemplaire si délicieux et en si parfait état, que c'était presque pour des raisons intellectuelles que j'étais désespéré, de peur de ne pas pouvoir faire dans des conditions uniques, ne laissant aucune place à l'erreur possible, l'expérience de ce que nous offre de plus mystérieux la beauté qu'on désire et qu'on se console de ne posséder jamais en demandant du plaisir — comme Swann avait toujours refusé de faire, avant Odette — à des femmes qu'on n'a pas désirées, si bien qu'on meurt sans avoir jamais su ce qu'était cet autre plaisir. Sans doute, il se pouvait qu'il ne fût pas en réalité un plaisir inconnu, que de près son mystère se dissipât, qu'il ne fût qu'une projection, qu'un mirage du désir. Mais, dans ce cas, je ne pourrais m'en prendre qu'à la nécessité d'une loi de la nature — qui si elle s'appliquait à ces jeunes filles-ci, s'appliquerait à toutes — et non à la défectuosité de l'objet. Car il était celui que j'eusse choisi entre tous, me rendant bien compte, avec une satisfaction de botaniste, qu'il n'était pas possible de trouver réunies des espèces plus rares que celles de ces jeunes fleurs qui interrompaient en ce moment devant moi la ligne du flot de leur haie légère, pareille à un bosquet de roses de Pennsylvanie, ornement d'un jardin sur la falaise, entre lesquelles tient tout le trajet de l'océan parcouru par quelque steamer, si lent à glisser sur le trait horizontal et bleu qui va d'une tige à l'autre, qu'un papillon paresseux, attardé au fond de la corolle que la coque du navire a depuis longtemps dépassée, peut pour s'envoler en étant sûr d'arriver avant le vaisseau, attendre que rien qu'une seule parcelle azurée sépare encore la proue de celui-ci du premier pétale de la fleur vers laquelle il navigue.

Je rentrai parce que je devais aller dîner à Rivebelle avec Robert et que ma grand-mère exigeait qu'avant de partir je m'étendisse ces soirs-là pendant une heure sur mon lit, sieste que le médecin de Balbec m'ordonna bientôt d'étendre à tous les autres soirs.

D'ailleurs, il n'y avait même pas besoin pour rentrer de quitter la digue et de pénétrer dans l'hôtel par le hall, c'est-à-dire par derrière. En vertu d'une avance comparable à celle du samedi où à Combray on déjeunait une heure plus tôt, maintenant avec le plein de l'été les jours étaient devenus si longs que le soleil était encore haut dans le ciel, comme à une heure de goûter, quand on mettait le couvert pour le dîner au Grand-Hôtel de Balbec. Aussi les grandes fenêtres vitrées et à coulisses restaient-elles ouvertes de plain-pied avec la digue. Je n'avais qu'à enjamber un mince cadre de bois pour me trouver dans la salle à manger que je quittais aussitôt pour prendre l'ascenseur.

En passant devant le bureau j'adressai un sourire au directeur, et sans l'ombre de dégoût, en recueillis un dans sa figure que, depuis que j'étais à Balbec, mon attention compréhensive injectait et transformait peu à peu comme une préparation d'histoire naturelle. Ses traits m'étaient devenus courants, chargés d'un sens médiocre, mais intelligible comme une écriture qu'on lit et ne ressemblaient plus en rien à ces caractères bizarres, intolérables que son visage m'avait présentés ce premier jour où j'avais vu devant moi un personnage maintenant oublié ou, si je parvenais à l'évoquer, méconnaissable, difficile à identifier avec la personnalité insignifiante et polie dont il n'était que la caricature, hideuse et sommaire. Sans la timidité ni la tristesse du soir de mon arrivée, je sonnai le lift qui ne restait plus silencieux pendant que je m'élevais à côté de lui dans l'ascenseur, comme dans une cage thoracique mobile qui se fût déplacée le long de la colonne montante, mais me répétait : « Il y a plus autant de monde comme il y a un mois. On va commencer à s'en aller, les jours baissent. » Il disait cela, non que ce fût vrai, mais parce qu'ayant un engagement pour une partie plus chaude de la côte, il aurait voulu que nous partissions tous le plus tôt possible afin que l'hôtel fermât et qu'il eût quelques jours à lui, avant de « rentrer » dans sa nouvelle place. « Rentrer » et « nouvelle » n'étaient du reste pas des expressions contradictoires, car pour le lift « rentrer » était la forme usuelle du verbe « entrer ». La seule chose qui m'étonnât était qu'il condescendît à dire « place », car il appartenait à ce prolétariat moderne qui désire effacer dans le langage la trace du régime de la domesticité. Du reste, au bout d'un instant, il m'apprit que dans « la situation » où il allait « rentrer », il aurait une plus jolie « tunique » et un meilleur « traitement » ; les mots « livrée » et « gages » lui paraissaient désuets et inconvenants. Et comme, par une contradiction absurde, le vocabulaire a, malgré tout, chez les « patrons », survécu à la conception de l'inégalité, je comprenais toujours mal ce que me disait le lift. Ainsi la seule chose qui m'intéressât était de savoir si ma grand-mère était à l'hôtel. Or, prévenant mes questions, le lift me disait : « Cette dame vient de sortir de chez vous. » J'y étais toujours pris, je croyais que c'était ma grand-mère. « Non, cette dame qui est je crois employée chez vous. » Comme dans l'ancien langage bourgeois qui devrait bien être aboli, une cuisinière ne s'appelle pas une employée, je pensais un instant : « Mais il se trompe, nous ne possédons ni usine, ni employés. » Tout d'un coup, je me rappelais que le nom d'employé est comme le port de la moustache pour les garçons de café, une satisfaction d'amour-propre donnée aux domestiques et que cette dame qui venait de sortir était Françoise (probablement en visite à la caféterie ou en train de regarder coudre la femme de chambre de la dame belge), satisfaction qui ne suffisait pas encore au lift car il disait volontiers en s'apitoyant sur sa propre classe « chez l'ouvrier » ou « chez le petit », se servant du même singulier que Racine quand il dit : « le pauvre... ». Mais d'habitude, car mon zèle et ma timidité du premier jour étaient loin, je ne parlais plus au lift. C'était lui maintenant qui restait sans recevoir de réponses dans la courte traversée dont il filait les nœuds à travers l'hôtel évidé comme un jouet et qui déployait autour de nous, étage par étage, ses ramifications de couloirs dans les profondeurs desquels la lumière se veloutait, se dégradait, amincissait les portes de communication ou les degrés des escaliers intérieurs qu'elle convertissait en cette ambre dorée, inconsistante et mystérieuse comme un crépuscule, où Rembrandt découpe tantôt l'appui d'une fenêtre ou la manivelle d'un puits. Et à chaque étage une lueur d'or reflétée sur le tapis annonçait le coucher du soleil et la fenêtre des cabinets.

Je me demandais si les jeunes filles que je venais de voir habitaient Balbec et qui elles pouvaient être. Quand le désir est ainsi orienté vers une petite tribu humaine qu'il sélectionne, tout ce qui peut se rattacher à elle devient motif d'émotion, puis de rêverie. J'avais entendu une dame dire sur la digue : « C'est une amie de la petite Simonet » avec l'air de précision avantageuse de quelqu'un qui explique : « C'est le camarade inséparable du petit de La Rochefoucauld. » Et aussitôt on avait senti sur la figure de la personne à qui on apprenait cela une curiosité de mieux regarder la personne favorisée qui était « amie de la petite Simonet ». Un privilège assurément qui ne paraissait pas donné à tout le monde. Car l'aristocratie est une chose relative. Et il y a des petits trous pas chers où le fils d'un marchand de meubles est prince des élégances et règne sur une cour comme un jeune prince de Galles. J'ai souvent cherché depuis à me rappeler comment avait résonné pour moi sur la plage ce nom de Simonet, encore incertain alors dans sa forme que j'avais mal distinguée, et aussi quant à sa signification, à la désignation par lui de telle personne ou peut-être de telle autre ; en somme empreint de ce vague et de cette nouveauté si émouvants pour nous dans la suite, quand ce nom dont les lettres sont à chaque seconde plus profondément gravées en nous par notre attention incessante, est devenu (ce qui ne devait arriver pour moi, à l'égard de la petite Simonet, que quelques années plus tard) le premier vocable que nous retrouvions (soit au moment du réveil, soit après un évanouissement), même avant la notion de l'heure qu'il est, du lieu où nous sommes, presque avant le mot « je », comme si l'être qu'il nomme était plus nous que nous-même, et si après quelques moments d'inconscience, la trêve qui expire avant toute autre était celle pendant laquelle on ne pensait pas à lui. Je ne sais pourquoi je me dis dès le premier jour que le nom de Simonet devait être celui d'une des jeunes filles, je ne cessai plus de me demander comment je pourrais connaître la famille Simonet ; et cela par des gens qu'elle jugeât supérieurs à elle-même, ce qui ne devait pas être difficile si ce n'étaient que de petites grues du peuple, pour qu'elle ne pût avoir une idée dédaigneuse de moi. Car on ne peut avoir de connaissance parfaite, on ne peut pratiquer l'absorption complète de qui vous dédaigne, tant qu'on n'a pas vaincu ce dédain. Or, chaque fois que l'image de femmes si différentes pénètre en nous, à moins que l'oubli ou la concurrence d'autres images ne l'élimine, nous n'avons de repos que nous n'ayons converti ces étrangères en quelque chose qui soit pareil à nous, notre âme étant à cet égard douée du même genre de réaction et d'activité que notre organisme physique, lequel ne peut tolérer l'immixtion dans son sein d'un corps étranger sans qu'il s'exerce aussitôt à digérer et assimiler l'intrus. La petite Simonet devait être la plus jolie de toutes — celle, d'ailleurs, qui, me semblait-il, aurait pu devenir ma maîtresse, car elle était la seule qui, à deux ou trois reprises, détournant à demi la tête, avait paru prendre conscience de mon fixe regard. Je demandai au lift s'il ne connaissait pas à Balbec des Simonet. N'aimant pas à dire qu'il ignorait quelque chose il répondit qu'il lui semblait avoir entendu causer de ce nom-là. Arrivé au dernier étage, je le priai de me faire apporter les dernières listes d'étrangers.

Je sortis de l'ascenseur, mais au lieu d'aller vers ma chambre je m'engageai plus avant dans le couloir, car à cette heure-là le valet de chambre de l'étage, quoiqu'il craignît les courants d'air, avait ouvert la fenêtre du bout, laquelle regardait, au lieu de la mer, le côté de la colline et de la vallée, mais ne les laissait jamais voir, car ses vitres, d'un verre opaque, étaient le plus souvent fermées. Je m'arrêtai devant elle en une courte station et le temps de faire mes dévotions à la « vue » que pour une fois elle découvrait au-delà de la colline à laquelle était adossé l'hôtel et qui ne contenait qu'une maison posée à quelque distance mais à laquelle la perspective et la lumière du soir en lui conservant son volume donnaient une ciselure précieuse et un écrin de velours comme à une de ces architectures en miniature, petit temple ou petite chapelle d'orfèvrerie et d'émaux qui servent de reliquaires et qu'on n'expose qu'à de rares jours à la vénération des fidèles. Mais cet instant d'adoration avait déjà trop duré, car le valet de chambre qui tenait d'une main un trousseau de clefs et de l'autre me saluait en touchant sa calotte de sacristain, mais sans la soulever à cause de l'air pur et frais du soir, venait refermer comme ceux d'une châsse les deux battants de la croisée et dérobait à mon adoration le monument réduit et la relique d'or. J'entrai dans ma chambre. Au fur et à mesure que la saison s'avança, changea le tableau que j'y trouvais dans la fenêtre. D'abord il faisait grand jour, et sombre seulement s'il faisait mauvais temps ; alors, dans le verre glauque et qu'elle boursouflait de ses vagues rondes, la mer, sertie entre les montants de fer de ma croisée comme dans les plombs d'un vitrail, effilochait sur toute la profonde bordure rocheuse de la baie des triangles empennés d'une immobile écume linéamentée avec la délicatesse d'une plume ou d'un duvet dessinés par Pisanello, et fixés par cet émail blanc, inaltérable et crémeux qui figure une couche de neige dans les verreries de Gallé.

Bientôt les jours diminuèrent et au moment où j'entrais dans la chambre, le ciel violet semblait stigmatisé par la figure raide, géométrique, passagère et fulgurante du soleil (pareille à la représentation de quelque signe miraculeux, de quelque apparition mystique), s'inclinait vers la mer sur la charnière de l'horizon comme un tableau religieux au-dessus du maître-autel, tandis que les parties différentes du couchant, exposées dans les glaces des bibliothèques basses en acajou qui couraient le long des murs et que je rapportais par la pensée à la merveilleuse peinture dont elles étaient détachées, semblaient comme ces scènes différentes que quelque maître ancien exécuta jadis pour une confrérie sur une châsse et dont on exhibe à côté les uns des autres dans une salle de musée les volets séparés que l'imagination seule du visiteur remet à leur place sur les prédelles du retable. Quelques semaines plus tard, quand je remontais, le soleil était déjà couché. Pareille à celle que je voyais à Combray au-dessus du Calvaire quand à mes retours de promenade je m'apprêtais à descendre avant le dîner à la cuisine, une bande de ciel rouge au-dessus de la mer compacte et coupante comme de la gelée de viande, puis bientôt, sur la mer déjà froide et bleue comme le poisson appelé mulet, le ciel du même rose qu'un de ces saumons que nous nous ferions servir tout à l'heure à Rivebelle ravivaient le plaisir que j'allais avoir à me mettre en habit pour partir dîner. Sur la mer, tout près du rivage, essayaient de s'élever, les unes par-dessus les autres, à étages de plus en plus larges, des vapeurs d'un noir de suie mais aussi d'un poli, d'une consistance d'agate, d'une pesanteur visible, si bien que les plus élevées penchant au-dessus de la tige déformée et jusqu'en dehors du centre de gravité de celles qui les

avaient soutenues jusqu'ici, semblaient sur le point
d'entraîner cet échafaudage déjà à demi-hauteur du ciel et
de le précipiter dans la mer. La vue d'un vaisseau qui
s'éloignait comme un voyageur de nuit me donnait cette
même impression que j'avais eue en wagon, d'être affran-
chi des nécessités du sommeil et de la claustration dans
une chambre. D'ailleurs je ne me sentais pas emprisonné
dans celle où j'étais puisque dans une heure j'allais la
quitter pour monter en voiture. Je me jetais sur mon lit ;
et, comme si j'avais été sur la couchette d'un des bateaux
que je voyais assez près de moi et que la nuit on s'étonnerait de voir se déplacer lentement dans l'obscurité, comme
des cygnes assombris et silencieux mais qui ne dorment
pas, j'étais de tous côtés entouré des images de la mer.

Mais bien souvent ce n'était, en effet, que des images ;
j'oubliais que sous leur couleur se creusait le triste vide de
la plage, parcouru par le vent inquiet du soir que j'avais si
anxieusement ressenti à mon arrivée à Balbec ; d'ailleurs,
même dans ma chambre, tout occupé des jeunes filles que
j'avais vues passer, je n'étais plus dans des dispositions
assez calmes ni assez désintéressées pour que pussent se
produire en moi des impressions vraiment profondes de
beauté. L'attente du dîner à Rivebelle rendait mon
humeur plus frivole encore et ma pensée, habitant à ces
moments-là la surface de mon corps que j'allais habiller
pour tâcher de paraître le plus plaisant possible aux
regards féminins qui me dévisageraient dans le restaurant
illuminé, était incapable de mettre de la profondeur derrière la couleur des choses. Et si, sous ma fenêtre, le vol
inlassable et doux des martinets et des hirondelles n'avait
pas monté comme un jet d'eau, comme un feu d'artifice de
vie, unissant l'intervalle de ses hautes fusées par la filée
immobile et blanche de longs sillages horizontaux, sans le
miracle charmant de ce phénomène naturel et local qui
rattachait à la réalité les paysages que j'avais devant les
yeux, j'aurais pu croire qu'ils n'étaient qu'un choix,
chaque jour renouvelé, de peintures qu'on montrait arbitrairement dans l'endroit où je me trouvais et sans qu'elles
eussent de rapport nécessaire avec lui. Une fois c'était une
exposition d'estampes japonaises : à côté de la mince
découpure du soleil rouge et rond comme la lune, un nuage
jaune paraissait un lac contre lequel des glaives noirs se
profilaient ainsi que les arbres de sa rive, une barre d'un
rose tendre que je n'avais jamais revu depuis ma première
boîte de couleurs s'enflait comme un fleuve sur les deux
rives duquel des bateaux semblaient attendre à sec qu'on
vînt les tirer pour les mettre à flot. Et avec le regard

dédaigneux, ennuyé et frivole d'un amateur ou d'une femme parcourant, entre deux visites mondaines, une galerie, je me disais : « C'est curieux, ce coucher de soleil, c'est différent, mais enfin j'en ai déjà vu d'aussi délicats, d'aussi étonnants que celui-ci. » J'avais plus de plaisir les soirs où un navire absorbé et fluidifié par l'horizon apparaissait tellement de la même couleur que lui, ainsi que dans une toile impressionniste, qu'il semblait aussi de la même matière, comme si on n'eût fait que découper son avant et les cordages en lesquels il s'était aminci et filigrané dans le bleu vaporeux du ciel. Parfois l'océan emplissait presque toute ma fenêtre, surélevée qu'elle était par une bande de ciel bordée en haut seulement d'une ligne qui était du même bleu que celui de la mer, mais qu'à cause de cela je croyais être la mer encore et ne devant sa couleur différente qu'à un effet d'éclairage. Un autre jour, la mer n'était peinte que dans la partie basse de la fenêtre dont tout le reste était rempli de tant de nuages poussés les uns contre les autres par bandes horizontales, que les carreaux avaient l'air, par une préméditation ou une spécialité de l'artiste, de présenter une « étude de nuages », cependant que les différentes vitrines de la bibliothèque montrant des nuages semblables mais dans une autre partie de l'horizon et diversement colorés par la lumière, paraissaient offrir comme la répétition, chère à certains maîtres contemporains, d'un seul et même effet, pris toujours à des heures différentes mais qui maintenant avec l'immobilité de l'art pouvaient être tous vus ensemble dans une même pièce, exécutés au pastel et mis sous verre. Et parfois sur le ciel et la mer uniformément gris, un peu de rose s'ajoutait avec un raffinement exquis, cependant qu'un petit papillon qui s'était endormi au bas de la fenêtre semblait apposer avec ses ailes, au bas de cette « harmonie gris et rose » dans le goût de celles de Whistler, la signature favorite du maître de Chelsea. Le rose même disparaissait, il n'y avait plus rien à regarder. Je me mettais debout un instant et avant de m'étendre de nouveau, je fermais les grands rideaux. Au-dessus d'eux, je voyais de mon lit la raie de clarté qui y restait encore, s'assombrissant, s'amincissant progressivement, mais c'est sans m'attrister et sans lui donner de regret que je laissais ainsi mourir au haut des rideaux l'heure où d'habitude j'étais à table, car je savais que ce jour-ci était d'une autre sorte que les autres, plus long comme ceux du pôle que la nuit interrompt seulement quelques minutes ; je savais que de la chrysalide de ce crépuscule se préparait à sortir, par une radieuse métamorphose, la lumière éclatante du restaurant de Rivebelle. Je me disais : « Il est temps » ; je m'étirais sur le lit, je me levais, j'achevais ma toilette ; et je trouvais du charme à ces instants inutiles, allégés de tout fardeau matériel, où tandis qu'en bas les autres dînaient, je n'employais les forces accumulées pendant l'inactivité de cette fin de journée qu'à sécher mon corps, à passer un smoking, à attacher ma cravate, à faire tous ces gestes que guidait déjà le plaisir attendu de revoir telle femme que j'avais remarquée la dernière fois à Rive-belle, qui avait paru me regarder, n'était peut-être sortie un instant de table que dans l'espoir que je la suivrais ; c'est avec joie que j'ajoutais à moi tous ces appâts pour me donner entier et dispos à une vie nouvelle, libre, sans souci, où j'appuierais mes hésitations au calme de Saint-Loup et choisirais entre les espèces de l'histoire naturelle et les provenances de tous les pays, celles qui, composant les plats inusités aussitôt commandés par mon ami, auraient tenté ma gourmandise ou mon imagination.

Et tout à la fin, les jours vinrent où je ne pouvais plus rentrer de la digue par la salle à manger, ses vitres n'étaient plus ouvertes, car il faisait nuit dehors, et l'essaim des pauvres et des curieux attirés par le flamboie-ment qu'ils ne pouvaient atteindre pendait, en noires grappes morfondues par la bise, aux parois lumineuses et glissantes de la ruche de verre.

On frappa ; c'était Aimé qui avait tenu à m'apporter lui-même les dernières listes d'étrangers.

Aimé, avant de se retirer, tint à me dire que Dreyfus était mille fois coupable. « On saura tout, me dit-il, pas cette année, mais l'année prochaine : c'est un monsieur très lié dans l'état-major qui me l'a dit. » Je lui demandais si on ne se déciderait pas à tout découvrir tout de suite avant la fin de l'année. « Il a posé sa cigarette », continua Aimé en mimant la scène et en secouant la tête et l'index comme avait fait son client, voulant dire : il ne faut pas être trop exigeant. « Pas cette année, Aimé, qu'il m'a dit en me touchant l'épaule, ce n'est pas possible. Mais à Pâques, oui ! » Et Aimé me frappa légèrement sur l'épaule en me disant : « Vous voyez, je vous montre exactement comme il a fait », soit qu'il fût flatté de cette familiarité d'un grand personnage, soit pour que je pusse mieux apprécier en pleine connaissance de cause la valeur de l'argument et nos raisons d'espérer.

Ce ne fut pas sans un léger choc au cœur qu'à la première page de la liste des étrangers, j'aperçus les mots : « Simo-net et famille. » J'avais en moi de vieilles rêveries qui dataient de mon enfance et où toute la tendresse qui était dans mon cœur mais qui, éprouvée par lui, ne s'en distinguait pas, m'était apportée par un être aussi différent que possible de moi. Cet être, une fois de plus je le fabriquais, en utilisant pour cela le nom de Simonet et le souvenir de l'harmonie qui régnait entre les jeunes corps que j'avais vus se déployer sur la plage en une procession sportive digne de l'antique et de Giotto. Je ne savais pas laquelle de ces jeunes filles était Mlle Simonet, si aucune d'elles s'appelait ainsi, mais je savais que j'étais aimé de Mlle Simonet et que j'allais grâce à Saint-Loup essayer de la connaître. Malheureusement, n'ayant obtenu qu'à cette condition une prolongation de congé, il était obligé de retourner tous les jours à Doncières ; mais, pour le faire manquer à ses obligations militaires, j'avais cru pouvoir compter, plus encore que sur son amitié pour moi, sur cette même curiosité de naturaliste humain que si souvent — même sans avoir vu la personne dont on parlait et rien qu'à entendre dire qu'il y avait une jolie caissière chez un fruitier — j'avais eue de faire connaissance avec une nouvelle variété de la beauté féminine. Or, cette curiosité, c'est à tort que j'avais espéré l'exciter chez Saint-Loup en lui parlant de mes jeunes filles. Car elle était pour longtemps paralysée en lui par l'amour qu'il avait pour cette actrice dont il était l'amant. Et même l'eût-il légèrement ressentie qu'il l'eût réprimée, à cause d'une sorte de croyance superstitieuse que de sa propre fidélité pouvait dépendre celle de sa maîtresse. Aussi fut-ce sans qu'il m'eût promis de s'occuper activement de mes jeunes filles que nous partîmes dîner à Rivebelle.

Les premiers temps, quand nous y arrivions, le soleil venait de se coucher, mais il faisait encore clair ; dans le jardin du restaurant dont les lumières n'étaient pas encore allumées, la chaleur du jour tombait, se déposait, comme au fond d'un vase le long des parois duquel la gelée transparente et sombre de l'air semblait si consistante qu'un grand rosier appliqué au mur obscurci qu'il veinait de rose avait l'air de l'arborisation qu'on voit au fond d'une pierre d'onyx. Bientôt ce ne fut qu'à la nuit que nous descendions de voiture, souvent même que nous partions de Balbec si le temps était mauvais et que nous eussions retardé le moment de faire atteler, dans l'espoir d'une accalmie. Mais ces jours-là, c'est sans tristesse que j'entendais le vent souffler, je savais qu'il ne signifiait pas l'abandon de mes projets, la réclusion dans une chambre, je savais que, dans la grande salle à manger du restaurant où nous entrerions au son de la musique des tziganes, les innombrables lampes triompheraient aisément de l'obscurité et du froid en leur appliquant leurs larges cautères d'or, et je montais gaiement à côté de Saint-Loup dans le coupé qui nous attendait sous l'averse. Depuis quelque temps, les paroles de Bergotte se disant convaincu que, malgré ce que je prétendais, j'étais fait pour goûter surtout les plaisirs de l'intelligence m'avaient rendu au sujet de ce que je pourrais faire plus tard une espérance que décevait chaque jour l'ennui que j'éprouvais à me mettre devant une table à commencer une étude critique ou un roman. « Après tout, me disais-je, peut-être le plaisir qu'on a eu à l'écrire n'est-il pas le critérium infaillible de la valeur d'une belle page ; peut-être n'est-il qu'un état accessoire qui s'y surajoute souvent, mais dont le défaut ne peut préjuger contre elle. Peut-être certains chefs-d'œuvre ont-ils été composés en bâillant. » Ma grand-mère apaisait mes doutes en me disant que je travaillerais bien et avec joie si je me portais bien. Et, notre médecin ayant trouvé plus prudent de m'avertir des graves risques auxquels pouvait m'exposer mon état de santé, et m'ayant tracé toutes les précautions d'hygiène à suivre pour éviter un accident, je subordonnais tous les plaisirs au but, que je jugeais infiniment plus important qu'eux, de devenir assez fort pour pouvoir réaliser l'œuvre que je portais peut-être en moi, j'exerçais sur moi-même depuis que j'étais à Balbec un contrôle minutieux et constant. On n'aurait pu me faire toucher à la tasse de café qui m'eût privé du sommeil de la nuit, nécessaire pour ne pas être fatigué le lendemain. Mais quand nous arrivions à Rivebelle, aussitôt — à cause de l'excitation d'un plaisir nouveau et me trouvant dans cette zone différente où l'exceptionnel nous fait entrer après avoir coupé le fil, patiemment tissé depuis tant de jours, qui nous conduisait vers la sagesse — comme s'il ne devait plus jamais y avoir de lendemain, ni de fins élevées à réaliser, disparaissait ce mécanisme précis de prudente hygiène qui fonctionnait pour les sauvegarder. Tandis qu'un valet de pied me demandait mon paletot, Saint-Loup me disait :

« Vous n'aurez pas froid ? Vous feriez peut-être mieux de le garder, il ne fait pas très chaud. »

Je répondais : « Non, non », et peut-être je ne sentais pas le froid, mais en tout cas je ne savais plus la peur de tomber malade, la nécessité de ne pas mourir, l'importance de travailler. Je donnais mon paletot ; nous entrions dans la salle du restaurant aux sons de quelque marche guerrière jouée par les tziganes, nous nous avancions entre les rangées des tables servies comme dans un facile chemin de gloire, et, sentant l'ardeur joyeuse imprimée à notre corps par les rythmes de l'orchestre qui nous décernait ses honneurs militaires et ce triomphe immérité, nous la dissimulions sous une mine grave et glacée, sous une démarche pleine de lassitude, pour ne pas imiter ces gommeuses de café-concert qui, venant chanter sur un air belliqueux un couplet grivois, entrent en courant sur la scène avec la contenance martiale d'un général vainqueur.

À partir de ce moment-là, j'étais un homme nouveau, qui n'était plus le petit-fils de ma grand-mère et ne se souviendrait d'elle qu'en sortant, mais le frère momentané des garçons qui allaient nous servir.

La dose de bière, à plus forte raison de champagne, qu'à Balbec je n'aurais pas voulu atteindre en une semaine, alors pourtant qu'à ma conscience calme et lucide la saveur de ces breuvages représentait un plaisir clairement appréciable mais aisément sacrifié, je l'absorbais en une heure en y ajoutant quelques gouttes de porto, trop distrait pour pouvoir le goûter, et je donnais au violoniste qui venait de jouer, les deux « louis » que j'avais économisés depuis un mois en vue d'un achat que je ne me rappelais pas. Quelques-uns des garçons qui servaient, lâchés entre les tables, fuyaient à toute vitesse, ayant sur leurs paumes tendues un plat que cela semblait être le but de ce genre de courses de ne pas laisser choir. Et de fait, les soufflés au chocolat arrivaient à destination sans avoir été renversés, les pommes à l'anglaise, malgré le galop qui avait dû les secouer, rangées comme au départ autour de l'agneau de Pauillac. Je remarquai un de ces servants, très grand, emplumé de superbes cheveux noirs, la figure fardée d'un teint qui rappelait davantage certaines espèces d'oiseaux rares que l'espèce humaine et qui, courant sans trêve et, eût-on dit, sans but, d'un bout à l'autre de la salle, faisait penser à quelqu'un de ces « aras » qui remplissent les grandes volières des jardins zoologiques de leur ardent coloris et de leur incompréhensible agitation. Bientôt le spectacle s'ordonna, à mes yeux du moins, d'une façon plus noble et plus calme. Toute cette activité vertigineuse se fixait en une calme harmonie. Je regardais les tables rondes dont l'assemblée innombrable emplissait le restaurant, comme autant de planètes, telles que celles-ci sont figurées dans les tableaux allégoriques d'autrefois. D'ailleurs, une force d'attraction irrésistible s'exerçait entre ces astres divers et à chaque table les dîneurs n'avaient d'yeux que pour les tables où ils n'étaient pas, exception faite pour quelque riche amphitryon, lequel ayant réussi à amener un écrivain célèbre, s'évertuait à tirer de lui, grâce aux vertus de la table tournante, des propos insignifiants dont les dames s'émerveillaient. L'harmonie de ces tables astrales n'empêchait pas l'incessante révolution des servants innombrables, lesquels parce qu'au lieu d'être assis, comme les dîneurs, ils étaient debout, évoluaient dans une zone supérieure. Sans doute l'un courait porter des hors-d'œuvre, changer le vin, ajouter des verres. Mais malgré ces raisons particulières, leur course perpétuelle entre les tables rondes finissait par dégager la loi de sa circulation vertigineuse et réglée. Assises derrière un massif de fleurs, deux horribles caissières, occupées à des calculs sans fin, semblaient deux magiciennes occupées à prévoir par des calculs astrologiques les bouleversements qui pouvaient parfois se produire dans cette voûte céleste conçue selon la science du Moyen Âge.

Et je plaignais un peu tous les dîneurs parce que je sentais que pour eux les tables rondes n'étaient pas des planètes et qu'ils n'avaient pas pratiqué dans les choses un sectionnement qui nous débarrasse de leur apparence coutumière et nous permet d'apercevoir des analogies. Ils pensaient qu'ils dînaient avec telle ou telle personne, que le repas coûterait à peu près tant, et qu'ils recommenceraient le lendemain. Et ils paraissaient absolument insensibles au déroulement d'un cortège de jeunes commis qui, probablement n'ayant pas à ce moment de besogne urgente, portaient processionnellement des pains dans des paniers. Quelques-uns, trop jeunes, abrutis par les taloches que leur donnaient en passant les maîtres d'hôtel, fixaient mélancoliquement leurs yeux sur un rêve lointain et n'étaient consolés que si quelque client de l'hôtel de Balbec où ils avaient jadis été employés, les reconnaissant, leur adressait la parole et leur disait personnellement d'emporter le champagne, qui n'était pas buvable, ce qui les remplissait d'orgueil.

J'entendais le grondement de mes nerfs dans lesquels il y avait du bien-être, indépendant des objets extérieurs qui peuvent en donner et que le moindre déplacement que j'occasionnais à mon corps, à mon attention, suffisait à me faire éprouver, comme à un œil fermé une légère compression donne la sensation de la couleur. J'avais déjà bu beaucoup de porto, et si je demandais à en prendre encore, c'était moins en vue du bien-être que les verres nouveaux m'apporteraient que par l'effet du bien-être produit par les verres précédents. Je laissais la musique conduire elle-même mon plaisir sur chaque note où, docilement, il venait alors se poser. Si, pareil à ces industries chimiques grâce auxquelles sont débités en grandes quantités des corps qui ne se rencontrent dans la nature que d'une façon accidentelle et fort rarement, ce restaurant de Rivebelle réunissait en un même moment plus de femmes au fond desquelles me sollicitaient des perspectives de bonheur que le hasard des promenades ou des voyages ne m'en eût fait rencontrer en une année ; d'autre part, cette musique que nous entendions — arrangements de valses, d'opérettes allemandes, de chansons de cafés-concerts, toutes nouvelles pour moi — était elle-même comme un lieu de plaisir aérien superposé à l'autre et plus grisant que lui. Car chaque motif, particulier comme une femme, ne réservait pas comme elle eût fait, pour quelque privilégié, le secret de volupté qu'il recelait : il me le proposait, me reluquait, venait à moi d'une allure capricieuse ou canaille, m'accostait, me caressait, comme si j'étais devenu tout d'un coup plus séduisant, plus puissant ou plus riche, je leur trouvais bien, à ces airs, quelque chose de cruel ; c'est que tout sentiment désintéressé de la beauté, tout reflet de l'intelligence leur était inconnu ; pour eux le plaisir physique existe seul. Et ils sont l'enfer le plus impitoyable, le plus dépourvu d'issues pour le malheureux jaloux à qui ils présentent ce plaisir — ce plaisir que la femme aimée goûte avec un autre — comme la seule chose qui existe au monde pour celle qui le remplit tout entier. Mais tandis que je répétais à mi-voix les notes de cet air, et lui rendais son baiser. la volupté à lui spéciale qu'il me faisait éprouver me devint si chère, que j'aurais quitté mes parents pour suivre le motif dans le monde singulier qu'il construisait dans l'invisible, en lignes tour à tour pleines de langueur et de vivacité. Quoiqu'un tel plaisir ne soit pas d'une sorte qui donne plus de valeur à l'être auquel il s'ajoute, car il n'est perçu que de lui seul, et quoique, chaque fois que dans notre vie nous avons déplu à une femme qui nous a aperçu elle ignorât si à ce moment-là nous possédions ou non cette félicité intérieure et subjective qui, par conséquent, n'eût rien changé au jugement qu'elle porta sur nous, je me sentais plus puissant, presque irrésistible. Il me semblait que mon amour n'était plus quelque chose de déplaisant et dont on pouvait sourire mais avait précisément la beauté touchante, la séduction de cette musique, semblable elle-même à un milieu sympathique où celle que j'aimais et moi nous nous serions rencontrés, soudain devenus intimes.

Le restaurant n'était pas fréquenté seulement par des demi-mondaines, mais aussi par des gens du monde le plus élégant, qui y venaient goûter vers cinq heures ou y donnaient de grands dîners. Les goûters avaient lieu dans une longue galerie vitrée, étroite, en forme de couloir qui,

allant du vestibule à la salle à manger, longeait sur un côté
le jardin, duquel elle n'était séparée, en exceptant quelques colonnes de pierre, que par le vitrage qu'on ouvrait
ici ou là. Il en résultait, outre de nombreux courants d'air,
des coups de soleil brusques, intermittents, un éclairage
éblouissant, empêchant presque de distinguer les goû-
teuses, ce qui faisait que, quand elles étaient là, empilées
deux tables par deux tables dans toute la longueur de
l'étroit goulot, comme elles chatoyaient à tous les mouvements qu'elles faisaient pour boire leur thé ou se saluer
entre elles, on aurait dit un réservoir, une nasse où le
pêcheur a entassé les éclatants poissons qu'il a pris, lesquels à moitié hors de l'eau et baignés de rayons miroitent
aux regards en leur éclat changeant.

Quelques heures plus tard, pendant le dîner qui, lui,
était naturellement servi dans la salle à manger, on allumait les lumières, bien qu'il fît encore clair dehors, de
sorte qu'on voyait devant soi, dans le jardin, à côté de
pavillons éclairés par le crépuscule et qui semblaient les
pâles spectres du soir, des charmilles dont la glauque
verdure était traversée par les derniers rayons et qui de la
pièce éclairée par les lampes où on dînait, apparaissaient
au-delà du vitrage — non plus comme on aurait dit des
dames qui goûtaient à la fin de l'après-midi, le long du
couloir bleuâtre et or, dans un filet étincelant et humide —
mais comme les végétations d'un pâle et vert aquarium
géant à la lumière surnaturelle. On se levait de table ; et si
les convives, pendant le repas, tout en passant leur temps à
regarder, à reconnaître, à se faire nommer les convives du
dîner voisin, avaient été retenus dans une cohésion parfaite autour de leur propre table, la force attractive qui les
faisait graviter autour de leur amphitryon d'un soir perdait de sa puissance, au moment où pour prendre le café ils
se rendaient dans ce même couloir qui avait servi aux
goûters ; il arrivait souvent qu'au moment du passage tel
dîner en marche abandonnait l'un ou plusieurs de ses
corpuscules, qui ayant subi trop fortement l'attraction du
dîner rival se détachaient un instant du leur, où ils étaient
remplacés par des messieurs ou des dames qui étaient
venus saluer des amis, avant de rejoindre, en disant : « Il
faut que je me sauve retrouver M. X dont je suis ce soir
l'invité. » Et pendant un instant, on aurait dit de deux
bouquets séparés qui auraient interchangé quelques-unes
de leurs fleurs. Puis le couloir lui-même se vidait. Souvent,
comme il faisait, même après dîner, encore un peu jour, on
n'allumait pas ce long corridor, et côtoyé par les arbres qui
se penchaient au-dehors de l'autre côté du vitrage, il avait

l'air d'une allée dans un jardin boisé et ténébreux. Parfois, dans l'ombre, une dîneuse s'y attardait. En le traversant pour sortir, j'y distinguai un soir, assise au milieu d'un groupe inconnu, la belle princesse de Luxembourg. Je me découvris sans m'arrêter. Elle me reconnut, inclina la tête en souriant ; très au-dessus de ce salut, émanant de ce mouvement même, s'élevèrent mélodieusement quelques paroles à mon adresse, qui devaient être un bonsoir un peu long, non pour que je m'arrêtasse, mais seulement pour compléter le salut, pour en faire un salut parlé. Mais les paroles restèrent si indistinctes et le son que seul je perçus se prolongea si doucement et me sembla si musical, que ce fut comme si, dans la ramure assombrie des arbres, un rossignol se fût mis à chanter. Si par hasard pour finir la soirée avec telle bande d'amis à lui que nous avions rencontrée, Saint-Loup décidait de se rendre au Casino d'une plage voisine, et partant avec eux, s'il me mettait seul dans une voiture, je recommandais au cocher d'aller à toute vitesse, afin que fussent moins longs les instants que je passerais sans avoir l'aide de personne pour me dispenser de fournir moi-même à ma sensibilité — en faisant machine en arrière et en sortant de la passivité où j'étais pris comme dans un engrenage — ces modifications que depuis mon arrivée à Rivebelle je recevais des autres. Le choc possible avec une voiture venant en sens inverse dans ces sentiers où il n'y avait de place que pour une seule et où il faisait nuit noire, l'instabilité du sol souvent éboulé de la falaise, la proximité de son versant à pic sur la mer, rien de tout cela ne trouvait en moi le petit effort qui eût été nécessaire pour amener la représentation et la crainte du danger jusqu'à ma raison. C'est que pas plus que ce n'est le désir de devenir célèbre, mais l'habitude d'être laborieux qui nous permet de produire une œuvre, ce n'est l'allégresse du moment présent, mais les sages réflexions du passé, qui nous aident à préserver le futur. Or, si déjà, en arrivant à Rivebelle, j'avais jeté loin de moi ces béquilles du raisonnement, du contrôle de soi-même qui aident notre infirmité à suivre le droit chemin, et me trouvais en proie à une sorte d'ataxie morale, l'alcool, en tendant exceptionnellement mes nerfs, avait donné aux minutes actuelles une qualité, un charme qui n'avaient pas eu pour effet de me rendre plus apte ni même plus résolu à les défendre ; car en me les faisant préférer mille fois au reste de ma vie, mon exaltation les en isolait ; j'étais enfermé dans le présent, comme les héros, comme les ivrognes, momentanément éclipsé, mon passé ne projetait plus devant moi cette ombre de lui-même que nous appelons notre avenir ; plaçant le but de ma vie, non plus dans la réalisation des rêves de ce passé, mais dans la félicité de la minute présente, je ne voyais pas plus loin qu'elle. De sorte que par une contradiction qui n'était qu'apparente, c'est au moment où j'éprouvais un plaisir exceptionnel, où je sentais que ma vie pouvait être heureuse, où elle aurait dû avoir à mes yeux plus de prix, c'est à ce moment que, délivré des soucis qu'elle avait pu m'inspirer jusque-là, je la livrais sans hésitation au hasard d'un accident. Je ne faisais, du reste, en somme, que concentrer dans une soirée l'incurie qui pour les autres hommes est diluée dans leur existence entière où journellement ils affrontent sans nécessité le risque d'un voyage en mer, d'une promenade en aéroplane ou en automobile quand les attend à la maison l'être que leur mort briserait ou quand est encore lié à la fragilité de leur cerveau le livre dont la prochaine mise au jour est la seule raison de leur vie. Et de même dans le restaurant de Rivebelle, les soirs où nous y restions, si quelqu'un était venu dans l'intention de me tuer, comme je ne voyais plus que dans un lointain sans réalité ma grand-mère, ma vie à venir, mes livres à composer, comme j'adhérais tout entier à l'odeur de la femme qui était à la table voisine, à la politesse des maîtres d'hôtel, au contour de la valse qu'on jouait, que j'étais collé à la sensation présente, n'ayant pas plus d'extension qu'elle ni d'autre but que de ne pas en être séparé, je serais mort contre elle, je me serais laissé massacrer sans offrir de défense, sans bouger, abeille engourdie par la fumée du tabac, qui n'a plus le souci de préserver la provision de ses efforts accumulés et l'espoir de sa ruche.

Je dois du reste dire que cette insignifiance où tombaient les choses les plus graves, par contraste avec la violence de mon exaltation, finissait par comprendre même Mlle Simonet et ses amies. L'entreprise de les connaître me semblait maintenant facile mais indifférente, car ma sensation présente seule, grâce à son extraordinaire puissance, à la joie que provoquaient ses moindres modifications et même sa simple continuité, avait de l'importance pour moi ; tout le reste, parents, travail, plaisirs, jeunes filles de Balbec, ne pesait pas plus qu'un flocon d'écume dans un grand vent qui ne la laisse pas se poser, n'existait plus que relativement à cette puissance intérieure : l'ivresse réalise pour quelques heures l'idéalisme subjectif, le phénoménisme pur ; tout n'est plus qu'apparences et n'existe plus qu'en fonction de notre sublime nous-même. Ce n'est pas, du reste, qu'un amour véritable, si nous en avons un, ne puisse subsister dans un semblable état. Mais

nous sentons si bien, comme dans un milieu nouveau, que
des pressions inconnues ont changé les dimensions de ce
sentiment que nous ne pouvons pas le considérer pareillement. Ce même amour, nous le retrouvons bien, mais
déplacé, ne pesant plus sur nous, satisfait de la sensation
que lui accorde le présent et qui nous suffit, car de ce qui
n'est pas actuel nous ne nous soucions pas. Malheureusement le coefficient qui change ainsi les valeurs ne les
change que dans cette heure d'ivresse. Les personnes qui
n'avaient plus d'importance et sur lesquelles nous souf-
flions comme sur des bulles de savon reprendront le
lendemain leur densité ; il faudra essayer de nouveau de se
remettre aux travaux qui ne signifiaient plus rien. Chose
plus grave encore, cette mathématique du lendemain, la
même que celle d'hier et avec les problèmes de laquelle
nous nous retrouverons inexorablement aux prises, c'est
celle qui nous régit même pendant ces heures-là, sauf pour
nous-même. S'il se trouve près de nous une femme vertueuse ou hostile, cette chose si difficile la veille — à savoir
que nous arrivions à lui plaire — nous semble maintenant
un million de fois plus aisée sans l'être devenue en rien, car
ce n'est qu'à nos propres yeux, à nos propres yeux intérieurs que nous avons changé. Et elle est aussi mécontente
à l'instant même que nous nous soyons permis une familiarité que nous le serons le lendemain d'avoir donné cent
francs au chasseur, et pour la même raison qui pour nous a
été seulement retardée : l'absence d'ivresse.

Je ne connaissais aucune des femmes qui étaient à
Rivebelle, et qui parce qu'elles faisaient partie de mon
ivresse comme les reflets font partie du miroir, me paraissaient mille fois plus désirables que la de moins en moins
existante Mlle Simonet. Une jeune blonde, seule, à l'air
triste, sous son chapeau de paille piqué de fleurs des
champs me regarda un instant d'un air rêveur et me parut
agréable. Puis ce fut le tour d'une autre, puis d'une troisième ; enfin d'une brune au teint éclatant. Presque toutes
étaient connues, à défaut de moi, par Saint-Loup.

Avant qu'il eût fait la connaissance de sa maîtresse
actuelle, il avait en effet tellement vécu dans le monde
restreint de la noce, que de toutes les femmes qui dînaient
ces soirs-là à Rivebelle et dont beaucoup s'y trouvaient par
hasard, étant venues au bord de la mer, certaines pour
retrouver leur amant, d'autres pour tâcher d'en trouver
un, il n'y en avait guère qu'il ne connût pour avoir passé —
lui-même ou tel de ses amis — au moins une nuit avec
elles. Il ne les saluait pas si elles étaient avec un homme, et
elles, tout en le regardant plus qu'un autre parce que

l'indifférence qu'on lui savait pour toute femme qui n'était pas son actrice lui donnait aux yeux de celles-ci un prestige singulier, elles avaient l'air de ne pas le connaître. Et l'une chuchotait : « C'est le petit Saint-Loup. Il paraît qu'il aime toujours sa grue. C'est la grande amour. Quel joli garçon ! Moi je le trouve épatant ! Et quel chic ! Il y a tout de même des femmes qui ont une sacrée veine. Et un chic type en tout. Je l'ai bien connu quand j'étais avec d'Orléans. C'était les deux inséparables. Il en faisait une noce à ce moment-là ! Mais ce n'est plus ça ; il ne lui fait pas de queues. Ah ! elle peut dire qu'elle en a une chance. Et je me demande qu'est-ce qu'il peut lui trouver. Il faut qu'il soit tout de même une fameuse truffe. Elle a des pieds comme des bateaux, des moustaches à l'américaine et des dessous sales ! Je crois qu'une petite ouvrière ne voudrait pas de ses pantalons. Regardez-moi un peu quels yeux il a, on se jetterait au feu pour un homme comme ça. Tiens, tais-toi, il m'a reconnue, il rit, oh ! il me connaissait bien. On n'a qu'à lui parler de moi. » Entre elles et lui je surprenais un regard d'intelligence. J'aurais voulu qu'il me présentât à ces femmes, pouvoir leur demander un rendez-vous et qu'elles me l'accordassent même si je n'avais pas pu l'accepter. Car sans cela leur visage resterait éternellement dépourvu dans ma mémoire de cette partie de lui-même — et comme si elle était cachée par un voile — qui varie avec toutes les femmes, que nous ne pouvons imaginer chez l'une quand nous ne l'y avons pas vue, et qui apparaît seulement dans le regard qui s'adresse à nous et qui acquiesce à notre désir et nous promet qu'il sera satisfait. Et pourtant même aussi réduit, leur visage était pour moi bien plus que celui des femmes que j'aurais su vertueuses et ne me semblait pas comme le leur, plat, sans dessous, composé d'une pièce unique et sans épaisseur. Sans doute, il n'était pas pour moi ce qu'il devait être pour Saint-Loup qui par la mémoire, sous l'indifférence, pour lui transparente, des traits immobiles qui affectaient de ne pas le connaître ou sous la banalité du même salut que l'on eût adressé aussi bien à tout autre, se rappelait, voyait, entre des cheveux défaits, une bouche pâmée et des yeux mi-clos, tout un tableau silencieux comme ceux que les peintres, pour tromper le gros des visiteurs, revêtent d'une toile décente. Certes, pour moi au contraire qui sentais que rien de mon être n'avait pénétré en telle ou telle de ces femmes et n'y serait emporté dans les routes inconnues qu'elle suivrait pendant sa vie, ces visages restaient fermés. Mais c'était déjà assez de savoir qu'ils s'ouvraient pour qu'ils me semblassent d'un prix que je ne leur aurais pas trouvé s'ils n'avaient été que de belles médailles, au lieu de médaillons sous lesquels se cachaient des souvenirs d'amour. Quant à Robert, tenant à peine en place quand il était assis, dissimulant sous un sourire d'homme de cour l'avidité d'agir en homme de guerre, à le bien regarder, je me rendais compte combien l'ossature énergique de son visage triangulaire devait être la même que celle de ses ancêtres, plus faite pour un ardent archer que pour un lettré délicat. Sous la peau fine, la construction hardie, l'architecture féodale apparaissaient. Sa tête faisait penser à ces tours d'antique donjon dont les créneaux inutilisés restent visibles, mais qu'on a aménagées intérieurement en bibliothèque.

En rentrant à Balbec, de telle de ces inconnues à qui il m'avait présenté je me redisais sans m'arrêter une seconde et pourtant sans presque m'en apercevoir : « Quelle femme délicieuse ! » comme on chante un refrain. Certes, ces paroles étaient plutôt dictées par des dispositions nerveuses que par un jugement durable. Il n'en est pas moins vrai que si j'eusse eu mille francs sur moi et qu'il y eût encore des bijoutiers d'ouverts à cette heure-là, j'eusse acheté une bague à l'inconnue. Quand les heures de notre vie se déroulent ainsi que des plans trop différents, on se trouve donner trop de soi pour des personnes diverses qui le lendemain vous semblent sans intérêt. Mais on se sent responsable de ce qu'on leur a dit la veille et on veut y faire honneur.

Comme ces soirs-là je rentrais tard, je retrouvais avec plaisir dans ma chambre qui n'était plus hostile le lit où le jour de mon arrivée, j'avais cru qu'il me serait toujours impossible de me reposer et où maintenant mes membres si las cherchaient un soutien ; de sorte que successivement mes cuisses, mes hanches, mes épaules tâchaient d'adhérer en tous leurs points aux draps qui enveloppaient le matelas, comme si ma fatigue, pareille à un sculpteur, avait voulu prendre un moulage total d'un corps humain. Mais je ne pouvais m'endormir ; je sentais approcher le matin ; le calme, la bonne santé n'étaient plus en moi. Dans ma détresse, il me semblait que jamais je ne les retrouverais plus. Il m'eût fallu dormir longtemps pour les rejoindre. Or, me fussé-je assoupi, que de toutes façons je serais réveillé deux heures après par le concert symphonique. Tout à coup je m'endormais, je tombais dans ce sommeil lourd où se dévoilent pour nous le retour à la jeunesse, la reprise des années passées, des sentiments perdus, la désincarnation, la transmigration des âmes, l'évocation des morts, les illusions de la folie, la régression vers les règnes les plus élémentaires de la nature (car on dit que nous voyons souvent des animaux en rêve, mais on oublie que presque toujours nous y sommes nous-même un animal privé de cette raison qui projette sur les choses une clarté de certitude ; nous n'y offrons au contraire au spectacle de la vie qu'une vision douteuse et à chaque minute anéantie par l'oubli, la réalité précédente s'évanouissant devant celle qui lui succède, comme une projection de lanterne magique devant la suivante quand on a changé le verre), tous ces mystères que nous croyons ne pas connaître et auxquels nous sommes en réalité initiés presque toutes les nuits ainsi qu'à l'autre grand mystère de l'anéantissement et de la résurrection. Rendue plus vagabonde par la digestion difficile du dîner de Rivebelle, l'illumination successive et errante de zones assombries de mon passé faisait de moi un être dont le suprême bonheur eût été de rencontrer Legrandin avec lequel je venais de causer en rêve.

Puis, même ma propre vie m'était entièrement cachée par un décor nouveau, comme celui planté tout au bord du plateau et devant lequel, pendant que, derrière, on procède aux changements de tableaux, des acteurs donnent un divertissement. Celui où je tenais alors mon rôle était dans le goût des contes orientaux, je n'y savais rien de mon passé ni de moi-même, à cause de cet extrême rapprochement d'un décor interposé ; je n'étais qu'un personnage qui recevait la bastonnade et subissait des châtiments variés, pour une faute que je n'apercevais pas mais qui était d'avoir bu trop de porto. Tout à coup je m'éveillais, je m'apercevais qu'à la faveur d'un long sommeil, je n'avais pas entendu le concert symphonique. C'était déjà l'après-midi ; je m'en assurais à ma montre, après quelques efforts pour me redresser, efforts infructueux d'abord et interrompus par des chutes sur l'oreiller, mais de ces chutes courtes qui suivent le sommeil comme les autres ivresses, que ce soit le vin qui les procure ou une convalescence ; du reste, avant même d'avoir regardé l'heure, j'étais certain que midi était passé. Hier soir, je n'étais plus qu'un être vidé, sans poids, et (comme il faut avoir été couché pour être capable de s'asseoir et avoir dormi pour l'être de se taire) je ne pouvais cesser de remuer ni de parler, je n'avais plus de consistance, de centre de gravité, j'étais lancé, il me semblait que j'aurais pu continuer ma morne course jusque dans la lune. Or, si en dormant mes yeux n'avaient pas vu l'heure, mon corps avait su la calculer, il avait mesuré le temps non pas sur un cadran superficiellement figuré, mais par la pesée progressive de toutes mes forces refaites que comme une puissante horloge il avait cran par cran laissé descendre de mon cerveau dans le reste de mon corps où elles entassaient maintenant jusqu'au-dessus de mes genoux l'abondance intacte de leurs provisions. S'il est vrai que la mer ait été autrefois notre milieu vital où il faille replonger notre sang pour retrouver nos forces, il en est de même de l'oubli, du néant mental ; on semble alors absent du temps pendant quelques heures ; mais les forces qui se sont rangées pendant ce temps-là sans être dépensées le mesurent par leur quantité aussi exactement que les poids de l'horloge ou les croulants monticules du sablier. On ne sort pas, d'ailleurs, plus aisément d'un tel sommeil que de la veille prolongée, tant toutes choses tendent à durer et s'il est vrai que certains narcotiques font dormir, dormir longtemps est un narcotique plus puissant encore, après lequel on a bien de la peine à se réveiller. Pareil à un matelot qui voit bien le quai où amarrer sa barque, secouée cependant encore par les flots, j'avais bien l'idée de regarder l'heure et de me lever, mais mon corps était à tout instant rejeté dans le sommeil ; l'atterrissage était difficile, et avant de me mettre debout pour atteindre ma montre et confronter son heure avec celle qu'indiquait la richesse de matériaux dont disposaient mes jambes rompues, je retombais encore deux ou trois fois sur mon oreiller.

Enfin je voyais clairement : « Deux heures de l'après-midi ! », je sonnais, mais aussitôt je rentrais dans un sommeil qui cette fois devait être infiniment plus long si j'en jugeais par le repos et la vision d'une immense nuit dépassée, que je trouvais au réveil. Pourtant comme celui-ci était causé par l'entrée de Françoise, entrée qu'avait elle-même motivée mon coup de sonnette, ce nouveau sommeil qui me paraissait avoir dû être plus long que l'autre et avait amené en moi tant de bien-être et d'oubli, n'avait duré qu'une demi-minute.

Ma grand-mère ouvrait la porte de ma chambre, je lui posais quelques questions sur la famille Legrandin.

Ce n'est pas assez dire que j'avais rejoint le calme et la santé, car c'était plus qu'une simple distance qui les avait la veille séparés de moi, j'avais eu toute la nuit à lutter contre un flot contraire, et puis je ne me retrouvais pas seulement auprès d'eux, ils étaient rentrés en moi. À des points précis et encore un peu douloureux de ma tête vide et qui serait un jour brisée, laissant mes idées s'échapper à jamais, celles-ci avaient une fois encore repris leur place, et retrouvé cette existence dont hélas ! jusqu'ici elles n'avaient pas su profiter.

Une fois de plus j'avais échappé à l'impossibilité de dormir, au déluge, au naufrage des crises nerveuses. Je ne craignais plus du tout ce qui me menaçait la veille au soir quand j'étais démuni de repos. Une nouvelle vie s'ouvrait devant moi ; sans faire un seul mouvement, car j'étais encore brisé quoique déjà dispos, je goûtais ma fatigue avec allégresse ; elle avait isolé et rompu les os de mes jambes, de mes bras, que je sentais assemblés devant moi, prêts à se rejoindre, et que j'allais relever rien qu'en chantant comme l'architecte de la fable.

Tout à coup je me rappelai la jeune blonde à l'air triste que j'avais vue à Rivebelle et qui m'avait regardé un instant. Pendant toute la soirée, bien d'autres m'avaient semblé agréables, maintenant elle venait seule de s'élever du fond de mon souvenir. Il me semblait qu'elle m'avait remarqué, je m'attendais à ce qu'un des garçons de Rivebelle vînt me dire un mot de sa part. Saint-Loup ne la connaissait pas et croyait qu'elle était comme il faut. Il serait bien difficile de la voir, de la voir sans cesse. Mais j'étais prêt à tout pour cela, je ne pensais plus qu'à elle. La philosophie parle souvent d'actes libres et d'actes nécessaires. Peut-être n'en est-il pas de plus complètement subi par nous que celui qui en vertu d'une force ascensionnelle comprimée pendant l'action, fait, une fois notre pensée au repos, remonter ainsi un souvenir jusque-là nivelé avec les autres par la force oppressive de la distraction, et s'élancer parce qu'à notre insu il contenait plus que les autres un charme dont nous ne nous apercevons que vingt-quatre heures après. Et peut-être n'y a-t-il pas non plus d'acte aussi libre, car il est encore dépourvu de l'habitude, de cette sorte de manie mentale qui dans l'amour favorise la renaissance exclusive de l'image d'une certaine personne.

Ce jour-là était justement le lendemain de celui où j'avais vu défiler devant la mer le beau cortège de jeunes filles. J'interrogeai à leur sujet plusieurs clients de l'hôtel qui venaient presque tous les ans à Balbec. Ils ne purent me renseigner. Plus tard une photographie m'expliqua pourquoi. Qui eût pu reconnaître maintenant en elles, à peine mais déjà sorties d'un âge où on change si complètement, telle masse amorphe et délicieuse, encore tout enfantine, de petites filles que, quelques années seulement auparavant, on pouvait voir assises en cercle sur le sable, autour d'une tente ; sorte de blanche et vague constellation où l'on n'eût distingué deux yeux plus brillants que les autres, un malicieux visage, des cheveux blonds, que pour les reperdre et les confondre bien vite au sein de la nébuleuse indistincte et lactée ?

Sans doute en ces années-là encore si peu éloignées, ce n'était pas comme la veille dans leur première apparition devant moi, la vision du groupe, mais le groupe lui-même qui manquait de netteté. Alors, ces enfants trop jeunes étaient encore à ce degré élémentaire de formation où la personnalité n'a pas mis son sceau sur chaque visage. Comme ces organismes primitifs où l'individu n'existe guère par lui-même, est plutôt constitué par le polypier que par chacun des polypes qui le composent, elles restaient pressées les unes contre les autres. Parfois l'une faisait tomber sa voisine, et alors un fou rire, qui semblait la seule manifestation de leur vie personnelle, les agitait toutes à la fois, effaçant, confondant ces visages indécis et grimaçants dans la gelée d'une seule grappe scintillatrice et tremblante. Dans une photographie ancienne qu'elles devaient me donner un jour, et que j'ai gardée, leur troupe enfantine offre déjà le même nombre de figurantes que plus tard leur cortège féminin ; on y sent qu'elles devaient déjà faire sur la plage une tache singulière qui forçait à les regarder ; mais on ne peut les y reconnaître individuellement que par le raisonnement, en laissant le champ libre à toutes les transformations possibles pendant la jeunesse jusqu'à la limite où ces formes reconstituées empiéteraient sur une autre individualité qu'il faut identifier aussi et dont le beau visage, à cause de la concomitance d'une grande taille et de cheveux frisés, a chance d'avoir été jadis ce ratatinement de grimace rabougrie présenté par la carte-album ; et la distance parcourue en peu de temps par les caractères physiques de chacune de ces jeunes filles faisant d'eux un critérium fort vague, et d'autre part ce qu'elles avaient de commun et comme de collectif étant dès lors fort marqué, il arrivait parfois à leurs meilleures amies de les prendre l'une pour l'autre sur cette photographie, si bien que le doute ne pouvait finalement être tranché que par tel accessoire de toilette que l'une était certaine d'avoir porté, à l'exclusion des autres. Depuis ces jours si différents de celui où je venais de les voir sur la digue, si différents et pourtant si proches, elles se laissaient encore aller au rire comme je m'en étais rendu compte la veille, mais à un rire qui n'était plus celui intermittent et presque automatique de l'enfance, détente spasmodique qui autrefois faisait à tous moments faire un plongeon à ces têtes comme les blocs de vairons dans la Vivonne se dispersaient et disparaissaient pour se reformer un instant après ; leurs physionomies maintenant étaient devenues maîtresses d'elles-mêmes, leurs yeux étaient fixés sur le but qu'ils poursuivaient ; et il avait fallu hier l'indécision et le tremble de ma perception première pour confondre indistinctement, comme l'avaient fait l'hilarité ancienne et la vieille photographie, les sporades aujourd'hui individualisées et désunies du pâle madrépore.

Sans doute, bien des fois, au passage de jolies jeunes filles, je m'étais fait la promesse de les revoir. D'habitude, elles ne reparaissent pas ; d'ailleurs la mémoire, qui oublie vite leur existence, retrouverait difficilement leurs traits ; nos yeux ne les reconnaîtraient peut-être pas, et déjà nous avons vu passer de nouvelles jeunes filles que nous ne reverrons pas non plus. Mais d'autres fois, et c'est ainsi que cela devait arriver pour la petite bande insolente, le hasard les ramène avec insistance devant nous. Il nous paraît alors beau, car nous discernons en lui comme un commencement d'organisation, d'effort, pour composer notre vie ; et il nous rend facile, inévitable, et quelquefois — après des interruptions qui ont pu faire espérer de cesser de nous souvenir — cruelle, la fidélité à des images à la possession desquelles nous nous croirons plus tard avoir été prédestinés, et que sans lui nous aurions pu, tout au début, oublier, comme tant d'autres, si aisément.

Bientôt le séjour de Saint-Loup toucha à sa fin. Je n'avais pas revu ces jeunes filles sur la plage. Il restait trop peu l'après-midi à Balbec pour pouvoir s'occuper d'elles et tâcher de faire à mon intention, leur connaissance. Le soir il était plus libre et continuait à m'emmener souvent à Rivebelle. Il y a dans ces restaurants, comme dans les jardins publics et les trains, des gens enfermés dans une apparence ordinaire et dont le nom nous étonne, si l'ayant par hasard demandé, nous découvrons qu'ils sont non l'inoffensif premier venu que nous supposions, mais rien de moins que le ministre ou le duc dont nous avons si souvent entendu parler. Déjà deux ou trois fois dans le restaurant de Rivebelle, nous avions, Saint-Loup et moi, vu venir s'asseoir à une table quand tout le monde commençait à partir un homme de grande taille, très musclé, aux traits réguliers, à la barbe grisonnante, mais de qui le regard songeur restait fixé avec application dans le vide. Un soir que nous demandions au patron qui était ce dîneur obscur, isolé et retardataire : « Comment, vous ne connaissiez pas le célèbre peintre Elstir ? » nous dit-il. Swann avait une fois prononcé son nom devant moi, j'avais entièrement oublié à quel propos ; mais l'omission d'un souvenir, comme celle d'un membre de phrase dans une lecture, favorise parfois non l'incertitude, mais l'éclosion d'une certitude prématurée. « C'est un ami de Swann, et un artiste très connu, de grande valeur », dis-je à Saint-Loup. Aussitôt passa sur lui et sur moi, comme un frisson, la pensée qu'Elstir était un grand artiste, un homme célèbre, puis, que nous confondant avec les autres dîneurs, il ne se doutait pas de l'exaltation où nous jetait l'idée de son talent. Sans doute, qu'il ignorât notre admiration et que nous connaissions Swann, ne nous eût pas été pénible si nous n'avions pas été aux bains de mer. Mais, attardés à un âge où l'enthousiasme ne peut rester silencieux et transportés dans une vie où l'incognito semble étouffant, nous écrivîmes une lettre signée de nos noms, où nous dévoilions à Elstir dans les deux dîneurs assis à quelques pas de lui deux amateurs passionnés de son talent, deux amis de son grand ami Swann et où nous demandions à lui présenter nos hommages. Un garçon se chargea de porter cette missive à l'homme célèbre.

Célèbre, Elstir ne l'était peut-être pas encore à cette époque tout à fait autant que le prétendait le patron de l'établissement, et qu'il le fut d'ailleurs bien peu d'années plus tard. Mais il avait été un des premiers à habiter ce restaurant alors que ce n'était encore qu'une sorte de ferme et à y amener une colonie d'artistes (qui avaient du reste tous émigré ailleurs dès que la ferme où l'on mangeait en plein air sous un simple auvent, était devenue un centre élégant ; Elstir lui-même ne revenait en ce moment à Rivebelle qu'à cause d'une absence de sa femme avec laquelle il habitait non loin de là). Mais un grand talent, même quand il n'est pas encore reconnu, provoque nécessairement quelques phénomènes d'admiration, tels que le patron de la ferme avait été à même d'en distinguer dans les questions de plus d'une Anglaise de passage, avide de renseignements sur la vie que menait Elstir, ou dans le nombre de lettres que celui-ci recevait de l'étranger. Alors le patron avait remarqué davantage qu'Elstir n'aimait pas être dérangé pendant qu'il travaillait, qu'il se relevait la nuit pour emmener un petit modèle poser nu au bord de la mer, quand il y avait clair de lune, et il s'était dit que tant de fatigues n'étaient pas perdues, ni l'admiration des touristes injustifiée, quand il avait dans un tableau d'Elstir reconnu une croix de bois qui était plantée à l'entrée de Rivebelle.

« C'est bien elle, répétait-il avec stupéfaction. Il y a les quatre morceaux ! Ah ! aussi, il s'en donne une peine ! »

Et il ne savait pas si un petit « lever de soleil sur la mer » qu'Elstir lui avait donné, ne valait pas une fortune.

Nous le vîmes lire notre lettre, la remettre dans sa poche, continuer à dîner, commencer à demander ses affaires, se lever pour partir et nous étions tellement sûrs de l'avoir choqué par notre démarche que nous eussions souhaité maintenant (tout autant que nous l'avions redouté) de partir sans avoir été remarqués par lui. Nous ne pensions pas un seul instant à une chose qui aurait dû pourtant nous sembler la plus importante, c'est que notre enthousiasme pour Elstir, de la sincérité duquel nous n'aurions pas permis qu'on doutât et dont nous aurions pu, en effet, donner comme témoignage notre respiration entrecoupée par l'attente, notre désir de faire n'importe quoi de difficile ou d'héroïque pour le grand homme, n'était pas, comme nous nous le figurions, de l'admiration, puisque nous n'avions jamais rien vu d'Elstir ; notre sentiment pouvait avoir pour objet l'idée creuse de « un grand artiste », non pas une œuvre qui nous était inconnue. C'était tout au plus de l'admiration à vide, le cadre nerveux, l'armature sentimentale d'une admiration sans contenu, c'est-à-dire quelque chose d'aussi indissolublement attaché à l'enfance que certains organes qui n'existent plus chez l'homme adulte ; nous étions encore des enfants. Elstir cependant allait arriver à la porte, quand tout à coup il fit un crochet et vint à nous. J'étais transporté d'une délicieuse épouvante comme je n'aurais pu en éprouver quelques années plus tard, parce que, en même temps que l'âge diminue la capacité, l'habitude du monde ôte toute idée de provoquer d'aussi étranges occasions, de ressentir ce genre d'émotions.

Dans les quelques mots qu'Elstir vint nous dire en s'asseyant à notre table, il ne me répondit jamais, les diverses fois où je lui parlai de Swann. Je commençai à croire qu'il ne le connaissait pas. Il ne m'en demanda pas moins d'aller le voir à son atelier de Balbec, invitation qu'il n'adressa pas à Saint-Loup, et que me valurent, ce que n'aurait peut-être pas fait la recommandation de Swann si Elstir eût été lié avec lui (car la part des sentiments désintéressés est plus grande qu'on ne croit dans la vie des hommes), quelques paroles qui lui firent penser que j'aimais les arts. Il prodigua pour moi une amabilité qui était aussi supérieure à celle de Saint-Loup que celle-ci à l'affabilité d'un petit bourgeois. À côté de celle d'un grand artiste, l'amabilité d'un grand seigneur, si charmante soit-elle, a l'air d'un jeu d'acteur, d'une simulation. Saint-Loup cherchait à plaire, Elstir aimait à donner, à se donner. Tout ce qu'il possédait, idées, œuvres, et le reste qu'il comptait pour bien moins, il l'eût donné avec joie à quelqu'un qui l'eût compris. Mais faute d'une société supportable, il vivait dans un isolement, avec une sauvagerie que les gens du monde appelaient de la pose et de la mauvaise éducation, les pouvoirs publics un mauvais esprit, ses voisins de la folie, sa famille de l'égoïsme et de l'orgueil.

Et sans doute les premiers temps avait-il pensé, dans la solitude même, avec plaisir que, par le moyen de ses œuvres, il s'adressait à distance, il donnait une plus haute idée de lui, à ceux qui l'avaient méconnu ou froissé. Peut-être alors vécut-il seul, non par indifférence, mais par amour des autres, et, comme j'avais renoncé à Gilberte pour lui réapparaître un jour sous des couleurs plus aimables, destinait-il son œuvre à certains, comme un retour vers eux, où sans le revoir lui-même, on l'aimerait, on l'admirerait, on s'entretiendrait de lui ; un renoncement n'est pas toujours total dès le début, quand nous le décidons avec notre âme ancienne et avant que par réaction il n'ait agi sur nous, qu'il s'agisse du renoncement d'un malade, d'un moine, d'un artiste, d'un héros. Mais s'il avait voulu produire en vue de quelques personnes, en produisant, il avait vécu pour lui-même, loin de la société à laquelle il était devenu indifférent ; la pratique de la solitude lui en avait donné l'amour comme il arrive pour toute grande chose que nous avons crainte d'abord, parce que nous la savions incompatible avec de plus petites auxquelles nous tenions et dont elle nous prive moins qu'elle ne nous détache. Avant de la connaître, toute notre préoccupation est de savoir dans quelle mesure nous pourrons la concilier avec certains plaisirs qui cessent d'en être dès que nous l'avons connue.

Elstir ne resta pas longtemps à causer avec nous. Je me promettais d'aller à son atelier dans les deux ou trois jours suivants, mais le lendemain de cette soirée, comme j'avais accompagné ma grand-mère tout au bout de la digue vers les falaises de Canapville, en revenant, au coin d'une des petites rues qui débouchent, perpendiculairement, sur la plage, nous croisâmes une jeune fille qui, tête basse comme un animal qu'on fait rentrer malgré lui dans l'étable, et tenant des clubs de golf, marchait devant une personne autoritaire, vraisemblablement son « anglaise », ou celle d'une de ses amies, laquelle ressemblait au portrait de *Jeffries* par Hogarth, le teint rouge comme si sa boisson favorite avait été plutôt le gin que le thé, et prolongeant par le croc noir d'un reste de chique une moustache grise, mais bien fournie. La fillette qui la précédait ressemblait à celle de la petite bande qui, sous un polo noir, avait dans un visage immobile et joufflu des yeux rieurs. Or, celle qui rentrait en ce moment avait aussi un polo noir, mais elle me semblait encore plus jolie que l'autre, la ligne de son nez était plus droite, à la base l'aile en était plus large et plus charnue. Puis l'autre m'était apparue comme une fière jeune fille pâle, celle-ci comme une enfant domptée et de teint rose. Pourtant, comme elle poussait une bicyclette pareille et comme elle portait les mêmes gants de renne, je conclus que les différences tenaient peut-être à la façon dont j'étais placé et aux circonstances, car il était peu probable qu'il y eût à Balbec une seconde jeune fille de visage malgré tout si semblable et qui dans son accoutrement réunît les mêmes particularités. Elle jeta dans ma direction un regard rapide ; les jours suivants, quand je revis la petite bande sur la plage, et même plus tard quand je connus toutes les jeunes filles qui la composaient, je n'eus jamais la certitude absolue qu'aucune d'elles-même celle qui de toutes lui ressemblait le plus, la jeune fille à la bicyclette — fût bien celle que j'avais vue ce soir-là au bout de la plage, au coin de la rue, jeune fille qui n'était guère, mais était tout de même un peu différente de celle que j'avais remarquée dans le cortège.

À partir de cet après-midi-là, moi, qui les jours précédents avais surtout pensé à la grande, ce fut celle aux clubs de golf, présumée être Mlle Simonet, qui recommença à me préoccuper. Au milieu des autres, elle s'arrêtait souvent, forçant ses amies qui semblaient la respecter beaucoup à interrompre aussi leur marche. C'est ainsi, faisant halte, les yeux brillants sous son « polo » que je la revois encore maintenant, silhouettée sur l'écran que lui fait, au fond, la mer, et séparée de moi par un espace transparent et azuré, le temps écoulé depuis lors, première image, toute mince dans mon souvenir, désirée, poursuivie, puis oubliée, puis retrouvée, d'un visage que j'ai souvent depuis projeté dans le passé pour pouvoir me dire d'une jeune fille qui était dans ma chambre : « C'est elle ! »

Mais c'est peut-être encore celle au teint de géranium, aux yeux verts, que j'aurais le plus désiré connaître. Quelle que fût d'ailleurs, tel jour donné, celle que je préférais apercevoir, les autres, sans celle-là, suffisaient à m'émouvoir ; mon désir, même se portant une fois plutôt sur l'une, une fois plutôt sur l'autre, continuait — comme le premier jour ma confuse vision — à les réunir, à faire d'elles le petit monde à part animé d'une vie commune qu'elles avaient, sans doute, d'ailleurs, la prétention de constituer ; j'eusse pénétré en devenant l'ami de l'une d'elles — comme un païen raffiné ou un chrétien scrupuleux chez les barbares — dans une société rajeunissante où régnaient la santé, l'inconscience, la volupté, la cruauté, l'inintellectualité et la joie.

Ma grand-mère, à qui j'avais raconté mon entrevue avec Elstir et qui se réjouissait de tout le profit intellectuel que je pouvais tirer de son amitié, trouvait absurde et peu gentil que je ne fusse pas encore allé lui faire une visite. Mais je ne pensais qu'à la petite bande, et incertain de l'heure où ces jeunes filles passeraient sur la digue, je n'osais pas m'éloigner. Ma grand-mère s'étonnait aussi de mon élégance, car je m'étais soudain souvenu de costumes que j'avais jusqu'ici laissés au fond de la malle. J'en mettais chaque jour un différent et j'avais même écrit à Paris pour me faire envoyer de nouveaux chapeaux et de nouvelles cravates.

C'est un grand charme ajouté à la vie dans une station balnéaire comme était Balbec, si le visage d'une jolie fille, une marchande de coquillages, de gâteaux ou de fleurs, peint en vives couleurs dans notre pensée, est quotidiennement pour nous dès le matin le but de chacune de ces journées oisives et lumineuses qu'on passe sur la plage. Elles sont alors, et par là, bien que désœuvrées, alertes comme des journées de travail, aiguillées, aimantées, soulevées légèrement vers un instant prochain, celui où tout en achetant des sablés, des roses, des ammonites, on se délectera à voir, sur un visage féminin, les couleurs étalées aussi purement que sur une fleur. Mais au moins, ces petites marchandes, d'abord on peut leur parler, ce qui évite d'avoir à construire avec l'imagination les autres côtés que ceux que nous fournit la simple perception visuelle, et à recréer leur vie, à s'exagérer son charme comme devant un portrait ; surtout, justement parce qu'on leur parle, on peut apprendre où, à quelles heures on peut les retrouver. Or il n'en était nullement ainsi pour moi en ce qui concernait les jeunes filles de la petite bande. Leurs habitudes m'étant inconnues, quand certains jours je ne les apercevais pas, ignorant la cause de leur absence, je cherchais si celle-ci était quelque chose de fixe, si on ne les voyait que tous les deux jours, ou quand il faisait tel temps, ou s'il y avait des jours où on ne les voyait jamais. Je me figurais d'avance ami avec elles et leur disant : « Mais vous n'étiez pas là tel jour ? — Ah ! oui, c'est parce que c'était un samedi, le samedi nous ne venons jamais parce que... » Encore si c'était aussi simple que de savoir que le triste samedi il est inutile de s'acharner, qu'on pourrait parcourir la plage en tous sens, s'asseoir à la devanture du pâtissier, faire semblant de manger un éclair, entrer chez le marchand de curiosités, attendre l'heure du bain, le concert, l'arrivée de la marée, le coucher du soleil, la nuit, sans voir la petite bande désirée. Mais le jour fatal ne revenait peut-être pas une fois par semaine. Il ne tombait peut-être pas forcément un samedi. Peut-être certaines conditions atmosphériques influaient-elles sur lui ou lui étaient-elles entièrement étrangères. Combien d'observations patientes, mais non point sereines, il faut recueillir sur les mouvements en apparence irréguliers de ces mondes inconnus avant de pouvoir être sûr qu'on ne s'est pas laissé abuser par des coïncidences, que nos prévisions ne seront pas trompées, avant de dégager les lois certaines, acquises au prix d'expériences cruelles, de cette astronomie passionnée ! Me rappelant que je ne les avais pas vues le même jour qu'aujourd'hui, je me disais qu'elles ne viendraient pas, qu'il était inutile de rester sur la plage. Et justement je les apercevais. En revanche, un jour où, autant que j'avais pu supposer que des lois réglaient le retour de ces constellations, j'avais calculé devoir être un jour faste, elles ne venaient pas. Mais à cette première incertitude si je les verrais ou non le jour même venait s'en ajouter une plus grave, si je les reverrais jamais, car j'ignorais en somme si elles ne devaient pas partir pour l'Amérique ou rentrer à Paris. Cela suffisait pour me faire commencer à les aimer. On peut avoir du goût pour une personne. Mais pour déchaîner cette tristesse, ce sentiment de l'irréparable, ces angoisses qui préparent l'amour, il faut — et il est peut-être ainsi, plutôt que ne l'est une personne, l'objet même que cherche anxieusement à étreindre la passion — le risque d'une impossibilité. Ainsi agissaient déjà ces influences qui se répètent au cours d'amours successives, pouvant du reste se produire, mais alors plutôt dans l'existence des grandes villes au sujet d'ouvrières dont on ne sait pas les jours de congé et qu'on s'effraye de ne pas avoir vues à la sortie de l'atelier, ou du moins qui se renouvelèrent au cours des miennes. Peut-être sont-elles inséparables de l'amour ; peut-être tout ce qui fut une particularité du premier vient-il s'ajouter aux suivants, par souvenir, suggestion, habitude et à travers les périodes successives de notre vie donner à ses aspects différents un caractère général.

Je prenais tous les prétextes pour aller sur la plage aux heures où j'espérais pouvoir les rencontrer. Les ayant aperçues une fois pendant notre déjeuner je n'y arrivais plus qu'en retard, attendant indéfiniment sur la digue qu'elles y passassent, restant le peu de temps que j'étais assis dans la salle à manger à interroger des yeux l'azur du vitrage ; me levant bien avant le dessert pour ne pas les manquer dans le cas où elles se fussent promenées à une autre heure et m'irritant contre ma grand-mère, inconsciemment méchante, quand elle me faisait rester avec elle au-delà de l'heure qui me semblait propice. Je tâchais de prolonger l'horizon en mettant ma chaise de travers ; si par hasard j'apercevais n'importe laquelle des jeunes filles, comme elles participaient toutes à la même essence spéciale, c'était comme si j'avais vu projeté en face de moi dans une hallucination mobile et diabolique un peu du rêve ennemi et pourtant passionnément convoité qui l'instant d'avant encore n'existait, y stagnant d'ailleurs d'une façon permanente, que dans mon cerveau.

Je n'en aimais aucune les aimant toutes, et pourtant leur rencontre possible était pour mes journées le seul élément délicieux, faisait seule naître en moi de ces espoirs où on briserait tous les obstacles, espoirs souvent suivis de rage, si je ne les avais pas vues. En ce moment, ces jeunes filles éclipsaient pour moi ma grand-mère ; un voyage m'eût tout de suite souri si ç'avait été pour aller dans un lieu où elles dussent se trouver. C'était à elles que ma pensée s'était agréablement suspendue quand je croyais penser à autre chose, ou à rien. Mais quand, même ne le sachant pas, je pensais à elles plus inconsciemment encore, elles, c'était pour moi les ondulations montueuses et bleues de la mer, le profil d'un défilé devant la mer. C'était la mer que j'espérais retrouver, si j'allais dans quelques villes où elles seraient. L'amour le plus exclusif pour une personne est toujours l'amour d'autre chose.

Ma grand-mère me témoignait, parce que maintenant je m'intéressais extrêmement au golf et au tennis et laissais échapper l'occasion de regarder travailler et entendre discourir un artiste qu'elle savait des plus grands, un mépris qui me semblait procéder de vues un peu étroites. J'avais autrefois entrevu aux Champs-Élysées et je m'étais mieux rendu compte depuis, qu'en étant amoureux d'une femme nous projetons simplement en elle un état de notre âme ; que par conséquent l'important n'est pas la valeur de la femme mais la profondeur de l'état ; et que les émotions qu'une jeune fille médiocre nous donne peuvent nous permettre de faire monter à notre conscience des parties plus intimes de nous-même, plus personnelles, plus lointaines, plus essentielles, que ne ferait le plaisir que nous donne la conversation d'un homme supérieur ou même la contemplation admirative de ses œuvres.

Je dus finir par obéir à ma grand-mère avec d'autant plus d'ennui qu'Elstir habitait assez loin de la digue, dans une des avenues les plus nouvelles de Balbec. La chaleur du jour m'obligea à prendre le tramway qui passait par la rue de la Plage, et je m'efforçais, pour penser que j'étais dans l'antique royaume des Cimmériens, dans la patrie peut-être du roi Mark ou sur l'emplacement de la forêt de Brocéliande, de ne pas regarder le luxe de pacotille des constructions qui se développaient devant moi et entre lesquelles la villa d'Elstir était peut-être la plus somptueusement laide, louée malgré cela par lui, parce que de toutes celles qui existaient à Balbec, c'était la seule qui pouvait lui offrir un vaste atelier.

C'est aussi en détournant les yeux que je traversai le jardin qui avait une pelouse — en plus petit comme chez n'importe quel bourgeois dans la banlieue de Paris —, une petite statuette de galant jardinier, des boules de verre où l'on se regardait, des bordures de bégonias et une petite tonnelle sous laquelle des rocking-chairs étaient allongés devant une table de fer. Mais après tous ces abords empreints de laideur citadine, je ne fis plus attention aux moulures chocolat des plinthes quand je fus dans l'atelier ; je me sentis parfaitement heureux, car par toutes les études qui étaient autour de moi, je sentais la possibilité de m'élever à une connaissance poétique, féconde en joies, de maintes formes que je n'avais pas isolées jusque-là du spectacle total de la réalité. Et l'atelier d'Elstir m'apparut comme le laboratoire d'une sorte de nouvelle création du monde, où, du chaos que sont toutes choses que nous voyons, il avait tiré, en les peignant sur divers rectangles de toile qui étaient posés dans tous les sens, ici une vague de la mer écrasant avec colère sur le sable son écume lilas, là un jeune homme en coutil blanc accoudé sur le pont d'un bateau. Le veston du jeune homme et la vague éclaboussante avaient pris une dignité nouvelle du fait qu'ils continuaient à être, encore que dépourvus de ce en quoi ils passaient pour consister, la vague ne pouvant plus mouiller, ni le veston habiller personne.

Au moment où j'entrai, le créateur était en train d'achever, avec le pinceau qu'il tenait dans sa main, la forme du soleil à son coucher.

Les stores étaient clos de presque tous les côtés, l'atelier était assez frais et, sauf à un endroit où le grand jour apposait au mur sa décoration éclatante et passagère, obscur ; seule était ouverte une petite fenêtre rectangulaire encadrée de chèvrefeuilles qui, après une bande de jardin, donnait sur une avenue de sorte que l'atmosphère de la plus grande partie de l'atelier était sombre, transparente et compacte dans sa masse, mais humide et brillante aux cassures où la sertissait la lumière comme un bloc de cristal de roche dont une face déjà taillée et polie, çà et là, luit comme un miroir et s'irise. Tandis qu'Elstir, sur ma prière, continuait à peindre, je circulais dans ce clair-obscur, m'arrêtant devant un tableau puis devant un autre.

Le plus grand nombre de ceux qui m'entouraient n'étaient pas ce que j'aurais le plus aimé voir de lui, les peintures appartenant à ses première et deuxième manières, comme disait une revue d'art anglaise qui traînait sur la table du salon du Grand-Hôtel, la manière mythologique et celle où il avait subi l'influence du Japon, toutes deux admirablement représentées, disait-on, dans la collection de Mme de Guermantes. Naturellement, ce qu'il avait dans son atelier, ce n'était guère que des marines prises ici, à Balbec. Mais j'y pouvais discerner que le charme de chacune consistait en une sorte de méta-morphose des choses représentées, analogue à celle qu'en poésie on nomme métaphore et que si Dieu le Père avait créé les choses en les nommant, c'est en leur ôtant leur nom, ou en leur en donnant un autre qu'Elstir les recréait. Les noms qui désignent les choses répondent toujours à une notion de l'intelligence, étrangère à nos impressions véritables et qui nous force à éliminer d'elles tout ce qui ne se rapporte pas à cette notion.

Parfois à ma fenêtre, dans l'hôtel de Balbec, le matin quand Françoise défaisait les couvertures qui cachaient la lumière, le soir quand j'attendais le moment de partir avec Saint-Loup, il m'était arrivé grâce à un effet de soleil, de prendre une partie plus sombre de la mer pour une côte éloignée, ou de regarder avec joie une zone bleue et fluide sans savoir si elle appartenait à la mer ou au ciel. Bien vite mon intelligence rétablissait entre les éléments la sépara-tion que mon impression avait abolie. C'est ainsi qu'il m'arrivait à Paris, dans ma chambre, d'entendre une dispute, presque une émeute, jusqu'à ce que j'eusse rap-porté à sa cause, par exemple une voiture dont le roule-ment approchait, ce bruit dont j'éliminais alors ces vocifé-rations aiguës et discordantes que mon oreille avait réellement entendues, mais que mon intelligence savait que des roues ne produisaient pas. Mais les rares moments où l'on voit la nature telle qu'elle est, poétiquement, c'était de ceux-là qu'était faite l'œuvre d'Elstir. Une de ses méta-phores les plus fréquentes dans les marines qu'il avait près de lui en ce moment était justement celle qui, comparant la terre à la mer, supprimait entre elles toute démarcation. C'était cette comparaison, tacitement et inlassablement répétée dans une même toile qui y introduisait cette multi-forme et puissante unité, cause, parfois non clairement aperçue par eux, de l'enthousiasme qu'excitait chez certains amateurs la peinture d'Elstir.

C'est par exemple à une métaphore de ce genre — dans un tableau représentant le port de Carquethuit, tableau qu'il avait terminé depuis peu de jours et que je regardai longuement — qu'Elstir avait préparé l'esprit du spectateur en n'employant pour la petite ville que des termes marins, et que des termes urbains pour la mer. Soit que les maisons cachassent une partie du port, un bassin de calfatage ou peut-être la mer même s'enfonçant en golfe dans les terres ainsi que cela arrivait constamment dans ce pays de Balbec, de l'autre côté de la pointe avancée où était construite la ville, les toits étaient dépassés (comme ils l'eussent été par les cheminées ou par des clochers) par des mâts, lesquels avaient l'air de faire des vaisseaux auxquels ils appartenaient, quelque chose de citadin, de construit sur terre, impression qu'augmentaient d'autres bateaux, demeurés le long de la jetée, mais en rangs si pressés que les hommes y causaient d'un bâtiment à l'autre sans qu'on pût distinguer leur séparation et l'interstice de l'eau, et ainsi cette flottille de pêche avait moins l'air d'appartenir à la mer que, par exemple, les églises de Criquebec qui, au loin, entourées d'eau de tous côtés parce qu'on les voyait sans la ville, dans un poudroiement de soleil et de vagues, semblaient sortir des eaux, soufflées en albâtre ou en écume et, enfermées dans la ceinture d'un arc-en-ciel versicolore, former un tableau irréel et mystique. Dans le premier plan de la plage, le peintre avait su habituer les yeux à ne pas reconnaître de frontière fixe, de démarcation absolue, entre la terre et l'océan. Des hommes qui poussaient des bateaux à la mer couraient aussi bien dans les flots que sur le sable, lequel, mouillé, réfléchissait déjà les coques comme s'il avait été de l'eau. La mer elle-même ne montait pas régulièrement, mais suivait les accidents de la grève, que la perspective déchiquetait encore davantage, si bien qu'un navire en pleine mer, à demi caché par les ouvrages avancés de l'arsenal, semblait voguer au milieu de la ville ; des femmes qui ramassaient des crevettes dans les rochers, avaient l'air, parce qu'elles étaient entourées d'eau et à cause de la dépression qui, après la barrière circulaire des roches, abaissait la plage (des deux côtés les plus rapprochés des terres) au niveau de la mer, d'être dans une grotte marine surplombée de barques et de vagues, ouverte et protégée au milieu des flots écartés miraculeusement. Si tout le tableau donnait cette impression des ports où la mer entre dans la terre, où la terre est déjà marine et la population amphibie, la force de l'élément marin éclatait partout ; et près des rochers, à l'entrée de la jetée, où la mer était agitée, on sentait, aux efforts des matelots et à l'obliquité des barques couchées à angle aigu devant la calme verticalité de l'entrepôt, de l'église, des maisons de la ville, où les uns rentraient, d'où les autres partaient pour la pêche, qu'ils trottaient rudement sur l'eau comme sur un animal fougueux et rapide dont les soubresauts, sans leur adresse, les eussent jetés à terre. Une bande de promeneurs sortait gaiement en une barque secouée comme une carriole ; un matelot joyeux, mais attentif aussi la gouvernait comme avec des guides, menait la voile fougueuse, chacun se tenait bien à sa place pour ne pas faire trop de poids d'un côté et ne pas verser, et on courait ainsi par les champs ensoleillés, dans les sites ombreux, dégringolant les pentes. C'était une belle matinée malgré l'orage qu'il avait fait. Et même on sentait encore les puissantes actions qu'avait à neutraliser le bel équilibre des barques immobiles, jouissant du soleil et de la fraîcheur, dans les parties où la mer était si calme que les reflets avaient presque plus de solidité et de réalité que les coques vaporisées par un effet de soleil et que la perspective faisait s'enjamber les unes les autres. Ou plutôt on n'aurait pas dit d'autres parties de la mer. Car entre ces parties, il y avait autant de différence qu'entre l'une d'elles et l'église sortant des eaux, et les bateaux derrière la ville. L'intelligence faisait ensuite un même élément de ce qui était, ici noir dans un effet d'orage, plus loin tout d'une couleur avec le ciel et aussi verni que lui, et là si blanc de soleil, de brume et d'écume, si compact, si terrien, si circonvenu de maisons, qu'on pensait à quelque chaussée de pierres ou à un champ de neige, sur lequel on était effrayé de voir un navire s'élever en pente raide et à sec comme une voiture qui s'ébroue en sortant d'un gué, mais qu'au bout d'un moment, en y voyant sur l'étendue haute et inégale du plateau solide des bateaux titubants, on comprenait, identique en tous ces aspects divers, être encore la mer.

Bien qu'on dise avec raison qu'il n'y a pas de progrès, pas de découvertes en art, mais seulement dans les sciences, et que chaque artiste recommençant pour son compte un effort individuel ne peut y être aidé ni entravé par les efforts de tout autre, il faut pourtant reconnaître que dans la mesure où l'art met en lumière certaines lois, une fois qu'une industrie les a vulgarisées, l'art antérieur perd rétrospectivement un peu de son originalité. Depuis les débuts d'Elstir, nous avons connu ce qu'on appelle

« d'admirables » photographies de paysages et de villes. Si
on cherche à préciser ce que les amateurs désignent dans
ce cas par cette épithète, on verra qu'elle s'applique d'ordinaire à quelque image singulière d'une chose connue,
image différente de celles que nous avons l'habitude de
voir, singulière et pourtant vraie et qui à cause de cela est
pour nous doublement saisissante parce qu'elle nous
étonne, nous fait sortir de nos habitudes, et tout à la fois
nous fait rentrer en nous-même en nous rappelant une
impression. Par exemple, telle de ces photographies
« magnifiques » illustrera une loi de la perspective, nous
montrera telle cathédrale que nous avons l'habitude de
voir au milieu de la ville, prise au contraire d'un point
choisi d'où elle aura l'air trente fois plus haute que les
maisons et faisant éperon au bord du fleuve d'où elle est en
réalité distante. Or, l'effort d'Elstir de ne pas exposer les
choses telles qu'il savait qu'elles étaient, mais selon ces
illusions optiques dont notre vision première est faite,
l'avait précisément amené à mettre en lumière certaines
de ces lois de perspective, plus frappantes alors, car l'art
était le premier à les dévoiler. Un fleuve, à cause du
tournant de son cours, un golfe à cause du rapprochement
apparent des falaises, avaient l'air de creuser au milieu de
la plaine ou des montagnes un lac absolument fermé de
toutes parts. Dans un tableau pris de Balbec par une
torride journée d'été, un rentrant de la mer semblait,
enfermé dans des murailles de granit rose, n'être pas la
mer, laquelle commençait plus loin. La continuité de
l'océan n'était suggérée que par des mouettes qui, tour-
noyant sur ce qui semblait au spectateur de la pierre,
humaient au contraire l'humidité du flot. D'autres lois se
dégageaient de cette même toile comme, au pied des
immenses falaises, la grâce lilliputienne des voiles
blanches sur le miroir bleu où elles semblaient des papil-
lons endormis, et certains contrastes entre la profondeur
des ombres et la pâleur de la lumière. Ces jeux des ombres,
que la photographie a banalisés aussi, avaient intéressé
Elstir au point qu'il s'était complu autrefois à peindre de
véritables mirages, où un château coiffé d'une tour apparaissait comme un château complètement circulaire prolongé d'une tour à son faîte, et en bas d'une tour inverse,
soit que la pureté extraordinaire d'un beau temps donnât à
l'ombre qui se reflétait dans l'eau la dureté et l'éclat de la
pierre, soit que les brumes du matin rendissent la pierre
aussi vaporeuse que l'ombre. De même au-delà de la mer,
derrière une rangée de bois, une autre mer commençait,
rosée par le coucher du soleil, et qui était le ciel. La

lumière, inventant comme de nouveaux solides, poussait la coque du bateau qu'elle frappait, en retrait de celle qui était dans l'ombre, et disposait comme les degrés d'un escalier de cristal sur la surface matériellement plane, mais brisée par l'éclairage de la mer au matin. Un fleuve qui passe sous les ponts d'une ville était pris d'un point de vue tel qu'il apparaissait entièrement disloqué, étalé ici en lac, aminci là en filet, rompu ailleurs par l'interposition d'une colline couronnée de bois où le citadin va le soir respirer la fraîcheur du soir ; et le rythme même de cette ville bouleversée n'était assuré que par la verticale inflexible des clochers qui ne montaient pas, mais plutôt, selon le fil à plomb de la pesanteur marquant la cadence comme dans une marche triomphale, semblaient tenir en suspens au-dessous d'eux toute la masse plus confuse des maisons étagées dans la brume, le long du fleuve écrasé et décousu. Et (comme les premières œuvres d'Elstir dataient de l'époque où on agrémentait les paysages par la présence d'un personnage) sur la falaise ou dans la montagne, le chemin, cette partie à demi humaine de la nature, subissait, comme le fleuve ou l'océan, les éclipses de la perspective. Et soit qu'une arête montagneuse, ou la brume d'une cascade, ou la mer empêchât de suivre la continuité de la route, visible pour le promeneur mais non pour nous, le petit personnage humain en habits démodés perdu dans ces solitudes semblait souvent arrêté devant un abîme, le sentier qu'il suivait finissant là, tandis que, trois cents mètres plus haut dans ces bois de sapins, c'est d'un œil attendri et d'un cœur rassuré que nous voyions reparaître la mince blancheur de son sable hospitalier au pas du voyageur, mais dont le versant de la montagne nous avait dérobé, contournant la cascade ou le golfe, les lacets intermédiaires.

L'effort qu'Elstir faisait pour se dépouiller en présence de la réalité de toutes les notions de son intelligence était d'autant plus admirable que cet homme qui avant de peindre se faisait ignorant, oubliait tout par probité, car ce qu'on sait n'est pas à soi, avait justement une intelligence exceptionnellement cultivée. Comme je lui avouais la déception que j'avais eue devant l'église de Balbec : « Comment, me dit-il, vous avez été déçu par ce porche, mais c'est la plus belle Bible historiée que le peuple ait jamais pu lire. Cette Vierge et tous les bas-reliefs qui racontent sa vie, c'est l'expression la plus tendre, la plus inspirée, de ce long poème d'adoration et de louanges que le Moyen Âge déroulera à la gloire de la Madone. Si vous saviez, à côté de l'exactitude la plus minutieuse à traduire le texte saint, quelles trouvailles de délicatesse a eues le vieux sculpteur, que de profondes pensées, quelle délicieuse poésie !

« L'idée de ce grand voile dans lequel les Anges portent le corps de la Vierge, trop sacré pour qu'ils osent le toucher directement (je lui dis que le même sujet était traité à Saint-André-des-Champs, il avait vu des photographies du porche de cette dernière église, mais me fit remarquer que l'empressement de ces petits paysans qui courent tous à la fois autour de la Vierge était autre chose que la gravité des deux grands anges presque italiens, si élancés, si doux) ; l'ange qui emporte l'âme de la Vierge pour la réunir à son corps ; dans la rencontre de la Vierge et d'Élisabeth, le geste de cette dernière qui touche le sein de Marie et s'émerveille de le sentir gonflé ; et le bras bandé de la sage-femme qui n'avait pas voulu croire, sans toucher, à l'Immaculée Conception ; et la ceinture jetée par la Vierge à saint Thomas pour lui donner la preuve de sa résurrection ; ce voile, aussi, que la Vierge arrache de son sein pour en voiler la nudité de son fils d'un côté de qui l'Église recueille le sang, la liqueur de l'Eucharistie, tandis que, de l'autre, la Synagogue, dont le règne est fini, a les yeux bandés, tient un sceptre à demi brisé et laisse échapper, avec sa couronne qui lui tombe de la tête, les tables de l'ancienne Loi ; et l'époux qui aidant, à l'heure du Jugement dernier, sa jeune femme à sortir du tombeau lui appuie la main contre son propre cœur pour la rassurer et lui prouver qu'il bat vraiment, est-ce aussi assez chouette comme idée, assez trouvé ? Et l'ange qui emporte le soleil et la lune devenus inutiles puisqu'il est dit que la Lumière de la Croix sera sept fois plus puissante que celle des astres ; et celui qui trempe sa main dans l'eau du bain de Jésus pour voir si elle est assez chaude ; et celui qui sort des nuées pour poser sa couronne sur le front de la Vierge ; et tous ceux qui, penchés du haut du ciel entre les balustres de la Jérusalem céleste, lèvent les bras d'épouvante ou de joie à la vue des supplices des méchants et du bonheur des élus ! Car c'est tous les cercles du ciel, tout un gigantesque poème théologique et symbolique que vous avez là. C'est fou, c'est divin, c'est mille fois supérieur à tout ce que vous verrez en Italie où d'ailleurs ce tympan a été littéralement copié par des sculpteurs de bien moins de génie. Parce que, vous comprenez, tout ça c'est une question de génie. Il n'y a pas eu d'époque où tout le monde a du génie, tout ça c'est des blagues, ça serait plus fort que l'âge d'or. Le type qui a sculpté cette façade-là, croyez bien qu'il était aussi fort, qu'il avait des idées aussi profondes que les gens de maintenant que vous admirez le plus. Je vous montrerais cela, si nous y allions ensemble. Il y a certaines paroles de l'office de l'Assomption qui ont été traduites avec une subtilité qu'un Redon n'a pas égalée. »

Cette vaste vision céleste dont il me parlait, ce gigantesque poème théologique que je comprenais avoir été écrit là, pourtant quand mes yeux pleins de désirs s'étaient ouverts, devant la façade, ce n'est pas eux que j'avais vus. Je lui parlai de ces grandes statues de saints qui montées sur ces échasses forment une sorte d'avenue.

« Elle part des fonds des âges pour aboutir à Jésus-Christ, me dit-il. Ce sont d'un côté ses ancêtres selon l'esprit, de l'autre, les Rois de Juda, ses ancêtres selon la chair. Tous les siècles sont là. Et si vous aviez mieux regardé ce qui vous a paru des échasses, vous auriez pu nommer ceux qui étaient perchés. Car sous les pieds de Moïse, vous auriez reconnu le veau d'or, sous les pieds d'Abraham, le bélier, sous ceux de Joseph, le démon conseillant la femme de Putiphar. »

Je lui dis aussi que je m'étais attendu à trouver un monument presque persan et que ç'avait sans doute été là une des causes de mon mécompte. « Mais non, me répondit-il, il y a beaucoup de vrai. Certaines parties sont tout orientales ; un chapiteau reproduit si exactement un sujet persan que la persistance des traditions orientales ne suffit pas à l'expliquer. Le sculpteur a dû copier quelque coffret apporté par des navigateurs. » Et en effet, il devait me montrer plus tard la photographie d'un chapiteau où je vis des dragons quasi chinois qui se dévoraient, mais à Balbec ce petit morceau de sculpture avait passé pour moi inaperçu dans l'ensemble du monument qui ne ressemblait pas à ce que m'avaient montré ces mots : « église presque persane ».

Les joies intellectuelles que je goûtais dans cet atelier ne m'empêchaient nullement de sentir, quoiqu'ils nous entourassent comme malgré nous, les tièdes glacis, la pénombre étincelante de la pièce, et au bout de la petite fenêtre encadrée de chèvrefeuilles, dans l'avenue toute rustique, la résistante sécheresse de la terre brûlée de soleil que voilait seulement la transparence de l'éloignement et de l'ombre des arbres. Peut-être l'inconscient bien-être que me causait ce jour d'été venait-il agrandir, comme un affluent, la joie que me causait la vue du « Port de Carquethuit ».

J'avais cru Elstir modeste mais je compris que je m'étais trompé, en voyant son visage se nuancer de tristesse quand dans une phrase de remerciement je prononçai le mot de gloire. Ceux qui croient leurs œuvres durables — et c'était le cas pour Elstir — prennent l'habitude de les situer dans une époque où eux-mêmes ne seront plus que poussière. Et ainsi en les forçant à réfléchir au néant, l'idée de la gloire les attriste parce qu'elle est inséparable de l'idée de la mort. Je changeai de conversation pour dissiper ce nuage d'orgueilleuse mélancolie dont j'avais sans le vouloir chargé le front d'Elstir. « On m'avait conseillé », lui dis-je en pensant à la conversation que nous avions eue avec Legrandin à Combray et sur laquelle j'étais content d'avoir son avis, « de ne pas aller en Bretagne, parce que c'était malsain pour un esprit déjà porté au rêve. — Mais non, me répondit-il, quand un esprit est porté au rêve, il ne faut pas l'en tenir écarté, le lui rationner. Tant que vous détournerez votre esprit de ses rêves, il ne les connaîtra pas ; vous serez le jouet de mille apparences parce que vous n'en aurez pas compris la nature. Si un peu de rêve est dangereux, ce qui en guérit, ce n'est pas moins de rêve, mais plus de rêve, mais tout le rêve. Il importe qu'on connaisse entièrement ses rêves pour n'en plus souffrir ; il y a une certaine séparation du rêve et de la vie qu'il est si souvent utile de faire que je me demande si on ne devrait pas à tout hasard la pratiquer préventivement comme certains chirurgiens prétendent qu'il faudrait, pour éviter la possibilité d'une appendicite future, enlever l'appendice chez tous les enfants. »

Elstir et moi nous étions allés jusqu'au fond de l'atelier, devant la fenêtre qui donnait derrière le jardin sur une étroite avenue de traverse, presque un petit chemin rustique. Nous étions venus là pour respirer l'air rafraîchi de l'après-midi plus avancé. Je me croyais bien loin des jeunes filles de la petite bande et c'est en sacrifiant pour une fois l'espérance de les voir que j'avais fini par obéir à la prière de ma grand-mère et aller voir Elstir. Car où se trouve ce qu'on cherche on ne le sait pas, et on fuit souvent pendant bien longtemps le lieu où, pour d'autres raisons, chacun nous invite ; mais nous ne soupçonnons pas que nous y verrions justement l'être auquel nous pensons. Je regardais vaguement le chemin campagnard qui, extérieur à l'atelier, passait tout près de lui mais n'appartenait pas à Elstir. Tout à coup y apparut, le suivant à pas rapides, la jeune cycliste de la petite bande avec, sur ses cheveux noirs, son polo abaissé vers ses grosses joues, ses yeux gais et un peu insistants ; et dans ce sentier fortuné miraculeusement rempli de douces promesses, je la vis sous les arbres adresser à Elstir un salut souriant d'amie, arc-en-ciel qui unit pour moi notre monde terraqué à des

régions que j'avais jugées jusque-là inaccessibles. Elle
s'approcha même pour tendre la main au peintre, sans
s'arrêter, et je vis qu'elle avait un petit grain de beauté au
menton. « Vous connaissez cette jeune fille, Monsieur ? »
dis-je à Elstir, comprenant qu'il pourrait me présenter à
elle, l'inviter chez lui. Et cet atelier paisible avec son
horizon rural s'était rempli d'un surcroît délicieux comme
il arrive d'une maison où un enfant se plaisait déjà et où il
apprend que, en plus, de par la générosité qu'ont les belles
choses et les nobles gens à accroître indéfiniment leurs
dons, se prépare pour lui un magnifique goûter. Elstir me
dit qu'elle s'appelait Albertine Simonet et me nomma aussi
aussi ses autres amies que je lui décrivis avec assez d'exactitude pour qu'il n'eût guère d'hésitation. J'avais commis à
l'égard de leur situation sociale une erreur, mais pas dans
le même sens que d'habitude à Balbec. J'y prenais facilement pour des princes des fils de boutiquiers montant à
cheval. Cette fois j'avais situé dans un milieu interlope des
filles d'une petite bourgeoisie fort riche, du monde de
l'industrie et des affaires. C'était celui qui, de prime abord,
m'intéressait le moins, n'ayant pour moi le mystère ni du
peuple, ni d'une société comme celle des Guermantes. Et
sans doute, si un prestige préalable, qu'elles ne perdraient
plus, ne leur avait été conféré, devant mes yeux éblouis,
par la vacuité éclatante de la vie de plage, je ne serais
peut-être pas arrivé à lutter victorieusement contre l'idée
qu'elles étaient les filles de gros négociants. Je ne pus
qu'admirer combien la bourgeoisie française était un atelier merveilleux de la sculpture la plus généreuse et la plus
variée. Que de types imprévus, quelle invention dans le
caractère des visages, quelle décision, quelle fraîcheur,
quelle naïveté dans les traits ! Les vieux bourgeois avares
d'où étaient issues ces Dianes et ces nymphes me semblaient les plus grands des statuaires. Avant que j'eusse eu
le temps de m'apercevoir de la métamorphose sociale de
ces jeunes filles, et tant ces découvertes d'une erreur, ces
modifications de la notion qu'on a d'une personne ont
l'instantanéité d'une réaction chimique, s'était déjà installée derrière le visage d'un genre si voyou de ces jeunes
filles que j'avais prises pour des maîtresses de coureurs
cyclistes, de champions de boxe, l'idée qu'elles pouvaient
très bien être liées avec la famille de tel notaire que nous
connaissions. Je ne savais guère ce qu'était Albertine
Simonet. Elle ignorait certes ce qu'elle devait être un jour
pour moi. Même ce nom de Simonet que j'avais déjà
entendu sur la plage, si on m'avait demandé de l'écrire je
l'aurais orthographié avec deux *n*, ne me doutant pas de

l'importance que cette famille attachait à n'en posséder qu'un seul. Au fur et à mesure que l'on descend dans l'échelle sociale, le snobisme s'accroche à des riens qui ne sont peut-être pas plus nuls que les distinctions de l'aristocratie, mais qui plus obscurs, plus particuliers à chacun, surprennent davantage. Peut-être y avait-il eu des Simonnet qui avaient fait de mauvaises affaires, ou pis encore. Toujours est-il que les Simonet s'étaient, paraît-il, toujours irrités comme d'une calomnie quand on doublait leur *n*. Ils avaient, d'être les seuls Simonet avec un *n* au lieu de deux, autant de fierté peut-être que les Montmorency d'être les premiers barons de France. Je demandai à Elstir si ces jeunes filles habitaient Balbec, il me répondit oui pour certaines d'entre elles. La villa de l'une était précisément située tout au bout de la plage, là où commencent les falaises de Canapville. Comme cette jeune fille était une grande amie d'Albertine Simonet, ce me fut une raison de plus de croire que c'était bien cette dernière que j'avais rencontrée, quand j'étais avec ma grand-mère. Certes il y avait tant de ces petites rues perpendiculaires à la plage où elles faisaient un angle pareil, que je n'aurais pu spécifier exactement lequel c'était. On voudrait avoir un souvenir exact mais au moment même la vision a été trouble. Pourtant qu'Albertine et cette jeune fille entrant chez son amie fussent une seule et même personne, c'était pratiquement une certitude. Malgré cela, tandis que les innombrables images que m'a présentées dans la suite la brune joueuse de golf, si différentes qu'elles soient les unes des autres, se superposent (parce que je sais qu'elles lui appartiennent toutes) et que si je remonte le fil de mes souvenirs, je peux, sous le couvert de cette identité et comme dans un chemin de communication intérieure, repasser par toutes ces images sans sortir d'une même personne, en revanche, si je veux remonter jusqu'à la jeune fille que je croisai le jour où j'étais avec ma grand-mère, il me faut ressortir à l'air libre. Je suis persuadé que c'est Albertine que je retrouve, la même que celle qui s'arrêtait souvent, au milieu de ses amies, dans sa promenade, dépassant l'horizon de la mer ; mais toutes ces images restent séparées de cette autre parce que je ne peux pas lui conférer rétrospectivement une identité qu'elle n'avait pas pour moi au moment où elle a frappé mes yeux ; quoi que puisse m'assurer le calcul des probabilités, cette jeune fille aux grosses joues qui me regarda si hardiment au coin de la petite rue et de la plage et par qui je crois que j'aurais pu être aimé, au sens strict du mot revoir, je ne l'ai jamais revue.

Mon hésitation entre les diverses jeunes filles de la petite bande, lesquelles gardaient toutes un peu du charme collectif qui m'avait d'abord troublé, s'ajouta-t-elle aussi à ces causes pour me laisser plus tard, même au temps de mon plus grand — de mon second — amour pour Albertine, une sorte de liberté intermittente, et bien brève, de ne l'aimer pas ? Pour avoir erré entre toutes ses amies avant de se porter définitivement sur elle, mon amour garda parfois entre lui et l'image d'Albertine un certain « jeu » qui lui permettait comme un éclairage mal adapté de se poser sur d'autres avant de revenir s'appliquer à elle ; le rapport entre le mal que je ressentais au cœur et le souvenir d'Albertine ne me semblait pas nécessaire, j'aurais peut-être pu le coordonner avec l'image d'une autre personne. Ce qui me permettait, l'éclair d'un instant, de faire évanouir la réalité, non pas seulement la réalité extérieure comme dans mon amour pour Gilberte (que j'avais reconnu pour un état intérieur où je tirais de moi seul la qualité particulière, le caractère spécial de l'être que j'aimais, tout ce qui le rendait indispensable à mon bonheur), mais même la réalité intérieure et purement subjective.

« Il n'y a pas de jour qu'une ou l'autre d'entre elles ne passe devant l'atelier et n'entre me faire un bout de visite », me dit Elstir, me désespérant aussi par la pensée que si j'avais été le voir aussitôt que ma grand-mère m'avait demandé de le faire, j'eusse probablement depuis longtemps déjà fait la connaissance d'Albertine.

Elle s'était éloignée ; de l'atelier on ne la voyait plus. Je pensai qu'elle était allée rejoindre ses amies sur la digue. Si j'avais pu m'y trouver avec Elstir, j'eusse fait leur connaissance. J'inventai mille prétextes pour qu'il consentît à venir faire un tour de plage avec moi. Je n'avais plus le même calme qu'avant l'apparition de la jeune fille dans le cadre de la petite fenêtre si charmante jusque-là sous ses chèvrefeuilles et maintenant bien vide. Elstir me causa une joie mêlée de torture en me disant qu'il ferait quelques pas avec moi, mais qu'il était obligé de terminer d'abord le morceau qu'il était en train de peindre. C'était des fleurs, mais pas de celles dont j'eusse mieux aimé lui commander le portrait que celui d'une personne, afin d'apprendre par la révélation de son génie ce que j'avais si souvent cherché en vain devant elles — aubépines, épines roses, bluets, fleurs de pommiers. Elstir tout en peignant me parlait de botanique, mais je ne l'écoutais guère ; il ne se suffisait plus à lui-même, il n'était plus que l'intermédiaire nécessaire entre ces jeunes filles et moi ; le prestige que quelques instants encore auparavant lui donnait pour moi son talent, ne valait plus qu'en tant qu'il m'en conférait un peu à moi-même aux yeux de la petite bande à qui je serais présenté par lui.

J'allais et venais, impatient qu'il eût fini de travailler ; je saisissais pour les regarder des études dont beaucoup, tournées contre le mur, étaient empilées les unes sur les autres. Je me trouvai ainsi mettre au jour une aquarelle qui devait être d'un temps bien plus ancien de la vie d'Elstir et me causa cette sorte particulière d'enchantement que dispensent des œuvres non seulement d'une exécution délicieuse, mais aussi d'un sujet si singulier et si séduisant que c'est à lui que nous attribuons une partie de leur charme, comme si, ce charme, le peintre n'avait eu qu'à le découvrir, qu'à l'observer, matériellement réalisé déjà dans la nature et à le reproduire. Que de tels objets puissent exister, beaux en dehors même de l'interprétation du peintre, cela contente en nous un matérialisme inné, combattu par la raison, et sert de contrepoids aux abstractions de l'esthétique. C'était — cette aquarelle — le portrait d'une jeune femme pas jolie, mais d'un type curieux, que coiffait un serre-tête assez semblable à un chapeau melon bordé d'un ruban de soie cerise ; une de ses mains gantées de mitaines tenait une cigarette allumée, tandis que l'autre élevait à la hauteur du genou une sorte de grand chapeau de jardin, simple écran de paille contre le soleil. À côté d'elle, un porte-bouquet plein de roses sur une table. Souvent, et c'était le cas ici, la singularité de ces œuvres tient surtout à ce qu'elles ont été exécutées dans des conditions particulières dont nous ne nous rendons pas clairement compte d'abord, par exemple si la toilette étrange d'un modèle féminin est un déguisement de bal costumé, ou si au contraire le manteau rouge d'un vieillard qui a l'air de l'avoir revêtu pour se prêter à une fantaisie du peintre, est sa robe de professeur ou de conseiller, ou son camail de cardinal. Le caractère ambigu de l'être dont j'avais le portrait sous les yeux tenait sans que je le comprisse à ce que c'était une jeune actrice d'autrefois en demi-travesti. Mais son melon, sous lequel ses cheveux étaient bouffants, mais courts, son veston de velours sans revers ouvrant sur un plastron blanc me firent hésiter sur la date de la mode et le sexe du modèle, de façon que je ne savais pas exactement ce que j'avais sous les yeux, sinon le plus clair des morceaux de peinture. Et le plaisir qu'il me donnait était troublé seulement par la peur qu'Elstir en s'attardant encore me fît manquer les jeunes filles, car le soleil était déjà et oblique et bas dans la petite fenêtre. Aucune chose dans cette aquarelle n'était simplement constatée en fait et peinte à cause de son utilité dans la scène, le costume parce qu'il fallait que la femme fût habillée, le porte-bouquet pour les fleurs. Le verre du porte-bouquet, aimé pour lui-même, avait l'air d'enfermer l'eau où trempaient les tiges des œillets dans quelque chose d'aussi limpide, presque d'aussi liquide qu'elle ; l'habillement de la femme l'entourait d'une matière qui avait un charme indépendant, fraternel, et si les œuvres de l'industrie pouvaient rivaliser de charme avec les merveilles de la nature, aussi délicates, aussi savoureuses au toucher du regard, aussi fraîchement peintes que la fourrure d'une chatte, les pétales d'un œillet, les plumes d'une colombe. La blancheur du plastron, d'une finesse de grésil et dont le frivole plissage avait des clochettes comme celles du muguet, s'étoilait des clairs reflets de la chambre, aigus eux-mêmes et finement nuancés comme des bouquets de fleurs qui auraient broché le linge. Et le velours du veston, brillant et nacré, avait çà et là quelque chose de hérissé, de déchiqueté et de velu qui faisait penser à l'ébouriffage des œillets dans le vase. Mais surtout on sentait qu'Elstir, insoucieux de ce que pouvait présenter d'immoral ce travesti d'une jeune actrice pour qui le talent avec lequel elle jouerait son rôle avait sans doute moins d'importance que l'attrait irritant qu'elle allait offrir aux sens blasés ou dépravés de certains spectateurs, s'était au contraire attaché à ces traits d'ambiguïté comme à un élément esthétique qui valait d'être mis en relief et qu'il avait tout fait pour souligner. Le long des lignes du visage, le sexe avait l'air d'être sur le point d'avouer qu'il était celui d'une fille un peu garçonnière, s'évanouissait, et plus loin se retrouvait, suggérant plutôt l'idée d'un jeune efféminé vicieux et songeur, puis fuyait encore, restait insaisissable. Le caractère de tristesse rêveuse du regard, par son contraste même avec les accessoires appartenant au monde de la noce et du théâtre, n'était pas ce qui était le moins troublant. On pensait du reste qu'il devait être factice et que le jeune être qui semblait s'offrir aux caresses dans ce provocant costume avait probablement trouvé piquant d'y ajouter l'expression romanesque d'un sentiment secret, d'un chagrin inavoué. Au bas du portrait était écrit : *Miss Sacripant*, octobre 1872. Je ne pus contenir mon admiration. « Oh ! ce n'est rien, c'est une pochade de jeunesse, c'était un costume pour une revue des Variétés. Tout cela est bien loin. — Et qu'est devenu le modèle ? » Un étonnement provoqué par mes paroles précéda sur la figure d'Elstir

l'air indifférent et distrait qu'au bout d'une seconde il y
étendit. « Tenez, passez-moi vite cette toile, me dit-il,
j'entends Mme Elstir qui arrive et bien que la jeune personne en melon n'ait joué, je vous assure, aucun rôle dans
ma vie, il est inutile que ma femme ait cette aquarelle sous
les yeux. Je n'ai gardé cela que comme un document
amusant sur le théâtre de cette époque. » Et avant de
cacher l'aquarelle derrière lui, Elstir qui peut-être ne
l'avait pas vue depuis longtemps y attacha un regard
attentif. « Il faudra que je ne garde que la tête, murmura-
t-il, le bas est vraiment trop mal peint, les mains sont d'un
commençant. » J'étais désolé de l'arrivée de Mme Elstir
qui allait encore nous retarder. Le rebord de la fenêtre fut
bientôt rose. Notre sortie serait en pure perte. Il n'y avait
plus aucune chance de voir les jeunes filles, par
conséquent plus aucune importance à ce que Mme Elstir
nous quittât plus ou moins vite. Elle ne resta, d'ailleurs,
pas très longtemps. Je la trouvai très ennuyeuse ; elle
aurait pu être belle, si elle avait eu vingt ans, conduisant
un bœuf dans la campagne romaine ; mais ses cheveux
noirs blanchissaient ; et elle était commune sans être
simple, parce qu'elle croyait que la solennité des manières
et la majesté de l'attitude étaient requises par sa beauté
sculpturale à laquelle, d'ailleurs, l'âge avait enlevé toutes
ses séductions. Elle était mise avec la plus grande simplicité. Et on était touché mais surpris d'entendre Elstir dire
à tout propos et avec une douceur respectueuse, comme si
rien que prononcer ces mots lui causait de l'attendrissement et de la vénération : « Ma belle Gabrielle ! » Plus
tard, quand je connus la peinture mythologique d'Elstir,
Mme Elstir prit pour moi aussi de la beauté. Je compris
qu'à certain type idéal résumé en certaines lignes, en
certaines arabesques qui se retrouvaient sans cesse dans
son œuvre, à un certain canon, il avait attribué en fait un
caractère presque divin, puisque tout son temps, tout
l'effort de pensée dont il était capable, en un mot toute sa
vie, il l'avait consacrée à la tâche de distinguer mieux ces
lignes, de les reproduire plus fidèlement. Ce qu'un tel idéal
inspirait à Elstir, c'était vraiment un culte si grave, si
exigeant, qu'il ne lui permettait jamais d'être content ;
c'était la partie la plus intime de lui-même : aussi
n'avait-il pu le considérer avec détachement, en tirer des
émotions, jusqu'au jour où il le rencontra, réalisé au-
dehors, dans le corps d'une femme, le corps de celle qui
était par la suite devenue Mme Elstir et chez qui il avait pu
— comme cela ne nous est possible que pour ce qui n'est
pas nous-mêmes — le trouver méritoire, attendrissant,

divin. Quel repos, d'ailleurs de poser ses lèvres sur ce Beau que jusqu'ici il fallait avec tant de peine extraire de soi, et qui maintenant mystérieusement incarné s'offrait à lui pour une suite de communions efficaces ! Elstir à cette époque n'était plus dans la première jeunesse où l'on n'attend que de la puissance de la pensée la réalisation de son idéal. Il approchait de l'âge où l'on compte sur les satisfactions du corps pour stimuler la force de l'esprit, où la fatigue de celui-ci en nous inclinant au matérialisme et la diminution de l'activité à la possibilité d'influences passivement reçues commencent à nous faire admettre qu'il y a peut-être bien certains corps, certains métiers, certains rythmes privilégiés, réalisant si naturellement notre idéal, que même sans génie, rien qu'en copiant le mouvement d'une épaule, la tension d'un cou, nous ferions un chef-d'œuvre ; c'est l'âge où nous aimons à caresser la Beauté du regard hors de nous, près de nous, dans une tapisserie, dans une belle esquisse de Titien découverte chez un brocanteur, dans une maîtresse aussi belle que l'esquisse de Titien. Quand j'eus compris cela, je ne pus plus voir sans plaisir Mme Elstir, et son corps perdit de sa lourdeur, car je le remplis d'une idée, l'idée qu'elle était une créature immatérielle, un portrait d'Elstir. Elle en était un pour moi et pour lui aussi sans doute. Les données de la vie ne comptent pas pour l'artiste, elles ne sont pour lui qu'une occasion de mettre à nu son génie. On sent bien à voir les uns à côté des autres dix portraits de personnes différentes peintes par Elstir, que ce sont avant tout des Elstir. Seulement, après cette marée montante du génie qui recouvre la vie, quand le cerveau se fatigue, peu à peu l'équilibre se rompt, et comme un fleuve qui reprend son cours après le contre-flux d'une grande marée, c'est la vie qui reprend le dessus. Or, pendant que durait la première période, l'artiste a peu à peu dégagé la loi, la formule de son don inconscient. Il sait quelles situations s'il est romancier, quels paysages s'il est peintre, lui fournissent la matière, indifférente en soi, mais nécessaire à ses recherches comme serait un laboratoire ou un atelier. Il sait qu'il a fait ses chefs-d'œuvre avec des effets de lumière atténuée, avec des remords modifiant l'idée d'une faute, avec des femmes posées sous les arbres ou à demi plongées dans l'eau comme des statues. Un jour viendra où par l'usure de son cerveau, il n'aura plus devant ces matériaux dont se servait son génie, la force de faire l'effort intellectuel qui seul peut produire l'œuvre et continuera pourtant à les rechercher, heureux de se trouver près d'eux à cause du plaisir spirituel, amorce du travail, qu'ils éveillent en lui ; et les entourant d'ailleurs d'une sorte de superstition comme s'ils étaient supérieurs à autre chose, si en eux résidait déjà une bonne part de l'œuvre d'art qu'ils porteraient en quelque sorte toute faite, il n'ira pas plus loin que la fréquentation, l'adoration des modèles. Il causera indéfiniment avec des criminels repentis, dont les remords, la régénération a fait jadis l'objet de ses romans ; il achètera une maison de campagne dans un pays où la brume atténue la lumière ; il passera de longues heures à regarder des femmes se baigner ; il collectionnera les belles étoffes. Et ainsi la beauté de la vie, mot en quelque sorte dépourvu de signification, stade situé en deçà de l'art et auquel j'avais vu s'arrêter Swann, était celui où par ralentissement du génie créateur, idolâtrie des formes qui l'avaient favorisé, désir du moindre effort, devait un jour rétrograder peu à peu un Elstir.

Il venait enfin de donner un dernier coup de pinceau à ses fleurs ; je perdis un instant à les regarder ; je n'avais pas de mérite à le faire, puisque je savais que les jeunes filles ne se trouveraient plus sur la plage ; mais j'aurais cru qu'elles y étaient encore et que ces minutes perdues me les faisaient manquer que j'aurais regardé tout de même, car je me serais dit qu'Elstir s'intéressait plus à ses fleurs qu'à ma rencontre avec les jeunes filles. La nature de ma grand-mère, nature qui était juste l'opposé de mon total égoïsme, se reflétait pourtant dans la mienne. Dans une circonstance où quelqu'un qui m'était indifférent, pour qui j'avais toujours feint de l'affection ou du respect, ne risquait qu'un désagrément tandis que je courais un danger, je n'aurais pas pu faire autrement que de le plaindre de son ennui comme d'une chose considérable et de traiter mon danger comme un rien, parce qu'il me semblait que c'était avec ces proportions que les choses devaient lui apparaître. Pour dire les choses telles qu'elles sont, c'est même un peu plus que cela, et pas seulement ne pas déplorer le danger que je courais moi-même, mais aller au-devant de ce danger-là, et pour celui qui concernait les autres, tâcher au contraire, dussé-je avoir plus de chances d'être atteint moi-même, de le leur éviter. Cela tient à plusieurs raisons qui ne sont point à mon honneur. L'une est que si tant que je ne faisais que raisonner, je croyais surtout tenir à la vie, chaque fois qu'au cours de mon existence je me suis trouvé obsédé par des soucis moraux ou seulement par des inquiétudes nerveuses, quelquefois si puériles que je n'oserais pas les rapporter, si une circonstance imprévue survenait alors, amenant pour moi le risque d'être tué, cette nouvelle préoccupation était si légère, relativement aux autres, que je l'accueillais avec un sentiment de détente qui allait jusqu'à l'allégresse. Je me trouve ainsi avoir connu quoique étant l'homme le moins brave du monde, cette chose qui me semblait, quand je raisonnais, si étrangère à ma nature, si inconcevable, l'ivresse du danger. Mais même fussé-je, quand il y en a un, et mortel, qui se présente, dans une période entièrement calme et heureuse, je ne pourrais pas si je suis avec une autre personne, ne pas la mettre à l'abri et choisir pour moi la place dangereuse. Quand un assez grand nombre d'expériences m'eurent appris que j'agissais toujours ainsi, et avec plaisir, je découvris et à ma grande honte, que c'est que contrairement à ce que j'avais toujours cru et affirmé, j'étais très sensible à l'opinion des autres. Cette sorte d'amour-propre inavoué n'a pourtant aucun rapport avec la vanité ni avec l'orgueil. Car ce qui peut contenter l'une ou l'autre ne me causerait aucun plaisir et je m'en suis toujours abstenu. Mais les gens devant qui j'ai réussi à cacher le plus complètement les petits avantages qui auraient pu leur donner une moins piètre idée de moi, je n'ai jamais pu me refuser le plaisir de leur montrer que je mets plus de soin à écarter la mort de leur route que de la mienne. Comme mon mobile est alors l'amour-propre et non la vertu, je trouve bien naturel qu'en toute circonstance ils agissent autrement. Je suis bien loin de les en blâmer, ce que je ferais peut-être si j'avais été mû par l'idée d'un devoir qui me semblerait dans ce cas être obligatoire pour eux aussi bien que pour moi. Au contraire je les trouve fort sages de préserver leur vie, tout en ne pouvant m'empêcher de faire passer au second plan la mienne, ce qui est particulièrement absurde et coupable, depuis que j'ai cru reconnaître que celle de beaucoup de gens devant qui je me place quand éclate une bombe est plus dénuée de prix. D'ailleurs, le jour de cette visite à Elstir, les temps étaient encore loin où je devais prendre conscience de cette différence de valeur, et il ne s'agissait d'aucun danger, mais simplement, signe avant-coureur du pernicieux amour-propre, de ne pas avoir l'air d'attacher au plaisir que je désirais si ardemment plus d'importance qu'à la besogne d'aquarelliste qu'il n'avait pas achevée. Elle le fut enfin. Et, une fois dehors, je m'aperçus que — tant les jours étaient longs dans cette saison-là — il était moins tard que je ne croyais ; nous allâmes sur la digue. Que de ruses j'employai pour faire demeurer Elstir à l'endroit où je croyais que ces jeunes filles pouvaient encore passer ! Lui montrant les falaises qui s'élevaient à côté de nous, je ne cessais de lui demander de me parler d'elles, afin de lui faire oublier l'heure et de la faire rester. Il me semblait que nous avions plus de chance de cerner la petite bande en allant vers l'extrémité de la plage. « J'aurais voulu voir d'un tout petit peu près avec vous ces falaises », dis-je à Elstir, ayant remarqué qu'une de ces jeunes filles s'en allait souvent de ce côté. « Et pendant ce temps-là, parlez-moi de Carquethuit. Ah ! que j'aimerais aller à Carquethuit ! » ajoutai-je sans penser que le caractère si nouveau qui se manifestait avec tant de puissance dans le « Port de Carquethuit » d'Elstir tenait peut-être plus à la vision du peintre qu'à un mérite spécial de cette plage. « Depuis que j'ai vu ce tableau, c'est peut-être ce que je désire le plus connaître avec la Pointe du Raz, qui serait, d'ailleurs, d'ici, tout un voyage. — Et puis même si ce n'était pas plus près je vous conseillerais peut-être tout de même davantage Carquethuit, me répondit Elstir. La Pointe du Raz est admirable, mais enfin c'est toujours la grande falaise normande ou bretonne que vous connaissez. Carquethuit, c'est tout autre chose avec ses roches sur une plage basse. Je ne connais rien en France d'analogue, cela me rappelle plutôt certains aspects de la Floride. C'est très curieux, et du reste extrêmement sauvage aussi. C'est entre Clitourps et Nehomme, et vous savez combien ces parages sont désolés, la ligne des plages est ravissante. Ici, la ligne de la plage est quelconque ; mais là-bas, je ne peux vous dire quelle grâce elle a, quelle douceur. »

Le soir tombait ; il fallut revenir ; je ramenais Elstir vers sa villa, quand tout d'un coup, tel Méphistophélès surgissant devant Faust, apparurent au bout de l'avenue — comme une simple objectivation irréelle et diabolique du tempérament opposé au mien, de la vitalité quasi barbare et cruelle dont était si dépourvue ma faiblesse, mon excès de sensibilité douloureuse et d'intellectualité — quelques taches de l'essence impossible à confondre avec rien d'autre, quelques sporades de la bande zoophytique des jeunes filles, lesquelles avaient l'air de ne pas me voir, mais sans aucun doute n'en étaient pas moins en train de porter sur moi un jugement ironique. Sentant qu'il était inévitable que la rencontre entre elles et nous se produisît, et qu'Elstir allait m'appeler, je tournai le dos comme un baigneur qui va recevoir la lame ; je m'arrêtai net et laissant mon illustre compagnon poursuivre son chemin, je restai en arrière, penché, comme si j'étais subitement intéressé par elle, vers la vitrine du marchand d'antiquités devant lequel nous passions en ce moment ; je n'étais pas fâché d'avoir l'air de pouvoir penser à autre chose qu'à ces jeunes filles, et je savais déjà obscurément que quand

Elstir m'appellerait pour me présenter, j'aurais la sorte de regard interrogateur qui décèle non la surprise, mais le désir d'avoir l'air surpris — tant chacun est un mauvais acteur ou le prochain un bon physiognomoniste —, que j'irais même jusqu'à indiquer ma poitrine avec mon doigt pour demander : « C'est bien moi que vous appelez ? » et accourir vite, la tête courbée par l'obéissance et la docilité, le visage dissimulant froidement l'ennui d'être arraché à la contemplation de vieilles faïences pour être présenté à des personnes que je ne souhaitais pas de connaître. Cependant je considérais la devanture en attendant le moment où mon nom crié par Elstir viendrait me frapper comme une balle attendue et inoffensive. La certitude de la présentation à ces jeunes filles avait eu pour résultat, non seulement de me faire à leur égard jouer, mais éprouver, l'indifférence. Désormais inévitable, le plaisir de les connaître fut comprimé, réduit, me parut plus petit que celui de causer avec Saint-Loup, de dîner avec ma grand-mère, de faire dans les environs des excursions que je regretterais d'être probablement, par le fait de relations avec des personnes qui devaient peu s'intéresser aux monuments historiques, contraint de négliger. D'ailleurs ce qui diminuait le plaisir que j'allais avoir, ce n'était pas seulement l'imminence, mais l'incohérence de sa réalisation. Des lois aussi précises que celles de l'hydrostatique maintiennent la superposition des images que nous formons dans un ordre fixe que la proximité de l'événement bouleverse. Elstir allait m'appeler. Ce n'était pas du tout de cette façon que je m'étais souvent, sur la plage, dans ma chambre, figuré que je connaîtrais ces jeunes filles. Ce qui allait avoir lieu, c'était un autre événement auquel je n'étais pas préparé. Je n'y reconnaissais ni mon désir, ni son objet ; je regrettais presque d'être sorti avec Elstir. Mais, surtout, la contraction du plaisir que j'avais auparavant cru avoir était due à la certitude que rien ne pouvait plus me l'enlever. Et il reprit, comme en vertu d'une force élastique, toute sa hauteur, quand il cessa de subir l'étreinte de cette certitude, au moment où m'étant décidé à tourner la tête, je vis Elstir arrêté quelques pas plus loin avec les jeunes filles, leur dire au revoir. La figure de celle qui était le plus près de lui, grosse et éclairée par ses regards, avait l'air d'un gâteau où on eût réservé de la place pour un peu de ciel. Ses yeux, même fixes, donnaient l'impression de la mobilité, comme il arrive par ces jours de grand vent où l'air, quoique invisible, laisse percevoir la vitesse avec laquelle il passe sur le fond de l'azur. Un instant ses regards croisèrent les miens, comme ces ciels voyageurs des jours d'orage qui approchent d'une nuée moins rapide, la côtoient, la touchent, la dépassent. Mais ils ne se connaissent pas et s'en vont loin l'un de l'autre. Tels nos regards furent un instant face à face, ignorant chacun ce que le continent céleste qui était devant lui contenait de promesses et de menaces pour l'avenir. Au moment seulement où son regard passa exactement sous le mien sans ralentir sa marche il se voila légèrement. Ainsi, par une nuit claire, la lune emportée par le vent passe sous un nuage et voile un instant son éclat, puis reparaît bien vite. Mais déjà Elstir avait quitté les jeunes filles sans m'avoir appelé. Elles prirent une rue de traverse, il vint vers moi. Tout était manqué.

J'ai dit qu'Albertine ne m'était pas apparue, ce jour-là, la même que les précédents, et que chaque fois elle devait me sembler différente. Mais je sentis à ce moment que certaines modifications dans l'aspect, l'importance, la grandeur d'un être peuvent tenir aussi à la variabilité de certains états interposés entre cet être et nous. L'un de ceux qui jouent à cet égard le rôle le plus considérable est la croyance (ce soir-là la croyance, puis l'évanouissement de la croyance, que j'allais connaître Albertine, l'avait, à quelques secondes d'intervalle rendue presque insignifiante puis infiniment précieuse à mes yeux ; quelques années plus tard, la croyance puis la disparition de la croyance, qu'Albertine m'était fidèle, amena des changements analogues).

Certes, à Combray déjà j'avais vu diminuer ou grandir selon les heures, selon que j'entrais dans l'un ou l'autre des deux grands modes qui se partageaient ma sensibilité, le chagrin de n'être pas près de ma mère, aussi imperceptible, tout l'après-midi, que la lumière de la lune tant que brille le soleil et, la nuit venue, régnant seul dans mon âme anxieuse à la place de souvenirs effacés et récents. Mais ce jour-là, en voyant qu'Elstir quittait les jeunes filles sans m'avoir appelé, j'appris que les variations de l'importance qu'ont à nos yeux un plaisir ou un chagrin peuvent ne pas tenir seulement à cette alternance de deux états, mais au déplacement de croyances invisibles lesquelles par exemple nous font paraître indifférente la mort parce qu'elles répandent sur celle-ci une lumière d'irréalité, et nous permettent ainsi d'attacher de l'importance à nous rendre à une soirée musicale qui perdrait de son charme si, à l'annonce que nous allons être guillotinés, la croyance qui baigne cette soirée se dissipait tout à coup ; ce rôle des croyances, il est vrai que quelque chose en moi le savait, c'était la volonté, mais elle le sait en vain si l'intelligence, la sensibilité continuent à l'ignorer ; celles-ci sont de bonne foi quand elles croient que nous avons envie de quitter une maîtresse à laquelle seule notre volonté sait que nous tenons. C'est qu'elles sont obscurcies par la croyance que nous la retrouverons dans un instant. Mais que cette croyance se dissipe, qu'elles apprennent tout d'un coup que cette maîtresse est partie pour toujours, alors l'intelligence et la sensibilité, ayant perdu leur mise au point, sont comme folles, le plaisir infime s'agrandit à l'infini.

Variation d'une croyance, néant de l'amour aussi, lequel, préexistant et mobile, s'arrête à l'image d'une femme simplement parce que cette femme sera presque impossible à atteindre. Dès lors on pense moins à la femme, qu'on se représente difficilement, qu'aux moyens de la connaître. Tout un processus d'angoisses se développe et suffit pour fixer notre amour sur elle, qui en est l'objet à peine connu de nous. L'amour devient immense, nous ne songeons pas combien la femme réelle y tient peu de place. Et si tout d'un coup, comme au moment où j'avais vu Elstir s'arrêter avec les jeunes filles, nous cessons d'être inquiets, d'avoir de l'angoisse, comme c'est elle qui est tout notre amour, il semble brusquement qu'il se soit évanoui au moment où nous tenons enfin la proie à la valeur de laquelle nous n'avons pas assez pensé. Que connaissais-je d'Albertine ? Un ou deux profils sur la mer, moins beaux assurément que ceux des femmes de Véronèse que j'aurais dû, si j'avais obéi à des raisons purement esthétiques, lui préférer. Or, est-ce à d'autres raisons que je pouvais obéir, puisque, l'anxiété tombée, je ne pouvais retrouver que ces profils muets, je ne possédais rien d'autre ? Depuis que j'avais vu Albertine, j'avais fait chaque jour à son sujet des milliers de réflexions, j'avais poursuivi, avec ce que j'appelais elle, tout un entretien intérieur où je la faisais questionner, répondre, penser, agir, et dans la série indéfinie d'Albertine imaginées qui se succédaient en moi heure par heure, l'Albertine réelle, aperçue sur la plage, ne figurait qu'en tête, comme la « créatrice » d'un rôle, l'étoile, ne paraît, dans une longue série de représentations, que dans les toutes premières. Cette Albertine-là n'était guère qu'une silhouette, tout ce qui s'y était superposé était de mon cru, tant dans l'amour les apports qui viennent de nous l'emportent — à ne se placer même qu'au point de vue quantité — sur ceux qui nous viennent de l'être aimé. Et cela est vrai des amours les plus effectifs. Il en est qui peuvent non seulement se former mais subsister autour de bien peu de chose — et même parmi ceux qui ont reçu leur exaucement charnel. Un ancien professeur de dessin de ma grand-mère avait eu d'une maîtresse obscure une fille. La mère mourut peu de temps après la naissance de l'enfant et le professeur de dessin en eut un chagrin tel qu'il ne survécut pas long-temps. Dans les derniers mois de sa vie, ma grand-mère et quelques dames de Combray, qui n'avaient jamais voulu faire même allusion devant leur professeur à cette femme avec laquelle d'ailleurs il n'avait pas officiellement vécu et n'avait eu que peu de relations, songèrent à assurer le sort de la petite fille en se cotisant pour lui faire une rente viagère. Ce fut ma grand-mère qui le proposa, certaines amies se firent tirer l'oreille : cette petite fille était-elle vraiment si intéressante, était-elle seulement la fille de celui qui s'en croyait le père ? Avec des femmes comme était la mère, on n'est jamais sûr. Enfin on se décida. La petite fille vint remercier. Elle était laide et d'une ressem-blance avec le vieux maître de dessin qui ôta tous les doutes ; comme ses cheveux étaient tout ce qu'elle avait de bien, une dame dit au père qui l'avait conduite : « Comme elle a de beaux cheveux ! » Et pensant que maintenant, la femme coupable étant morte et le professeur à demi mort, une allusion à ce passé qu'on avait toujours feint d'ignorer n'avait plus de conséquence, ma grand-mère ajouta : « Ça doit être de famille. Est-ce que sa mère avait ces beaux cheveux-là ? — Je ne sais pas, répondit naïvement le père. Je ne l'ai jamais vue qu'en chapeau. »

Il fallait rejoindre Elstir. Je m'aperçus dans une glace. En plus du désastre de ne pas avoir été présenté, je remarquai que ma cravate était tout de travers, mon chapeau laissait voir mes cheveux longs, ce qui m'allait mal ; mais c'était une chance tout de même qu'elles m'eussent, même ainsi, rencontré avec Elstir et ne pussent pas m'oublier ; c'en était une autre que j'eusse ce jour-là, sur le conseil de ma grand-mère, mis mon joli gilet qu'il s'en était fallu de si peu que j'eusse remplacé par un affreux, et pris ma plus belle canne ; car un événement que nous désirons ne se produisant jamais comme nous avons pensé, à défaut des avantages sur lesquels nous croyions pouvoir compter, d'autres que nous n'espérions pas se sont présentés, le tout se compense ; et nous redoutions telle-ment le pire que nous sommes finalement enclins à trou-ver que dans l'ensemble pris en bloc, le hasard nous a, somme toute, plutôt favorisés.

« J'aurais été si content de les connaître », dis-je à Elstir en arrivant près de lui. « Aussi pourquoi restez-vous à des lieues ? » Ce furent les paroles qu'il prononça, non qu'elles exprimassent sa pensée, puisque si son désir avait été d'exaucer le mien, m'appeler lui eût été bien facile, mais peut-être parce qu'il avait entendu des phrases de ce genre, familier aux gens vulgaires pris en faute, et parce que même les grands hommes sont, en certaines choses, pareils aux gens vulgaires, prennent les excuses journalières dans le même répertoire qu'eux, comme le pain quotidien chez le même boulanger ; soit que de telles paroles qui doivent en quelque sorte être lues à l'envers puisque leur lettre signifie le contraire de la vérité soient l'effet nécessaire, le graphique négatif d'un réflexe. « Elles étaient pressées. » Je pensai que surtout elles l'avaient empêché d'appeler quelqu'un qui leur était peu sympathique ; sans cela il n'y eût pas manqué, après toutes les questions que je lui avais posées sur elles, et l'intérêt qu'il avait bien vu que je leur portais. « Je vous parlais de Carquethuit, me dit-il, avant que je l'eusse quitté à sa porte. J'ai fait une petite esquisse où on voit bien mieux la cernure de la plage. Le tableau n'est pas trop mal, mais c'est autre chose. Si vous le permettez, en souvenir de notre amitié, je vous donnerai mon esquisse », ajouta-t-il, car les gens qui vous refusent les choses qu'on désire vous en donnent d'autres.

« J'aurais beaucoup aimé, si vous en possédiez, avoir une photographie du petit portrait de Miss Sacripant. Mais qu'est-ce que c'est que ce nom ? — C'est celui d'un personnage que tint le modèle dans une stupide petite opérette. — Mais vous savez que je ne la connais nullement, monsieur, vous avez l'air de croire le contraire. » Elstir se tut. « Ce n'est pourtant pas Mme Swann avant son mariage », dis-je par une de ces brusques rencontres fortuites de la vérité, qui sont somme toute assez rares, mais qui suffisent après coup à donner un certain fondement à la théorie des pressentiments si on prend soin d'oublier toutes les erreurs qui l'infirmeraient. Elstir ne me répondit pas. C'était bien un portrait d'Odette de Crécy. Elle n'avait pas voulu le garder pour beaucoup de raisons dont quelques-unes sont trop évidentes. Il y en avait d'autres. Le portrait était antérieur au moment où Odette disciplinant ses traits avait fait de son visage et de sa taille cette création dont, à travers les années, ses coiffeurs, ses couturiers, elle-même — dans sa façon de se tenir, de parler, de sourire, de poser ses mains, ses regards, de penser — devaient respecter les grandes lignes. Il fallait la dépravation d'un amant rassasié pour que Swann préférât aux nombreuses photographies de l'Odette *ne varietur* qu'était sa ravissante femme, la petite photographie qu'il avait dans sa chambre et où sous un chapeau de paille orné de pensées on voyait une maigre jeune femme assez laide, aux cheveux bouffants, aux traits tirés.

Mais d'ailleurs le portrait eût-il été, non pas antérieur comme la photographie préférée de Swann, à la systémati-sation des traits d'Odette en un type nouveau, majestueux et charmant, mais postérieur, qu'il eût suffi de la vision d'Elstir pour désorganiser ce type. Le génie artistique agit à la façon de ces températures extrêmement élevées qui ont le pouvoir de dissocier les combinaisons d'atomes et de grouper ceux-ci suivant un ordre absolument contraire, répondant à un autre type. Toute cette harmonie factice que la femme a imposée à ses traits et dont chaque jour avant de sortir elle surveille la persistance dans sa glace, changeant l'inclinaison du chapeau, le lissage des che-veux, l'enjouement du regard, d'en assurer la continuité, cette harmonie, le coup d'œil du grand peintre la détruit en une seconde, et à sa place il fait un regroupement des traits de la femme, de manière à donner satisfaction à un certain idéal féminin et pictural qu'il porte en lui. De même, il arrive souvent qu'à partir d'un certain âge, l'œil d'un grand chercheur trouve partout les éléments néces-saires à établir les rapports qui seuls l'intéressent. Comme ces ouvriers et ces joueurs qui ne font pas d'embarras et se contentent de ce qui leur tombe sous la main, ils pour-raient dire de n'importe quoi : cela fera l'affaire. Ainsi une cousine de la princesse de Luxembourg, beauté des plus altières, s'étant éprise autrefois d'un art qui était nouveau à cette époque, avait demandé au plus grand des peintres naturalistes de faire son portrait. Aussitôt l'œil de l'artiste avait trouvé ce qu'il cherchait partout. Et sur la toile il y avait à la place de la grande dame un trottin et derrière lui un vaste décor incliné et violet qui faisait penser à la place Pigalle. Mais même sans aller jusque-là, non seulement le portrait d'une femme par un grand artiste ne cherchera aucunement à donner satisfaction à quelques-unes des exigences de la femme — comme celles qui, par exemple, quand elle commence à vieillir, la font se faire photo-graphier dans des tenues presque de fillette qui font valoir sa taille restée jeune et la font paraître comme la sœur ou même la fille de sa fille, celle-ci au besoin « fagotée » pour la circonstance, à côté d'elle — et mettra au contraire en relief les désavantages qu'elle cherche à cacher et qui, comme un teint fiévreux, voire verdâtre, le tentent d'autant plus parce qu'ils ont du « caractère » ; mais ils suffisent à désenchanter le spectateur vulgaire et réduisent pour lui en miettes l'idéal dont la femme soutenait si fièrement l'armature et qui la plaçait dans sa forme unique, irréductible, si en dehors, si au-dessus du reste de l'humanité. Maintenant déchue, située hors de son propre type où elle trônait invulnérable, elle n'est plus qu'une femme quelconque en la supériorité de qui nous avons perdu toute foi. Ce type, nous faisions tellement consister en lui, non seulement la beauté d'une Odette, mais sa personnalité, son identité, que devant le portrait qui l'a dépouillée de lui, nous sommes tentés de nous écrier non pas seulement : « Comme c'est enlaidi ! », mais : « Comme c'est peu ressemblant ! » Nous avons peine à croire que ce soit elle. Nous ne la reconnaissons pas. Et pourtant il y a là un être que nous sentons bien que nous avons déjà vu. Mais cet être-là, ce n'est pas Odette ; le visage de cet être, son corps, son aspect, nous sont bien connus. Ils nous rappellent, non pas la femme, qui ne se tenait jamais ainsi, dont la pose habituelle ne dessine nullement une telle étrange et provocante arabesque, mais d'autres femmes, toutes celles qu'a peintes Elstir et que toujours, si différentes qu'elles puissent être, il a aimé à camper ainsi de face, le pied cambré dépassant de la jupe, le large chapeau rond tenu à la main, répondant symétriquement à la hauteur du genou qu'il couvre, à cet autre disque vu de face, le visage. Et enfin non seulement un portrait génial disloque le type d'une femme, tel que l'ont défini sa coquetterie et sa conception égoïste de la beauté, mais s'il est ancien, il ne se contente pas de vieillir l'original de la même manière que la photographie, en le montrant dans des atours démodés. Dans le portrait, ce n'est pas seulement la manière que la femme avait de s'habiller qui date, c'est aussi la manière que l'artiste avait de peindre. Cette manière, la première manière d'Elstir, était l'extrait de naissance le plus accablant pour Odette parce qu'il faisait d'elle non pas seulement, comme ses photographies d'alors, une cadette de cocottes connues, mais parce qu'il faisait de son portrait le contemporain d'un des nombreux portraits que Manet ou Whistler ont peints d'après tant de modèles disparus qui appartiennent déjà à l'oubli ou à l'histoire.

C'est dans ces pensées, silencieusement ruminées à côté d'Elstir tandis que je le conduisais chez lui, que m'entraînait la découverte que je venais de faire relativement à l'identité de son modèle, quand cette première découverte m'en fit faire une seconde, plus troublante encore pour moi, concernant l'identité de l'artiste. Il avait fait le portrait d'Odette de Crécy. Serait-il possible que cet homme de génie, ce sage, ce solitaire, ce philosophe à la conversation magnifique et qui dominait toutes choses fût le peintre ridicule et pervers adopté jadis par les Verdurin ? Je lui demandai s'il les avait connus, si par hasard ils ne le surnommaient pas alors M. Biche. Il me répondit que si, sans embarras, comme s'il s'agissait d'une partie déjà un peu ancienne de son existence et s'il ne se doutait pas de la déception extraordinaire qu'il éveillait en moi, mais levant les yeux, il la lut sur mon visage. Le sien eut une expression de mécontentement. Et comme nous étions déjà presque arrivés chez lui, un homme moins éminent par l'intelligence et par le cœur m'eût peut-être simplement dit au revoir un peu sèchement et après cela eût évité de me revoir. Mais ce ne fut pas ainsi qu'Elstir agit avec moi ; en vrai maître — et c'était peut-être au point de vue de la création pure son seul défaut d'en être un, dans ce sens du mot maître, car un artiste pour être tout à fait dans la vérité de la vie spirituelle doit être seul, et ne pas prodiguer de son moi, même à des disciples — de toute circonstance, qu'elle fût relative à lui ou à d'autres, il cherchait à extraire pour le meilleur enseignement des jeunes gens la part de vérité qu'elle contenait. Il préféra donc aux paroles qui auraient pu venger son amour-propre, celles qui pouvaient m'instruire. « Il n'y a pas d'homme si sage qu'il soit, me dit-il, qui n'ait à telle époque de sa jeunesse prononcé des paroles, ou même mené une vie, dont le souvenir ne lui soit désagréable et qu'il souhaiterait être aboli. Mais il ne doit pas absolument le regretter, parce qu'il ne peut être assuré d'être devenu un sage, dans la mesure où cela est possible, que s'il a passé par toutes les incarnations ridicules ou odieuses qui doivent précéder cette dernière incarnation-là. Je sais qu'il y a des jeunes gens, fils et petit-fils d'hommes distingués, à qui leurs précepteurs ont enseigné la noblesse de l'esprit et l'élégance morale dès le collège. Ils n'ont peut-être rien à retrancher de leur vie, ils pourraient publier et signer tout ce qu'ils ont dit, mais ce sont de pauvres esprits, descendants sans force de doctrinaires, et de qui la sagesse est négative et stérile. On ne reçoit pas la sagesse, il faut la découvrir soi-même après un trajet que personne ne peut faire pour nous, ne peut nous épargner, car elle est un point de vue sur les choses. Les vies que vous admirez, les attitudes que vous trouvez nobles n'ont pas été disposées par le père de famille ou par le précepteur, elles ont été précédées de débuts bien différents, ayant été influencées par ce qui régnait autour d'elles de mal ou de banalité. Elles représentent un combat et une victoire. Je comprends que l'image de ce que nous avons été dans une période première ne soit plus reconnaissable et soit en tous cas déplaisante. Elle ne doit pas être reniée pourtant, car elle est un témoignage que nous avons vraiment vécu, que c'est selon les lois de la vie et de l'esprit que nous avons, des éléments communs de la vie, de la vie des ateliers, des coteries artistiques s'il s'agit d'un peintre, extrait quelque chose qui les dépasse. » Nous étions arrivés devant sa porte. J'étais déçu de ne pas avoir connu ces jeunes filles. Mais enfin maintenant il y aurait une possibilité de les retrouver dans la vie ; elles avaient cessé de ne faire que passer à un horizon où j'avais pu croire que je ne les verrais plus jamais apparaître. Autour d'elles ne flottait plus comme ce grand remous qui nous séparait et qui n'était que la traduction du désir en perpétuelle activité, mobile, urgent, alimenté d'inquiétudes qu'éveillaient en moi leur inaccessibilité, leur fuite peut-être pour toujours. Mon désir d'elles, je pouvais maintenant le mettre au repos, le garder en réserve, à côté de tant d'autres dont, une fois que je la savais possible, j'ajournais la réalisation. Je quittai Elstir, je me retrouvai seul. Alors tout d'un coup, malgré ma déception, je vis dans mon esprit tous ces hasards que je n'eusse pas soupçonné pouvoir se produire, qu'Elstir fût justement lié avec ces jeunes filles, que celles qui le matin encore étaient pour moi des figures dans un tableau ayant pour fond la mer, m'eussent vu, m'eussent vu lié avec un grand peintre, lequel savait maintenant mon désir de les connaître et le seconderait sans doute. Tout cela avait causé pour moi du plaisir, mais ce plaisir m'était resté caché ; il était de ces visiteurs qui attendent pour nous faire savoir qu'ils sont là, que les autres nous aient quittés, que nous soyons seuls. Alors nous les apercevons, nous pouvons leur dire : je suis tout à vous, et les écouter. Quelquefois entre le moment où ces plaisirs sont entrés en nous et le moment où nous pouvons y rentrer nous-même, il s'est écoulé tant d'heures, nous avons vu tant de gens dans l'intervalle que nous craignons qu'ils ne nous aient pas attendus. Mais ils sont patients, ils ne se lassent pas, et dès que tout le monde est parti, nous les trouvons en face de nous. Quelquefois c'est nous alors qui sommes si fatigués qu'il nous semble que nous n'aurons plus dans notre pensée défaillante assez de force pour retenir ces souvenirs, ces impressions, pour qui notre moi fragile est le seul lieu habitable, l'unique mode de réalisation. Et nous le regretterions car l'existence n'a guère d'intérêt que dans les journées où la poussière des réalités est mêlée de sable magique, où quelque vulgaire incident devient un ressort romanesque. Tout un promontoire du monde inaccessible surgit alors de l'éclairage du songe, et entre dans notre vie, dans notre vie où comme le dormeur éveillé nous voyons les personnes dont nous avions si ardemment rêvé que nous avions cru que nous ne les verrions jamais qu'en rêve.

L'apaisement apporté par la probabilité de connaître maintenant ces jeunes filles quand je le voudrais me fut d'autant plus précieux que je n'aurais pu continuer à les guetter les jours suivants, lesquels furent pris par les préparatifs du départ de Saint-Loup. Ma grand-mère était désireuse de témoigner à mon ami sa reconnaissance de tant de gentillesses qu'il avait eues pour elle et pour moi. Je lui dis qu'il était grand admirateur de Proudhon et je lui donnai l'idée de faire venir de nombreuses lettres autographes de ce philosophe qu'elle avait achetées ; Saint-Loup vint les voir à l'hôtel, le jour où elles arrivèrent qui était la veille de son départ. Il les lut avidement, maniant chaque feuille avec respect, tâchant de retenir les phrases, puis s'étant levé, s'excusait déjà auprès de ma grand-mère d'être resté aussi longtemps, quand il l'entendit lui répondre :

« Mais non, emportez-les, c'est à vous, c'est pour vous les donner que je les ai fait venir. »

Il fut pris d'une joie dont il ne fut pas plus le maître que d'un état physique qui se produit sans intervention de la volonté, il devint écarlate comme un enfant qu'on vient de punir, et ma grand-mère fut beaucoup plus touchée de voir tous les efforts qu'il avait faits (sans y réussir) pour contenir la joie qui le secouait, que par tous les remerciements qu'il aurait pu proférer. Mais lui, craignant d'avoir mal témoigné sa reconnaissance, me priait encore de l'en excuser, le lendemain, penché à la fenêtre du petit chemin de fer d'intérêt local qu'il prit pour rejoindre sa garnison. Celle-ci était, en effet, très peu éloignée. Il avait pensé s'y rendre, comme il faisait souvent quand il devait revenir le soir et qu'il ne s'agissait pas d'un départ définitif, en voiture. Mais il eût fallu cette fois-ci qu'il mît ses nombreux bagages dans le train. Et il trouva plus simple d'y monter aussi lui-même, suivant en cela l'avis du directeur qui, consulté, répondit que, voiture ou petit chemin de fer, « ce serait à peu près équivoque ». Il entendait signifier par là que ce serait équivalent (en somme, à peu près ce que Françoise eût exprimé en disant que « cela reviendrait du pareil au même »). « Soit, avait conclu Saint-Loup, je prendrai le petit "tortillard". » Je l'aurais pris aussi si je n'avais été fatigué et aurais accompagné mon ami jusqu'à Doncières ; je lui promis du moins, tout le temps que nous restâmes à la gare de Balbec — c'est-à-dire que le chauffeur du petit train passa à attendre des amis retardataires, sans lesquels il ne voulait pas s'en aller, et aussi à prendre quelques rafraîchissements —, d'aller le voir plusieurs fois par semaine. Comme Bloch était venu aussi à la gare — au grand ennui de Saint-Loup —, ce dernier voyant que notre camarade l'entendait me prier de venir déjeuner, dîner, habiter à Doncières, finit par lui dire d'un ton extrêmement froid, lequel était chargé de corriger l'amabilité forcée de l'invitation et d'empêcher Bloch de la prendre au sérieux : « Si jamais vous passez par Doncières une aprèsmidi où je sois libre, vous pourrez me demander au quartier, mais libre, je ne le suis à peu près jamais. » Peut-être aussi Robert craignait-il que, seul, je ne vinsse pas et pensant que j'étais plus lié avec Bloch que je ne le disais, me mettait-il ainsi en mesure d'avoir un compagnon de route, un entraîneur.

J'avais peur que ce ton, cette manière d'inviter quelqu'un en lui conseillant de ne pas venir, n'eût froissé Bloch, et je trouvais que Saint-Loup eût mieux fait de ne rien dire. Mais je m'étais trompé, car après le départ du train, tant que nous fîmes route ensemble jusqu'au croisement des deux avenues où il fallait nous séparer, l'une allant à l'hôtel, l'autre à la villa de Bloch, celui-ci ne cessa de me demander quel jour nous irions à Doncières, car après « toutes les amabilités que Saint-Loup lui avait faites », il eût été « trop grossier de sa part » de ne pas se rendre à son invitation. J'étais content qu'il n'eût pas remarqué, ou fût assez peu mécontent pour désirer feindre de ne pas avoir remarqué, sur quel ton moins que pressant, à peine poli, l'invitation avait été faite. J'aurais pourtant voulu pour Bloch qu'il s'évitât le ridicule d'aller tout de suite à Doncières. Mais je n'osais pas lui donner un conseil qui n'eût pu que lui déplaire en lui montrant que Saint-Loup avait été moins pressant que lui n'était empressé. Il l'était beaucoup trop et bien que tous les défauts qu'il avait dans ce genre fussent compensés chez lui par de remarquables qualités que d'autres, plus réservés, n'auraient pas eues, il poussait l'indiscrétion à un point dont on était agacé. La semaine ne pouvait, à l'entendre, se passer sans que nous allions à Doncières (il disait « nous », car je crois qu'il comptait un peu sur ma présence pour excuser la sienne). Tout le long de la route, devant le gymnase perdu dans ses arbres, devant le terrain de tennis, devant la mairie, devant le marchand de coquillages, il m'arrêta, me suppliant de fixer un jour et comme je ne le fis pas, me quitta fâché en me disant : « À ton aise, Messire. Moi en tous cas, je suis obligé d'y aller puisqu'il m'a invité. »

Saint-Loup avait si peur d'avoir mal remercié ma grand-mère qu'il me chargeait encore de lui dire sa gratitude le surlendemain, dans une lettre que je reçus de lui de la ville où il était en garnison et qui semblait sur l'enveloppe où la poste en avait timbré le nom, accourir vite vers moi, me dire qu'entre ses murs, dans le quartier de cavalerie Louis XVI, il pensait à moi. Le papier était aux armes de Marsantes, dans lesquelles je distinguai un lion qui surmontait une couronne fermée par un bonnet de pair de France.

« Après un trajet qui, me disait-il, s'est bien effectué, en lisant un livre acheté à la gare, qui est par Arvède Barine (c'est un auteur russe, je pense, cela m'a paru remarquablement écrit pour un étranger, mais donnez-moi votre appréciation, car vous devez connaître cela, vous, puits de science qui avez tout lu), me voici revenu au milieu de cette vie grossière, où hélas, je me sens bien exilé, n'y ayant pas ce que j'ai laissé à Balbec ; cette vie où je ne retrouve aucun souvenir d'affection, aucun charme d'intellectualité ; vie dont vous mépriseriez sans doute l'ambiance et qui n'est pourtant pas sans charme. Tout m'y semble avoir changé depuis que j'en étais parti, car dans l'intervalle, une des ères les plus importantes de ma vie, celle d'où notre amitié date, a commencé. J'espère qu'elle ne finira jamais. Je n'ai parlé d'elle, de vous, qu'à une seule personne, qu'à mon amie qui m'a fait la surprise de venir passer une heure auprès de moi. Elle aimerait beaucoup vous connaître et je crois que vous vous accorderiez car elle est aussi extrêmement littéraire. En revanche, pour repenser à nos causeries, pour revivre ces heures que je n'oublierai jamais, je me suis isolé de mes camarades, excellents garçons mais qui eussent été bien incapables de comprendre cela. Ce souvenir des instants passés avec vous, j'aurais presque mieux aimé, pour le premier jour, l'évoquer pour moi seul et sans vous écrire. Mais j'ai craint que vous, esprit subtil et cœur ultra-sensitif, ne vous mettiez martel en tête en ne recevant pas de lettre si toutefois vous avez daigné abaisser votre pensée sur le rude cavalier que vous aurez fort à faire pour dégrossir et rendre un peu plus subtil et plus digne de vous. »

Au fond cette lettre ressemblait beaucoup par sa tendresse à celles que, quand je ne connaissais pas encore Saint-Loup, je m'étais imaginé qu'il m'écrirait, dans ces songeries d'où la froideur de son premier accueil m'avait tiré en me mettant en présence d'une réalité glaciale qui ne devait pas être définitive. Une fois que je l'eus reçue, chaque fois qu'à l'heure du déjeuner on apportait le courrier, je reconnaissais tout de suite quand c'était de lui que venait une lettre, car elle avait toujours ce second visage qu'un être montre quand il est absent et dans les traits duquel (les caractères de l'écriture) il n'y a aucune raison pour que nous ne croyions pas saisir une âme individuelle aussi bien que dans la ligne du nez ou les inflexions de la voix.

Je restais maintenant volontiers à table pendant qu'on desservait, et si ce n'était pas un moment où les jeunes filles de la petite bande pouvaient passer, ce n'était plus uniquement du côté de la mer que je regardais. Depuis que j'en avais vu dans des aquarelles d'Elstir, je cherchais à retrouver dans la réalité, j'aimais comme quelque chose de poétique, le geste interrompu des couteaux encore de travers, la rondeur bombée d'une serviette défaite où le soleil intercale un morceau de velours jaune, le verre à demi vidé qui montre mieux ainsi le noble évasement de ses formes et au fond de son vitrage translucide et pareil à une condensation du jour, un reste de vin sombre, mais scintillant de lumières, le déplacement des volumes, la transmutation des liquides par l'éclairage, l'altération des prunes qui passent du vert au bleu et du bleu à l'or dans le compotier déjà à demi dépouillé, la promenade des chaises vieillottes qui deux fois par jour viennent s'installer autour de la nappe, dressée sur la table ainsi que sur un autel où sont célébrées les fêtes de la gourmandise et sur laquelle au fond des huîtres quelques gouttes d'eau lustrale restent comme dans de petits bénitiers de pierre ; j'essayais de trouver la beauté là où je ne m'étais jamais figuré qu'elle fût, dans les choses les plus usuelles, dans la vie profonde des « natures mortes ».

Quand quelques jours après le départ de Saint-Loup, j'eus réussi à ce qu'Elstir donnât une petite matinée où je rencontrerais Albertine, le charme et l'élégance, tout momentanés, qu'on me trouva au moment où je sortais du Grand-Hôtel (et qui étaient dus à un repos prolongé, à des frais de toilette spéciaux), je regrettai de ne pas pouvoir les réserver (et aussi le crédit d'Elstir) pour la conquête de quelque autre personne plus intéressante, je regrettai de consommer tout cela pour le simple plaisir de faire la connaissance d'Albertine. Mon intelligence jugeait ce plaisir fort peu précieux, depuis qu'il était assuré. Mais en moi, la volonté ne partagea pas un instant cette illusion, la volonté qui est le serviteur persévérant et immuable de nos personnalités successives ; cachée dans l'ombre, dédaignée, inlassablement fidèle, travaillant sans cesse, et sans se soucier des variations de notre moi, à ce qu'il ne manque jamais du nécessaire. Pendant qu'au moment où va se réaliser un voyage désiré, l'intelligence et la sensibilité commencent à se demander s'il vaut vraiment la peine d'être entrepris, la volonté qui sait que ces maîtres oisifs recommenceraient immédiatement à trouver merveilleux ce voyage si celui-ci ne pouvait avoir lieu, la volonté les laisse disserter devant la gare, multiplier les hésitations, mais elle s'occupe de prendre les billets et de nous mettre en wagon pour l'heure du départ. Elle est aussi invariable que l'intelligence et la sensibilité sont changeantes, mais comme elle est silencieuse, ne donne pas ses raisons, elle semble presque inexistante ; c'est sa ferme détermination que suivent les autres parties de notre moi, mais sans l'apercevoir, tandis qu'elles distinguent nettement leurs propres incertitudes. Ma sensibilité et mon intelligence instituèrent donc une discussion sur la valeur du plaisir qu'il y aurait à connaître Albertine, tandis que je regardais dans la glace de vains et fragiles agréments qu'elles eussent voulu garder intacts pour une autre occasion. Mais ma volonté ne laissa pas passer l'heure où il fallait partir, et ce fut l'adresse d'Elstir qu'elle donna au cocher. Mon intelligence et ma sensibilité eurent le loisir, puisque le sort en était jeté, de trouver que c'était dommage. Si ma volonté avait donné une autre adresse, elles eussent été bien attrapées.

Quand j'arrivai chez Elstir, un peu plus tard, je crus d'abord que Mlle Simonet n'était pas dans l'atelier. Il y avait bien une jeune fille assise, en robe de soie, nu-tête, mais de laquelle je ne connaissais pas la magnifique chevelure, ni le nez, ni ce teint et où je ne retrouvais pas l'entité que j'avais extraite d'une jeune cycliste se promenant coiffée d'un polo, le long de la mer. C'était pourtant Albertine. Mais même quand je le sus, je ne m'occupai pas d'elle. En entrant dans toute réunion mondaine, quand on est jeune, on meurt à soi-même, on devient un homme différent, tout salon étant un nouvel univers où, subissant la loi d'une autre perspective morale, on darde son attention comme si elles devaient nous importer à jamais, sur des personnes, des danses, des parties de cartes, que l'on aura oubliées le lendemain. Obligé de suivre, pour me diriger vers une causerie avec Albertine, un chemin nullement tracé par moi et qui s'arrêtait d'abord devant Elstir, passait par d'autres groupes d'invités à qui on me nommait, puis le long du buffet où m'étaient offertes, et où je mangeais, des tartes aux fraises, cependant que j'écoutais, immobile, une musique qu'on commençait d'exécuter, je me trouvais donner à ces divers épisodes la même importance qu'à ma présentation à Mlle Simonet, présentation qui n'était plus que l'un d'entre eux et que j'avais entièrement oublié avoir été, quelques minutes auparavant, le but unique de ma venue. D'ailleurs n'en est-il pas ainsi dans la vie active, de nos vrais bonheurs, de nos grands malheurs ? Au milieu d'autres personnes, nous recevons de celle que nous aimons la réponse favorable ou mortelle que nous attendions depuis une année. Mais il faut continuer à causer, les idées s'ajoutent les unes aux autres, développant une surface sous laquelle c'est à peine si, de temps à autre, vient sourdement affleurer le souvenir autrement profond mais fort étroit que le malheur est venu pour nous. Si, au lieu du malheur, c'est le bonheur, il peut arriver que ce ne soit que plusieurs années après que nous nous rappelons que le plus grand événement de notre vie sentimentale s'est produit, sans que nous eussions le temps de lui accorder une longue attention, presque d'en prendre conscience, dans une réunion mondaine par exemple, et où nous ne nous étions rendus que dans l'attente de cet événement.

Au moment où Elstir me demanda de venir pour qu'il me présentât à Albertine, assise un peu plus loin, je finis d'abord de manger un éclair au café et demandai avec intérêt à un vieux monsieur dont je venais de faire la connaissance et auquel je crus pouvoir offrir la rose qu'il admirait à ma boutonnière, de me donner des détails sur certaines foires normandes. Ce n'est pas à dire que la présentation qui suivit ne me causa aucun plaisir et n'offrit pas à mes yeux une certaine gravité. Pour le plaisir je ne le connus naturellement qu'un peu plus tard, quand, rentré à l'hôtel, resté seul, je fus redevenu moi-même. Il en est des plaisirs comme des photographies. Ce qu'on prend en présence de l'être aimé, n'est qu'un cliché négatif, on le développe plus tard, une fois chez soi, quand on a retrouvé à sa disposition cette chambre noire intérieure dont l'entrée est « condamnée » tant qu'on voit du monde.

Si la connaissance du plaisir fut ainsi retardée pour moi de quelques heures, en revanche la gravité de cette présentation, je la ressentis tout de suite. Au moment de la présentation, nous avons beau nous sentir tout à coup gratifiés et porteurs d'un « bon », valable pour des plaisirs futurs, après lequel nous courions depuis des semaines, nous comprenons bien que son obtention met fin pour nous, non pas seulement à de pénibles recherches — ce qui ne pourrait que nous remplir de joie —, mais aussi à l'existence d'un certain être, celui que notre imagination avait dénaturé, que notre crainte anxieuse de ne jamais

pouvoir être connus de lui avait grandi. Au moment où
notre nom résonne dans la bouche du présentateur, surtout si celui-ci l'entoure comme fit Elstir de commentaires
élogieux — ce moment sacramentel, analogue à celui où
dans une féerie, le génie ordonne à une personne d'en être
soudain une autre —, celle que nous avons désiré d'approcher s'évanouit ; d'abord comment resterait-elle pareille à
elle-même puisque — de par l'attention que l'inconnue est
obligée de prêter à notre nom et de marquer à notre
personne — dans les yeux hier situés à l'infini (et que nous
croyions que les nôtres, errants, mal réglés, désespérés,
divergents, ne parviendraient jamais à rencontrer) le
regard conscient, la pensée inconnaissable que nous cherchions, viennent d'être miraculeusement et tout simplement remplacés par notre propre image peinte comme au
fond d'un miroir qui sourirait ? Si l'incarnation de nous-
même en ce qui nous en semblait le plus différent, est ce
qui modifie le plus la personne à qui on vient de nous
présenter, la forme de cette personne reste encore assez
vague ; et nous pouvons nous demander si elle sera dieu,
table ou cuvette. Mais, aussi agiles que ces ciroplastes qui
font un buste devant nous en cinq minutes, les quelques
mots que l'inconnue va nous dire préciseront cette forme
et lui donneront quelque chose de définitif qui exclura
toutes les hypothèses auxquelles se livraient la veille notre
désir et notre imagination. Sans doute, même avant de
venir à cette matinée, Albertine n'était plus tout à fait pour
moi ce seul fantôme digne de hanter notre vie que reste
une passante dont nous ne savons rien, que nous avons à
peine discernée. Sa parenté avec Mme Bontemps avait
déjà restreint ces hypothèses merveilleuses, en aveuglant
une des voies par lesquelles elles pouvaient se répandre.
Au fur et à mesure que je me rapprochais de la jeune fille et
la connaissais davantage, cette connaissance se faisait par
soustraction, chaque partie d'imagination et de désir étant
remplacée par une notion qui valait infiniment moins,
notion à laquelle il est vrai que venait s'ajouter une sorte
d'équivalent, dans le domaine de la vie, de ce que les
Sociétés financières donnent après le remboursement de
l'action primitive, et qu'elles appellent action de jouissance. Son nom, ses parentés avaient été une première
limite apportée à mes suppositions. Son amabilité tandis
que tout près d'elle je retrouvais son petit grain de beauté
sur la joue au-dessous de l'œil fut une autre borne ; enfin,
je fus étonné de l'entendre se servir de l'adverbe « parfaitement » au lieu de « tout à fait », en parlant de deux
personnes, disant de l'une « elle est parfaitement folle,

mais très gentille tout de même » et de l'autre « c'est un monsieur parfaitement commun et parfaitement ennuyeux ». Si peu plaisant que soit cet emploi de « parfaitement », il indique un degré de civilisation et de culture auquel je n'aurais pu imaginer qu'atteignait la bacchante à bicyclette, la muse orgiaque du golf. Il n'empêche d'ailleurs qu'après cette première métamorphose, Albertine devait changer encore bien des fois pour moi. Les qualités et les défauts qu'un être présente disposés au premier plan de son visage se rangent selon une formation tout autre si nous l'abordons par un côté différent — comme dans une ville les monuments répandus en ordre dispersé sur une seule ligne, d'un autre point de vue s'échelonnent en profondeur et échangent leurs grandeurs relatives. Pour commencer je trouvai Albertine l'air assez intimidée à la place d'implacable ; elle me sembla plus comme il faut que mal élevée, à en juger par les épithètes de « elle a un mauvais genre, elle a un drôle de genre » qu'elle appliqua à toutes les jeunes filles dont je lui parlai ; elle avait enfin comme point de mire du visage une tempe assez enflammée et peu agréable à voir, et non plus le regard singulier auquel j'avais toujours repensé jusque-là. Mais ce n'était qu'une seconde vue et il y en avait d'autres sans doute par lesquelles je devrais successivement passer. Ainsi ce n'est qu'après avoir reconnu non sans tâtonnements les erreurs d'optique du début qu'on pourrait arriver à la connaissance exacte d'un être si cette connaissance était possible. Mais elle ne l'est pas ; car tandis que se rectifie la vision que nous avons de lui, lui-même qui n'est pas un objectif inerte change pour son compte, nous pensons le rattraper, il se déplace, et, croyant le voir enfin plus clairement, ce n'est que les images anciennes que nous en avions prises que nous avons réussi à éclaircir, mais qui ne le représentent plus.

Pourtant, quelques déceptions inévitables qu'elle doive apporter, cette démarche vers ce qu'on n'a qu'entrevu, ce qu'on a eu le loisir d'imaginer, cette démarche est la seule qui soit saine pour les sens, qui y entretienne l'appétit. De quel morne ennui est empreinte la vie des gens qui par paresse ou timidité, se rendent directement en voiture chez des amis qu'ils ont connus sans avoir d'abord rêvé d'eux, sans jamais oser sur le parcours s'arrêter auprès de ce qu'ils désirent !

Je rentrai en pensant à cette matinée, en revoyant l'éclair au café que j'avais fini de manger avant de me laisser conduire par Elstir auprès d'Albertine, la rose que j'avais donnée au vieux monsieur, tous ces détails choisis à

notre insu par les circonstances et qui composent pour
nous, en un arrangement spécial et fortuit, le tableau d'une
première rencontre. Mais ce tableau, j'eus l'impression de
le voir d'un autre point de vue, de très loin de moi-même,
comprenant qu'il n'avait pas existé que pour moi, quand
quelques mois plus tard, à mon grand étonnement, comme
je parlais à Albertine du premier jour où je l'avais connue,
elle me rappela l'éclair, la fleur que j'avais donnée, tout ce
que je croyais, je ne peux pas dire n'être important que
pour moi, mais n'avoir été aperçu que de moi et que je
retrouvais ainsi, transcrit en une version dont je ne soupçonnais pas l'existence, dans la pensée d'Albertine. Dès ce
premier jour, quand en rentrant je pus voir le souvenir que
je rapportais, je compris quel tour de muscade avait été
parfaitement exécuté, et comment j'avais causé un
moment avec une personne qui, grâce à l'habileté du
prestidigitateur, sans avoir rien de celle que j'avais suivie
si longtemps au bord de la mer, lui avait été substituée.
J'aurais du reste pu le deviner d'avance, puisque la jeune
fille de la plage avait été fabriquée par moi. Malgré cela,
comme je l'avais, dans mes conversations avec Elstir,
identifiée à Albertine, je me sentais envers celle-ci l'obligation morale de tenir les promesses d'amour faites à l'Albertine imaginaire. On se fiance par procuration, et on se croit
obligé d'épouser ensuite la personne interposée. D'ailleurs, si avait disparu provisoirement du moins de ma vie
une angoisse qu'eût suffi à apaiser le souvenir des
manières comme il faut, de cette expression « parfaitement commun » et de la tempe enflammée, ce souvenir
éveillait en moi un autre genre de désir qui, bien que doux
et nullement douloureux, semblable à un sentiment fraternel, pouvait à la longue devenir aussi dangereux en me
faisant ressentir à tout moment le besoin d'embrasser
cette personne nouvelle dont les bonnes façons et la timidité, la disponibilité inattendue, arrêtaient la course inutile de mon imagination, mais donnaient naissance à une
gratitude attendrie. Et puis comme la mémoire commence
tout de suite à prendre des clichés indépendants les uns
des autres, supprime tout lien, tout progrès, entre les
scènes qui y sont figurées, dans la collection de ceux
qu'elle expose, le dernier ne détruit pas forcément les
précédents. En face de la médiocre et touchante Albertine
à qui j'avais parlé, je voyais la mystérieuse Albertine en
face de la mer. C'était maintenant des souvenirs, c'est-à-
dire des tableaux dont l'un ne me semblait pas plus vrai
que l'autre. Pour en finir avec ce premier soir de présentation, en cherchant à revoir ce petit grain de beauté

sur la joue au-dessous de l'œil, je me rappelai que de chez Elstir, quand Albertine était partie, j'avais vu ce grain de beauté sur le menton. En somme, quand je la voyais, je remarquais qu'elle avait un grain de beauté, mais ma mémoire errante le promenait ensuite sur la figure d'Albertine et le plaçait tantôt ici tantôt là.

J'avais beau être assez désappointé d'avoir trouvé en Mlle Simonet une jeune fille trop peu différente de tout ce que je connaissais, de même que ma déception devant l'église de Balbec ne m'empêchait pas de désirer aller à Quimperlé, à Pont-Aven et à Venise, je me disais que par Albertine du moins, si elle-même n'était pas ce que j'avais espéré, je pourrais connaître ses amies de la petite bande.

Je crus d'abord que j'y échouerais. Comme elle devait rester fort longtemps encore à Balbec et moi aussi, j'avais trouvé que le mieux était de ne pas trop chercher à la voir et d'attendre une occasion qui me fît la rencontrer. Mais cela arrivât-il tous les jours, il était fort à craindre qu'elle se contentât de répondre de loin à mon salut, lequel dans ce cas, répété quotidiennement pendant toute la saison, ne m'avancerait à rien.

Peu de temps après, un matin où il avait plu et où il faisait presque froid, je fus abordé sur la digue par une jeune fille portant un toquet et un manchon, si différente de celle que j'avais vue à la réunion d'Elstir que reconnaître en elle la même personne semblait pour l'esprit une opération impossible ; le mien y réussit cependant, mais après une seconde de surprise qui je crois n'échappa pas à Albertine. D'autre part, me souvenant à ce moment-là des « bonnes façons » qui m'avaient frappé, elle me fit éprouver l'étonnement inverse par son ton rude et ses manières « petite bande ». Au reste la tempe avait cessé d'être le centre optique et rassurant du visage, soit que je fusse placé de l'autre côté, soit que le toquet la recouvrît, soit que son inflammation ne fût pas constante. « Quel temps ! me dit-elle, au fond l'été sans fin de Balbec est une vaste blague. Vous ne faites rien ici ? On ne vous voit jamais au golf, aux bals du Casino ; vous ne montez pas à cheval non plus. Comme vous devez vous raser ! Vous ne trouvez pas qu'on se bêtifie à rester tout le temps sur la plage ? Ah ! vous aimez à faire le lézard ? Vous avez du temps de reste. Je vois que vous n'êtes pas comme moi, j'adore tous les sports ! Vous n'étiez pas aux courses de la Sogne ? Nous y sommes allés par le tram et je comprends que ça ne vous amuse pas de prendre un tacot pareil ! Nous avons mis deux heures ! J'aurais fait trois fois l'aller et retour avec ma bécane. » Moi qui avais admiré Saint-Loup quand il avait appelé tout naturellement le petit chemin de fer d'intérêt local le « tortillard » à cause des innombrables détours qu'il faisait, j'étais intimidé par la facilité avec laquelle Albertine disait le « tram », le « tacot ». Je sentais sa maîtrise dans un mode de désignations où j'avais peur qu'elle ne constatât et ne méprisât mon infériorité. Encore la richesse de synonymes que possédait la petite bande pour désigner ce chemin de fer ne m'était-elle pas encore révélée. En parlant Albertine gardait la tête immobile, les narines serrées, ne faisait remuer que le bout des lèvres. Il en résultait ainsi un son traînard et nasal dans la composition duquel entraient peut-être des hérédités provinciales, une affectation juvénile de flegme britannique, les leçons d'une institutrice étrangère et une hypertrophie congestive de la muqueuse du nez. Cette émission, qui cédait bien vite du reste quand elle connaissait plus les gens et redevenait naturellement enfantine, aurait pu passer pour désagréable. Mais elle était particulière et m'enchantait. Chaque fois que j'étais quelques jours sans la rencontrer, je m'exaltais en me répétant : « On ne vous voit jamais au golf », avec le ton nasal sur lequel elle l'avait dit, toute droite, sans bouger la tête. Et je pensais alors qu'il n'existait pas de personne plus désirable.

Nous formions ce matin-là un de ces couples qui piquent çà et là la digue de leur conjonction, de leur arrêt, juste le temps d'échanger quelques paroles avant de se désunir pour reprendre séparément chacun sa promenade divergente. Je profitai de cette immobilité pour regarder et savoir définitivement où était situé le grain de beauté. Or, comme une phrase de Vinteuil qui m'avait enchanté dans la Sonate et que ma mémoire faisait errer de l'andante au finale jusqu'au jour où ayant la partition en main je pus la trouver et l'immobiliser dans mon souvenir à sa place, dans le scherzo, de même le grain de beauté que je m'étais rappelé tantôt sur la joue, tantôt sur le menton, s'arrêta à jamais sur la lèvre supérieure au-dessous du nez. C'est ainsi encore que nous rencontrons avec étonnement des vers que nous savons par cœur, dans une pièce où nous ne soupçonnions pas qu'ils se trouvassent.

À ce moment, comme pour que devant la mer se multipliât en liberté, dans la variété de ses formes, tout le riche ensemble décoratif qu'était le beau déroulement des vierges, à la fois dorées et roses, cuites par le soleil et par le vent, les amies d'Albertine, aux belles jambes, à la taille souple, mais si différentes les unes des autres, montrèrent leur groupe qui se développa, s'avançant dans notre direction, plus près de la mer, sur une ligne parallèle. Je demandai à Albertine la permission de l'accompagner pendant quelques instants. Malheureusement elle se contenta de leur faire bonjour de la main. « Mais vos amies vont se plaindre si vous les laissez », lui dis-je, espérant que nous nous promènerions ensemble. Un jeune homme aux traits réguliers, qui tenait à la main des raquettes, s'approcha de nous. C'était le joueur de baccara dont les folies indignaient tant la femme du premier président. D'un air froid, impassible, en lequel il se figurait évidemment que consistait la distinction suprême, il dit bonjour à Albertine. « Vous venez du golf, Octave ? lui demanda-t-elle. Ça a-t-il bien marché ? Étiez-vous en forme ? — Oh ! ça me dégoûte, je suis dans les choux, répondit-il. — Est-ce qu'Andrée y était ? — Oui, elle a fait soixante-dix-sept. — Oh ! mais c'est un record. — J'avais fait quatre-vingt-deux hier. » Il était le fils d'un très riche industriel qui devait jouer un rôle assez important dans l'organisation de la prochaine Exposition universelle. Je fus frappé à quel point chez ce jeune homme et les autres très rares amis masculins de ces jeunes filles, la connaissance de tout ce qui était vêtements, manière de les porter, cigares, boissons anglaises, chevaux — et qu'il possédait jusque dans ses moindres détails avec une infaillibilité orgueilleuse qui atteignait à la silencieuse modestie du savant — s'était développée isolément sans être accompagnée de la moindre culture intellectuelle. Il n'avait aucune hésitation sur l'opportunité du smoking ou du pyjama, mais ne se doutait pas du cas où on peut ou non employer tel mot, même des règles les plus simples du français. Cette disparité entre les deux cultures devait être la même chez son père, président du Syndicat des propriétaires de Balbec, car dans une lettre ouverte aux électeurs qu'il venait de faire afficher sur tous les murs il disait : « J'ai voulu voir le maire pour lui en causer, il n'a pas voulu écouter mes justes griefs. » Octave obtenait, au Casino, des prix dans tous les concours de boston, de tango, etc., ce qui lui ferait faire s'il le voulait un joli mariage dans ce milieu des « bains de mer » où ce n'est pas au figuré mais au propre que les jeunes filles épousent leur « danseur ». Il alluma un cigare en disant à Albertine : « Vous permettez », comme on demande l'autorisation de terminer tout en causant un travail pressé. Car il ne pouvait jamais « rester sans rien faire », quoiqu'il ne fît d'ailleurs jamais rien. Et comme l'inactivité complète finit par avoir les mêmes effets que le travail exagéré, aussi bien dans le domaine moral que dans la vie du corps et des muscles, la constante nullité intellectuelle qui habitait sous le front songeur d'Octave avait fini par lui donner, malgré son air calme, d'inefficaces démangeaisons de penser qui la nuit l'empêchaient de dormir, comme il aurait pu arriver à un métaphysicien surmené.

Pensant que si je connaissais leurs amis j'aurais plus d'occasions de voir ces jeunes filles, j'avais été sur le point de demander à lui être présenté. Je le dis à Albertine, dès qu'il fut parti en répétant : « Je suis dans les choux. » Je pensais lui inculquer ainsi l'idée de le faire la prochaine fois. « Mais voyons, s'écria-t-elle, je ne peux pas vous présenter à un gigolo ! Ici, ça pullule de gigolos. Mais ils ne pourraient pas causer avec vous. Celui-ci joue très bien au golf, un point c'est tout. Je m'y connais, il ne serait pas du tout votre genre. — Vos amies vont se plaindre si vous les laissez ainsi, lui dis-je, espérant qu'elle allait me proposer d'aller avec elle les rejoindre. — Mais non, elles n'ont aucun besoin de moi. » Nous croisâmes Bloch qui m'adressa un sourire fin et insinuant, et, embarrassé au sujet d'Albertine qu'il ne connaissait pas ou du moins connaissait « sans la connaître », abaissa sa tête vers son col d'un mouvement raide et rébarbatif. « Comment s'appelle-t-il, cet ostrogoth-là ? me demanda Albertine. Je ne sais pas pourquoi il me salue puisqu'il ne me connaît pas. Aussi je ne lui ai pas rendu son salut. » Je n'eus pas le temps de répondre à Albertine, car marchant droit sur nous : « Excuse-moi, dit-il, de t'interrompre, mais je voulais t'avertir que je vais demain à Doncières. Je ne peux plus attendre sans impolitesse et je me demande ce que de Saint-Loup-en-Bray doit penser de moi. Je te préviens que je prends le train de deux heures. À la disposition. » Mais je ne pensais plus qu'à revoir Albertine et tâcher de connaître ses amies et Doncières, comme elles n'y allaient pas et me ferait rentrer après l'heure où elles allaient sur la plage, me paraissait au bout du monde. Je dis à Bloch que cela m'était impossible. « Hé bien, j'irai seul. Selon les deux ridicules alexandrins du sieur Arouet, je dirai à Saint-Loup, pour charmer son cléricalisme :

> *Apprends que mon devoir ne dépend pas du sien ;*
> *Qu'il y manque, s'il veut ; je dois faire le mien.* »

« Je reconnais qu'il est assez joli garçon, me dit Albertine, mais ce qu'il me dégoûte ! » Je n'avais jamais songé que Bloch pût être joli garçon ; il l'était, en effet. Avec une tête un peu proéminente, un nez très busqué, un air d'extrême finesse et d'être persuadé de sa finesse, il avait un agréable visage. Mais il ne pouvait pas plaire à Albertine. C'était peut-être du reste à cause des mauvais côtés de celle-ci, de la dureté, de l'insensibilité de la petite bande, de sa grossièreté avec tout ce qui n'était pas elle. D'ailleurs plus tard, quand je les présentai, l'antipathie d'Albertine ne diminua pas. Bloch appartenait à un milieu où, entre la blague exercée contre le monde et pourtant le respect suffisant des bonnes manières que doit avoir un homme qui a « les mains propres », on a fait une sorte de compromis spécial qui diffère des manières du monde et est malgré tout une sorte, particulièrement odieuse, de mondanité. Quand on le présentait, il s'inclinait à la fois avec un sourire de scepticisme et un respect exagéré, et si c'était à un homme disait : « Enchanté, monsieur » d'une voix qui se moquait des mots qu'elle prononçait mais avait conscience d'appartenir à quelqu'un qui n'était pas un mufle. Cette première seconde donnée à une coutume qu'il suivait et raillait à la fois (comme il disait le 1er janvier : « Je vous la souhaite bonne et heureuse »), il prenait un air fin et rusé et « proférait des choses subtiles » qui étaient souvent pleines de vérité, mais « tapaient sur les nerfs » d'Albertine. Quand je lui dis ce premier jour qu'il s'appelait Bloch, elle s'écria : « Je l'aurais parié que c'était un youpin. C'est bien leur genre de faire les punaises. » Du reste, Bloch devait dans la suite irriter Albertine d'autre façon. Comme beaucoup d'intellectuels il ne pouvait pas dire simplement les choses simples. Il trouvait pour chacune d'elles un qualificatif précieux, puis généralisait. Cela ennuyait Albertine, laquelle n'aimait pas beaucoup qu'on s'occupât de ce qu'elle faisait, que quand elle s'était foulé le pied et restait tranquille, Bloch dît : « Elle est sur sa chaise longue, mais par ubiquité ne cesse pas de fréquenter simultanément de vagues golfs et de quelconques tennis. » Ce n'était que de la « littérature », mais qui, à cause des difficultés qu'Albertine sentait que cela pouvait lui créer avec des gens chez qui elle avait refusé une invitation en disant qu'elle ne pouvait pas remuer, eût suffi pour lui faire prendre en grippe la figure, le son de voix, du garçon qui disait ces choses. Nous nous quittâmes, Albertine et moi, en nous promettant de sortir une fois ensemble. J'avais causé avec elle sans plus savoir où tombaient mes paroles, ce qu'elles devenaient, que si j'eusse jeté des cailloux dans un abîme sans fond. Qu'elles soient remplies en général par la personne à qui nous les adressons d'un sens qu'elle tire de sa propre substance et qui est très différent de celui que nous avions mis dans ces mêmes paroles, c'est un fait que la vie courante nous révèle perpétuellement. Mais si de plus nous nous trouvons auprès d'une personne dont l'éducation (comme pour moi celle d'Albertine) nous est inconcevable, inconnus les penchants, les lectures, les principes, nous ne savons pas si nos paroles éveillent en elle quelque chose qui y ressemble plus que chez un animal à qui pourtant on aurait à faire comprendre certaines choses. De sorte qu'essayer de me lier avec Albertine m'apparaissait comme une mise en contact avec l'inconnu sinon avec l'impossible, comme un exercice aussi malaisé que dresser un cheval, aussi reposant qu'élever des abeilles ou que cultiver des rosiers.

J'avais cru il y avait quelques heures qu'Albertine ne répondrait à mon salut que de loin. Nous venions de nous quitter en faisant le projet d'une excursion ensemble. Je me promis, quand je rencontrerais Albertine, d'être plus hardi avec elle, et je m'étais tracé d'avance le plan de tout ce que je lui dirais et même (maintenant que j'avais tout à fait l'impression qu'elle devait être légère) de tous les plaisirs que je lui demanderais. Mais l'esprit est influençable comme la plante, comme la cellule, comme les éléments chimiques et le milieu qui le modifie si on l'y plonge, ce sont des circonstances, un cadre nouveau. Devenu différent par le fait de sa présence même, quand je me trouvai de nouveau avec Albertine, je lui dis tout autre chose que ce que j'avais projeté. Puis me souvenant de la tempe enflammée, je me demandais si Albertine n'apprécierait pas davantage une gentillesse qu'elle saurait être désintéressée. Enfin j'étais embarrassé devant certains de ses regards, de ses sourires. Ils pouvaient signifier mœurs faciles, mais aussi gaieté un peu bête d'une jeune fille sémillante mais ayant un fond d'honnêteté. Une même expression, de figure comme de langage, pouvait comporter diverses acceptions, j'étais hésitant comme un élève devant les difficultés d'une version grecque.

Cette fois-là nous rencontrâmes presque tout de suite la grande, Andrée, celle qui avait sauté par-dessus le premier président ; Albertine dut me présenter. Son amie avait des yeux extraordinairement clairs, comme est dans un appartement à l'ombre l'entrée, par la porte ouverte, d'une chambre où donnent le soleil et le reflet verdâtre de la mer illuminée.

Cinq messieurs passèrent que je connaissais très bien de vue depuis que j'étais à Balbec. Je m'étais souvent demandé qui ils étaient. « Ce ne sont pas des gens très chics, me dit Albertine en ricanant d'un air de mépris. Le petit vieux, teint, qui a des gants jaunes, il en a une touche, hein, il dégotte bien, c'est le dentiste de Balbec, c'est un brave type ; le gros c'est le maire, pas le tout petit gros, celui-là vous devez l'avoir vu, c'est le professeur de danse, il est assez moche aussi, il ne peut pas nous souffrir parce que nous faisons trop de bruit au Casino, que nous démolissons ses chaises, que nous voulons danser sans tapis, aussi il ne nous a jamais donné le prix quoiqu'il n'y a que nous qui sachions danser. Le dentiste est un brave homme, je lui aurais fait bonjour pour faire rager le maître de danse, mais je ne pouvais pas parce qu'il y a avec eux M. de Sainte-Croix, le conseiller général, un homme d'une très bonne famille qui s'est mis du côté des républicains, pour de l'argent ; aucune personne propre ne le salue plus. Il connaît mon oncle, à cause du gouvernement, mais le reste de ma famille lui a tourné le dos. Le maigre avec un imperméable, c'est le chef d'orchestre. Comment, vous ne le connaissez pas ! Il joue divinement. Vous n'avez pas été entendre *Cavalleria Rusticana ?* Ah ! je trouve ça idéal ! Il donne un concert ce soir, mais nous ne pouvons pas y aller parce-que ça a lieu dans la salle de la Mairie. Au Casino ça ne fait rien, mais dans la salle de la Mairie d'où on a enlevé le Christ, la mère d'Andrée tomberait en apoplexie si nous y allions. Vous me direz que le mari de ma tante est dans le gouvernement. Mais qu'est-ce que vous voulez ? Ma tante est ma tante. Ce n'est pas pour cela que je l'aime ! Elle n'a jamais eu qu'un désir, se débarrasser de moi. La personne qui m'a vraiment servi de mère, et qui a eu double mérite puisqu'elle ne m'est rien, c'est une amie que j'aime du reste comme une mère. Je vous montrerai sa photo. » Nous fûmes abordés un instant par le champion de golf et joueur de baccara, Octave. Je pensai avoir découvert un lien entre nous, car j'appris dans la conversation qu'il était un peu parent, et de plus assez aimé, des Verdurin. Mais il parla avec dédain des fameux mercredis, et ajouta que M. Verdurin ignorait l'usage du smoking ce qui rendait assez gênant de le rencontrer dans certains « music-halls » où on aurait autant aimé ne pas s'entendre crier : « Bonjour, galopin » par un monsieur en veston et en cravate noire de notaire de village. Puis Octave nous quitta, et bientôt après ce fut le tour d'Andrée, arrivée devant son chalet où elle entra sans que de toute la promenade elle m'eût dit un seul mot. Je regrettai d'autant plus son départ que tandis que je faisais remarquer à Albertine combien son amie avait été froide avec moi, et rapprochais en moi-même cette difficulté qu'Albertine semblait avoir à me lier avec ses amies, de l'hostilité contre laquelle, pour exaucer mon souhait, paraissait s'être le premier jour heurté Elstir, passèrent des jeunes filles que je saluai, les demoiselles d'Ambresac, auxquelles Albertine dit aussi bonjour.

Je pensais que ma situation vis-à-vis d'Albertine allait en être améliorée. Elles étaient les filles d'une parente de Mme de Villeparisis et qui connaissait aussi Mme de Luxembourg. M. et Mme d'Ambresac qui avaient une petite villa à Balbec, et, excessivement riches, menaient une vie des plus simples, étaient toujours habillés, le mari du même veston, la femme d'une robe sombre. Tous deux faisaient à ma grand-mère d'immenses saluts qui ne menaient à rien. Les filles, très jolies, s'habillaient avec plus d'élégance mais une élégance de ville et non de plage. Dans leurs robes longues, sous leurs grands chapeaux, elles avaient l'air d'appartenir à une autre humanité qu'Albertine. Celle-ci savait très bien qui elles étaient. « Ah ! vous connaissez les petites d'Ambresac ? Hé bien, vous connaissez des gens très chics. Du reste, ils sont très simples, ajouta-t-elle comme si c'était contradictoire. Elles sont très gentilles mais tellement bien élevées qu'on ne les laisse pas aller au Casino, surtout à cause de nous, parce que nous avons trop mauvais genre. Elles vous plaisent ? Dame, ça dépend. C'est tout à fait les petites oies blanches. Ça a peut-être son charme. Si vous aimez les petites oies blanches, vous êtes servi à souhait. Il paraît qu'elles peuvent plaire puisqu'il y en a déjà une de fiancée au marquis de Saint-Loup. Et cela fait beaucoup de peine à la cadette qui était amoureuse de ce jeune homme. Moi, rien que leur manière de parler du bout des lèvres m'énerve. Et puis elles s'habillent d'une manière ridicule. Elles vont jouer au golf en robes de soie ! À leur âge elles sont mises plus prétentieusement que des femmes âgées qui savent s'habiller. Tenez, Mme Elstir, voilà une femme élégante. » Je répondis qu'elle m'avait semblé vêtue avec beaucoup de simplicité. Albertine se mit à rire. « Elle est mise très simplement, en effet, mais elle s'habille à ravir et pour arriver à ce que vous trouvez de la simplicité, elle dépense un argent fou. » Les robes de Mme Elstir passaient inaperçues aux yeux de quelqu'un qui n'avait pas le goût sûr et sobre des choses de la toilette. Il me faisait défaut. Elstir le possédait au suprême degré, à ce que me dit Albertine. Je ne m'en étais pas douté ni que les choses élégantes mais simples qui emplissaient son atelier étaient des merveilles longtemps désirées par lui, qu'il avait suivies de vente en vente, connaissant toute leur histoire, jusqu'au jour où il avait gagné assez d'argent pour pouvoir les posséder. Mais là-dessus, Albertine, aussi ignorante que moi ne pouvait rien m'apprendre. Tandis que pour les toilettes, avertie par un instinct de coquette et peut-être par un regret de jeune fille pauvre qui goûte avec plus de désintéressement, de délicatesse chez les riches ce dont elle ne pourra se parer elle-même, elle sut me parler très bien des raffinements d'Elstir, si difficile qu'il trouvait toute femme mal habillée, et que mettant tout un monde dans une proportion, dans une nuance, il faisait faire pour sa femme à des prix fous des ombrelles, des chapeaux, des manteaux qu'il avait appris à Albertine à trouver charmants et qu'une personne sans goût n'eût pas plus remarqués que je n'avais fait. Du reste, Albertine qui avait fait un peu de peinture sans avoir d'ailleurs, elle l'avouait, aucune « disposition » éprouvait une grande admiration pour Elstir, et grâce à ce qu'il lui avait dit et montré, s'y connaissait en tableaux d'une façon qui contrastait fort avec son enthousiasme pour *Cavalleria Rusticana*. C'est qu'en réalité, bien que cela ne se vît guère encore, elle était très intelligente et dans les choses qu'elle disait, la bêtise n'était pas sienne, mais celle de son milieu et de son âge. Elstir avait eu sur elle une influence heureuse mais partielle. Toutes les formes de l'intelligence n'étaient pas arrivées chez Albertine au même degré de développement. Le goût de la peinture avait presque rattrapé celui de la toilette et de toutes les formes de l'élégance, mais n'avait pas été suivi par le goût de la musique qui restait fort en arrière.

Albertine avait beau savoir qui étaient les Ambresac, comme qui peut le plus ne peut pas forcément le moins, je ne la trouvai pas, après que j'eusse salué ces jeunes filles, plus disposée à me faire connaître ses amies. « Vous êtes bien bon de leur donner de l'importance. Ne faites pas attention à elles, ce n'est rien du tout. Qu'est-ce que ces petites gosses peuvent compter pour un homme de votre valeur ? Andrée au moins est remarquablement intelligente. C'est une bonne petite fille, quoique parfaitement fantasque, mais les autres sont vraiment très stupides. » Après avoir quitté Albertine, je ressentis tout à coup beaucoup de chagrin que Saint-Loup m'eût caché ses fiançailles, et fît quelque chose d'aussi mal que se marier sans avoir rompu avec sa maîtresse. Peu de jours après pourtant, je fus présenté à Andrée et comme elle parla assez longtemps, j'en profitai pour lui dire que je voudrais bien la voir le lendemain, mais elle me répondit que c'était impossible parce qu'elle avait trouvé sa mère assez mal et ne voulait pas la laisser seule. Deux jours après, étant allé voir Elstir, il me dit la sympathie très grande qu'Andrée avait pour moi ; comme je lui répondais : « Mais c'est moi qui ai eu beaucoup de sympathie pour elle dès le premier jour, je lui avais demandé à la revoir le lendemain, mais elle ne pouvait pas. — Oui, je sais, elle me l'a raconté, me dit Elstir, elle l'a assez regretté, mais elle avait accepté un pique-nique à dix lieues d'ici où elle devait aller en break et elle ne pouvait plus se décommander. » Bien que ce mensonge fût, Andrée me connaissait si peu, fort insignifiant, je n'aurais pas dû continuer à fréquenter une personne qui en était capable. Car ce que les gens ont fait, ils le recommencent indéfiniment. Et qu'on aille voir chaque année un ami qui les premières fois n'a pu venir à votre rendez-vous, ou s'est enrhumé, on le retrouvera avec un autre rhume qu'il aura pris, on le manquera à un autre rendez-vous où il ne sera pas venu, pour une même raison permanente à la place de laquelle il croit voir des raisons variées, tirées des circonstances.

Un des matins qui suivirent celui où Andrée m'avait dit qu'elle était obligée de rester auprès de sa mère, je faisais quelques pas avec Albertine que j'avais aperçue, élevant au bout d'un cordonnet un attribut bizarre qui la faisait ressembler à l'« Idolâtrie » de Giotto ; il s'appelle d'ailleurs un « diabolo » et est tellement tombé en désuétude que devant le portrait d'une jeune fille en tenant un, les commentateurs de l'avenir pourront disserter comme devant telle figure allégorique de l'Arena, sur ce qu'elle a dans la main. Au bout d'un moment, leur amie à l'air pauvre et dur, qui avait ricané le premier jour d'un air si méchant : « Il me fait de la peine, ce pauvre vieux » en parlant du vieux monsieur effleuré par les pieds légers d'Andrée, vint dire à Albertine : « Bonjour, je vous dérange ? » Elle avait ôté son chapeau qui la gênait, et ses cheveux comme une variété végétale ravissante et inconnue reposaient sur son front dans la minutieuse délicatesse de leur foliation. Albertine, peut-être irritée de la voir tête nue, ne répondit rien, garda un silence glacial malgré lequel l'autre resta, tenue à distance de moi par Albertine qui s'arrangeait à certains instants pour être seule avec elle, à d'autres pour marcher avec moi, en la laissant derrière. Je fus obligé pour qu'elle me présentât de le lui demander devant l'autre. Alors au moment où Albertine me nomma, sur la figure et dans les yeux bleus de cette jeune fille à qui j'avais trouvé un air si cruel quand elle avait dit : « Ce pauvre vieux, y m' fait d' la peine », je vis passer et briller un sourire cordial, aimant, et elle me tendit la main. Ses cheveux étaient dorés, et ne l'étaient pas seuls ; car si ses joues étaient roses et ses yeux bleus, c'était comme le ciel encore empourpré du matin où partout pointe et brille l'or.

Prenant feu aussitôt, je me dis que c'était une enfant

timide quand elle aimait et que c'était pour moi, par amour pour moi, qu'elle était restée avec nous malgré les rebuffades d'Albertine, et qu'elle avait dû être heureuse de pouvoir m'avouer enfin par ce regard souriant et bon qu'elle serait aussi douce avec moi que terrible aux autres. Sans doute m'avait-elle remarqué sur la plage même quand je ne la connaissais pas encore et pensait-elle à moi depuis ; peut-être était-ce pour se faire admirer de moi qu'elle s'était moquée du vieux monsieur et parce qu'elle ne parvenait pas à me connaître qu'elle avait eu les jours suivants l'air morose. De l'hôtel, je l'avais souvent aperçue le soir se promenant sur la plage. C'était probablement avec l'espoir de me rencontrer. Et maintenant, gênée par la présence d'Albertine autant qu'elle l'eût été par celle de toute la petite bande, elle ne s'attachait évidemment à nos pas, malgré l'attitude de plus en plus froide de son amie, que dans l'espoir de rester la dernière, de prendre rendez-vous avec moi pour un moment où elle trouverait moyen de s'échapper sans que sa famille et ses amies le sussent et me donner rendez-vous dans un lieu sûr avant la messe ou après le golf. Il était d'autant plus difficile de la voir qu'Andrée était mal avec elle et la détestait. « J'ai supporté longtemps sa terrible fausseté, me dit-elle, sa bassesse, les innombrables crasses qu'elle m'a faites. J'ai tout supporté à cause des autres. Mais le dernier trait a tout fait déborder. » Et elle me raconta un potin qu'avait fait cette jeune fille et qui, en effet, pouvait nuire à Andrée.

Mais les paroles à moi promises par le regard de Gisèle pour le moment où Albertine nous aurait laissés ensemble ne purent m'être dites, parce qu'Albertine obstinément placée entre nous deux, ayant continué à répondre de plus en plus brièvement, puis ayant cessé de répondre du tout aux propos de son amie, celle-ci finit par abandonner la place. Je reprochai à Albertine d'avoir été si désagréable. « Cela lui apprendra à être plus discrète. Ce n'est pas une mauvaise fille mais elle est barbante. Elle n'a pas besoin de venir fourrer son nez partout. Pourquoi se colle-t-elle à nous sans qu'on lui demande ? Il était moins cinq que je l'envoie paître. D'ailleurs, je déteste qu'elle ait ses cheveux comme ça, ça donne mauvais genre. » Je regardais les joues d'Albertine pendant qu'elle me parlait et je me demandais quel parfum, quel goût elles pouvaient avoir : ce jour-là elle était non pas fraîche, mais lisse, d'un rose uni, violace, crémeux, comme certaines roses qui ont un vernis de cire. J'étais passionné pour elles comme on l'est parfois pour une espèce de fleurs. « Je ne l'avais pas remarqué, lui répondis-je. — Vous l'avez pourtant assez regardée, on aurait dit que vous vouliez faire son portrait », me dit-elle sans être radoucie par le fait qu'en ce moment ce fût elle-même que je regardais tant. « Je ne crois pourtant pas qu'elle vous plairait. Elle n'est pas flirt du tout. Vous devez aimer les jeunes filles flirt, vous. En tout cas, elle n'aura plus l'occasion d'être collante et de se faire semer, parce qu'elle repart tantôt pour Paris. — Vos autres amies s'en vont avec elle ? — Non, elle seulement, elle et Miss, parce qu'elle a à repasser ses examens, elle va potasser, la pauvre gosse. Ce n'est pas gai, je vous assure. Il peut arriver qu'on tombe sur un bon sujet. Le hasard est si grand. Ainsi une de nos amies a eu : "Racontez un accident auquel vous avez assisté." Ça c'est une veine. Mais je connais une jeune fille qui a eu à traiter (et à l'écrit encore) : "D'Alceste ou de Philinte, qui préféreriez-vous avoir comme ami ?" Ce que j'aurais séché là-dessus ! D'abord, en dehors de tout, ce n'est pas une question à poser à des jeunes filles. Les jeunes filles sont liées avec d'autres jeunes filles et ne sont pas censées avoir pour amis des messieurs. (Cette phrase, en me montrant que j'avais peu de chance d'être admis dans la petite bande, me fit trembler.) Mais en tout cas, même si la question était posée à des jeunes gens, qu'est-ce que vous voulez qu'on puisse trouver à dire là-dessus ? Plusieurs familles ont écrit au *Gaulois* pour se plaindre de la difficulté de questions pareilles. Le plus fort est que dans un recueil des meilleurs devoirs d'élèves couronnées, le sujet a été traité deux fois d'une façon absolument opposée. Tout dépend de l'examinateur. L'un voulait qu'on dise que Philinte était un homme flatteur et fourbe, l'autre qu'on ne pouvait pas refuser son admiration à Alceste, mais qu'il était par trop acariâtre et que comme ami il fallait lui préférer Philinte. Comment voulez-vous que les malheureuses élèves s'y reconnaissent quand les professeurs ne sont pas d'accord entre eux ? Et encore ce n'est rien, chaque année ça devient plus difficile. Gisèle ne pourrait s'en tirer qu'avec un bon coup de piston. »

Je rentrai à l'hôtel, ma grand-mère n'y était pas, je l'attendis longtemps ; enfin, quand elle rentra, je la suppliai de me laisser aller faire dans des conditions inespérées une excursion qui durerait peut-être quarante-huit heures, je déjeunai avec elle, commandai une voiture et me fis conduire à la gare. Gisèle ne serait pas étonnée de m'y voir ; une fois que nous aurions changé à Doncières, dans le train de Paris, il y avait un wagon-couloir où, tandis que Miss sommeillerait, je pourrais emmener Gisèle dans des coins obscurs, prendre rendez-vous avec elle pour ma rentrée à Paris que je tâcherais de rapprocher le plus possible. Selon la volonté qu'elle m'exprimerait, je l'accompagnerais jusqu'à Caen ou jusqu'à Évreux, et reprendrais le train suivant. Tout de même, qu'eût-elle pensé si elle avait su que j'avais hésité longtemps entre elle et ses amies, que tout autant que d'elle j'avais voulu être amoureux d'Albertine, de la jeune fille aux yeux clairs, et de Rosemonde ! J'en éprouvais des remords, maintenant qu'un amour réciproque allait m'unir à Gisèle. J'aurais pu du reste lui assurer très véridiquement qu'Albertine ne me plaisait plus. Je l'avais vue ce matin s'éloigner en me tournant presque le dos, pour parler à Gisèle. Sur sa tête inclinée d'un air boudeur, ses cheveux qu'elle avait derrière différents et plus noirs encore, luisaient comme si elle venait de sortir de l'eau. J'avais pensé à une poule mouillée et ces cheveux m'avaient fait incarner en Albertine une autre âme que jusque-là la figure violette et le regard mystérieux. Ces cheveux luisants derrière la tête, c'est tout ce que j'avais pu apercevoir d'elle pendant un moment, et c'est cela seulement que je continuais à voir. Notre mémoire ressemble à ces magasins qui, à leurs devantures, exposent d'une certaine personne, une fois une photographie, une fois une autre. Et d'habitude la plus récente reste quelque temps seule en vue. Tandis que le cocher pressait son cheval, j'écoutais les paroles de reconnaissance et de tendresse que Gisèle me disait, toutes nées de son bon sourire, et de sa main tendue : c'est que dans les périodes de ma vie où je n'étais pas amoureux et où je désirais de l'être, je ne portais pas seulement en moi un idéal physique de beauté qu'on a vu que je reconnaissais de loin dans chaque passante assez éloignée pour que ses traits confus ne s'opposassent pas à cette identification, mais encore le fantôme moral — toujours prêt à être incarné — de la femme qui allait être éprise de moi, me donner la réplique dans la comédie amoureuse que j'avais tout écrite dans ma tête depuis mon enfance et que toute jeune fille aimable me semblait avoir la même envie de jouer, pourvu qu'elle eût aussi un peu le physique de l'emploi. De cette pièce, quelle que fût la nouvelle « étoile » que j'appelais à créer ou à reprendre le rôle, le scénario, les péripéties, le texte même gardaient une forme *ne varietur*.

Quelques jours plus tard, malgré le peu d'empressement qu'Albertine avait mis à nous présenter, je connaissais toute la petite bande du premier jour, restée au complet à Balbec (sauf Gisèle, qu'à cause d'un arrêt prolongé devant la barrière de la gare, et un changement dans l'horaire, je

n'avais pu rejoindre au train, parti cinq minutes avant
mon arrivée, et à laquelle d'ailleurs je ne pensais plus) et
en plus deux ou trois de leurs amies qu'à ma demande elles
me firent connaître. Et ainsi l'espoir du plaisir que je
trouverais avec une jeune fille nouvelle venant d'une autre
jeune fille par qui je l'avais connue, la plus récente était
alors comme une de ces variétés de roses qu'on obtient
grâce à une rose d'une autre espèce. Et remontant de
corolle en corolle dans cette chaîne de fleurs, le plaisir d'en
connaître une différente me faisait retourner vers celle à
qui je la devais, avec une reconnaissance mêlée d'autant
de désir que mon espoir nouveau. Bientôt je passai toutes
mes journées avec ces jeunes filles.

Hélas ! dans la fleur la plus fraîche on peut distinguer les
points imperceptibles qui pour l'esprit averti dessinent
déjà ce qui sera, par la dessiccation ou la fructification des
chairs aujourd'hui en fleur, la forme immuable et déjà
prédestinée de la graine. On suit avec délices un nez pareil
à une vaguelette qui enfle délicieusement une eau matinale et qui semble immobile, dessinable, parce que la mer
est tellement calme qu'on ne perçoit pas la marée. Les
visages humains ne semblent pas changer au moment
qu'on les regarde parce que la révolution qu'ils
accomplissent est trop lente pour que nous la percevions.
Mais il suffisait de voir à côté de ces jeunes filles leur mère
ou leur tante, pour mesurer les distances que, sous l'attraction interne d'un type généralement affreux, ces traits
auraient traversées dans moins de trente ans, jusqu'à
l'heure du déclin des regards, jusqu'à celle où le visage,
passé tout entier au-dessous de l'horizon, ne reçoit plus de
lumière. Je savais que, aussi profond, aussi inéluctable que
le patriotisme juif ou l'atavisme chrétien chez ceux qui se
croient le plus libérés de leur race, habitait sous la rose
inflorescence d'Albertine, de Rosemonde, d'Andrée,
inconnu à elles-mêmes, tenu en réserve pour les circonstances, un gros nez, une bouche proéminente, un
embonpoint qui étonnerait mais était en réalité dans la
coulisse, prêt à entrer en scène, imprévu, fatal, tout comme
tel dreyfusisme, tel cléricalisme, tel héroïsme national et
féodal, soudainement issus, à l'appel des circonstances,
d'une nature antérieure à l'individu lui-même, par
laquelle il pense, vit, évolue, se fortifie ou meurt, sans qu'il
puisse la distinguer des mobiles particuliers qu'il prend
pour elle. Même mentalement, nous dépendons des lois
naturelles beaucoup plus que nous ne croyons et notre
esprit possède d'avance comme certain cryptogame,
comme telle graminée les particularités que nous croyons

choisir. Mais nous ne saisissons que les idées secondes sans percevoir la cause première (race juive, famille française, etc.) qui les produisait nécessairement et que nous manifestons au moment voulu. Et peut-être, alors que les unes nous paraissent le résultat d'une délibération, les autres d'une imprudence dans notre hygiène, tenons-nous de notre famille, comme les papilionacées la forme de leur graine, aussi bien les idées dont nous vivons que la maladie dont nous mourrons.

Comme sur un plant où les fleurs mûrissent à des époques différentes, je les avais vues, en de vieilles dames, sur cette plage de Balbec, ces dures graines, ces mous tubercules, que mes amies seraient un jour. Mais qu'importait ? En ce moment, c'était la saison des fleurs. Aussi quand Mme de Villeparisis m'invitait à une promenade, je cherchais une excuse pour n'être pas libre. Je ne fis de visites à Elstir que celles où mes nouvelles amies m'accompagnèrent. Je ne pus même pas trouver un après-midi pour aller à Doncières voir Saint-Loup, comme je le lui avais promis. Les réunions mondaines, les conversations sérieuses, voire une amicale causerie, si elles avaient pris la place de mes sorties avec ces jeunes filles, m'eussent fait le même effet que si à l'heure du déjeuner on nous emmenait non pas manger, mais regarder un album. Les hommes, les jeunes gens, les femmes vieilles ou mûres avec qui nous croyons nous plaire, ne sont portés pour nous que sur une plane et inconsistante superficie parce que nous ne prenons conscience d'eux que par la perception visuelle réduite à elle-même ; mais c'est comme déléguée des autres sens qu'elle se dirige vers les jeunes filles ; ils vont chercher l'une derrière l'autre les diverses qualités odorantes, tactiles, savoureuses, qu'ils goûtent ainsi même sans le secours des mains et des lèvres ; et, capables, grâce aux arts de transposition, au génie de synthèse où excelle le désir, de restituer sous la couleur des joues ou de la poitrine, l'attouchement, la dégustation, les contacts interdits, ils donnent à ces filles la même consistance mielleuse qu'ils font quand ils butinent dans une roseraie, ou dans une vigne dont ils mangent des yeux les grappes.

S'il pleuvait, bien que le mauvais temps n'effrayât pas Albertine qu'on voyait parfois, dans son caoutchouc, filer en bicyclette sous les averses, nous passions la journée dans le Casino où il m'eût paru ces jours-là impossible de ne pas aller. J'avais le plus grand mépris pour les demoiselles d'Ambresac qui n'y étaient jamais entrées. Et j'aidais volontiers mes amies à jouer de mauvais tours au professeur de danse. Nous subissions généralement quelques admonestations du tenancier ou des employés usurpant un pouvoir directorial parce que mes amies, même Andrée qu'à cause de cela j'avais crue le premier jour une créature si dionysiaque et qui était au contraire frêle, intellectuelle et cette année-là fort souffrante, mais qui obéissait malgré cela moins à l'état de sa santé qu'au génie de cet âge qui emporte tout et confond dans la gaieté les malades et les vigoureux, ne pouvaient pas aller du vestibule à la salle des fêtes sans prendre leur élan, sauter par-dessus toutes les chaises, revenir sur une glissade en gardant leur équilibre par un gracieux mouvement de bras, en chantant, mêlant tous les arts, dans cette première jeunesse, à la façon de ces poètes des anciens âges pour qui les genres ne sont pas encore séparés et qui mêlent dans un poème épique les préceptes agricoles aux enseignements théologiques.

Cette Andrée qui m'avait paru la plus froide le premier jour était infiniment plus délicate, plus affectueuse, plus fine qu'Albertine à qui elle montrait une tendresse caressante et douce de grande sœur. Elle venait au Casino s'asseoir à côté de moi et savait — au contraire d'Albertine — refuser un tour de valse ou même si j'étais fatigué renoncer à aller au Casino pour venir à l'hôtel. Elle exprimait son amitié pour moi, pour Albertine, avec des nuances qui prouvaient la plus délicieuse intelligence des choses du cœur, laquelle était peut-être due en partie à son état maladif. Elle avait toujours un sourire gai pour excuser l'enfantillage d'Albertine qui exprimait avec une violence naïve la tentation irrésistible qu'offraient pour elle des parties de plaisir auxquelles elle ne savait pas, comme Andrée, préférer résolument de causer avec moi... Quand l'heure d'aller à un goûter donné au golf approchait, si nous étions tous ensemble à ce moment-là, elle se préparait, puis venant à Andrée : « Hé bien, Andrée, qu'est-ce que tu attends pour venir ? Tu sais que nous allons goûter au golf. — Non, je reste à causer avec lui, répondait Andrée en me désignant. — Mais tu sais que Mme Durieux t'a invitée », s'écriait Albertine, comme si l'intention d'Andrée de rester avec moi ne pouvait s'expliquer que par l'ignorance où elle devait être qu'elle avait été invitée. « Voyons, ma petite, ne sois pas tellement idiote », répondait Andrée. Albertine n'insistait pas, de peur qu'on lui proposât de rester aussi. Elle secouait la tête : « Fais à ton idée », répondait-elle, comme on dit à un malade qui par plaisir se tue à petit feu, « moi je me trotte, car je crois que ta montre retarde », et elle prenait ses jambes à son cou. « Elle est charmante, mais inouïe », disait Andrée en enveloppant son amie d'un sourire qui la caressait et la jugeait à la fois. Si, en ce goût du divertissement, Albertine avait quelque chose de la Gilberte des premiers temps c'est qu'une certaine ressemblance existe, tout en évoluant, entre les femmes que nous aimons successivement, ressemblance qui tient à la fixité de notre tempérament parce que c'est lui qui les choisit, éliminant toutes celles qui ne nous seraient pas à la fois opposées et complémentaires, c'est-à-dire propres à satisfaire nos sens et à faire souffrir notre cœur. Elles sont, ces femmes, un produit de notre tempérament, une image, une projection renversées, un « négatif » de notre sensibilité. De sorte qu'un romancier pourrait au cours de la vie de son héros, peindre presque exactement semblables ses successives amours et donner par là l'impression non de s'imiter lui-même mais de créer, puisqu'il y a moins de force dans une innovation artificielle que dans une répétition destinée à suggérer une vérité neuve. Encore devrait-il noter dans le caractère de l'amoureux, un indice de variation qui s'accuse au fur et à mesure qu'on arrive dans de nouvelles régions, sous d'autres latitudes de la vie. Et peut-être exprimerait-il encore une vérité de plus si, peignant pour ses autres personnages des caractères, il s'abstenait d'en donner aucun à la femme aimée. Nous connaissons le caractère des indifférents, comment pourrions-nous saisir celui d'un être qui se confond avec notre vie, que bientôt nous ne séparons plus de nous-même, sur les mobiles duquel nous ne cessons de faire d'anxieuses hypothèses, perpétuellement remaniées ? S'élançant d'au-delà de l'intelligence, notre curiosité de la femme que nous aimons dépasse dans sa course le caractère de cette femme. Nous pourrions nous y arrêter que sans doute nous ne le voudrions pas. L'objet de notre inquiète investigation est plus essentiel que ces particularités de caractère, pareilles à ces petits losanges d'épiderme dont les combinaisons variées font l'originalité fleurie de la chair. Notre radiation intuitive les traverse et les images qu'elle nous rapporte ne sont point celles d'un visage particulier mais représentent la morne et douloureuse universalité d'un squelette.

Comme Andrée était extrêmement riche, Albertine pauvre et orpheline, Andrée avec une grande générosité la faisait profiter de son luxe. Quant à ses sentiments pour Gisèle ils n'étaient pas tout à fait ceux que j'avais crus. On eut en effet bientôt des nouvelles de l'étudiante et quand Albertine montra la lettre qu'elle en avait reçue, lettre destinée par Gisèle à donner des nouvelles de son voyage et de son arrivée à la petite bande, en s'excusant sur sa paresse de ne pas écrire encore aux autres, je fus surpris d'entendre Andrée, que je croyais brouillée à mort avec elle, dire : « Je lui écrirai demain, parce que si j'attends sa lettre d'abord, je peux attendre longtemps, elle est si négligente. » Et se tournant vers moi elle ajouta : « Vous ne la trouveriez pas très remarquable évidemment, mais c'est une si brave fille, et puis j'ai vraiment une grande affection pour elle. » Je conclus que les brouilles d'Andrée ne duraient pas longtemps.

Sauf ces jours de pluie, comme nous devions aller en bicyclette sur la falaise ou dans la campagne, une heure d'avance je cherchais à me faire beau et gémissais si Françoise n'avait pas bien préparé mes affaires. Or, même à Paris, elle redressait fièrement et rageusement sa taille que l'âge commençait à courber, pour peu qu'on la trouvât en faute, elle humble, elle modeste et charmante quand son amour-propre était flatté. Comme il était le grand ressort de sa vie, la satisfaction et la bonne humeur de Françoise étaient en proportion directe de la difficulté des choses qu'on lui demandait. Celles qu'elle avait à faire à Balbec étaient si aisées qu'elle montrait presque toujours un mécontentement qui était soudain centuplé et auquel s'alliait une ironique expression d'orgueil quand je me plaignais, au moment d'aller retrouver mes amies, que mon chapeau ne fût pas brossé, ou mes cravates en ordre. Elle qui pouvait se donner tant de peine sans trouver pour cela qu'elle eût rien à faire, à la simple observation qu'un veston n'était pas à sa place, non seulement elle vantait avec quel soin elle l'avait « renfermé plutôt que non pas le laisser à la poussière », mais prononçant un éloge en règle de ses travaux, déplorait que ce ne fussent guère des vacances qu'elle prenait à Balbec, qu'on ne trouverait pas une seconde personne comme elle pour mener une telle vie. « Je ne comprends pas comment qu'on peut laisser ses affaires comme ça et allez-y voir si une autre saurait se retrouver dans ce pêle et mêle. Le diable lui-même y perdrait son latin. » Ou bien elle se contentait de prendre un visage de reine, me lançant des regards enflammés, et gardait un silence rompu aussitôt qu'elle avait fermé la porte et s'était engagée dans le couloir ; il retentissait alors de propos que je devinais injurieux, mais qui restaient aussi indistincts que ceux des personnages qui débitent leurs premières paroles derrière le portant avant d'être entrés en scène. D'ailleurs, quand je me préparais ainsi à partir avec mes amies, même si rien ne manquait et si Françoise était de bonne humeur, elle se montrait tout de même insupportable. Car se servant de plaisanteries que dans mon besoin de parler de ces jeunes filles je lui avais faites sur elles, elle prenait un air de me révéler ce que j'aurais mieux su qu'elle si cela avait été exact, mais ce qui ne l'était pas car Françoise avait mal compris. Elle avait comme tout le monde son caractère propre ; une personne ne ressemble jamais à une voie droite, mais nous étonne de ses détours singuliers et inévitables dont les autres ne s'aperçoivent pas et par où il nous est pénible d'avoir à passer. Chaque fois que j'arrivais au point : « Chapeau pas en place », « nom d'Andrée ou d'Albertine », j'étais obligé par Françoise de m'égarer dans des chemins détournés et absurdes qui me retardaient beaucoup. Il en était de même quand je faisais préparer des sandwiches au chester et à la salade et acheter des tartes que je mangerais à l'heure du goûter, sur la falaise, avec ces jeunes filles et qu'elles auraient bien pu payer à tour de rôle si elles n'avaient été aussi intéressées, déclarait Françoise au secours de qui venait alors tout un atavisme de rapacité et de vulgarité provinciales et pour laquelle on eût dit que l'âme divisée de la défunte Eulalie s'était incarnée plus gracieusement qu'en saint Éloi dans les corps charmants de mes amies de la petite bande. J'entendais ces accusations avec la rage de me sentir buter à un des endroits à partir desquels le chemin rustique et familier qu'était le caractère de Françoise devenait impraticable, pas pour longtemps heureusement. Puis le veston retrouvé et les sandwiches prêts, j'allais chercher Albertine, Andrée, Rosemonde, d'autres parfois, et, à pied ou en bicyclette, nous partions.

Autrefois j'eusse préféré que cette promenade eût lieu par le mauvais temps. Alors je cherchais à retrouver dans Balbec « le pays des Cimmériens », et de belles journées étaient une chose qui n'aurait pas dû exister là, une intrusion du vulgaire été des baigneurs dans cette antique région voilée par les brumes. Mais maintenant, tout ce que j'avais dédaigné, écarté de ma vue, non seulement les effets de soleil, mais même les régates, les courses de chevaux, je l'eusse recherché avec passion pour la même raison qu'autrefois je n'aurais voulu que des mers tempétueuses, et qui était qu'elles se rattachaient, les unes comme autrefois les autres à une idée esthétique. C'est qu'avec mes amies nous étions quelquefois allés voir Elstir, et les jours où les jeunes filles étaient là, ce qu'il avait montré de préférence, c'était quelques croquis d'après de jolies yachtswomen ou bien une esquisse prise sur un hippodrome voisin de Balbec. J'avais d'abord timidement avoué à Elstir que je n'avais pas voulu aller aux réunions qui y avaient été données. « Vous avez eu tort, me dit-il, c'est si joli et si curieux aussi. D'abord cet être particulier, le jockey, sur lequel tant de regards sont fixés, et qui devant le paddock est là morne, grisâtre dans sa casaque éclatante, ne faisant qu'un avec le cheval caracolant qu'il ressaisit, comme ce serait intéressant de dégager ses mouvements professionnels, de montrer la tache brillante qu'il fait et que fait aussi la robe des chevaux, sur le champ de courses ! Quelle transformation de toutes choses dans cette immensité lumineuse d'un champ de courses où on est surpris par tant d'ombres, de reflets, qu'on ne voit que là ! Ce que les femmes peuvent y être jolies ! La première réunion surtout était ravissante, et il y avait des femmes d'une extrême élégance, dans une lumière humide, hollandaise, où l'on sentait monter dans le soleil même le froid pénétrant de l'eau. Jamais je n'ai vu les femmes arrivant en voiture, ou leurs jumelles aux yeux, dans une pareille lumière qui tient sans doute à l'humidité marine. Ah ! que j'aurais aimé la rendre ; je suis revenu de ces courses, fou, avec un tel désir de travailler ! » Puis il s'extasia plus encore sur les réunions de yachting que sur les courses de chevaux et je compris que des régates, que des meetings sportifs où des femmes bien habillées baignent dans la glauque lumière d'un hippodrome marin, pouvaient être, pour un artiste moderne, un motif aussi intéressant que les fêtes qu'ils aimaient tant à décrire pour un Véronèse ou un Carpaccio. « Votre comparaison est d'autant plus exacte, me dit Elstir, qu'à cause de la ville où ils peignaient ces fêtes étaient pour une part nautiques. Seulement, la beauté des embarcations de ce temps-là résidait le plus souvent dans leur lourdeur, dans leur complication. Il y avait des joutes sur l'eau, comme ici, données généralement en l'honneur de quelque ambassade pareille à celle que Carpaccio a représentée dans *La Légende de sainte Ursule*. Les navires étaient massifs, construits comme des architectures, et semblaient presque amphibies comme de moindres Venise au milieu de l'autre, quand amarrés à l'aide de ponts volants, recouverts de satin cramoisi et de tapis persans, ils portaient des femmes en brocart cerise ou en damas vert, tout près des balcons incrustés de marbres multicolores où d'autres femmes se penchaient pour regarder, dans leurs robes aux manches noires à crevés blancs serrés de perles ou ornés de guipures. On ne savait plus où finissait la terre, où commençait l'eau, qu'est-ce qui était encore le palais ou déjà le navire, la caravelle, la galéasse, le Bucentaure. » Albertine écoutait avec une attention passionnée ces détails de toilette, ces images de luxe que nous décrivait Elstir. « Oh ! je voudrais bien voir les guipures dont vous me parlez, c'est si joli le point de Venise, s'écriait-elle ; d'ailleurs j'aimerais tant aller à Venise ! — Vous pourrez peut-être bientôt, lui dit Elstir, contempler les étoffes merveilleuses qu'on portait là-bas. On ne les voyait plus que dans les tableaux des peintres vénitiens, ou alors très rarement dans les trésors des églises, parfois même il y en avait une qui passait dans une vente. Mais on dit qu'un artiste de Venise, Fortuny, a retrouvé le secret de leur fabrication et qu'avant quelques années les femmes pourront se promener, et surtout rester chez elles dans des brocarts aussi magnifiques que ceux que Venise ornait, pour ses patriciennes, avec des dessins d'Orient. Mais je ne sais pas si j'aimerai beaucoup cela, si ce ne sera pas un peu trop costume anachronique pour des femmes d'aujourd'hui, même paradant aux régates, car pour en revenir à nos modernes bateaux de plaisance, c'est tout le contraire que du temps de Venise, "Reine de l'Adriatique". Le plus grand charme d'un yacht, de l'ameublement d'un yacht, des toilettes de yachting, est leur simplicité de choses de la mer, et j'aime tant la mer ! Je vous avoue que je préfère les modes d'aujourd'hui aux modes du temps de Véronèse et même de Carpaccio. Ce qu'il y a de joli dans nos yachts — et dans les yachts moyens surtout, je n'aime pas les énormes, trop navires, c'est comme pour les chapeaux, il y a une mesure à garder — c'est la chose unie, simple, claire, grise qui par les temps voilés, bleuâtres, prend un flou crémeux. Il faut que la pièce où l'on se tient ait l'air d'un petit café. Les toilettes des femmes sur un yacht, c'est la même chose ; ce qui est gracieux, ce sont ces toilettes légères, blanches et unies, en toile, en linon, en pékin, en coutil, qui au soleil et sur le bleu de la mer font un blanc aussi éclatant qu'une voile blanche. Il y a très peu de femmes du reste qui s'habillent bien, quelques-unes pourtant sont merveilleuses. Aux courses, Mlle Léa avait un petit chapeau blanc et une petite ombrelle blanche, c'était ravissant. Je ne sais pas ce que je donnerais pour avoir cette petite ombrelle. » J'aurais tant voulu savoir en quoi cette petite ombrelle différait des autres, et pour d'autres raisons, de coquetterie féminine, Albertine l'aurait voulu plus encore. Mais comme Françoise qui disait pour les soufflés : « C'est un tour de main », la différence était dans la coupe. « C'était, disait Elstir, tout petit, tout rond, comme un parasol chinois. » Je citai les ombrelles de certaines femmes, mais ce n'était pas cela du tout. Elstir trouvait toutes ces ombrelles affreuses. Homme d'un goût difficile et exquis, il faisait consister dans un rien qui était tout, la différence entre ce que portaient les trois quarts des femmes et qui lui faisait horreur et une jolie chose qui le ravissait, et au contraire de ce qui m'arrivait à moi pour qui tout luxe était stérilisant, exaltait son désir de peindre « pour tâcher de faire des choses aussi jolies ». « Tenez, voilà une petite qui a déjà compris comment étaient le chapeau et l'ombrelle », me dit Elstir en me montrant Albertine, dont les yeux brillaient de convoitise. « Comme j'aimerais être riche pour avoir un yacht ! dit-elle au peintre. Je vous demanderais des conseils pour l'aménager. Quels beaux voyages je ferais ! Et comme ce serait joli d'aller aux régates de Cowes ! Et une automobile ! Est-ce que vous trouvez que c'est joli, les modes des femmes pour les automobiles ? — Non, répondait Elstir, mais cela le sera. D'ailleurs, il y a peu de couturiers, un ou deux, Callot, quoique donnant un peu trop dans la dentelle, Doucet, Cheruit, quelquefois Paquin. Le reste sont des horreurs. — Mais alors, il y a une différence immense entre une toilette de Callot et celle d'un couturier quelconque ? demandai-je à Albertine. — Mais énorme, mon petit bonhomme, me répondit-elle. Oh ! pardon. Seulement, hélas ! ce qui coûte trois cents francs ailleurs coûte deux mille francs chez eux. Mais cela ne se ressemble pas, cela a l'air pareil pour les gens qui n'y connaissent rien. — Parfaitement », répondit Elstir, « sans aller pourtant jusqu'à dire que la différence soit aussi profonde qu'entre une statue de la cathédrale de Reims et de l'église Saint-Augustin. Tenez, à propos de cathédrales », dit-il en s'adressant spécialement à moi, parce que cela se référait à une causerie à laquelle ces jeunes filles n'avaient pas pris part et qui d'ailleurs ne les eût nullement intéressées, « je vous parlais l'autre jour de l'église de Balbec comme d'une grande falaise, une grande levée des pierres du pays, mais inversement, me dit-il en me montrant une aquarelle, regardez ces falaises (c'est une esquisse prise tout près d'ici, aux Creuniers), regardez comme ces rochers puissamment et délicatement découpés font penser à une cathédrale. » En effet, on eût dit d'immenses arceaux roses. Mais peints par un jour torride, ils semblaient réduits en poussière, volatilisés par la chaleur, laquelle avait à demi bu la mer, presque passée, dans toute l'étendue de la toile, à l'état gazeux. Dans ce jour où la lumière avait comme détruit la réalité, celle-ci était concentrée dans des créatures sombres et transparentes qui par contraste donnaient une impression de vie plus saisissante, plus proche : les ombres. Altérées de fraîcheur, la plupart désertant le large enflammé s'étaient réfugiées au pied des rochers, à l'abri du soleil ; d'autres nageant lentement sur les eaux comme des dauphins s'attachaient aux flancs de barques en promenade dont elles élargissaient la coque, sur l'eau pâle, de leur corps verni et bleu. C'était peut-être la soif de fraîcheur communiquée par elles qui donnait le plus la sensation de la chaleur de ce jour et qui me fit m'écrier combien je regrettais de ne pas connaître les Creuniers. Albertine et Andrée assurèrent que j'avais dû y aller cent fois. En ce cas, c'était sans le savoir, ni me douter qu'un jour leur vue pourrait m'inspirer une telle soif de beauté, non pas précisément naturelle comme celle que j'avais cherchée jusqu'ici dans les falaises de Balbec, mais plutôt architecturale. Surtout moi qui, parti pour voir le royaume des tempêtes, ne trouvais jamais dans mes promenades avec Mme de Villeparisis où souvent nous ne l'apercevions que de loin, peint dans l'écartement des arbres, l'océan assez réel, assez liquide, assez vivant, donnant assez l'impression de lancer ses masses d'eau, et qui n'aurais aimé le voir immobile que sous un linceul hivernal de brume, je n'eusse guère pu croire que je rêverais maintenant d'une mer qui n'était plus qu'une vapeur blanchâtre ayant perdu la consistance et la couleur. Mais cette mer, Elstir, comme ceux qui rêvaient dans ces barques engourdies par la chaleur, en avait, jusqu'à une telle profondeur, goûté l'enchantement, qu'il avait su rapporter, fixer sur sa toile, l'imperceptible reflux de l'eau, la pulsation d'une minute heureuse ; et on était soudain devenu si amoureux, en voyant ce portrait magique, qu'on ne pensait plus qu'à courir le monde pour retrouver la journée enfuie, dans sa grâce instantanée et dormante.

De sorte que si avant ces visites chez Elstir, avant d'avoir vu une marine de lui où une jeune femme, en robe de barège ou de linon, dans un yacht arborant le drapeau américain, mit le « double » spirituel d'une robe de linon blanc et d'un drapeau dans mon imagination qui aussitôt couva un désir insatiable de voir sur-le-champ des robes de linon blanc et des drapeaux près de la mer, comme si cela ne m'était jamais arrivé jusque-là, je m'étais toujours efforcé, devant la mer, d'expulser du champ de ma vision, aussi bien que les baigneurs du premier plan, les yachts aux voiles trop blanches comme un costume de plage, tout ce qui m'empêchait de me persuader que je contemplais le flot immémorial qui déroulait déjà sa même vie mystérieuse avant l'apparition de l'espèce humaine et jusqu'aux jours radieux qui me semblaient revêtir de l'aspect banal de l'universel été cette côte de brumes et de tempêtes, y marquer un simple temps d'arrêt, l'équivalent de ce qu'on appelle en musique une mesure pour rien, maintenant c'était le mauvais temps qui me paraissait devenir quelque accident funeste, ne pouvant plus trouver de place dans le monde de la beauté ; je désirais vivement aller retrouver dans la réalité ce qui m'exaltait si fort et j'espérais que le temps serait assez favorable pour voir du haut de la falaise les mêmes ombres bleues que dans le tableau d'Elstir.

Le long de la route, je ne me faisais plus d'ailleurs un écran de mes mains comme dans ces jours où concevant la nature comme animée d'une vie antérieure à l'apparition de l'homme, et en opposition avec tous ces fastidieux perfectionnements de l'industrie qui m'avaient fait jusqu'ici bâiller d'ennui dans les expositions universelles ou chez les modistes, j'essayais de ne voir de la mer que la section où il n'y avait pas de bateau à vapeur, de façon à me la représenter comme immémoriale, encore contemporaine des âges où elle avait été séparée de la terre, à tout le moins contemporaine des premiers siècles de la Grèce, ce qui me permettait de me redire en toute vérité les vers du « père Leconte » chers à Bloch :

> *Ils sont partis, les rois des nefs éperonnées,*
> *Emmenant sur la mer tempétueuse, hélas !*
> *Les hommes chevelus de l'héroïque Hellas.*

Je ne pouvais plus mépriser les modistes puisque Elstir m'avait dit que le geste délicat par lequel elles donnent un dernier chiffonnement, une suprême caresse aux nœuds ou aux plumes d'un chapeau terminé, l'intéresserait autant à rendre que celui des jockeys (ce qui avait ravi Albertine). Mais il fallait attendre mon retour, pour les modistes, à Paris, pour les courses et les régates, à Balbec où on n'en donnerait plus avant l'année prochaine. Même un yacht emmenant des femmes en linon blanc était introuvable.

Souvent nous rencontrions les sœurs de Bloch que j'étais obligé de saluer depuis que j'avais dîné chez leur père. Mes amies ne les connaissaient pas. « On ne me permet pas de jouer avec des israélites », disait Albertine. La façon dont elle prononçait « issraélite » au lieu d'« izraélite » aurait suffi à indiquer, même si on n'avait pas entendu le commencement de la phrase, que ce n'était pas de sentiments de sympathie envers le peuple élu qu'étaient animées ces jeunes bourgeoises, de familles dévotes, et qui devaient croire aisément que les juifs égorgeaient les enfants chrétiens. « Du reste, elles ont un sale genre, vos amies », me disait Andrée avec un sourire qui signifiait qu'elle savait bien que ce n'était pas mes amies. « Comme tout ce qui touche à la tribu », répondait Albertine sur le ton sentencieux d'une personne d'expérience. À vrai dire les sœurs de Bloch, à la fois trop habillées et à demi nues, l'air languissant, hardi, fastueux et souillon, ne produisaient pas une impression excellente. Et une de leurs cousines qui n'avait que quinze ans scandalisait le Casino par l'admiration qu'elle affichait pour Mlle Léa, dont M. Bloch père prisait très fort le talent d'actrice, mais que son goût ne passait pas pour porter surtout du côté des messieurs.

Il y avait des jours où nous goûtions dans l'une des fermes-restaurants du voisinage. Ce sont les fermes dites des Écorres, Marie-Thérèse, de la Croix-d'Heuland, de Bagatelle, de Californie, de Marie-Antoinette. C'est cette dernière qu'avait adopté la petite bande.

Mais quelquefois au lieu d'aller dans une ferme, nous montions jusqu'au haut de la falaise, et une fois arrivés et assis sur l'herbe, nous défaisions notre paquet de sandwiches et de gâteaux. Mes amies préféraient les sandwiches et s'étonnaient de me voir manger seulement un gâteau au chocolat gothiquement historié de sucre ou une tarte à l'abricot. C'est qu'avec les sandwiches au chester et à la salade, nourriture ignorante et nouvelle, je n'avais rien à dire. Mais les gâteaux étaient instruits, les tartes étaient bavardes. Il y avait dans les premiers des fadeurs de crème et dans les secondes des fraîcheurs de fruits qui en savaient long sur Combray, sur Gilberte, non seulement la Gilberte de Combray, mais celle de Paris aux goûters de qui je les avais retrouvés. Ils me rappelaient ces assiettes à petits fours des *Mille et Une Nuits* qui distrayaient tant de leurs « sujets » ma tante Léonie quand Françoise lui apportait un jour *Aladin ou la Lampe merveilleuse*, un autre *Ali-Baba, le Dormeur éveillé* ou *Sinbad le Marin embarquant à Bassora avec toutes ses richesses*. J'aurais bien voulu les revoir, mais ma grand-mère ne savait pas ce qu'elles étaient devenues et croyait d'ailleurs que c'était de vulgaires assiettes achetées dans le pays. N'importe, dans le gris et champenois Combray, leurs vignettes s'encastraient multicolores, comme dans la noire église les vitraux aux mouvantes pierreries, comme dans le crépuscule de ma chambre les projections de la lanterne magique, comme devant la vue de la gare et du chemin de fer départemental les boutons d'or des Indes et les lilas de Perse, comme la collection de vieux Chine de ma grand-tante dans sa sombre demeure de vieille dame de province.

Étendu sur la falaise je ne voyais devant moi que des prés, et, au-dessus d'eux, non pas les sept ciels de la

physique chrétienne, mais la superposition de deux seulement, un plus foncé — la mer — et en haut un plus pâle.
Nous goûtions, et si j'avais emporté aussi quelque petit
souvenir qui pût plaire à l'une ou à l'autre de mes amies, la
joie remplissait avec une violence si soudaine leur visage
translucide, en un instant devenu rouge, que leur bouche
n'avait pas la force de la retenir et pour la laisser passer,
éclatait de rire. Elles étaient assemblées autour de moi ; et
entre les visages peu éloignés les uns des autres, l'air qui
les séparait traçait des sentiers d'azur comme frayés par
un jardinier qui a voulu mettre un peu de jour pour
pouvoir circuler lui-même au milieu d'un bosquet de
roses.

Nos provisions épuisées, nous jouions à des jeux qui
jusque-là m'eussent paru ennuyeux, quelquefois aussi
enfantins que « La Tour prends garde » ou « À qui rira le
premier », mais auxquels je n'aurais plus renoncé pour un
empire ; l'aurore de jeunesse dont s'empourprait encore le
visage de ces jeunes filles et hors de laquelle je me trouvais
déjà, à mon âge, illuminait tout devant elles, et, comme la
fluide peinture de certains primitifs, faisait se détacher les
détails les plus insignifiants de leur vie sur un fond d'or.
Pour la plupart les visages mêmes de ces jeunes filles
étaient confondus dans cette rougeur confuse de l'aurore
d'où les véritables traits n'avaient pas encore jailli. On ne
voyait qu'une couleur charmante sous laquelle ce que
devait être dans quelques années le profil n'était pas
discernable. Celui d'aujourd'hui n'avait rien de définitif et
pouvait n'être qu'une ressemblance momentanée avec
quelque membre défunt de la famille auquel la nature
avait fait cette politesse commémorative. Il vient si vite, le
moment où l'on n'a plus rien à attendre, où le corps est figé
dans une immobilité qui ne promet plus de surprises, où
l'on perd toute espérance en voyant, comme aux arbres en
plein été des feuilles déjà mortes, autour de visages encore
jeunes des cheveux qui tombent ou blanchissent, il est si
court ce matin radieux qu'on en vient à n'aimer que les
très jeunes filles, celles chez qui la chair comme une pâte
précieuse travaille encore. Elles ne sont qu'un flot de
matière ductile pétrie à tout moment par l'impression
passagère qui les domine. On dirait que chacune est tour à
tour une petite statuette de la gaieté, du sérieux juvénile,
de la câlinerie, de l'étonnement, modelée par une expression franche, complète, mais fugitive. Cette plasticité
donne beaucoup de variété et de charme aux gentils égards
que nous montre une jeune fille. Certes ils sont indispen-
sables aussi chez la femme, et celle à qui nous ne plaisons

pas ou qui ne nous laisse pas voir que nous lui plaisons, prend à nos yeux quelque chose d'ennuyeusement uniforme. Mais ces gentillesses elles-mêmes, à partir d'un certain âge, n'amènent plus de molles fluctuations sur un visage que les luttes de l'existence ont durci, rendu à jamais militant ou extatique. L'un — par la force continue de l'obéissance qui soumet l'épouse à son époux — semble, plutôt que d'une femme, le visage d'un soldat ; l'autre, sculpté par les sacrifices qu'a consentis chaque jour la mère pour ses enfants, est d'un apôtre. Un autre encore est, après des années de traverses et d'orages, le visage d'un vieux loup de mer, chez une femme dont les vêtements seuls révèlent le sexe. Et certes les attentions qu'une femme a pour nous peuvent encore, quand nous l'aimons, semer de charmes nouveaux les heures que nous passons auprès d'elle. Mais elle n'est pas successivement pour nous une femme différente. Sa gaieté reste extérieure à une figure inchangée. Mais l'adolescence est antérieure à la solidification complète et de là vient qu'on éprouve auprès des jeunes filles ce rafraîchissement que donne le spectacle des formes sans cesse en train de changer, à jouer en une instable opposition qui fait penser à cette perpétuelle recréation des éléments primordiaux de la nature qu'on contemple devant la mer.

Ce n'était pas seulement une matinée mondaine, une promenade avec Mme de Villeparisis que j'eusse sacrifiées au « furet » ou aux « devinettes » de mes amies. À plusieurs reprises Robert de Saint-Loup me fit dire que puisque je n'allais pas le voir à Doncières, il avait demandé une permission de vingt-quatre heures et la passerait à Balbec. Chaque fois je lui écrivis de n'en rien faire, en invoquant l'excuse d'être obligé de m'absenter justement ce jour-là pour aller remplir dans le voisinage un devoir de famille avec ma grand-mère. Sans doute me jugea-t-il mal en apprenant par sa tante en quoi consistait le devoir de famille et quelles personnes tenaient en l'espèce le rôle de grand-mère. Et pourtant je n'avais peut-être pas tort de sacrifier les plaisirs non seulement de la mondanité, mais de l'amitié, à celui de passer tout le jour dans ce jardin. Les êtres qui en ont la possibilité — il est vrai que ce sont les artistes et j'étais convaincu depuis longtemps que je ne le serais jamais — ont aussi le devoir de vivre pour eux-mêmes ; or l'amitié leur est une dispense de ce devoir, une abdication de soi. La conversation même qui est le mode d'expression de l'amitié est une divagation superficielle, qui ne nous donne rien à acquérir. Nous pouvons causer pendant toute une vie sans rien dire que répéter indéfiniment le vide d'une minute, tandis que la marche de la pensée dans le travail solitaire de la création artistique se fait dans le sens de la profondeur, la seule direction qui ne nous soit pas fermée, où nous puissions progresser, avec plus de peine il est vrai, pour un résultat de vérité. Et l'amitié n'est pas seulement dénuée de vertu comme la conversation, elle est de plus funeste. Car l'impression d'ennui que ne peuvent pas ne pas éprouver auprès de leur ami, c'est-à-dire à rester à la surface de soi-même, au lieu de poursuivre leur voyage de découvertes dans les profondeurs, ceux d'entre nous dont la loi de développement est purement interne, cette impression d'ennui, l'amitié nous persuade de la rectifier quand nous nous retrouvons seuls, de nous rappeler avec émotion les paroles que notre ami nous a dites, de les considérer comme un précieux apport alors que nous ne sommes pas comme des bâtiments à qui on peut ajouter des pierres du dehors, mais comme des arbres qui tirent de leur propre sève le nœud suivant de leur tige, l'étage supérieur de leur frondaison. Je me mentais à moi-même, j'interrompais la croissance dans le sens selon lequel je pouvais en effet véritablement grandir, et être heureux, quand je me félicitais d'être aimé, admiré, par un être aussi bon, aussi intelligent, aussi recherché que Saint-Loup, quand j'adaptais mon intelligence, non à mes propres obscures impressions que c'eût été mon devoir de démêler, mais aux paroles de mon ami à qui en me les redisant — en me les faisant redire par cet autre que soi-même qui vit en nous et sur qui on est toujours si content de se décharger du fardeau de penser — je m'efforçais de trouver une beauté, bien différente de celle que je poursuivais silencieusement quand j'étais vraiment seul, mais qui donnerait plus de mérite à Robert, à moi-même, à ma vie. Dans celle qu'un tel ami me faisait, je m'apparaissais comme douillettement préservé de la solitude, noblement désireux de me sacrifier moi-même pour lui, en somme incapable de me réaliser. Près de ces jeunes filles, au contraire, si le plaisir que je goûtais était égoïste, du moins n'était-il pas basé sur le mensonge qui cherche à nous faire croire que nous ne sommes pas irrémédiablement seuls et qui quand nous causons avec un autre nous empêche de nous avouer que ce n'est plus nous qui parlons, que nous nous modelons alors à la ressemblance des étrangers et non d'un moi qui diffère d'eux. Les paroles qui s'échangeaient entre les jeunes filles de la petite bande et moi étaient peu intéressantes, rares d'ailleurs, coupées de ma part de longs silences. Cela ne m'empêchait pas de prendre à les écouter quand elles me parlaient autant de plaisir qu'à les regarder, à découvrir dans la voix de chacune d'elles un tableau vivement coloré. C'est avec délices que j'écoutais leur pépiement. Aimer aide à discerner, à différencier. Dans un bois l'amateur d'oiseaux distingue aussitôt ces gazouillis particuliers à chaque oiseau, que le vulgaire confond. L'amateur de jeunes filles sait que les voix humaines sont encore bien plus variées. Chacune possède plus de notes que le plus riche instrument. Et les combinaisons selon lesquelles elle les groupe sont aussi inépuisables que l'infinie variété des personnalités. Quand je causais avec une de mes amies, je m'apercevais que le tableau original, unique de son individualité, m'était ingénieusement dessiné, tyranniquement imposé aussi bien par les inflexions de sa voix que par celles de son visage et que c'étaient deux spectacles qui traduisaient, chacun dans son plan, la même réalité singulière. Sans doute les lignes de la voix, comme celles du visage, n'étaient pas encore définitivement fixées ; la première muerait encore, comme le second changerait. Comme les enfants possèdent une glande dont la liqueur les aide à digérer le lait et qui n'existe plus chez les grandes personnes, il y avait dans le gazouillis de ces jeunes filles des notes que les femmes n'ont plus. Et de cet instrument plus varié, elles jouaient avec leurs lèvres, avec cette application, cette ardeur des petits anges musiciens de Bellini, lesquelles sont aussi un apanage exclusif de la jeunesse. Plus tard ces jeunes filles perdraient cet accent de conviction enthousiaste qui donnait du charme aux choses les plus simples, soit qu'Albertine sur un ton d'autorité débitât des calembours que les plus jeunes écoutaient avec admiration jusqu'à ce que le fou rire se saisît d'elles avec la violence irrésistible d'un éternuement, soit qu'Andrée mît à parler de leurs travaux scolaires, plus enfantins encore que leurs jeux, une gravité essentiellement puérile ; et leurs paroles détonnaient, pareilles à ces strophes des temps antiques où la poésie encore peu différenciée de la musique se déclamait sur des notes différentes. Malgré tout la voix de ces jeunes filles accusait déjà nettement le parti pris que chacune de ces petites personnes avait sur la vie, parti pris si individuel que c'est user d'un mot bien trop général que de dire pour l'une : « elle prend tout en plaisantant » ; pour l'autre : « elle va d'affirmation en affirmation » ; pour la troisième : « elle s'arrête à une hésitation expectante ». Les traits de notre visage ne sont guère que des gestes devenus, par l'habitude, définitifs. La nature, comme la catastrophe de Pompéi, comme une métamorphose de nymphe, nous a immobilisés dans le mouvement accoutumé. De même nos intonations contiennent notre philosophie de la vie, ce que la personne se dit à tout moment sur les choses. Sans doute ces traits n'étaient pas qu'à ces jeunes filles. Ils étaient à leurs parents. L'individu baigne dans quelque chose de plus général que lui. À ce compte, les parents ne fournissent pas que ce geste habituel que sont les traits du visage et de la voix, mais aussi certaines manières de parler, certaines phrases consacrées, qui presque aussi inconscientes qu'une intonation, presque aussi profondes, indiquent, comme elle, un point de vue sur la vie. Il est vrai que pour les jeunes filles, il y a certaines de ces expressions que leurs parents ne leur donnent pas avant un certain âge, généralement pas avant qu'elles soient des femmes. On les garde en réserve. Ainsi par exemple si on parlait des tableaux d'un ami d'Elstir, Andrée qui avait encore les cheveux dans le dos ne pouvait encore faire personnellement usage de l'expression dont usaient sa mère et sa sœur mariée : « Il paraît que *l'homme* est charmant. » Mais cela viendrait avec la permission d'aller au Palais-Royal. Et déjà depuis sa première communion, Albertine disait comme une amie de sa tante : « Je trouverais cela assez terrible. » On lui avait aussi donné en présent l'habitude de faire répéter ce qu'on lui disait pour avoir l'air de s'intéresser et de chercher à se former une opinion personnelle. Si on disait que la peinture d'un peintre était bien, ou sa maison jolie : « Ah ! c'est bien, sa peinture ? Ah ! c'est joli, sa maison ? » Enfin plus générale encore que n'est le legs familial était la savoureuse matière imposée par la province originelle d'où elles tiraient leur voix et à même laquelle mordaient leurs intonations. Quand Andrée pinçait sèchement une note grave, elle ne pouvait faire que la corde périgourdine de son instrument vocal ne rendît un son chantant fort en harmonie d'ailleurs avec la pureté méridionale de ses traits ; et aux perpétuelles gamineries de Rosemonde, la matière de son visage et de sa voix du Nord répondaient, quoi qu'elle en eût, avec l'accent de sa province. Entre cette province et le tempérament de la jeune fille qui dictait les inflexions, je percevais un beau dialogue. Dialogue, non pas discorde. Aucune ne saurait diviser la jeune fille et son pays natal. Elle, c'est lui encore. Du reste cette réaction des matériaux locaux sur le génie qui les utilise et à qui elle donne plus de verdeur ne rend pas l'œuvre moins individuelle et, que ce soit celle d'un architecte, d'un ébéniste, ou d'un musicien, elle ne reflète pas moins minutieusement les traits les plus subtils de la personnalité de l'artiste, parce qu'il a été forcé de travailler dans la pierre meulière de Senlis ou le grès rouge de Strasbourg, qu'il a respecté les nœuds particuliers au frêne, qu'il a tenu compte dans son écriture des ressources et des limites de la sonorité, des possibilités de la flûte ou de l'alto.

Je m'en rendais compte et pourtant nous causions si peu ! Tandis qu'avec Mme de Villeparisis ou Saint-Loup, j'eusse démontré par mes paroles beaucoup plus de plaisir que je n'en eusse ressenti, car je les quittais avec fatigue, au contraire couché entre ces jeunes filles, la plénitude de ce que j'éprouvais l'emportait infiniment sur la pauvreté, la rareté de nos propos, et débordait de mon immobilité et de mon silence, en flots de bonheur dont le clapotis venait mourir au pied de ces jeunes roses.

Pour un convalescent qui se repose tout le jour dans un jardin fleuriste ou dans un verger, une odeur de fleurs et de fruits n'imprègne pas plus profondément les mille riens dont se compose son farniente que pour moi cette couleur, cet arôme que mes regards allaient chercher sur ces jeunes filles et dont la douceur finissait par s'incorporer en moi. Ainsi les raisins se sucrent-ils au soleil. Et par leur lente continuité, ces jeux si simples avaient aussi amené en moi, comme chez ceux qui ne font autre chose que rester, étendus au bord de la mer, à respirer le sel, à se hâler, une détente, un sourire béat, un éblouissement vague qui avait gagné jusqu'à mes yeux.

Parfois une gentille attention de telle ou telle éveillait en moi d'amples vibrations qui éloignaient pour un temps le désir des autres. Ainsi un jour Albertine avait dit : « Qu'est-ce qui a un crayon ? » Andrée l'avait fourni, Rosemonde le papier, Albertine leur avait dit : « Mes petites bonnes femmes, je vous défends de regarder ce que j'écris. » Après s'être appliquée à bien tracer chaque lettre, le papier appuyé à ses genoux, elle me l'avait passé en me disant : « Faites attention qu'on ne voie pas. » Alors je l'avais déplié et j'avais lu ces mots qu'elle m'avait écrits : « Je vous aime bien. »

« Mais au lieu d'écrire des bêtises », cria-t-elle en se tournant d'un air soudainement impétueux et grave vers Andrée et Rosemonde, « il faut que je vous montre la lettre que Gisèle m'a écrite ce matin. Je suis folle, je l'ai dans ma poche, et dire que cela peut nous être si utile ! » Gisèle avait cru devoir adresser à son amie, afin qu'elle la communiquât aux autres, la composition qu'elle avait faite pour son certificat d'études. Les craintes d'Albertine sur la difficulté des sujets proposés avaient encore été dépassées par les deux entre lesquels Gisèle avait eu à opter. L'un était : « Sophocle écrit des Enfers à Racine pour le consoler de l'insuccès d'*Athalie* » ; l'autre : « Vous supposerez qu'après la première représentation d'*Esther*, Mme de Sévigné écrit à Mme de La Fayette pour lui dire combien elle a regretté son absence. » Or Gisèle, par un excès de zèle qui avait dû toucher les examinateurs, avait choisi le premier, le plus difficile de ces deux sujets, et l'avait traité si remarquablement qu'elle avait eu quatorze et avait été félicitée par le jury. Elle aurait obtenu la mention « très bien » si elle n'avait « séché » dans son examen d'espagnol. La composition dont Gisèle avait envoyé la copie à Albertine nous fut immédiatement lue par celle-ci, car devant elle-même passer le même examen, elle désirait beaucoup avoir l'avis d'Andrée, beaucoup plus forte qu'elles toutes et qui pouvait lui donner de bons tuyaux. « Elle en a une veine, dit Albertine. C'est justement un sujet que lui avait fait piocher ici sa maîtresse de français. » La lettre de Sophocle à Racine, rédigée par Gisèle, commençait ainsi : « Mon cher ami, excusez-moi de vous écrire sans avoir l'honneur d'être personnellement connu de vous, mais votre nouvelle tragédie d'*Athalie* ne montre-t-elle pas que vous avez parfaitement étudié mes modestes ouvrages ? Vous n'avez pas mis de vers que dans la bouche des protagonistes, ou personnages principaux du drame, mais vous en avez écrit, et de charmants, permettez-moi de vous le dire sans cajolerie, pour les chœurs qui ne faisaient pas trop mal, à ce qu'on dit, dans la tragédie grecque, mais qui sont en France une véritable nouveauté. De plus, votre talent, si délié, si fignolé, si charmeur, si fin, si délicat, a atteint une énergie dont je vous félicite. Athalie, Joad, voilà des personnages que votre rival, Corneille, n'eût pas su mieux charpenter. Les caractères sont virils, l'intrigue est simple et forte. Voilà une tragédie dont l'amour n'est pas le ressort et je vous en fais mes compliments les plus sincères. Les préceptes les plus fameux ne sont pas toujours les plus vrais. Je vous citerai comme exemple :

De cette passion la sensible peinture
Est pour aller au cœur la route la plus sûre.

Vous avez montré que le sentiment religieux dont débordent vos chœurs n'est pas moins capable d'attendrir. Le grand public a pu être dérouté, mais les vrais connaisseurs vous rendent justice. J'ai tenu à vous envoyer toutes mes congratulations auxquelles je joins, mon cher confrère, l'expression de mes sentiments les plus distingués. »

Les yeux d'Albertine n'avaient cessé d'étinceler pendant qu'elle faisait cette lecture : « C'est à croire qu'elle a copié cela, s'écria-t-elle quand elle eut fini. Jamais je n'aurais cru Gisèle capable de pondre un devoir pareil. Et ces vers qu'elle cite ! Où a-t-elle pu aller chiper ça ? » L'admiration d'Albertine, changeant il est vrai d'objet, mais encore accrue, ne cessa pas, ainsi que l'application la plus soutenue, de lui faire « sortir les yeux de la tête » tout le temps qu'Andrée, consultée comme plus grande et comme plus calée, d'abord parla du devoir de Gisèle avec une certaine ironie, puis, avec un air de légèreté qui dissimulait mal un sérieux véritable, refit à sa façon la même lettre. « Ce n'est pas mal, dit-elle à Albertine, mais si j'étais toi et qu'on me donne le même sujet, ce qui peut arriver, car on le donne très souvent, je ne ferais pas comme cela. Voilà comment je m'y prendrais. D'abord, si j'avais été Gisèle, je ne me serais pas laissée emballer et j'aurais commencé par écrire sur une feuille à part mon plan. En première ligne, la position de la question et l'exposition du sujet ; puis les idées générales à faire entrer dans le développement. Enfin l'appréciation, le style, la conclusion. Comme cela, en s'inspirant d'un sommaire, on sait où on va. Dès l'exposition du sujet ou si tu aimes mieux, Titine, puisque c'est une lettre, dès l'entrée en matière, Gisèle a gaffé. Écrivant à un homme du XVIIᵉ siècle, Sophocle ne devait pas écrire : mon cher ami. — Elle aurait dû, en effet, lui faire dire : mon cher Racine, s'écria fougueusement Albertine. Ç'aurait été bien mieux. — Non, répondit Andrée sur un ton un peu persifleur, elle aurait dû mettre : " Monsieur." De même, pour finir elle aurait dû trouver quelque chose comme : "Souffrez, Monsieur (tout au plus, cher Monsieur), que je vous dise ici les sentiments d'estime avec lesquels j'ai l'honneur d'être votre serviteur." D'autre part, Gisèle dit que les chœurs sont dans *Athalie* une nouveauté. Elle oublie *Esther*, et deux tragédies peu connues, mais qui ont été précisément analysées cette année par le professeur, de sorte que rien qu'en les citant, comme c'est son dada, on est sûre d'être reçue. Ce sont *Les Juives* de Robert Garnier et l'*Aman*, de Montchrestien. » Andrée cita ces deux titres sans parvenir à cacher un sentiment de bienveillante supériorité qui s'exprima dans un sourire, assez gracieux d'ailleurs. Albertine n'y tint plus : « Andrée, tu es renversante, s'écria-t-elle. Tu vas m'écrire ces deux titres-là. Crois-tu ? Quelle chance si je passais là-dessus, même à l'oral, je les citerais aussitôt et je ferais un effet bœuf. » Mais dans la suite, chaque fois qu'Albertine demanda à Andrée de lui redire les noms des deux pièces pour qu'elle les inscrivît, l'amie si savante prétendit les avoir oubliés et ne les lui rappela jamais. « Ensuite », reprit Andrée sur un ton d'imperceptible dédain à l'égard de camarades plus puériles, mais heureuse pourtant de se faire admirer et attachant à la manière dont elle aurait fait sa composition plus d'importance qu'elle ne voulait le laisser voir, « Sophocle aux Enfers doit être bien informé. Il doit donc savoir que ce n'est pas devant le grand public, mais devant le Roi Soleil et quelques courtisans privilégiés que fut représentée *Athalie*. Ce que Gisèle dit à ce propos de l'estime des connaisseurs n'est pas mal du tout, mais pourrait être complété. Sophocle, devenu immortel, peut très bien avoir le don de la prophétie et annoncer que selon Voltaire *Athalie* ne sera pas seulement "le chef-d'œuvre de Racine, mais celui de l'esprit humain." » Albertine buvait toutes ces paroles. Ses prunelles étaient en feu. Et c'est avec l'indignation la plus profonde qu'elle repoussa la proposition de Rosemonde de se mettre à jouer. « Enfin », dit Andrée du même ton détaché, désinvolte, un peu railleur et assez ardemment convaincu, « si Gisèle avait posément noté d'abord les idées générales qu'elle avait à développer, elle aurait peut-être pensé à ce que j'aurais fait, moi, montrer la différence qu'il y a dans l'inspiration religieuse des chœurs de Sophocle et de ceux de Racine. J'aurais fait faire par Sophocle la remarque que si les chœurs de Racine sont empreints de sentiments religieux comme ceux de la tragédie grecque, pourtant il ne s'agit pas des mêmes dieux. Celui de Joad n'a rien à voir avec celui de Sophocle. Et cela amène tout naturellement, après la fin du développement, la conclusion : "Qu'importe que les croyances soient différentes ?" Sophocle se ferait un scrupule d'insister là-dessus. Il craindrait de blesser les convictions de Racine et glissant à ce propos quelques mots sur ses maîtres de Port-Royal, il préfère féliciter son émule de l'élévation de son génie poétique. »

L'admiration et l'attention avaient donné si chaud à Albertine qu'elle suait à grosses gouttes. Andrée gardait le flegme souriant d'un dandy femelle. « Il ne serait pas mauvais non plus de citer quelques jugements de critiques célèbres », dit-elle avant qu'on se remît à jouer. « Oui, répondit Albertine, on m'a dit cela. Les plus recommandables en général, n'est-ce pas, sont les jugements de Sainte-Beuve et de Merlet ? — Tu ne te trompes pas absolument », répliqua Andrée qui se refusa d'ailleurs à lui écrire les deux autres noms malgré les supplications d'Albertine, « Merlet et Sainte-Beuve ne font pas mal. Mais il faut surtout citer Deltour et Gasc-Desfossés. »

Pendant ce temps je songeais à la petite feuille de bloc-notes que m'avait passée Albertine : « Je vous aime bien », et une heure plus tard, tout en descendant les chemins qui ramenaient, un peu trop à pic à mon gré, vers Balbec, je me disais que c'était avec elle que j'aurais mon roman.

L'état caractérisé par l'ensemble de signes auxquels nous reconnaissons d'habitude que nous sommes amoureux, tels les ordres que je donnais à l'hôtel de ne m'éveiller pour aucune visite, sauf si c'était celle d'une ou l'autre de ces jeunes filles, ces battements de cœur en les attendant (quelle que fût celle qui dût venir), et ces jours-là ma rage si je n'avais pu trouver un coiffeur pour me raser et devais paraître enlaidi devant Albertine, Rosemonde ou Andrée, sans doute cet état, renaissant alternativement pour l'une ou l'autre, était aussi différent de ce que nous appelons amour que diffère de la vie humaine celle des zoophytes où l'existence, l'individualité, si l'on peut dire, est répartie entre différents organismes. Mais l'histoire naturelle nous apprend qu'une telle organisation animale est observable et notre propre vie, pour peu qu'elle soit déjà un peu avancée, n'est pas moins affirmative sur la réalité d'états insoupçonnés de nous autrefois et par lesquels nous devons passer, quitte à les abandonner ensuite. Tel pour moi cet état amoureux divisé simultanément entre plusieurs jeunes filles. Divisé ou plutôt indivis, car le plus souvent ce qui m'était délicieux, différent du reste du monde, ce qui commençait à me devenir cher au point que l'espoir de le retrouver le lendemain était la meilleure joie de ma vie, c'était plutôt tout le groupe de ces jeunes filles, pris dans l'ensemble de ces après-midi sur la falaise, pendant ces heures éventées, sur cette bande d'herbe où étaient posées ces figures si excitantes pour mon imagination d'Albertine, de Rosemonde, d'Andrée ; et cela, sans que j'eusse pu dire laquelle me rendait ces lieux si précieux, laquelle j'avais le plus envie d'aimer. Au commencement d'un amour comme à sa fin, nous ne sommes pas exclusivement attachés à l'objet de cet amour, mais plutôt le désir d'aimer dont il va procéder (et plus tard le souvenir qu'il laisse) erre voluptueusement dans une zone de charmes interchangeables — charmes parfois simplement de nature, de gourmandise, d'habitation — assez harmoniques entre eux pour qu'il ne se sente, auprès d'aucun, dépaysé. D'ailleurs comme, devant elles, je n'étais pas encore blasé par l'habitude, j'avais la faculté de les voir, autant dire d'éprouver un étonnement profond chaque fois que je me retrouvais en leur présence. Sans doute pour une part cet étonnement tient à ce que l'être nous présente alors une nouvelle face de lui-même ; mais, tant est grande la multiplicité de chacun, la richesse des lignes de son visage et de son corps, lignes desquelles si peu se retrouvent, aussitôt que nous ne sommes plus auprès de la personne, dans la simplicité arbitraire de notre souvenir, comme la mémoire a choisi telle particularité qui nous a frappé, l'a isolée, l'a exagérée, faisant d'une femme qui nous a paru grande une étude où la longueur de sa taille est démesurée, ou d'une femme qui nous a semblé rose et blonde une pure « Harmonie en rose et or », au moment où de nouveau cette femme est près de nous, toutes les autres qualités oubliées qui font équilibre à celle-là nous assaillent, dans leur complexité confuse, diminuant la hauteur, noyant le rose, et substituant à ce que nous sommes venus exclusivement chercher d'autres particularités que nous nous rappelons avoir remarquées la première fois et dont nous ne comprenons pas que nous ayons pu si peu nous attendre à les revoir. Nous nous souvenions, nous allions au-devant, d'un paon et nous trouvons une pivoine. Et cet étonnement inévitable n'est pas le seul ; car à côté de celui-là il y en a un autre né de la différence, non plus entre les stylisations du souvenir et la réalité, mais entre l'être que nous avons vu la dernière fois et celui qui nous apparaît aujourd'hui sous un autre angle, nous montrant un nouvel aspect. Le visage humain est vraiment comme celui du Dieu d'une théogonie orientale, toute une grappe de visages juxtaposés dans des plans différents et qu'on ne voit pas à la fois.

Mais pour une grande part, notre étonnement vient surtout de ce que l'être nous présente aussi une même face. Il nous faudrait un si grand effort pour recréer tout ce qui nous a été fourni par ce qui n'est pas nous — fût-ce le goût d'un fruit — qu'à peine l'impression reçue, nous descendons insensiblement la pente du souvenir et sans nous en rendre compte, en très peu de temps, nous sommes très loin de ce que nous avons senti. De sorte que chaque nouvelle entrevue est une espèce de redressement qui nous ramène à ce que nous avions bien vu. Nous ne nous en souvenions déjà plus, tant ce qu'on appelle se rappeler un être c'est en réalité l'oublier. Mais aussi longtemps que nous savons encore voir, au moment où le trait oublié nous apparaît, nous le reconnaissons, nous sommes obligés de rectifier la ligne déviée et ainsi la perpétuelle et féconde surprise qui rendait si salutaires et assouplissants pour moi ces rendez-vous quotidiens avec les belles jeunes filles du bord de la mer, était faite, tout autant que de découvertes, de réminiscence. En ajoutant à cela l'agitation éveillée par ce qu'elles étaient pour moi, qui n'était jamais tout à fait ce que j'avais cru et qui faisait que l'espérance de la prochaine réunion n'était plus semblable à la précédente espérance mais au souvenir encore vibrant du dernier entretien, on comprendra que chaque promenade donnait un violent coup de barre à mes pensées et non pas du tout dans le sens que dans la solitude de ma chambre j'avais pu tracer à tête reposée. Cette direction-là était oubliée, abolie, quand je rentrais vibrant comme une ruche des propos qui m'avaient troublé, et qui retentissaient longtemps en moi. Chaque être est détruit quand nous cessons de le voir ; puis son apparition suivante est une création nouvelle, différente de celle qui l'a immédiatement précédée, sinon de toutes. Car le minimum de variété qui puisse régner dans ces créations est de deux. Nous souvenant d'un coup d'œil énergique, d'un air hardi, c'est inévitablement la fois suivante par un profil quasi languide, par une sorte de douceur rêveuse, choses négligées par nous dans le précédent souvenir que nous serons, à la prochaine rencontre, étonnés, c'est-à-dire presque uniquement frappés. Dans la confrontation de notre souvenir à la réalité nouvelle, c'est cela qui marquera notre déception ou notre surprise, nous apparaîtra comme la retouche de la réalité en nous avertissant que nous nous étions mal rappelé. À son tour l'aspect, la dernière fois négligé, du visage, et à cause de cela même le plus saisissant cette fois-ci, le plus réel, le plus rectificatif, deviendra matière à rêverie, à souvenirs. C'est un profil langoureux et rond, une expression douce, rêveuse que nous désirerons revoir. Et alors de nouveau la fois suivante, ce qu'il y a de volontaire dans les yeux perçants, dans le nez pointu, dans les lèvres serrées, viendra corriger l'écart entre notre désir et l'objet auquel il a cru correspondre. Bien entendu, cette fidélité aux impressions premières, et purement physiques, retrouvées à chaque fois auprès de mes amies, ne concernait pas que les traits de leur visage puisqu'on a vu que j'étais aussi sensible à leur voix, plus troublante peut-être (car elle n'offre pas seulement les mêmes surfaces singulières et sensuelles que lui, elle fait partie de l'abîme inaccessible qui donne le vertige des baisers sans espoir), leur voix pareille au son unique d'un petit instrument où chacune se mettait tout entière et qui n'était qu'à elle. Tracée par une inflexion, telle ligne profonde d'une de ces voix m'étonnait quand je la reconnaissais après l'avoir oubliée. Si bien que les rectifications qu'à chaque rencontre nouvelle j'étais obligé de faire, pour le retour à la parfaite justesse, étaient aussi bien d'un accordeur ou d'un maître de chant que d'un dessinateur.

Quant à l'harmonieuse cohésion où se neutralisaient depuis quelque temps, par la résistance que chacune apportait à l'expansion des autres, les diverses ondes sentimentales propagées en moi par ces jeunes filles, elle fut rompue en faveur d'Albertine, une après-midi que nous jouions au furet. C'était dans un petit bois sur la falaise. Placé entre deux jeunes filles étrangères à la petite bande et que celle-ci avait emmenées parce que nous devions être ce jour-là fort nombreux, je regardais avec envie le voisin d'Albertine, un jeune homme, en me disant que si j'avais eu sa place j'aurais pu toucher les mains de mon amie pendant ces minutes inespérées qui ne reviendraient peut-être pas et eussent pu me conduire très loin. Déjà à lui seul et même sans les conséquences qu'il eût entraînées sans doute, le contact des mains d'Albertine m'eût été délicieux. Non que j'eusse jamais vu de plus belles mains que les siennes. Même dans le groupe de ses amies, celles d'Andrée, maigres et bien plus fines, avaient comme une vie particulière, docile au commandement de la jeune fille, mais indépendante, et elles s'allongeaient souvent devant elle comme de nobles lévriers, avec des paresses, de longs rêves, de brusques étirements d'une phalange, à cause desquels Elstir avait fait plusieurs études de ces mains. Et dans l'une où on voyait Andrée les chauffer devant le feu, elles avaient sous l'éclairage la diaphanéité dorée de deux feuilles d'automne. Mais, plus grasses, les mains d'Albertine cédaient un instant, puis résistaient à la pression de la main qui les serrait, donnant une sensation toute particulière. La pression de la main d'Albertine avait une douceur sensuelle qui était comme en harmonie avec la coloration rose, légèrement mauve de sa peau. Cette pression semblait vous faire pénétrer dans la jeune fille, dans la profondeur de ses sens, comme la sonorité de son rire, indécent à la façon d'un roucoulement ou de certains cris. Elle était de ces femmes à qui c'est un si grand plaisir de serrer la main qu'on est reconnaissant à la civilisation d'avoir fait du shake-hand un acte permis entre jeunes gens et jeunes filles qui s'abordent. Si les habitudes arbitraires de la politesse avaient remplacé la poignée de mains par un autre geste, j'eusse tous les jours regardé les mains intangibles d'Albertine avec une curiosité de connaître leur contact aussi ardente qu'était celle de savoir la saveur de ses joues. Mais dans le plaisir de tenir longtemps ses mains entre les miennes, si j'avais été son voisin au furet, je n'envisageais pas que ce plaisir même : que d'aveux, de déclarations tus jusqu'ici par timidité j'aurais pu confier à certaines pressions de mains ; de son côté comme il lui eût été facile en répondant par d'autres pressions de me montrer qu'elle acceptait ; quelle complicité, quel commencement de volupté ! Mon amour pouvait faire plus de progrès en quelques minutes passées ainsi à côté d'elle qu'il n'avait fait depuis que je la connaissais. Sentant qu'elles dureraient peu, étaient bientôt à leur fin, car on ne continuerait sans doute pas longtemps ce petit jeu, et qu'une fois qu'il serait fini, ce serait trop tard, je ne tenais pas en place. Je me laissai exprès prendre la bague et une fois au milieu, quand elle passa je fis semblant de ne pas m'en apercevoir et la suivis des yeux attendant le moment où elle arriverait dans les mains du voisin d'Albertine, laquelle riant de toutes ses forces, et dans l'animation et la joie du jeu, était toute rose. « Nous sommes justement dans le bois joli », me dit Andrée en me désignant les arbres qui nous entouraient, avec un sourire du regard qui n'était que pour moi et semblait passer par-dessus les joueurs comme si nous deux étions seuls assez intelligents pour nous dédoubler et faire à propos du jeu une remarque d'un caractère poétique. Elle poussa même la délicatesse d'esprit jusqu'à chanter sans en avoir envie : « Il a passé par ici, le furet du Bois, Mesdames, il a passé par ici, le furet du Bois joli », comme les personnes qui ne peuvent aller à Trianon sans y donner une fête Louis XVI ou qui trouvent piquant de faire chanter un air dans le cadre pour lequel il fut écrit. J'eusse sans doute été au contraire attristé de ne pas trouver du charme à cette réalisation, si j'avais eu le loisir d'y penser. Mais mon esprit était bien ailleurs. Joueurs et joueuses commençaient à s'étonner de ma stupidité et que je ne prisse pas la bague. Je regardais Albertine si belle, si indifférente, si gaie, qui, sans le prévoir, allait devenir ma voisine quand enfin j'arrêterais la bague dans les mains qu'il faudrait, grâce à un manège qu'elle ne soupçonnait pas et dont sans cela elle se fût irritée. Dans la fièvre du jeu, les longs cheveux d'Albertine s'étaient à demi défaits et, en mèches bouclées, tombaient sur ses joues dont ils faisaient encore mieux ressortir, par leur brune sécheresse, la rose carnation. « Vous avez les tresses de Laura Dianti, d'Éléonore de Guyenne, et de sa descendante si aimée de Chateaubriand. Vous devriez porter toujours les cheveux un peu tombants », lui dis-je à l'oreille pour me rapprocher d'elle. Tout d'un coup la bague passa au voisin d'Albertine. Aussitôt je m'élançai, lui ouvris brutalement les mains, saisis la bague ; il fut obligé d'aller à ma place au milieu du cercle et je pris la sienne à côté d'Albertine.

Peu de minutes auparavant, j'enviais ce jeune homme quand je voyais ses mains, en glissant sur la ficelle, rencontrer à tout moment celles d'Albertine. Maintenant que mon tour était venu, trop timide pour rechercher, trop ému pour goûter ce contact, je ne sentais plus rien que le battement rapide et douloureux de mon cœur. À un moment, Albertine pencha vers moi d'un air d'intelligence sa figure pleine et rose, faisant ainsi semblant d'avoir la bague, afin de tromper le furet et de l'empêcher de regarder du côté où celle-ci était en train de passer. Je compris tout de suite que c'était à cette ruse que s'appliquaient les sous-entendus du regard d'Albertine, mais je fus troublé en voyant ainsi passer dans ses yeux l'image, purement simulée pour les besoins du jeu, d'un secret, d'une entente qui n'existaient pas entre elle et moi, mais qui dès lors me semblèrent possibles et m'eussent été divinement doux. Comme cette pensée m'exaltait, je sentis une légère pression de la main d'Albertine contre la mienne, et son doigt caressant qui se glissait sous mon doigt, et je vis qu'elle m'adressait en même temps un clin d'œil qu'elle cherchait à rendre imperceptible. D'un seul coup, une foule d'espoirs jusque-là invisibles à moi-même cristallisèrent : « Elle profite du jeu pour me faire sentir qu'elle m'aime bien », pensai-je au comble d'une joie d'où je retombai aussitôt quand j'entendis Albertine me dire avec rage : « Mais prenez-la donc, voilà une heure que je vous la passe. » Étourdi de chagrin, je lâchai la ficelle, le furet aperçut la bague, se jeta sur elle, je dus me remettre au milieu, désespéré, regardant la ronde effrénée qui continuait autour de moi, interpellé par les moqueries de toutes les joueuses, obligé, pour y répondre, de rire quand j'en avais si peu envie, tandis qu'Albertine ne cessait de dire : « On ne joue pas quand on ne veut pas faire attention et pour faire perdre les autres. On ne l'invitera plus les jours où on jouera, Andrée, ou bien moi je ne viendrai pas. » Andrée, supérieure au jeu et qui chantait son « Bois joli », que par esprit d'imitation reprenait sans conviction Rosemonde, voulut faire diversion aux reproches d'Albertine en me disant : « Nous sommes à deux pas de ces Creuniers que vous vouliez tant voir. Tenez, je vais vous mener jusque-là par un joli petit chemin pendant que ces folles font les enfants de huit ans. » Comme Andrée était extrêmement gentille avec moi, en route je lui dis d'Albertine tout ce qui me semblait propre à me faire aimer de celle-ci. Elle me répondit qu'elle aussi l'aimait beaucoup, la trouvait charmante ; pourtant mes compliments à l'adresse de son amie n'avaient pas l'air de lui faire plaisir. Tout d'un coup, dans le petit chemin creux, je m'arrêtai touché au cœur par un doux souvenir d'enfance : je venais de reconnaître, aux feuilles découpées et brillantes qui s'avançaient sur le seuil, un buisson d'aubépines défleuries, hélas, depuis la fin du printemps. Autour de moi flottait une atmosphère d'anciens mois de Marie, d'après-midi du dimanche, de croyances, d'erreurs oubliées. J'aurais voulu la saisir. Je m'arrêtai une seconde et Andrée, avec une divination charmante, me laissa causer un instant avec les feuilles de l'arbuste. Je leur demandai des nouvelles des fleurs, ces fleurs de l'aubépine pareilles à de gaies jeunes filles étourdies, coquettes et pieuses. « Ces demoiselles sont parties depuis déjà longtemps », me disaient les feuilles. Et peut-être pensaient-elles que pour le grand ami d'elles que je prétendais être, je ne semblais guère renseigné sur leurs habitudes. Un grand ami, mais qui ne les avait pas revues depuis tant d'années malgré ses promesses. Et pourtant, comme Gilberte avait été mon premier amour pour une jeune fille, elles avaient été mon premier amour pour une fleur. « Oui, je sais, elles s'en vont vers la mi-juin, répondis-je, mais cela me fait plaisir de voir l'endroit qu'elles habitaient ici. Elles sont venues me voir à Combray dans ma chambre, amenées par ma mère quand j'étais malade. Et nous nous retrouvions le samedi soir au mois de Marie. Elles peuvent y aller ici ? — Oh ! naturellement ! Du reste on tient beaucoup à avoir ces demoiselles à l'église de Saint-Denis-du-Désert qui est la paroisse la plus voisine. — Alors maintenant, pour les voir ? — Oh ! pas avant le mois de mai de l'année prochaine. — Mais je peux être sûr qu'elles seront là ? — Régulièrement tous les ans. — Seulement je ne sais pas si je retrouverai bien la place. — Que si ! ces demoiselles sont si gaies, elles ne s'interrompent de rire que pour chanter des cantiques, de sorte qu'il n'y a pas d'erreur possible et que du bout du sentier vous reconnaîtrez leur parfum. »

Je rejoignis Andrée, recommençai à lui faire des éloges d'Albertine. Il me semblait impossible qu'elle ne les lui répétât pas, étant donnée l'insistance que j'y mis. Et pourtant je n'ai jamais appris qu'Albertine les eût sus. Andrée avait pourtant bien plus qu'elle l'intelligence des choses du cœur, le raffinement dans la gentillesse ; trouver le regard, le mot, l'action qui pouvaient le plus ingénieusement faire plaisir, taire une réflexion qui risquait de peiner, faire le sacrifice (et en ayant l'air que ce ne fût pas un sacrifice) d'une heure de jeu, voire d'une matinée, d'une garden-party, pour rester auprès d'un ami ou d'une amie triste et lui montrer ainsi qu'elle préférait sa simple société à des plaisirs frivoles, telles étaient ses délicatesses coutumières. Mais quand on la connaissait un peu plus on aurait dit qu'il en était d'elle comme de ces héroïques poltrons qui ne veulent pas avoir peur, et de qui la bravoure est particulièrement méritoire ; on aurait dit qu'au fond de sa nature, il n'y avait rien de cette bonté qu'elle manifestait à tout moment par distinction morale, par sensibilité, par noble volonté de se montrer bonne amie. À écouter les charmantes choses qu'elle me disait d'une affection possible entre Albertine et moi, il semblait qu'elle eût dû travailler de toutes ses forces à la réaliser. Or, par hasard peut-être, du moindre des riens dont elle avait la disposition et qui eussent pu m'unir à Albertine, elle ne fit jamais usage, et je ne jurerais pas que mon effort pour être aimé d'Albertine n'ait, sinon provoqué de la part de son amie des manèges secrets destinés à le contrarier, mais éveillé en elle une colère bien cachée d'ailleurs, et contre laquelle il luttait peut-être elle-même. De mille raffinements de bonté qu'avait Andrée, Albertine eût été incapable, et cependant je n'étais pas certain de la bonté profonde de la première comme je le fus plus tard de celle de la seconde. Se montrant toujours tendrement indulgente à l'exubérante frivolité d'Albertine, Andrée avait avec elle des paroles, des sourires qui étaient d'une amie, bien plus elle agissait en amie. Je l'ai vue, jour par jour, pour faire profiter de son luxe, pour rendre heureuse cette amie pauvre, prendre, sans y avoir aucun intérêt, plus de peine qu'un courtisan qui veut capter la faveur du souverain. Elle était charmante de douceur, de mots tristes et délicieux, quand on plaignait devant elle la pauvreté d'Albertine et se donnait mille fois plus de peine pour elle qu'elle n'eût fait pour une amie riche. Mais si quelqu'un avançait qu'Albertine n'était peut-être pas aussi pauvre qu'on disait, un nuage à peine discernable voilait le front et les yeux d'Andrée ; elle semblait de mauvaise humeur. Et si on allait jusqu'à dire qu'après tout elle serait peut-être moins difficile à marier qu'on pensait, elle vous contredisait avec force et répétait presque rageusement : « Hélas si, elle sera immariable ! Je le sais bien, cela me fait assez de peine ! » Même, en ce qui me concernait, elle était la seule de ces jeunes filles qui jamais ne m'eût répété quelque chose de peu agréable qu'on avait pu dire de moi ; bien plus, si c'était moi-même qui le racontais, elle faisait semblant de ne pas le croire ou en donnait une explication qui rendît le propos inoffensif ; c'est l'ensemble de ces qualités qui s'appelle le tact. Il est l'apanage des gens qui, si nous allons sur le terrain, nous félicitent et ajoutent qu'ils n'y avait pas lieu de le faire, pour augmenter encore à nos yeux le courage dont nous avons fait preuve, sans y avoir été contraint. Ils sont l'opposé des gens qui dans la même circonstance disent : « Cela a dû bien vous ennuyer de vous battre, mais d'un autre côté vous ne pouviez pas avaler un tel affront, vous ne pouviez faire autrement. » Mais comme en tout il y a du pour et du contre, si le plaisir ou du moins l'indifférence de nos amis à nous répéter quelque chose d'offensant qu'on a dit sur nous prouve qu'ils ne se mettent guère dans notre peau au moment où ils nous parlent, et y enfoncent l'épingle et le couteau comme dans de la baudruche, l'art de nous cacher toujours ce qui peut nous être désagréable dans ce qu'ils ont entendu dire de nos actions ou de l'opinion qu'elles leur ont à eux-mêmes inspirée, peut prouver chez l'autre catégorie d'amis, chez les amis pleins de tact, une forte dose de dissimulation. Elle est sans inconvénient si, en effet, ils ne peuvent penser du mal et si celui qu'on dit les fait seulement souffrir comme il nous ferait souffrir nous-même. Je pensais que tel était le cas pour Andrée sans en être cependant absolument sûr.

Nous étions sortis du petit bois et avions suivi un lacis de chemins assez peu fréquentés où Andrée se retrouvait fort bien. « Tenez, me dit-elle tout à coup, voici vos fameux Creuniers, et encore vous avez de la chance, juste par le temps, dans la lumière où Elstir les a peints. » Mais j'étais encore trop triste d'être tombé pendant le jeu du furet d'un tel faîte d'espérances. Aussi ne fut-ce pas avec le plaisir que j'aurais sans doute éprouvé que je pus distinguer tout d'un coup à mes pieds, tapies entre les roches où elles se protégeaient contre la chaleur, les Déesses marines qu'Elstir avait guettées et surprises, sous un sombre glacis aussi beau qu'eût été celui d'un Léonard, les merveilleuses Ombres abritées et furtives, agiles et silencieuses, prêtes au premier remous de lumière à se glisser sous la pierre, à se cacher dans un trou, et promptes, la menace du rayon passée, à revenir auprès de la roche ou de l'algue sous le soleil émietteur des falaises et de l'Océan décoloré, dont elles semblent veiller l'assoupissement, gardiennes immobiles et légères, laissant paraître à fleur d'eau leur corps gluant et le regard attentif de leurs yeux foncés.

Nous allâmes retrouver les autres jeunes filles pour rentrer. Je savais maintenant que j'aimais Albertine ; mais hélas ! je ne me souciais pas de le lui apprendre. C'est que, depuis le temps des jeux aux Champs-Élysées, ma conception de l'amour était devenue différente si les êtres auxquels s'attachait successivement mon amour demeuraient presque identiques. D'une part l'aveu, la déclaration de ma tendresse à celle que j'aimais ne me semblait plus une des scènes capitales et nécessaires de l'amour ; ni celui-ci, une réalité extérieure mais seulement un plaisir subjectif. Et ce plaisir je sentais qu'Albertine ferait d'autant plus ce qu'il fallait pour l'entretenir qu'elle ignorerait que je l'éprouvais.

Pendant tout ce retour, l'image d'Albertine noyée dans la lumière qui émanait des autres jeunes filles ne fut pas seule à exister pour moi. Mais comme la lune qui n'est qu'un petit nuage blanc d'une forme plus caractérisée et plus fixe pendant le jour, prend toute sa puissance dès que celui-ci s'est éteint, ainsi quand je fus rentré à l'hôtel, ce fut la seule image d'Albertine qui s'éleva de mon cœur et se mit à briller. Ma chambre me semblait tout d'un coup nouvelle. Certes, il y avait bien longtemps qu'elle n'était plus la chambre ennemie du premier soir. Nous modifions inlassablement notre demeure autour de nous ; et au fur et à mesure que l'habitude nous dispense de sentir, nous supprimons les éléments nocifs de couleur, de dimension et d'odeur qui objectivaient notre malaise. Ce n'était plus davantage la chambre, assez puissante encore sur ma sensibilité, non certes pour me faire souffrir, mais pour me donner de la joie, la cuve des beaux jours, semblable à une piscine à mi-hauteur de laquelle ils faisaient miroiter un azur mouillé de lumière, que recouvrait un moment, impalpable et blanche comme une émanation de la chaleur, une voile reflétée et fuyante ; ni la chambre purement esthétique des soirs picturaux ; c'était la chambre où j'étais depuis tant de jours que je ne la voyais plus. Or voici que je venais de recommencer à ouvrir les yeux sur elle, mais cette fois-ci de ce point de vue égoïste qui est celui de l'amour. Je songeais que la belle glace oblique, les élégantes bibliothèques vitrées donneraient à Albertine si elle venait me voir une bonne idée de moi. À la place d'un lieu de transition où je passais un instant avant de m'évader vers la plage ou vers Rivebelle, ma chambre me redevenait réelle et chère, se renouvelait car j'en regardais et en appréciais chaque meuble avec les yeux d'Albertine.

Quelques jours après la partie de furet, comme, nous étant laissés entaîner trop loin dans une promenade, nous avions été fort heureux de trouver à Maineville deux petits « tonneaux » à deux places qui nous permettraient de revenir pour l'heure du dîner, la vivacité déjà grande de mon amour pour Albertine eut pour effet que ce fut successivement à Rosemonde et à Andrée que je proposai de monter avec moi, et pas une fois à Albertine ; ensuite que

tout en invitant de préférence Andrée ou Rosemonde,
j'amenai tout le monde, par des considérations
secondaires d'heure, de chemin et de manteaux, à décider
comme contre mon gré que le plus pratique était que je
prisse avec moi Albertine, à la compagnie de laquelle je
feignis de me résigner tant bien que mal. Malheureusement l'amour tendant à l'assimilation complète d'un être,
comme aucun n'est comestible par la seule conversation,
Albertine eut beau être aussi gentille que possible pendant
ce retour, quand je l'eus déposée chez elle, elle me laissa
heureux, mais plus affamé d'elle encore que je n'étais au
départ et ne comptant les moments que nous venions de
passer ensemble que comme un prélude, sans grande
importance par lui-même, à ceux qui suivraient. Il avait
pourtant ce premier charme qu'on ne retrouve pas. Je
n'avais encore rien demandé à Albertine. Elle pouvait
imaginer ce que je désirais, mais n'en étant pas sûre,
supposer que je ne tendais qu'à des relations sans but
précis auxquelles mon amie devait trouver ce vague délicieux, riche de surprises attendues, qui est le romanesque.

Dans la semaine qui suivit je ne cherchai guère à voir
Albertine. Je faisais semblant de préférer Andrée. L'amour
commence, on voudrait rester pour celle qu'on aime
l'inconnu qu'elle peut aimer, mais on a besoin d'elle, on a
besoin de toucher moins son corps que son attention, son
cœur. On glisse dans une lettre une méchanceté qui forcera
l'indifférente à vous demander une gentillesse, et l'amour,
suivant une technique infaillible, resserre pour nous d'un
mouvement alterné l'engrenage dans lequel on ne peut
plus ni ne pas aimer, ni être aimé. Je donnais à Andrée les
heures où les autres allaient à quelque matinée que je
savais qu'Andrée me sacrifierait par plaisir, et qu'elle
m'eût sacrifiées même avec ennui, par élégance morale,
pour ne pas donner aux autres ni à elle-même l'idée qu'elle
attachait du prix à un plaisir relativement mondain. Je
m'arrangeais ainsi à l'avoir chaque soir toute à moi,
pensant non pas rendre Albertine jalouse, mais accroître à
ses yeux mon prestige ou du moins ne pas le perdre en
apprenant à Albertine que c'était elle et non Andrée que
j'aimais. Je ne le disais pas non plus à Andrée de peur
qu'elle le lui répétât. Quand je parlais d'Albertine avec
Andrée, j'affectais une froideur dont Andrée fut peut-être
moins dupe que moi de sa crédulité apparente. Elle faisait
semblant de croire à mon indifférence pour Albertine, de
désirer l'union la plus complète possible entre Albertine et
moi. Il est probable qu'au contraire elle ne croyait pas à la
première ni ne souhaitait la seconde. Pendant que je lui

disais me soucier assez peu de son amie, je ne pensais qu'à
une chose, tâcher d'entrer en relations avec Mme Bontemps, qui était pour quelques jours près de Balbec et chez
qui Albertine devait bientôt aller passer trois jours. Naturellement, je ne laissais pas voir ce désir à Andrée et quand
je lui parlais de la famille d'Albertine, c'était de l'air le
plus inattentif. Les réponses explicites d'Andrée ne paraissaient pas mettre en doute ma sincérité. Pourquoi donc lui
échappa-t-il un de ces jours-là de me dire : « J'ai *justement*
vu la tante à Albertine » ? Certes elle ne m'avait pas dit :
« J'ai bien démêlé sous vos paroles, jetées comme par
hasard, que vous ne pensiez qu'à vous lier avec la tante
d'Albertine. » Mais c'est bien à la présence, dans l'esprit
d'Andrée, d'une telle idée qu'elle trouvait plus poli de me
cacher, que semblait se rattacher le mot « justement ». Il
était de la famille de certains regards, de certains gestes,
qui, bien que n'ayant pas une forme logique, rationnelle,
directement élaborée pour l'intelligence de celui qui
écoute, lui parviennent cependant avec leur signification
véritable, de même que la parole humaine, changée en
électricité dans le téléphone, se refait parole pour être
entendue. Afin d'effacer de l'esprit d'Andrée l'idée que je
m'intéressais à Mme Bontemps, je ne parlai plus d'elle
avec distraction seulement, mais avec malveillance ; je dis
avoir rencontré autrefois cette espèce de folle et que j'espérais bien que cela ne m'arriverait plus. Or je cherchais au
contraire de toute façon à la rencontrer.

Je tâchai d'obtenir d'Elstir, mais sans dire à personne
que je l'en avais sollicité, qu'il lui parlât de moi et me
réunît avec elle. Il me promit de me la faire connaître,
s'étonnant toutefois que je le souhaitasse car il la jugeait
une femme méprisable, intrigante et aussi inintéressante
qu'intéressée. Pensant que si je voyais Mme Bontemps,
Andrée le saurait tôt ou tard, je crus qu'il valait mieux
l'avertir. « Les choses qu'on cherche le plus à fuir sont
celles qu'on arrive à ne pouvoir éviter, lui dis-je. Rien au
monde ne peut m'ennuyer autant que de retrouver
Mme Bontemps, et pourtant je n'y échapperai pas, Elstir
doit m'inviter avec elle. — Je n'en ai jamais douté un seul
instant », s'écria Andrée d'un ton amer, pendant que son
regard grandi et altéré par le mécontentement se rattachait à je ne sais quoi d'invisible. Ces paroles d'Andrée ne
constituaient pas l'exposé le plus ordonné d'une pensée
qui peut se résumer ainsi : « Je sais bien que vous aimez
Albertine et que vous faites des pieds et des mains pour
vous rapprocher de sa famille. » Mais elles étaient les
débris informes et reconstituables de cette pensée que

j'avais fait exploser, en la heurtant, malgré Andrée. De même que le « justement », ces paroles n'avaient de signification qu'au second degré, c'est-à-dire qu'elles étaient de celles qui (et non pas les affirmations directes) nous inspirent de l'estime ou de la méfiance à l'égard de quelqu'un, nous brouillent avec lui.

Puisque Andrée ne m'avait pas cru quand je lui disais que la famille d'Albertine m'était indifférente, c'est qu'elle pensait que j'aimais Albertine. Et probablement n'en était-elle pas heureuse.

Elle était généralement en tiers dans mes rendez-vous avec son amie. Cependant il y avait des jours où je devais voir Albertine seule, jours que j'attendais dans la fièvre, qui passaient sans rien m'apporter de décisif, sans avoir été ce jour capital dont je confiais immédiatement le rôle au jour suivant, qui ne le tiendrait pas davantage ; ainsi s'écroulaient l'un après l'autre, comme des vagues, ces sommets aussitôt remplacés par d'autres.

Environ un mois après le jour où nous avions joué au furet, on me dit qu'Albertine devait partir le lendemain matin pour aller passer quarante-huit heures chez Mme Bontemps et, obligée de prendre le train de bonne heure, viendrait coucher la veille au Grand-Hôtel, d'où avec l'omnibus elle pourrait, sans déranger les amies chez qui elle habitait, prendre le premier train. J'en parlai à Andrée. « Je ne le crois pas du tout, me répondit Andrée d'un air mécontent. D'ailleurs cela ne vous avancerait à rien, car je suis bien certaine qu'Albertine ne voudra pas vous voir, si elle vient seule à l'hôtel. Cela ne serait pas protocolaire », ajouta-t-elle en usant d'un adjectif qu'elle aimait beaucoup, depuis peu, dans le sens de "ce qui se fait". « Je vous dis cela parce que je connais les idées d'Albertine. Moi, qu'est-ce que vous voulez que cela me fasse, que vous la voyiez ou non ? Cela m'est bien égal. »

Nous fûmes rejoints par Octave qui ne fit pas de difficulté pour dire à Andrée le nombre de points qu'il avait faits la veille au golf, puis par Albertine qui se promenait en manœuvrant son diabolo comme une religieuse son chapelet. Grâce à ce jeu elle pouvait rester des heures seule sans s'ennuyer. Aussitôt qu'elle nous eut rejoints m'apparut la pointe mutine de son nez, que j'avais omise en pensant à elle ces derniers jours ; sous ses cheveux noirs, la verticalité de son front s'opposa, et ce n'était pas la première fois, à l'image indécise que j'en avais gardée, tandis que par sa blancheur il mordait fortement dans mes regards ; sortant de la poussière du souvenir, Albertine se reconstruisait devant moi. Le golf donne l'habitude des

plaisirs solitaires. Celui que procure le diabolo l'est assurément. Pourtant après nous avoir rejoints Albertine continua à y jouer, tout en causant avec nous, comme une dame
à qui des amies sont venues faire une visite ne s'arrête pas
pour cela de travailler à son crochet. « Il paraît que
Mme de Villeparisis, dit-elle à Octave, a fait une réclamation auprès de votre père » (et j'entendis derrière ce mot
« il paraît » une de ces notes qui étaient propres à Albertine ; chaque fois que je constatais que je les avais oubliées,
je me rappelais en même temps avoir entr'aperçu déjà
derrière elles la mine décidée et française d'Albertine.
J'aurais pu être aveugle et connaître aussi bien certaines
de ses qualités alertes et un peu provinciales dans ces
notes-là que dans la pointe de son nez. Les unes et l'autre
se valaient et auraient pu se suppléer, et sa voix était
comme celle que réalisera, dit-on, le photo-téléphone de
l'avenir : dans le son se découpait nettement l'image
visuelle). « Elle n'a du reste pas écrit seulement à votre
père, mais en même temps au maire de Balbec pour qu'on
ne joue plus au diabolo sur la digue, on lui a envoyé une
balle dans la figure.

— Oui j'ai entendu parler de cette réclamation. C'est
ridicule. Il n'y a déjà pas tant de distractions ici. » Andrée
ne se mêla pas à la conversation, elle ne connaissait pas,
non plus d'ailleurs qu'Albertine ni Octave, Mme de Villeparisis. « Je ne sais pas pourquoi cette dame a fait toute
une histoire, dit pourtant Andrée, la vieille Mme de Cambremer a reçu une balle aussi et elle ne s'est pas plainte. —
Je vais vous expliquer la différence, répondit gravement
Octave en frottant une allumette, c'est qu'à mon avis,
Mme de Cambremer est une femme du monde et Mme de
Villeparisis est une arriviste. Est-ce que vous irez au golf
cet après-midi ? » et il nous quitta, ainsi qu'Andrée. Je
restai seul avec Albertine. « Voyez-vous, me dit-elle,
j'arrange maintenant mes cheveux comme vous les aimez,
regardez ma mèche. Tout le monde se moque de cela et
personne ne sait pour qui je le fais. Ma tante va se moquer
de moi aussi. Je ne lui dirai pas non plus la raison. » Je
voyais de côté les joues d'Albertine qui souvent paraissaient pâles, mais ainsi, étaient arrosées d'un sang clair
qui les illuminait, leur donnait ce brillant qu'ont certaines
matinées d'hiver où les pierres partiellement ensoleillées
semblent être du granit rose et dégagent de la joie. Celle
que me donnait en ce moment la vue des joues d'Albertine
était aussi vive, mais conduisait à un autre désir qui n'était
pas celui de la promenade, mais du baiser. Je lui demandai si les projets qu'on lui prêtait étaient vrais : « Oui, me

dit-elle, je passe cette nuit-là à votre hôtel, et même, comme je suis un peu enrhumée, je me coucherai avant le dîner. Vous pourrez venir assister à mon dîner à côté de mon lit et après nous jouerons à ce que vous voudrez. J'aurais été contente que vous veniez à la gare demain matin, mais j'ai peur que cela ne paraisse drôle, je ne dis pas à Andrée qui est intelligente, mais aux autres qui y seront ; ça ferait des histoires si on le répétait à ma tante ; mais nous pourrions passer cette soirée ensemble. Cela, ma tante n'en saura rien. Je vais dire au revoir à Andrée. Alors à tout à l'heure. Venez tôt pour que nous ayons de bonnes heures à nous », ajouta-t-elle en souriant. À ces mots, je remontai plus loin qu'aux temps où j'aimais Gilberte, à ceux où l'amour me semblait une entité non pas seulement extérieure, mais réalisable. Tandis que la Gilberte que je voyais aux Champs-Élysées était une autre que celle que je retrouvais en moi dès que j'étais seul, tout d'un coup dans l'Albertine réelle, celle que je voyais tous les jours, que je croyais pleine de préjugés bourgeois et si franche avec sa tante, venait de s'incarner l'Albertine imaginaire, celle par qui, quand je ne la connaissais pas encore, je m'étais cru furtivement regardé sur la digue, celle qui avait eu l'air de rentrer à contrecœur pendant qu'elle me voyait m'éloigner.

J'allai dîner avec ma grand-mère, je sentais en moi un secret qu'elle ne connaissait pas. De même, pour Albertine, demain ses amies seraient avec elle sans savoir ce qu'il y avait de nouveau entre nous, et quand elle embrasserait sa nièce sur le front, Mme Bontemps ignorerait que j'étais entre elles deux, dans cet arrangement de cheveux qui avait pour but, caché à tous, de me plaire, à moi, à moi qui avais jusque-là tant envié Mme Bontemps parce qu'apparentée aux mêmes personnes que sa nièce, elle avait les mêmes deuils à porter, les mêmes visites de famille à faire ; or, je me trouvais être pour Albertine plus que n'était sa tante elle-même. Auprès de sa tante, c'est à moi qu'elle penserait. Qu'allait-il se passer tout à l'heure, je ne le savais pas trop. En tous cas le Grand-Hôtel, la soirée, ne me semblaient plus vides ; ils contenaient mon bonheur. Je sonnai le lift pour monter à la chambre qu'Albertine avait prise, du côté de la vallée. Les moindres mouvements comme m'asseoir sur la banquette de l'ascenseur, m'étaient doux, parce qu'ils étaient en relation immédiate avec mon cœur ; je ne voyais dans les cordes à l'aide desquelles l'appareil s'élevait, dans les quelques marches qui me restaient à monter, que les rouages, que les degrés matérialisés de ma joie. Je n'avais plus que deux ou trois

pas à faire dans le couloir avant d'arriver à cette chambre
où était renfermée la substance précieuse de ce corps rose
— cette chambre qui même s'il devait s'y dérouler des
actes délicieux, garderait cette permanence, cet air d'être,
pour un passant non informé, semblable à toutes les
autres, qui font des choses les témoins obstinément muets,
les scrupuleux confidents, les inviolables dépositaires du
plaisir. Ces quelques pas du palier à la chambre d'Albertine, ces quelques pas que personne ne pouvait plus arrêter, je les fis avec délices, avec prudence, comme plongé
dans un élément nouveau, comme si en avançant j'avais
lentement déplacé du bonheur, et en même temps avec un
sentiment inconnu de toute-puissance, et d'entrer enfin
dans un héritage qui m'eût de tout temps appartenu. Puis
tout à coup je pensai que j'avais tort d'avoir des doutes,
elle m'avait dit de venir quand elle serait couchée. C'était
clair, je trépignais de joie, je renversai à demi Françoise
qui était sur mon chemin, je courais, les yeux étincelants
vers la chambre de mon amie. Je trouvai Albertine dans
son lit. Dégageant son cou, sa chemise blanche changeait
les proportions de son visage qui congestionné par le lit, ou
le rhume, ou le dîner, ou le dîner, semblait plus rose ; je pensai aux
couleurs que j'avais eues quelques heures auparavant à
côté de moi, sur la digue, et desquelles j'allais enfin savoir
le goût ; sa joue était traversée de haut en bas par une de
ses longues tresses noires et bouclées que pour me plaire
elle avait défaites entièrement. Elle me regardait en souriant. À côté d'elle, dans la fenêtre, la vallée était éclairée
par le clair de lune. La vue du cou nu d'Albertine, de ces
joues trop roses, m'avait jeté dans une telle ivresse, c'est-à-
dire avait mis pour moi la réalité du monde non plus dans
la nature, mais dans le torrent des sensations que j'avais
peine à contenir, que cette vue avait rompu l'équilibre
entre la vie immense, indestructible qui roulait dans mon
être et la vie de l'univers, si chétive en comparaison. La
mer, que j'apercevais à côté de la vallée dans la fenêtre, les
seins bombés des premières falaises de Maineville, le ciel
où la lune n'était pas encore montée au zénith, tout cela
semblait plus léger à porter que des plumes pour les globes
de mes prunelles qu'entre mes paupières je sentais dilatés,
résistants, prêts à soulever bien d'autres fardeaux, toutes
les montagnes du monde, sur leur surface délicate. Leur
orbe ne se trouvait plus suffisamment rempli par la sphère
même de l'horizon. Et tout ce que la nature eût pu
m'apporter de vie m'eût semblé bien mince, les souffles de
la mer m'eussent paru bien courts pour l'immense aspira-
tion qui soulevait ma poitrine. Je me penchai vers Alber-

tine pour l'embrasser. La mort eût dû me frapper en ce moment que cela m'eût paru indifférent ou plutôt impossible, car la vie n'était pas hors de moi, elle était en moi ; j'aurais souri de pitié si un philosophe eût émis l'idée qu'un jour, même éloigné, j'aurais à mourir, que les forces éternelles de la nature me survivraient, les forces de cette nature sous les pieds divins de qui je n'étais qu'un grain de poussière ; qu'après moi il y aurait encore ces falaises arrondies et bombées, cette mer, ce clair de lune, ce ciel ! Comment cela eût-il été possible, comment le monde eût-il pu durer plus que moi, puisque je n'étais pas perdu en lui, puisque c'était lui qui était enclos en moi, en moi qu'il était bien loin de remplir, en moi où, en sentant la place d'y entasser tant d'autres trésors, je jetais dédaigneusement dans un coin ciel, mer et falaises ? « Finissez ou je sonne », s'écria Albertine voyant que je me jetais sur elle pour l'embrasser. Mais je me disais que ce n'était pas pour ne rien faire qu'une jeune fille fait venir un jeune homme en cachette, en s'arrangeant pour que sa tante ne le sache pas, que d'ailleurs l'audace réussit à ceux qui savent profiter des occasions ; dans l'état d'exaltation où j'étais, le visage rond d'Albertine, éclairé d'un feu intérieur comme par une veilleuse, prenait pour moi un tel relief qu'imitant la rotation d'une sphère ardente, il me semblait tourner telles ces figures de Michel-Ange qu'emporte un immobile et vertigineux tourbillon. J'allais savoir l'odeur, le goût qu'avait ce fruit rose inconnu. J'entendis un son précipité, prolongé et criard. Albertine avait sonné de toutes ses forces.

J'avais cru que l'amour que j'avais pour Albertine n'était pas fondé sur l'espoir de la possession physique. Pourtant, quand il m'eut paru résulter de l'expérience de ce soir-là que cette possession était impossible et qu'après n'avoir pas douté, le premier jour, sur la plage, qu'Albertine ne fût dévergondée, puis être passé par des suppositions intermédiaires, il me sembla acquis d'une manière définitive qu'elle était absolument vertueuse ; quand à son retour de chez sa tante, huit jours plus tard, elle me dit avec froideur : « Je vous pardonne, je regrette même de vous avoir fait de la peine, mais ne recommencez jamais », au contraire de ce qui s'était produit quand Bloch m'avait dit qu'on pouvait avoir toutes les femmes et comme si, au lieu d'une jeune fille réelle, j'avais connu une poupée de cire, il arriva que peu à peu se détacha d'elle mon désir de pénétrer dans sa vie, de la suivre dans les pays où elle avait passé son enfance, d'être initié par elle à une vie de sport, ma curiosité intellectuelle de ce qu'elle pensait sur tel ou tel sujet ne survécut pas à la croyance que je pourrais l'embrasser. Mes rêves l'abandonnèrent dès qu'ils cessèrent d'être alimentés par l'espoir d'une possession dont je les avais crus indépendants. Dès lors ils se retrouvèrent libres de se reporter — selon le charme que je lui avais trouvé un certain jour, surtout selon la possibilité et les chances que j'entrevoyais d'être aimé par elle — sur telle ou telle des amies d'Albertine, et d'abord sur Andrée. Pourtant si Albertine n'avait pas existé, peut-être n'aurais-je pas eu le plaisir que je commençai à prendre de plus en plus, les jours qui suivirent, à la gentillesse que me témoignait Andrée. Albertine ne raconta à personne l'échec que j'avais essuyé auprès d'elle. Elle était une de ces jolies filles qui, dès leur extrême jeunesse, pour leur beauté, mais surtout pour un agrément, un charme qui restent assez mystérieux et qui ont leur source peut-être dans des réserves de vitalité où de moins favorisés par la nature viennent se désaltérer, toujours — dans leur famille, au milieu de leurs amies, dans le monde — ont plu davantage que de plus belles, de plus riches, elle était de ces êtres à qui, avant l'âge de l'amour et bien plus encore quand il est venu, on demande plus qu'eux ne demandent et même qu'ils ne peuvent donner. Dès son enfance, Albertine avait toujours eu en admiration devant elle quatre ou cinq petites camarades, parmi lesquelles se trouvait Andrée qui lui était si supérieure et le savait (et peut-être cette attraction qu'Albertine exerçait bien involontairement avait-elle été à l'origine, avait-elle servi à la fondation de la petite bande). Cette attraction s'exerçait même assez loin dans des milieux relativement plus brillants où s'il y avait une pavane à danser on demandait Albertine plutôt qu'une jeune fille mieux née. La conséquence était que, n'ayant pas un sou de dot, vivant assez mal, d'ailleurs, à la charge de M. Bontemps qu'on disait véreux et qui souhaitait se débarrasser d'elle, elle était pourtant invitée non seulement à dîner, mais à demeure, chez des personnes qui aux yeux de Saint-Loup n'eussent eu aucune élégance, mais qui pour la mère de Rosemonde ou pour la mère d'Andrée, femmes très riches mais qui ne connaissaient pas ces personnes, représentaient quelque chose d'énorme. Ainsi Albertine passait tous les ans quelques semaines dans la famille d'un régent de la Banque de France, président du Conseil d'administration d'une grande Compagnie de chemins de fer. La femme de ce financier recevait des personnages importants et n'avait jamais dit son « jour » à la mère d'Andrée, laquelle trou-

vait cette dame impolie, mais n'en était pas moins prodigieusement intéressée par tout ce qui se passait chez elle.
Aussi exhortait-elle tous les ans Andrée à inviter Albertine
dans leur villa, parce que, disait-elle, c'était une bonne
œuvre d'offrir un séjour à la mer à une fille qui n'avait pas
elle-même les moyens de voyager et dont la tante ne
s'occupait guère ; la mère d'Andrée n'était probablement
pas mue par l'espoir que le régent de la Banque et sa
femme, apprenant qu'Albertine était choyée par elle et sa
fille, concevraient d'elles deux une bonne opinion ; à plus
forte raison n'espérait-elle pas qu'Albertine pourtant si
bonne et adroite, saurait la faire inviter ou tout au moins
faire inviter Andrée aux garden-parties du financier. Mais
chaque soir à dîner, tout en prenant un air dédaigneux et
indifférent, elle était enchantée d'entendre Albertine lui
raconter ce qui s'était passé au château pendant qu'elle y
était, les gens qui y avaient été reçus et qu'elle connaissait
presque tous de vue ou de nom. Même la pensée qu'elle ne
les connaissait que de cette façon, c'est-à-dire ne les
connaissait pas (elle appelait cela connaître les gens « de
tout temps »), donnait à la mère d'Andrée une pointe de
mélancolie tandis qu'elle posait à Albertine des questions
sur eux d'un air hautain et distrait, du bout des lèvres et
eût pu la laisser incertaine et inquiète sur l'importance de
sa propre situation si elle ne s'était rassurée elle-même et
replacée dans la « réalité de la vie » en disant au maître
d'hôtel : « Vous direz au chef que ses petits pois ne sont pas
assez fondants. » Elle retrouvait alors sa sérénité. Et elle
était bien décidée à ce qu'Andrée n'épousât qu'un homme,
d'excellente famille naturellement, mais assez riche pour
qu'elle pût avoir elle aussi un chef et deux cochers. C'était
cela le positif, la vérité effective d'une situation. Mais
qu'Albertine eût dîné au château du régent de la Banque
avec telle ou telle dame, que cette dame l'eût même invitée
pour l'hiver suivant, cela n'en donnait pas moins à la jeune
fille, pour la mère d'Andrée, une sorte de considération
particulière qui s'alliait très bien à la pitié et même au
mépris excités par son infortune, mépris augmenté par le
fait que M. Bontemps eût trahi son drapeau et se fût —
même vaguement panamiste, disait-on — rallié au gouvernement. Ce qui n'empêchait pas, d'ailleurs, la mère
d'Andrée, par amour de la vérité, de foudroyer de son
dédain les gens qui avaient l'air de croire qu'Albertine
était d'une basse extraction. « Comment, c'est tout ce qu'il
y a de mieux, ce sont des Simonet, avec un seul *n*. » Certes,
à cause du milieu où tout cela évoluait, où l'argent joue un
tel rôle, et où l'élégance vous fait inviter mais non épouser,

aucun mariage « potable » ne semblait pouvoir être pour Albertine la conséquence utile de la considération si distinguée dont elle jouissait et qu'on n'eût pas trouvée compensatrice de sa pauvreté. Mais même à eux seuls, et n'apportant pas l'espoir d'une conséquence matrimoniale, ces « succès » excitaient l'envie de certaines mères méchantes furieuses de voir Albertine être reçue comme « l'enfant de la maison » par la femme du régent de la Banque, même par la mère d'Andrée, qu'elles connaissaient à peine. Aussi disaient-elles à des amis communs d'elles et de ces deux dames que celles-ci seraient indignées si elles savaient la vérité, c'est-à-dire qu'Albertine racontait chez l'une (et « vice versa ») tout ce que l'intimité où on l'admettait imprudemment lui permettait de découvrir chez l'autre, mille petits secrets qu'il eût été infiniment désagréable à l'intéressée de voir dévoilés. Ces femmes envieuses disaient cela pour que cela fût répété et pour brouiller Albertine avec ses protectrices. Mais ces commissions comme il arrive souvent n'avaient aucun succès. On sentait trop la méchanceté qui les dictait et cela ne faisait que faire mépriser un peu plus celles qui en avaient pris l'initiative. La mère d'Andrée était trop fixée sur le compte d'Albertine pour changer d'opinion à son égard. Elle la considérait comme une « malheureuse » mais d'une nature excellente et qui ne savait qu'inventer pour faire plaisir.

Si cette sorte de vogue qu'avait obtenue Albertine ne paraissait devoir comporter aucun résultat pratique, elle avait imprimé à l'amie d'Andrée le caractère distinctif des êtres qui, toujours recherchés, n'ont jamais besoin de s'offrir (caractère qui se retrouve aussi pour des raisons analogues, à une autre extrémité de la société, chez des femmes d'une grande élégance) et qui est de ne pas faire montre des succès qu'ils ont, de les cacher plutôt. Elle ne disait jamais de quelqu'un : « Il a envie de me voir », parlait de tous avec une grande bienveillance, et comme si ce fût elle qui eût couru après, recherché les autres. Si on parlait d'un jeune homme qui quelques minutes auparavant venait de lui faire en tête à tête les plus sanglants reproches parce qu'elle lui avait refusé un rendez-vous, bien loin de s'en vanter publiquement ou de lui en vouloir à lui, elle faisait son éloge : « C'est un si gentil garçon ! » Elle était même ennuyée de tellement plaire, parce que cela l'obligeait à faire de la peine, tandis que, par nature, elle aimait à faire plaisir. Elle aimait même à faire plaisir au point d'en être arrivée à pratiquer un mensonge spécial à certaines personnes utilitaires, à certains hommes arrivés. Existant d'ailleurs à l'état embryonnaire chez un nombre énorme de personnes, ce genre d'insincérité consiste à ne pas savoir se contenter, pour un seul acte, de faire, grâce à lui, plaisir à une seule personne. Par exemple, si la tante d'Albertine désirait que sa nièce l'accompagnât à une matinée peu amusante, Albertine en s'y rendant aurait pu trouver suffisant d'en tirer le profit moral d'avoir fait plaisir à sa tante. Mais accueillie gentiment par les maîtres de maison, elle aimait mieux leur dire qu'elle désirait depuis si longtemps les voir qu'elle avait choisi cette occasion et sollicité la permission de sa tante. Cela ne suffisait pas encore : à cette matinée se trouvait une des amies d'Albertine qui avait un gros chagrin. Albertine lui disait : « Je n'ai pas voulu te laisser seule, j'ai pensé que ça te ferait du bien de m'avoir près de toi. Si tu veux que nous laissions la matinée, que nous allions ailleurs, je ferai ce que tu voudras, je désire avant tout te voir moins triste » (ce qui était vrai aussi, du reste). Parfois, il arrivait pourtant que le but fictif détruisait le but réel. Ainsi Albertine ayant un service à demander pour une de ses amies allait pour cela voir une certaine dame. Mais arrivée chez cette dame bonne et sympathique, la jeune fille, obéissant à son insu au principe de l'utilisation multiple d'une seule action, trouvait plus affectueux d'avoir l'air d'être venue seulement à cause du plaisir qu'elle avait senti qu'elle éprouverait à revoir cette dame. Celle-ci était infiniment touchée qu'Albertine eût accompli un long trajet par pure amitié. En voyant la dame presque émue, Albertine l'aimait encore davantage. Seulement il arrivait ceci : elle éprouvait si vivement le plaisir d'amitié pour lequel elle avait prétendu mensongèrement être venue, qu'elle craignait de faire douter la dame de sentiments en réalité sincères, si elle lui demandait le service pour l'amie. La dame croirait qu'Albertine était venue pour cela, ce qui était vrai, mais elle conclurait qu'Albertine n'avait pas de plaisir désintéressé à la voir, ce qui était faux. De sorte qu'Albertine repartait sans avoir demandé le service, comme les hommes qui ont été si bons avec une femme dans l'espoir d'obtenir ses faveurs, qu'ils ne font pas leur déclaration pour garder à cette bonté un caractère de noblesse. Dans d'autres cas on ne peut pas dire que le but véritable fût sacrifié au but accessoire et imaginé après coup, mais le premier était tellement opposé au second que, si la personne qu'Albertine attendrissait en lui déclarant l'un avait appris l'autre, son plaisir se serait aussitôt changé en la peine la plus profonde. La suite du récit fera, beaucoup plus loin, mieux comprendre ce genre de contradictions. Disons par un exemple emprunté à un ordre de faits tout différents qu'elles sont très fréquentes dans les situations les plus diverses que présente la vie. Un mari a installé sa maîtresse dans la ville où il est en garnison. Sa femme restée à Paris, et à demi au courant de la vérité, se désole, écrit à son mari des lettres de jalousie. Or, la maîtresse est obligée de venir passer un jour à Paris. Le mari ne peut résister à ses prières de l'accompagner et obtient une permission de vingt-quatre heures. Mais comme il est bon et souffre de faire de la peine à sa femme, il arrive chez celle-ci et lui dit en versant quelques larmes sincères, qu'affolé par ses lettres il a trouvé le moyen de s'échapper pour venir la consoler et l'embrasser. Il a trouvé ainsi le moyen de donner par un seul voyage une preuve d'amour à la fois à sa maîtresse et à sa femme. Mais si cette dernière apprenait pour quelle raison il est venu à Paris, sa joie se changerait sans doute en douleur, à moins que voir l'ingrat ne la rendît malgré tout plus heureuse qu'il ne la fait souffrir par ses mensonges. Parmi les hommes qui m'ont paru pratiquer avec le plus de suite le système des fins multiples se trouve M. de Norpois. Il acceptait quelquefois de s'entremettre entre deux amis brouillés, et cela faisait qu'on l'appelait le plus obligeant des hommes. Mais il ne lui suffisait pas d'avoir l'air de rendre service à celui qui était venu le solliciter, il présentait à l'autre la démarche qu'il faisait auprès de lui comme entreprise non à la requête du premier, mais dans l'intérêt du second, ce qu'il persuadait facilement à un interlocuteur suggestionné d'avance par l'idée qu'il avait devant lui « le plus serviable des hommes ». De cette façon, jouant sur les deux tableaux, faisant ce qu'on appelle en terme de coulisse de la contre-partie, il ne laissait jamais courir aucun risque à son influence, et les services qu'il rendait ne constituaient pas une aliénation, mais une fructification d'une partie de son crédit. D'autre part, chaque service, semblant doublement rendu, augmentait d'autant plus sa réputation d'ami serviable, et encore d'ami serviable avec efficacité, qui ne donne pas des coups d'épée dans l'eau, dont toutes les démarches portent, ce que démontrait la reconnaissance des deux intéressés. Cette duplicité dans l'obligeance était, et avec des démentis comme en toute créature humaine, une partie importante du caractère de M. de Norpois. Et souvent au ministère, il se servit de mon père, lequel était assez naïf, en lui faisant croire qu'il le servait.

Plaisant plus qu'elle ne voulait et n'ayant pas besoin de claironner ses succès, Albertine garda le silence sur la scène qu'elle avait eue avec moi auprès de son lit, et qu'une laide aurait voulu faire connaître à l'univers. D'ailleurs son attitude dans cette scène, je ne parvenais pas à me l'expliquer. Pour ce qui concerne l'hypothèse d'une vertu absolue (hypothèse à laquelle j'avais d'abord attribué la violence avec laquelle Albertine avait refusé de se laisser embrasser et prendre par moi et qui n'était du reste nullement indispensable à ma conception de la bonté, de l'honnêteté foncière de mon amie), je ne laissai pas de la remanier à plusieurs reprises. Cette hypothèse était tellement le contraire de celle que j'avais bâtie le premier jour où j'avais vu Albertine ! Puis tant d'actes différents, tous de gentillesse pour moi (une gentillesse caressante, parfois inquiète, alarmée, jalouse de ma prédilection pour Andrée) baignaient de tous côtés le geste de rudesse par lequel, pour m'échapper, elle avait tiré sur la sonnette. Pourquoi donc m'avait-elle demandé de venir passer la soirée près de son lit ? Pourquoi parlait-elle tout le temps le langage de la tendresse ? Sur quoi repose le désir de voir un ami, de craindre qu'il vous préfère votre amie, de chercher à lui faire plaisir, de lui dire romanesquement que les autres ne sauront pas qu'il a passé la soirée auprès de vous, si vous lui refusez un plaisir aussi simple et si ce n'est pas un plaisir pour vous ? Je ne pouvais croire tout de même que la vertu d'Albertine allât jusque-là et j'en arrivais à me demander s'il n'y avait pas eu à sa violence une raison de coquetterie, par exemple une odeur désagréable qu'elle aurait cru avoir sur elle et par laquelle elle eût craint de me déplaire, ou de pusillanimité, si par exemple elle croyait, dans son ignorance des réalités de l'amour que mon état de faiblesse nerveuse pouvait avoir quelque chose de contagieux par le baiser.

Elle fut certainement désolée de n'avoir pu me faire plaisir et me donna un petit crayon d'or, par cette vertueuse perversité des gens qui, attendris par votre gentillesse et ne souscrivant pas à vous accorder ce qu'elle réclame, veulent cependant faire en votre faveur autre chose : le critique dont l'article flatterait le romancier l'invite à la place à dîner, la duchesse n'emmène pas le snob avec elle au théâtre, mais lui envoie sa loge pour un soir où elle ne l'occupera pas. Tant ceux qui font le moins et pourraient ne rien faire sont poussés par le scrupule à faire quelque chose ! Je dis à Albertine qu'en me donnant ce crayon, elle me faisait un grand plaisir, moins grand pourtant que celui que j'aurais eu si le soir où elle était venue coucher à l'hôtel, elle m'avait permis de l'embrasser. « Cela m'aurait rendu si heureux ! Qu'est-ce que cela pouvait vous faire? Je suis étonné que vous me l'ayez refusé. — Ce qui m'étonne, me répondit-elle, c'est que vous trouviez cela étonnant. Je me demande quelles jeunes filles vous avez pu connaître pour que ma conduite vous ait surpris. — Je suis désolé de vous avoir fâchée, mais, même maintenant, je ne peux pas vous dire que je trouve que j'ai eu tort. Mon avis est que ce sont des choses qui n'ont aucune importance, et je ne comprends pas qu'une jeune fille qui peut si facilement faire plaisir, n'y consente pas. Entendons-nous, ajoutai-je pour donner une demi-satisfaction à ses idées morales en me rappelant comment elle et ses amies avaient flétri l'amie de l'actrice Léa, je ne veux pas dire qu'une jeune fille puisse tout faire et qu'il n'y ait rien d'immoral. Ainsi, tenez, ces relations dont vous parliez l'autre jour à propos d'une petite qui habite Balbec et qui existeraient entre elle et une actrice, je trouve cela ignoble, tellement ignoble que je pense que ce sont des ennemis de la jeune fille qui auront inventé cela et que ce n'est pas vrai. Cela me semble improbable, impossible. Mais se laisser embrasser et même plus par un ami, puisque vous dites que je suis votre ami... — Vous l'êtes, mais j'en ai eu d'autres avant vous, j'ai connu des jeunes gens qui, je vous assure, avaient pour moi tout autant d'amitié. Hé bien, il n'y en a pas un qui aurait osé une chose pareille. Ils savaient la paire de calottes qu'ils auraient reçue. D'ailleurs ils n'y songeaient même pas, on se serrait la main bien franchement, bien amicalement, en bons camarades ; jamais on n'aurait parlé de s'embrasser et on n'en était pas moins amis pour cela. Allez, si vous tenez à mon amitié, vous pouvez être content, car il faut que je vous aime joliment pour vous pardonner. Mais je suis sûre que vous vous fichez bien de moi. Avouez que c'est Andrée qui vous plaît. Au fond, vous avez raison, elle est beaucoup plus gentille que moi, et elle, elle est ravissante ! Ah ! les hommes ! » Malgré ma déception récente, ces paroles si franches, en me donnant une grande estime pour Albertine, me causaient une impression très douce. Et peut-être cette impression eut-elle plus tard pour moi de grandes et fâcheuses conséquences, car ce fut par elle que commença à se former ce sentiment presque familial, ce noyau moral qui devait toujours subsister au milieu de mon amour pour Albertine. Un tel sentiment peut être la cause des plus grandes peines. Car pour souffrir vraiment par une femme, il faut avoir cru complètement en elle. Pour le moment, cet embryon d'estime morale, d'amitié, restait au milieu de mon âme comme une pierre d'attente. Il n'eût rien pu, à lui seul, contre mon bonheur s'il fût demeuré ainsi sans s'accroître, dans une inertie qu'il devait garder l'année suivante et à plus forte raison pendant ces dernières semaines de mon premier séjour à Balbec. Il était en moi comme un de ces hôtes qu'il serait malgré tout plus prudent qu'on expulsât, mais qu'on laisse à leur place sans les inquiéter, tant les rend provisoirement inoffensifs leur faiblesse et leur isolement au milieu d'une âme étrangère.

Mes rêves se retrouvaient libres maintenant de se reporter sur telle ou telle des amies d'Albertine et d'abord sur Andrée dont les gentillesses m'eussent peut-être moins touché si je n'avais pas été certain qu'elles seraient connues d'Albertine. Certes la préférence que depuis longtemps j'avais feinte pour Andrée m'avait fourni — en habitudes de causeries, de déclarations de tendresses — comme la matière d'un amour tout prêt pour elle auquel il n'avait jusqu'ici manqué qu'un sentiment sincère qui s'y ajoutât et que maintenant mon cœur redevenu libre aurait pu fournir. Mais pour que j'aimasse vraiment Andrée, elle était trop intellectuelle, trop nerveuse, trop maladive, trop semblable à moi. Si Albertine me semblait maintenant vide, Andrée était remplie de quelque chose que je connaissais trop. J'avais cru le premier jour voir sur la plage une maîtresse de coureur, enivrée de l'amour des sports, et Andrée me disais que si elle s'était mise à en faire, c'était sur l'ordre de son médecin pour soigner sa neurasthénie et ses troubles de nutrition, mais que ses meilleures heures étaient celles où elle traduisait un roman de George Eliot. Ma déception, suite d'une erreur initiale sur ce qu'était Andrée, n'eut, en fait, aucune importance pour moi. Mais l'erreur était du genre de celles qui, si elles permettent à l'amour de naître et ne sont reconnues pour des erreurs que lorsqu'il n'est plus modifiable, deviennent une cause de souffrances. Ces erreurs — qui peuvent être différentes de celles que je commis pour Andrée et même inverses — tiennent souvent, dans le cas d'Andrée en particulier, à ce qu'on prend suffisamment l'aspect, les façons de ce qu'on n'est pas mais qu'on voudrait être, pour faire illusion au premier abord. À l'apparence extérieure, l'affectation, l'imitation, le désir d'être admiré, soit des bons, soit des méchants, ajoutent les faux semblants des paroles, des gestes. Il y a des cynismes, des cruautés qui ne résistent pas plus à l'épreuve que certaines bontés, certaines générosités. De même qu'on découvre souvent un avare vaniteux dans un homme connu pour ses charités, sa forfanterie de vice nous fait supposer une Messaline dans une honnête fille pleine de préjugés. J'avais cru trouver en

Andrée une créature saine et primitive, alors qu'elle n'était qu'un être cherchant la santé, comme étaient peut-être beaucoup de ceux en qui elle avait cru la trouver et qui n'en avait pas plus la réalité qu'un gros arthritique à figure rouge et en veste de flanelle blanche n'est forcément un Hercule. Or, il est telles circonstances où il n'est pas indifférent pour le bonheur que là la personne qu'on a aimée pour ce qu'elle paraissait avoir de sain ne fût en réalité qu'un de ces malades qui ne reçoivent leur santé que d'autres, comme les planètes empruntent leur lumière, comme certains corps ne font que laisser passer l'électricité.

N'importe, Andrée, comme Rosemonde et Gisèle, même plus qu'elles, était tout de même une amie d'Albertine, partageant sa vie, imitant ses façons au point que le premier jour je ne les avais pas distinguées d'abord l'une de l'autre. Entre ces jeunes filles, tiges de roses dont le principal charme était de se détacher sur la mer, régnait la même indivision qu'au temps où je ne les connaissais pas et où l'apparition de n'importe laquelle me causait tant d'émotion en m'annonçant que la petite bande n'était pas loin. Maintenant encore la vue de l'une me donnait un plaisir où entrait, dans une proportion que je n'aurais pas su dire, le fait de voir les autres la suivre plus tard et, même si elles ne venaient pas ce jour-là, de parler d'elles et de savoir qu'il leur serait dit que j'étais allé sur la plage.

Ce n'était plus simplement l'attrait des premiers jours, c'était une véritable velléité d'aimer qui hésitait entre toutes, tant chacune était naturellement le substitut de l'autre. Ma plus grande tristesse n'aurait pas été d'être abandonné par celle de ces jeunes filles que je préférais, mais j'aurais aussitôt préféré parce que j'aurais fixé sur elle la somme de tristesse et de rêve qui flottait indistinctement entre toutes, celle qui m'eût abandonné. Encore dans ce cas est-ce toutes ses amies, aux yeux desquelles j'eusse bientôt perdu tout prestige, que j'eusse, en celle-là, inconsciemment regrettées, leur ayant voué cette sorte d'amour collectif qu'ont l'homme politique ou l'acteur pour le public dont ils ne se consolent pas d'être délaissés après en avoir eu toutes les faveurs. Même celles que je n'avais pu obtenir d'Albertine, je les espérais tout d'un coup de telle ou telle qui m'avait quitté le soir en me disant un mot, en me jetant un regard ambigus, grâce auxquels c'était vers celle-là que, pour une journée, se tournait mon désir.

Il errait entre elles d'autant plus voluptueusement que sur ces visages mobiles, une fixation relative des traits était suffisamment commencée pour qu'on en pût distinguer, dût-elle changer encore, la malléable et flottante effigie. Aux différences qu'il y avait entre eux, étaient bien loin de correspondre sans doute des différences égales dans la longueur et la largeur des traits, lesquels, de l'une à l'autre de ces jeunes filles, et si dissemblables qu'elles parussent, eussent peut-être été presque superposables. Mais notre connaissance des visages n'est pas mathématique. D'abord, elle ne commence pas par mesurer les parties, elle a pour point de départ une expression, un ensemble. Chez Andrée par exemple, la finesse des yeux doux semblait rejoindre le nez étroit, aussi mince qu'une simple courbe qui aurait été tracée pour que pût se poursuivre sur une seule ligne l'intention de délicatesse divisée antérieurement dans le double sourire des regards jumeaux. Une ligne aussi fine était creusée dans ses cheveux, souple et profonde comme celle dont le vent sillonne le sable. Et là elle devait être héréditaire, car les cheveux tout blancs de la mère d'Andrée étaient fouettés de la même manière, formant ici un renflement, là une dépression comme la neige qui se soulève ou s'abîme selon les inégalités du terrain. Certes, comparé à la fine délinéation de celui d'Andrée, le nez de Rosemonde semblait offrir de larges surfaces comme une haute tour assise sur une base puissante. Que l'expression suffise à faire croire à d'énormes différences entre ce que sépare un infiniment petit — qu'un infiniment petit puisse à lui seul créer une expression absolument particulière, une individualité, — ce n'était pas que l'infiniment petit de la ligne et l'originalité de l'expression qui faisaient apparaître ces visages comme irréductibles les uns aux autres. Entre ceux de mes amies la coloration mettait une séparation plus profonde encore, non pas tant par la beauté variée des tons qu'elle leur fournissait, si opposés que je prenais devant Rosemonde — inondée d'un rose soufré sur lequel réagissait encore la lumière verdâtre des yeux — et devant Andrée — dont les joues blanches recevaient tant d'austère distinction de ses cheveux noirs — le même genre de plaisir que si j'avais regardé tour à tour un géranium au bord de la mer ensoleillée et un camélia dans la nuit ; mais surtout parce que les différences infiniment petites des lignes se trouvaient démesurément grandies, les rapports des surfaces entièrement changés par cet élément nouveau de la couleur, lequel tout aussi bien que dispensateur des teintes est un grand générateur ou tout au moins modificateur des dimensions. De sorte que des visages peut-être construits de façon peu dissemblable, selon qu'ils étaient éclairés par les feux d'une rousse chevelure d'un teint rose, par la lumière blanche d'une mate pâleur, s'étiraient ou s'élargissaient, devenaient une autre chose comme ces accessoires des ballets russes, consistant parfois, s'ils sont vus en plein jour, en une simple rondelle de papier et que le génie d'un Bakst, selon l'éclairage incarnadin ou lunaire où il plonge le décor, fait s'y incruster durement comme une turquoise à la façade d'un palais ou s'y épanouir avec mollesse, rose de bengale au milieu d'un jardin. Ainsi en prenant connaissance des visages, nous les mesurons bien, mais en peintres, non en arpenteurs.

Il en était d'Albertine comme de ses amies. Certains jours, mince, le teint gris, l'air maussade, une transparence violette descendant obliquement au fond de ses yeux comme il arrive quelquefois pour la mer, elle semblait éprouver une tristesse d'exilée. D'autres jours, sa figure plus lisse engluait les désirs à sa surface vernie et les empêchait d'aller au-delà ; à moins que je ne la visse tout à coup de côté, car ses joues mates comme une blanche cire à la surface étaient roses par transparence, ce qui donnait tellement envie de les embrasser, d'atteindre ce teint différent qui se dérobait. D'autres fois le bonheur baignait ses joues d'une clarté si mobile que la peau devenue fluide et vague laissait passer comme des regards sous-jacents qui la faisaient paraître d'une autre couleur, mais non d'une autre matière que les yeux ; quelquefois, sans y penser, quand on regardait sa figure ponctuée de petits points bruns et où flottaient seulement deux taches plus bleues, c'était comme on eût fait d'un œuf de chardonneret, souvent comme d'une agate opaline travaillée et polie à deux places seulement, où, au milieu de la pierre brune, luisaient comme les ailes transparentes d'un papillon d'azur, les yeux où la chair devient miroir et nous donne l'illusion de nous laisser plus qu'en les autres parties du corps, approcher de l'âme. Mais le plus souvent aussi elle était plus colorée, et alors plus animée ; quelquefois seul était rose, dans sa figure blanche, le bout de son nez, fin comme celui d'une petite chatte sournoise avec qui l'on aurait eu envie de jouer ; quelquefois ses joues étaient si lisses que le regard glissait comme sur celui d'une miniature sur leur émail rose que faisait encore paraître plus délicat, plus intérieur, le couvercle entrouvert et superposé de ses cheveux noirs ; il arrivait que le teint de ses joues atteignît le rose violacé du cyclamen, et parfois même, quand elle était congestionnée ou fiévreuse, et donnant alors l'idée d'une complexion maladive qui rabaissait mon désir à quelque chose de plus sensuel et faisait exprimer à son regard quelque chose de plus pervers et de plus malsain, la sombre pourpre de certaines roses d'un rouge presque noir ; et chacune de ces Albertine était différente, comme est différente chacune des apparitions de la danseuse dont sont transmutés les couleurs, la forme, le caractère, selon les jeux innombrablement variés d'un projecteur lumineux. C'est peut-être parce qu'étaient si divers les êtres que je contemplais en elle à cette époque que plus tard je pris l'habitude de devenir moi-même un personnage autre selon celle des Albertine à laquelle je pensais : un jaloux, un indifférent, un voluptueux, un mélancolique, un furieux, recréés non seulement au hasard du souvenir qui renaissait, mais selon la force de la croyance interposée, pour un même souvenir, par la façon différente dont je l'appréciais. Car c'est toujours à cela qu'il fallait revenir, à ces croyances qui la plupart du temps remplissent notre âme à notre insu, mais qui ont pourtant plus d'importance pour notre bonheur que tel être que nous voyons, car c'est à travers elles que nous le voyons, ce sont elles qui assignent sa grandeur passagère à l'être regardé. Pour être exact, je devrais donner un nom différent à chacun des moi qui dans la suite pensa à Albertine ; je devrais plus encore donner un nom différent à chacune de ces Albertine qui apparaissaient devant moi, jamais la même, comme — appelées simplement par moi pour plus de commodité la mer — ces mers qui se succédaient et devant lesquelles, autre nymphe, elle se détachait. Mais surtout — de la même manière mais bien plus utilement qu'on dit dans un récit le temps qu'il faisait tel jour — je devrais donner toujours son nom à la croyance qui tel jour où je voyais Albertine régnait sur mon âme, en faisait l'atmosphère, l'aspect des êtres, comme celui des mers, dépendant de ces nuées à peine visibles qui changent la couleur de chaque chose par leur concentration, leur mobilité, leur dissémination, leur fuite, — comme celle qu'Elstir avait déchirée, un soir, en ne me présentant pas aux jeunes filles avec qui il s'était arrêté et dont les images m'étaient soudain apparues plus belles quand elles s'éloignaient — nuée qui s'était reformée quelques jours plus tard quand je les avais connues, voilant leur éclat, s'interposant souvent entre elles et mes yeux, opaque et douce, pareille à la Leucothea de Virgile.

Sans doute leurs visages à toutes avaient bien changé pour moi de sens depuis que la façon dont il fallait les lire m'avait été dans une certaine mesure indiquée par leurs propos, propos auxquels je pouvais attribuer une valeur d'autant plus grande que par mes questions je les provoquais à mon gré, les faisais varier comme un expérimentateur qui demande à des contre-épreuves la vérification de ce qu'il a supposé. Et c'est en somme une façon comme une autre de résoudre le problème de l'existence, qu'approcher suffisamment les choses et les personnes qui nous ont paru de loin belles et mystérieuses, pour nous rendre compte qu'elles sont sans mystère et sans beauté ; c'est une des hygiènes entre lesquelles on peut opter, une hygiène qui n'est peut-être pas très recommandable, mais elle nous donne un certain calme pour passer la vie, et aussi — comme elle permet de ne rien regretter en nous persuadant que nous avons atteint le meilleur, et que le meilleur n'était pas grand-chose — pour nous résigner à la mort.

J'avais remplacé au fond du cerveau de ces jeunes filles le mépris de la chasteté, le souvenir de quotidiennes passades par d'honnêtes principes, capables peut-être de fléchir mais ayant jusqu'ici préservé de tout écart celles qui les avaient reçus de leur milieu bourgeois. Or quand on s'est trompé dès le début, même pour les petites choses, quand une erreur de supposition ou de souvenirs vous fait chercher l'auteur d'un potin malveillant ou l'endroit où on a égaré un objet dans une fausse direction, il peut arriver qu'on ne découvre son erreur que pour lui substituer non pas la vérité, mais une autre erreur. Je tirais en ce qui concernait leur manière de vivre et la conduite à tenir avec elles, toutes les conséquences du mot innocence que j'avais lu, en causant familièrement avec elles, sur leur visage. Mais peut-être l'avais-je lu étourdiment, dans le lapsus d'un déchiffrage trop rapide, et n'y était-il pas plus écrit que le nom de Jules Ferry sur le programme de la matinée où j'avais entendu pour la première fois la Berma, ce qui ne m'avait pas empêché de soutenir à M. de Norpois que Jules Ferry, sans doute possible, écrivait des levers de rideau.

Pour n'importe laquelle de mes amies de la petite bande, comment le dernier visage que je lui avais vu n'eût-il pas été le seul que je me rappelasse, puisque, de nos souvenirs relatifs à une personne, l'intelligence élimine tout ce qui ne concourt pas à l'utilité immédiate de nos relations quotidiennes (même et surtout si ces relations sont imprégnées d'un peu d'amour, lequel, toujours insatisfait, vit dans le moment qui va venir) ? Elle laisse filer la chaîne des jours passés, n'en garde fortement que le dernier bout, souvent d'un tout autre métal que les chaînons disparus dans la nuit, et dans le voyage que nous faisons à travers la vie ne tient pour réel que le pays où nous sommes présentement.

Mes toutes premières impressions, déjà si lointaines, ne pouvaient pas trouver contre leur déformation journalière un recours dans ma mémoire ; pendant les longues heures que je passais à causer, à goûter, à jouer avec ces jeunes filles, je ne me souvenais même pas qu'elles étaient les mêmes vierges impitoyables et sensuelles que j'avais vues, comme dans une fresque, défiler devant la mer.

Les géographes, les archéologues nous conduisent bien dans l'île de Calypso, exhument bien le palais de Minos. Seulement Calypso n'est plus qu'une femme, Minos qu'un roi sans rien de divin. Même les qualités et les défauts que l'histoire nous enseigne alors avoir été l'apanage de ces personnes fort réelles, diffèrent souvent beaucoup de ceux que nous avions prêtés aux êtres fabuleux qui portaient le même nom. Ainsi s'était dissipée toute la gracieuse mythologie océanique que j'avais composée les premiers jours. Mais il n'est pas tout à fait indifférent qu'il nous arrive au moins quelquefois de passer notre temps dans la familiarité de ce que nous avons cru inaccessible et que nous avons désiré. Dans le commerce des personnes que nous avons d'abord trouvées désagréables, persiste toujours même au milieu du plaisir factice qu'on peut finir par goûter auprès d'elles, le goût frelaté des défauts qu'elles ont réussi à dissimuler. Mais dans les relations comme celles que j'avais avec Albertine et ses amies, le plaisir vrai qui est à leur origine laisse ce parfum qu'aucun artifice ne parvient à donner aux fruits forcés, aux raisins qui n'ont pas mûri au soleil. Les créatures surnaturelles qu'elles avaient été un instant pour moi mettaient encore, même à mon insu, quelque merveilleux dans les rapports les plus banals que j'avais avec elles, ou plutôt préservaient ces rapports d'avoir jamais rien de banal. Mon désir avait cherché avec tant d'avidité la signification des yeux qui maintenant me connaissaient et me souriaient, mais qui, le premier jour, avaient croisé mes regards comme des rayons d'un autre univers, il avait distribué si largement et si minutieusement la couleur et le parfum sur les surfaces carnées de ces jeunes filles qui, étendues sur la falaise, me tendaient simplement des sandwiches ou jouaient aux devinettes, que souvent dans l'après-midi pendant que j'étais allongé, comme ces peintres qui cherchent la grandeur de l'antique dans la vie moderne, donnent à une femme qui se coupe un ongle de pied la noblesse du « Tireur d'épine » ou qui, comme Rubens, font des déesses avec des femmes de leur connaissance pour composer une scène mythologique, ces beaux corps bruns et blonds, de types si opposés, répandus autour de moi dans l'herbe, je les regardais sans les vider peut-être de tout le médiocre contenu dont l'expérience journalière les avait remplis et pourtant sans me rappeler expressément leur céleste origine, comme si, pareil à Hercule ou à Télémaque, j'avais été en train de jouer au milieu des nymphes.

Puis les concerts finirent, le mauvais temps arriva, mes amies quittèrent Balbec, non pas toutes ensemble, comme les hirondelles, mais dans la même semaine. Albertine s'en alla la première, brusquement, sans qu'aucune de ses amies eût pu comprendre, ni alors, ni plus tard, pourquoi elle était rentrée tout à coup à Paris, où ni travaux, ni distractions ne la rappelaient. « Elle n'a dit ni quoi ni qu'est-ce et puis elle est partie », grommelait Françoise qui aurait d'ailleurs voulu que nous en fissions autant. Elle nous trouvait indiscrets vis-à-vis des employés, pourtant déjà bien réduits en nombre, mais retenus par les rares clients qui restaient, vis-à-vis du directeur qui « mangeait de l'argent ». Il est vrai que depuis longtemps l'hôtel qui n'allait pas tarder à fermer avait vu partir presque tout le monde ; jamais il n'avait été aussi agréable. Ce n'était pas l'avis du directeur ; tout le long des salons où l'on gelait et à la porte desquels ne veillait plus aucun groom, il arpentait les corridors, vêtu d'une redingote neuve, si soigné par le coiffeur que sa figure fade avait l'air de consister en un mélange où pour une partie de chair il y en aurait eu trois de cosmétique, changeant sans cesse de cravates (ces élégances coûtent moins cher que d'assurer le chauffage et de garder le personnel, et tel qui ne peut plus envoyer dix mille francs à une œuvre de bienfaisance fait encore sans peine le généreux en donnant cent sous de pourboire au télégraphiste qui lui apporte une dépêche). Il avait l'air d'inspecter le néant, de vouloir donner grâce à sa bonne tenue personnelle un air provisoire à la misère que l'on sentait dans cet hôtel où la saison n'avait pas été bonne, et paraissait comme le fantôme d'un souverain qui revient hanter les ruines de ce qui fut jadis son palais. Il fut surtout mécontent quand le chemin de fer d'intérêt local, qui n'avait plus assez de voyageurs, cessa de fonctionner pour jusqu'au printemps suivant. « Ce qui manque ici, disait le directeur, ce sont les moyens de commotion. » Malgré le déficit qu'il enregistrait, il faisait pour les années suivantes des projets grandioses. Et comme il était tout de même capable de retenir exactement de belles expressions quand elles s'appliquaient à l'industrie hôtelière et avaient pour effet de la magnifier : « Je n'étais pas suffisamment secondé quoique à la salle à manger j'avais une bonne équipe, disait-il ; mais les chasseurs laissaient un peu à désirer ; vous verrez l'année prochaine quelle phalange je saurai réunir. » En attendant, l'interruption des services du B.C.B. l'obligeait à envoyer chercher les lettres et quelquefois conduire les voyageurs dans une carriole. Je demandais souvent à monter à côté du cocher et cela me fit faire des promenades par tous les temps, comme dans l'hiver que j'avais passé à Combray.

Parfois pourtant la pluie trop cinglante nous retenait, ma grand-mère et moi, le Casino étant fermé, dans des pièces presque complètement vides, comme à fond de cale d'un bateau quand le vent souffle, et où chaque jour, comme au cours d'une traversée, une nouvelle personne d'entre celles près de qui nous avions passé trois mois sans les connaître, le premier président de Rennes, le bâtonnier de Caen, une dame américaine et ses filles, venait à nous, entamait la conversation, inventait quelque manière de trouver les heures moins longues, révélait un talent, nous enseignait un jeu, nous invitait à prendre le thé, ou à faire de la musique, à nous réunir à une certaine heure, à combiner ensemble de ces distractions qui possèdent le vrai secret de nous faire donner du plaisir, lequel est de n'y pas prétendre mais seulement de nous aider à passer le temps de notre ennui, enfin nouait avec nous sur la fin de notre séjour des amitiés que le lendemain leurs départs successifs venaient interrompre. Je fis même la connaissance du jeune homme riche, d'un de ses deux amis nobles et de l'actrice qui était revenue pour quelques jours ; mais la petite société ne se composait plus que de trois personnes, l'autre ami était rentré à Paris. Ils me demandèrent de venir dîner avec eux dans leur restaurant. Je crois qu'ils furent assez contents que je n'acceptasse pas. Mais ils avaient fait l'invitation le plus aimablement possible, et bien qu'elle vînt en réalité du jeune homme riche puisque les autres personnes n'étaient que ses hôtes, comme l'ami qui l'accompagnait, le marquis Maurice de Vaudémont, était de très grande maison, instinctivement l'actrice, en me demandant si je ne voudrais pas venir, me dit pour me flatter :

« Cela fera tant de plaisir à Maurice. »

Et quand dans le hall je les rencontrai tous trois, ce fut M. de Vaudémont, le jeune homme riche s'effaçant, qui me dit :

« Vous ne nous ferez pas le plaisir de dîner avec nous ? »

En somme j'avais bien peu profité de Balbec, ce qui ne me donnait que davantage le désir d'y revenir. Il me semblait que j'y étais resté trop peu de temps. Ce n'était pas l'avis de mes amis qui m'écrivaient pour me demander si je comptais y vivre définitivement. Et de voir que c'était le nom de Balbec qu'ils étaient obligés de mettre sur l'enveloppe, comme ma fenêtre donnait, au lieu que ce fût sur une campagne ou sur une rue, sur les champs de la mer, que j'entendais pendant la nuit sa rumeur, à laquelle j'avais, avant de m'endormir, confié, comme une barque, mon sommeil, j'avais l'illusion que cette promiscuité avec les flots devait matériellement, à mon insu, faire pénétrer en moi la notion de leur charme à la façon de ces leçons qu'on apprend en dormant.

Le directeur m'offrait pour l'année prochaine de meilleures chambres, mais j'étais attaché maintenant à la mienne où j'entrais sans plus jamais sentir l'odeur du vétiver, et dont ma pensée, qui s'y élevait jadis si difficilement, avait fini par prendre si exactement les dimensions que je fus obligé de lui faire subir un traitement inverse quand je dus me coucher à Paris dans mon ancienne chambre, laquelle était basse de plafond.

Il avait fallu quitter Balbec en effet, le froid et l'humidité étant devenus trop pénétrants pour rester plus longtemps dans cet hôtel dépourvu de cheminées et de calorifère. J'oubliai d'ailleurs presque immédiatement ces dernières semaines. Ce que je revis presque invariablement quand je pensai à Balbec, ce furent les moments où chaque matin, pendant la belle saison, comme je devais l'après-midi sortir avec Albertine et ses amies, ma grand-mère sur l'ordre du médecin me força à rester couché dans l'obscurité. Le directeur donnait des ordres pour qu'on ne fît pas de bruit à mon étage et veillait lui-même à ce qu'ils fussent obéis. À cause de la trop grande lumière, je gardais fermés le plus longtemps possible les grands rideaux violets qui m'avaient témoigné tant d'hostilité le premier soir. Mais comme malgré les épingles avec lesquelles, pour que le jour ne passât pas, Françoise les attachait chaque soir et qu'elle seule savait défaire, comme malgré les couvertures, le dessus de table en cretonne rouge, les étoffes prises ici ou là qu'elle y ajustait, elle n'arrivait pas à les faire joindre exactement, l'obscurité n'était pas complète et ils laissaient se répandre sur le tapis comme un écarlate effeuillement d'anémones parmi lesquelles je ne pouvais m'empêcher de venir un instant poser mes pieds nus. Et sur le mur qui faisait face à la fenêtre, et qui se trouvait partiellement éclairé, un cylindre d'or que rien ne soutenait était verticalement posé et se déplaçait lentement comme la colonne lumineuse qui précédait les Hébreux dans le désert. Je me recouchais ; obligé de goûter, sans bouger, par l'imagination seulement, et tous à la fois, les plaisirs des jeux, du bain, de la marche, que la matinée conseillait, la joie faisait battre bruyamment mon cœur comme une machine en pleine action, mais immobile, et qui ne peut que décharger sa vitesse sur place en tournant sur elle-même.

Je savais que mes amies étaient sur la digue mais je ne les voyais pas, tandis qu'elles passaient devant les chaînons inégaux de la mer, tout au fond de laquelle, et perchée au milieu de ses cimes bleuâtres comme une bourgade italienne, se distinguait parfois dans une éclaircie la petite ville de Rivebelle, minutieusement détaillée par le soleil. Je ne voyais pas mes amies, mais (tandis qu'arrivaient jusqu'à mon belvédère l'appel des marchands de journaux, des « journalistes », comme les nommait Françoise, les appels des baigneurs et des enfants qui jouaient, ponctuant à la façon des cris des oiseaux de mer le bruit du flot qui doucement se brisait), je devinais leur présence, j'entendais leur rire enveloppé comme celui des Néréides dans le doux déferlement qui montait jusqu'à mes oreilles. « Nous avons regardé, me disait le soir Albertine, pour voir si vous descendriez. Mais vos volets sont restés fermés même à l'heure du concert. » À dix heures, en effet, il éclatait sous mes fenêtres. Entre les intervalles des instruments, si la mer était pleine, reprenait, coulé et continu, le glissement de l'eau d'une vague qui semblait envelopper les traits du violon dans ses volutes de cristal et faire jaillir son écume au-dessus des échos intermittents d'une musique sous-marine. Je m'impatientais qu'on ne fût pas encore venu me donner mes affaires pour que je puisse m'habiller. Midi sonnait, enfin arrivait Françoise. Et pendant des mois de suite, dans ce Balbec que j'avais tant désiré parce que je ne l'imaginais que battu par la tempête et perdu dans les brumes, le beau temps avait été si éclatant et si fixe que quand elle venait ouvrir la fenêtre, j'avais pu toujours, sans être trompé, m'attendre à trouver le même pan de soleil plié à l'angle du mur extérieur, et d'une couleur immuable qui était moins émouvante comme un signe de l'été qu'elle n'était morne comme celle d'un émail inerte et factice. Et tandis que Françoise ôtait les épingles des impostes, détachait les étoffes, tirait les rideaux, le jour d'été qu'elle découvrait semblait aussi mort, aussi immémorial qu'une somptueuse et millénaire momie que notre vieille servante n'eût fait que précautionneusement désemmailloter de tous ses linges, avant de la faire apparaître, embaumée dans sa robe d'or.

TABLE DES MATIÈRES

IMPRIMÉ EN CEE
le 04-05-1995
B/055-93 – Dépôt légal, juillet 1993